Siglo XXI
Los nuevos nombres del cuento español actual

reloj de arena, 44

Siglo XXI
Los nuevos nombres del cuento español actual

Edición de Gemma Pellicer y Fernando Valls

reloj de arena
Colección dirigida por FERNANDO VALLS

© de los textos, sus autores
© de esta edición, MENOSCUARTO [E. CÁLAMO, S. L.], 2010
© de la edición, Gemma Pellicer y Fernando Valls, 2010

ISBN: 978-84-96675-48-3
Dep. Legal: P-91/2010

Diseño de colección: ECHEVE
Fotografía de cubierta: JAVIER AYARZA

Corrección de pruebas: BEATRIZ ESCUDERO
Impresión: GRÁFICAS ZAMART (PALENCIA)

Printed in Spain - Impreso en España

Edita: MENOSCUARTO EDICIONES
    Pza. Cardenal Almaraz, 4 - 1ºF
    34005 PALENCIA (España)
    Tfno. y fax: (+34) 979 70 12 50
    correo@menoscuarto.es
    www.menoscuarto.es

Cualquier forma de reproducción, distribución, comunicación pública o transformación de esta obra sólo puede ser realizada con la autorización de sus titulares, salvo excepción prevista por la ley. Diríjase a CEDRO (Centro Español de Derechos Reprográficos, www.cedro.org) si necesita fotocopiar o escanear algún fragmento de esta obra.

Relatos para un nuevo siglo

GEMMA PELLICER Y FERNANDO VALLS

> *Lo que se desarrolla en línea recta*
> *y es predecible, resulta irrelevante.*
>
> ELÍAS CANETTI

Los historiadores vienen afirmando que el siglo XX, lo que han denominado el siglo corto, se cerró en 1989 con la caída del muro de Berlín y la desaparición de los regímenes comunistas que formaban el Pacto de Varsovia. En lo que llevamos del siglo XXI parece haberse acelerado la historia: no en vano, se inició con los atentados de Nueva York (2001) y el fin de la guerra de la antigua Yugoslavia (1991-2001), para seguir con la guerra de Irak (2003), los ataques terroristas en Madrid (2004) y Londres (2005), y la crisis económica que estalló en el 2008, poniendo de manifiesto el fracaso del neoliberalismo (el dominio de las finanzas sobre la economía real, según afirma Richard Sennett en *El artesano,* donde también anuncia el arranque de la desglobalización), y la constatación práctica de las graves consecuencias que está teniendo el cambio climático.

A todo ello, habría que añadir, además, diversos avatares de la historia europea y española: desde nuestros propios conflictos internos, hasta las disensiones habidas en la Unión Europea, con la consiguiente pérdida de influencia en el resto del mundo, y la llegada masiva de emigrantes, sobre todo de África y del Este de Europa, sin olvidar el paro y la pobreza que acarrea; o la corrupción política, económica y moral (Javier Goma aboga, en *Ejemplaridad pública,* por la recuperación de todas aquellas conquistas que trajo consigo la libertad, empezando por la revalorización de las conductas ejemplares, actitud que debería encabezar el poder), el terrorismo de ETA, la disputa constante y la falta de entendimiento entre los dos partidos mayoritarios, o las insaciables reivindicaciones de las llamadas autonomías históricas.

En otro orden de cosas, habría que considerar el debate generado en torno a la Transición política española, una de cuyas consecuencias ha sido el hecho de cuestionar la legitimidad de la monarquía; el renacimiento del más rancio nacionalcatolicismo; la repercusión de la denominada Ley de la Memoria Histórica, y el relativismo de los valores artísticos en una sociedad que Marc Fumaroli ha definido como de la cultura *pizza,* en donde la tradición nacional ha dado paso a otra mixta, *kitsch,* y que Mario Vargas Llosa ha tachado de sociedad «de la frivolidad y del espectáculo».

No habría que olvidar tampoco los importantes cambios que se están produciendo, junto a otros apuntados ya en el horizonte y que parecen avecinarse en el mundo editorial, haciendo especial incidencia en los derechos relativos a la propiedad intelectual a causa de la revolución tecnológica y el asentamiento de Internet, aun cuando todavía no haya tenido repercusiones concretas —dignas de ser tenidas en cuenta— en la creación literaria, aunque sí en su difusión y en los debates en torno a la escritura.

Nos parece que fue Heinrich Heine el primero que, a comienzos de la tercera década del XIX, intentó relacionar los avatares históricos con los culturales y literarios, tras defender una mirada de las artes sobre el presente, como una reacción frente a la fascinación por el pasado que habían mostrado los románticos alemanes. Pero trazar ese tipo de paralelismos ni resultó sencillo entonces, ni ha logrado proporcionar siempre los resultados esperables, sobre todo cuando aún no ha transcurrido el tiempo suficiente —según el prudente lugar común— como para que podamos calibrar, con cierta claridad, la influencia en la vida y en las artes de tan graves acontecimientos. A pesar de todo, la literatura y el cine no han tardado en ocuparse de ellos: en novelas, por ejemplo, de John Updike, Don De Lillo, Ian McEwan, Frédéric Beigbeder, Martin Amis y Lorrie Moore, así como en las lúcidas reflexiones que David Foster Wallace realiza en «La vista desde la casa de la señora Thompson» (*Hablemos de langostas,* Mondadori, 2007). Tampoco han faltado ficciones en castellano sobre los atentados terroristas de Madrid, a cargo de Luis Mateo Díez, Ricardo Menéndez Salmón o Adolfo García Ortega, por sólo recordar las que nos parecen más notables. En cuanto al cine, se han ocupado de los acontecimientos más recientes películas como *Good Bye Lenin, La vida de los otros, Leones por corderos, United 93, En el valle de Elah* o *En tierra hostil*. Pero, en opinión de Menéndez Salmón, quizá haya sido Michel Houellebecq quien, en novelas como *Las partículas elementales* y *La posibilidad de una isla,* haya conseguido ahondar con más lucidez en el mundo que nos ha tocado vivir, en los citados textos, esenciales para entender la anomia contemporánea y el todo vale que tanto nos confunde. Este *sprint* de la historia, por último, ha conducido a algunos ensayistas a hablar del fin de la era de la civilización occidental y del comienzo de un tiempo distinto (Jordi Llovet); de la desaparición del autor y el lector literario, pero no del escritor de superventas, junto con la de la crítica y el sistema de adelanto de derechos para los escritores (Suso de Toro); e incluso se ha llegado a afirmar que estamos inmersos en una Tercera Guerra Mundial (Vicente Verdú).[1] Otros, en cambio, opinan que nada ha cambiado en esencia (Julio Llamazares). En fin, ya se verá.

CRITERIOS PARA ARMAR UNA ANTOLOGÍA

Toda selección de textos literarios, si resulta bien armada, debería aspirar a recoger un conjunto de voces distintas capaces de componer una cierta melodía de época que, además, fuera pluritonal; llegar a presentar formas y variaciones de imágenes y pensamientos posibles en torno al momento en que nos ha tocado vivir; de discursos que se solaparan y complementasen, alentándonos a plantear una cierta visión e interpretación del presente.

El título y subtítulo de esta recopilación de relatos alude, por tanto, al momento actual en el que los autores han realizado la mayor parte de su obra, y además se propone llamar la atención, no sin cierto énfasis, en torno a los cambios y novedades dentro del género que haya podido acarrear consigo la nueva centuria, tanto con respecto a la nómina de escritores, como a las posibilidades expresivas de abordar la materia narrativa. Nos ocupamos en estas páginas sólo de aquellos autores españoles que escriben en castellano, lo que nos ha llevado a incluir con absoluta naturalidad a Andrés Neuman, nacido argentino, nacionalizado español y vecino de Granada, donde se ha formado como persona y escritor. Estamos convencidos de que habría que empezar a borrar definitivamente las barreras nacionales e ir pensando en elaborar una historia literaria que estuviera sustentada en la lengua. Aun así, esta empresa debería apoyarse en un empeño común que se extendiera de Estados Unidos y México a la Argentina y España; alentándose, en suma, desde todos los países de habla hispana. Hoy por hoy, sin embargo, no parece que se trate, en la práctica, de una idea predominante.[2]

Así las cosas, lo primero que percibirá el lector es que no nos hemos propuesto realizar una antología generacional, ni que tampoco se trataba de ofrecer una muestra de autores jóvenes, pues el más veterano, Carlos Castán, nació en 1960, mientras que Matías Candeira, el benjamín, llegó al mundo en 1984. Antes bien, quisimos proporcionarle al lector un estado de la cuestión, un panorama acerca de los nuevos nombres del relato español actual. Quizá se entienda mejor nuestra propuesta si se considera que toma como punto de partida la recopilación que Juan Antonio Masoliver Ródenas elaborara junto con Fernando Valls (*Los cuentos que cuentan,* Anagrama, Barcelona, 1998), aunque también hayamos tenido en cuenta la aportación de Andrés Neuman (*Pequeñas resistencias. Antología del nuevo cuento español,* Páginas de Espuma, Madrid, 2002), acaso por ser la que nos parecía más representativa y lograda de entre las muchas que se han ido publicando en lo que llevamos de siglo. En definitiva, hemos intentado partir de ellas y continuarlas, a la vez que procurábamos alejarnos de los autores y piezas allí representadas, e incluso de algunos de sus criterios de selección, tal y como podrá apreciarse. Si, además, repasamos otras compilaciones publicadas durante las tres últimas décadas, aquellas que en particular parecen haber tenido una mayor incidencia con el paso de los años, como las de Ángeles Encinar y Anthony Percival (*Cuento español contemporáneo,* Cátedra, 1993), Fernando Valls (*Son cuentos. Antología del relato breve español. 1975-1993,* Espasa-Calpe, *Austral*, Madrid, 1993) y José María Merino (*Cien años de cuentos. 1898-1998. Antología del cuento español en castellano,* Alfaguara, Madrid, 1998), puede observarse un cultivo constante y una continuidad dentro de la narrativa breve; aunque también una cierta renuncia, pues no resulta infrecuente que narradores bien dotados para el relato abandonen el género para dedicarse en exclusiva al cultivo de la novela.

En *Siglo XXI. Los nuevos nombres del cuento español actual* hemos incluido la obra de autores que, al menos, hubieran publicado un libro de relatos. La selección arranca con cuatro escritores indiscutibles, reconocidos como maestros por buena parte de los narradores más jóvenes, que no aparecían sin embargo en el citado volumen de Anagrama, cuya nómina tampoco hemos querido repetir aquí. Nos referimos a Carlos Castán, Ángel Zapata, Ángel Olgoso e Hipólito G. Navarro. Otros autores han obtenido alguno de los premios más importantes que se conceden dentro de esta modalidad narrativa, como, por ejemplo, Javier Sáez de Ibarra (Ribera de Duero), Fernando Clemot y Óscar Esquivias (ambos galardonados con el Setenil), Hipólito G. Navarro, Cristina Cerrada e Ignacio Ferrando (NH Vargas Llosa), o distintos reconocimientos de similar prestigio, aunque no estén dedicados en exclusiva al relato, así Pilar Adón, Jon Bilbao, Julián Rodríguez e Ismael Grasa (Premio Ojo Crítico) o Andrés Neuman (Premio Alfaguara). Al fin y a la postre, partiendo de los más veteranos, hasta alcanzar a los más jóvenes (Elvira Navarro, Lara Moreno, Daniel Gascón y el citado Candeira), hemos pretendido guiarnos por un criterio de calidad, ambición literaria y singularidad, y por nuestros propios gustos, dentro de la imprescindible variedad necesaria en toda antología, de modo que el resultado final les proporcionara a los lectores una muestra de la pluralidad de formas, temas y estilos literarios desde los cuales abordar narrativamente el mundo.

A despecho de lo que vienen opinando algunos autores decididos a hacer ostentación de ser quienes marcan la moda del día, hoy por hoy no existe literatura digna de ser tenida en cuenta al margen de la tradición literaria. Lo que no supone afirmar que ésta no se haya dejado influir por otro tipo de relatos o formas artísticas. De hecho, nuestros narradores se declaran herederos de diversas estéticas, como no podía ser de otra manera. Sus lecturas preferidas del género son tantas y tan variadas que no sería sencillo proponer aquí siquiera una síntesis de las mismas, aunque haya unos pocos nombres que se repitan con insistencia. De todas formas, a tenor de los resultados, parece que ha habido una tradición predominante que iría de Chéjov, Katherine Mansfield y Hemingway a Carver, y que le habría tomado el relevo a aquella otra que empezaba con E. A. Poe y

E. T. A. Hoffmann para desembocar en Cortázar. Sin que falten otros muchos autores más eclécticos, cuyos intereses pasan por la obra de Kafka, Borges, Onetti, John Cheever, Foster Wallace, Alice Munro, Lorrie Moore, o narradores españoles tan dispares como Ignacio Aldecoa, Medardo Fraile, Javier Tomeo, Quim Monzó, Gonzalo Calcedo y Eloy Tizón. Algunas de estas lecturas, las foráneas sobre todo, parecen haber producido en algunos narradores (no en los recogidos aquí), más estragos que beneficios, dado que el mimetismo complaciente, acrítico, ha sido uno de los mayores males que vienen padeciendo nuestras letras desde la segunda mitad del XVII, de lo que tampoco nos hemos librado en la última década. A este respecto, el escritor Valentí Puig, en un artículo reciente, denunciaba que los intelectuales españoles se valen de «un cosmopolitismo muy secundario en sus fuentes y extremadamente mimético en sus resultados».[3] Lo sorprendente del caso es que, si bien entre las preferencias de nuestros narradores destacan los norteamericanos, la aparición de cuentistas españoles resulta novedosa, aunque ——por primera vez, en mucho tiempo— apenas se citen a los autores hispanoamericanos más recientes, quizá con la salvedad de Roberto Bolaño, y por lo que se refiere a la teoría, de Ricardo Piglia.

La tradición presente

Hace ya casi veinte años, en 1993, en el prólogo a la antología *Son cuentos,* se llamaba la atención sobre el renacimiento del relato en España desde mediados de los setenta, de lo que por entonces resultaba buena prueba la obra narrativa breve de Álvaro Pombo, Ana María Navales, José María Merino, Luis Mateo Díez, Cristina Fernández Cubas, Juan José Millás, Soledad Puértolas, Enrique Vila-Matas, Javier Marías, Antonio Muñoz Molina, Pedro Zarraluki o Ignacio Martínez de Pisón, por sólo recordar unos pocos nombres que hoy siguen siendo relevantes. Así, se apuntaba que el cuento español venía de una tradición guadianesca que había gozado de su momento más álgido durante los años 50 y 60, con la aparición de obras de Ignacio Aldecoa, Jesús Fernández Santos, Rafael Sánchez Ferlosio, Medardo Fraile, Ana María Matute, Daniel Sueiro, Fernando Quiñones y Juan Benet, sin olvidar a otros narradores tan prestigiosos como Francisco Ayala, Max Aub, Carmen Laforet y Miguel Delibes. En las tres últimas décadas del siglo, aunque quizá se hiciera con menor intensidad, tampoco dejó nunca de cultivarse el género, según puede observarse en la obra que nos han dejado Juan Eduardo Zúñiga, Juan Marsé, Esther Tusquets y Alberto Méndez. O incluso entre los más jóvenes, con una narrativa todavía en desarrollo, Gonzalo Calcedo, Agustín Cerezales, Eloy Tizón, Mercedes Abad, Pedro Sorela, Fernando Iwasaki, Fernando Aramburu y Juan Bonilla. En suma, es posible trazar una historia del cuento español de los últimos sesenta años que resulte sugestiva, debido a la entidad de los autores implicados, pero también a la ambición de las obras en juego.

El cuento español actual, los nuevos nombres, abarca una amplia muestra de las diferentes posibilidades narrativas en que ha desembocado la tradición del relato a comienzos de siglo: así, desde un realismo que apenas si tiene ya nada que ver con el cultivado en el siglo XIX, al contar con ribetes expresionistas, fabulísticos, metafóricos u oníricos y minimalistas, más o menos sucios, y que alcanza a lo fantástico; hasta discretas formas de experimentación que pasan por una cierta literatura del absurdo, pudiendo tacharse también de *disparatada* e incluso *delirante*. Sus ambiciones literarias se decantan por mostrar la vida descarnada y subvertirla, cuestionando la realidad de la que forman parte, valiéndose de la ficción para emocionar o trastornar al lector, buscando en resumidas cuentas sobrevivir al veneno de la realidad, como pretende Ángel Olgoso.

Algunos de estos autores fundamentan su creación en los avatares de la trama, o conciben la ficción como vía de conocimiento; mientras que otros declaran limitarse a contar historias, a entretener y divertir. Todos ellos, sin embargo, aspiran a escribir narraciones que si bien no alcancen a cambiar la realidad, al menos la pongan en tela de juicio y, de paso, inquieten y conmuevan (verbo que repiten una y otra vez), llegando a transformar, en la medida de lo posible, la experiencia del lector, para lo que suelen valerse del humor, la intriga, la sorpresa y hasta del estupor.

En estos relatos el espacio acostumbra a ser urbano, sin que falten escenarios de localización rural, o los llamados *no lugares,* sitios donde ocasionalmente se hacina la gente, se detienen los viajeros o transcurren las vacaciones. Más en concreto, la percepción del entorno suele ser directa, y mostrarse bastante al margen de los simulacros propios de la posmodernidad. La acción transcurre, por lo general, en lugares reconocibles aunque a menudo se mantengan indeterminados. Pero, además, nuestros escritores se valen de una lengua literaria que, en diversos grados, puede resultar funcional o estéticamente elaborada, según convenga a sus historias, al tiempo que apuestan casi siempre por la adecuación del lenguaje y, sobre todo, por la concisión expresiva.

El malestar de la teoría

Aun cuando ni existan, ni deban existir recetas para escribir relatos, sigue siendo un ejercicio tan útil como necesario la reflexión en torno al género, de lo que son buena muestra las poéticas que hemos invitado a componer a los autores. Resulta evidente que, tal como apunta Pablo Andrés Escapa con sensatez, «es más sagrado el rigor de la práctica que el de la teoría». En resumidas cuentas, podrá observarse que estas reflexiones de los autores, obtenidas en algunos casos a punta de pistola, adoptan formulaciones diversas, que van desde la meramente funcional a la más o menos heterodoxa; así la que presenta el aspecto de un microrrelato más ficticio que reflexivo, en el caso de Ángel Zapata; o la que se disfraza de sofisticada receta culinaria, a la manera de Olgoso; e incluso la que apuesta por una metapoética, convirtiéndola en una reflexión crítica sobre los decálogos, como hace Hipólito Navarro, o el recurso al decálogo mismo en el caso de Neuman, o de Serrano Larraz, y —por qué no— la que traza comparaciones continuas con la novela, según realizan, por ejemplo, Esther García Llovet, Irene Jiménez y Lara Moreno, para llegar a la esencia del relato. A la vista de lo que leemos en las declaraciones, manifiestos y poéticas de otros narradores, nuestros antologados no necesitan presumir de haberse formado también con el cine y la televisión, la música o los cómics; ni siquiera se vanaglorian de servirse de los nuevos lenguajes y de la cultura popular, pues no sólo los han asimilado con la naturalidad propia de los tiempos, sino que además toda esta mezcolanza entre lo culto y lo popular en la ficción narrativa del presente constituye, para ellos, algo normal y hasta previsible desde hace unas cuantas décadas, cuando la practicaban por entonces Manuel Puig, Manuel Vázquez Montalbán y Terenci Moix, para no salir de nuestra propia cultura y lengua. A estas alturas, sólo quienes no estén familiarizados con la tradición cultural y literaria pueden seguir creyendo que este ejercicio ecléctico suponga novedad alguna.[4]

La narrativa en un mundo en transformación

Asimismo, hemos querido huir tanto de planteamientos apocalípticos como adánicos, aunque sin olvidarnos de las peculiaridades históricas, sociales y privadas de nuestro tiempo.

Si observamos el conjunto del mundo en relación con la cultura o la literatura actual, nos toparemos, sin duda, con nuevos problemas, pero además la ficción ha dejado de ocupar el lugar preeminente que mantuvo hasta los años ochenta del pasado siglo. Y, sin embargo, la narrativa que se produce hoy en Estados Unidos, Chile, Alemania o Japón, por lo que sabemos, no resulta sustancialmente distinta de aquella que la precedió, y ello en un mundo globalizado, con conciencia de poseer una identidad mestiza, en donde la tecnología adquiere cada vez mayor protagonismo, y las relaciones humanas y sociales, individuales y colectivas, han sufrido continuas transformaciones. De ello se ocupan nuestros narradores con preferencia en sus diversos libros. Con todo, los cambios sociales y culturales no se producen con el vértigo que algunos anunciaban y parecían desear; más bien, suelen darse por sus pasos contados.

Se puede constatar, sin embargo, una cierta novedad en la ordenación interna de los libros: a veces, bajo la forma de ciclos de cuentos (Berta Vias Mahou, Juan Carlos Márquez, Elvira Navarro, Muñoz Rengel, García Llovet, Pepe Cervera y Daniel Gascón), dentro de los cuales los relatos alcanzan su auténtico y más profundo sentido; o bien a partir de la alternancia indiferenciada entre cuentos y microrrelatos (Castán, Zapata, Olgoso, M. A. Muñoz y Neuman), como ya había sucedido en el origen de este último género, cuando ambos solían barajarse juntos; o su combinación con la poesía (Pilar Adón y Julián Rodríguez). La resistencia a que una definición unívoca pueda servir para agruparlos a todos, más allá de proponer unas cuantas premisas generales, quizás insuficientes (concisión, intensidad y precisión, entre otros rasgos posibles de estilo), no nos impide observar determinadas características comunes. Así, desde una praxis que antepone la libertad absoluta en la concepción del género, o el conocimiento de su historia y tradición más allá de lo meramente nacional, hasta la complicidad con el lector y el empeño declarado por conmoverlo. De igual modo, destacaríamos la manera complementaria de encarar la realidad: ya sea cuestionándola, para interrogarse sobre su significado (Castán, Menéndez Salmón, Escapa, Cervera, Olgoso, Esquivias, Cerrada, Grande, Ortega, Moreno, Vias Mahou y Navarro); ya sea trascendiéndola, en particular una vez asumida su falta de sentido, y la decisión de crear mundos paralelos a partir de la propia literatura (Muñoz Rengel, García Antón, Zapata, Márquez y Candeira).

Nos encontramos, en suma, ante dos tipos de escritores, sin que falten, por descontado, diversas variantes intermedias, lo que tampoco resulta, de hecho, una novedad: así pues, estarían aquellos que parten de una trama pensada de antemano, a la que le atribuyen forma y ribetes durante el proceso de escritura, y quienes improvisan sobre la marcha y encuentran la historia y las palabras precisas en el acto mismo de composición. Y, sin embargo, importan, al fin y a la postre, los resultados, cómo crean su mundo y de qué mecanismos se valen para descifrar la realidad. No en balde, el escritor necesita comprometerse con la lengua explorando su potencial, a fin de adecuarla en lo posible a su relato, al ritmo y la atmósfera requeridas. Hacerse un estilo, en suma, ya sea funcional o literariamente elaborado, estriba precisamente en poder servirse de los recursos que atesora el idioma, y que el escritor tratará de utilizar en beneficio de lo que pretendía contar. O en los casos más extremos, radica en jugárselo todo apostando por ciertas cadencias peculiares del lenguaje; sin olvidar la exploración en torno a las formas narrativas y los distintos puntos de vista.

TALLERES, BITÁCORAS, PREMIOS Y OTROS UMBRALES

Ésta ha debido de ser la primera hornada de narradores españoles que, al menos en parte, se ha formado al calor de los talleres literarios, donde unos pocos han acabado ejerciendo de profesores como otra manera de ganarse la vida vinculada a la escritura. Pero, además, se trata de los primeros que se valen de las bitácoras para dar a conocer sus textos, mantenerse en contacto con los lectores y apostar por el desarrollo y afianzamiento del género. No menos relevancia han adquirido los premios (*generación de la plica,* la ha denominado Juan Carlos Márquez) como una forma de obtener algún beneficio económico, dar a conocer su obra y hacerse un nombre; en suma, un trampolín —este— que les ha permitido publicar, tener presencia y ser leídos. Los más avispados son conscientes del peligro que puede acarrear la reiterada aspiración de recibir premios, pues no en pocas ocasiones se acaba escribiendo conforme a lo que se esperaba de ellos. No faltan, sin embargo, aquellos galardones que conceden prestigio, ya sea por la calidad de los libros agraciados y del jurado, ya debido a la independencia con la que fueron otorgados, tal es el caso del NH Vargas Llosa, el Setenil y el más reciente Ribera de Duero; si bien la mayoría representan meros ganapanes, y ni tienen difusión alguna, ni apenas incidencia pública.

Así las cosas, en este nuevo renacimiento del cuento, es de justicia encomiar el trabajo de algunos pequeños editores independientes, a veces periféricos, que están apoyando el relato en mayor medida que los sellos asentados; nos referimos a Páginas de Espuma, Lengua de Trapo, Xordica, Tropo, Salto de Página y Menoscuarto.

Nuestra apuesta ha sido, por tanto, en favor de los escritores que se han decantado por el género cuento, en detrimento de aquellos otros que se declaran básicamente novelistas y han hecho una contribución menor a las formas narrativas breves. Asimismo, no nos cabe ninguna duda de que los textos seleccionados poseen su propia personalidad, pues, como apunta Carlos Castán, son siempre cuentos, no una novela corta comprimida, un poema en prosa, ni tampoco un microrrelato. En suma, las narraciones compiladas sugieren más que muestran, poniendo de manifiesto lo oculto, aquello que no siempre resulta evidente, al tiempo que persiguen sobre todo conmover al lector o compartir con él emociones.

Desafíos del relato

¿Cuáles serían, por tanto, los principales retos de la narrativa breve en este nuevo siglo? Más allá de la perduración de los autores en el cultivo del género, creemos que su concepción como territorio ideal para la experimentación, la exploración y destilación del lenguaje y de las formas expresivas; junto con el anhelo de que acaben cumpliéndose algunas de las más viejas reivindicaciones de los lectores, tales como recabar un mayor interés entre los editores y la crítica, quien continúa sin prestarle la atención que por su calidad merece. Y, en especial, que los autores conciban su obra como un proyecto a largo plazo, al margen del éxito inmediato y la moda del día, capaz de mostrarnos las inquietudes de los hombres en un momento en que tanto pesa la historia, como decíamos al principio del presente prólogo. En suma, estos desafíos no se alejan demasiado de los que han venido planteándose los narradores de las últimas décadas.

La tesis según la cual el cuento ha sido la forma narrativa que menos ha evolucionado no puede seguir sosteniéndose, sobre todo a la vista de la reciente trayectoria del género. Ya sea en la concepción del libro como tal, en las distintas modalidades expresivas que a veces baraja en su interior, ya en la composición de las piezas individuales, conforme a una determinada estructura, lenguaje y tratamiento de la realidad, el relato ha adquirido en los comienzos del siglo XXI unas peculiaridades que lo singularizan con respecto al que escribían sus antecesores. Por el contrario, no ha variado sustancialmente la convicción de que las mejores ficciones no deben contentarse con entretener a los lectores; antes bien, todavía buscan plasmar en la escritura ciertas dimensiones políticas y morales del ser humano.

Paul Krugman, Premio Nobel de Economía en el 2008, propone que denominemos a estos años iniciales del siglo XXI, la década del Gran Cero, puesto que nada bueno nos ha traído hasta ahora. Con todo, nos queda la esperanza de que, a veces, en los momentos de crisis, de cambio de valores y transformación, tras haber consumido tanta ganga, padecer un exceso de confusión y observar en los últimos años cómo algunos escritores alzaban la voz para engallarse y hacerse notar, es cuando destaca con más claridad la literatura de auténtico valor, la más sólida y ambiciosa, aquella que anclada en la tradición aspira a contar el presente y, desde luego, a perdurar en el futuro.

Ojalá que todos estos empeños y riesgos, representados en la obra de nuestros narradores, tanto en las piezas que componen esta antología como en el conjunto de su obra, a la que os remitimos, consigan atraer la atención de los lectores más curiosos y atentos.[5]

Barcelona, 8 de marzo de 2010,
día de la gran nevada

NOTAS

¹ *Vid.*, para la opinión de Jordi Llovet, el artículo de Oriol Pi de Cabanyes, «Cultura y progreso», *La Vanguardia*, 29 de junio del 2009; Suso de Toro («Qué va a ser del escritor», *El País*, 22 de febrero del 2010; la entrevista de Juan Cruz a Vicente Verdú, «"Estamos en la tercera guerra mundial"», *El País*, 6 de junio del 2009; y Julio Llamazares, «Zarazos de marzo», *El País,* 14 de marzo de 2010.

² Ninguna historia de la literatura del mundo hispánico, que sepamos, se ha llevado a cabo bajo esos presupuestos. Y, sin embargo, en estos últimos años, dos antologías panorámicas, tras la clásica, pensada por Octavio Paz (*Laurel. Antología de la poesía moderna en lengua española,* Séneca, México, 1941), han roto esa inercia: nos referimos a la compuesta por José Ángel Valente, Blanca Varela, Eduardo Milán y Andrés Sánchez Robayna, eds., *Las ínsulas extrañas. Antología de poesía en lengua española (1950-2000),* Galaxia Gütenberg y Círculo de Lectores, Barcelona, 2002; la coordinada por Andrés Neuman, para Páginas de Espuma, de Madrid: *Pequeñas resistencias. Antología del nuevo cuento español* (2002). Prólogo de José María Merino. Ed. y selección de Andrés Neuman; *Pequeñas resistencias 2. Antología del cuento centroamericano contemporáneo* (2003). Ed. y prólogo de Enrique Jaramillo Levi. Nota preliminar de Andrés Neuman; *Pequeñas resistencias 3. Antología del nuevo cuento sudamericano* (2004). Ed. y prólogo colectivo. Nota preliminar de Juan Casamayor; y *Pequeñas resistencias 4. Antología del nuevo cuento norteamericano y caribeño* (2005). Edición y prólogo colectivo. Nota preliminar de Andrés Neuman; y la de David Lagmanovich, ed., *La otra mirada. Antología del microrrelato hispánico,* Menoscuarto, Palencia, 2005.

³ *Vid.* «Los siete pecados capitales de España. IV. La fragilidad de los vínculos», *Letras libres,* enero del 2010.

[4] Puede verse también al respecto el útil volumen coordinado por Eduardo Becerra, *El arquero inmóvil. Nuevas poéticas sobre el cuento*, Páginas de espuma, Madrid, 2006, donde se recogen textos teóricos de, entre otros, Ángel Zapata, Hipólito G. Navarro, Pablo Andrés Escapa, Cristina Cerrada y Andrés Neuman.

[5] Toda antología es siempre resultado de la colaboración de muchas personas. En esta ocasión, queremos dar las gracias a Poli Navarro, Andrés Neuman, Ricardo Menéndez Salmón, Juan Jacinto Muñoz Rengel y Sergi Bellver; así como a los editores y al conjunto de los autores que aparecen en este volumen, quienes nos proporcionaron con generosidad sus libros de relatos, no siempre fáciles de conseguir, y nos dieron permiso para recogerlos aquí.

Procedencia de los textos

CARLOS CASTÁN, «El pozo», *Sólo de lo perdido,* Destino, Barcelona, 2008, pp. 63-70.
ÁNGEL ZAPATA, «Mientras dicen adiós», *La vida ausente,* Páginas de Espuma, Madrid, 2006, pp. 87-95.
JAVIER SÁEZ DE IBARRA, «Una ventana en Via Speranzella», *Mirar al agua,* Páginas de Espuma, Madrid, 2009, pp. 51-65.
ÁNGEL OLGOSO, «Gabinete de maravillas», *Los demonios del lugar,* Almuzara, Córdoba, 2007, pp. 113-123.
HIPÓLITO G. NAVARRO, «¿El tren para Irún, por favor?», *El aburrimiento, Lester* (1996); y en *El pez volador,* Páginas de Espuma, Madrid, 2008, pp. 72-78.
BERTA VIAS MAHOU, «El demonio vive en Lisboa», *Ladera norte,* Acantilado, Barcelona, 2001, pp. 105-115.
CRISTINA GRANDE, «Arañas e insectos», *Dirección noche,* Xordica, Zaragoza, 2006, pp. 9-12.
MANUEL MOYANO, «Hojas amarillas», *El amigo de Kafka,* Pretextos, Valencia, 2001, pp. 43-49.
ESTHER GARCÍA LLOVET, «Cañón», *Submáquina,* Salto de Página, Madrid, 2009, pp. 135-152. Prólogo de Fernando Royuela.
PABLO ANDRÉS ESCAPA, «Cielo distante», *Voces de humo,* Páginas de Espuma, Madrid, 2007, pp. 101-125.
PEPE CERVERA, «Como un hombre que sobrevuela el mar», *Conozco un atajo que te llevará al infierno,* e.d.a., Benalmádena (Málaga), 2009, pp. 159-172.
ERNESTO CALABUIG, «Una nueva manera de mirar», *Un mortal sin pirueta,* Menoscuarto, Palencia, 2008, pp. 65-73.
JUAN CARLOS MÁRQUEZ, «Carniceros, prostitutas (otra vez) y tenientes», *Oficios,* Castalia, Madrid, 2008, pp. 99-114.

VÍCTOR GARCÍA ANTÓN, «Un tigre de Bengala», *Nosotros, todos nosotros,* Gens, Madrid, 2008, pp. 53-59.

ISMAEL GRASA, «Mecedoras», *Trescientos días de sol,* Xordica, Zaragoza, 2007, pp. 9-22.

JESÚS ORTEGA, «El zurdo», *El clavo en la pared,* Cuadernos del Vigía, Granada, 2007, pp. 11-21.

JULIÁN RODRÍGUEZ, «Muerte», *Mujeres, manzanas,* Editora Regional de Extremadura, Mérida (Badajoz), 2000; reeditado, junto al libro de poemas *Nevada,* con el título de *Antecedentes,* Mondadori, Barcelona, 2009, pp. 17-23.

BERTA MARSÉ, «Gran Noche de Gala», *Fantasías animadas,* Anagrama, Barcelona, 2010, pp. 179-201.

FERNANDO CLEMOT, «Levante», *Estancos del Chiado,* Paralelo Sur, Barcelona, 2008, pp. 143-175.

MIGUEL ÁNGEL MUÑOZ, «Ambulancias», *El síndrome Chéjov,* Páginas de Espuma, Madrid, 2006, pp. 33-49.

CRISTINA CERRADA, «El efecto Coriolis», *Compañía,* Lengua de Trapo, Madrid, 2004, pp. 147-149.

RICARDO MENÉNDEZ SALMÓN, «La vida en llamas», *Gritar,* Lengua de Trapo, Madrid, 2007, pp. 9-18.

PILAR ADÓN, «La porción de tarta», *Viajes inocentes,* Páginas de Espuma, Madrid, 2005, pp. 23-31.

ÓSCAR ESQUIVIAS, «Miedo», *La marca de Creta,* Ediciones del Viento, La Coruña, 2008, pp. 19-33.

IGNACIO FERRANDO, «Roger Lévy y sus reflejos», *Sicilia, invierno,* JdeJ editores, Madrid, 2008, pp. 63-78.

JON BILBAO, «Después de nosotros, el diluvio», *Como una historia de terror,* Salto de Página, Madrid, 2008, pp. 63-97.

PATRICIA ESTEBAN ERLÉS, «Línea 40», *Manderley en venta,* Tropo, Zaragoza, 2008, pp. 85-97.

JUAN JACINTO MUÑOZ RENGEL, «El sueño del monstruo», *De mecánica y alquimia,* Salto de Página, Madrid, 2009, pp. 103-114.

ANDRÉS NEUMAN, «El pulso», *El último minuto,* Páginas de Espuma, Madrid, 2007, pp. 53-59.

MIGUEL SERRANO LARRAZ, «Shaman's Blues», *Órbita,* Candaya, Barcelona, 2009, pp. 55-74. Prólogo de Manuel Vilas.

IRENE JIMÉNEZ, «En la calle», *Lugares comunes,* Páginas de Espuma, Madrid, 2007, pp. 65-76.

ELVIRA NAVARRO, «Expiación», *La ciudad en invierno,* Caballo de Troya, Madrid, 2007, pp. 7-24.

LARA MORENO, «Recuerdos para Olga», *Cuatro veces fuego,* Tropo, Zaragoza, 2008, pp. 237-245.

DANIEL GASCÓN, «El abuelo», *El fumador pasivo,* Xordica, Zaragoza, 2005, pp. 177-189.

MATÍAS CANDEIRA, «La soledad de los ventrílocuos», *La soledad de los ventrílocuos,* Tropo, Zaragoza, 2008, pp. 29-37.

Siglo XXI

Los nuevos nombres
del cuento español actual

CARLOS CASTÁN

CARLOS CASTÁN (Barcelona, 1960) es licenciado en Filosofía por la Universidad Autónoma de Madrid. En la actualidad vive en Zaragoza y trabaja como profesor en un Instituto de Enseñanza Pública. Tiene en su haber un libro de artículos, *Papeles dispersos* (Tropo, 2009), así como los siguientes libros de relatos: *Frío de vivir* (Salamandra, 1997), *Museo de la soledad* (Espasa Calpe, 2000; reeditado en Tropo, 2008), *El aire que me espía* (IEA, 2005) y *Sólo de lo perdido* (Destino, 2008).

[POÉTICA]

Siempre he considerado que el papel esencial de la literatura (igual que el del arte en general) consiste en ahondar en la condición humana, en arrojar algo de luz acerca de qué significa y qué comporta para un ser humano existir, hallarse entre las cosas y bajo la capa del cielo; en explorar los diversos condicionamientos que nos dan forma. No puede haber una buena obra literaria si no hallamos al menos un resto de esa búsqueda. A menudo, al leer una novela, lo que menos me ha interesado ha sido la trama, rara vez consigo que me inquiete lo que va a suceder en los capítulos siguientes. Abomino de las historias en las que sólo pasan cosas, muchas cosas, pero todas ellas a personajes de papel, a fichas de complejos entramados narrativos, en lugar de a seres de carne y temblor y hueso. Dicho de otro modo, yo no quiero saber quién es el asesino, yo no quiero saber si arderá la astronave, yo no quiero saber qué ejército se hará con la colina. Prefiero sentir el miedo de los personajes abandonados en medio de la vida, su culpa y su deseo, su mirada sobre el mundo; saber a qué ciudad les gustaría huir, por ejemplo, o la naturaleza del temor que les retiene paralizados. No pretendo, ni mucho menos, que los grandes temas que desde siempre han preocupado al hombre aparezcan resueltos en la obra literaria, lo que sí pido es que estén en juego, que en cada página permanezcan sobre la mesa.

En el relato, que es hasta el momento el género al que más me he dedicado, me preocupa evitar tanto que el resultado sea una novela comprimida y asfixiada, como que se asemeje a un poema en prosa. Cada historia requiere un tratamiento, una voz, y también una extensión determinadas. No entiendo tampoco que deba ser una trama concebida como puzzle o juego de salón, ni la aventura sin más de personajes que se nos deshacen entre los dedos bajo un estrépito de disparos y persecuciones, sino como nudo de búsquedas, lenguajes y destinos: debe hacer visible un pedazo de vida, sugerir mucho más de lo que muestra, como esas fotografías de Cartier-Bresson en las que a partir de la imagen detenida de una escena cotidiana, lo que vemos realmente es una historia a veces no tan borrosa, una tristeza, una época. Cuando digo que el relato ha de mostrar la realidad, quiero referirme a una realidad plural, ampliamente entendida, con su diversidad de planos, matices y recovecos; la realidad es tanto la superficie de las cosas, inevitablemente teñida del tono de la mirada, como lo que asoma bajo ella, presencias latiendo desde lo oculto, en forma de deseo, de tiempo o identidad de repente quebrados; de recuerdo que deviene, al cabo, demiurgo de un universo.

El pozo

Ahora creo que fue así. Habíamos estado en San Juan de la Peña, una especie de monasterio con tumbas de reyes que en lugar de techo tiene una montaña de roca que parece que en cualquier momento va a dejarse caer aplastándolo todo, pero pasan los siglos y sigue allí. Íbamos los del taller de soldadura casi al completo, sólo los rajados de siempre se habían quedado en Madrid, como Fernandito, Subnormal Casillas, el Babas y unas cuantas chicas que sus padres no querían que se quedaran preñadas o algo así. Esos antros de garantía social es lo que tienen, las malas compañías están aseguradas y los amigos, con suerte, van apareciendo a la vez que los problemas. Conmigo, por ejemplo, no paran de meterse todo el tiempo, me van cambiando el mote para ver cuál me duele más y dejármelo fijo. Es como si jugaran a ver quién es el primero que me arranca la crisis, aunque para eso hace falta humillarme bastante. En esos ataques empiezo a respirar cada vez más fuerte y los chavales se asustan porque dicen que se me pone una cara de loco y que los ojos se me vuelven sanguinolentos como un muslo de pollo medio crudo, entonces todos huyen de mí como de un resucitado y yo acabo en un rincón golpeándome la cabeza contra las paredes. Son como un pozo lleno de bultos negros, mis crisis. Luego casi nunca me acuerdo de nada, es decir, recuerdo un poco el miedo pero no los motivos, se me queda como una sombra de todos esos nervios, el eco de una voz que no comprendo. No sé por qué lo hago. Es como lo de las heridas, me gusta hacerme cortes en el brazo y luego ir vigilando cómo se van curando solas, a veces les pongo un poco de saliva y las acaricio despacio o me arranco trocitos de costra con las uñas. Siempre llevo rajas más viejas y más nuevas, en ellas observo cómo trabaja el tiempo, otros lo hacen con las plantas de un jardín, cortan rosas y ramas que sobran y miran el paso de los meses en los brotes recién nacidos y en las hojas que se secan. Yo no tengo jardín, tengo estos brazos heridos que me recuerdan el tiempo y que estoy vivo y lleno de glóbulos y cosas que hacer. El tiempo a secas no se puede mirar, tiene que ser con heridas o flores o una roca llena de musgo a punto de desplomarse sobre un monasterio. No sé: algo.

Esta vez no podía quedarme en casa porque el viaje era, entre otros sitios, al castillo de Loarre. Yo soy mucho de castillos. Tenía que estar allí, antes que cualquiera de ellos yo tenía que estar allí, las cosas siempre tienen un precio y llega un momento en que las collejas ya casi no hacen daño, tú acabas tomando cariño a quien te roba la gorra o te escupe en la cara y él a su manera también te quiere a ti, o quizá ésa no sea la palabra, quizá no sea querer. Además a esta excursión también se había apuntado Vanesa Calvo, la chica de la que hablamos, ¿no es eso?, aunque yo siempre la llamaba Ojitos. Ojitos esto, Ojitos lo otro, y ella hacía caso, parece que no le disgustaba ese nombre. Hablaba poco Ojitos, era tirando a cortada, muy para adentro, pero qué melancolía tenía la jodida, siempre tan callada, qué manera de mirar y, sobre todo, qué difícil era no mirarla sin parar. Siempre se estaba recogiendo el pelo y cuando ya lo tenía a su gusto volvía a soltarlo de golpe y empezaba otra vez a hacerse esa especie de coleta que no terminaba nunca, se peinaba con los dedos hacia atrás y andaba todo el tiempo enredando con sus pequeñas cosas, el *walkman,* las gafas de sol y todos los chismes que llevaba en un bolsito pequeño con cremallera: cacao para los labios, anillos de plástico y un móvil anticuado que no le sonaba nunca. Era tan difícil para mí no mirarla que ya todo el mundo hacía bromas con eso, que si novios, que si tal, todo para ver si nos poníamos colorados o a mí me venía la crisis. Si no hubiera sido por tanta burla habría intentado sentarme a su lado en al autocar, pero así nada, en la otra punta, cada uno con sus pensamientos, yo mirándome las heridas y ella con los auriculares puestos, como en otro mundo, mirando por la ventanilla cómo nos acercábamos a Loarre. Me hubiera gustado decirle lo que pienso en ella por las noches, cuando el novio de mi madre me obliga a apagar la luz y me quedo tan a solas que casi da miedo. Y también decirle lo máximo en esto del amor, lo que no creí que nunca jamás llegaría a pensar: decirle que por ella espero el lunes; por ella, que casi nunca me dirige la palabra.

Yo soy mucho de castillos, digo, me encanta un buen ariete reventando una puerta, imaginar todo eso, mazas que hacen añicos los huesos de los caballeros, cadenas clavadas a la piedra y el aceite hirviendo cayendo desde las almenas, batallas en las que todos sudan y sangran y los hierros hacen chispas al chocar y los heridos maldicen a gritos y se retuercen en la tierra como lombrices rotas. Lo he visto en películas miles de veces, y en libros ilustrados y en tebeos, pero quería estar en el sitio exacto, tocar los muros, mirar desde las torres, ver el mismo paisaje que un guerrero al morir, un guerrero cualquiera y de verdad, imaginar el vientre del buitre tan sombrío tal como él debía de verlo desde el suelo con las entrañas en la mano, el polvo que mordía mientras humeaban las ruinas.

En el autocar la mayoría de los chicos se habían colocado en las últimas filas e iban bebiendo latas de cerveza que habían comprado en una de las paradas. Llevaban las mochilas llenas de botellas. Dicen que vayamos donde vayamos tiene que notarse bien que somos de San Cristóbal de los Ángeles. No sé cómo se consigue eso, pero supongo que tiene que ver con los berridos y las mochilas llenas de botellas. Lo hacían medio a escondidas aunque en realidad Bubu, el monitor, siempre hacía la vista gorda en ese tema porque a fin de cuentas todos habíamos cumplido los dieciocho y, qué coño, él bebía más que nadie, todos los lunes se hacía el chulo contándonos su sábado noche, lo que se metía en el cuerpo, las tías que se levantaba y las horas que resistía sin dormir por bares que él se sabe, garitos que no cierran nunca y donde puedes encontrar las músicas y las mujeres más salvajes.

Y yo diría que más o menos fue así. Al entrar al castillo me olvidé del mundo y eché a correr escaleras arriba, quería subir a todas las torres a la vez, asomarme a los precipicios, gritar desde lo alto. Lamenté que el Babas no se hubiera animado a venir, es el que más sabe de cábalas y cálices, él me ha enseñado casi todo lo que sé sobre esa vida escondida debajo de la vida; se las hubiera arreglado para encontrar entre los muros pasadizos y rastros de un enigma de siglos, quizá la puerta de entrada a una biblioteca secreta con libros forrados de terciopelo negro, *Las Clavículas de Salomón,* por ejemplo, y recetas malditas para vencer a Dios. Con el Babas siempre hablábamos de estas cosas, de castillos o misterios, de si un espectro puede estar ensangrentado o no o de dónde proceden los aullidos que se escuchan a veces en los pasillos. En cambio con estos otros es inútil, no vale la pena, es gente a la que tienes que explicárselo todo, todas las clases de misterios que hay, voces en sitios que no hay nadie, seres que por ejemplo vienen de otro mundo, ánimas y así, para ellos son todo cuentos chinos, se parten de la risa, pero a mí es que éstas son las cosas que me gustan, un crucifijo invertido, bosques de nieblas y tumbas, pucheros con pócimas. No sé cómo decirlo: yo amo el más allá.

Y creo que fue así. Nos habíamos sentado unos cuantos en corro en la oscuridad de las mazmorras y alguien sacó una botella de pipermín. Estuvimos hablando de todo y de nada hasta que empezaron con el tema de siempre: que si ya le había entrado a la Ojitos, que si anda pidiendo guerra, cosas que no me gusta hablar con ellos porque es como si lo ensuciaran todo, absolutamente todo, su cara, su nombre... Nos prepararon una especie de encerrona a la Ojitos y a mí y cuando nos quisimos dar cuenta estábamos solos en el castillo. Se fueron todos y le dijeron al tipo de la entrada que ya podía cerrar las puertas porque no quedaba nadie dentro. Bubu nos echó en falta en el autobús pero le dijeron que hacía un rato ella y yo nos habíamos bajado caminando al camping que es donde íbamos a dormir. Eso dicen, aunque yo creo que Bubu estaba también en esa especie de broma de hacernos pasar una noche juntos para ver cómo me las arreglaba yo con mis fantasmas, y si me decidía a atacar y, sobre todo, para fabricar la anécdota que luego contarían en San Cristóbal, de bar en bar, riéndose de nosotros, la historia de los dos tímidos encerrados durante toda la noche en un castillo, borrachos, que se abrazarían por el frío y por el miedo y por tanto pipermín y por la luna allá arriba que dibujaba el perfil de un lobo en cada matorral.

Nos parecíamos en mucho, Ojitos y yo, los suspensos del instituto, lo solos que estábamos en aquel taller ocupacional, el mal rollo en nuestras casas, la marca de tabaco, y creo que en más cosas, cosas que ahora mismo no sé decir. Un desaliento, puede ser, un cansancio. Pero casi nunca habíamos hablado en serio porque yo me ponía como nervioso y ella empezaba a mirar hacia abajo y al final lo más cómodo era decirnos hasta luego y seguir cada uno con lo nuestro, ella con sus músicas secretas y yo con mis revistas de misterios y cruzadas, mi cajita con tranquilizantes, mis charlas con el Babas y poco más. Ahora quizás podría hablarle, con tanto alcohol en el cuerpo y la noche entera por delante llena de sombras y gritos de pájaros y el viento girando en las torres. Aunque yo soy mucho de castillos, pero no como para quedarme atrapado en uno de ellos tantas horas en la oscuridad y teniendo que cuidar de una muchacha tan frágil que además ahora empezaba a echarme las culpas de todo lo que había pasado. Una cosa es que yo fuera un puto pardillo, decía, y otra que a ella quisieran meterla en el mismo saco, sólo por las tonterías que yo iba diciendo por ahí, que si me gusta, que si Ojitos, que si mierda. Me odiaba a mí en vez de odiarlos a ellos y llegó a decir que hubiera preferido quedarse encerrada con cualquiera del grupo antes que conmigo.

Y no me acuerdo de mucho más. Sé que me estuve golpeando la cabeza contra una piedra de la muralla, sé que vomité bilis y mentas, recuerdo bien esa mezcla de sabores; que me estuve repasando heridas viejas del brazo con un cortaúñas, eso y unas cuantas imágenes sueltas, como de una película antigua que pasara a toda leche por la pantalla, Ojitos y su cara de terror, lo suave que es, lo suave que era quiero decir, escaleras que se perdían en la tiniebla, laberintos negros, la sombra de un arquero en la torre del homenaje y también cómo me faltaba el aire, un dolor en el cráneo y mi amor allí, insultándome.

No sé cómo hay gente que puede pensar eso, lo de que la maté y toda esa historia. Gente que no lo dirías, que te has tomado con ellos mil cervezas, sabes, y ahora esto, ahora te señalan con el dedo, míralo, allí está el monstruo, me señalan y me insultan hasta cuando estoy dormido, me despierto hecho una sopa, vivo como con fiebre. La veo allí muerta en el fondo del pozo, tal como decían los periódicos, acurrucada, en posición fetal como si realmente no hubiera vivido, como si todo para ella hubiera sido un mal sueño, todos los fracasos, los suspensos, la melancolía, la soledad de su música invisible, un mal sueño nada más.

Yo veo que a otros presos les mandan revistas y cosas para merendar. Yo si recibo algo es cualquier anónimo en el que un desconocido me explica despacio cómo se despacharía conmigo si me tuviera a tiro, cómo me rajaría, qué haría con mi piel, qué haría con mi corazón. Dicen que si confieso y firmo todos los papeles la pena será mucho más corta. Pero ahora no sé, estoy un poco confuso. De todas maneras, suponiendo que haya sido yo, ¿cuánto le cae a uno por querer así, tan torpemente, es decir, cuántos años te meten por amar hasta la muerte?

ÁNGEL ZAPATA

ÁNGEL ZAPATA (Madrid, 1961) es autor de *La práctica del relato* (1997), *Las buenas intenciones y otros cuentos* (2001), *El vacío y el centro. Tres lecturas en torno al cuento breve* (2002) y del libro de relatos *La vida ausente* (Páginas de Espuma, 2006). Tuvo a su cuidado la edición de *Escritura y verdad. Cuentos completos*, de Medardo Fraile, en la citada editorial; y ha publicado la traducción de *Poesía y revolución*, de Louis Janover, y *André Breton y los datos fundamentales del surrealismo*, de Michel Carrouges. Desde el 2008, milita en el Grupo Surrealista de Madrid.

Desposesión

Tiene tres mástiles en la espalda, tres mástiles de una madera añeja que nace abruptamente de la carne, con incrustaciones de salitre. Se pregunta a menudo por qué son tres. Se pregunta si un día un velamen espléndido tensará sus palos, si ese día pondrá rumbo a Levante llevando en los costados penachos de algas y, en su interior, oscuridades de bodega. Ahora vive impedido por los mástiles. Vive apegado a una prudencia equívoca de árbol que tala otro árbol. Mejor si las preguntas no terminan. La marea asciende: tarde o temprano, algo tendrá que enmudecer en él para que arda la rosa de los vientos.

Mientras dicen adiós

Imaginen la estepa. ¿Qué estepa? Igual me da: una estepa cualquiera. Tierra y más tierra por todas partes. Imaginen eso. Con una carretera atravesándola, sí. Y allí, en la cuneta de la carretera (bajo un cielo dorado y borrascoso, como de Antiguo Testamento), un camión aparcado. ¿Qué tipo de camión exactamente? Un camión cochambroso, está clarísimo. La clase de vehículo anacrónico que parece escapado del desguace: ese camión vetusto (con una lona parcheada) del que uno entiende sin dificultad que el conductor lo llame por su nombre y le dé palmaditas en el morro, porque el hecho de ir cumpliendo años lo ha vuelto casi una persona, por un lado, y por otro, porque es sabido que los camioneros pasan tal cantidad de tiempo solos, que terminan poniendo ese cariño huérfano en cualquier cosa que les caiga a mano.

Imaginen la estepa, pues.

Y en la estepa, un camión.

Y en la cabina del camión, un camionero: un hombre calvo y poquita cosa, que no hace aún medio minuto acaba de salir de una siesta a deshora (bosteza, rezonga, se frota muy fuerte los párpados con los pulpejos de las manos); y que ahora mismo, apenas se incorpora en el asiento y mira vagamente hacia el campo vacío, ha divisado (por entre el polvo añejo del parabrisas) el movimiento de una figura humana que se acerca hacia él.

La figura, es verdad, está muy lejos. Para ser más precisos, está situada justamente en ese punto de la carretera donde se diría que las líneas convergen. Sería imposible verla a esa distancia, ya lo sé. Pero es que el camionero tiene vista de lince. No se mueve en el aire una brizna de polvo. El sol quema las crestas de las nubes con tal delicadeza que parece que luego les va a poner una tirita. Y así las cosas, basta guiñar un poco los ojillos para atisbar que la figura lleva los brazos extendidos (hacia delante, como quien se anticipa a los obstáculos); que es un varón sin duda (pues va mal afeitado y el pelo le hace remolinos), y que viste una bata de cuadros, más bien corriente; con las pantuflas, eso sí, a juego.

No permitan que nada les distraiga de imaginar la estepa. Pero piensen, de paso, que como el camionero es un hombre de mundo, le ha bastado con esas pocas señas para conjeturar que el individuo que ahora mismo se acerca a su camión (lleva un rato esperándole, pero ya puede oír sus pantuflas sobre la grava de la carretera) o bien es un sonámbulo (primera hipótesis), o bien es un imbécil que se hace pasar por un sonámbulo (segunda hipótesis; quizá menos plausible que la primera, pero no descartable en absoluto si uno ha vivido lo suficiente, y puede presumir —como a veces presume el camionero— de conocer a las personas). ¿Cambian mucho las cosas en un caso o en otro? Por el momento no. Y esto es lo que hace que el camionero abra la portezuela de la cabina, ponga un pie en el estribo, y con un salto atlético y vivaz (con esa agilidad sobreactuada que exhiben tanto los bajitos) se plante en la cuneta.

La tarde, mientras tanto, sigue haciendo su número. Imaginen la estepa. Imaginen la tierra vacía y un cielo arrebolado sobre ella, ese tipo de cielo excesivo, épico y rojo, que se les pone a las ciudades cuando van a rendirse. Pues bien, bajo uno de estos cielos camina ahora el camionero —sobre la carretera (insisto) que atraviesa la estepa—; y habría que añadir que mientras anda hace algún aspaviento con las manos (y que hasta dice, de vez en cuando, «¡eh!») sólo para saber si ese sonámbulo dudoso, con el que ya está a punto de tropezarse, puede verle y oírle:

—Le veo a usted perfectamente —dice el sonámbulo de pronto, parado justo enfrente del camionero, con una sonrisa amigable.

—¡Vaya! Pues disculpe que le haya gritado —responde el camionero con mucho apuro.

—No, si lo entiendo. La gente me confunde con un sonámbulo. Y sin embargo no lo soy. Ya lo está viendo: sólo soy un imbécil que se hace pasar por un sonámbulo. ¿Y usted?

—No, yo no. Yo algunas veces hablo en sueños. Pero nunca he pasado de ahí.

—Bueno... Pues no está mal. Todavía es usted joven. ¡No pierda la esperanza! ¿Sabe? De un hombre que ha perdido la esperanza, puede decirse que lo ha perdido todo.

—¿Y de uno que no la ha perdido?

—También puede decirse, sí.

—¿Entonces?

—¿Usted qué cree?

—Yo creo que la esperanza es lo último que se pierde.
—¿Lo ve? Acaba usted de darme la razón.
—¡Es sorprendente! —confiesa entonces el camionero.
—¡Ya lo creo que sí! —corrobora el imbécil que se hace pasar por un sonámbulo, y que está ahí, a poco más de un metro del camionero, con los dos brazos extendidos, y una sonrisa que ondea a media asta, bajo los párpados cerrados.

Imaginen la estepa. Imaginen (si quieren) que un vientecillo casi frío se ha levantado de repente, y que el sol (que ya lleva un buen rato poniéndose) ha desaparecido —como desaparecen en las ferias esas rubias rollizas que ayudan a los magos— por la falsa trampilla del horizonte.

Todo es así.

Incluso si se trata de la estepa.

Todo tiene su parte de truco.

El vientecillo (que crece muy deprisa, la verdad) está azotando ahora la lona parcheada del camión. Pero esto al camionero no le preocupa. Al camionero (que asegura haber visto mucho mundo sencillamente con estarse ahí: aparcado en mitad de la estepa) es muy difícil que le preocupe algo. No es que sea inmune a las preocupaciones; pero un hombre que un día aparcó su camión en la cuneta (y que desde ese día ya no ha vuelto a arrancarlo), o se hace duro como el pedernal, o la propia dureza de la estepa termina con él. Imaginen la estepa. Imaginen a un hombre con los nervios de acero que un martes de noviembre, por la noche —y con lluvia—, es capaz de decirle tranquilamente a su camión desvencijado: «¿Cenamos ya, o esperamos que llames a tu madre?». A un hombre así, templado en los reveses de la Fortuna ¿qué podría realmente quitarle el sueño? ¿Una siesta indebida? ¿El ventarrón que ahora y cada noche barre el campo vacío? ¿Esa estrella que a ratos se enciende y se apaga por detrás de las nubes, como en un decorado de pacotilla donde fallase la instalación eléctrica? Un hombre así (está clarísimo) duerme toda la noche de un tirón. E incluso puede estar, como ahora mismo, parado enfrente de su interlocutor —con los brazos cruzados—, gozando intensamente de este momento de compañía, sin que el silencio se le vuelva incómodo.

    —Dígame: ¿usted se sentiría decepcionado si yo bajo los brazos cinco minutos? —ha dicho de improviso el imbécil que se hace pasar por un sonámbulo.

    —No, yo no. ¿Y usted?

    —Pues yo pienso que sí. Estoy casi seguro de que ese gesto me decepcionaría. Y por favor, no me lo tome a mal. ¡Cómo decirle!... Si uno se hace pasar por un sonámbulo debe llevar los brazos extendidos. Es así. Llevar los brazos extendidos forma parte del lote. Usted es camionero porque tiene un camión ¿no es verdad? Pues mi caso —por lo menos en esto— es parecido al suyo. Míreme bien. De arriba abajo. ¿Ha visto usted acaso que yo tenga un camión?

    —No señor. No lo he visto.

    —Ajá. Pues ahora dígame en qué consistiría que yo me haga pasar por un sonámbulo si llevase los brazos pegados al cuerpo; o —más sencillamente incluso— si cediese de un modo irresponsable a esos cinco minutos tentadores en los que nadie (y fíjese en lo que le digo: nadie) sería capaz de reprocharme que yo baje los brazos.

—Creo que le entiendo.
—Me entiende.
—Sí.
—¿Y me da la razón?
—Completamente.
—¿Está seguro?
—Sí, seguro.
—¡Caramba! Pues si se fija usted, van dos veces seguidas que termina por darme la razón.
—¡Es sorprendente! —confiesa entonces el camionero.
—¡Ya lo creo que sí! —dice el imbécil que se hace pasar por un sonámbulo. Y si no fuera por ese ventarrón indesmayable que barre la estepa, el camionero habría podido ver un temblorcillo de felicidad aleteando en sus párpados cerrados.

Que no les haga mella ese temblor (ningún temblor). Y ante todo no dejen de imaginar la estepa. De otro modo, eso sí; porque en la estepa, ahora, está a punto de ser noche cerrada. En la estepa no hay faros. No hay manadas de búfalos. No hay trozos de cositas indescifrables viviendo en los cajones de las mesillas; ni garantías tan tranquilizadoras como la de un callista que se apellide «Soto», y que en la misma puerta de su consulta, a la izquierda del timbre, haga poner un rótulo que dice: «Julio Soto. Callista». La estepa, a su manera, es minuciosa. Atrapa a un hombre y lo destruye. Atrapa a otro, y antes de destruirlo le obliga como mínimo a recitar de carrerilla todas las variedades de frutas escarchadas y las cumbres más altas del globo. Imaginen la estepa. Imaginen la noche derramándose (como si alguien volcara desde arriba el oleaje de un tintero azul); y allí, sobre la grava de la carretera, uno enfrente del otro (pero sin verse ya), al camionero (que mantiene los brazos cruzados), y a su lado el sonámbulo (o más bien el imbécil que se hace pasar por un sonámbulo), atravesado todavía, de punta a punta, por el temblor de la felicidad.

—Déjeme que le diga una cosa —rompe a hablar el sonámbulo, con la voz aflautada por la emoción—. Hasta el día de hoy, yo no me había tropezado nunca con alguien que me diese la razón dos veces seguidas.

—¿Está seguro?

—Sí, lo estoy. ¿Y usted?

—No, yo no. Si quiere que le diga la verdad, yo me inclino a pensar que exagera. ¿Nunca ha sido usted niño? ¿Y de niño no dio la tabarra? Y esas veces que daba la tabarra ¿no había en su hogar una abuelita dulce —con un mandil ajado por el uso y un pañolón en la cabeza— dispuesta a darle la razón?

—¿En el suyo la había?

—Desde luego que no. ¿Y en el suyo?

—¿Quiere que le conteste con franqueza? Lo he olvidado.

—¡Pues ahí tiene la prueba!

—¿De qué?

—¡Y cómo quiere que lo sepa yo! ¿No le basta con tener la prueba?

—¿Tendría que bastarme?

—Naturalmente.

—¡Vaya! Pues no me basta, ya lo ve.

—¿Sabe? Cuando hace sólo un rato le he visto ahí, en ese punto de la carretera donde se diría que las líneas convergen, me había hecho otra idea sobre usted.

—¿Qué idea exactamente?
—No sabría decirle. Otra idea.
—Ya. ¿Y qué me quiere decir con eso?
—¿Usted qué cree?
—Yo creo que la esperanza es lo último que se pierde. ¿Y usted?
—También lo creo.
—¿Está seguro?
—Estoy seguro, sí.
—¡Caramba! Pues si se fija usted, van tres veces seguidas que termina por darme la razón.
—¡Es sorprendente!
—Ya lo creo que sí —dice el imbécil que se hace pasar por un sonámbulo. Pero esta vez lo ha dicho con menos alegría. Lo ha dicho, para ser exactos, como si recitase de carrerilla todas las variedades de frutas escarchadas o las cumbres más altas del globo.

En la estepa, de noche, arrecia el frío. Una única estrella se enciende y se apaga en el cielo. Si saliera la luna, se vería que el rocío ha pintado de blanco la lona parcheada del camión. ¿Por qué lo sé? Muy fácil: porque hace unos minutos que la noche se ha apoderado de la estepa, sí. Pero incluso en el caso de la estepa todo tiene su parte de truco. Quiero decir que todo se desgasta. O no todo, quizá; pero si a algunas cosas que se desgastan (un ojal, por ejemplo) uno va y les coloca una presilla, mientras que a otras —mira qué leche— no, lo que esto indica es que a las cosas lo mejor es dejarles que circulen en las dos direcciones (igual que las hormigas por un alambre) y no marearlas más de lo debido.

Imaginen la estepa ya de noche.
Y en la estepa, de noche, un camión.
Y en la cabina del camión, a oscuras, al camionero (que acaba de arroparse con una manta); y a su lado, en el asiento del acompañante, el sonámbulo (o más bien el imbécil que se hace pasar por un sonámbulo), con otra manta un poco renegrida cubriendo su bata de cuadros; y con los brazos todavía extendidos, aunque apoyados (disimuladamente) justo en el borde de la guantera.
Ninguno de los dos está dormido. Los dos disfrutan, cada uno a su modo, de este momento de compañía. Y estos son los momentos que importan de verdad. Al cabo de unas horas, cuando vuelva a asomarse al horizonte el sol violento y bíblico que ilumina la estepa, el camionero habrá soñado con un campo de trigo. El sonámbulo, en cambio, no habrá soñado nada. Pasados unos días seguirán recitando sus parlamentos.
Se darán la razón el uno al otro.
Se mortificarán de vez en cuando.
Terminarán por ser amigos.
Un día (pero para esto aún falta mucho, mucho tiempo), en ese punto de la carretera donde se diría que las líneas convergen, verán aparecer, muy de mañana, el convoy de una feria ambulante. Se pondrán a dar saltos de alegría. Y aupados sobre el morro del camión, como dos colegiales, verán pasar el trailer que transporta la noria, las jaulas de los tigres, el remolque con falsa trampilla en donde vive el mago, la caravana de la mujer barbuda. Los dos querrán de pronto subirse a ese convoy. Y ese convoy será el que los lleve (mientras dicen adiós a su camión) carretera adelante.

¿Adónde? No lo sé.
Nadie lo sabe.
No intenten ni siquiera imaginarlo.
Imaginen la estepa.

Javier Sáez de Ibarra

Javier Sáez de Ibarra (Vitoria, 1961) vive en Madrid y trabaja en un Instituto Público de Enseñanza Secundaria como profesor de Lengua y Literatura. Junto a Viviana Paletta, dirige la colección *Narrativa breve* de la editorial Páginas de Espuma. Ha publicado un libro de poemas, *Motivos* (Icaria, 2006), y tres de cuentos en Páginas de Espuma: *El lector de Spinoza* (2004), *Propuesta imposible* (2008) y *Mirar al agua. Cuentos plásticos* (2009), que obtuvo el I Premio Internacional de Narrativa Breve 'Ribera del Duero'. Es autor, además, de ensayos y aforismos aparecidos en revistas como *Clarín* y *Babab*.

No ser Sherezade. Una poética del cuento

No ser Sherezade.

No cantarle al poderoso. No regalar novedades a sus hastiados oídos. Reservar la voz sólo para las personas buenas. Para los que necesitan escuchar.

Rehuir ese destino de lacayo, que teme a la muerte y cree aplazarla mintiendo historias. Al contrario, permitir que acceda a las narraciones, enfrentarla, mirarla a sus ojos sin fin, resucitar de ella con la templanza de la conciencia.

No rendir el cuello tras el puro agotamiento de los números. Pues la esclava triunfa por un *deus ex machina,* que decide el perdón como se salva al buen perro de las cacerías para que ocupe un rincón y coma sin dientes ya de una escudilla. La dureza del tirano no ha cambiado, sigue siendo el mismo algunas noches después.

Dirigirse sólo a las personas buenas, que desean escuchar y abren su corazón; pues sólo ellas están dispuestas a ser transformadas, sólo por ellas nuestro mundo puede alojar algún cambio.

Contarles la verdad. Que los viajes, los hechos maravillosos, los inesperados encuentros, los objetos buscados o perdidos, la malicia y el amor siempre clandestino, la aflicción y el gozo nos ocurren a todos nosotros. Que somos mortales mientras vivimos.

No entretener, no distraer. No seducir siquiera. Porque se nos ha dado en una pequeña forma el poder de la palabra, no utilizarla para el encantamiento.

No presumir de la literatura, no ganar favores, no caer en pendencias, no elegir amistades. Rehusar convertirse también en otro poderoso; rechazar la larga cadena de las repeticiones.

Ser más bien como el que habla despacio y callado lo que despacio y callado será leído.

Ponerse a escribir un cuento como a componer la *Novena Sinfonía*. Libre, genial, valiente, inspirado, talentoso, impaciente, grande, feliz. Generoso. Pues sólo con la generosidad se escribe bien.

Desata tu miedo, tus infidelidades, tu indignación, tu rabia, tus preguntas, que aparezca todo lo que te hace débil; confía. Eso encontrará un profundo acierto. Las otras alas, de la lengua que empleamos, de lo que la vida nos muestra aun en sueños, de nuestro tiempo compartido, del pensamiento y la emoción que nos habitan casi sin permiso, esas alas participan de nuestra escritura y vuelan con nosotros. Somos escritores; seamos agradecidos.

Y si los textos al final se olvidan, dejemos que caigan al suelo y que los pisotee la gente, que tiene mucho que hacer. Nosotros hemos recibido nuestro rato de silencio; la felicidad ha sido nuestra paga. Hemos devuelto a la vida un gesto que el viento por más que se lleve, no lo hará sin este arañazo.

Alegrémonos de vivir ahora. Hacemos lo que podemos, y nuestros amigos nos acompañan. Alguno incluso ha querido respondernos; ese esfuerzo suyo también nos compensa.

Madruga para escribir, o refúgiate en la noche santa cuando lo exhausto cae en su reposo. Ponte ante el espejo de la pantalla o de la hoja para mostrar de lo que es capaz tu amor.

Luego abre tu ventana para saludar al nuevo día.

Una ventana en Via Speranzella

Las acciones vitales son, en realidad, formas expresas y expresivas de lo que puede llegar a ser entendido como arte [...]. No es preciso transferir a un objeto extraño y exterior a la propia persona las vivencias sensibles o emocionales, porque el arte también puede ser objetivado a través de acciones y movimientos del propio cuerpo, y quien los observa puede captarlos como presencias representativas similares a las que provocan o se experimentan delante de las llamadas obras de arte.

Arnau Puig sobre Esther Ferrer

La obra visible que ha dejado esta artista es de fácil y breve enumeración: apenas unos cuadernos escolares que fue escribiendo de modo desigual hasta poco antes de su fallecimiento, ocurrido a sus setenta y tres años, y en los que no se encuentra otra cosa que recuerdos vagos de personas, pisos, calles, paisajes que frecuentó, pero apenas nada que sirva para interpretar, mucho menos explicar, el sentido último —si es que cabe esto— de sus *acciones;* doce pequeños objetos de terracota que algún especialista, es un decir, ha denominado con los sencillos nombres de «esferas» y «polimorfismos», y algunos correos electrónicos —son escasas las cartas, aunque muchas se han perdido— que unos pocos amigos han conservado y guardan celosamente. Exigua herencia, se concluye, para los estudiosos y curiosos que nunca faltan a las excepciones y que tratan de satisfacer con ella la pérdida de lo que en realidad importa y no podrá recuperarse nunca.

Porque la otra obra, la interminablemente heroica, la impar, la invisible en cuanto fugaz, la que, sin embargo, hace que hoy todavía se interesen por ella profesores, críticos de arte, algunas personas allegadas, así como vecinos de escasa formación pero afecto constante, ésa sólo se guarda en la memoria viva de unos pocos testigos. En cuanto a mí, vengo a ofrecer el testimonio de una de sus acciones, aun cuando puede discutirse si se trata de una sola, repetida con fidelidad durante cincuenta años o si hubo, por el contrario, cincuenta acciones diferentes que sólo por la semejanza de la materialidad del gesto pueden confundirse —dejo su elucidación a expertos y filósofos—. Quiero anotar, pues, el haberla visto una vez y el hecho, que no estimo meritorio, de haber consagrado parte de mi vida a reflexionar sobre él e interpretarlo a la luz de mi investigación en torno a los acontecimientos nucleares de su biografía.

He anotado cincuenta años, cifra engañosa por rotunda, cuando no es posible registrar el momento en que Petra Menardi comenzó a realizar su acción. Lo esencial, con todo, me parece que reside en el hecho de que durante esa aproximada cincuentena, se mantuvo fiel a su acto de forma heroicamente consecutiva, para lo que no reparó en enfrentarse a sucesos, emociones, acaso pensamientos, que a otra persona sin el poder de su temperamento la hubieran forzado a desistir.

En un número hoy salido del anonimato de la Via Speranzella, una entre otras que cuadriculan el barrio napolitano *degli Spagnoli,* en un pequeño piso de tres habitaciones situado en la segunda planta, vivió y luchó secretamente, con el secreto que ampara a los pobres, esta mujer, cuya infancia y adolescencia hicieron creer a sus padres que cosecharía múltiples triunfos por su excepcional talento para las artes plásticas. A su servicio dedicaron dinero, que no era el problema, e influencias entre prestigiosas academias y renombrados artistas, los cuales no cesaron de alabar los progresos que iba mostrando año a año, casi mes a mes. En los círculos más exquisitos de Milán, no había cumplido los trece años cuando ya se hablaba de ella con admiración y se resolvían pronósticos sobre el lugar que alcanzaría en el arte italiano cuando, superada su precocidad, llegara a la madurez creativa. Un plan especial de estudios le permitió viajar a los principales museos y pinacotecas del mundo: Madrid, San Petersburgo, París, Amberes, Nueva York... donde aprender de los grandes maestros; acudió a clases magistrales de pintores reconocidos, invitada incluso a sus talleres, a sus casas; en todas partes era recibida con asombro y generosidad. Se echará de menos en la relación de obras establecida al principio la mención a estas creaciones de la infancia; no hay más fulminante y desgraciada razón que el hecho de que jamás uno solo de sus cuadros fuese vendido, pues la niña insistía tenazmente en conservarlos todos para poseer —se dijo que decía— la secuencia intacta de su «carrera» con vistas a no se conoce qué destino creativo; y a que la nómina completa ardió en una pira que ella misma compuso en algún lugar costero del mar Tirreno, según fuentes dignas de crédito. Puede llamar la atención, más incluso que el hecho de que su autora los entregara al fuego, que tampoco hubiera regalado ni una sola de sus obras como obsequio a su padre, su madre o cualquiera de sus tres hermanos. Si, pese a todo, existiera algún poseedor de alguna de sus piezas, hasta el momento calla.

Al cumplir los dieciocho años, acabados sus estudios generales, le fue concedida la afamada beca Pazzi & Harrington para estudiar en Barcelona junto con un selecto grupo de nuevos artistas. Estas jóvenes promesas ampliaban sus estudios de Estética, Filosofía, Literatura, además de recibir clases teóricas y prácticas de dibujo, pintura, escultura, medios audiovisuales. Todos ellos convivían estrechamente en un colegio mayor en el que, por temporadas, residían también algunos de los profesores, de manera que se asegurase una formación continua, rotas las barreras de aulas u horarios, acercándose al ideal de una vinculación personal entre maestro y discípulo. En las salas, pasillos, jardines de aquel colegio mayor, Petra Menardi conoció y trató a Octavi Escasany, artista plástico, conocido teórico del «minimalismo móvil», concepto estético que él mismo acuñó y practicó durante casi una década. Presumiblemente, su relación trascendió del respeto y la admiración mutuas a la necesidad de un intercambio e interpenetración mayores; del plano estético se llegó al personal, al pasional, al amoroso; ella fue desatendiendo a los otros profesores, él terminó por descuidar sus obligaciones docentes y, contra la opinión y las presiones del consejo rector, cuando el cuatrimestre del señor Escasany concluyó, la genial creadora Petra Menardi abandonó el colegio y renunció a la beca por seguirlo. La habitación vacía, en la que había ella vivido aquellos meses y adonde fueron a buscarla tras apercibirse de su ausencia, sólo descubrió algunos efectos personales de los que había prescindido y enormes manchas sobre la cama, por el suelo y por las paredes de pintura roja que ella había derramado directamente de los botes con los que venía trabajando. Resultó como un sello, como un símbolo de la pérdida de la inocencia o, acaso, la metáfora de la sangre o la vida que estaba dispuesta a entregar por la nueva pasión que se le ofrecía.

Apenas es posible reconstruir los años que conducen a la pareja desde aquella elegante zona universitaria barcelonesa por diferentes ciudades de la Europa meridional hasta un barrio humilde, por no llamarlo deprimido y hasta peligroso, y en él a una calle perdida, y en ella a un piso reducido en el que no había modo de establecer ya no un taller, ni siquiera una sala donde tender las telas o colocar un torno. Además de que para cuando se integraron en el populoso barrio de Los Españoles, ella ya llevaba un crío de un año en sus brazos y, antes de un lustro, habían nacido sus cuatro hijos. La joven, que había estrenado su mayoría de edad con su lanzamiento a una prometedora carrera, acababa a los veintitrés unida a un extravagante artista que la doblaba en años y cuyo declive creativo era más que notable, rodeada de niños que reclamaban todo su tiempo, y lejos de unos padres que habían respondido finalmente con la indiferencia a tantas muestras de silencio y desprecio de parte de su hija. La respetable familia se desentendía así de Petra acaso para forzarla a volver una vez que la aventura con aquel hombre hubiera fracasado; reconciliación que, como sabemos, nunca se produjo.

Quiero inferir, por tanto, que el primer *acto* de la artista Petra Menardi lo realizaría hacia los veintitrés años de edad, viviendo todavía con Escasany. Sé lo que esta reconstrucción tiene de ficticio, sé que sólo puede conjeturarse de manera retroactiva a partir de los siguientes: sus repeticiones; pues no hay testimonios directos de él, ni de los que vinieron en los años inmediatos; sin embargo, me autoriza a recogerlo aquí mi esfuerzo por rehacer un itinerario, siquiera en algunos de sus momentos más intensos. Una mañana de julio, la primera mañana de un tres de julio, hacia las once, la joven Petra Menardi abrió la mediana ventana que iluminaba su saloncito y se asomó a la luz de esa bulliciosa Via Speranzella; inspiró profundamente el aire cargado del ruidoso humo del tráfico, el voceríbulo, los olores de los comercios de aves, cueros y ultramarinos de entonces, y realizó el gesto que luego repetiría con fidelidad insondable durante toda su vida: se desabrochó uno a uno los botones de su camisa, a continuación se la abrió con parsimonia y mostró al aire, al mundo, a nadie en particular, a todo el que en ese momento acertara a mirar hacia lo alto de aquel segundo piso, su pecho izquierdo. Lo mantuvo exhibido un tiempo impreciso, unos segundos apenas, varios minutos, hasta que lo cubrió delicadamente con esa parte correspondiente de la camisa y volvió a abotonársela. Después, con ambas manos se cubrió el rostro y fue recorriéndolo de abajo arriba hasta alcanzar lo alto de la frente y mesar sus cabellos largos en un movimiento luego descendente hasta por detrás de la cabeza. Dejó un instante colgando sus manos; cerró la ventana, y se retiró al interior de su casa. El gesto inicial había nacido. Sin embargo, ese primer y/o único acto era una verdadera declaración de libertad: ni la modestia de su vivienda, ni los hijos entendidos en ese momento como carga de responsabilidades, ni la condena moral y económica de sus padres doblegarían su voluntad de ser. Su cuerpo mostrado se convertía de esta forma en testimonio de su decisión de mantenerse en sí y consigo misma, asumiendo el destino que se había marcado hasta entonces como el que fuera a depararle el tiempo restante. La joven Petra Menardi había volcado en un gesto de soberanía toda la fuerza de su genio creador, como volcó en aquella habitación de sus dieciocho años la pintura roja con que bautizaba su independencia.

Es verosímil que no hubiera testigos de ese primer acto del ritual; pero sabemos que siguió repitiéndolo invariablemente cada mañana de cada tres de julio, siempre hacia las once, con independencia del tiempo meteorológico, de la vida de la ciudad o de sus circunstancias personales. En cada ocasión era la confluencia de esas coyunturas la que imprimía en su gesto idéntico una identidad particular, de modo que sólo a una mirada superficial había ocurrido lo mismo un año y otro. ¿Cómo interpretar, si no, que realizara la misma acción aquella mañana de sus veintitrés años, cuando vivía con su pareja, el pintor Escasany, y la que ejecutó con firmeza el primer tres de julio en que, abandonada por él, ya se encontraba sola en la casa? Este acto contenía toda la fuerza y la determinación de continuar adelante, criando a sus hijos; su pecho descubierto era la imagen misma de la desnudez, de la pobreza en que había quedado, sin compañero, sin el dinero que de él habría debido recibir, sin protección. El hecho de mesarse los cabellos hacia atrás representaba la obstinación por lavar el rostro de la desesperación y encarar la dureza de la vida de frente.

Con cada año que pasó, el gesto repetido fue cargándose de sentido: la fidelidad a sus hijos, el aceptar convertirse en una *signora* más de aquel barrio considerado criminal y excluido de las guías turísticas, la rebeldía frente al norte rico y elegante del que provenía, el desafío de su soledad como hija perdida y como mujer repudiada. Hubo un tres de julio para el orgullo y otro para la denuncia social y otro para la independencia y otro para el puro amor por los actos gratuitos e inútiles de los que se enseñorean sobre su tiempo. Petra Menardi retornaba al gesto idéntico enriqueciéndolo en el abismo del silencio y su propio secreto. Tuvo que saborear la oscuridad en la que trabaja el artista, ajeno a miradas y juicios de otros, solo en la fidelidad de orfebre hacia sí mismo, aceptando la posibilidad definitiva del olvido que concierne a todo creador, y que caracteriza la condición humana en general. Durante años no tuvo la menor compensación de un aliado, de un testigo, de un discípulo que la comprendiese o alabase, que comentara entre otros lo que había descubierto a su lado. Menardi había abrazado, como a su amante, el anonimato y la desaparición; por eso, cuando vinieron los que querrían hablar de ella, ella ya los había despedido.

Alguna mañana los vecinos no lo supieron, otra hubo uno que la descubrió y tuvo el azar de volver a verla al pasar el año, hubo quien lo comentó con su compañero, hubo quien se olvidó y también quienes, difundiendo la noticia del acto, terminaron por convocar, para el siguiente tres de julio, al primer grupo que aguardó expectante desde el medio de la calle que se repitiera la exhibición de Petra en la ventana. La ropa tendida a lo largo de la fachada o el aguacero imprevisto o la interposición de camiones o la simple atracción de un evento deportivo pudieron modificar la percepción de aquel mínimo desnudo; pero los habitantes del barrio *degli Spagnoli,* los vecinos de Via Speranzella sabían que ese gesto se había hecho, que Petra no había flaqueado en su resolución y, de alguna manera, aunque no supieran entenderlo, comprendían que aquella acción sostenía a aquella mujer y le otorgaba una aureola de autoridad; así presentían que emanaba desde ella para conferirle a todo el barrio un respeto que su mala fama y su miseria le han arrebatado a los ojos del resto de la ciudad. No negaré que algunos de aquellos curiosos, en número creciente, esperasen en medio de la vía sólo por el placer bien elemental de contemplar durante un minuto un pecho femenino; pero otros me han declarado con emoción que aquella mujer les mostraba la fragilidad de un cuerpo, un pecho que arrostraba las dificultades que ellos mismos sentían a diario, y una mama que para algunos hacía el recordatorio de una infancia perdida y, con ella, la experiencia de quimeras y sueños que habían perseguido siempre y por los que aún peleaban. En los ojos de cada vecino de Via Speranzella era una mujer distinta la que se desnudaba, un cuerpo diferente el que se aproximaba al suyo para estrecharlo en un momento mágico de unión.

Petra Menardi conoció a algunos hombres más, las gentes los vieron subir a la casa, entrar en su vida, dejarle la huella de su paso, incluso alguno la de un maltrato físico; el siguiente parecía excluir la mala fortuna y las incomprensiones del anterior, pero el que venía luego no resultaba mejor que quien lo había precedido. La historia amorosa de esta mujer parecía condenada a escribir siempre un mismo capítulo. Y, cargando con eso, ella siguió y siguió desnudando su pecho cada tres de julio, sin que ninguno de ellos osara impedírselo, o al menos sin éxito. Cuánta furia no habría en ella contra aquellos maridos temporales y canallas en cada desanudar de sus dedos para librar cada botón de su ojal, cuánta desesperación en el momento de volverlo a su sitio para irse cerrando la blusa de abajo arriba, en orden inverso, para ir cerrando así su boca tras aquella muestra de protesta.

Sus cuatro hijos crecieron sin padre, y uno a uno fueron cayendo en las redes que teje un barrio deprimido y desasistido para sus criaturas: la soledad, la impotencia, la ira, la violencia, el crimen, la autodestrucción. El mayor arrastró al segundo, el segundo enseñó el camino al tercero, sólo el magisterio de éste se malogró en su hermanita, la única chica, por la afortunada intervención de sus abuelos. El primero de sus hijos apareció muerto por una sobredosis en un portal cercano; al segundo lo perdió con una navaja en el pecho; el tercero sufrió una larga agonía enfermo de sida antes de maldecir su suerte, a su madre, a los que no lo quisieron, al mundo. En cada ocasión, Petra Menardi salió a su ventana. Se abrió la camisa por no rasgarla del dolor por su primogénito; botón a botón los fue desabrochando tantos como años había sufrido por el segundo; se mesó los cabellos en un largo gesto por el tiempo de amargura que había padecido a causa de su hijo tercero. Para cada uno, un momento de su rito quedaba consagrado, señalado entre otros, como imposible de confundir era cada uno de los chicos que había criado y había dilapidado para la vida sin saber educarlos. Lo comprendieron los vecinos, y la esperaron las tres veces en la solemnidad de su silencio en la calle, suspirando, maldiciendo o llorando con ella, derrumbándose o sublevados cuando les abría el pecho y parecía decirles, mirad, he aquí la herida, la llaga tres veces infligida en mi costado.

Los abuelos aparecieron un día avalados por los jueces para privarla de la custodia de la pequeña. No sé decir si opuso resistencia o fue para ella una liberación, la respuesta de la niña tampoco ha sido registrada. Los que la vieron aquella mañana del tres de julio dicen que nunca su gesto de asomar su cuerpo a la ventana fue tan terrible. Iba abriéndose la blusa como a tirones, un rato largo se mantuvo con la prenda abierta sobre un cuerpo macilento que los sufrimientos estaban empujando a su acabamiento, y un gesto impresionante ejecutó para retirar la parte izquierda de la blusa como si descorriera un telón, como para dejar que los ojos de sus condolidos vecinos pudieran mirar hasta el fondo, sin el menor pudor, la aflicción que ella sentía. Algunos testigos me han dicho que, pasados unos minutos de conmoción, no pudieron impedir su deseo de vitorearla: un estallido de júbilo mezclado con lástima, de compasión asistida de furia se apoderó de hombres y mujeres allí reunidos, que empezaron a llamarla: *bella*, *carina*, *fiore*, incluso *madonna* y *¡vergine!* Es casi imposible imaginarse la escena en que el prosaísmo de esa calle más bien estrecha, oscura, maloliente se aupaba de pronto sobre sí para gritar, aplaudir, saludar, llorar, con la intención de rendir homenaje a una mujer que vivía entre ellos, precisamente en el momento de su mayor fracaso, del mayor dolor, cuando todos sus deseos y aspiraciones se habían destruido irremisiblemente.

Aquella casa hoy reconocible de Via Speranzella, continuó siendo la residencia de Petra, a quien sus convecinos empezaron a llamar «la dama»; nunca salió de allí. Cada tres de julio las gentes siguieron fieles al ritual, al que acudían por sentimiento o devoción o afecto hacia aquella mujer y con la cual, fuera de aquel momento, convivían con la mayor naturalidad, la familiar franqueza con que los napolitanos se tratan entre sí. Una vez, un equipo de televisión se presentó en la calle para tomar imágenes de la celebridad; eso no debió gustar a un grupo de vecinos que acabó agrediendo a los periodistas y requisó las cámaras; el proyecto quedó en nada, de manera que nunca se tomaron imágenes del evento, como si la calle, el barrio mismo hubiera emprendido un acto de adopción hacia la mujer y rechazara que su gesto pudiera exhibirse ante ojos foráneos que no sabrían entender su grandeza o lo malinterpretarían. Es conocido para quienes nos hemos interesado por Petra que, muertos sus padres, un hermano suyo quiso entregarle el dinero de la herencia que le correspondía y, con ese pretexto, convencerla de que saliese de aquella ciudad en la que no veía expectativa ninguna y, lejos de la cual, su vida pudiera enderezarse. Ella rechazó todas sus palabras. Me pregunto hasta qué punto si porque para una mujer de su temperamento aquello significaría una rendición, o porque era incapaz de entender su vida sin la obra artística que ejecutaba allí.

Yo vi personalmente a Petra Menardi por entonces; su gesto adusto me pareció que rezaba la voluntaria consagración a un acto especial, no sólo artístico, sino desde luego profundo porque abrazaba su vida entera; nada encontré en él de rutina, de pose, de complacencia consigo misma o con los demás. Sentí que aquel tres de julio estaba empezando una serie nueva ¡aunque llevaba casi ya cuarenta años haciéndolo!, sentí también que se me ofrecía a mí, igual que a los demás, la oportunidad de verlo como por primera vez y que lo ponía ante mis ojos para que yo también participase de su mística, siempre que asistiera en silencio, expuesto a su potencia capaz de despertar hondas emociones y asociaciones íntimas que yo no debía declarar a nadie; como tampoco ella revelaba a ninguno de nosotros nada más que la superficialidad del acto que conocíamos de memoria. No diré el grado de revelación que me produjo, ni voy a anotar aquí expresiones retóricas para alimentar una fama que nunca ha buscado o reivindicarme a mí mismo; sólo puedo declarar que no me defraudó y que no voy a olvidarla.

Cuando ya había cumplido sus setenta y tres años quiso asomarse aquel tres de julio a la ventana; para ello necesitaba ayuda, pues era una mujer anciana que sufría una cadera rota y que, atacada de reuma, hacía ya tiempo que era incapaz de mesarse los cabellos como solía, y sólo con ciertas dificultades se desnudaba sola. Alguna vecina cubría estos menesteres. La expectación era grande, acrecentada cuando su deterioro físico se había vuelto tan evidente que algunos pensábamos que aquella vez sería la última. He averiguado que cuatrocientas o quinientas personas la esperaban abajo, como las diez o doce ocasiones anteriores; el tráfico se había interrumpido con los vecinos como fiadores del orden, y el silencio expectante se apoderó de la vía habitualmente ruidosa. Algunos comentaban que por fin diría unas palabras de despedida, otros negaban que fuera a variar el rito. Apoyándose en la vecina de al lado y en un miembro del sindicato, Petra Menardi se asomó por última vez a la ventana de su casa; fue la vecina la que la ayudó a abrirla porque a ella le faltaban las fuerzas. Nadie la recibió con vivas ni con aplausos, sino con la unción de los devotos. La vieja dama aparentaba bastantes más años de los que tenía, sus cabellos caían largos y blancos junto a su rostro y su cuello señalados de arrugas, sus manos mostraban las manchas y la torpeza de la vejez; pero llevaba sobre sí la misma camisa blanca de siempre, con su fila de botones abrochados. Su brazo izquierdo tuvo que apoyarlo sobre el del hombre, la vecina le sujetaba el codo derecho por si iba a vacilar mientras se desabrochaba. Dicen que los segundos se detenían en cada gesto; cinco, seis botones tenía acaso su blusa; sus dedos cinco o seis veces hicieron el sencillo acto de localizar el pedazo duro y liberarlo como un ojo para la visión; en tanto la prenda se iba abriendo, dejando que el calor húmedo de la mañana de estío refrescase una piel ajada. ¿Era el recuerdo de la vida lo que estaba mostrándonos?, ¿era la imagen de la muerte que ha de sobrevenirnos? ¿De qué se trataba en aquellos momentos? ¿Se mostraba la imposibilidad de comprender la gravedad última de cualquier gesto que hagamos, o del hecho incontrovertible de que toda vida consiste en pequeñas y cotidianas acciones? Una mujer que se desviste una y otra vez, porque ha de vivir un día y otro; una mujer que reconoce su cuerpo después de descubrirlo y antes de volver a ocultárselo, ocultárnoslo... ¿porque necesitamos la máscara?, ¿porque acaso es invencible el pudor?, ¿porque no sabemos en realidad nada cierto de lo que con toda fatuidad llamamos nuestra existencia? Ya se había desabotonado la fila y entonces tenía que mostrar su pecho; y aquella anciana desnudaba su seno arrugado, flácido, verdadero. Se mantuvo un momento así, hasta que sintió que la debilidad vencía sus piernas; tuvo, sin embargo, el vigor de impedir que su compañía la auxiliase en la operación de volver a cubrirse. Petra agotó su energía en abotonarse uno a uno los mismos botones, empleando su tiempo en eso, no dejando que ningún otro objetivo se interpusiese; pienso yo que invitando a sus amigos, a sus espectadores a malgastar junto a ella ese tiempo para el recato. Cuando terminó, por fin, no pudo ya realizar el gesto que siempre venía después. Temblaba todo su cuerpo al querer llevar las dos manos sobre el rostro y recorrerlo de abajo arriba, alcanzó hasta la frente y ahí desistió, el dolor de las articulaciones le impedía ostensiblemente acariciar sus cabellos hacia atrás como nos había acostumbrado; bajó la mano izquierda y con la otra se tocó el cabello junto a la oreja, no en un ademán de coquetería, sino para esbozar al menos el gesto que fue tan suyo de mesárselo. Esa mano arrugada sobre su oreja como una caricia final puso remate a su acción. No dijo nada, sonrió levísimamente a los congregados, o quizá a la ciudad, o a todos, o a sí misma, y dirigió una mirada a sus acompañantes de una forma que podía significar tanto «gracias» como «la obra ha concluido, ayudadme a descansar; y cerrad la ventana».

Yo no estuve allí, refiero lo que me han contado; pero declaro que sí soy testigo de su última acción, porque ella no la ejecutó con el fin de que la retuviesen los afortunados que se habían congregado junto a su ventana, tampoco sé si para que alguien, un curioso como yo, un profesor o un crítico disertaran sobre ella en conferencias y artículos; sino porque la había hecho por sí misma, para sí y para quien ocupase entonces su pensamiento. Debo dejar constancia, de nuevo, del hecho capital, fácilmente olvidable, de que durante varios años nadie supo de su existencia, y que, sin embargo, Petra Menardi cumplió su acto con fidelidad. Pienso ahora en la suma de todos esos significados, los que le dio, los que le dimos, los que nunca podremos corroborar, los que se nos han escapado. Pienso sólo en el misterio de aquella sencillez.

ÁNGEL OLGOSO

Ángel Olgoso (Granada, 1961) es autor de varios libros de relatos, entre los que habría que destacar *Los demonios del lugar* (2007) y *Astrolabio* (Cuadernos del Vigía, 2007). En *La máquina de languidecer* (Páginas de Espuma, 2009), prologado por Fernando Valls, se recogen sus mejores microrrelatos, y en *Los líquenes del sueño* (Trota, 2010), una selección de sus cuentos publicados entre 1980 y 1995. Además, es el fundador y rector del Institutum Pataphysicum Granatensis.

Cocina en miniatura

Aunque no hay recetas para el relato, y como me gustan los bocados medidos y no dejan de embelesarme las miniaturas por lo que tienen de incitante, de concentración e intensidad, a la hora de preparar los ingredientes suelo retirar la aparatosa carcasa de la trama, la grasa de los tiempos muertos, las espinas de la genealogía, los menudillos de la psicología, y dejar sólo un texto destilado, donde a lo sumo aparezcan el tuétano de los personajes y el aroma concentrado de la atmósfera. Como también me gusta la felicidad clandestina que proporciona subvertir lo cotidiano, suelo introducir gajos de extrañeza para espolear la imaginación del comensal, para provocarle un estremecimiento o una sensación gustativa inesperada. A partir de productos inmediatos intento transformar cada plato en un bocado singular, como si fijara el jugo de un sueño en su molde antes de que desapareciera, como si levantara sobre el mantel una fantasmagoría, una especie de diorama con sabores y texturas sorprendentes que van de lo bello a lo macabro, de lo lúdico a lo desasosegante. Intento además armonizar técnica y emoción, magia y laboratorio: en pos del placer culinario, confito mis ficciones oníricas, macero las misteriosas, deshidrato las grotescas, escaldo las oscuras, dejo infusionar en frío las descabelladas, busco que no naden en la emulsión abstracta de las tesis ni en la salsa espesa y agria de lo ordinario, que seduzcan al comensal lector contándole simplemente una historia asombrosa o una visión inquietante. A veces la pieza narrada precisa ser cortada en láminas con la mandolina del rigor, o pasada por la estameña del tiempo; a veces es necesario espolvorearla con la sal incisiva de los giros y los finales; a veces debe ser desespumada, colada y reservada, tal vez expandida en el sifón de la voz narrativa o atravesada con la brocheta de las elipsis; si bien es cierto que siempre hay que dorarla a conciencia con el soplete de la corrección, a veces es preferible no enturbiar su caldo, liofilizarlo, tomarlo en daditos de gelatina o a pequeños sorbos, como las dosis de un antídoto que quizá permita sobrevivir al veneno de la realidad.

Gabinete de maravillas

Ya no podrán encontrarlo aunque busquen e interroguen a conciencia. Un par de años hará que dejó de existir el Club Amradus (al menos en su sede originaria, a la altura de la antigua galería Tarxien, entre las avenidas San Giljan y Selvalegre, en el último número de la angosta calle Bocángel), un local inadvertido para el transeúnte común, pequeño y con la fachada carente de gracia y de marbete que revelara sus elusivas actividades pero que cada miércoles, en el cálido salón de madera del interior, desde la sobremesa hasta la medianoche, acogía excelentemente nuestros esfuerzos destinados a una selecta pérdida de tiempo y a una estimulante consecución de mesurados placeres, a saber, el estudio de la lógica en acontecimientos absurdos y el escrutinio de la belleza en hechos escabrosos. Cualquiera reconocerá que ambos han poblado en número infinito la historia de los hombres, baste pues por ahora dicha evidencia para justificar —si fuese necesario— nuestro secular afán. Por otro lado, a los miembros de facto no nos concernían reglamentos ni ceremonias, sólo nuestro pasado común y un notable y exigente gusto por las fantasías infundadas.

Debatíamos esas metafísicas y otras materias de similar índole en una encantadora atmósfera de comodidades privadas, de parsimonia y desenvoltura a un tiempo, retrepados en los sillones de fino cuero con respaldo oval, alrededor de la sólida mesa de roble, saboreando la picadura en el pozo sin fondo de los hornillos de nuestras pipas.

En el transcurso de una de aquellas digestivas y honorables veladas del Club Amradus (recuerdo —creo recordar— que estaban presentes el doctor Leonel Mungía, presidente de la Sociedad por el propio derecho que le otorgaban su ecuanimidad y sus bigotes grises; Odón, de la Junta de Ferrocarriles; Luis Garraway, mi mejor amigo, menudo, de cara redonda tras las lentes, fanfarroneador y bonachón; Álvarez, conocido de ordinario como el Intendente; Damião, que no se había repuesto del todo de las fiebres contraídas en Zanzíbar, aunque sus ojos siempre relampagueaban como alfileres de diamante; y yo, pálido y flaco petimetre, que llegué de hecho el último a la reunión) mientras hilvanábamos comentarios sugeridos por el examen de un ejemplar de la *Anthropogenie* (1891) de Haeckel y de sus láminas que ilustraban el desarrollo embrionario de muchas especies, el doctor, a la vista de un grabado inmejorablemente espeluznante en la página 67 —«*Terribilis visu facies*»—, dio noticias de una historia que le fue referida por alguien durante cierto congreso en el oeste de Holanda.

Deberá quizá juzgarla el lector sin la aprensión que suelen suscitar sucesos imaginarios, profecías pretéritas y artificios verdaderos, deberá salvar —o previsiblemente enterrar— el hueso limpio de su anécdota y olvidar los pormenores circunstanciales con que me he permitido adornarla.

«La vida de Jan van Bilderdijk fue más triste que cualquier otra. A pocos hombres les es dado conocer una existencia de mayor infortunio y un destino tras la muerte más ignominioso que los suyos, en la medida en que padeció una gravísima, monstruosa hidrocefalia y vivió, además, a finales del siglo diecisiete, cuando florecían por toda Europa los gabinetes de maravillas o *Wunderkammern,* colecciones de raros objetos naturales, de curiosidades, reliquias y fenómenos. Con un pie en las extravagancias de la superstición y otro en la ciencia positivista, en aquellos años se deseaba encerrar la naturaleza en una habitación, reconciliar a la gente con lo prodigioso exponiendo las maravillas de Dios junto a las maravillas del hombre: un caballito de mar y una punta de lanza sumeria; el cuerno de Mary Davis, comadrona de Cheshire, y pelo de la barba de Noé; manos de sirena y esqueletos de centauro; minúsculos carruajes tirados por pulgas y espinas de la pasión de Cristo; un hueso de cereza con las caras de ochenta y ocho emperadores talladas en su superficie y un ganso disecado que creció en el interior de una piedra en Escocia; un telar que podía tejer una tela de araña y un *eidofusikon,* ingenio que mostraba películas primitivas.

»Por entonces, en su casita de la Oudestraat, en Ámsterdam, hermoseada con canteros de rosales y visillos blancos bordados, donde vivía modestamente con Anna Hengsten, su esposa desde los dieciséis años y a la que amaba tanto como se puede amar sobre la tierra a una mujer, Jan van Bilderdijk jamás oyó hablar de las colecciones de Swammerdam, del doctor Maty, del Museo Wormiano de Copenhague, del Museo Tradescantino —conocido como "El Arca"— en la orilla sur de Londres, de Calceolari en Verona, Imperato en Nápoles, Settala en Milán o Athanasius Kircher en Roma. No obstante en una ocasión tuvo en sus manos un pliego, proveniente de un burgo cercano y que más tarde arrojaría al fuego tras leerlo, que rezaba: "Catálogo de todas las principales rarezas en el teatro público y sala de anatomía de la Universidad de Leyden". En su Theatrum Anatomicum, los especímenes no sólo habían sido agrupados según los defectos, como gatos de dos cabezas, gemelos siameses unidos por el tronco o lagartos de dos colas, sino que algunos esqueletos posaban reorganizados en distintas acciones, con inscripciones moralizantes en su base, y alertaban sobre el peligro de desafiar las leyes divinas y naturales, de modo que el esqueleto de un ladrón de ganado montaba a horcajadas sobre el de un buey y los huesos desfibrados de una mujer se exponían ofreciendo una manzana a la osamenta de un hombre bajo el Árbol del Bien y del Mal.

»A la tendencia, tan propia de la mente humana, a considerar como una sumidad de la Creación cualquier hipertrofia, Jan van Bilderdijk hacía frente con aplomo. Era, en efecto, una pobre criatura malformada y vitaliciamente postrada en una silla de mimbre que se desplazaba sobre tres ruedecillas, provista de tirantes en la parte superior con una badana de cuero para sujetar su cabeza. La sola visión del exiguo mechón de pelo oscuro en la coronilla, de la pequeñez de su rostro cándido, bovino y sonriente, del anormalmente voluminoso cráneo, conspiraba para lograr la compasión de unos y la repugnancia de otros, y su orfandad y delicada salud predisponían a creerlo desamparado y dolorido, pero a Jan le bastaba con tomar cariñosamente de la mano a su esposa para sentir concentrada en su corazón la alegría propia de los espíritus lozanos.

»Nada hacía presumir, contemplándolos en sus lentos paseos dominicales hasta los sauces derramados sobre el Canal del Emperador o los bancos de la iglesia del Oeste, él ocultando parcialmente su enormidad con una especie de gorro de dormir adaptado y ella, en marcado contraste, bajita, robusta, asilvestrada, rubicunda, de rostro poco agraciado y picado de viruela y el frente bajo a la griega, empujando remangada la silla de impedido, gozando dondequiera que se detuviesen de un respeto por encima de lo habitual en su condición, de un crédito, es cierto, un tanto desdeñoso y más sustentado en la lastimosa familiaridad con la anomalía que en la propia estima, nada hacía presumir, digo, que de los sentimientos de Anna Hengsten por su joven y enfermo esposo, si los hubo en algún momento, no quedasen ya sino unos rescoldos apagados y groseros. Ella siempre había sabido distinguir la paja del grano. En realidad, al casarse, no prestó oídos a la respetabilidad ni a la emoción de un improbable amor hacia el extraño aunque bondadoso monstruo: anhelaba escapar de la soltería y de una insípida vida entre las paredes del *Begijnhof* donde beatas, viudas y solteras residían juntas sin ser monjas, y anhelaba sobre todo, francamente, los bienes y florines que el padre de Jan dispuso para él antes de morir, una cantidad que pronto se reveló muy ajustada para el sustento de ambos.

»En semejante situación, la presencia de su esposo comenzó a resultarle demasiado enojosa y su cuidado terriblemente fastidioso. Malhumorada, retiraba a veces la mirada para no traicionarse mientras continuaba sometida a tareas desagradables, fatigada por las friegas con sal y agua bendita que debía aplicar a Jan, por su cometido de espantamoscas, agotada de hilar lana, de lavotear y llenar y vaciar jofainas, de hornear pan, de prepararle carne de ranas que decían buena para refrescar el hígado y aliviar la presión de las fontanelas aún abiertas del cráneo, desfallecida por la extenuante atención que debía prestarle para que no se desnucara a la más mínima oscilación de su desorbitada, de su inconcebible cabeza. Algunas noches, las lágrimas de Anna Hengsten se confundieron con la cera que lloraban los cirios de luz vacilante en habitaciones destempladas.

»Cierta tarde de otoño, frente a la chimenea que expelía su enrarecido humo de turba, Christoph Kloos, un comerciante amigo de la familia, eminentemente de Anna, que lo recibía como un asidero mundanal, como un ángel tutelar y alegre que agradaba a sus fantasías, se despojó de su peluca negra con doble hilera de rizos, los obsequió con un frasco de compota de ruibarbo, bebió un trago de la jarra de licor y les relató las horribles maravillas que había podido contemplar, a través de un cliente aficionado como él a la ingestión excesiva de aguardiente de cereza, en la calle Haarlemmer, en el hogar del cirujano Frederik Ruysch, vedado por lo común al público: cinco de sus habitaciones estaban ocupadas por más de dos mil obras acerca de los misterios de la carne mortal, por rarezas anatómicas y patológicas, por cuadros *vanitas mundi*, esos bodegones realizados minuciosamente a partir de esqueletos en diversas actitudes que representaban la espantosa futilidad y transitoriedad de la vida. A ambos amigos les fue mostrado el cráneo de una prostituta golpeado por los huesos de las piernas de un nonato, y cuerpos enteros de niños conservados en grandes recipientes de cristal, y rostros informes envueltos en encaje, miembros adornados con brazaletes de cuentas, órganos flotando en oscuras soluciones, enormes cálculos renales y biliares, gigantescos lobanillos y bubones extirpados, lenguas sifilíticas y otros ornamentos satánicos. Christoph remató su período oratorio repitiendo las palabras con que los despidió el doctor: «Codicio cualquier ejemplar de la naturaleza que haya padecido un mórbido lance en su existencia o que esté lejos de toda proporción razonable». Anna había escuchado en la avenida de las hayas el rumor que propagaban sus adversarios, decididamente en contra de los horrendos experimentos del cirujano, persuadidos de que algunas noches cenaba fricasé preparado con recién nacidos.

»A partir de aquel día, Jan van Bilderdijk se sumió en un agudo estado de excitación y pánico. La dulzura infinita de su mirada y de sus silenciosos transportes de amor no volvió a encontrar acomodo en su ánimo. Tumultos de imágenes sombrías, torbellinos de pesar, de melancolía, de irritación, batían vivamente su cuerpo inmóvil. Ordenó a su esposa cerrar día y noche las ventanas tras los visillos, se obstinó en negar nuevos paseos dominicales y, con su voz lenta e infantil, suplicó a Anna que al morir respetase su voluntad de ser enterrado en el Cementerio del Sur, que velase firmemente por el cumplimiento de sus intenciones de no morar durante toda la eternidad como un engendro diseccionado, descarnado y exhibido en público, bajo una campana de cristal, en el malsano cenotafio de un gabinete de aberraciones. Esta idea, esta aflicción que le llevaba a demostrar el más violento aborrecimiento por todo aquello que pudiera recordarle las palabras de Christoph Kloos absorbió sus pensamientos con tal intensidad y alteró de tal modo la inocencia de su carácter que Anna creyó que había perdido el juicio.

»Ella, sin embargo, que no incubaba más que desesperanza, prestó oídos de muy buena gana a las noticias de Christoph, se cuidó más de sus palabras y reconoció la oportunidad que representaban, hasta el punto de urdir después, pacientemente, un designio que habría de proporcionarle una vida de descanso y deleites sin tasa, la liberación de la concha de adversidad que oprimía sus días. Aunque no ignoraba que ningún hidrocéfalo sobreviviría mucho tiempo, había decidido dejar de acompañar a su desdichado esposo, abandonarlo en el camino con su insoportable fardo y sustraerlo además, piadosamente, del doloroso horror de su existencia. Se sentía de pronto ufana, ligera, elevada por los aires, como vehemente estallido de arcabuz, como cristalinas y alborozadas notas de clavecín. Sabría convertir el huertecillo seco de su vida en un vergel, engalanado ya por su imaginación de manifestaciones visibles que reclamarían las lisonjas y favores de los hombres y la envidia de las mujeres: plata labrada, vajilla en blanco y azul de Delft, terciopelo de Utrech, sombreros de armiño con plumas de guacamayo de las Indias, melaza veneciana, pichones y codornices al espetón, tripas de buey a la moda de Caen, un arcón de nogal, baños de anguilas eléctricas, interminables danzas festivas.

»Cómo y dónde se encontraron y concluyeron su trato Anna Hengsten y Frederik Ruysch, es algo que no se sabe con certeza. Acaso ella pintó ligeramente su rostro de albayalde y lo adornó con un lunar postizo y, mientras Jan dormía, apenas entrada la mañana, respirando un aire puro y estimulante, atravesó varios puentes peraltados, rodeó el mercado de la Kornhäauser y pasó de largo ante los *hofje* con jardincillos en Lindengratch, donde la iglesia calvinista recogía a los ancianos, y vio cabrillear al fin el tejado de plomo de aquella casa de amplias dimensiones que se alzaba, aislada, en la calle Haarlemmer. Quizá, intimidada aún, le expuso al doctor las peculiares circunstancias de su caso, quizá se pronunció cierta cantidad de florines y hubo un halagador aquilatamiento de intereses. La cortesía de Frederick Ruysch, tal vez en su opinión, no desmerecía de la de cualquier gentilhombre. Acaso le presentó a la hija que le ayudaba en sus trabajos, Rachel, y pudo recorrer en silencio las estancias entarimadas y refutar ocularmente ese abigarrado *tableau animé,* ese ominoso muestrario de fantasmas del pasado y escombros eternos del que habló Christoph aquella tarde de otoño frente a la chimenea.

»La única vacilación de Anna nacía del vago conocimiento de las dosis y efectos de los venenos que empleaba al amasar el pan de avena. Cada vez que añadía una pizca de ceniza de estelión, de estiércol de ganso disuelto en mercurio, de pegamento de piel de conejo o de eléboro mezclado con arbusto sesamoides, rogaba para sí en los mismos términos: "Que el Cielo perdone mi acción". Mientras tanto, esta desesperante situación no trajo como corolario un rápido envenenamiento de Jan, sino un penoso resentirse de su precaria salud. Yacía en la semioscuridad como un contrahecho polichinela de carne, temeroso, con los ojos afiebrados y la lengua amarga. Fue en una noche inusual, de viento caliente que se filtraba por las rendijas y abanicaba las llamas de las velas de sebo, cuando Anna obtuvo finalmente satisfacción. Inmisericorde, había dado de beber a su esposo un sorbo de agua que antes había hecho correr, en un hilillo, dentro de la carroña de un cordero consumido por la putrefacción.

»Cuando enterraron a Jan van Bilderdijk, que aún no había cumplido veinticinco años, su rostro aparecía más aniñado y candoroso en la base de la descomunal cabeza, y la boca distendida, que nadie consiguió cerrar, hacía que se asemejase inquietantemente a la mandíbula de un lucio resignado a su suerte. Se habló del caso en Ámsterdam con una mezcla de pasión consternada, estulticia y despropósitos. Anna Hengsten fue procesada antes del entierro. Alegó que tras retirarse a descansar escuchó unos gritos ahogados, que vio a su esposo estremeciéndose y que, presa de los nervios, consiguió hacerle ingerir un poco de elixir antiapoplético de los jacobinos, que sabía que era un remedio eficaz para esas crisis. Los jueces la sometieron a la prueba, legalmente válida, por la que el cuerpo del asesinado sangraba si el asesino lo tocaba: había sido voluntad de Dios.

»Dos días después de recibir sepultura, el cuerpo del infeliz hidrocéfalo, a hora avanzada y bajo una inclemente cellisca, fue desenterrado con la anuencia de su esposa por dos ladrones de tumbas que lo transportaron en un carro cubierto hasta la calle Haarlemmer. El cirujano Ruysch tomó deferente posesión de la pieza definitiva de su gabinete de maravillas, de la excrecencia más sublime de su colección, del ejemplar más cautivador y más notable de la naturaleza en ese campo. Unas semanas pasaron. La viuda

Anna Hengsten, ataviada con su camisón de batista, se asomó a la puerta en plena tormenta para vigilar los canteros de rosales enfermos y fue alcanzada mortalmente por un rayo. Un sentimiento de orgullo científico dominó al anatomista y a su hija cuando restituyeron a los dos esposos a su destino común, a la conciliación perpetua: el desmesurado y limpio cráneo de Jan, con las cuencas vacías de los ojos vueltas hacia el cielo, lamentando las miserias de la vida, rivalizaba con el cráneo perforado de Anna y su agujero tiznado en forma de sierra. Descansaban uno frente a otro, las cabezas a un lado y contemplando el resto de sus cuerpos, expuestos primorosamente en una estantería destacada, como un arreglo floral que desprendiera una impresión de inconmensurable y desasosegante tristeza.

»En 1717, el doctor Frederik Ruysch vendió toda su colección al zar de Rusia, Pedro el Grande, que intentaba la aventura de modernizar su Imperio a marchas forzadas. Quizá algún visitante tenga la fortuna de hallar rastros de la deteriorada colección en los sótanos del Ermitage y pueda así redimir del olvido, siquiera por unos segundos, el polvoriento bulto de algo que fue un ser humano.»

Hipólito G. Navarro

HIPÓLITO G. NAVARRO (Huelva, 1961) es autor de la novela *Las medusas de Niza* (2000), Premio Ateneo de Valladolid, y de cinco libros de relatos, entre ellos *El aburrimiento, Lester; Los tigres albinos* y *Los últimos percances* (Seix Barral, 2005), con el que obtuvo el Premio Mario Vargas Llosa NH. En *El pez volador* (Páginas de Espuma, 2008), en edición de Javier Sáez de Ibarra, se ofrece una selección de sus cuentos.

REPITO, MACHACO, INSISTO

1. Soy un cuentista, esto es, alguien que vive del cuento, y no de las poéticas del cuento.
2. El cuento es mi gran pasión, junto con la música. Y las pasiones no se pueden explicar. A mí al menos siempre me cuesta muchísimo explicarlas. El cuento es el género grande de la narrativa, contrariamente a lo que muchos piensan. El cuento, como la poesía, es el territorio donde una lengua, un idioma, puede alcanzar sus más altas cotas de perfección. Pero sólo es posible lograrlo cuando las palabras arriesgan hasta el límite, abrazándose de nuevas maneras en el borde mismo de un precipicio.
Cultivo el cuento porque me gusta ese riesgo, me apasiona. Es hermoso pasear todo el rato cargado de palabras por el borde de ese despeñadero, sin miedo a dejarse caer de vez en cuando por él, bastante atropellado de locas intuiciones narrativas y de estructuras, argumentos y metáforas imposibles. Lo más habitual es caerse hasta el fondo con todo el equipo, y permanecer ahí dulcemente magullado hasta un próximo intento,

pero siempre alberga uno la secreta esperanza de alcanzar lo más alto, y quedarse ahí unos minutos, como una insensata hormiga a la pata coja en el vértice de un ciprés, manteniendo firme el tipo y el equilibrio, ebrio de una rara felicidad.

3. De niño aprendí a tocar algunas piezas musicales en un piano viejo al que le faltaban unas cuantas teclas y que permaneció durante años bastante desafinado. Me gusta escribir mis cuentos ahora como creaba entonces aquellas delirantes composiciones, con el instrumento sin afinar, improvisando, buscando a saltos las mejores teclas para que la historia suene bien. Ponerse a escribir con todo ajustado, con las teorías afinadas y en orden, me apetece cada vez más poco, la verdad, porque así el juego placentero, feliz y un poquitín gamberro de la escritura termina convirtiéndose en un pesado trabajo de mera redacción, que es lo que menos me interesa del mundo.

4. ¿Existirá algo más bárbaro y hermoso a la vez que las improvisaciones de Charles Mingus? Ah, cómo me gustaría que mis cuentos imitasen la deriva de náufrago feliz que son algunas piezas de Mingus, ese náufrago despreocupado que sabe que al final hay siempre una playa, que algunos naufragios culminan a veces con la bonitura de arribar a nuevas e impensadas costas.

5. Escribir improvisando como Mingus, qué delicia. Es la primera línea la que me lleva a la segunda, la segunda a la tercera, y así sucesivamente, sin ningún plan establecido. Cuando un cuento se presenta entero en mi cabeza, con su principio y su final, ése no lo escribo nunca. No puedo. Me aburre mortalmente ese ejercicio. Sólo puedo escribir los cuentos que no sé qué tienen dentro, los que no imagino cómo pueden terminar.

6. Últimamente me irrita la proliferación de decálogos sobre el cuento, ese corsé insufrible que algunos le quieren poner al bicho cuento, un bicho que es mucho más hermoso cuando permanece en estado salvaje, indomesticable. A mí me gusta el cuento provisto de aristas y de imperfecciones, que incomoda y araña y amenaza incluso con tragarse de un bocado todas las

varitas mágicas de la teoría. Me gusta muchísimo ese bicharraco cuento esquivo, arisco, intratable, al que no le duelen prendas darle un zarpazo al mismísimo autor que le dio la vida.

De todas formas, me consta que los decálogos de reglas sobre el cuento, quietecitos en las páginas donde se publican, no hacen daño a nadie. Algunos autores incluso los enmarcan y los cuelgan en su mejor pared del salón, ya lo hemos visto. Pero otra cosa es permitir que esos decálogos se disparen y que comiencen a impactar sus reglas en la cabeza del cuentista sin ton ni son. Pasa como con las balas: no nos dan miedo las balas, sino la velocidad que cogen. Y las malísimas intenciones con las que se clavan a veces. Yo admiro los decálogos que surgen después de la escritura de algunas docenas de buenos cuentos, los que nacen de ellos y del análisis de su práctica continuada, pero no al revés. Mal negocio me parece invertir los términos. Por más de un sitio lo tengo dicho: los autores que consideran a los cuentos como artefactos susceptibles de emborregamiento y domesticación trabajan con un género que no tiene nada que ver con el que a mí me interesa. Me gusta escribir mis relatos lo más al margen de la pauta que puedo. Duele muchísimo ver a los bichos cuentos amarrados, llenitos de bozales y camisas de fuerza.

7. Pero en fin, no hay que hacer mucho caso a lo que un cuentista disparatado como yo va dejando escrito por estas poéticas de dios, o de todos los demonios. La verdad es que termino sudando tinta cada vez que me encuentro en el brete de parir una poética, me las veo en figurillas cuando me piden alguna opinión más o menos teórica sobre lo que no es más que una sencilla y placentera debilidad por cometer cuentos, así que acabo recurriendo a lo primero que me cae a mano para salir del apuro. Corto, copio, repito, insisto y machaco. Nacen sin embargo y paradójicamente de esta manera muy diferentes poéticas, una para cada ocasión, como si fuesen ellas mismas nuevos cuentos, con lo que al final resulta todo mucho más embrollado... y divertido. Espero.

¿El tren para Irún, por favor?

¿Irún?, ¿por qué siempre Irún, a la ida y a la vuelta? ¿No era Irún el meollo mismo de todo?, ¿a qué entonces ese empeño en justificar que tan sólo era el punto de intersección entre dos trayectos bien diferentes?; ¿es creíble un argumento de puntos vacíos, jugadas de espera, transbordos de trenes hacia la emigración?, ¿existen realmente ciudades de paso?, ¿existen pasos?

¿Debería creerme que los recuerdos de mi padre se limitaban a los andenes vacíos por las noches? ¿No vio él ni una sola calle, ni una plaza, ni una taberna siquiera?, ¿sólo la estación? ¿Y el mar?, ¿vio el mar?, ¿tenía mar Irún?, ¿tiene mar Irún?

¿Estuve yo alguna vez en Irún? ¿Por qué nunca estuve allí? ¿Se puede andar por una ciudad con los ojos cerrados?

¿Se quedó mi padre verdaderamente exhausto al atravesar la diagonal de la emigración con la maleta casi vacía?, ¿tanta era la distancia? ¿Llegué a comprobarlo en los mapas de niño con un dedo tembloroso dibujando esa uve con cuerno incomprensible? ¿Necesariamente tenía que bajar de la sierra de Huelva hasta la capital para después volver a subir en un tren larguísimo hasta Irún?, ¿para qué ese retroceso inicial? ¿De verdad llegué a comprobarlo en los mapas?, ¿son fiables los mapas?

¿Lo esperaba Alemania con insistencia? ¿Otra estación nocturna?, ¿siempre se llegaba entonces de noche a las estaciones? ¿Por qué imaginaba yo tan pequeña la estación?, ¿era como el apeadero de aquí, desde donde lo despedíamos a él otro año más? ¿La estación de Irún, las estaciones quizá, son grandes, de esas con vidrieras que me recuerdan catedrales?

¿Estaba una mujer sentada en un banco esperando un tren la primera noche que él llegó a Irún? ¿Fumaba ella?, ¿consumieron un paquete entero en las horas de espera?, ¿consumieron más cosas? ¿Se le llama poligamia a pasar tres horas de espera en una estación con una mujer desconocida mientras la esposa se desespera en la soledad recién estrenada?, ¿puede ser poligamia a pesar de estar ya en un país distinto?

¿Son polígamos los países?, ¿tienen sus roces con otros países?, ¿sus coitos?; ¿existen zonas erógenas en sus geografías?, ¿poseen sus puntos G por donde la excitación los transforma, los construye y reconstruye, los disuelve, los convierte en puzzles?, ¿se convierten en esos actos de amor y odio las regiones del país en las teselas que se escapan de la esclavitud de un mosaico que se queda viejo?, ¿puede liberarlas un orgasmo definitivo?

¿El eterno andrógino fue en sus orígenes un territorio?, ¿no me pareció siempre la frontera por aquí cerca con Portugal la parte femenina?, ¿no es la única calle anchísima de Rosal de la Frontera la enorme vagina que engulle portugueses a toda velocidad en sus autos matriculados de luto?; ¿interpretó por tanto mi padre a Irún como el saliente fálico por donde quería penetrar a Europa con sus ansias de ahorro?

¿Por qué las transferencias de cheques pasaban inevitablemente por la caja de ahorros de allí?; ¿en Alemania no hay bancos? ¿O es que nunca llegó a Alemania? ¿Qué lo detuvo en la frontera? ¿Eran marcos lo que le llegaba a mi madre o pesetas sin más historias?

¿Iba triste mi padre allá lejos o ya sabía que allí le esperaba un mundo diferente y amable? ¿Vio él una Irún poliédrica, caleidoscópica a través de las lágrimas?

¿Llovía tanto aquellos años como dicen?, ¿vería él llover tras la ventanilla, entrando de noche en la estación, con los trenes haciendo maniobras en los raíles brillantes?

¿Dónde la vio él por primera vez?, ¿quizá esperando ella un tren en una solitaria noche de Irún? ¿Sería bonita?, ¿son bonitas las noches en Irún?

¿Lo vio ella llorar en el tren desde su asiento en la penumbra?, ¿le prestó su pañuelo?, ¿su hombro?

¿Se quedaba mi padre unos días en Irún antes de completar el viaje hasta Alemania?, ¿llegó a completarlo alguna vez?, ¿se lo impidieron unos ojos en la mismísima estación? ¿Se juntan las paralelas de las vías en Irún burlándose de todas las leyes de la geometría?

¿No estaban mis tíos, los hermanos de él, por el País Vasco? ¿A qué tenía él que largarse a Alemania, donde las palabras son tan largas y retorcidas? ¿Qué había en Alemania?, ¿una de esas mujeres con las piernas llenas de pelos, las axilas abundantes de barbas?, ¿podían gustarle esas mujeres?

¿Cómo son las mujeres de Irún? ¿No las he visto nunca o a lo mejor me he cruzado con alguna en otro lugar sin reconocerla?

¿Y podré seguir viviendo en la terrible incógnita de si Irún tiene o no tiene mar?; ¿si tiene mar no podría mi padre haberse embarcado de regreso a Huelva construyendo una letra diferente a esa uve unicornia incomprensible del itinerario de hierro?, ¿y si no tiene mar?, ¿dónde se habrán ido tantos barcos amarrados al puerto como imaginaba?

¿Cómo se llama la gente de ese lugar? ¿Iruneses, irundenses?, ¿iruneses? ¿En ese caso puedo yo ser irunés?, ¿puedo haber sido engendrado allí mentalmente en uno de los viajes de regreso?, ¿tiene un espermatozoide una vida tan larga como para atravesar tantos kilómetros con esa idea fija en la cabeza?

¿Se puede hablar de porcentaje arterial, de porcentaje venoso?, ¿qué porcentaje de sangre de Irún soportarían mis aurículas?, ¿son mis sístoles andaluzas y mis diástoles vascas o viceversa? ¿Puede una frontera parir a alguien a tantos kilómetros de distancia?

¿Estoy loco?

¿Seguirán los mismos trenes cruzando la frontera? ¿Hace frío en Irún?, ¿nieva?; ¿cómo es de blanca esa nieve que nunca he visto? ¿Cómo es ver nevar en el mar?, ¿se pone blanco el mar?, ¿llenan los barcos sus redes de copos blanquísimos?

¿Alemania tiene mar?, ¿el mar tiene Alemanias? ¿Desemboca el mar en mí?, ¿desembocaré yo en Alemania? ¿Soy yo un río de proyectos que se ahogan?

¿Voy a ir algún día a Irún?, ¿viene Irún a mí?, ¿estamos enamorados?, ¿no existen secretos entre nosotros?, ¿existimos nosotros en nuestros secretos? ¿Sabe Irún algo de mí? ¿Lo sabe todo?

¿Y no me canso de tantas preguntas?, ¿es que me da igual seguir sin respuestas?

¿Está él realmente muerto? ¿Murió en la frontera, como dicen los telegramas?, ¿en qué frontera?

¿Y estas cartas sin remite es seguro que vienen dirigidas a mí? ¿Están ahora en huelga los carteros?, ¿sus huelgas de celo pueden consistir en extraviar las cartas, en equivocar direcciones?; ¿puedo ser yo el destinatario de estas cartas? ¿A qué huelen estas cartas?, ¿no es un perfume conocido éste con que me obsequian nada más abrirlas?

¿Por qué él nunca habló de Irún y sin embargo nos aburría contándonos de Francia, de Alemania, de Bélgica incluso? ¿Qué había en ese lugar para que siempre fuese eludido en la conversación?

¿Desde cuándo la que se decía mi madre no lo quería?, ¿desde que él dejó de quererla? ¿Duró algún tiempo eso que llaman el amor?, ¿soy yo producto de esa cosa?, ¿los hijos únicos venimos de eso?; ¿soy yo acaso lo que se llama un hijo?, ¿soy hijo?, ¿soy?

¿Y por qué después de tanto tiempo me llegan estas cartas?, ¿qué quiere esa mujer de mí?, ¿qué espero yo de ella?; ¿ella es quien imagino?, ¿es de Irún?

¿Yo me quiero?, ¿me deseo? ¿Me esperan en Irún? ¿Quién?, ¿quiénes? ¿Es ella mi verdadera madre?, ¿me está esperando? ¿Tendré al final que vencer mi pereza y coger ese tren que está ahí enfrente? ¿Se hace transbordo?, ¿dónde?, ¿en otro lugar de paso?

¿Por qué ahora me viene tan violenta la certeza de que mi padre no pasó nunca la frontera, que las historias francesas, alemanas, belgas, eran todas inventadas?

¿Salir del país?, ¿no estaba ya en otro país? ¿Para él estar en el País Vasco no era ya estar en otro sitio?

¿Lo andaluz y lo vasco son dos cosas distintas?, ¿y por qué a mí se me parecen tanto?; ¿no me hago siempre un lío con los gallegos, con los catalanes, con los australianos? ¿No me pareció que Itziar fuese de aquí al lado?, ¿nos entendimos mal acaso?, ¿Itziar me amó menos que Carmen quizá?, ¿tendré yo valor para asegurar que eso es cierto?

¿Ha muerto Itziar? ¿Murió Carmen? ¿Yo estoy vivo aún?

¿No podía tenerlas a las dos a la vez? ¿Tengo la culpa de sentir dos sangres dando vueltas por mis venas?; ¿no podía necesitar a la Carmen de aquí llena de eses sevillanas y de sol a la vez que a la Itziar que venía de lejos para insinuarme el mar nevado con su luz tan nueva y tan antigua ante mis ojos?, ¿no?

¿Me vieron como un monstruo, un loco?

¿Carmen fue realmente Carmen o fue una jugada de espera hasta que llegase Itziar para descompensar mis porcentajes sanguíneos? ¿Era Itziar de donde decía?, ¿no me habría engañado y era verdaderamente de Irún?

¿Por qué se fue Itziar?, ¿se la llevó Carmen?, ¿se llevaron la una a la otra?

¿La poligamia es tan brutal como se dice, o así es nada más que vista desde fuera, con envidia?, ¿no es una terapia la poligamia? ¿Indica la palabra poligamia cantidad, calidad, aberración, deseos apretujados, retorno a los orígenes de la especie? ¿La Real Academia entiende de poligamias?, ¿la permite en una de las páginas de sus dos últimos tomos del diccionario?, ¿es polígamo el diccionario?, ¿no suceden sus cosas entre las palabras y las letras cuando están en su penumbra en la estantería?, ¿no se ha travestido omóplato de homoplato y de homóplato infinidad de veces para confundir y hacer reír a las letras?

¿Pero qué pasó aquella primera noche en la estación? ¿Conservaba aún mi padre la fotografía de mi madre?, ¿se le cayó en los lavabos?, ¿cuándo?, ¿antes o después de ver a aquella mujer que lo miraba disimulada entre sombras?

¿Lo vio alguien más en la estación?, ¿parecía un fantasma?

¿Estaban esperando el mismo tren? ¿Iban muy lentos los trenes entonces?, ¿tenían vagones? ¿Tomaron una decisión muy rápida?, ¿se deciden esas cosas lentamente?

¿Tenían vías de escape las estaciones de entonces? ¿Quiso él escapar a lo que se le venía encima?, ¿quién tomó la iniciativa?, ¿hablaron algo?, ¿sólo tenían manos y ojos?

¿Y por qué nací yo después de aquel primer viaje?, ¿venía de París, de Alemania?, ¿pudo la cigüeña conmigo desde Irún?, ¿son tan increíblemente fuertes las cigüeñas?, ¿tiene que existir amor para que las cigüeñas lleven a cabo esas exageradas migraciones?; ¿o era el amor de mi padre metido en mi madre con la cabeza en Irún, con la cabeza a pájaros, a cigüeñas?

¿Era yo entonces una despedida en el vientre de mi madre? ¿Puedo considerarme un pañuelo que se agita en la estación para desdibujar la imagen de un tren que se aleja para siempre?

¿Y si yo soy ese pañuelo por qué volvía él y simulaba las Francias, las Alemanias, las Bélgicas incluso?, ¿para alimentar un amor a mi madre que ya no lo era? ¿Se le da de comer a una paloma muerta?, ¿es decente un parque con todas las palomas muertas?, ¿es un parque una paloma muerta?; ¿y los niños?, ¿quieren los niños un parque con las palomas muertas?, ¿soy yo uno de esos niños?, ¿yo también estoy muerto?, ¿soy un parque acaso?

¿Por qué después los regalos alemanes de mi padre me guiñaban un ojo diciendo *Made in Spain*?, ¿era torpe mi padre?, ¿los alemanes importan coches teledirigidos y mecanos que se hacen aquí para que regresen de nuevo aquí?; ¿son torpes los alemanes?, ¿queda Alemania tan lejos como dicen?, ¿llegan allí tantos juguetes?, ¿no se paran en Irún como mi padre?, ¿son torpes las aduanas?

¿Tienen los juguetes esposas que les esperan con la gestación de un hijo que luego no será suyo?, ¿puede un hijo no ser de su madre?, ¿cabe la posibilidad? ¿Tiene patas la posibilidad?, ¿existen posibilidades cojas, mutiladas?, ¿hay posibilidades de juguete?

¿Y cuándo dejó mi padre de venir a casa?, ¿cuando mi madre de aquí ya no le gustaba nada o cuando mi madre de allí le gustaba ya demasiado?, ¿y por qué no me llevó con él en el último viaje?, ¿era yo una carga?, ¿no existen trenes de carga?; ¿y qué hago yo aquí como una mercancía abandonada?, ¿vivo entonces como objeto perdido? ¿Y me voy a poder encontrar algún día?, ¿tengo yo ganas de buscarme acaso?

¿Soy yo una metáfora?, ¿esta mi historia es una metáfora que no soy capaz de descifrar?

¿Me están buscando las cartas que recibo? ¿Qué dicen esas cartas?, ¿debería leer esas cartas con más atención?

¿Por qué el matasellos siempre está como manipulado, borroso?, ¿por qué unas veces IR.., otras ..UN, otras .RU., si de todas formas está todo tan claro? ¿Siguen en huelga los carteros?, ¿hasta cuándo?

¿Tengo, Dios mío, una hermana en Irún?, ¿me tiene una hermana a mí aquí?, ¿nos tenemos los dos a merced de los carteros en huelga?

¿Cuándo ingresó mi madre en el manicomio? ¿Y por qué sigo diciendo mi madre cuando intuyo felizmente que esa no es la mía? ¿Sigue mi verdadera madre en la estación?, ¿mi madre es una frontera?, ¿de qué color son los ojos de una frontera?, ¿tengo yo los ojos de mi madre?, ¿los tiene mi padre?, ¿quién los tiene?, ¿dónde están sus ojos?, ¿me están mirando?, ¿estoy yo ciego que no los veo?

¿Acabaré yo en el sanatorio de mi madre que no es mi madre?, ¿me aceptarán allí?

¿Por qué no como nada?, ¿no tengo hambre?, ¿tengo hambre de otras cosas?

¿Me estoy volviendo loco?

¿Se vuelve la gente loca o ya en los cromosomas desde pequeñitos están escondidos los napoleones preparando las estrategias?, ¿se puede luchar contra los napoleones genéticos sin un Waterloo que echarse a las manos? ¿Está mi verdadera madre en Irún o con la mano metida en la blusa como la otra?

¿Desde cuándo saben estas cartas tanto de mí?, ¿soy yo transparente acaso?; ¿y para qué quieren estas cartas que yo vaya a Irún?, ¿se me ha perdido a mí algo en Irún?

¿No había muerto mi padre en la frontera según los telegramas?, ¿o está vivo como sospecho y esperándome? ¿También en Telégrafos están con las andadas?, ¿tendré que ponerme en huelga yo también?, ¿hace daño la solidaridad?, ¿se repite como el gazpacho?, ¿no sirve la sal de frutas entonces?

¿Y qué hago yo aquí en la estación esperando ese tren que hace una uve?, ¿voy yo a Alemania?, ¿Alemania viene a mí?, ¿soy yo una montaña?

¿Tendré que pararme en la frontera?, ¿le veré los ojos por fin después de tanto tiempo?

¿Y por qué estas cartas se firman últimamente Itziar? ¿Murió Carmen? ¿Es Itziar mi hermana? ¿Lo que yo entendí poligamia puede ahora volverse incesto?, ¿qué dice de eso el diccionario?

¿O soy yo el hijo de Itziar? ¿Amó Itziar a mi padre?, ¿se aman todavía?, ¿los amo yo?

¿Yo estoy muerto?, ¿soy un telegrama?, ¿me escribo cartas por las noches y las recibo al día siguiente? ¿Me invento yo a mí mismo y a mi historia?, ¿estoy creándome a partir de unas cuantas cartas que para colmo pueden estar equivocando al destinatario?

¿Tan rápido trabajan ahora los de Correos para que ya esté aquí otra carta que al abrirla deje escapar este perfume tan conocido y que sin embargo se resiste a escarbar en mi memoria para encontrar su dueño?

¿Es un perfume de estación?, ¿a esto huelen los trenes?

¿Y este tren?, ¿adónde me lleva?, ¿adónde me está llevando?

BERTA VIAS MAHOU

BERTA VIAS MAHOU (Madrid, 1961) es licenciada en Geografía e Historia por la Universidad Complutense; autora de las novelas *Leo en la cama* (Espasa, 1999) y *Los pozos de la nieve* (Acantilado, 2009); del libro de relatos *Ladera norte* (Acantilado, 2001); de un ensayo sobre *La imagen de la mujer en la literatura* (Anaya, 2000), así como de varias novelas juveniles publicadas en la colección *Espacio abierto* (Anaya). Ha traducido del alemán obras de autores como Ödön von Horváth, Stefan Zweig, Arthur Schnitzler, Joseph Roth, Gertrud Kolmar o J. W. von Goethe, en su mayoría para la colección *Austral* (Espasa Calpe) y la editorial Acantilado.

MÁS ALLÁ DE LAS PALABRAS

El mal escritor es el que siempre dice más de lo que piensa. Esta máxima de Walter Benjamin, uno de los más refinados especialistas en literatura y, sobre todo, en la más breve, la de la poesía, el relato y el escombro, deja bien claro lo que tanto el lector como el autor suelen buscar en un cuento. La condensación de una experiencia en unas pocas páginas. Así es como se nos transmite con más frecuencia el misterio, inagotable, que nos incita a volver a leer una y otra vez para buscar más allá de las palabras. En ese oficio fue un auténtico maestro el ruso Chéjov. O Kafka: basta leer alguna de las piezas incluidas en sus novelas, como «Ante la ley», o sus magníficos fragmentos en prosa. Tal vez en la novela los personajes terminen por arrebatarle la historia a su autor y por ser los que mueven los hilos, a su antojo. Tal vez en los relatos eso no llega a suceder nunca. Quizá porque tienen algo de parábola. O de alegoría. Esa aura capaz de alejar lo más cotidiano, lo más próximo. Como si sus frases fueran palabras reveladas. A menudo, nada más que una imagen para la meditación. Una iluminación casi poética. Miniaturas que a veces nos transportan a la época en la que aún se creía en los mitos o en las hadas, en la que se tenía tiempo para leer y escuchar, para aprender palabras como *tenedero,* que es como se definen los parajes en los que en el mar se puede fijar el ancla, o para perderse en un bosque cubierto de nieve.

El demonio vive en Lisboa

Los lunes, madre se levantaba a las cinco de la mañana. Marchaba media hora después de haber abandonado la cama, una vez que había recogido todos los cacharros del desayuno, y, tras volverse a mirarnos con una sonrisa, no regresaba hasta el sábado. Descendiendo por el mismo camino por el que había subido el lunes. Nieves tenía entonces siete años. Yo, seis. Y Elisa, tan sólo tres.

Madre trabajaba de maestra. En La Comba, un pueblecito de las montañas. La camioneta venía a recogerla cada lunes al final del camino, el de los castaños, junto al bosque de hayas. Allá, en el pueblo, tenía una habitación alquilada para toda la semana. Y allí mismo le daban la comida y la cena. También el desayuno. El dueño de la casa y su hijo mayor trabajaban en la mina. Su mujer cuidaba de los pequeños, de las vacas, de los prados y la huerta, además de dar de comer a la familia y a la maestra que todos los lunes venía desde Pola de Siero. Y mientras tanto, nosotros tres nos quedábamos al cuidado de la tía. A padre aún le veíamos menos.

Algunas semanas madre nos llevaba con ella. Sólo a uno de los tres. Pero eso fue muy al principio, cuando aún no íbamos a la escuela, aunque a veces, después de haber empezado ya en párvulos, cumplidos los cuatro años, madre hacía una excepción y nos dejaba acompañarla, permitiendo que faltáramos a clase. Aquellas semanas eran como una larga fiesta para nosotros. Una fiesta que sólo compartíamos con nuestra madre, mientras los demás se quedaban allá abajo, en el pueblo.

En eso, nos parecía que Elisa era la predilecta, pero es que en aquella época, en la que nosotros teníamos que ir al colegio, ella era aún muy pequeña y ni siquiera había empezado párvulos. Esa semana que pasaba con madre corría por el campo, ordeñaba las vacas, se bañaba en el torrente y comía toda la fruta que quería. Guindas. Manzanas. Peras. Y hasta higos. Y no es que aquí, en el pueblo, no hubiera todo eso, sino que allí sabía diferente.

Pero algunos sábados madre no volvía. Solía coincidir con el primer sábado del mes. Aunque no ocurría todos los meses. Y desde el lunes, nosotros, Nieves y yo, tal vez hasta Elisa, ya lo sabíamos, porque esa mañana madre llevaba un bolso de viaje colgando del hombro y una sonrisa más amplia que de costumbre, tan amplia que le daba un aire de extranjera, de turista desenvuelta, dispuesta a todo, a llegar hasta ese lugar con el que uno ha estado soñando durante toda la vida. Ese lugar que muchos no llegamos a alcanzar jamás.

Y así, madre se alejaba. La sombra de los castaños jugando sobre sus hombros. Caminaba sonriendo. Bajo la lluvia. O bajo el sol. Lo mismo da. Caminaba como en el poema. Serena. Arrebatada. Rutilante. ¿Era de Prévert? ¿O de Aragon? Tal vez Nieves lo sepa. O madre, seguro que madre lo recuerda.

Lo sabíamos también porque durante aquellas semanas, con ella, desaparecía el espejo de mano que siempre ha tenido sobre la cómoda. En su dormitorio. El único objeto algo vistoso que hay en toda la casa. Una casa de paredes encaladas. De muebles grandes, viejos, sencillos, desgastados por el uso y el paso del tiempo.

La sonrisa de aquellos lunes, la de madre cuando se alejaba por entre los castaños, era la de alguien que ha recibido una consigna, la de quien se siente protegido, transportado por una sola palabra. Padre, sin embargo, no se daba cuenta de nada. O, al menos, parecía no notarlo. O hacía como que no lo veía. Que no le importaba. A él le bastaban sus interminables partidas de cartas, sus parrandas con los amigotes. Y cuando madre marchaba con aquel bolsón y aquella sonrisa, nosotros nos quedábamos con la tía casi cuarenta y ocho horas más, uniéndose una semana a la siguiente, sin apenas verla, sólo durante un rato, en la cocina, cuando el lunes de madrugada madre se disponía a subir de nuevo a La Comba.

¿Adónde iría durante aquellos dos días que a mí me parecían interminables? Durante aquellas horas que a todos se nos hacían eternas. Tal vez incluso a padre. Durante aquellos días en los que yo siempre corría, y tal vez también mis hermanas, Nieves y Elisa, hasta su cuarto, para contemplar el vacío dejado por el espejo. Aquel espejo enmarcado por una fina y complicada filigrana de oro, con un mango largo, que madre había heredado de la vieja tía Freditas. Fredesvinda se llamaba. La de largas y finas trenzas rubias.

¿Adónde iría? No lo sé. No sé adónde marchaba madre. No estoy seguro. Sólo sé que, cada vez, cuando volvía, contaba que había estado en un sitio diferente, nuevo, en una ciudad distinta, no muy lejana, pero exótica a nuestros oídos acostumbrados a los escasos ruidos del pueblo. Ahora, en cambio, tanto tiempo después, creo que se trataba siempre del mismo lugar, de una única ciudad, aunque tampoco estoy del todo seguro acerca de cuál fuera. Sólo ha sido una intuición.

Un buen día, mucho después, madre empezó a faltar a aquellas citas. ¿O eran simples viajes y, por tanto, nada de los rituales con los que yo imaginaba que ella intentaba alejarse de la vida gris, insípida, que llevaba en el pueblo, junto a padre? Hoy, después de algo más de doce años, después de haber visto otra vez su sonrisa de entonces, he creído averiguar adónde iba.

Madre, ¿tú crees en Dios?, le ha preguntado Elisa esta tarde. Madre ha sonreído y ha contestado, como de costumbre, con una nueva pregunta: ¿Y en el demonio? ¿Crees tú en el demonio? Mi hermana la ha mirado perpleja. Tal vez se le haya puesto la carne de gallina, como a mí. Tal vez se le hayan erizado los cabellos, como a mí. Tal vez incluso Nieves haya sentido lo mismo. ¿Será que aún creemos en la existencia del Maligno? ¿O habrá sido por la expresión que hemos reconocido en el rostro de nuestra madre?

Y madre ha explicado: Decía José María, ¿os acordáis?, uno de mis alumnos allá arriba, en el pueblo minero, que el demonio debía de vivir en Lisboa. Lo escribió en una hermosa redacción. Naturalmente, aquella vez también se llevó una buena nota. Al fin y al cabo, era mi favorito. Y en una ocasión en la que les pedí que pusieran el nombre de un apóstol, ¿a que no sabéis cuál fue el que escribió José María? ¡El de don Pío!

Nosotros tres nos hemos reído. Nieves, que ya ha cumplido los diecinueve. Yo, que pronto cumpliré los dieciocho. Y Elisa, que sólo tiene quince. Don Pío era el párroco de La Comba. Un buen hombre, pero con un genio de mil diablos. ¡Qué cosas! ¿Y lo de los autos sacramentales? ¿Os acordáis? Decía que eran los vehículos de los papas, de los obispos y de los curas importantes.

A José María, Lisboa le debió de parecer un sitio estupendo para vivir. Por eso, probablemente, se le ocurrió destinar allí al demonio. Aunque tal vez se hiciera una idea equivocada de la ciudad. Y eso que a mí también me lo parece, que debe de ser el mejor lugar para vivir. Lo más seguro es que el pobre niño nunca hubiera estado allí. Tampoco yo he estado nunca en Lisboa. Y él, a lo sumo, bajaría alguna vez hasta aquí. Hasta la Pola. ¿Y del demonio? ¿Sabría él qué o quién es el demonio?

¿Y qué fue del pequeño José María?, ha preguntado entonces Nieves. Con esa imaginación, tenía que haber sido escritor. El poeta de La Comba. Acabó en la mina, como todos, ha sentenciado madre con aire de incómoda resignación.

Figúrate, Juan, en Lisboa, ha dicho poco después, volviéndose hacia mí y haciéndome cosquillas en la nuca. Como entonces, ahora lo recuerdo. Los lunes en los que madre ya había decidido partir a uno de aquellos viajes, mientras tomábamos la leche y el pan del desayuno, ella jugaba con nuestro cabello, metiendo sus dedos por la nuca, subiendo hasta la coronilla y dejándolo alborotado. Aquel gesto cariñoso nos gustaba especialmente, pero pronto comprendimos que era el preludio de su marcha, y empezamos a recibirlo con una amarga alegría.

Sonriendo, madre de pronto ha exclamado: Satanás viviendo en Lisboa. Con la sonrisa de hace doce años. La de aquellos lunes en los que ella se alejaba con el bolsón colgando del hombro. Rutilante. Arrebatada. Serena. Y me ha parecido ver en sus ojos el paso fugaz de unas flores, el reflejo de unas botellas de vino. ¿*Vinho verde*, madre? Como tus ojos, sí. Un verde transparente. Como el del cristal de una de esas botellas.

Casi me ha parecido sentir cómo latía su corazón. Un poco acelerado. Después, la nostalgia los ha enturbiado, sus ojos. Como la bruma del mar cuando envuelve las ciudades, esas ciudades de las que uno siempre se siente lejos, incluso cuando llega a ellas. La luz de la tristeza ha inundado, ha iluminado su rostro. Y madre se ha estremecido, como sintiendo frío, sentada junto a mí en el banco, pegada la espalda ya cansada a la pared de la casa, a las piedras que a estas horas de la tarde desprenden el calor del sol que han ido acumulando durante todo el día. Madre se ha estremecido de arriba abajo, tal vez porque sabe que aquellos días secretos no volverán nunca más.

¿Iría ella a Lisboa? ¿Vería allí la *senhora* al demonio? Y he imaginado una habitación de hotel. Siempre la misma. Y una mesa en un café. Tal vez, también, siempre la misma. Paseos entre desconocidos por callejuelas en cuesta. Carreras hacia el andén, en alguna estación con las paredes cubiertas de azulejos. Y siestas en una playa. Fuego y agua a tus pies, recorriendo tu cuerpo. Moreno, con la piel fría cubierta de arena. ¿Sola? ¿Con una amiga? ¿O con el *diabo*?

Y he sentido envidia de él. Envidia del demonio, sí. Y de ella. De mi madre. Y rabia contra padre. Siempre encorvado sobre una mesa de madera, llena de cortes. Los cortes que él solía hacer con su navaja. Con una saña reconcentrada. Y de manchas. Manchas de grasa y de fuego, del calor del fondo de las cacerolas, manchas que no se iban con nada. Y padre siempre con la baraja entre las manos. Brillante y sucia, con los cantos desgastados.

Eras, y aún eres, una mujer inteligente, resuelta. Trabajadora. Incansable. Y al mismo tiempo, parecías llena de nudos, como si siempre te encontraras ante una encrucijada, a punto de entrar en el reducto de tus sueños. De alejarte para siempre. Equívoca. Dulce e inaccesible a un tiempo. ¿Por qué no le dejaste, madre? ¿Por qué has seguido atada a este destino, a un hombre al que sin duda ya no querías, y que probablemente tampoco te quería? Que no te ha querido nunca como tú merecías. El amor eterno dura tan sólo cuatro meses, solía repetir él. Nuestro padre. Y el otro, dos, sentenciaba inmediatamente después. Siempre tan destructivo, su sentido del humor.

¿Ha sido por nosotros, madre? Perderte habría sido duro, pero me hubiera gustado recordarte siempre con aquella sonrisa. Que no volvieras a rozarnos la nuca más que en sueños. Una ilusión suicida ha sido para mí este deseo de perderte, desde niño. De que te hubieras perdido en otras tierras. Entre otros brazos. Con tu sonrisa. Una sonrisa como para volver loco a un hombre. A los hombres. A todos.

Madre, ¿volvías locos a los hombres? Estoy seguro de que sí, de que aún serías capaz de hacerlo. Capaz, sin proponértelo. Enloqueciendo tal vez hasta tú misma. ¿Volvías entonces locos a los hombres? ¿O te encontraste con un loco de amor al que no pudiste o al que te dio miedo seguir? ¿Y si fueran sólo imaginaciones mías? ¿Y si en realidad nunca hubieras estado en Lisboa? ¿Ni en brazos del demonio? ¿Y si el demonio, al fin y al cabo, no existiera?

Pero no. Tú lo has visto, cara a cara. Lo sé. Y por eso ahora el espejo está roto. Allá dentro, sobre la cómoda, en tu cuarto. Lleva ahí años. Sin moverse. Probablemente ya ni siquiera te mires en él. Tal vez por temor a atrapar una imagen perdida en algún rincón del pasado. El reflejo del demonio, suspendido en el vacío. ¿Estará ahí? ¿En el espejo? Y a mí, al ver esa hendidura, de lado a lado, me duele el alma. Esa que habría estado dispuesto a vender con tal de que tú hubieras salido para siempre de aquí.

Ahora, cuando de nuevo llegue el invierno y los castaños se queden sin hojas, la casa silenciosa y las ventanas empapadas de lluvia, seremos nosotros quienes tendremos que irnos. Y Elisa, como siempre, la pequeña, la que más se parece a ti, se quedará contigo. Sus ojos verdes, francos, atentos, estarán más tiempo junto a ti. Aunque nunca se sabe. Tal vez sea ella la primera en toparse con el diablo. Con un demonio como Dios manda. Y entonces se alejará. Como tú, sonriendo. Serena, arrebatada, rutilante. Recuérdalo, madre.

CRISTINA GRANDE

CRISTINA GRANDE (Haro, La Rioja, 1962) vive en Zaragoza desde 1980. Licenciada en Filología Inglesa, ha cursado estudios de postgrado de Cine y Televisión en la Universidad de Zaragoza, y de Fotografía en la Galería Spectrum, en la misma ciudad. Ha publicado dos libros de relatos: *La novia parapente* y *Dirección noche* (Xordica). *Naturaleza infiel* (RBA, 2008), su primera novela, ha sido traducida al italiano. Desde el 2002 es columnista del *Heraldo de Aragón*.

IMPACIENCIA

No soy una teórica. Si lo fuera, quizás no sería narradora, y en lugar de contar cuentos me dedicaría a cualquier otra cosa de más calado. Dicho esto, sólo podré decir que el cuento es el género que mejor se ajusta a mi respiración, a mi ritmo cardiaco, a la música que suena en mi interior. Cuando era niña e iba a clases de solfeo, me parecía que el tres por cuatro era un compás más moderno y alegre que el cuatro por cuatro. Me gustaba el tres por cuatro porque había que dar un salto mental, superar un vacío, vencer un ligero vértigo de funambulista, y al marcarlo con la mano hacíamos una especie de señal de la cruz anómala, asimétrica, como cuando nos santiguábamos deprisa a la entrada de la iglesia. Para mí, el cuento tiene ese ritmo, mientras que la novela requiere un cuatro por cuatro, o compasillo. Los cuentos los prefiero no muy largos porque de lo contrario se me fatiga el corazón (molinico de poca agua, dicen en Aragón), ya que empiezo con el pulso acelerado desde el principio y además soy de naturaleza impaciente. Quizá por eso mismo, por mi impaciencia, escribo los cuentos con más alegría que las novelas, que en cuanto las empiezo me parece que no viviré lo suficiente para concluirlas como es debido. A veces el cuento se presenta ante mí como un baobab en medio de una acera, como si hubiese crecido de golpe en ese trozo de pavimento que piso a diario. Puede que permanezca ahí un tiempo, obligándome a mirarlo, a rodearlo para seguir mi camino, o puede que desaparezca tan repentinamente como había crecido. Otras veces, el cuento es un espectro que me sigue. Me parece verlo en las caras de distintas personas, y si no lo abordo, si no le doy la vida que me pide, puede seguir incordiándome durante mucho tiempo, igual que el baobab. Escribir cuentos requiere una gran dosis de atención y muchas ganas de poner orden en el caos de la vida cotidiana. En fin, que requiere energía a raudales. Cuando estoy en horas bajas y no puedo escribir, suelo ordenar mi cuarto, donde tengo una estantería con mis libros y recuerdos más queridos. Desde la cama veo los lomos de los libros, que me miran y me acompañan igual que las fotos de mis familiares. Junto a mi padres, mi abuela, mi sobrina y mis hermanos leo algunos nombres: Anton Chéjov, Katherine Mansfield, Margarite Duras, Isak Dinesen, Ignacio Martínez de Pisón, Natalia Ginzburg, Saumerset Maugham, Agota Kristof... En la mesilla de noche, *Los cuentos de San Cayetano,* de José Antonio Labordeta, aguantan mis gafas de ver, un pequeño transistor, mis coleteros y un boli bic que siempre acaba en el suelo.

Arañas e insectos

Llevábamos tres años juntos. Tres años de idilio. Nuestros amigos envidiaban la felicidad que no podíamos ocultar. Sólo habíamos discutido tres o cuatro veces desde que vivíamos juntos, pero por asuntos sin importancia. Una vez porque yo estaba segura de que era James Spader el que salía en no sé qué película, y Mario se empeñaba en que era otro actor. No me gusta discutir. Tengo mala memoria para los datos, nombres y fechas. Normalmente confío en la memoria de los demás más que en la mía, y solamente cuando estoy completamente segura de algo, muy raramente, me atrevo a iniciar una discusión. Las discusiones me alteran mucho. Me acaloro.

En el viaje a Portugal todo iba como la seda. Un rato conducía yo, y otro rato conducía Mario. Siempre llovía cuando conducía Mario. Afortunadamente dejaba de llover cuando llegábamos a los sitios, y no tuvimos que sacar los paraguas en todo el viaje. Habíamos entrado en Portugal por Bragança, donde ya el primer día nos hicimos adictos al vino verde. En todas las comidas caía una botella de vino verde. Después de seis días de viaje decidimos hacer un día de playa, en plan relajado. A Mario le gusta el mar, tumbarse en la arena a leer los periódicos, saltar las olas, y recordar los veraneos de su infancia en Salou.

Fuimos a Cascais por la carretera de la costa. El Atlántico estaba embravecido. Hacía frío para ser agosto. Como nos habíamos levantado tarde, porque la noche anterior habíamos estado en algunos garitos que salían en la guía nocturna de Lisboa, llegamos a Cascais pasada ya la hora de comer. Nos metimos en el primer sitio que encontramos, el *Mar do Inferno,* un restaurante junto al mar cuya especialidad era el marisco. A mí me apeteció la langosta y el camarero se empeñó en que nos comiéramos un bogavante de kilo y medio que ya estaba cocido. Estaba delicioso. A mi derecha, junto a la puerta del restaurante, había una pecera por la que entraba la luz de la calle. Al trasluz, las langostas parecían oscuras arañas amontonadas unas encima de otras.

—Parecen arañas, las langostas —le dije a Mario, que aún luchaba con una pata de bogavante mientras yo terminaba la botella de *vinho* verde.

—Sí, tienen algo de insectos estos bichos —dijo Mario.

—Más de arañas que de insectos —le corregí en plan sabelotodo.

—Pues eso digo, podrían ser arañas o cualquier otro insecto primitivo.

—Pero es que las arañas no son insectos —dije yo muy segura de mis palabras.

—Claro que son insectos —dijo Mario todavía más seguro que yo.

—Que no son insectos. Son artrópodos, arácnidos, de ocho patas, pero no son insectos —dije yo levantando un poco la voz. *Vida y color* es la única colección de cromos que completé en mi infancia.

—Vale, vale —dijo Mario como dándome a mí la perra gorda, pero con cara de escepticismo.

Cuando salimos del *Mar do Inferno* el día había mejorado. El sol brillaba por debajo de las nubes colgadas en lo alto del cielo como la lona de una carpa. Si encontrábamos una playa junto a la carretera, de vuelta a Lisboa, aún podríamos bañarnos. Fue en Carcavelos donde finalmente nos detuvimos. Mario se puso el traje de baño junto al maletero del coche enseñando el culo a los transeúntes. Yo preferí sentarme en la arena mientras él se bañaba. De lejos, sus piernas y brazos se veían muy delgados con respecto a su cuerpo. La marea estaba subiendo y una ola me mojó los pies. El agua estaba helada. Mario salió al cabo de unos quince minutos. Tenía la piel enrojecida por el bateo de las olas y me acordé del bogavante. Parecía feliz. Dijo que no estaba tan fría el agua, y que estaba muy salada. Más salada que la del Mediterráneo, afirmó sin dudarlo. Qué raro, dije yo, creía que el agua del mar es más salada que la de los océanos. Mario hizo amago de empezar otra discusión como la de las arañas y los insectos, pero rápidamente me levanté de la arena y me fui hacia el coche. Al día siguiente regresábamos a casa.

Entre las cuerdas del tendedero, en una esquina, había una telaraña tejida durante nuestra ausencia. Había un mosquito atrapado en ella. Me enfadé con Mario cuando destruyó la tela sin ningún miramiento. A los dos días otra tela volvía a relucir en la misma esquina. Procuraba ser yo quien tendiera la ropa para que Mario no cayera en la tentación de eliminarla. Y cada vez que veía la telaraña me acordaba del día del bogavante. Con la enciclopedia en la mano le había demostrado a Mario la diferencia entre insectos y arácnidos y él no había dicho nada, pero me había mirado con cara de «te estás pasando de lista, guapa». Tres meses después del viaje a Portugal, cuando la araña del tendedero ya debía de estar invernando, Mario y yo nos separamos amistosamente. En el rellano de su escalera, nos dijimos adiós con un par de besos en las mejillas. No hemos vuelto a vernos ni a llamarnos, y eso que vivimos en el mismo barrio.

MANUEL MOYANO

MANUEL MOYANO (Córdoba, 1963) reside en Molina de Segura (Murcia) desde 1991. Se dio a conocer como escritor con el libro de cuentos *El amigo de Kafka* (Pre-textos), que obtuvo el Premio Tigre Juan 2002. Ha publicado otras dos colecciones de relatos: *El oro celeste* (2003) y *El experimento Wolberg* (Menoscuarto, 2008), así como la *plaquette* de microrrelatos *El imperio de Chu* (2009). Es autor también de la novela *La coartada del diablo* (Menoscuarto, 2006), Premio Tristana de Novela Fantástica, y del libro misceláneo *La memoria de la especie* (2005). Asimismo, ha publicado una serie de títulos que participan de la narrativa, el ensayo antropológico y el libro de viajes: *Dietario mágico* (2002), *Galería de apátridas* (2004) y *El lobo de Periago* (2005).

EL APRENDIZ DE ALQUIMISTA

Lo que nos diferencia de los restantes seres vivos es el estupor; es decir, la capacidad de observar por un momento el mundo desde fuera y preguntarse: ¿qué demonios es todo esto? Creo que del estupor ante la realidad nace el impulso de escribir. Por eso, porque escribir responde básicamente a un impulso natural, sospecho que los textos breves son las únicas formas sinceras de literatura. La novela es resultado de un esfuerzo consciente, de un plan, y su ardua confección probablemente no obedece tanto a una necesidad íntima como a motivos espurios; entre ellos, el dinero y la fama. Hay algo artificial, impostado y, en cierto modo, banal en cualquier texto largo. Pla decía que las novelas son la literatura infantil de las personas mayores. Los poemas, los aforismos, los relatos son, por el contrario, hijos de inspiraciones fulminantes. Quien los escribe no tiene otro remedio que hacerlo. Ello, por supuesto, no garantiza que el fruto sea satisfactorio, que transmita algún tipo de emoción o placer estético a los otros. Pocos textos lo consiguen, y, de éstos, pocos persisten en la memoria del lector (entendido éste como un ser poliédrico que comprende a todos los lectores). Existen técnicas que nos permiten encauzar la inspiración, pero no hay ninguna fórmula que nos garantice la perdurabilidad de un relato; sin embargo, seguimos tratando de dar con ella, aunque nadie sepa muy bien por qué ni para qué. Yo he empleado, entre otros ingredientes, la ironía, el esperpento, la aventura o lo fantástico; he tratado de aprender a evitar lugares comunes, a escamotear información al lector (lo que llaman elipsis), a prescindir de frases y datos superfluos; he descubierto la importancia del ritmo narrativo, que tanto se parece a la música; he consultado una y otra vez a los grandes maestros. Tengo la sospecha, sin embargo, de que siempre seguiré siendo un aprendiz de alquimista. De que todos lo seguiremos siendo.

Hojas amarillas

> *¿Se puede ser feliz dos veces en la vida?*
> Josep Pla

La última visita que recibieron los Brufmann fue la del señor y la señora de Iguarán. Ambos matrimonios frisaban la cincuentena, y si los hijos de los Iguarán vivían aún en casa, el único vástago de los Brufmann, quienes se habían casado muy jóvenes, hacía tiempo que había volado del nido. Darío Humberto Brufmann provenía de la Argentina y se proclamaba a sí mismo exiliado. Era alto, barbado y ojeroso, y se movía con la lentitud de un reptil. Leía mucho a Borges, al que consideraba un semidiós, y odiaba a Sábato como si tuviera algo personal contra él. Siendo un mozalbete, había llegado a España para vender flautas indias, decoradas por él mismo, y en un puesto de *hippies* de las Ramblas de Barcelona había conocido a Alicia. Alicia vendía talismanes con piedras engarzadas: recomendaba el ágata negra para prevenir la adversidad, la amatista contra la embriaguez, el barilo para mejorar el rendimiento en los estudios y el cristal de roca para espolear la secreción de leche. Aun al cabo de los años, si le preguntaban al respecto, seguía defendiendo que los poderes esotéricos de las piedras no eran en absoluto una patraña. El tiempo había mermado su atractivo, y el apelativo de Flacucha, que en el pasado empleara su marido de modo cariñoso, era ya a todas luces desacertado. De joven había poseído una belleza enigmática, muy apropiada para el género que vendía, afeada tan sólo por una mancha de nacimiento en el mentón que obraba como un imán para la vista. De Brufmann la conquistó su impasibilidad, el amor con que trabajaba sus flautas, la forma en que se refería a su mancha, llamándola peca o lunar. Sólo muchos años más tarde, cuando él se vio obligado a afeitarse la barba para operarse de un quiste, Alicia descubrió que tenía un estigma idéntico al suyo, pero en la mejilla opuesta.

Los Brufmann se habían asentado. Él era dibujante de una agencia de publicidad y ella trabajaba como cajera en unos grandes almacenes. Vivían en un piso de alquiler por el que pagaban una renta exigua. Era un piso antiguo y algo lúgubre, de techos altos y corredores amplísimos, con habitaciones que permanecían cerradas por la falta de uso. Como el casero se negaba a costear las reformas, habían dejado que se fuera deteriorando poco a poco. Las paredes de la cocina estaban cubiertas de grandes manchas de humedad que habían llegado a ser asumidas como parte de la decoración. El papel pintado pendía hecho jirones por los pasillos, semejando hileras de estandartes deshilachados, y los cuartos que daban al patio de luces exhalaban un remoto olor a bodega o a cueva. Aquí y allá se veían huecos dejados por las baldosas en el suelo, y en los alféizares de las ventanas se había fosilizado una costra de mierda de paloma del grosor de un dedo pulgar. La habitación del hijo prófugo, por último, era una especie de cuarto trastero en el que se almacenaban, sin orden ni concierto, toda clase de cachivaches: libros viejos, electrodomésticos averiados, colchones destripados e, incluso, un cochecito de niño cubierto por una pátina de mugre.

Carlos Edmundo había sido desde el principio un chico díscolo, acomplejado acaso por las dos manchas de nacimiento que, rigurosamente simétricas, lucía a ambos lados de la cara. Insociable, mal estudiante, sin vocación conocida, lo mismo permanecía mudo y en un estado casi catatónico durante días, que prorrumpía en gritos e insultos contra sus padres y se dedicaba a patear las puertas con saña o a estrellar platos contra las paredes. Su adolescencia fue lo más parecido a un infierno. Por aquel tiempo, Alicia se cuidaba de esconder todos los objetos afilados de la casa, pues temía que en cualquier momento se cercenara las venas o acuchillara a alguien. Un buen día, antes de cumplir los dieciocho años, desapareció como por ensalmo, y todos los intentos de los Brufmann por dar con su paradero, que les llevaron incluso a pedir ayuda en un programa de televisión, resultaron infructuosos. A raíz de ello, Darío Humberto enfermó del corazón, le prohibieron el tabaco y la bebida, y Alicia se convirtió en una mujer distante que dilapidaba su tiempo libre delante del televisor.

La última vez que el señor y la señora de Iguarán cenaron en casa de los Brufmann, lo hicieron siguiendo una tradición que habían mantenido incólume durante más de veinte años de amistad. Se habían conocido en tiempos menos ingratos, durante un viaje que Brufmann ambicionó hacer siempre, a la cordillera del Himalaya, y para el que estuvo ahorrando minuciosamente a lo largo de una década. Cada diecinueve de julio conmemoraban su fortuito encuentro en un monasterio perdido del Nepal, a más de cuatro mil metros de altitud, donde descubrieron con estupor que tanto Alicia como la señora de Iguarán provenían del mismo pueblo de Murcia: Molina de Segura.

El señor y la señora de Iguarán sabían que los Brufmann no habían vuelto a ser los mismos desde la marcha de Carlos Edmundo, lo cual resultaba comprensible, pero si la casa dio siempre muestras de deterioro y dejadez, la suciedad y el desorden alcanzaban ahora proporciones dantescas. Los platos en que sirvieron la cena se hallaban impregnados de grasa, y en el suelo se veían oscuras hileras de hormigas aprovisionándose con sobras de comida. Había goteras en un ángulo del techo de la cocina, y parecía que toda la casa amenazara con venirse abajo de un momento a otro. El aspecto de los Brufmann no era más halagüeño. Darío Humberto se veía serio, pálido, demacrado, como si llevara puesta su propia máscara mortuoria; hablaba cansinamente y comía sin ningún cuidado, dejando que la salsa se le derramara en finos hilillos sobre la barba canosa. Alicia había prescindido de maquillarse y llevaba el pelo recogido en un moño grasiento y desbaratado; en su mirada inhóspita, que desmentía sus palabras amables, los Iguarán adivinaron que estaba deseando que se largaran de allí cuanto antes. Así que vieron una oportunidad se despidieron, y ni siquiera el abrazo cariñoso que les dio Brufmann, como si de pronto se hubiera percatado de su presencia, les quitó de la cabeza la idea de no volver jamás por aquella casa. Una vez en la calle los criticaron hasta la saciedad, comentaron todos los pormenores de tan grotesca cena, y terminaron por reírse a carcajadas. Pero sólo la señora de Iguarán advirtió algo que su marido había pasado por alto: Darío Humberto y Alicia no se habían dirigido la palabra en toda la velada.

¿Cómo llegaron los Brufmann a erradicar entre ellos la comunicación oral? Resulta difícil precisarlo. La tragedia del hijo, lejos de unirlos, los había separado. Ya no ejercían ninguna atracción el uno sobre el otro, probablemente ni siquiera se tenían cariño, y el carácter taciturno de Brufmann se avenía mal con la personalidad hosca de Alicia. Brufmann volvió a fumar y ella no dejaba de echárselo en cara, más por fastidiarle que porque su salud le importara un ardite. El odio cavó entre ellos un foso infranqueable en el que, a poco que se mirara, era posible adivinar caimanes hambrientos. Un buen día, Brufmann sacó todos los trastos viejos de la habitación del hijo y los tiró al contenedor de basura; por más que Alicia le preguntó qué hacía, no consintió en decir una sola palabra. Era sábado y esa noche durmieron por primera vez en cuartos separados. Brufmann se enclaustró todo el domingo en su nueva habitación, releyendo las obras completas de Borges, y no se molestó en responder a los golpes que Alicia daba en la puerta. Al anochecer, acuciado por el hambre, salió a la cocina y la encontró allí. Ella comenzó a insultarle. Brufmann cogió un taco de esas hojitas amarillas que se pegan por un lado, en las que Alicia solía anotar la lista de la compra, y escribió en una de ellas: «No vuelvas a dirigirme la palabra».

Ése fue el principio. Alicia entró rápidamente en el juego, como quien no está dispuesto a conceder ninguna ventaja a su adversario, y cada uno merodeaba por la casa evitando encontrarse con el otro y provisto de un bloc de hojas amarillas y de un bolígrafo. La situación tenía aires de comedia bufa, pero secretamente lindaba con la tragedia. Brufmann anotaba «compra cerveza» o «esta noche no vendré a cenar». Alicia escribía «abre tu ventana para que se vaya el humo» o «hoy no vengo a comer». Dejaban notas por todos sitios y a menudo no se molestaban en retirar las viejas; podían reconocerse las notas más recientes porque la caligrafía era cada vez más abrupta y desganada. No salían nunca juntos, pero ante sus amistades solían ofrecer la excusa de que el otro no había podido acudir a la cita por encontrarse indispuesto. Fuera de casa se desahogaban y hablaban de forma torrencial, espasmódica, de modo que nadie podía sospechar ni remotamente el drama silencioso que se estaba perpetrando en aquella casa.

¿Cuánto se prolongó esa situación? ¿Dos, tres años? Una mañana, Alicia advirtió que su esposo llevaba tres días sin salir de casa, sin que pareciera encontrarse enfermo. Se marchó dejando una nota pegada en la nevera que decía: «¿Por qué no vas al trabajo?». Cuando volvió, encontró sobre la mesa de la cocina un mensaje casi ilegible: «Me han despedido». Por un momento, llegó a olvidarse de su pacto tácito de silencio y estuvo a punto de irrumpir en la habitación de Brufmann para preguntarle qué había pasado, pero se limitó a escribir en una hojita amarilla: «¿Por qué?». Brufmann no respondió a esa nota, ni siquiera por escrito. Algunos días después dejó una hoja en el espejo del lavabo, esta vez redactada con letra muy clara, en la que decía: «No pienses ni por un momento que vas a tener que mantenerme. Me han dado una buena indemnización».

Brufmann se abandonó a la molicie y ni siquiera se molestó en buscar otro trabajo. Pasaba las horas muertas en su habitación. Casi no comía y fumaba dos o tres paquetes de cigarrillos al día, como si en las figuras que dibujaba el humo del tabaco pretendiera hallar la respuesta a algún enigma. Alicia lo vio alguna vez desde la calle sentado junto al balcón y mirando hacia el horizonte erizado de antenas y de chimeneas. Una noche le oyó tocar una canción de los Calchakis, con una de las pocas flautas decoradas que había conservado desde su juventud. Sintió que se le venía el mundo abajo. ¿Cómo podía haber llegado a odiar tanto a aquel hombre al que una vez había amado? Fue como si un río se desbordara de su cauce, arrasando poblados y cosechas a su paso. Lloró toda la noche sin descanso: por ella, por Brufmann, por Carlos Edmundo, por el fracaso en que habían desembocado sus vidas, por todas las oportunidades de ser felices que habían desperdiciado. Por la mañana, antes de marcharse al trabajo, dejó una nota en la cocina: «Si tú estás de acuerdo, vamos a acabar de una vez por todas con esta tontería». Esperó en vano la respuesta de Brufmann, quien al cabo de dos días se limitó a escribirle una nota en la que tan sólo decía: «No te olvides de comprar cerveza».

Brufmann era testarudo como un mulo y no estaba dispuesto a dar marcha atrás. Alicia decidió no volver a mostrarse débil, ni siquiera consigo misma. Apenas volvieron a intercambiar notas, salvo cuando Alicia se rebelaba ante la idea de tener que arrear ella con todos los asuntos de la casa y exigía la colaboración de Brufmann. Un día se abrió un orificio en la tubería del lavabo y Alicia escribió: «Ocúpate tú de avisar a un fontanero». Brufmann no respondió, ni siquiera salió de su cuarto. Pasaron dos días y ella se negó a fregar el suelo encharcado, esperando a que el agua se deslizara por el pasillo y llegara hasta la habitación del marido. El agua terminó por entrar, pero él siguió sin dar señales de vida. Cuando Alicia se decidió por fin a abrir la puerta, lo encontró en el suelo, muerto, con los ojos en blanco y la mano retorcida como una garra sobre el corazón. El agua había empapado su cabello y su ropa. Sobre la colcha de la cama había una hojita amarilla arrugada en la que se leía: «Por favor, llama a un médico».

ESTHER GARCÍA LLOVET

ESTHER GARCÍA LLOVET (Málaga, 1963) vive en Madrid desde 1970, donde estudió Psicología Clínica y Dirección de Cine. Ha publicado *Coda* (Lengua de Trapo, 2003), *Submáquina* (Salto de Página, 2009) y *Las crudas* (Ediciones del Viento, 2009).

NO JUGAMOS TODOS, NO ROMPEMOS LA BARAJA

Ocurrió esto. Ocurrió que en algún momento de la imparable evolución de la especie los lóbulos frontales del cerebro empezaron a fermentar esa facultad tan desafortunada en ocasiones y tan malamente utilizada casi siempre que llamamos Conciencia. Y con la Conciencia, la Voluntad y la Intención, los Tres Mosqueteros de las Civilizaciones. Nos gustan, y mucho, los hechos acabados, el propósito, la finalidad de las cosas; *The Accomplishment of Nature*. Nos movemos guiados por soluciones y conducimos nuestros actos hacia objetivos concretos, un poco calvinistas, mal que nos pese y así, si este sábado por la noche organizamos una partida de póquer el juego no va a acabar hasta que alguien gane y los demás pierdan. Un Millón de Pavos.

Hoy se han sentado Lola, su padre y su madre, y han repartido las cartas, en la mesa de la cocina. Van a jugar durante horas, hasta la madrugada. Van a ocurrir cosas graves o cosas ligeras hasta que Lola, su padre o su madre ganen Un Millón de Pavos.

Esto es una novela.

Durante la noche llega un amigo y llama a la puerta de Lola. Se queda al otro lado sin que nadie venga a abrirle. Mientras espera escucha las conversaciones de otros vecinos y la radio, la puerta, la calle. Discusiones. Al final se cansa y se marcha.

Esto es un relato.

Nos gustan los hechos acabados, los necesitamos por cuestión de higiene mental, pero lo cierto es que el grueso de nuestros días es puro ruido de fondo, morralla, materia negra; cosas que hay que hacer al cruce del azar. Pasa que en la realidad, con suerte, nos limitamos a estar ahí, empezamos conversaciones que no van a ninguna parte, acabamos relaciones por muerte natural; ocurre todo a la vez y lo que de verdad importa sospechamos que sucede lejos, fuera de alcance, al otro lado de la puerta.

¡La *pizza* nunca llega en veinticinco minutos! ¡No me quisiste para siempre, no es cierto!

Esto son los relatos. Éstas son nuestras vidas. No es lo fatal, es lo real, y ahora ya lo sabemos, que el mapa no encerraba ningún tesoro de Un Millón de Pavos, sólo calderilla, las vueltas del tabaco, los céntimos de los días, un poco sucios, siempre resplandecientes. Con esto no tenemos nada que hacer.

Quién necesita más para no ganar ni perder a las cartas.

Cañón

Las mesas se han ido quedando vacías poco a poco, una por una, y ya sólo quedan los últimos invitados, esos que aparecen siempre al final de la fiesta como si fuera la tercera a la que asisten en una misma noche y estuvieran dispuestos a largarse a otra después. Queda una pareja dormida en la diecisiete, una mujer sola en la mesa ocho y cinco amigos del novio bailando borrachos un hip-hop al ritmo del Ipanema que suena en los altavoces.

Julio los mira reflejados en los espejos color salmón del techo. Ve los restos de la tarta de boda color rosa pastel y los platos y copas y cubiertos desperdigados sobre las mesas manchadas de vino. Un niño llora en alguna parte aunque Julio no ve ningún niño en el salón ni en la pista donde también bailan tres parejas, un chico descalzo y un hombre mayor, con la camisa de chorreras abierta, agitando una liga color fucsia por encima de la cabeza.

—*Que isto é bossa-nova, que isto é muito natural* —canta el hombre, dando vueltas y mirándose en el espejo del techo, el vello canoso del pecho rizado de sudor.

A la entrada del salón los novios se despiden de unos invitados con un par de besos rápidos y la excitación y el alivio que ponen fin a cinco horas de aburrimiento y vino blanco, una excitación que tiene algo de risa contagiosa. Los novios también parecen aliviados o confundidos o como si todo esto no fuera realmente con ellos. No tienen más de veinte o veintiuno. A él se le nota el orificio del *piercing* en el párpado derecho. La novia es más alta que él.

—No le sirvas más a la de la ocho —dice a Julio el *maître* desde el fondo de la cocina—. Ya va bien cargada. Y empieza a moverte, que es tarde.

La de la mesa ocho es una mujer de unos cuarenta, bien siliconada, que ha ido dejando el rastro de su carmín en todas las copas de los invitados de su mesa, hace rato ausentes. A veces bosteza o da palmas acompañando al hombre de la liga. Se ha quitado las sandalias y ha dejado al descubierto un principio de carrera en el empeine. Julio no puede dejar de mirarlo mientras recoge los platos de la quince.

—*A tonga da mironga do kabuletê* —canta el de la liga—. *A tonga da mironga...*

El hombre de la liga se acerca bailando a una mujer mayor y la ayuda a colocarse un visón sin dejar de cantar. Ella se deja el bolso por dentro del abrigo, «para que no me roben», le dice al hombre entre risas.

Julio pasa por detrás de la mujer de la mesa ocho y la mira desde arriba. Lleva algo como purpurina en los hombros y está muy morena a pesar de que el verano queda lejos.

El niño que llora aparece de pronto gateando de debajo de una silla y la mujer lo mira con interés cuando pasa a su lado. Un chico lo recoge del suelo y se lo lleva en volandas hacia la puerta.

—Quieren más café en la principal —le dice el *maître* a Julio—. Y mira a ver si el niño se ha hecho algo debajo de la mesa.

Julio deja las tazas sucias en la pila y se dirige a la cafetera. En la cocina ya sólo quedan Mara y dos chicas nuevas que discuten mientras friegan los platos. Discuten de una manera extraña, en voz baja, como si estuvieran ensayando una pieza de teatro o un interrogatorio.

—¿El cartero?

—El cartero a las siete. No abres. Dejas que llame.

—¿El conserje?

—No sube nunca. Tú entra por el garaje y no te verá nadie —le contesta la más joven. Son muy parecidas, con el mismo acento y mechas platino sobre el pelo negro. La más joven no tiene ni diecisiete.

—¿El teléfono?

La joven se queda parada un momento, mirando al vacío de las baldosas blancas antes de responder.

—El teléfono sí —contesta—. Pero luego no dejes nada apuntado. Por la letra.

—¿Y estas dos de qué van? —pregunta Julio a Mara.

Mara ha comido muchos panqueques con bacon a lo largo de su larga vida y en algún momento de ésta ha debido de ser negra aunque a estas alturas es difícil saber de qué color es debajo del maquillaje.

—La niña trabaja en una casa —le contesta—, con contrato y papeles y se reparte el trabajo y el sueldo con la mayor, que está sin nada. No quieren que el dueño se entere.

Ellas siguen cuchicheando, las cabezas de cebra muy juntas. Llevan camisetas muy ceñidas pero están muy planas.

—¿Las camisas? —pregunta la mayor.
—Sin almidón. Ni los pantalones. Las sábanas sí. La cama se la haces bien tirante. Ayer te olvidaste de cambiarle las fundas a las almohadas.

Julio se dirige al teléfono de pared, que está al lado de la puerta que da al aparcamiento, junto a los cubos de basura. Marca un número y espera. Se queda mirando el aparato, un modelo antiguo, negro, de los de dial. Hay cosas escritas en los azulejos. Números de teléfono, corazones. «Quiero billete.» «Munia.» «Clau la chupa bien.» Cuelga después de un rato sin que contesten y cuando se da la vuelta se encuentra la mirada de Mara clavada en él. Lleva su caja de cartón, la de las bodas, debajo del brazo, y sacude la cabeza con disgusto. Luego se va hacia las taquillas arrastrando sus pies de goma blanda.

Julio coge la bandeja y se dirige a la mesa ocho. La mujer lo mira con una sonrisa líquida, los ojos húmedos de Martini blanco. Hace un par de horas, cuando el fotógrafo de la boda hacía las fotos de las mesas, ella tiró de la manga de Julio hacia sí y le echó un brazo por encima del hombro, «quiero una foto con este chico tan simpático». Olía como a barro, a flores ácidas. Tenía una línea oscura debajo de las uñas de porcelana.

Julio empieza a recoger los platos y las tazas de café llenas de colillas. Ella tiene las piernas cruzadas y hace vueltas con el pie que cuelga, unas vueltas muy lentas, como si las calculara.

—Ese que se acaba de marchar era mi ex marido.
—¿Perdón?

Ella levanta un brazo y lo agita por encima de la cabeza.
—El doctor Marcus. El de la liga. Era mi ex marido.

Se le queda mirando con la boca entreabierta. Ya apenas le queda carmín y los labios parecen pálidos, casi azules.

Cuando Julio se agacha para mirar si el niño ha hecho algo debajo de la mesa ve que la carrera en la media de ella le alcanza ya la rodilla.

—¿Y qué tal doctor es?

Ella da una calada del cigarro sin darse cuenta de que lleva largo rato consumido.

—Dentista.

Se echa a reír como si hubiera contado una gracia que sólo ella debe de conocer y luego se calla de golpe.

El *maître* le hace un gesto a Julio desde la cocina para que se acerque. Lleva el pelo engominado. Lleva también gomina en el bigote y en las cejas.

—¿Hizo algo el niño?

—El niño no —contesta Julio—. La niña ya veremos.

Mara ha dejado su caja sobre una silla y las chicas cebra la miran de reojo mientras siguen lavando los platos. Es una caja grande, una sombrerera antigua, a rayas rosas y celestes.

Ellas siguen lavando platos con la espuma hasta los codos.

—¿Y en el baño? —pregunta la mayor—. ¿No toma pastillas?

—No toma nada. No toma cosa para dormir ni remedios ni nada le duele. No toma ni siquiera aspirina, mira. —La más joven se frota el hombro contra la mejilla para quitarse un resto de espuma y a Julio de pronto la chica le parece un anuncio de Navidad—. Parece que tiene muy buena salud.

Julio deja los platos en el fregadero y comprueba si ya se han hecho los cafés. Luego va a encenderse un cigarrillo a la puerta del aparcamiento. Afuera huele a coníferas y a resina y más allá de la oscuridad se ven las copas de los árboles recortadas contra las farolas de la carretera. Vuelve a coger el teléfono y a marcar y aunque sabe que nadie va a contestar se queda escuchando la señal de comunicando porque le parece el pie de texto adecuado para la viñeta del paisaje. Cuando cuelga se queda un rato más fumando, hasta que ve aparecer a Mara de entre las sombras de los abetos. Camina despacio, como haciendo eses, y se está limpiando las manos en el delantal, manchado de vino y grasa y de cualquier otra cosa y avanza con la dificultad de sus noventa kilos. Sonríe al verlo por encima de sus gafas de pasta color naranja.

—No la llames más —le dice Mara cuando llega a la puerta.

—Dijo que estaría en casa estudiando el examen de Física. Que llamaría aquí en cuanto llegara.

—Da igual. Si sólo llamas para comprobar que no está no merece la pena.

Se ha manchado el pelo con algo que parece tierra y entra en la cocina a lavarse las manos. Julio la oye a su espalda.

—Voy a hacer pavo para el Jueves Santo, como el año pasado, ¿vendrás, Julio? Con ciruelas y cebolla y puré de manzana. De primero hago lo que quieras.

Julio arroja la colilla que sale disparada en un arco encendido desapareciendo en lo oscuro.

—No sé si estaré aquí para Semana Santa, Mara —dice entrando en la cocina.

—Lo mismo dijiste el año pasado.

Mara está de pie junto a su caja de cartón. Tiene la tapa en la mano y mira dentro con la sonrisa de quien comprueba que todo está donde debiera.

Julio coloca los tres cafés en la bandeja y se dirige a recoger la mesa diecisiete. La pareja duerme con las cabezas sobre la mesa, tan profundamente que prácticamente no respiran. Ella tiene un ojo entreabierto. A él le aprieta tanto el cuello de la camisa que le ha dejado una línea blanca sobre la carne roja. No se despiertan ni cuando retira los platos que tienen delante ni con las canciones de los chicos de la otra mesa, que cantan algo de José Feliciano subidos a las sillas. Son los amigos del novio. Llevan camisas de Ralph Lauren y corbatas italianas aunque tienen la edad de Julio, un año más como mucho; veinte, veintiún años. Universitarios.

—*Ensiende mi corasón, ensiende mi corasón* —canta un rubio—. *Light, light, light my fire.*

Cuando Julio acaba de dejar los cafés se da la vuelta y ve que la mujer de la ocho no está. La mesa está vacía. Debe de haberse marchado mientras él fumaba en la cocina. Va hasta la mesa y descubre su móvil sobre la silla y su bolso. Está abierto. Es de lentejuelas plateadas y el interior de un terciopelo rojo muy vivo y no hay nada dentro.

—¿Buscas algo?

Ella sonríe a su lado. Se ha vuelto a pintar los labios de rosa perla y al hacerlo se ha manchado los dientes y a Julio le parece que le haría falta una friega de las buenas.

—*Light my fire, light my fire* —canta el rubio, subiéndose los faldones de la camisa.

—Recojo las mesas, señora —contesta Julio—. Para eso me pagan.

El rubio ha encontrado el micro de la orquesta y da un par de soplidos de prueba que sobresaltan a todo el mundo. La mujer de la diecisiete levanta la cabeza y echa un vistazo a la redonda antes de volver a dejarla caer sobre la mesa.
—¿Cómo te llamas?
—Julio.
—Julio Maceda.
Julio la mira atónito. Ella le sonríe ahora de otra forma, le mira como si él tuviera una mancha en la cara o algo que él no viera. El rubio del micro ha empezado a cantar. Ha encontrado la liga rosa de la novia y se la ha puesto en la cabeza mientras arranca con el *Like a virgin* de Madonna, moviendo las caderas y acercándose a la mujer por detrás.
—Eres igual que tu padre —dice ella. Y en ese momento el rubio la arrastra a bailar con él y ella le hace una seña a Julio que no entiende y se queda mirándola, aún boquiabierto. Ella coge el micro y saluda a todo el mundo con una reverencia aunque nadie le presta atención. Cuando baila los dijes del collar le golpean la cara, la carrera de su media se dispara por el muslo. Al rubio le corre el sudor por el pelo pegado a la frente. Detrás de ellos no hay nada, la oscuridad de otro salón vacío que lleva años sin abrirse.
—No puedes hablar con los clientes —dice el *maître* a Julio—, no sé cuántas veces te lo tengo que decir. Vuelve a la cocina ahora mismo y no quiero verte por aquí hasta que no se haya marchado todo el mundo. Vete a lavar platos.

El *maître* se pinta la raya de los ojos y a esta hora se le ha corrido ya por las patas de gallo y parece un adolescente de cincuenta.

Las chicas cebra están todavía lavando platos. Hablan con las cabezas muy juntas y hunden en la espuma los brazos cubiertos con unos guantes de goma demasiado grandes.

—¿Y qué día? —pregunta la más mayor.

La otra se lo piensa un momento.

—El viernes. El viernes será.

Y se quedan mirando las dos como si firmaran algo.

—Vengo a echaros una mano —dice Julio.

La más mayor sonríe a Julio. La otra cebra no.

—Pues ponte guantes. Aquí sin gomas no se hace nada —dice la más joven. La otra ahoga una carcajada dando una patada al suelo.

Julio se pone unos guantes y sumerge los brazos en la pila. La espuma es de una blancura espesa y radiante que no deja ver el fondo. Toca algo con la punta de los dedos, algo blando como un pedazo de carne o de nervio o algo grasiento.

—¿Qué es lo que hay en la caja de Mara? —pregunta la mayor a Julio.

—Ni idea —contesta Julio, oliendo el guante de goma.

—¿No lo sabes?

—Sí que lo sabe —contesta Mara.

Mara está detrás de ellos, apoyada contra la pared. Se ha quitado el delantal y se ha puesto ya sus anillos y sus cosas y unos zapatos planos, como de enfermera, por los que revienta la carne del empeine.

—En la caja está mi colección de figuras de tarta. Las parejitas de novios.

Julio vuelve a hundir las manos en la pila y cierra los ojos.

—Nadie las pide nunca, no sé por qué —continúa Mara—. Se olvidan. Se quedan ahí, encima de la tarta. Yo las guardo y las miro. Tengo miles. Miles de miles. Hace veinte años se hacían de porcelana, y son valiosas, bien pintadas, bonitas. Ahora no. Ahora son de resina o plástico y no duran nada. Hubo una partida de figuras que vino con las caras sin pintar. De ésas no guardé ninguna. Pero de la otras, todas. Todas de todas. Cuando llego a casa están ahí, en cada habitación, encima de la tele, encima de la nevera, encima de la puerta de la casa. —Se rasca los antebrazos y sonríe—. Como un ejército de novios, bien derechitos. Encima del espejo del baño.

La niña cebra se ha quedado parada escuchándola.

—¿Y cuántas dice que tiene?

Mara hace un gesto con la mano hacia el hombro y alza los ojos al techo:

—No las he contado. Pero están por todas partes. Éstas de la caja las dejo aquí porque ya no me caben en casa.

—¿Y la gente que va a verla no dice nada?

Mara se muerde los labios un momento como reflexionando.

—¿Qué gente?

—¿Por qué no lo lleva a lo del Guinness de los récords? Igual le dan un premio —le dice la más mayor.

Mara se dirige a la silla donde está la caja y la arrastra hasta la pila donde están lavando. Luego levanta la tapa y los cuatro miran el interior. Hay cientos de figuras, todas idénticas; miles de parejas revueltas, alguna cabeza abajo entre trozos de merengue y nata seca y flores de azúcar glaseado que se pudren en el fondo de cartón.

—Por lo del Guinness no dan nada, sólo sales en el libro y eso no me interesa —dice Mara—. Para eso prefiero quemarlas. Hacer una montaña un día de éstos y prenderles fuego en el pinar de atrás —sonríe tenuemente—. Qué hermosura.

—Véndalas —dice la más joven—. Seguro que algún museo le da una pasta.

Mara coloca la tapa otra vez y vuelve a arrastrar la silla a su sitio justo en el momento en que entra un camarero con los restos de la tarta y Mara se apresura a retirar la figura. Le desprende con cuidado una rosa de azúcar glasé y se la come. Luego mira la figura de los novios y chasquea la lengua antes de abrir la tapa y enterrarla con las demás.

—Dile que nos invite a su casa un día —le dice la más joven a Julio—. Ésta no sabe lo que tiene. ¿Por dónde vive la Mara?

—Por el centro.

La cebra joven asiente y murmura algo para sí.

—¿Y tú? ¿Por dónde vives, Julio?

Julio bosteza.

—Aquí y allá. Donde pille.

—Ya —dice despacio la otra. Luego empieza a frotar algo debajo de la espuma. Julio mira el vello de su nuca, muy corto y negro como la piel de un gato—. Nosotras vivimos por Río Flores, cogemos el autobús ahí mismo —dice mientras frota más deprisa, con la cara levantada hacia él—. ¿Quieres venirte luego a casa?

Julio ve su cara triangular y tres resplandores redondos en cada pupila, como en una muñeca manga.
—Tengo que recoger todo esto.
—Ah, ya —sonríe la cebrita. Luego saca las manos de la espuma y continúa hablando con su amiga en voz baja, dando la espalda a Julio.
—¿Te acordarás de lo de la llave? Y de las luces. Lo de las luces de la cocina es importante.
—La llave. En el hueco del pasamanos de la escalera de atrás —dice la otra de forma automática.

Las dos asienten y continúan lavando un rato, mirando la espuma de la que no sacan nada, sólo revuelven el agua y mueven la cabeza de cuando en cuando como si repasaran algo mentalmente hasta que un ruido en el aparcamiento las sobresalta.

Son los golpes de las puertas de los coches al cerrarse y de los motores arrancando en primera. Julio se asoma a la puerta de atrás y ve a los últimos invitados despidiéndose. Los chicos arrastran descuidadamente sus abrigos por la gravilla haciendo un ruido que parece el crepitar de una fogata. Se tambalean. Vomitan. Uno se ha quitado la camisa. Julio ve a la mujer de la ocho apoyada contra el techo de un coche, un Bentley blanco, con los brazos abiertos y las piernas abiertas como se coloca uno cuando va a registrarle la policía. De alguna forma mira hacia él o al menos mira en su dirección entre el flequillo suelto. Luego Julio ve a uno de los chicos que aparece de entre los árboles subiéndose la cremallera, se acerca a la mujer y le abre la puerta y ella hace un gesto con las manos contra los ojos y entra en el coche muy despacio. Desaparcan y al dar la vuelta para salir los faros del Bentley deslumbran a Julio y por un momento todo se desvanece en negro. Cuando recupera la vista ya no queda nadie en el aparcamiento.

El *maître* le llama desde la cocina. Se ha lavado la cara y ahora va vestido con unos vaqueros y camiseta y gorra celestes.

—¿Qué haces ahí parado, Julio? —le pregunta—. Te dije que te cambiaras de camisa. Llevas tres días con la misma. ¿Has vuelto a dormir aquí?

—Así vigilo que no entren ladrones.

—Y a ti quién te vigila. Búscate una habitación. Ya. Hoy mismo. O vete otra vez al remolque de tu padre —le dice saliendo al aparcamiento. Luego se sube a una bicicleta de carreras y sale por la cancela. Lleva una pequeña mochila a la espalda, con un estampado de bebés entre nubes blancas.

Julio mira el reloj. Son las seis. Enciende un cigarrillo y luego lo apaga. Va al teléfono y vuelve a marcar y mientras espera va siguiendo con la mirada las huellas de las llantas en la gravilla. Cuenta el número de postes de la luz más allá de los árboles. Diecisiete. Ve acercarse a los cinco perros que vienen todas las noches a buscar entre la basura. Cuelga.

Mara está detrás de él, limpiándose las gafas en el delantal.

—Deja de perder el tiempo y ayúdame con esto —dice mientras le tiende su abrigo. Julio espera a que se cuelgue el bolso del hombro antes de colocarle el abrigo, «así no me lo roban», dice, y salen fuera. Hace fresco en el aparcamiento, un frío de vaho, y Julio se sube el cuello de la chaqueta. Mara enciende un cigarro entre los dedos amarillos de nicotina. Lo mira de reojo.

—¿A dónde quieres llegar con esa chica?

—A ninguna parte. Por eso voy con ella.

Dos perros los siguen, olfateando los pies de Mara, hasta que salen del aparcamiento y llegan al pinar. Van caminando con cuidado, casi a oscuras, quebrando el barro seco y las agujas de pino.

—Se acabará cansando de tanta tontería —dice dando una chupada al cigarro.

—Más tontería es inventarse que tienes un millón de figuras en tu casa. Sólo tienes las de la caja. Las has asustado. Van a creer que estás loca.

Pisan plásticos y pedazos como de tela y Julio descubre en el suelo algo que resulta ser una anilla de lata y la arroja lejos, por encima de los árboles.

—Locas ya están —dice Mara—, o es que no te enteras. Tú ocúpate de tus cosas que yo me ocupo de las mías. Y ya puedes ir pensando en lo que vas a hacer en junio cuando cierre el restaurante.

Llegan a la parada de autobús de la carretera y se quedan ahí esperando los perros y Julio y Mara. La parada está sembrada de colillas y tickets usados. Mara tiene la cara verde por la luz de las farolas y se la tapa con el cuello de pelo morado del abrigo. Al ver el autobús que se acerca por la carretera alarga el brazo para detenerlo.

—¿Lo has pensado? —dice golpeándole con el índice en el hombro—. ¿O es que piensas seguir sirviendo mesas toda tu vida?

—No —contesta Julio.

El autobús se detiene y las puertas se abren frente a Mara con un gemido de succión.

—No, ¿qué?
—Que no lo he pensado.
Mara arroja el cigarrillo por encima de su hombro y luego mueve los labios como si dijera algo a gritos aunque no emite ni una palabra.
—¿Qué pasa? —pregunta Julio.
Mara se sube de un salto al autobús y las puertas se cierran tras ella y el autobús arranca.
Julio ve cómo se queda discutiendo alguna cosa a voces con el conductor mientras el autobús se aleja. Luego da la vuelta y regresa por el pinar, seguido de los dos perros. Son dos perros buenos, dos capaditos, y los tres se quedan olfateando cosas por ahí, entre los árboles, en la hierba rala.
Cuando llega a la cocina las chicas cebra han acabado de lavar. Él se queda fuera, fumando entre los cubos de basura, mirándolas. No le han oído y siguen hablando de sus asuntos, la más joven con los brazos en jarra, mirando a la otra secar la vajilla.
—Tienes que esperar a que apague las luces del dormitorio —dice la más joven—. Si no las apago no entras, ¿entiendes? Primero las de la cocina, luego las del dormitorio.
La mayor seca los platos y las tazas de moca. Asiente con un murmullo. Seca los platos y las tazas de té.
—¿Y dónde espero? —pregunta la cebra mayor.
—Hay una parada de autobús justo enfrente. Ahí te estás quieta y no parecerá raro.
Seca las cucharas y las cucharillas de postre y las cucharas de servir salsa.
—¿Y cuánto rato tardaremos?

La más joven se muerde el pellejo de una uña. Se rasca una espinilla en la frente. Se tira despacio del labio inferior.

—Una hora. —Parpadea un par de veces—. Aunque igual es toda la noche —le contesta mientras abre el cajón de los cubiertos.

—¿Y después?

Seca los tenedores y los cuchillos, los cuchillos de pescado y los de carne, los cuchillos de postre y los cuchillos de trinchar.

—Después lo dejamos todo y nos vamos por la puerta, qué te parece. —Da una palmada. Luego sonríe, primero con los labios y luego con todos los dientes. De pronto parecen muy delgadas. La más joven va a las taquillas y saca los abrigos mientras canturrea lo de José Feliciano. Se pone un plumífero y un gorro blanco y luego le pone a la otra su plumífero y su gorro blanco y le anuda bien la bufanda.

—Venga. Vámonos, vámonos ya que es tarde —dice.

La otra asiente despacio con la mirada un poco perdida, tironeándose de un mechón del flequillo.

—¿Y tú vas a estar todo el tiempo? —le pregunta a la más joven.

—Seguro —contesta. Luego le pasa el brazo por encima del hombro y la conduce hacia la puerta principal. *Ensiende mi corasón, ensiende mi corasón.* Julio las ve alejarse entre las mesas vacías. Se han dejado puestos los delantales y las bambas de trabajo. La cebra más joven silba lo de José Feliciano y apenas le llega al hombro a su amiga.

El salón se ha quedado desierto. La cocina también se ha quedado vacía, aunque Julio oye a alguien barriendo en alguna parte, en alguno de los corredores del fondo. Va a la alacena y saca la botella de vino de cocinar y vuelve a sentarse en el escalón de la puerta. Los perros duermen entre los cubos de basura. Hace frío y cuando respira se forma un vaho espeso que le gusta mirar. Al fondo del aparcamiento está la furgoneta de reparto. Piensa que si estuviera abierta podría ser un buen sitio donde pasar la noche y que luego irá a ver si está abierta o no. El vino le hace entrar en calor, y se encuentra en calma, y si tuviera tabaco fumaría.

Está todo muy quieto. Hay un cuervo que grazna. Julio cierra los ojos.

El Bentley entra despacio y se detiene nada más cruzar la verja. Se queda ahí parado. Julio lo observa con los ojos entreabiertos y el cuervo grazna y luego sobrevuela al ras el aparcamiento. Se abre la puerta y baja la mujer. Se deja los faros encendidos y la puerta abierta y avanza hacia él lentamente, cruza todo el aparcamiento caminando como se camina cuando nadie te ve o te da igual que te vean. No lleva abrigo ni bolso ni nada en las manos. Cuando llega hasta la puerta, Julio no se levanta. Ella extiende despacio la mano para estrechar la suya.

—Soy Tiffani Figueroa.

—Pues encantado, señora —dice Julio sin sacarse las manos de los bolsillos.

—¿No te dice nada mi nombre?

Julio se encoge de hombros. Ella deja caer la mano. Ya no lleva las medias y tiene los tobillos arañados.

—Soy la primera mujer de tu padre.

Uno de los perros levanta el cuello y la mira de arriba abajo. Luego vuelve a cerrar los ojos.

—Mi padre sólo ha estado casado una vez.

—No sé cuántas veces ha estado casado tu padre pero por lo menos conmigo lo estuvo —contesta ella despacio—. En el ochenta y tres —deletrea—. En el sur.

Julio cierra una rodilla contra la otra y desvía la mirada hacia los perros.

—Mi padre nunca ha vivido en el sur.

Ella hace como que reprime una sonrisa. Él mira sus sandalias manchadas de barro.

—Me parece que sabes muy pocas cosas de tu padre antes de que fuera tu padre.

—¿Quién es usted?

—La primera mujer de tu padre, ya te lo he dicho. Cinco meses. Cinco meses y ni un día más.

—¿Cómo lo conoció?

—En el restaurante, lavando platos.

—¿Y qué hacía?

—Vaguear —sonríe ella—. Vaguear a más no poder.

—Me refiero a él.

—Yo también me refiero a él. Servía las mesas. Igual que ahora. Lo vi hace tres veranos trabajando en el Mónicos, lo vi desde la calle y él a mí también pero no me reconoció. Me quedé allí parada para que me viera bien, pero no me reconoció. Él estaba lo mismo. Delgado, harto. Se levantó las propinas de los otros camareros, igual que antes, en el ochenta y tres. En el sur. Él servía las mesas y yo lavaba los platos. ¿Cómo está tu padre ahora?

—¿Y qué más? —pregunta Julio despacio—. Además de servir mesas. ¿Qué le gustaba?

La mujer se frota despacio un tobillo contra el otro. El viento mueve el ruedo de su vestido y a Julio le llega un olor a flor de estanque.

—Mirar —contesta ella—. Le gustaba mirar.
Julio levanta el cartón de vino y da un largo trago.
—¿Mirar la tele? —pregunta con voz ronca.
—La tele, la gente, la calle. Cosas. A mí —dice, y señala al suelo—. Mirar y escuchar detrás de las puertas.
El cuervo vuelve a pasar al ras por detrás de la mujer.
—Mi padre está muy bien. Muy bien. —Julio aprieta una rodilla contra la otra—. ¿Cuántos años tiene su hijo? El de la boda. Cuántos tiene.
—Veintiuno. Lo tuve con el matemático. Siempre vivió con él.
Julio escupe un salivazo rojo de vino contra los cubos de basura.
—Un año más que yo.
—Así son las cosas.
Ella se cruza de brazos y los descruza de inmediato.
—¿Qué quiere? —pregunta Julio mirando hacia el Bentley—. ¿A qué ha venido?
Ella hace un movimiento con el pie, como cuando se aplasta una colilla. La grava rechina bajo su zapato.
—Te he visto mirarme —le contesta.
—Te equivocas.
Ella sonríe. Se inclina un poco y acerca su cara a la de él. Ahora que ya no le queda maquillaje parece más joven, como recién armada.
—¿Y qué quieres tú, Julio?
Al inclinarse los dijes de su collar se balancean despacio, tintineando, cuentas de colores, corazones, cuernos, manos de la suerte.
—Lo mismo que tú. No tener que trabajar para vivir.
—¿Para vivir el qué?

Los perros miran a Julio uno por uno. El último bosteza.

—Lárgate por donde has venido.

Julio se levanta. Le da la espalda. Entra despacio en la cocina y apaga los fluorescentes y después va al salón y apaga todas las lámparas. Luego vuelve caminando a tientas al centro del salón desde donde se alcanza a ver el aparcamiento para comprobar si la mujer sigue en la puerta abierta.

Ya no está.

Pasa el camión de la basura. Julio ve la sombra de los basureros sobre el suelo de la cocina y los oye hablar por encima del estruendo del volquete. Luego se van.

Julio se dirige a la pared del fondo y manipula con cuidado el temporizador, el termostato general que regula todos los aparatos. Pone el *input* a las seis cuarenta. Dentro de unos minutos. Dentro de unos minutos todo se detendrá y se quedará silencioso y quieto y muy frío. Luego va a sentarse a la mesa más cercana.

Dos perros entran en la cocina, merodean, pasan al salón, se acercan despacio a Julio y le lamen los tobillos, dan vueltas por los salones, luego vuelven afuera y los otros perros se levantan, cruzan el aparcamiento con los hocicos contra el suelo y salen por la verja, hacia los árboles, junto a la carretera.

El teléfono de la cocina empieza a sonar. La primera vez suena diez o doce veces o más veces. El timbre repica contra la dureza de los azulejos y la oscuridad.

Julio intenta ver la hora, pero no hay luz suficiente. En el salón sólo se distingue el resplandor desenfocado de los manteles y el marco blanco de la puerta a la cocina y en la cocina el resplandor de los azulejos. Detrás, el marco de la puerta al aparcamiento y en el aparcamiento el resplandor del Bentley y en el Bentley el fulgor de la cara de la mujer mirando directamente hacia donde él se encuentra aunque es seguro que no puede verlo. Amanece.

PABLO ANDRÉS ESCAPA

PABLO ANDRÉS ESCAPA (León, 1964) trabaja en la biblioteca del Palacio Real y es autor de dos libros de cuentos: *Las elipsis del cronista* (2003) y *Voces de humo* (2007), ambos publicados en Páginas de Espuma. Ha traducido por primera vez al castellano, en versión íntegra, la obra *De vita solitaria,* de Petrarca.

BIENAVENTURADOS

Siempre me ha parecido que las poéticas tienen algo de bienaventuranza. Ambos sermones —el de la montaña y el del papel— comprometen una aspiración y regalan una promesa. Otra cosa es que las esperanzas sembradas se cumplan. Las poéticas son una declaración de buenas intenciones, nada más. Luego cada cuento impone su dictadura particular, su propia norma, que debe responder a las exigencias concretas del relato. No pocas veces, la coherencia del texto vendrá a contrariar la doctrina sembrada como propia en otra página, y hará bien, porque es más sagrado el rigor de la práctica que el de la teoría. Lograr la buena ventura en el empeño de escribir no ha de ser más fácil que ganarse el cielo. Y quizá a ese propósito honorable respondan las poéticas con su carga de buenos propósitos y con su desafío. Porque una poética tiene también esa condición insolente de espejo en el que mirarse. Las teorías literarias, cuando se enuncian como propias, o mejor, cuando se asumen como sendas irrenunciables a la hora de escribir, venga de quien venga el magisterio, se convierten en una referencia que orienta nuestro rumbo, un credo por el que jurar en horas de oscuridad y siempre un camino, no necesariamente fácil, que seguir. Una bienaventuranza, en definitiva.

Yo tengo las mías, que, por supuesto, sólo me pertenecen en la medida en que las procuro. Quizás alguna vez se hayan cumplido pero no seré yo quien afirme esa armonía de ninguno de mis cuentos. Mis buenas intenciones no disienten hoy de las expresadas en alguna otra ocasión. Y menos mal. No hacen falta muchas seguridades pero alguna al menos es imprescindible para no creer que inventar cuentos es una mera frivolidad. Escribir, como vivir, conlleva un compromiso ético que trasciende los trabajos y los días.

Creo, pues, que todo escritor debiera imponerse el deber de crear un mundo para sí mismo dentro y fuera del papel. Un mundo cuyo tamaño nada importa mientras se pueda creer en él honestamente. Sin esa fe esencial, nada se alcanza en el oficio de escribir. La inspiración no es más que un coloquio secreto con las cosas, una mirada sobre el mundo que prospera en intenciones calladas de recrearlo con las mejores palabras. «Los objetos comunes y el alma oculta son una misma cosa», escribió Walt Whitman. Desentrañar esa confluencia, exponerla de manera creativa evita que la escritura sea una habilidad meramente técnica para convertirse en un testimonio de honestos afanes por descifrar la realidad en un discurso paralelo a ella pero que la contiene.

El trabajo de erigir mundos paralelos deriva de un compromiso que sirve para evitar la trivialidad de esa recreación: el escritor ha de estar comprometido con la lengua en la que escribe. Fascinar, suspender el ánimo de los lectores, emocionar, en fin, con la palabra me parecen deudas obligadas de toda literatura pero aún me resultan más imprescindibles en el cuentista. Menciono esta necesidad porque creo que tras ella subyace la esencia del cuento, su remota condición de artificio oral que reclama la atención del auditorio, una exigencia que comparte con el poema.

El cuento es contar y evitar hacerlo de cualquier manera. Como la poesía, debe confiar en las palabras y preservar su misterio, o sugerirlo, o multiplicarlo con símbolos. Esa paciente transfiguración de las cosas por obra del lenguaje es la que permite elevar la realidad, la que suspende los ánimos palabra a palabra, página tras página, la que dignifica cualquier tema que se elija para ser contado porque procurará idealizarlo hasta hacerlo universal.

Mi mayor felicidad como lector y lo que busco cuando escribo es, principalmente, emocionar. Entiendo que ese efecto, en un relato breve, va de la mano de la intensidad con que se narra. Más que en la acumulación de fantasías y sorpresas, de piruetas estructurales y perspectivas inéditas, más allá, en fin, de fervores formales que son la mejor invitación al cansancio, la intensidad es una magia que habita invisiblemente en las palabras. No sabría explicar cómo se logra ese milagro pero sabemos que existe porque deja constancia de su virtud en la lectura. Y persiste en la memoria. No hay un método preciso que lo alcance, ni son únicos los itinerarios que acaban por desembocar en la emoción. Sé que el manejo del tiempo y la oportunidad de la voz narrativa intervienen decisivamente en su hallazgo. Y sé que los ardides propios de la oralidad devuelven al cuento a sus orígenes, a su esencia acaso más comprometida con el entretenimiento.

Escribir es para mí una depuración de los acontecimientos. Progresar en borradores que luego se corrigen hasta desentrañar lo que uno quiere decir. Y junto con ese empeño por las palabras justas, una convicción que alienta el único método que conozco para escribir dignamente: no estar nunca satisfecho con el resultado. La competencia no es con los maestros —advertía Faulkner—, es con uno mismo. No creo que existan recetas para escribir bien. Con suerte, o por ser más justos, con oficio, podrá uno llegar a fiarse de su intuición y a evitar determinados errores.

Será entonces bienaventurado porque se habrá puesto en camino.

Cielo distante

«Liberia: Monrovia, Somalia: Mogadiscio, Malí: Bamako...»

La voz de don Laureano va sembrando el aire de geografías derrotadas por el sopor. En la batalla contra el sueño sólo triunfan los colores con que el mapa pinta cada nombre declamado. Mozambique es rosa, Alto Volta, azul, Mauritania está llena de amarillo, como un imperio del sol. La voz prosigue su senda de tierras recitadas y las ventanas de la escuela se abren luminosas a los lentos países de la tarde. A veces se cuela un insecto y su zumbido entre los pupitres trae la ilusión de las avionetas que dibujan una sombra veloz sobre los cafetales de Madagascar. ¿O son las fuentes del Zambeze lo que arrastran estos vuelos ruidosos?

De la hondonada del río, que es una quebradura vestida de robledal y helechos verdes, se alza una brisa caprichosa, como los colores del mapa. Viaja invisible, envuelta en la siesta solar. La tarde es un oficio de cigarras que va madurando el verano. En la distancia ondea la hierba y se humillan mudas las copas de los árboles. De pronto, igual que una ola de camino, una ola vista en un sueño que no es posible oír ni detener, inunda el aire las ventanas y estalla el aula en los cuadernos destemplados por su paso. Despiertan unas manos, las de Aurelio que se sienta junto a mí, para proteger de los elementos la página del libro abierto por las sendas del África central. Otros compañeros siguen el ejemplo. Como ellos, exagero el golpe que sujeta las hojas frente al aire. Don Laureano cesa en su recitación y es como si callaran las cigarras. El maestro mira por la ventana, sin decir nada, igual que si hubiera descubierto el verano en ese instante. Con la brisa llega mezclado el rumor del río que la envía, y ansias de correr a encontrarlo en la media tarde cruzando campos de flores. Aún están los ojos pendientes del monte y lo que habrá detrás, cuando los aires que suben del Sil, perfumados de salgueras, se alargan. Entonces se detiene el mundo y sus ruidos enredados porque pide paso, distinto a todos los rumores, el silbido claro del tren que sube por la hondura del valle. Suena tres veces, como un ensalmo que suspende la respiración de la escuela mientras dura.

—Mañana —anuncia el maestro mirando al campo— vamos a bajar a la vía.

—¿A la vía, don Laureano? —se alza la voz de siempre, la del mismo que pide confirmación urgente para ir a los lavabos por más que le hayan dicho a la primera que vaya.

El maestro se vuelve despacio para mirarnos. Va a decir algo pero la misma voz infantil regresa con sus preocupaciones ciegas.

—¿Y hay que llevar el libro?

Don Laureano sigue callado, muy pensativo para pregunta tan simple. A lo mejor la interrupción le ha sugerido otra respuesta.

—Basta con traer los ojos de ver, y las orejas abiertas —contesta por fin. Y con una voz que parece traída de muy lejos, termina—: Será una lección corta, pero ya la iréis completando vosotros con el tiempo.

II

Don Laureano vino de muy lejos, como la voz con que anuncia, algo enigmático, la próxima lección. La de mañana es la última porque don Laureano, don Laureano Gamazo, como ponen las letras grabadas por detrás del reloj que los alumnos le dimos ayer para despedirlo, se jubila. Aquí lo que se oye decir es que se retira, que es el verbo con que los mineros dejan un día de serlo. Los mineros dictan las horas de labor y las de no hacer nada, los trabajos y los días, y las palabras que más importan en el valle. A lo mejor *mancar* las resume todas. Si a un hombre que se afana en la galería le cae un costero encima y le deja inútil, decimos que se mancó. Si nos peleamos con alguno hasta que se rinde o le saltan las lágrimas de impotencia, dirá que no vale la pelea, que se ha mancado. Mi madre dice que la mina manca y que no sueñe con seguir el oficio de mi padre. Cuando don Laureano se haya ido creo que mancará pensar en él.

Al maestro lo trajo el tren, como a tantos que vinieron hace mucho para quedarse. Días más tarde, llegaron por la misma vía varias cajas de madera, grandes y claveteadas. Dicen que hizo falta una pareja de bueyes y varios viajes para subir la carga hasta su casa. Entre él y varios hombres metieron todo aquello en una cuadra sin ocupar. Nadie sabía de qué estaban llenas esas cajas. Lo que sí sabemos todos es que el maestro no se irá del valle como entró porque este otoño el mixto dejará su oficio de traer y llevar rumbos de viajeros hasta Ponferrada, donde se ensancha la tierra para que los hombres corran a perderse. Del humo blanco ya anda olvidado el tren en su nuevo «albedrío de líquidos inflamables», se duele Samuel en la ferretería detrás del periódico. En la trastienda hay muchos números de *El progreso español* y Samuel memoriza algunas frases para decirlas cuando más conviene. A Samuel le gustaba mucho montar en el vapor, antes de que llegaran las máquinas del albedrío, y bajar a la estación a recoger pedidos. A Aurelio y a mí nos llevó en la DKV una vez. Nos hizo acercarnos al borde del andén y cuando la máquina se detuvo nos fue nombrando todas sus partes: los biseles, el domo, los fanales, el arenero, la caja de humos y el bastidor. El maquinista, desde su puesto, le dejaba hablar. Solo levantó la voz cuando Samuel acabó de enumerar piezas. «Te falta la principal», le dijo. Y riéndose, se señalaba la pechera del mono, sucia de carbón: «Serafín Álvarez Garrucha, maquinista de primera clase con veintisiete años de servicio al frente de la treinta y uno y sin apercibimientos». Ahí hacía una pausa. «Y ahora invito a un vaso al que se atreva a negarlo». Lo anunciaba ya bajándose, de camino al bar de la estación. Y lo seguía el fogonero con paso solemne y los ojos extraviados en la distancia, como aventurando un alto destino que los esperase en el bar.

III

«Nigeria: Lagos, Congo: Banghi, Madagascar: Tananarive...» La voz de don Laureano se cruza con los pasos del maquinista en la ensoñación de la tarde.

Cinco kilómetros de vía quedan por donde aún sube y baja el vapor que suda el carbón en la caldera; son los más altos del trayecto. El resto, todo el resto, que empieza conociendo las angosturas del robledal embarrancado para, poco a poco, endulzarse de castaños viejos y flores en las ventanas hasta lograr el desahogo de los viñedos inmóviles con montañas azules a lo lejos, es otro mundo de máquinas modernas, pintadas de verde. Pero en estos enredos altos de curvas, puentes y traviesas, tan poca cosa para lo que fue la senda primitiva de la vía, aún vacila el corazón cuando se oye resoplar a la máquina de vapor en la distancia. Mientras se acerca, espera uno apostado en la cuneta con ojos que buscan otros ojos que también aguardan a que el tren, con sus tolvas brillantes de antracita, llene de estruendo los oídos, revuelva el aire y pase a tiro de piedra. Entonces se alzan los corazones exaltados, el de Aurelio y el mío, se exponen los cuerpos a las amenazas del maquinista o del fogonero, y ensayan las manos su puntería que, de ser buena, sabe alojar un canto rodado del río, muy blanco, sobre esa grupa oscura del carbón viajero. Se pierde el tren vía adelante, pero aún vibra el raíl al tocarlo con los dedos. Luego llegan las risas compartidas y la imaginación feliz que presume el desconcierto de los hombres al encontrar la piedra tan blanca cuando descarguen los vagones de carbón, lejos de aquí.

De vuelta a la orilla del río, entre carreras y abrazos de amigos, se quedan los pies de pronto detenidos. Sentado al otro lado del agua, con sombrero en la cabeza y caña de pescar en la mano, don Laureano nos mira. Lo conocemos de sobra. Lleva años en el pueblo, hablando poco, perdiéndose en el monte, cruzando la carretera con mucha precaución, leyendo en una peña alta, saludando con gravedad a nuestros padres. «Y sin pisar la iglesia», hemos oído quejarse a las mujeres, que se avergüenzan de que un maestro de aspecto tan formal tenga estos malos hábitos de minero. Pero también hemos oído decir que don Laureano ayudó con sus propias manos a levantar la escuela cuando vino contratado por la junta vecinal. Ni Ministerio de Instrucción Pública de por medio ni títulos oficiales, ni más papeles. A don Laureano lo trajo al valle el empeño de un don Abelardo, que era ingeniero, del que hemos oído hablar siempre con respeto y con fatalidad, porque murió en un accidente poco después de haber pagado la obra de la escuela. Antes de morir dejó una asignación vitalicia para el maestro, por evitar, según dicen, que quedara sin letras el pueblo. Cuando años después se hizo una escuela nueva, don Laureano siguió en la suya. Empezaron a llamarle la Academia y a los que pasaban a su aula, que eran los repetidores más tenaces, los académicos. Otros le llegamos como excedentes de cupo y elegidos por sorteo siempre protestado por las madres más celosas de las buenas compañías. Esta herencia extraña, que consiente que lo tengamos por maestro al azar, le ha valido a Majín el caminero un pensamiento que juzga él mismo resumen cabal de nuestro destino apartado: «Estamos tan lejos de todo que a quién le apetece llegarse a poner orden». Pero esta explicación jamás ha vencido a otra, que crece en diversas formulaciones, todas juzgadas de más peso: don Abelardo tenía mucha mano en la comarca; don Abelardo era del Movimiento y don Abelardo, además, compartía mesa con el obispo y el gobernador. El caso es que don Laureano llegó al valle antes de que naciéramos nosotros para enseñar Lengua y Matemáticas, Geografía y Ciencias Naturales a los hijos de la mina porque don Abelardo, que mandaba mucho, lo quiso así. Y a lo mejor llegó también para mirarnos a Aurelio y a mí una tarde de agosto desde la otra orilla del río, casi cuarenta años después de haber venido y un momento antes de que apedreáramos al tren.

Don Laureano se levanta y se ajusta la cesta de mimbre a la espalda. Nos hemos quedado muy serios, hasta cohibidos, porque el hombre de enfrente será nuestro maestro el próximo curso y no sabemos si tirar piedras al tren delante de sus ojos es la mejor manera de presentarse. Dudamos si alejarnos sin más, confiados en que la media distancia nos haga irreconocibles un mes después, cuando empiece la escuela, o si lo correcto es saludar antes de irse. Por si acaso, yo voy girándome para buscar la senda que sube a la vía.

—¿Pescó algo?

La voz llega como un sobresalto. Suena pegada a mí, con una energía insospechada. Me vuelvo para ver la cara de mi amigo Aurelio, que está colorada como las cerezas. Aurelio es hijo de pescador y antes de dormirse me ha contado que sueña con las navegaciones brillantes de la cucharilla bajo el agua. Una vez pescó una trucha con la caña de su padre. Si se concentra en recordarlo dice que la siente tirar como si volviera a pescarla, aunque esté en la cama.

Don Laureano va cruzando el río, que en agosto es una cinta delgada con muchos flecos que suenan ligeros entre las piedras. Nosotros estamos de pie, mirándonos de reojo y casi con una tensión marcial en la espera. Lo hemos visto muchas veces pero nunca hemos hablado con él.

De don Laureano se oyen decir cosas variopintas que ahora vienen juntas y atropellándose a la memoria: que si es un solterón raro, que si huyó a Francia en la guerra y volvió después con otro nombre, que si tiene la casa llena de pinturas indecentes, que si se oye un piano de noche, que si no se trata con nadie, que si nunca recibió una carta, que si bebe solo, que si no bebe... Hay otras voces que parecen saber mucho pero no cuentan nada. Todo lo confían a un gesto de la mano que suspende el discurso para otra vez, o a un silbido largo que disuelve en el aire la confidencia esperada sobre el maestro. «Si yo contara», renuncia mi tío Antón, al parecer dueño del secreto, pero siempre estorbado por mi tía para revelarlo. Marcos el Sacristán dice que la luz de don Laureano está encendida hasta la madrugada, y que lo ha visto venir de la cuadra con un farol a deshoras. Lo suelta en el bar, esperando aliados dispuestos a crecer en la especulación. «¿Y qué haces tú levantado para verlo?», cuenta mi tío que le preguntan sin apartar los ojos de la barra. «¿Yo?», vacila. «Rezar, qué voy a hacer.» Después se brinda por la piedad sin horarios del sacristán y el sacristán se marcha avergonzado. Cuando ya no puede oír las risas que deja a sus espaldas, dice cualquiera de los que brindaron: «Tiene razón que el maestro es raro». Y añade alguno, mi tío mismo pensativo frente al vaso, «por lo menos no molesta».

Don Laureano se pone a nuestra altura y nos mira, grave. Aurelio no quita los ojos de la cesta. El maestro la va desplazando de su espalda hacia delante y ese movimiento es una invitación para que nos acerquemos a comprobar su contenido. Tantos años me separan de aquella edad menuda, que el tiempo hace más fácil ahora ponerle palabras al misterio. Y así diré que las cestas de los pescadores no tienen fondo. La penumbra y el secreto las gobiernan. Su fruto es una intensidad que inunda el aire como una bocanada de ovas floridas. Detrás de ese anuncio que habita entre las trenzas de mimbre, es probable no ver nada, acaso porque los ojos no saben qué buscar. Las truchas que se ocultan en la hondura son un yacimiento que aflora parcialmente, como perezoso de perder la sombra de las hojas protectoras. Si la cesta se agita para revelar sus tesoros, hay una lentitud en su manifestación que perdura aún cuando la fronda plural de los aparejos mezclados ya ha dejado de moverse. Pero la cesta de don Laureano, en mi memoria, se ofrece sin estorbos a nuestros ojos, extrañamente libre de arterías y escombros.

—Está vacía —se decepciona Aurelio. Y me mira por ver si yo veo lo mismo.

—Fíjate bien —pide el maestro.

Los dos nos fijamos y no nos atrevemos a mirarle. Entonces don Laureano comprueba la cesta, como si nuestro silencio le hiciera dudar.

—Yo la veo llena —advierte.

Aurelio y yo lo miramos un momento y enseguida bajamos los ojos, inseguros de esta broma. Mi amigo se arranca entonces, casi desafiante.

—En el pozo del puente de hierro salen bien a cebo. Mi padre siempre saca más de una cada vez que viene.

Don Laureano mira con atención a mi amigo. Tapa la cesta y la coloca otra vez a su espalda.

—Tú eres hijo de Severino —le dice a Aurelio—. Y tú el pequeño de Ángeles, ¿verdad?

Asentimos los dos.

—¿Por qué no ha venido tu hermano a la escuela? —me pregunta a mí.

—Prefiere la mina —le contesto con orgullo familiar. Pero en seguida me arrepiento porque parece que al maestro le da pena que no estudie mi hermano. Si me atreviera, le contaría que a mí me mandarán fuera cuando acabe el próximo curso, «para hacer carrera de uno por lo menos», dice mi madre.

—¿Y tú también? —insiste él en saber.

Le digo que no con la cabeza. Pero según niego empiezo a pensar que no es verdad, que me da más miedo dejar mi casa que ser minero.

—¿No te gusta pescar? —me pregunta ahora, con una voz que me parece más jovial.

—Tampoco —le digo mirando al suelo.

—Pues es una pena —prosigue don Laureano—. Tienes buen pulso para tirar piedras.

El maestro vuelve a mirarnos a los dos y da por terminada la conversación.

—Cuidado con la vía —advierte antes de echarse a andar río arriba.

Lo vemos alejarse. Anda con paso seguro entre las piedras para ser un hombre mayor. La verdad es que no parece viejo. Hay algo en su forma de desenvolverse que transmite un aplomo natural. Es la cara, se me ocurre pensar, una cara que puede uno imaginarse más joven sin dificultad. Sólo la barba, que es más blanca que el pelo, sugiere que el maestro tendrá sus años, aunque nadie sepa cuántos. A veces se pone una boina y entonces se parece a la foto de Pío Baroja que viene en el libro de lectura. Viéndolo ir por la orilla se hace difícil creer que este otoño empieza su último curso. Lo ha dicho él en una carta que envió al ayuntamiento. Y que se disponga de su casa a partir del próximo verano.

—¡Don Laureano!

Mi amigo vuelve a sonar con la misma urgencia que hace un rato, cuando yo pensaba que preparábamos la fuga. El maestro se gira lentamente.

—¿De qué está llena la cesta?

El hombre no responde enseguida, pero cuando lo hace la voz llega clarísima a pesar de la distancia.

—De tiempo —dice. Luego sigue andando sin esperar comentarios.

Aurelio y yo nos miramos. Y nos entra la risa, una risa como la de las adivinanzas sencillas cuando se revelan ante los incapaces de acertar.

—Tienes que contárselo a tu padre —le propongo a Aurelio mientras volvemos corriendo a la vía.

—¡Bah! —responde mi amigo arrancando unas hierbas—. Mi padre siempre la tiene llena de verdad.

IV

Entra el tren por las ventanas, con su silbido de vapor que todo lo acerca y todo lo borra en su niebla sin edad. La voz sigue erigiendo geografías de colores. «Alto Volta:

Uagadugu, Mozambique: Maputo...». Las risas interrumpen la retahíla de don Laureano y disipan, por un momento, el sesteo que nos ocupa. El maestro espera que se calmen los gozos que la lengua inspira en el pudor infantil. Después, como ha ocurrido tantas veces en este curso, nos deja a todos mudos con sus palabras.

—Hace muchos años, cuando estuve en África, conocí a una mujer de Maputo —empieza a recordar—. Era bastante guapa y me enamoré enseguida. Esto que os digo nunca se lo he contado a nadie. —Don Laureano se inclina hacia delante, como buscando nuestra complicidad—. No es fácil hablar con terceros de las mujeres de Maputo —confiesa volviendo a recostarse tras la mesa—. El que escucha pierde el interés por la historia en cuanto se las menciona. Al parecer, a todos les da por pensar que cómo llamarán a las de Maputo, poniéndose en lo peor. La mía —termina don Laureano después de un breve silencio— se llamaba Asunción. La había bautizado un misionero de Bilbao.

Ninguno decimos nada. A lo mejor es que nos cuesta imaginar a don Laureano en África. Otras veces nos ha dejado expuesta la imaginación a los tres días que vagó perdido por una cueva subterránea en un país que no recuerdo, manteniéndose del agua que goteaban las estalactitas. Según dijo, quien prueba esa destilación ya nunca pierde la memoria. Del mar brillante que los ángeles ven en sus alturas, nos habla muchas veces. Y un día, cuando en el libro de Ciencias Naturales llegamos a los fósiles, nos contó que guardaba uno que había encontrado en el País de Gales, que también es suelo de carbones, un cangrejo prehistórico del tamaño de una rueda. Eso era fácil de creer. Mi padre trajo una vez de la mina una planta hecha carbón con la mitad de una libélula posada. «De cuando los pantanos», me enseñó. «A lo mejor en la escuela ni siquiera os cuentan que las cosas que vemos no están siempre como fueron. Aquí hasta hubo mar, y palmeras llenas de cocos». Luego seguía diciéndome, para que mi madre le mandara callar y él se riera: «¿A ti no te gustaría ver la mina por dentro? Si se piensa bien, el carbón que picamos es como ir haciendo senda por un bosque de piedra».

—¿De Bilbao? —rompe el silencio la voz que ya echábamos de menos.

Don Laureano asiente primero con la cabeza y después termina:

—De la orilla izquierda de la ría.

El maestro hace un gesto y vamos recogiendo el libro, el cuaderno y lo demás que atarea los pupitres. En el revuelo de las carteras que reciben la materia descargada con júbilo, aún hay un descuido para que se cuelen en el pensamiento las mujeres de Maputo, y con ellas, la vaga idea de que las lecciones de don Laureano esconden enseñanzas que no sabemos ver.

«¿Tres días perdido en una cueva?», duda mi tío Antón cuando le cuento la aventura del maestro. «Querrá decir huido. A éste, si lo rescató alguien alguna vez, fue don Abelardo que en paz descanse».

Don Laureano, dice mi padre, es un vecino y un misterio. Quien habla con tanto rodeo, malicia mi madre, es que algo esconde. Nadie está descontento de lo que enseña el maestro pero nadie sabe bien quién es ni por qué lo eligió aquel don Abelardo para fundar escuela. Cuando llegó el maestro lo fue a esperar a la estación y cuando llegó el equipaje, no la maleta que traía encima sino el inmenso equipaje de después, dio órdenes de que fueran en carro a buscarlo. Don Abelardo se quedó esperando la llegada de los bueyes delante de la cuadra que tenían por destino. Y allí plantado dirigió la descarga, firme detrás de su cigarro con boquilla.

Hay quien cree que don Abelardo trajo al maestro por puro capricho, que el ingeniero tenía también sus cosas, como esa manía que cuentan por los inventos de motor. Cuando el accidente, iba de viaje a Bilbao; a ver despegar aviones, dejó dicho. Se contaba que tenía la idea de volar en avioneta por encima del valle y que iba a aterrizar en la Campeirona después de saludar con la mano al que lo quisiera ver. Lo que no se sabe es cómo iba a manejar la avioneta, si es que no venía con piloto puesto, porque a don Abelardo, fuera de una caballería con la que daba paseos por el camino de Cuetalbo, no se le conocían otras maneras de transitar. Ni siquiera se hacía con la bicicleta, aunque esto decían que era por despecho, que en bicicleta había ido de mozo a León a denunciar un yacimiento y después de pinchazos y sudores sin cuento, llegó para descubrir que se le había adelantado un tal Julián Arias que había salido también en bicicleta, pero cuesta abajo, en dirección a Bembibre, donde abordó el tren que viene de Galicia.

Cuando llegó la noticia del accidente, que fue a bordo de un taxi, Samuel el de la ferretería dijo que eso le había ocurrido a don Abelardo por bajarse del caballo.

Vamos dejando el aula y don Laureano se queda a cerrar las ventanas. Avanzo despacio por el pasillo, con ganas de que el maestro me alcance y hagamos un trecho juntos, camino de casa. Nuestros pasos coinciden hasta pasar la plaza, después él cambia de rumbo y yo sigo de frente. Este curso he regresado con él muchas veces. Vamos casi sin hablar, pero yo me siento importante por ir junto al maestro que otros tienen por hombre huraño. Al despedirnos me da siempre la mano.

Espero en la puerta para repetir por última vez el camino en su compañía pero no acaba de venir. Ahora que se escapa el tiempo, quiero decirle que me acordaré de él por muy lejos que se vaya. Y contarle que me mandan a estudiar interno después del verano, y que no estoy seguro de querer. A mí lo que me gustaría es encontrar la otra mitad de la libélula, abriendo senda junto a mi padre por el bosque enterrado que él dice. Y después llamar a la puerta de don Laureano para enseñarle las dos mitades juntas. A lo mejor él me deja ver el cangrejo.

Vuelvo atrás, discurriendo algún olvido que disculpe mi aparición. Por la puerta del aula sin cerrar veo al maestro subido en una silla. Está de espaldas a mí y se estira con tiento para descolgar la fotografía enmarcada sobre el encerado. Tampoco en este asunto ha venido nadie a poner orden, como diría Majín. El retrato que lleva años viendo correr generaciones desde la altura no es el del caudillo, como en la escuela nueva, sino una fotografía de don Abelardo en mangas de camisa, con bastón y chaleco. Salgo sin ruido hasta la calle y regreso solo, sin atreverme a interrumpir las últimas labores de don Laureano. Camino hacia casa sin prisa, por si me alcanzara, respondiendo a los saludos, temiendo ya el otoño que vendrá para llevarme.

V

Desde el aire, como podría habernos visto don Abelardo de haber logrado la avioneta, la senda escolar que va descendiendo hacia la vía por vericuetos de tierra y de raíces polvorientas, ha de parecer un tren alegre, propenso a desbocarse. Don Laureano es la máquina que frena los impulsos montaraces de la fila. De vez en cuando se vuelve a comprobar el desorden que le sigue. Le basta una mirada para calmar los ánimos de los que marchan más cerca de su paso. En la cola del convoy se intuye la vigilancia del maestro y hay codazos urgentes que valen para recuperar la compostura. Vemos el río a nuestros pies, cada vez más sonoro bajo el sol del último día de curso. Y pasado el puente, nos llega al fin el brillo ordenado de las vías.

El maestro se ha puesto en medio, sobre una traviesa. Los demás lo rodeamos, sofocados y dispersos por la luz. No sabemos qué lección nos tiene reservada para despedirnos. Mi amigo Aurelio vuelve los ojos al río. Seguramente está pensando en sus sombras protectoras y en los secretos de las piedras que guardan algún pez.

—La de hoy vale por lección de Historia y de Sociales —empieza el maestro—. También de Física.

—Don Laureano —interrumpe la voz que nunca falla—, es que hoy tocaba solo repaso de los medios de transporte.

El maestro se queda pensativo.

—De acuerdo —contesta después de un poco—. Pero os advierto que los medios de transporte llevan dentro la Historia, las Ciencias Sociales y la Física.

Ahora estamos ya todos atentos a la voz del maestro y a su figura, elevada y sólida en medio de la vía. No me parece el hombre de ayer, que de espaldas se estiraba casi dolorosamente para descolgar una fotografía. Tampoco me parece verdad que vaya a marcharse para siempre.

VI

La última lección de don Laureano la he recordado muchas veces desde entonces. Pero la primera vez que pensé en ella fue tres meses después, cuando arrancó el coche de línea que me llevaba a estudiar fuera. Por la ventanilla iban llegando las casas conocidas —la de mi amigo Aurelio, la de Marisa la panadera, la ferretería de Samuel con la DKV aparcada delante, la casa de mi tío Antón, la mía—, y los inicios de los caminos que bajan a buscar el río o suben a enredarse alegres por el monte. Era septiembre y tenía el mundo un sosiego maduro, como el de los metales dorados. Envueltos en la monserga del motor, desfilaban los rostros sabidos y los aires familiares. Aurelio saludando con la mano, mi madre llorosa al pie del coche, mi padre echándole un brazo sobre los hombros tras cerrar con estruendo el portón de los equipajes, mi hermano muy serio, apartado unos pasos de los demás. Entonces la memoria de don Laureano hablando en medio de la vía se convocó allí para completar, a bordo de un coche de línea, las enseñanzas del último día de escuela dedicado a los medios de transporte. Fue la primera vez que entendí que las palabras, recuperadas por el tiempo maduro, traen a los oídos más de lo que dicen. Porque el maestro, con una voz que se notaba alumbrada de muy lejos, volvía para enseñarme, como el último día de escuela, algo que callan los libros dedicados a calcular la prosperidad de un país por sus kilómetros de vía.

Cantaban los grillos y el río arrastraba sus espumas viajeras cuando dijo don Laureano que los trenes, para lo que mejor sirven, es para huir. Entonces no significó nada su sentencia, si acaso una posibilidad fugazmente presentida que comunicaba el pasado del maestro con las omisiones enfáticas de los que parecían conocer su vida y no querer contarla. Pero unos meses después, bien pesaba aquel discurso que había dormido en la inocencia hasta que empezaron las cosas a alejarse. Por voluntad que no era mía escapaba yo del oficio negro de mis mayores y a la vez empezaba a comprender que don Laureano, acaso también por voluntad ajena, había huido de una vida para refugiarse en otra. «Tarde o temprano —dijo— ocurre algo que nos obliga a nacer otra vez.» El maestro hablaba de cosas que no entendíamos del todo, pero que su voz no dejaba dudar. «Este valle —seguía— nació de otra manera cuando llegó el ferrocarril. Y muchos que llegaron con él, venían escapando de otro sitio. Ahora os diré lo que pensaban durante el viaje: que el humo que iba quedando a sus espaldas no les dejara ver el camino de vuelta, por si nunca podían volver». Después se calló un momento antes de añadir: «y para no acordarse de quiénes habían sido.» Hablaba el maestro mirando la vía que iba a perderse en una curva. Y de pronto, toda su lección sobre los transportes fue una enseñanza sobre el tiempo: el tiempo que hace falta para hallar un refugio, el tiempo que es preciso vencer para dar por buena la distancia, el tiempo de acostumbrarse a ser distinto, hasta el tiempo de aprender a no existir, el tiempo que es entonces la muerte misma del destino y la redención de su condena. Y acudieron a mi memoria la cesta vacía de truchas que el maestro veía llena de horas, y los fósiles que mi padre iba despejando bajo el suelo, consciente de las edades necesarias hasta lograr que fueran un tesoro de piedra en su mano. Toda la tierra, los hombres todos eran tiempo que buscaba serenarse en algún lugar. Como los segundos que corrían por el reloj de don Laureano, enfrentados al nombre grabado por detrás para durar.

 El maestro miró el reloj aquella mañana y nos dijo que ya era la hora. Metió la mano en el bolsillo y sacó un monedero. Seguíamos sus movimientos con atención, sin comprender. Volcó la cartera sobre la palma de la mano y escogió una peseta reluciente. La estuvo mirando un rato, hasta que distrajo su atención el silbido del tren que se anunciaba en la distancia. «Puntual», nos dijo con satisfacción, «como mi reloj nuevo.» Y se agachó hasta dejar sobre el raíl la moneda, con la cara mirando al sol redondo del verano. Después salió de la vía y nos pidió que nos echáramos atrás.

 —Ahora viene la Física —anunció.

 Primero llegó el sonido, que iba inquietando nuestra alineación nerviosa junto al raíl; a veces estallábamos en empujones que el maestro reprendía. Todas las cabezas se orientaban hacia el mismo horizonte, como girasoles pendientes de la luz. La máquina se anunció por una curva, respirando su furia de vapores. El maquinista asomó la cabeza por su lado, acaso incrédulo de nuestra presencia junto a la vía. Sin reducir la marcha hizo sonar el silbato.

Se acercaba el tren y nosotros vibrábamos bajo el sol. Don Laureano no nos miraba, no parecía oír siquiera nuestro júbilo nervioso. El maestro respiraba con el vapor, como si su aire fuera el engranaje que hacía marchar al tren. Sus ojos iban de la máquina, imparable en su progreso, a la moneda dispuesta a soportar su paso. Llegó el tren a nuestra altura y nos envolvió su alma de hierro. El fogonero fue un grito incomprensible, un brazo que se agitaba perdido en la carrera estruendosa. Muchos de nosotros gritamos también, y reímos como locos, amparados en la sordera general. Entre los claros que las ruedas de las tolvas iban dejando, era inútil buscar la moneda. Cesó el tren de golpe, como termina un líquido de derramarse. Lo que quedó de su paso fue un eco envuelto en el siguiente silbido de la máquina, y un aire que nos alborotaba el pelo. Corrimos a la vía, en busca de la moneda. Aurelio la encontró entre las hierbas doblegadas. El maestro se abrió paso a través nuestro y tendió la mano. Sobre su palma inclinamos las cabezas y nos apretamos para descubrir una forma nueva, indescifrable. Era como si se hubiese fundido el metal y en su tránsito hacia la nada se hubieran barrido sus figuras.

—Ahora sí que valdría bien para jugar a las chapas —se entusiasmó Aurelio.

Y para hacer una cucharilla agujereando aquí...

—Mejor para pintarle una cara nueva —cortó el maestro.

Don Laureano apretó la moneda en el puño y se volvió hacia el río. Después la lanzó. La recibió el agua con un asombro muy leve, casi sin ruido, en un cadozo que la habrá acunado hasta posar su brillo sin memoria entre las algas.

VII

El tiempo, que asienta las huidas, también ha posado sobre mí la memoria de aquella mañana llena de símbolos. Don Laureano nos dijo que ya iríamos completando la lección y era cierto. Ahora que ya no hay vapor, ahora que la vía está sembrada de regueros sin rumbo que la encharcan, llegan más claras las palabras que él dejó prendidas de las traviesas. Y las que vinieron pocas horas después, que fueron del aire, cuando Aurelio y yo, cabizbajos a media tarde, acabamos rondando por la casa del maestro, como dos perros fieles a un amo al que apenas conocíamos. Ahora pienso que mi amigo y yo, al prolongar la despedida, debíamos parecernos a dos apóstoles fervorosos pero incapaces: si don Laureano nos hubiera preguntado aquello mismo que sabíamos de ir a misa, «y vosotros, ¿quién decís que soy yo?», habríamos tenido que bajar los ojos y guardar silencio.

Aquella tarde subimos la cuesta que llegaba a la casa del maestro, la casa que le destinó don Abelardo a la salida del pueblo. Aún hoy la vista es buena desde allí y no se ha ido la impresión de que está uno envuelto en la frescura de las huertas húmedas. También persiste la vaga consciencia de que el paraje, aun perteneciendo al pueblo, es ajeno al caserío. Hacíamos tiempo agachados, dibujando con un palo sobre el polvo. No sabíamos si el maestro estaba en casa y no nos atrevíamos a llamar. La cuadra tenía cerrada la puerta con un candado.

—Vosotros dos, ¿siempre vais en pareja, como los guardias? —Nos llegó la voz por nuestra espalda. Don Laureano, con boina y bastón salía de un sendero de los que buscan el monte.

—Pronto vamos a separarnos —contesté yo.
—¿Y eso?
—Yo también me marcho, igual que usted. Me mandan a estudiar fuera después del verano.

Fue una declaración urgente, el derramamiento de una impaciencia acumulada a medida que fue avanzando el curso sin que yo se lo contara al maestro. Ahora sé que había subido hasta allí sólo para decir eso. Don Laureano se quedó callado. Luego echó a andar hacia nosotros.

—Los buenos amigos no se olvidan nunca —dijo al llegar a nuestro lado—. Además, supongo que volverás en vacaciones.

—Sí.

Debí decirlo con poca convicción porque noté que el maestro me miraba y que iba a añadir algo.

—Don Laureano —me adelanté.

—Qué —dijo.

—Quería darle la mano por última vez.

—Y yo —se atrevió Aurelio.

Nos miró con unos ojos como nunca habíamos visto. Parecía que veían más allá de nuestra demanda, mucho más lejos de nuestra pena.

—Quietos aquí —pidió. Y echó a andar hacia la cuadra. Lo vimos alejarse y nos miramos los dos, como el día del río, la primera vez que hablamos con él y él nos enseñó la cesta vacía. Aquello, pensaba uno casi un año después, había sido como invitarnos a pasar, o a ser amigos suyos, y al mismo tiempo a quedarse en un umbral que el maestro preservaba de todas las curiosidades.

Regresó pronto, con un envuelto bajo el brazo.

—Lo tenía ya empaquetado —dijo mientras empezaba a quitarle el papel.

Las manos de don Laureano fueron revelando una forma plana que en algún movimiento devolvía el reflejo del sol. Antes de que el papel fuera del todo inútil, supimos ya reconocer el retrato enmarcado de don Abelardo, aquella cara oronda y grave que había presidido siempre la escuela desde la altura. De cerca se le notaban algunas manchas al cristal, como restos de una lluvia minúscula, evaporada por los años. Las manos del maestro fueron dando la vuelta al retrato hasta que por detrás vimos un sobre pegado al cartón que rellenaba el marco. Los bordes estaban amarillentos. Don Laureano despegó el sobre y lo abrió. En las manos de Aurelio y mías puso un recorte antiguo de periódico, pegado sobre un papel más fuerte para conservarlo.

El recorte era casi por entero una fotografía. Se veían palmeras de fondo, y una pirámide, pero el primer plano lo ocupaba una avioneta antigua con la cola apoyada en el suelo y el morro apuntando a las nubes. Tenía algo de pez volador que brotara de la tierra. La carlinga estaba abierta y el piloto, sentado por fuera de la cabina, llevaba las gafas de volar sujetas en la frente. Con los brazos en alto sostenía una bandera de tres franjas que eran tres surcos de creciente intensidad. Al pie del aparato, que llevaba pintado el número catorce, otro hombre menos joven y con un aire de solemnidad familiar, nos miraba subido a un camello. Iba en mangas de camisa, con la chaqueta doblada sobre el brazo, del que colgaba también un bastón. Leímos el pie de la fotografía: «El aviador español, capitán

Laureano Gamazo, vencedor en el *raid* París-Ciudad del Cabo 1931». En las dos columnas de texto que rodeaban la imagen, se daban detalles del tiempo empleado por el piloto en hacer el recorrido. También se mencionaba el modelo con que había logrado la proeza, un nombre entonces indescifrable, del que sólo podía recordarse que lo habían fabricado en Inglaterra. Y a continuación la ruta, que estaba llena de nombres remotos pero familiares: El Cairo, Jartum, Kampala... Lo último que leímos fue que don Abelardo Ocampo, ingeniero industrial de minas y miembro del Sindicato de Fomento de Vizcaya, era dueño del aparato y que había acudido a recibir al capitán de aviación a su llegada a la ciudad de El Cairo.

Aurelio y yo estábamos pasmados. No hacíamos más que llevar los ojos de la avioneta a don Laureano, y de su cara pasábamos a comprobar las nuestras, como en busca de palabras que pusieran orden en aquella revelación.

—A ver si resulta que no conocéis a don Abelardo después de un año de estarlo viendo —nos despertó la voz del maestro—. Lo mío con la barba no es tan fácil, pero los capitanes de aviación que pierden una guerra es mejor que se escondan detrás de algo para que no los reconozcan.

Casi echamos de menos la voz de siempre, una voz que preguntara «¿los capitanes que pierden una guerra?». Pero ya don Laureano seguía alumbrando nuestra ignorancia, como siempre, a su manera fugitiva.

—A vosotros ya no os persiguen las banderas —dijo—. Ojalá os dure esa suerte porque todas las banderas acaban por traicionarle a uno. Solo dos cosas pueden más que la mala voluntad que se extiende cuando se da el último tiro: los amigos de verdad y la inercia.

Aurelio y yo escuchábamos las palabras como quien asiste a una catequesis en la que se revelan doctrinas hasta entonces preservadas.

—Lo de la inercia también es Física —siguió el maestro—, igual que lo de esta mañana. O como la caldera del tren que sigue sin enfriarse aunque la máquina se haya detenido. Se acostumbra uno a la inercia y es lo primero que se echa de menos cuando llega el día en que se muere todo, hasta lo que parece que nunca se ha de acabar: los nombres familiares y los lugares queridos, la voluntad de resistir, incluso. Y en medio de la desesperación pueden volver las voces del pasado con su apariencia de milagro que se recupera. A mí me llegó la voz de Abelardo, de don Abelardo, como otra inercia que se creía también perdida en el nuevo reino del rencor. Su voz traspasó una puerta enrejada, venciendo una penumbra de hombres hacinados, iguales todos en la condena de una victoria que se ratifica ante un pelotón de fusilamiento. «Capitán don Laureano Gamazo, acérquese a la portilla.» La misma autoridad fraterna de siempre. Don Abelardo y sus ganas de volar. Fijaos —nos decía iniciando una sonrisa—: él, que me sacó de entre los muertos, quería que yo le enseñara a despegarse del suelo. Y os diré algo más —añadió después de un silencio—, algo que no se imaginaba nadie cuando anunció que iba a comprar la Campeirona para hacer aterrizajes: don Abelardo tenía pánico a las alturas. Casi cuarenta años he tenido para recordarlo sin abandonar el cielo salvador que él me puso encima; cuarenta años sin dejar la escuela que me buscó «para servir a la patria en un destino donde no alcanza el heroico, y por desgracia hoy insuficiente, brazo de la instrucción pública». —El maestro afectó la voz y sonrió al pronunciar la frase—. Así hablaba cuando hacía falta una firma, lo mismo para cerrar un negocio que para convencer a un gobernador de la importancia de su rúbrica para la historia. Don Abelardo sabía decir lo que convenía a cada uno: al celo del vencedor y al orgullo del vencido. A mí me dijo que me había librado de la cárcel sólo para que le diera una vuelta por encima de estos montes, que no los tenía vistos más que a caballo. Pero el caso es que me puso a construir la escuela, la escuela que pagó él de su bolsillo para que consintieran en dejarle elegir al maestro. Y cada vez que le preguntaba que cuándo nos pondríamos con la avioneta me decía que me metiera en mis asuntos, que ya me avisaría él. Lo más que me llegó a decir, y ocurrió un día que habíamos bebido, fue que me pusiera a dar escuela hasta que a él se le quitasen las ganas de volar o el miedo. Y esa confesión valía por el compromiso de una vida que no era la suya.

El maestro sacó el pañuelo y se limpió la comisura de los labios. Lo dobló cuidadosamente antes de terminar. Y lo que dijo para cerrar aquel asunto fue que cumplir la voluntad de un amigo muerto es otra inercia. La suya, entiende uno ahora, había durado casi cuarenta años y en ella se habían implicado todos los capaces de callar secretos sospechados, todos los deudores de don Abelardo y todas las ignorancias que nunca quisieron porfiar por verse satisfechas. «Algunos lo llaman lealtad —aclaró—. Un piloto prefiere hablar de vientos que obligan.»

Ahora creo que el camello o la imagen juvenil de don Laureano encima de la avioneta nos distraía de razonar. A lo mejor fueron las palmeras las que sacudieron nuestra imaginación de golpe, como si el viento que invocaban las palabras del maestro las hubiera arrastrado hasta aquel camino. Y es verdad que soplaba el viento. Soplaba el mismo viento caprichoso que sabe alborotar las ventanas de la escuela en las primeras tardes del verano, un viento cargado de nubes que hacía ceder la puerta de la cuadra arrancándole un gemido de madera batida contra madera. En el secreto de aquel recinto que el maestro había dejado expuesto ante nosotros, se adivinaban bultos grandes, cubiertos de tela, formas preservadas durante años para alentar una especulación que fue creciendo y acabó olvidándose de sí misma sin dar fruto, desde el día que varios hombres cargaron en carros el equipaje grandioso que trajo el tren para quedarse tras una puerta siempre bajo llave. Ahora, bien podía imaginarse que las cajas sabían ocultar un elefante o un piano, y acaso en algún pliegue más modesto de las telas, un collar de cuentas preciosas, o un tocado de plumas de avestruz, como los que usarán en sus ceremonias las mujeres de Maputo. Y un cangrejo de piedra del tamaño de una rueda, de una rueda de avioneta fabricada en Inglaterra.

—Así es que los mineros renuncian a su raíz.

Don Laureano hablaba mirándome de reojo, al tiempo que empezaba a guardar el recorte de periódico en el sobre. Iba envolviendo el retrato y el papel sonoro parecía aturdir el pensamiento en busca de respuesta.

—Pues me parece muy bien —siguió sin esperar por mis palabras—. Hay mucho que ver por ahí adelante.

Aurelio tragó saliva y, casi avergonzado, dijo que él no se marchaba. Don Laureano terminó su tarea sin decir nada más. Luego sujetó el envuelto bajo un brazo y nos miró muy serio.

—Tan importante como ver mundo es no olvidar de donde viene uno: eso vale para los que se marchan —dijo mirándome. Después volvió los ojos a Aurelio—. Los que se quedan libran una batalla peor: la de no tener que arrepentirse alguna vez.

Mi amigo y yo escuchábamos con una especie de fatalidad benéfica, como si se nos encomendara una misión difícil que queríamos cumplir porque era don Laureano, el capitán don Laureano Gamazo, piloto de avionetas y hombre de aventuras indescifrables, quien la enunciaba.

Por los montes rodó un trueno aún indeciso cuando oímos las palabras definitivas.

—Ahora ya podemos darnos la mano. Y desearnos buen viento, que es lo que se hace antes de levantar el vuelo.

Lo pedía aquel maestro de boina y barba blanca, tendiendo la suya. Nos dimos la mano los tres. Y Aurelio y yo hicimos una fuerza que quería ser todas las palabras que no sabíamos decir y toda la edad ganada en un gesto.

VIII

No se supo nunca cómo empezó el fuego, y esa ignorancia vino a perfeccionar los misterios consentidos que ya pesaban sobre el maestro como otra inercia, la de los gestos cotidianos con que se asienta la memoria de los demás. En su informe, el cabo atribuyó el incendio a un rayo, uno de los muchos que alumbraron la última noche de don Laureano. A mi tío Antón le gustaba contar que al maestro, para no ser un hombre de iglesia, lo había despedido el sacristán tocando las campanas a rebato. El caso es que la tormenta dada por buena puso aquella noche una hoguera en el cielo que tenía su pie en la cuadra de don Laureano y enrojecía con su lengua altísima el horizonte. Majín el caminero nos contó que en medio del alboroto de los hombres en busca de agua y herramientas con que atajar las llamas, se oyó un motor de avión volando a poca altura que, por un momento, distrajo todos los ánimos fijos en el fuego. Ahora que han pasado tantos años, casi diría que yo, que no oí ni el trajín de los hombres ni las campanas que los reclamaban, escuché, en la hondura tibia de la almohada, el paso de una avioneta que iba a perderse por los colores encendidos del cielo.

Aquel verano Aurelio y yo visitamos las cenizas de la cuadra muchas veces, en busca de rastros y tesoros. Mi amigo decía que la tarde que nos despedimos de don Laureano había adivinado la hélice de una avioneta bajo el bulto de una manta. Y después de recordar juntos, coincidimos en que cierta elevación que alcanzaba hasta el postigo de echar la hierba, una forma tan espigada que parecía un árbol encubierto, había de ser la estalactita que salvó de morir de sed y sin memoria a don Laureano en un país que no he logrado nunca recordar. Durante un tiempo, cada vez que se oía un motor en el aire, pensábamos que era la avioneta del maestro, que volvía de no se sabe dónde a sobrevolar el valle con el retrato de don Abelardo encajado en el asiento del copiloto. Sin duda era un pensamiento absurdo, pero el caso es que explorábamos las nubes con el afán de distinguir un aparato antiguo con el número catorce pintado bajo las alas.

La tarde que le dimos la mano al maestro por última vez, Aurelio y yo volvimos despacio por el camino que baja al pueblo. Atrás quedaba él perdiéndose por la puerta de una cuadra con la fotografía de don Abelardo envuelta bajo el brazo. O así lo imagino todavía, que no quise volver la cabeza en el último momento.

Bajábamos Aurelio y yo la cuesta, que olía a ortigas y a polvo remansado. Por encima de nuestros pasos vibraban los cables de la luz como alas de cigarra. Parecía que rezasen por tormentas. Pesaba sobre los montes un cielo muy hondo, del color violeta de Tanzania, y corría el viento sublevando nubes desde el horizonte, remolinos blancos derramándose sobre los grandes países de la tarde.

Al llegar a las primeras casas se oyó pitar al tren en la hondonada del río. Lo recuerdo bien: tres silbidos largos creciendo en altura sobre las vías cantoras. Y era como si Aurelio y yo fuésemos por tierras muy lejanas, unidos bajo un cielo al que, tan juntos como aquella tarde, nunca habríamos de volver.

PEPE CERVERA

PEPE CERVERA (Alfafar, Valencia, 1965) ha publicado los libros de relatos *El tacto de un billete falso* (Denes, 2007), *Conozco un atajo que te llevará al infierno* (e.d.a. libros, 2009) y *Premonición* (Paréntesis, 2010), así como un cuaderno de prosas poéticas titulado *Tessella* (Aguaclara, 1991).

¿Y POR QUÉ NO ESCRIBIR UNA NOVELA?

Hace ya unos cuantos años conseguí llamar la atención de un editor con un primer libro de relatos. Me citó en su despacho para decirme que el libro le había gustado, sin embargo no entraba en sus planes editoriales publicarlo. Los cuentos carecen de demanda por parte de los lectores, afirmó, y acto seguido quiso saber por qué no escribía una novela. Una novela, dijo, tiraría de los cuentos para un libro posterior; los cuentos son buenos a partir de un segundo libro, o de un tercero, no para un primero.
 ¿Por qué no escribía una novela?
 Lejos de encaminarme a buscar una respuesta, aquella pregunta me empujó a intentar explicarme a mí mismo la razón por la que escribo cuentos.
 Entre las personas que tienen acceso a las distintas versiones de lo que escribo, hay quien ha observado cierta evolución en mis relatos, como si últimamente escribiera con mayor libertad. Según parece he conseguido soltar el lastre que suponía en mis primeras historias la pretensión de ajustar cuentas con mis propios fantasmas. Opinan que abusaba de un material autobio-

gráfico. Pero yo creo que sigo dándole vueltas a lo mismo, antes y ahora, utilizando los ingredientes que tengo al alcance de la mano, trabajando con lo más próximo, rozando al máximo la sinceridad, lo real y lo auténtico. Ésa es la literatura que prefiero como lector y ésos son los márgenes en que más cómodo me encuentro como escritor. Mis personajes son como me gustaría que fuera la gente que conozco: hombres y mujeres normales, unos satisfechos por haber encontrado lo que buscaban, otros desconcertados por haberlo dejado escapar, pero todos paseándose por mis cuentos de forma idéntica a como pasean por la vida, guiados no tanto por las grandes cuestiones como por sus particulares dramas. Es razonable, cuando leemos, esperar que a los personajes les pasen cosas del mismo modo que lo esperamos en nuestra propia vida. Los sucesos captan nuestra atención, proporcionan un valor añadido con el que se consigue justificar una historia. Sin embargo la vida es la vida, con acontecimientos o sin ellos. Por eso opino que el cuento debe evitar ser explícito, aunque lo parezca; es preferible que insinúe, que transmita una contención siempre a punto de estallar, que nos mantenga alerta. Debe reservar zonas en sombra para exigirle al lector que ponga en marcha su fantasía y la incorpore al mecanismo de la narración. Será un acierto reconocernos, sentir que la situación nos impregna, verse retratados. Sólo así superará el cuento la mera anécdota. Un buen cuento se reconoce cuando —como sugería Hemingway— éste pasa a formar parte de nuestra experiencia vital. Por eso concibo mis relatos de manera fotográfica, intentando atrapar la imagen en un segundo; los imagino como estampas que permitan cautivar un instante sobre el que poder detenerme para observar con calma el más pequeño detalle, reflexionar sobre la escena que representa, interiorizarla, pero también aventurarme en el antes y el después, buscar los elementos que se han conjugado para conseguir esa imagen, e intentar establecer todas las posibilidades que con esa imagen concreta se abren. Un buen cuento debe quedar en la mente del lector contagiando todos sus sentimientos; y el lector debe sentir la necesidad de recrearse en cada uno de los matices, paladearlo hasta que las sensaciones transmitidas hayan sido absorbidas por su memoria. Precisamente en uno de mis primeros relatos, después de citar un poema de Raymond Carver, el narrador afirma que «hay hombres tocados por la magia; escriben cosas de forma que cuando uno las lee piensa que esos sentimientos le pertenecen y esas palabras son las únicas con que podían haberse descrito»; y eso, si no puede considerarse una razón por la que escribir cuentos, sí es, en definitiva, lo que sueño conseguir con todo lo que escribo.

Como un hombre
que sobrevuela el mar

El teléfono está sonando cuando abro la puerta de casa. Oigo un par de timbrazos mientras dejo las llaves y un puñado de monedas en el vaciabolsillos que hay sobre el mueble de la entrada.
—¿Lo coges tú? —Alejandra grita desde el cuarto de baño—, ¿Andrés?
—¿Sí?
También oigo música en el salón comedor. Escucho durante unos segundos y reconozco uno de los temas que Michael Nyman compuso para la banda sonora de *The cook, the thief, his wife and her lover.*
—Contesta tú, yo no puedo salir ahora.
Paula está sentada en el suelo, sobre el trozo de moqueta que extendemos para que juegue. Al alcance de su mano hay un teléfono musical, un siempretieso con forma de hipopótamo vestido de pirata, una tortuga con ruedas y mariposas de colores sobre el caparazón que abren y cierran las alas cuando la arrastra. Las fichas de mi ajedrez están esparcidas a sus pies, mezcladas con las pinzas de tender la ropa, y cuando me ve entrar señala con cara de asombro hacia el lugar donde se encuentra el telé-

fono, como si quisiera advertirme de que está sonando. Lleva un vestido de pana azul oscuro y unos leotardos blancos. Aunque mueve sus deditos con absoluta normalidad, todavía tiene los nudillos de la mano hinchados. Anteayer se la pilló con un cajón de la cocina y tuvimos que salir pitando a Urgencias para que le hicieran unas radiografías. Pero no fue nada. Todo quedó en el susto.
De repente el teléfono deja de sonar.
—¿Quién era?
—No sé. Han colgado.
Hay un cinco en la pantalla digital del equipo de música. Le doy la vuelta al estuche del compact y busco el título de la canción: «Miserere». Me viene a la cabeza una escena de la película, esa en que los sicarios del ladrón arrancan de cuajo el ombligo del angelical pinche de cocina mientras le obligan a seguir cantando, y siento como una punzada en el centro de mi estómago.
—¿Qué hace Paula? —pregunta Alejandra cuando me ve en la puerta del baño. Está sentada en la tapa del retrete, con los pies descalzos apoyados en el borde del bidet. Adhiere una tira de papel con cera fría a la canilla de su pierna derecha y la arranca de un tirón, comprobando luego cuántos pelos ha conseguido eliminar de una sola pasada. Se le ha aflojado el nudo del albornoz y uno de sus pechos ha quedado al aire. Me pregunto cuándo fue la última vez que hicimos el amor.
Paula está abrazando a uno de sus teletubbies de peluche, el de color verde, Dipsy creo que se llama. Le da un beso y lo suelta. Descubre que la estoy observando y me sonríe.
—Nada —digo—, ahí está.

Alejandra se incorpora para estudiar a contraluz la superficie de sus piernas y veo que se ha rasurado el vello de su pubis en forma de triángulo.
—¿Qué has decidido?
Observo el tono verdoso que está adquiriendo la moradura de su muslo. El día que se la descubrí me dijo que se había golpeado contra el canto de una mesa en el despacho. Entonces pensé que debía estar beneficiándosela alguien, como si las moraduras tuvieran alguna relación directa con la infidelidad, y ahora, no sé a santo de qué, vuelvo a pensarlo. La imagino desnuda en la cama con alguien que me es desconocido, por ejemplo con el típico gracioso que se pasa el día insinuándose por los pasillos de la oficina y contando chistes verdes hasta que consigue tocarle el culo a alguna compañera de trabajo. De ahí a magrearse en el archivo hay un solo paso. Lo siguiente ya es retozar en la cama de un hotel o en el asiento trasero de su coche. Imagino la escena y de pronto siento que se me pone tiesa. En ocasiones como ésta pienso que no debo estar muy bien de la cabeza. Me pregunto si sería capaz de matar al tipo que osara acostarse con ella, empapuzarlo con las hojas de los legajos, reventarlo como hacen con el amante en la película de Greenaway. Es difícil contestar a eso. Uno nunca sabe hasta dónde está dispuesto a llegar. Nadie puede decir de esta agua no beberé.
Alejandra adhiere otra tira de papel con cera a la canilla de su pierna izquierda y repite la operación. ZAS. Un sólo tirón. Me acerco a Paula, le doy un beso en la frente, me siento frente al televisor y comienzo a consultar el catálogo de Halcón Viajes que he recogido de camino a casa.

—¿Ya sabes lo que vas a hacer?
—¿A qué te refieres? —contesto.
Prefiero hacerme el sueco. Claro que sé demasiado bien a qué se refiere. Mi hermana ha llamado por teléfono esta madrugada para comunicarme que el viejo ha muerto (snif, snif). Han encontrado su cadáver en un descampado a las afueras de la ciudad —por lo visto, alguien que no podía ni imaginar el bien que hacía le ha metido un tiro por el cogote—. Ha considerado que su obligación era telefonearme y lo ha hecho —ha puntualizado— por iniciativa propia. A partir de ahí la pelota está en mi campo. Parece ser que soy yo quien debe actuar en consecuencia.
—Una desgracia. No sé si mamá se recuperará de ésta —ha dicho.
—Yo tampoco.
—Tú tampoco ¿qué?
—Tampoco sé si mamá se recuperará de ésta.
Laura ha advertido cierta ironía en mi último comentario y se ha callado, momento que yo he aprovechado para bostezar y quitarme una legaña. Después ha intentado sermonearme. Ha querido aclararme su forma de ver lo que está bien y lo que está mal. Diferencia que yo no tengo nada clara. Le he dicho que sí a todo, que muy bien, me parecía perfecto que me hubiera llamado —aunque en realidad me ha dado una patada en el estómago el hecho de estar aguantando ese rollo a las tres de la madrugada—. No tenía ganas de discutir. No era ése el mejor momento para iniciar una conversación sobre los valores de la familia, la paternidad, etcétera, etcétera. En realidad, el mejor momento para tocar ese tema pasó hace ya demasiados años. Tantos que si

alguien me preguntara lo que ocurrió no sabría qué contestarle. Se me ha olvidado el motivo por el que me fui de casa de mis padres para no volver jamás. Se me ha olvidado todo. Lo único que consigo rescatar esforzándome es la sensación de haberlos odiado más que a todas las cosas. «Cuando uno busca tan extremadamente los medios de hacerse temer, encuentra antes siempre el medio de hacerse odiar», esto es de Montesquieu, lo dijo hace siglos, para que gente como yo pudiera ponerle voz a sus pensamientos. No obstante, con el paso del tiempo, ese odio se enquistó para convertirse en rencor, y al final desembocó hacia la más absoluta indiferencia. O sea, que eso es lo que hoy me une a mis padres: nada. Cero patatero. Vacío total. Y no sé lo que es peor, la indiferencia o el odio.

—Allá cada cual con su conciencia —ha dicho Laura con exagerada frialdad. Y antes de que yo le contestara que ése no es su estilo ha colgado.

He intentado volver a conciliar el sueño, pero Alejandra estaba desvelada y ha querido comentar la situación, saber lo que pienso, asegurarse de que voy a hacer lo correcto. No ha habido manera. Ya puedes imaginar lo ocurrido. He pasado el resto de la noche sin pegar ojo.

—No te hagas el tonto, sabes muy bien a qué me refiero.

Alejandra se ha asomado a la puerta. Sostiene una pequeña espátula de madera en la mano y lleva el bigote embadurnado con cera color miel. Se ha quitado el albornoz. Su piel brilla y exhala el pegajoso olor a esa crema corporal con que se unta todo el cuerpo. La cicatriz rosada de la cesárea resplandece en horizontal a cuatro dedos de su ombligo. Vuelve a desaparecer.

—No vayas descalza —le advierto—, sabes que te resfrías enseguida.

De repente se oye un ruido de sillas que se arrastran en la planta de arriba. Justo en el techo de nuestro piso se encuentran las aulas de la academia CODEX, donde se pueden preparar oposiciones a la administración pública, estudiar mecanografía o cursos de informática. Alcanzo a distinguir una voz lejana, de una mujer, parece. Alguien cierra una persiana.

Paula se levanta con dificultad y da unos pasos vacilantes hasta alcanzar el aparato de vídeo. Se alza sobre las puntas de sus pies, introduce los dedos de una mano en el cargador de cintas y anticipándose a mi reprimenda dice no con la cabeza. La siento en mi regazo y deja caer su dedito índice sobre la fotografía del hotel SAFA. Túnez. Dicen que sus playas nada tienen que envidiar a las del Caribe. Además, ahora se puede viajar ocho días pagando siete. El Safa. Tres estrellas, situado en primera línea de la playa, en Hammamet. Equipado con piscina cubierta, piscina exterior, *fitness* —¿qué es esto del *fitness*?—, sauna, baño turco, sala de masajes, galería comercial. Media pensión 420 euros por persona. No está mal. Es una posibilidad. Me levanto para comentárselo a Alejandra. Está mirándose al espejo, observando minuciosamente cómo ha quedado su labio superior. Me mira por el rabillo del ojo.

—Sabes que tienes que ir. No seas así.

—¿Así? ¿Cómo?

Sigo haciéndome el tonto. Alejandra me fulmina con la mirada y vuelve a observar su bigote en el espejo. Deforma con su lengua la comisura de sus labios y aplica unas pequeñas pinzas a unos pelillos que al parecer se han resistido a la cera. Dejo a Paula en el suelo y la veo dirigirse en busca de la escobilla del váter. Alejandra la agarra por las axilas y me la entrega.

—Subnormal —contesta desdeñosa.

Hago como si no la hubiera escuchado. De un tiempo a esta parte no hay quien la aguante. Si hago esto, mal, y si hago lo contrario, mal igualmente. A todo lo que digo le da doble sentido, y está esperando que haga cualquier comentario sobre cualquier chorrada para iniciar una discusión cuya única finalidad parece ser dejar de hablarme durante una semana. Cuando está en ese plan sabe cómo hacerme daño. Me da la espalda en la cama y me rehúye como si mi aliento apestara. Me fatiga esta situación. Se lo he dicho, pero ella sigue a la suya. ¿Será que no puede evitarlo? El otro día le dije que le estaba dando vueltas a la idea de hacer un viaje. Albergo la esperanza de que un cambio de aires consiga restablecer la comunicación entre ambos. He pensado que podríamos dejar a Paula con los padres de Alejandra durante una semana y pasar unos días fuera, ella y yo, solos, sin nadie más de por medio. Lo último que me hacía falta era el entierro del viejo. Hasta para morirse ha tenido que incordiar. Alejandra cree que tengo la obligación de asistir, era mi padre, y aunque de poco le servirá que yo vaya o deje de ir, según ella he de hacerlo por mi madre. Yo jamás le he pedido su opinión. De sobra sé lo que tengo o no tengo obligación de hacer. Sin embargo me lo ha dicho esta mañana, antes de salir hacia el trabajo, mientras tomábamos un zumo de naranja en la cocina y ella ha querido comentar otra vez lo de la llamada de mi hermana. He estado todo el día pensando en sus palabras y estoy seguro de que la conclusión a la que he llegado no va a ser de su agrado.

Mi madre presenció durante años cada una de las trifulcas que mantuve con el viejo, y no puedo decir que se quedara al margen, todo lo contrario, en lugar de enfriar los ánimos prefería avivar las llamas. Era como un buitre, sólo se dejaba ver cuando olía carroña. ¿Por ella debería asistir al entierro? La verdad, qué quieres que te diga.

—El rencor no es bueno —dice Alejandra.

Me hago a un lado y la veo cruzar desnuda el comedor y desaparecer por el pasillo en dirección al vestidor.

—Tienes razón —le digo con voz lo suficientemente alta como para que me oiga desde la otra punta de la casa—. No es bueno vivir con rencor.

—¿Entonces? —me grita.

—Entonces nada, estate tranquila, yo no soy rencoroso.

—Ah, es cierto, lo olvidaba —dice con cierto retintín. Aparece de repente en la puerta del salón comedor, cortándole el paso a Paula, que llevaba intención de buscarla. Se ha puesto unos pantis oscuros que dejan entrever sus bragas, y lleva el sujetador en la mano. Tuerce el gesto y sonríe haciéndome de menos—. El hombre de hielo. Frío. Impasible. —Paula extiende sus brazos pidiendo que la aúpe—. Ése es tu padre —le dice a la niña—, un tipo duro que no se conmueve por nada. Quien se la hace la paga.

—No quiero discutir contigo.

Apago el equipo de música y súbitamente pienso que sería razón suficiente para que ella se empeñara en mantenerlo funcionando. Pero no dice nada. Alguien ha pulsado el timbre de la academia CODEX desde el telefonillo de la calle. Un ñññññññeeeeeeeeeeeeeecc impertinente y largo suena sobre mi cabeza y al cabo de unos segundos unos pasos que se dirigen hacia la puerta. Vuelvo a sentarme y abro al azar el catálogo de viajes. Quiero evitar lo que de seguir por este camino intuyo se me viene encima. Veo la fotografía de un hombre en bañador que parece sobrevolar el mar antes de zambullirse en el agua. ¿Cuántas veces me ha dicho Alejandra que voy por la vida evitando sumergirme en mis problemas? Hay como cinco pequeñas barcas con gente contemplando la caída. Nueve días en Acapulco, dice el rótulo. Ahorre hasta un 4%.

—Claro, claro —insiste—, contigo es imposible hablar.

—No digas tonterías. Si quieres hablar hablemos.

Me he quedado con la vista clavada en sus tetas y ella se las tapa no como si se avergonzara, sino como si yo no fuera quién para mirárselas. Siempre he preferido a las mujeres con tetas gordas, muy gordas, la verdad, tipo Vixens, y las de Alejandra ni por asomo. Pero tetas son, al cabo, y al menos están en su sitio. Todavía.

—¡Pche! No vale la pena. A mí no me engañas.

—No es lo que pretendo —le digo con tono conciliador.

—Blablabla, blablabla. No me vengas con cuentos chinos. Te conozco bacalao. A mí ya no me vendes la moto. Toda la vida diciendo que si tu padre esto, que si tu padre lo otro y lo de más allá, ¿para qué? Para acabar comportándote de la misma forma —añade antes de dirigirse otra vez hacia el vestidor.

Esta última observación la ha hecho con el propósito de herirme. Es un golpe bajo. Lo tenemos muy hablado y sabe que no soportaría parecerme a mi padre de la misma forma que no soporto que nadie me compare con él. Así y todo prefiero no contestarle. Está esperando que lo haga para liarla. En estos momentos lo mejor que se puede hacer es tragar quina. Si abro la boca ahora lo único que puedo echar por ella son sapos y culebras. Nada bueno, pues.

Ha conseguido quitarme las ganas de viajar, sin embargo continúo barajando diferentes lugares de destino. En Acapulco se pueden pasar nueve días por 930 euros. Tampoco está mal. Aunque una cosa es Túnez y otra muy diferente Acapulco. No tienen nada que ver. Durante un rato sigo comparando precios, hoteles y condiciones, oyendo a Alejandra refunfuñar mientras trajina de aquí para allá, y a Paula seguirla por todas partes. Ocho días en el Capitol de Lisboa, 450 euros. Ocho días en Malta, 930. Cuba no, por esos precios prefiero Acapulco.

—Tendrás que llamar a tu hermana. O tampoco —dice, apareciendo de nuevo. Se ha vestido con una falda negra que le llega hasta las rodillas y una blusa gris oscuro que aunque holgada no consigue ocultar la forma de sus pechos.

—Ella ya sabe lo que hay, y si no que se lo imagine. No le vendrá de nuevas.

Ahora soy yo quien evita mirarlos. Me ha parecido distinguir a contraluz el botón de sus pezones y enseguida he notado que una culebra se agita entre mis muslos. Estoy de mal humor y no quiero que note que la deseo.

El timbre del teléfono vuelve a sonar (la hostia, no me dejarán en paz, no) y ni Alejandra ni yo hacemos ningún ademán para cogerlo.

—¿Vas a contestar?

—No espero ninguna llamada.

—Sabes que es para ti.
—Yo no sé nada.
—Eres un cobarde.
—...
—Tienes miedo.

Me encojo de hombros. Le doy la razón como a los locos y la dejo esperando algo que no estoy dispuesto a proporcionarle.

—Si es lo que piensas.
—Un cobarde y un cabrón —concluye con hostilidad.

Se me ocurre contestarle que ser cabrón es fácil, sólo hace falta que la mujer de uno sea un poco puta, pero me muerdo la lengua a tiempo. Creo que sería pasarme de la raya.

—Me das pena —añade todavía—, en serio, me das mucha pena.
—No tienes por qué compadecerte.
—Es muy triste lo que te pasa. ¿No te das cuenta? Disfrutas haciéndote notar.

Comprueba rápidamente el interior de su bolso. Se queda quieta durante un momento, como si no supiera qué es lo que tiene que decir a continuación o hacia dónde debe dirigirse. Coge a Paula en brazos y sale dando un portazo.

El teléfono enmudece.

A decir verdad, he de admitir que todo esto me ha desconcertado. Sí, muy bien Alejandra, lo has conseguido, sabes perfectamente cómo tocarme los cojones. No soy tan duro como aparento. En situaciones de este tipo soy capaz de ironizar, recurrir al chiste fácil, pero la procesión va por dentro.

Me levanto y entro en el cuarto de baño sin saber qué es lo que he ido a hacer allí. Puedo afeitarme. Ya puestos. Es una posibilidad. Puedo abrir una cerveza y escuchar un poco de música. Y si no, también puedo ver un rato la tele. Lo que no me apetece es seguir con el catálogo de viajes. ¡Ah!, también puedo llamar a una línea erótica. En una ocasión lo hice. No estuvo mal. Me contestó una mujer que con sólo oír mi voz parecía que iba a correrse.

En fin, no sé. Algo habrá que hacer para pasar el rato.

ERNESTO CALABUIG

ERNESTO CALABUIG (Madrid, 1966) es licenciado en Filosofía por la Universidad Autónoma de Madrid y traductor de alemán. Ha trabajado en las editoriales El País-Aguilar y Santillana, y en la actualidad colabora como crítico literario en *El Cultural*, de *El Mundo*. Su primera colección de relatos, *Un mortal sin pirueta* (2008), apareció en la editorial Menoscuarto, donde en el 2010 publicará su novela *Expuestos*, junto con su traducción del alemán del libro de cuentos de Clemens Meyer, *La noche, las luces*.

DAR CUENTA DE LOS CUENTOS

Habría que decir, para empezar, que resulta bastante creíble, y hasta razonable, que uno pueda escribir cuentos sin ser capaz de responder, de paso, al porqué de los cuentos o de sus cuentos. Como aquel asombroso bailarín de la Ópera de París de *El imitador de voces* de Bernhard, que se lesionó de por vida, tras quince años de brillante carrera, por ponerse a meditar, mientras bailaba, acerca de la complejidad de los pasos que hasta ahora ejecutaba sin más, dejándose llevar. Escribir es también, y sobre todo, un «dejarse llevar». Yo no tengo una teoría general acerca del género del relato, ni me he parado a pensar demasiado en la limitada coreografía que envuelve mi manera de comunicarme mediante historias. Quizá los escritores de relato no estemos tampoco tan lejos de las guapas *misses* (es un decir) que se exhiben y brillan sin más, pero tienen dificultad a la hora de localizar una capital en el mapa o sugerir las medidas certeras que pongan fin a las guerras y al hambre del mundo. Brillar sin más. Esto sí parece exacto. Pues si a algo se parece el efecto final de un buen relato, es a un brillo instantáneo, a un fogonazo que ciega, sacude, conmueve...

Mi opción por el relato no es puramente una «elección de género». Creo que todo tiene más que ver con el hecho de sentirse cómodo, competente, como pez en el agua, en un determinado formato o distancia, de la misma manera que en mi buena época de corredor de medio fondo, rendía al máximo en las carreras de 800 metros, 1.500 metros, o en la milla, pero se me volvía un infierno tomar parte en una carrera de medio maratón. Escribir una novela de 700 páginas (¡existen!) sería para mí una experiencia tan ultramaratoniana como enrolarme en el Maratón de las Arenas o en la Travesía de los Andes.

Así que ocurre sólo que me siento cómodo escribiendo relatos y cuentos como los de mi libro *Un mortal sin pirueta*, en los que no me interesa la esterilidad del brindis al sol de un competente ejercicio de escritura, sino, por encima de todo, contar historias de personas que conocí o inventé y que trato de recuperar y rescatar en la medida de mis fuerzas, para que aquello que fue siga siendo todavía, y, a ser posible, conmueva, diga algo, sirva de algo.

Una nueva manera de mirar

No era un trayecto diferente sino el de todos los días, el de los días lectivos por lo menos, que, bien mirado, eran casi todos a lo largo del año para un profesor de instituto como él, o para cualquier otro que no fuera profesor ni fuese él. Siempre la eterna broma acerca de lo bien que los profesores viven y de cuántas vacaciones disponen, una vez superados aquellos tristes dichos sobre los maestros de escuela y sus hambres, pero él, a sus cincuenta y cinco años, tenía la sensación de no haber hecho otra cosa en esta vida que ir y venir de su instituto o tener en la cabeza preocupaciones y agobios del instituto. ¡Qué breve había sido siempre el tiempo libre! Era, pues, su habitual camino de vuelta a casa al mediodía después de las clases: unos veinte minutos de dejarse llevar distraído con algún libro o el periódico en el autobús de línea por la carretera de La Coruña, media hora los viernes si tenía que esperar mucho en la parada o se formaba atasco ya desde Moncloa. No hubo tampoco nada nuevo en el hecho de bajarse del autobús aquel día en la parada de la plazoleta y empezar a recorrer los escasos doscientos metros que le separaban aún de su casa. Ése era también el itinerario de siempre. Su chalet se veía a lo lejos enseguida, casi con un golpe de vista en línea recta al levantar la cabeza cuando el autobús se marchaba haciendo desaparecer su moderna mole verdeazul de en medio. Después sólo había que caminar brevemente por la estrecha acera, a menudo invadida por los hierbajos, las altas malas hierbas que crecían desde ambos lados pero que, en su opinión, hacían bonito: le gustaba esa pequeña intromisión de las plantas silvestres en el perfecto orden de los adoquines siempre uniformados, siempre grises, su rebeldía salvaje antes de ser arrancados por las excavadoras en sus amenazantes proyectos de chalets adosados: «acosados», había oído decir a un humorista en la televisión la otra noche y reído de buena gana. Su llegada a casa, mientras metía con dificultad la mano en la ranura del buzón de afuera buscando cartas —nunca se acordaban de poner una nueva cerradura o un nuevo buzón—, era coreada por los ladridos de los tres perros, que asomaban el hocico por donde podían, el pastor belga y los otros dos, pastores alemanes sin demasiado pedigrí, con un digno historial que oscilaba entre los regalados y los rescatados de la calle. En un esquinazo con la carretera se levantaba la alta fachada de aquella casa pintada en tonos marrones mostaza italianos al gusto de su mujer (la propietaria del inmueble), tonos que él había celebrado de modo entusiasta una vez concluida la reforma.

No hubo, pues, nada novedoso hasta ahí, en ese seguir la ruta de costumbre, en ese llegar a casa para el almuerzo pensando que Ana le esperaba. Sin embargo, ¿por qué hoy se fijaba tanto en los detalles, en los miserables hierbajos, en el estado de la pintura de la casa, en quién de los dos en este matrimonio era de verdad alguien eficaz, de provecho, que se había podido permitir incluso el lujo de esta vivienda? No se encontraba bien, ya le había agobiado que fuera tan lleno el autobús con este calor de junio, cada acelerón, cada frenazo, el exceso claro de velocidad, los insulsos temas de conversación de un grupo de estudiantes que intercalaban la palabra *mazo* en todas las frases (hace *mazo* que no te veía, esa piba me gusta *mazo*, etc.) y la voz proyectada con maestría, de un extremo a otro del vehículo, por una señora que daba una inmisericorde charla al silente conductor acerca de la inmoralidad de nuestros días a diferencia de los días pasados. Al bajar en la rotonda se había sentido tan incómodo e inseguro como si, asustado, descubriera de repente, que llevaba puesta por error la chaqueta de otra persona o que se había dejado en algún sitio unos papeles importantes. Le parecía que hoy las cosas estaban como cambiadas, que no se correspondían, ¿y con qué tenían que corresponderse? No había duda de que ésta era su calle y su casa, pero sintió escalofríos, los mismos que cuando nos fijamos a conciencia en los verdaderos rasgos de una persona que hemos tratado por inercia durante años, quizá el hombre del quiosco, un profesor, incluso nuestro padre y madre, nuestra mujer... por un momento perdemos la cómoda familiaridad de lo familiar, su abrigo: perdemos pie. ¡El hombre del quiosco siempre asomado entre las revistas y todas las promociones, funcionalmente enmarcado en su rectángulo, pero sale al exterior, se acerca a hablarnos mirándonos a los ojos, incluso nos hace una confidencia y ya es un extraño! ¡Nuestra mujer se vuelve en la cama hacia nosotros, y nos observamos de cerca y qué distinta piel tiene de repente, qué orejas tan correctas nunca vistas!, ¡una forma inquieta de respirar al dormir en la que nunca antes nos habíamos fijado!...

Me ha asustado esta forma mía de mirar las cosas, esta percepción desmesurada: venía por la acera, la casa era distinta, como un decorado, irreal, fantasmal. Nunca antes había observado así la pura edificación, la edificación en sí. Me ha asustado esta nueva manera de mirar... De niño sólo me ocurrió con claridad una vez, también entonces pensé que las cosas existían porque yo las inventaba, las proyectaba: iba en la fila con los otros compañeros, las cinco y media, la deseada hora de salir, pensé en insultar al profesor de Química que ahora nos estaba chillando, atemorizando, amenazando con no sé qué castigo. Incluso levantaba el puño en alto y lo detenía muy cerca de nuestra cara. Pensé en salirme de la fila y gritarle «¡Gilipollas!», porque él era irreal y yo me lo había inventado, no era nadie, un fantasma, un monigote gordo de trapo: no existía y nada podía hacerme... Luego he subido la persiana del cierre del garaje, el coche no estaba, he cruzado el jardín dando largos pasos, los dos gatos enredándoseme entre las piernas, jugando a la caza, tienen hambre. Había una nota de Ana escrita con prisa, pegada con cinta adhesiva en el cristal de la puerta del salón. «Cariño, he ido un momento al pueblo a comprar unas cosas para la comida, son diez minutos», es lo que dice. Ayer he cumplido cincuenta y cinco, no quise decir nada en el instituto. A Ana le pregunto siempre cómo me ve, me regaló un gimnasio doméstico al poco de casarnos, tengo cuidado con las comidas, cuando llueve guardo los aparatos dentro, las barras, las pesas, el banco de pesas. Ella no comprende mi permanente obsesión por la edad, por estar bien. Pero sólo yo sé bien cómo era y cómo soy. Yo era, por ejemplo, un buen corredor, que destacaba. De eso ya hace. Ya ha llovido. Las pesas son importantes. La fuerza lo es todo. Compensa la edad. Las lonas que tapan los discos acaban tarde o temprano por empaparse, hagas lo que hagas. A veces los propios gatos te las tiran. Todo se oxida, dicho así parece que he enunciado una ley de la Física. Si todo se oxida, mejor ponerlas dentro, que no se echen a perder. Los libros de Filosofía también me importan. Ana dice que casi no estudio, que desperdicio mi tiempo, que no preparo mucho las clases, pero en el instituto nunca dicen nada, nunca se quejan, están contentos. Y a los chicos no los desanimo. Después de todo, intento animarles, y les digo que la Filosofía es importante, y que no renuncien jamás a lo importante por mucho que el mundo vaya por otro lado. En realidad el mundo siempre fue por otro lado y los filósofos tratando de atraparlo a la carrera, pensarlo, comprenderlo, explicarlo. A los chicos les ahorro casi siempre lo triste, se lo escondo aunque lo sepa, no les pongo delante todo el efecto de conjunto, todo el estallido, no les cuento qué miseria de oportunidades les estarán reservadas aunque merezcan otras, ni el cauce en el que todos acabamos entrando... Me preocupa que Ana se haya llevado el coche, creo que ya habrán pasado los diez minutos, no quiero ni pensar si le pasa algo. A veces va un poco deprisa, confiada. No me lo dice, pero va deprisa. Yo ni sé conducir. Ella me dio unas clases hace mucho, pero luego no saqué el carnet. Es mejor esperar en el jardín, no entrar en casa, si llega, puedo oírla antes... Otra vez aquí los gatos, siempre nos peleamos por saber a quién quieren más los gatos, yo le digo que los gatos vienen mucho más a mí. Ella tiene una relación distinta con los gatos, más natural, a veces es un poco como ellos, un parecido de familia. Ana no engorda, he observado que mira y sabe moverse como un gato, yo les compro siempre la mejor comida, nada de piensos, quizá vienen por eso, por interés. Pero a Ana van aunque no les ponga comida, y se acurrucan los tres en cualquier parte, los dos gatos y ella, en un rincón del jardín, junto al columpio o en el frontón. Se asoman y se miran la cara en el agua verdinosa de la piscina como si se hicieran una foto, a veces no sé dónde están y tengo que buscarlos... Me preocupa que pueda haber pasado algo, me ha parecido oír algo, un golpe, unas sirenas. No quiero anticiparme al peligro, mi madre a mi edad era también muy de inventarse fantasmas, había peligros en todas partes, no había una sola hija en el país que no fuera candidata a asesinada, secuestrada, huida de casa, si se retrasaba unos minutos. Pero el verdadero peligro, mucho más frecuente, es dar con un marido imbécil, cosa que tarde o temprano les ocurre a casi todas las mujeres, incluso a la mía, que siempre me ha querido en exceso, sobrevalorado... Sé que no debo tener miedo antes de que ocurran las cosas. Primero las cosas, después el miedo y las consecuencias de esas cosas. Epicteto decía que no nos hacen sufrir las cosas sino las ideas que *tenemos sobre las cosas... Sí, los gatos prefieren los taquitos de buey y esas galletas en forma de pez, «Ocean fish», con pequeñas incrustaciones de colores. En cuanto Ana no está, les lleno los platos a rebosar, porque me dan pena. Y en cuanto ella no está, voy también a por la leche y les lleno los cuencos, o los meto en casa y dejo que se suban a los sillones y a las alfombras buenas. Después viene Ana y disimulo, aunque sospecha seguro lo que hago... No querría vivir un solo día más si a Ana le pasara algo, no podría. Ni siquiera puedo imaginarme vivir en o con su ausencia. ¡Si hasta el primer colegio donde trabajé me lo buscó ella, a través de una de sus tías!... Estoy seguro de que ha pasado algo. Desde hace veinte años todo ha tenido que ver con Ana, cada cosa la hemos comentado y compartido, no tengo una vida propia ni la quiero. No pudimos tener hijos y mi vida propia es la vida con Ana, ésa es mi libertad. A esa conclusión he llegado, a no creer en falacias ni en bonitos cuentos acerca del individuo en solitario que se hiperdesarrolla hasta no caber de gozo y plenitud en sí mismo... Lo siento, no soy así, no soy tan fuerte... Prefiero no asomarme a la carretera, no saber qué pueda haber ocurrido... En cuanto llega el buen tiempo, los gatos siempre suben por encima de ella, la recorren, se meten bajo su ropa, bajo la falda, bajo la blusa, y ella parece uno de ellos. A veces se cuelan por la ventana abierta de la habitación, suben por el tejado, saltan a nuestra cama y entonces yo me harto y los echo diciendo «¡Mierda de gatos, fuera, ya está bien!». Por eso conmigo mantienen las distancias. Se lo diré si vuelve, se lo concederé, que tenía razón y yo no soy como un gato.*

No parezco tampoco como una persona. También le diré que la quiero, porque casi nunca se lo digo o digo sólo generalidades como «los sentimientos se sienten, no hace falta decirlos». Pero sí hace falta. Es mejor que siga aquí fuera, en este banco, esperar, pase lo que pase, hasta que vuelva. Si al final es como un gato no tiene que ocurrirle nada. Los gatos son ágiles. Tienen siete vidas. Volverá... Me ha asustado mucho abrir los ojos tan de golpe a la incertidumbre, a este «no parecer las mismas» de las cosas de hoy, a este nuevo y descarnado aspecto, esta nueva manera de mirar.

No ocurrió nada extraordinario aquel mediodía: se oyó el estruendo del rodillo de la persiana del garaje al subir, el *Renault* azul entró como otras veces, maniobrando cuidadosamente marcha atrás, con los faros encendidos. Ana encontró a su marido en el jardín, acariciando al gato blanco. En el banco, junto a él, el maletín de piel del instituto, varios libros y la chaqueta ligera de entretiempo.

—¿Qué tal? ¡Haciéndote amigo de los gatos! Voy a cambiarme y preparamos la comida. No comas sin lavarte antes las manos.

—Has tardado, Ana. Estaba preocupado. A los gatos les gustas más tú. A mí también. Eres como un gato.

—Eres idiota. Me he entretenido un poco en el videoclub. No tenían casi nada. Casi todo lo habíamos visto. He cogido ésta, una comedia, para que la veamos luego, si te apetece.

—Qué bien. Me apetece *mazo*.

—Cómo puedes ser tan tonto.

Juan Carlos Márquez

Juan Carlos Márquez (Bilbao, 1967) es autor de dos libros de cuentos: *Oficios* (Castalia, 2008) y *Norteamérica profunda* (2008). Entre otros premios, ha obtenido en el 2003 el Juan Rulfo al escritor novel.

Guías para turistas japoneses

Para mí, el escritor de cuentos, por establecer un símil, es una guía abanderada (con minifalda y curvas) que conduce por Madrid a un grupo de turistas japoneses. La guía tiene que llevar a los nipones al destino en el menor tiempo posible. Y en su empeño, mientras sortea el tráfico, las obras y los carteristas, ha de cuidar de que el grupo se mantenga unido, de que nadie se extravíe y todos conserven sus pertenencias.

Conclusión: el trabajo de las guías de turistas japoneses es una ocupación difícil y mal pagada, lo mismo que el de los cuentistas.

Como las guías de turistas japoneses, a la hora de escribir un cuento yo observo un objetivo prioritario: guiar a los lectores en la mínima cantidad posible de palabras hasta el borde de una emoción, la que fuere. Contagiarles mis pálpitos bajo la bandera de la escritura. Procurar que me sigan sin que se distraigan y sin que les roben la mochila o la cámara de fotos. Ése es mi cometido y no otro. Pero también habré de contarles una historia, la que fuere. Para mí, por tanto, un cuento es una historia emocionante, un organismo autónomo vivo, latente, evocador, pero ajustado a las necesidades narrativas y poéticas de la brevedad.

Conclusión: un cuentista no debe caer en la tentación de escribir cadáveres a razón de no sé cuántas páginas diarias. De la misma manera conviene que una guía turística conduzca japoneses vivos.

Quienquiera que lea esto (¿habrá de veras quién lo haga?) podrá decirse: ¡Pero para guiar a un grupo de japoneses no es preciso ser guía y mucho menos llevar minifalda y tener curvas! Y tendrá razón. O no. Cualquier ciudadano anónimo y amable puede darle a un portavoz del grupo de nipones viajeros unas indicaciones para llegar a su destino, y ningún taxista se negaría a llevarlos en su coche hasta la misma puerta. Pero eso no es lo mismo. En ningún caso. No es lo mismo que te digan cómo llegar a que te guíen. Como no es lo mismo que te lleven por el camino más corto a que te den un rodeo. No. No es lo mismo. Ni para guiar turistas japoneses ni para escribir cuentos.

Conclusión: no es lo mismo.

Carniceros, prostitutas (otra vez) y tenientes

De madrugada dos militares llaman a la puerta de Laureano Zuaza, a quien a partir de este momento designaré con las iniciales L. Z. Hace una noche desapacible. El viento repiquetea en los postigos y la nieve cae en grandes y oblicuos copos sobre Vitoria. L. Z. duerme abrazado a la cintura de una fulana y cuando oye su nombre en boca de extraños piensa que las voces le llaman en sueños. La víspera ha cumplido treinta años y, para celebrarlo, ha bebido vino peleón y aguardiente en compañía de los muchachos del mercado de La Plaza. Unas pocas horas después, a raíz de escuchar su nombre, despierta abrazado a una muchacha cuyo nombre es incapaz de recordar. La chica es muy joven, acaso demasiado para ser puta. Tiene los ojos abiertos, sin ninguna expresión, y está muy quieta. Sólo los pechos se le hinchan ligeramente al inspirar, unas tetillas menudas, tristes, de pezones rojizos.

—Laureano Zuaza —grita una voz.

—Sabemos que está ahí dentro —dice otra más árida.

L. Z. echa un vistazo al reloj de pared sobre la cómoda, en cuya superficie puede atisbarse en la penumbra una cajetilla de Bisonte, un mechero de latón y una combinación blanca, o quizá beis, muy arrugada. Las agujas del reloj están a punto de alcanzar las seis cuando una batería inopinada de golpes se descarga contra la puerta. Se oyen más gritos.

—Es nuestro último aviso, Zuaza. Abra o echaremos la puerta abajo.

—Está bien —grita L. Z.—. Denme cinco minutos.

Al oírle, la chica se sobresalta. L. Z. la estrecha un segundo entre sus brazos y la arropa con las mantas. Luego desliza las manos por las mejillas de la chica y la ase por las muñecas, bajo la sábana.

—Pase lo que pase no salgas hasta que me haya ido —le dice—. Me gustaría saber tu nombre —añade en voz baja.

—Begoña —susurra la chica.

Entretanto L. Z. termina de vestirse no se escuchan gritos ni golpes, pero se hace más audible la letanía del viento repiqueteando en las ventanas. Al fondo de un pasillo contiguo al dormitorio, al otro lado de la puerta principal, los dos militares aguardan bajo la nieve con los fusiles a la cadera.

—Acompáñenos —dice el más alto—. El teniente quiere verle.

Son dos muchachos de campo, con la frente y las mejillas coloradas. L. Z. atraviesa sus uniformes y los imagina segando la mies un atardecer tibio de primavera, con el grano levitando en el aire en lugar de la nieve y el cielo teñido de púrpura, a punto de rendirse.

—En mi vida he puesto los pies en un cuartel —dice L. Z.—. Debe tratarse de un error.

—No digo yo ni que sí ni que no —responde el otro muchacho—, pero entiéndanos: cumplimos órdenes.

El trío echa a andar por la ancha y desierta avenida de los Reyes Católicos. La nieve cruje bajo sus botas. Se hace trizas primero y después agua sucia. Las pisadas apenas se mantienen frescas unos pocos segundos. Transcurrido ese tiempo de tregua los copos vuelven a cubrir la tierra, como si nada que no fuese nieve hubiera existido. L. Z. se detiene un momento y mira a su alrededor. Respira hondo. La ciudad está dormida pero risueña, si es que puede aplicarse a las ciudades la facultad de sonreír. Los parques y los tejados cubiertos de blanco. El viento ha dejado de soplar.

—Avíese —L. Z. siente en su columna la presión ligera de la culata de un fusil—. Nos están esperando.

El grupo callejea diez o doce minutos antes de llegar al cuartel. De niño, L. Z. había paseado de la mano de sus padres ante aquel edificio ocre y sucio muchas tardes de domingo (cuando venían los tres a Vitoria a tomar chocolate con churros o a meterse en un cine) pero no recuerda que hubiera allí ningún cuartel. En realidad, si se exceptúa a un círculo de militares protegiéndose de la intemperie ante una hoguera, no hay otros indicios de que lo sea en el presente. La puerta se abre y aparece un hombre vestido de paisano con cara de cansancio. Los dos militares efectúan un saludo marcial, que el hombre devuelve de manera mecánica. Luego vuelven sobre sus pasos, se hacen hueco en el círculo de compañeros y extienden las manos sobre las llamas. La nieve cae aún más deprisa, tupida, en grandes copos, como un cortinón. Antes de cruzar el umbral, L. Z. piensa si Begoña seguirá aún en la cama y, como si le fuera posible verla en la distancia, echa la vista atrás.

—Vamos, no se entretenga. Sígame —le increpa el recién llegado al pie de unas escaleras construidas con renqueantes tablones de madera—. El teniente le espera.

—Quizá sepa usted por qué estoy aquí —dice L. Z. agarrándose al pasamanos, como poco antes ha hecho su antecesor.

El hombre se pasa la palma de una mano por la cabeza, que tiene rasurada por completo y contrasta, de la misma forma en que lo harían un desierto pedregoso y un vergel, con una barba oscura, luenga, erizada, sinuosa, colgada de la barbilla como un precipicio. Luego, ignorando las palabras de L. Z., sube el primer tramo de escaleras.

—¿Es que se ha vuelto sordo todo el mundo? —L. Z. descarga su puño izquierdo contra el pasamanos—. ¡Sólo quiero saber qué hago aquí! ¿Es eso mucho pedir?

—No se impaciente —dice el hombre volviéndose—. Si hay algo que deba saber, lo sabrá en su debido momento, pero no es a mí a quien corresponde decírselo.

La ocurrencia de huir cuece a fuego vivo unos momentos dentro de L. Z. Ese hombre vestido de paisano es más viejo y parece mucho más lento que él. No lleva puesta ninguna cartuchera. Las posibilidades de que no vaya armado son muchas. L. Z. podría echar a correr por sorpresa, ganar la puerta, la libertad, y a continuación —y esta última clarividencia echa por tierra todos sus ánimos— caer abatido por los disparos de los militares reunidos en torno a la hoguera.

El hombre termina de conducirle hasta una puerta entreabierta en el tercer piso y regresa sobre sus pasos.

Pronto empequeñece entre los peldaños, como si hubiera sido engullido por la angostura de la escalera. L. Z. permanece expectante en el rellano. La certeza de que en cualquier momento va a ser invitado a entrar le mantiene alerta. El aire interino es denso y recio, muy áspero. Le parece que huele igual que un puesto de La Plaza cerrado durante semanas, acaso meses. Ha visto reabrir muchos después de que pesen sobre sus propietarios órdenes de embargo. Por lo general, un municipal fornido hace saltar el candado de la persiana haciendo palanca con una barra de hierro y, como consecuencia, quedan al descubierto las estanterías vacías, el óxido, la humedad, la acidez inevitable de la leche o el olor pútrido del último rastro de carne o de pescado.

—Pase, Zuaza —dice una voz gruesa. El propietario de la voz marca una pausa nítida entre una palabra y la siguiente.

L. Z. empuja la puerta, entra y cierra tras de sí. Un hombre aún joven sentado a una mesa se presenta como el teniente Paraíso y le conmina a sentarse. L. Z. toma asiento. El cuarto es muy pequeño, ciego, una especie de cubículo. Los dos hombres, sentados cada uno a un extremo de la mesa, lo llenan casi por completo. Los únicos materiales de oficina son una cuartilla oculta en su mayor parte bajo las manos de Paraíso y un lapicero gastado. Del techo pende torpemente un cable revirado, y del cable, una bombilla. No hay armario. Ni estufa. El frío fluye de las bocas y de las narices de los hombres convertido en vaho.

—Quiero que me escuche bien, Zuaza —dice el teniente—. Voy a hacerle una serie de preguntas. Tómese el tiempo que sea necesario para responder y conteste a todas con serenidad y franqueza. Eso nos ahorrará a los dos mucho trabajo.

 —Antes quiero saber por qué estoy aquí —repone L. Z.

 —No se trata de usted —señala Paraíso—. Es cuanto puedo decirle por ahora. Si está de acuerdo, me gustaría que comenzáramos cuanto antes.

 L. Z. asiente. Por un momento piensa que tal vez pueda estar de vuelta antes de que Begoña despierte. La imagina durmiendo con placidez, en posición fetal, sus labios rozando levemente la almohada, humedeciéndola de saliva. Durante unos segundos L. Z. se olvida por completo del teniente. Paraíso le inspira cierta confianza, al menos más que la que le han inspirado los dos militares y el ayudante. En otras circunstancias bien hubieran podido compartir en ese mismo edificio ocre o en otro similar un vaso de vino con cecina a la salida del tajo. Los ojos de Paraíso son muy claros, de color aguamarina, y, aunque calificar su mirada de limpia es quizá aventurado, tampoco puede concluirse que esa manera tan directa de mirar, tan por derecho, esté ensombrecida.

 —Dígame su nombre completo.

 —Laureano Zuaza Arizmendi.

 L. Z. habla muy despacio, recreándose en cada palabra. En cada una de sus pausas pudiera caber otro nombre propio. Quiere hacerse entender a la primera.

 —Hábleme de sus padres —explica Paraíso—. No tema. Se trata de una cuestión puramente informativa.

 —Están muertos —contesta L. Z.—. ¿Qué más quiere saber?

 —Profesiones, hábitos, no sé, cualquier cosa que le venga a la cabeza.

L. Z. permanece unos segundos pensativo. Luego, sin previo aviso, comienza a hablar:

—Durante más de treinta años mi padre fue matarife en un pueblo a las afueras de Vitoria. Se pasaba la vida dando muerte y desollando terneras. También sacrificaba y abría en canal a cerdos, cabritos, conejos, a todo bicho viviente que cayera en sus manos. Le gustaba su trabajo, aunque estaba mal pagado, muy mal pagado. Yo aprendí de él el oficio. Los vecinos venían a buscarlo, a veces hasta lo sacaban del catre, y mi padre salía sonriente de la casa al amanecer con la chapela ladeada y un machete o un cuchillo bajo el brazo. Tenía una docena de cuchillos de matarife perfectamente afilados. A su muerte, yo me quedé con uno. El resto los enterramos con él, según su voluntad. De madre, apenas puedo decirle gran cosa: se ocupaba de la casa, de padre y de mí. Era una mujer alta y fornida, con las manos enormes, poco habladora. Era casi tan grande como el silencio que la acompañaba. Cuando me quedé huérfano, ya mayor de edad, vendí la casa y unas tierras y me vine a Vitoria a trabajar de carnicero al mercado de La Plaza. Eso es todo.

—¿Cómo ha dicho que se llamaba el pueblo donde vivían?

—Armentia, pero no he dicho el nombre. —Paraíso le echa un vistazo a la cuartilla. Su rostro queda oculto un momento tras la hoja de papel.

—Supongo que iría usted a la escuela...

—Sí, como el resto de los chicos. La educación es nuestra principal conquista. Todo el mundo lo sabe —expone L. Z. y la boca de Paraíso se contorsiona en una mueca de desagrado—. La escuela se llamaba La Virtud, pero hace años que no existe. La derribaron.

—Quiero que ahora recuerde a sus compañeros de colegio. Haga un esfuerzo.
—No podría recordarlos a todos. Éramos diecimuchos, cerca de veinte. Algunos, mucho mayores que yo. Otros, demasiado pequeños. No sé. Tal vez podría decir algunos nombres.
—Inténtelo.
L. Z. mira al techo como si allí fuera posible hallar la solución a sus problemas. La bombilla que pende de un cable se convierte de súbito en el cuerpo inerte de un ahorcado. En cuanto la bombilla vuelve a ser lo que era, una simple bombilla, la intensidad de los destellos obliga a L. Z. a desviar la mirada hacia un lugar indeterminado de la pared.
—No sé. Tenía algunos compañeros de juegos: Imanol Berastegui, los hermanos Isidoro y Paulino Asua... Arturo, Cosme, Pablito, Xabi...
—¿Le dice algo el nombre de Domingo Olabarrieta?
—No. No he oído ese nombre en mi vida.
—Según nuestros informes Olabarrieta y usted coincidieron al menos cinco años en La Virtud.
L. Z. hace una pausa.
—Le repito que no conozco ni he conocido nunca a ningún Domingo Olabarrieta. Tal vez sus informes estén equivocados.
—No, Laureano, nuestros informes no pueden estar equivocados, pero estoy dispuesto a pasar por alto esa última afirmación si usted se compromete a colaborar.
—No entiendo... ¿Qué quiere de mí exactamente?
—Nada anormal, tranquilícese. Sólo deseo que haga memoria. Nos consta que en algún momento de la infan-

cia usted y Olabarrieta se conocieron. Puede que intercambiaran algunas palabras, tal vez pelearan en alguna ocasión o fueran integrantes de un mismo equipo de fútbol, quizá compartieran aficiones... No sé. Sólo quiero que recree algunos de esos momentos. Que los rememore para mí. Cinco años compartidos son demasiado tiempo para que puedan haberse evaporado de su memoria.

—Lo único que puedo decirle, teniente, es lo que ya le he dicho: no sé quién es ese Domingo Olabarrieta y no voy a saberlo ni hoy ni mañana ni nunca. Podría estar aquí sentado mil noches con sus días y seguiría sin saberlo.

—Esa actitud suya tan negativa no va a conducirle a ninguna parte, Laureano.

—Entonces ¿qué me aconseja? Ya le dicho que no conozco a ningún Olabarrieta.

—Quiero que piense detenidamente en aquellos años —los dedos del teniente tamborilean sobre la mesa una especie de redoble patibulario—. Que se tome todo el tiempo que sea necesario. Yo voy a salir. Estaré fuera un rato. Cuando vuelva quiero que me cuente todo lo que recuerde de Olabarrieta. Mientras tanto no intente ninguna tontería.

Paraíso se pone en pie, hace varios dobleces en la cuartilla, la guarda en su guerrera junto al lapicero gastado y se dirige a la puerta. Tiene el pomo entre los dedos cuando la voz de L. Z. estalla en el habitáculo.

—¡Nada! —chilla. Y acto seguido sale de su boca un reguero serpenteante de vaho—. Eso es todo cuanto puedo recordar de Olabarrieta. Así que ya puede ir haciéndose a la idea.

A continuación, con una lentitud extrema, la puerta se va cerrando tras el teniente.

Durante el tiempo de soledad L. Z. hace un esfuerzo titánico por evocar sus años en La Virtud, pero todos sus intentos, la mayoría urdidos en torno a vaguedades, se van disipando en beneficio de Begoña. Los recuerdos relativos a la infancia son puestos de carnicerías tristes, crepusculares, sin apenas género ni clientela; y Begoña, una panadería donde se apilan barras recién cocidas y las gentes aguardan su turno al calor del horno, el último destino matinal antes de las frías calles. A la vuelta de Paraíso, Domingo Olabarrieta ocupa en la memoria de L. Z. el espacio de un copo de nieve pisoteado. En cambio, Begoña ha adquirido las dimensiones gigantescas de un alud precipitándose montaña abajo.

—Y bien... —Paraíso termina de tomar asiento—. Veamos si este receso ha iluminado su memoria. Qué puede decirme sobre Olabarrieta.

—Nada en absoluto —indica L. Z.

Paraíso emite un suspiro visceral. Sus ojos entreverados de verde y azul se enquistan mecánicamente en los de L. Z.

—Laureano —dice—, creo que no acaba de entender las dimensiones reales de este asunto. Así que seré franco con usted. Sé que conoció a Olabarrieta. Desconozco el grado de intimidad al que llegaron ambos, pero sé que se conocieron. Aunque eso lo debe saber usted mejor que yo. Le aseguro que no le hemos sacado de su cama en mitad de la noche para que tome el fresco. Domingo Olabarrieta es un hombre muy peligroso. Un enemigo de la patria. Cualquier testimonio sobre él puede sernos de gran ayuda. Sólo quiero que me cuente todo lo que recuerde sobre él por insignificante que pueda parecerle.

L. Z. cierra un instante los ojos. Una pátina de sudor le brilla en la frente pese al frío reinante.

—No conocí a ningún Domingo Olabarrieta, es cierto, pero había un muchacho... Un chico al que apodaban *Gaue*. Tal vez pudiera tratarse de la misma persona...

—Dígame todo cuanto sepa sobre ese *Gaue*.

—Era un muchacho pálido, delgadísimo, algo retraído —el teniente saca de su guerrera el lapicero y la cuartilla y comienza a anotar cuanto va diciendo L. Z.—. A veces, a la salida del colegio, coincidíamos frente a la iglesia. A los dos nos gustaba mirar a las cigüeñas en el campanario. El chico vivía con sus abuelos maternos. Eran dueños de una lechería y *Gaue* tenía su propio cuarto en los sótanos. La ropa le olía un poco a leche agria.

Paraíso deja caer el lapicero sobre la mesa.

—¿Eso es todo cuanto es capaz de recordar?

—Sí.

—Y esa lechería de la que me ha hablado ¿sigue existiendo?

—No lo sé. Hace años que no paso por allí, pero es probable.

—Su declaración puede sernos de ayuda, Laureano. Fírmela y podrá usted volver a su casa. La puerta está abierta.

L. Z. estampa su firma en la cuartilla, en cuya cabecera Paraíso ha escrito el nombre de Domingo Olabarrieta. Acto seguido, con total entereza, estrecha la mano tendida del teniente y sale del habitáculo. Los pechos de Begoña, esos pechos tristes de pezones rojizos, van cobrando protagonismo en sus pensamientos a medida que desciende la escalera. En el rellano del primer piso se cruza con el ayu-

dante de Paraíso, que antecede a un hombre grueso con la cara llena de cicatrices originadas por alguna enfermedad, quizá viruela. El hombre lleva un pitillo entre los labios, y, alzando levemente la barbilla, pide fuego a L. Z. Éste se apalpa bajo el abrigo, niega y se pierde escaleras abajo. Entretanto, el hombre grueso de la cara escavada es guiado hasta el teniente, que aguarda inmóvil en el descansillo.
—Pase. ¿Quiere fuego para ese cigarro?
El hombre asiente y arrima la cara a la llama que sale del zippo dorado que le ofrece el teniente en el umbral. A continuación da una calada profunda y lanza el humo hacia el techo:
—¿Qué quieren de mí?
—Nada. Siéntese ahí. Se trata de una formalidad y tiene que ver con su niñez en Vitoria. Porque usted siempre ha vivido en Vitoria ¿no?
—Sí.
—Entonces, no me iré por las ramas. Estamos buscando a un hombre y creemos, estamos seguros, que usted lo conoció: Laureano Zuaza. No, no niegue con la cabeza. Comprendo que ahora mismo, en frío, le cueste centrarse, pero tómese el tiempo que haga falta. No hay prisa. Solo quiero que me diga cualquier cosa que recuerde sobre ese hombre. Sólo eso. Haga usted memoria.

VÍCTOR GARCÍA ANTÓN

VÍCTOR GARCÍA ANTÓN (Teruel, 1967) es autor de los libros de cuentos *Amor del bueno* (Caja España, 2005) y *Nosotros, todos nosotros* (Gens, 2008). Asimismo, ha colaborado en la edición comentada de *Edgar Allan Poe. Cuentos completos* (Páginas de Espuma, 2008) y en la recopilación de ensayos *Escritura creativa. Cuaderno de ideas* (Ediciones y Talleres de Escritura Creativa Fuentetaja, 2007).

ACONTECIMIENTO DE UN RELATO

Un relato tiene mucho de acontecimiento, de suceso ligado al tiempo y a la experiencia, algo así como perderse en un bosque por el que paseamos a menudo o sentir, de repente, la complicidad de un extraño.

El cuento sucede o, más bien, tiene la oportunidad de suceder cuando iniciamos su lectura. Uno disfruta de un buen cuento y, en el acto mismo de leerlo, a veces el texto adquiere sentido, se arma ante nuestras narices y nos conmueve. No entendemos qué elemento de la totalidad ha operado la magia del encuentro; o por qué ese mismo relato, en una lectura anterior, no nos emocionó de la misma manera. Sentimos, eso sí, la experiencia real y socavadora de su acontecimiento, de su hacer ahora.

Pero también el cuento sucede, o tiene la oportunidad de suceder, en el proceso de su escritura. A menudo ocurre que la idea preconcebida con la que iniciamos un relato se disuelve y no funciona. No somos capaces de plasmar en palabras eso que no se puede decir sino a pesar de las palabras y que constituye el meollo del cuento. Aun así, seguimos trabajando el texto, descorazonados por no dar con la voz o el enfoque precisos, pero seguros de que esas líneas fallidas encierran algo. Y de repente, una desviación, una frase, un detalle marginal en la historia toman cuerpo, hacen centro y nos marcan el leve camino para finalizar el relato. En ese instante, el texto se despliega con —y a pesar de— nosotros mismos y nos descubre eso que queríamos expresar sin saberlo del todo. Un momento, ése, que no tiene que ver con la magia o la inspiración sino con el proceso de escritura y su acontecimiento, y que hace cierta la frase del personaje de J. M. Foster: «¿Cómo puedo saber lo que quiero decir hasta oír lo que digo?». Al fin y al cabo, escribir un cuento es desvelar eso que nuestro discurso —nuestro texto— encierra. Es un acto de reconocimiento en el que la palabra crea sentido y no al contrario.

En mi caso, el proceso de escritura de un cuento está, casi siempre, ligado a la relectura de unos folios fallidos, reescritos una y otra vez y, de nuevo, fallidos. Necesito abandonar la seguridad de lo que conozco para adentrarme en la espesura de lo que no sé que sé. En esa exploración improductiva y sin meta, intento prestar más atención a lo que me encuentro en el texto que a lo que voy buscando. Y son las incursiones sucesivas —divagaciones, diría Pessoa— las que logran, al fin, que me pierda en el bosque por el que a menudo paseo. En esa desorientación, a veces, me doy de bruces con el acontecimiento de la pista de un relato que no sabía —y, al mismo tiempo, sabía— que necesitaba contar.

Un tigre de Bengala

Yo sé que aún me falta para ser un tigre de Bengala. Cada mañana, cuando me despierto, hago ejercicios con las mandíbulas, me estiro con desgana y practico para que los rugidos me salgan poderosos, membrudos, como arrancados del corazón. Luego, en las funciones de la tarde, vigilado por los focos y la gente, y con esta piel gruesa que por momentos me acalora, cruzo de un salto almohadillado y limpio los tres aros de fuego que todavía me separan de un verdadero tigre de Bengala. Por fin, he aprendido a mostrar los colmillos con fiereza y a mirar al público como si no lo viera. A menudo, los muchachos me vigilan, los niños me sacan fotos y sus mamás acuden rápido para esconderlos bajo los abrigos y evitar una tragedia. Por las noches, cuando la gente descansa, se me van las horas merodeando por la jaula de un extremo al otro, enseñoreándome nervioso sobre mis enormes zarpas de gamuza, haciendo mío cada rincón de la jaula, cada gesto. Pero con todo y con eso, yo sé que todavía no soy un tigre de Bengala.

Y es duro, porque no sé bien lo que me falta.

—¿Qué tal lo hago, chicos?

—Lo haces muy bien, Marcelo, lo haces muy bien —me animan los trapecistas y el hombre cohete—. Eres igualito a un tigre de Bengala.

Pero yo sé que no es verdad, que aún me falta. Y si ellos me animan es porque, como no se cansa de insistir el patrón, el trabajo es el trabajo y no estamos para perder fieras.

Dicen los compañeros que jamás han visto a un animal agotar de ese modo cada esquina, cada barrote, cada giro. Apurar con tanto egoísmo el espacio de la jaula en cada vuelta. Cuentan que, tras la noche en que planté cara al domador, los rugidos me salen irregulares, dentados, como si aún le tuviera ganas. Y que doy miedo, también eso dicen. Pero yo no me quedo tranquilo, porque son mis compañeros, y tienen asegurada la comida que les da nuestro patrón.

La noche en que planté cara al domador y lo arrinconé contra los barrotes fríos de la jaula, esa noche me faltó poco para ser un tigre de Bengala. El público dejó de comer palomitas y se puso rápidamente en pie. Se hizo un terrible silencio. Nadie sabía con seguridad si aquello formaba parte del número, pero enseguida los compañeros salieron de sus camerinos y se agolparon mudos contra los barrotes de la jaula. Me abalancé sobre el domador y no me detuve hasta tenerlo bien sujeto por la garganta. Estaba a mi merced, le había hecho presa. Esa noche debí desgarrarle el cuello. Darme ese gusto y que se me respetara. Lo tenía bien cogido, temblaba, sólo era necesaria una ligera presión para que los huesecillos de su columna se soltaran sin hacer ruido y todo su cuerpo se desmadejara como un muñeco. Igual que esas piedras redondas y grandes, como de avestruz, que al tocar el suelo se parten por la mitad de tan redondas y pulidas. Se nos parten sin un quejido, sin un lamento, y parece que no pueda ser que se abran tan redondas, tan despacio, como si llevaran una grieta dibujada o quisieran estar libres. Bastaba, digo, un giro brusco de la mandíbula para separar con facilidad los eslabones finos de su garganta. Sin alardes, con sigilo, como se pierde una pulserita de saldo. Un movimiento seco, una presión leve y me convertiría de inmediato en un auténtico tigre de Bengala.

Pero intervino el patrón con su pistola para casos de emergencia. Metió la pistola entre los barrotes, me apuntó con el brazo estirado y comenzó a hablarme muy despacio, como jamás había oído yo al patrón hablar a nadie tan despacio.

—Marcelo, suelta ahora mismo al domador o te pego un tiro en la cabeza.

—¿Lo hago bien, padre?

—Lo haces bien, hijo. Pero suéltale el cuello al domador, o te pego un tiro en la cabeza.

Esa noche pude convertirme en un auténtico tigre de Bengala. Pero el patrón se asustó, no le llegaba la camisa al cuerpo. Era mejor salvar al domador y que todo quedara en casa.

Por eso me revolví esa noche y le planté cara, porque veo que pasa el tiempo, y aunque es nuestro patrón, en el fondo padre tiene miedo, y no me va a ayudar en lo que falta. Por eso también, en mis ratos libres, estudio las fotos de la enciclopedia, repaso a conciencia los rugidos, y acudo a la casa de fieras disfrazado de turista. Allí, con los codos sobre la barandilla del foso de seguridad, mirándolos desde esa distancia de gato grande que aún nos separa, contemplo a los tigres de Bengala y les pregunto a gritos qué me ven que yo no tenga. Ellos quedan ahí, apartados al otro lado del foso, exhibiendo esas rayas enormes que les atraviesan el lomo, negras, brillantes, imposibles de ignorar. Los veo menear sus cabezas anchas a un lado y a otro, enormes como campanas rotas. Y estudio su pelo abundante, la piel que los cubre y les sobra y les hace pliegues. Los veo ser lo que son todo el tiempo. Y siento rabia. Por eso me paso allí las tardes con mi disfraz de turista, acodado en la barandilla del foso de seguridad. Observo bien atento a los tigres de Bengala, sus idas, sus venidas, y les pregunto a gritos qué me ven ellos que yo no tenga. Y los más grandes me miran un instante y luego, aburridos, se dan la vuelta. Se van con sus corpachones combados y sus rayas gruesas. Se van sinuosos con sus colas de faquir, sacudiendo preocupados la cabeza, como si aún no fuera el momento o se fuera a echar a llover.

Se me acaba el tiempo, yo lo noto.

Por eso esta noche, en medio de la función, he resuelto abandonarlo todo y hacer de los tigres mi única familia. Ha ocurrido mientras miraba el trotar chapucero del *pony* alrededor de la pista. Le he pillado tropezando en cada vuelta con su propia cola, tan peinada y esponjosa. Lo he visto disimular en cada giro y seguir como si nada. Luego he mirado hacia lo más alto de la carpa, hacia el oso trapecista que atravesaba asustadizo la cuerda floja, con la prisa por llegar y el redoble de los tambores. Me he fijado en sus pasos hundidos en el cable, temblorosos, indecisos, a punto en cada momento de trastabillar y de caerse. Y en ese instante, al ver a todos mis compañeros tan serviles, tan cobardes, me he dado cuenta de que bajo esta carpa, con este patrón que tenemos, no iba yo a conseguir nunca ser un auténtico tigre de Bengala.

    Furioso, me he vuelto a mi camerino y he recogido enseguida mis cosas. Después le he robado la pistola al patrón, y a grandes zancadas, como si me fuera la vida, he cruzado la ciudad a oscuras para llegar cuanto antes a la casa de fieras. Allí, confundido con las sombras, después de salvar la barandilla y el foso de seguridad, me he colado en la guarida de los tigres de Bengala. Los que serán, a partir de este día, mi única familia.

    Nada más entrar en la covacha me ha confundido la poca luz y el tufo pestilente a animal vivo. Todo a mí alrededor tenía el brillo débil de una única bombilla huesuda. Las paredes estaban húmedas, y el suelo parecía sucio de orín y paja. En cuanto me han visto allí dentro, los tigres de la manada se han levantado de uno en uno, por turno; primero los más jóvenes, luego las hembras. Me han ido rodeando sin prisa, tranquilos, observándome de reojo con sus cabezas grandes como campanas rotas. Acercaban mucho el hocico a mis caderas, uno tras otro, como criaturas miopes o para oler lo que aún me falta.

    Yo entonces he retrocedido despacio hasta un rincón. Y allí, con el vientre a ras del suelo y la cabeza gacha, les he mostrado sumiso el cuello, sin dejar ni un instante de aprender y de mirarlos. Les he ofrecido de lejos mi garganta, para que tengan claro que no quiero su comida, que no vengo a quitarle a ninguno el sitio. Notaba la pistola del patrón escondida entre el pelaje. La sentía junto al estómago, rígida como un peso muerto y fuera de lugar. Encogido en el rincón, he esperado con paciencia que ocurriera algo. Porque yo lo único que quiero es que me acepten, sólo eso. Convertirme en uno de ellos y saber de una vez lo que me falta.

Han pasado unos minutos largos de indecisión, de tenso silencio en la covacha. Y entonces ha sucedido algo extraño. Desde el fondo casi sin luz, el tigre más grande de la manada se ha abierto camino en el grupo, avanzando con lentitud hacia el rincón donde yo estaba. Se ha plantado delante de mí con sus poderosas patas. Llevaba el pelo del lomo erguido, como dispuesto para atacar. Me ha mirado desafiante, con su cuerpo nervudo y viejo, y mostrando sus garras enormes y su boca terrible de fiera, me ha rugido con una fuerza como jamás había escuchado yo rugir a nadie. Solo en mi rincón, muerto de miedo y con la certeza de que este increíble animal iba a saltar en cualquier momento para despedazarme, he apretado los dientes, he encogido todo el cuerpo y me he dicho en un susurro:

—Esto es rugir, Marcelo, esto es rugir.

Con el apoyo del resto de la manada, él ha bramado todavía un tiempo con sus fauces terribles de fiera. Y como yo seguía con el pecho a ras del suelo, sin moverme de tan extasiado que estaba, el jefe de la manada ha tenido que dar un paso adelante y acercarse un poco más. Me ha hecho sentir sobre las sienes todo su esfuerzo, su sudor, su aliento fétido. En un último intento, todavía esta bestia ha sido capaz de rugir con más determinación, aún con más brío. De un modo tan desgarrador y bello que ha conseguido que me temblara el cuerpo, que apretara la pistola contra el estómago para hacerla desaparecer y que me meara encima. Por el miedo, por esa sensación irrepetible y desoladora de cuando descubrimos algo definitivo, algo que de verdad es nuevo.

Y entonces, cuando la primera lección de mi nueva vida estaba a punto de cumplirse, he tenido la idea tonta de erguir un poco la cabeza, de mirar un instante, cara a cara, a este tigre de Bengala que tenía ya casi encima. Y allí, dentro de su bocaza enorme y oscura, escondidas tras el aliento fétido y una hilera de colmillos sucios, he descubierto, casi sin querer, dos pequeñas ascuas que me escrutaban nerviosas. Unos ojitos redondos, juntos, llenos de brillo, que miraban desde el fondo, implorantes y asustados:

—¡Lárgate, hombre! —me ha dicho desde allí dentro una voz premiosa—, ¡o nos descubrirán a todos!

Y a mí me ha ocurrido entonces como a esas piedras redondas que un día se caen al suelo desde una mesa baja y, de tan redondas y enteras, se parten por la mitad sin un lamento. No hay razón para que se rompan. En realidad, casi no las has tocado. Pero están tan pulidas, son tan redondas, que en lugar de rodar por el suelo, se parten y quedan en nada.

Aturdido, me he puesto en pie, firme sobre mis patas traseras. Con el resto de la manada alrededor, he admirado por última vez a este formidable tigre. Y como no podíamos hacer ya nada más por él, he introducido la pistola del patrón entre los barrotes de sus colmillos sucios y le he descerrajado un tiro certero entre esos dos ojos que, implorantes, aún me escrutaban.

Le he matado porque no se habla de esta manera a un tigre de Bengala. Y porque se me ha hecho imperdonable, un desamparo excesivo de la vida, que alguien que ha llegado a rugir de manera tan sublime, tenga, a estas alturas, tanto miedo.

ISMAEL GRASA

ISMAEL GRASA (Huesca, 1968) es autor de las novelas *De Madrid al cielo* (1994), finalista del Premio Herralde y ganadora del Premio Tigre Juan, *Días en China* (1996), *La Tercera Guerra Mundial* (2002), todas ellas publicadas en Anagrama, y *Brindis* (Xordica, 2008). Es autor asimismo del libro de viajes *Sicilia* (2000), del conjunto de poemas y relatos *Nueva California* (2003), y de *Trescientos días de sol* (2007), ambos también en Xordica, colección de cuentos que le valió el Premio Ojo Crítico.

A ESCALA HUMANA

No me considero un progresista en sentido estricto, no creo que haya una meta definitiva para la especie humana, algo que cumplir, un desenlace o fin de la historia, más allá de nuestra responsabilidad personal y nuestro día a día. No hay personas perfectas, ni sistemas políticos perfectos, felizmente. Aunque, por otra parte, es importante ser conscientes de en qué cosas hemos progresado respecto al pasado, aquello que nos permite hoy tener una vida más digna, más humana. Disponer de agua corriente en las casas no da la felicidad, pero permite tener una vida mejor, y procura más tiempo libre —tiempo para la lectura, también—. Cuando se estudian los cambios en las costumbres que desembocaron a finales del XVIII en los Derechos del Hombre y la idea del respeto al individuo, se destaca el hecho de que las personas se acostumbrasen a leer en voz baja, a utilizar cubiertos en la mesa, a oír música y teatro sentados y en silencio, y la extensión del género epistolar y la novela. La novela, y en particular el relato, tienen la capacidad de dar lugar a una clase de emoción que nos hace mejores, más firmes y comprensivos.

Como autor de relatos me gusta la idea de ser lo más natural posible. De escribir de sentimientos y paisajes que yo más o menos conozca —es decir, no me ha interesado la fantasía por la fantasía, o los relatos que no remiten de un modo u otro a la vida, sino a otros libros, o se sirven de las convenciones de cualquier género literario—. Entiendo que el buen escritor, como suele decirse, escribe siempre de sí mismo, y de él hablan en última instancia sus relatos. Paradójicamente esto no le vuelve solipsista, sino que sucede que en la medida en que escribimos de lo que nos importa, más posibilidades tenemos de importar a los lectores. Creo, para acabar, que la expresión «realismo sucio» es un pleonasmo. En esa suciedad está nuestra grandeza.

Mecedoras

Mi hermana se casó con un americano en el Hudson Valley, Nueva York. Se llama Ben y es de la ciudad de Hudson. Es arquitecto, su familia tiene una casa en medio de una finca de más de cien acres. Mi hermana se llama Teresa y yo me llamo Ángel. Teresa conoció a Ben por Internet. Había enviado a una página internacional de contactos su fotografía y unas líneas en las que hablaba sobre sí misma. Teresa aparecía en la fotografía sin esa cicatriz que le ha quedado sobre la ceja derecha después del incidente con Marimar. Sucedió unas semanas antes. Comenzar a salir con Ben e internar a Marimar en la unidad de seguridad del hospital psiquiátrico fueron dos cosas que vinieron unidas. En apenas un año mi hermana pasó de la mesa pequeña en que compartíamos el ordenador a dar órdenes a un jardinero en medio de una extensión de arbolado que ni ella misma se atrevía a recorrer sola.

Mi hermana ha tenido facilidad para los idiomas, chateaba en inglés con naturalidad. Acababa de terminar la carrera de Derecho y, según decía ella misma, quería casarse. Normalmente, como sucedió en este caso, mi hermana no tarda mucho en lograr lo que se propone. Mi hermana es rubia, desde que se comprometió con Ben por Internet pasó a ser mentalmente, en cierto modo, una ciudadana estadounidense. Censuraba mi torpeza con el inglés, como si en el fondo hubiese algo reprobable en mí que fuese lo que me hacía desenvolverme mal en ese idioma. Ella sólo compraba ya libros en la colección *Penguin* o cualquier otra que fuese en inglés, casi parecía que le costase un esfuerzo de adaptación la lectura en castellano. Cenaba temprano, a la manera norteamericana, se mostraba molesta cuando por algún compromiso había de hacerlo a partir de las diez de la noche. En las discusiones de carácter político pasó a defender desacomplejadamente las últimas intervenciones militares de ese país; según las cosas que decía yo me iba imaginando el modo de pensar de Ben, cómo le influía con sus conversaciones por Internet. Un día mi hermana lloró por mí después de que me entrase un ataque fuerte de tos de fumador, me dijo que la vida es un don precioso que se nos da y que cada cigarrillo era como una «blasfemia», ésa fue la palabra que utilizó.

Cuando empezó a escribirse con Ben vivíamos juntos en el apartamento que nuestros padres habían comprado para que estudiásemos en Zaragoza. Lo cierto es que sólo mi hermana acabó los estudios. Marimar es nuestra vecina de la planta de abajo. Notábamos que era algo rara, pero durante los años en que estudiábamos no llegamos a pensar que estuviese loca. Hasta que un día llamó a nuestra puerta y la vimos gesticular y balbucear de un modo casi ininteligible. Salió corriendo y unos días después volvió a hacer lo mismo. Nos empezamos a preocupar por ella. Marimar vivía sola, ni el portero ni nadie nos sabía dar alguna seña de parientes suyos o alguien a quien acudir. Yo pensaba que se trataba de una esquizofrenia, pero mi hermana tendía a interpretar sus episodios de locura simplemente como maneras de llamar la atención. Según mi hermana, el que hubiese llamado a nuestra puerta se debía a la soledad completa de nuestra vecina. El que luego se hiciese la loca, decía, era algo secundario, algo que no se apartaba de los parámetros de un simple comportamiento infantil. Yo pasé a ser más amable con Marimar, a preguntarle por su vida cuando coincidíamos en el ascensor. A mi hermana esto no le pareció suficiente y empezó a visitarla en su casa, veían juntas la televisión o tomaban café. Marimar es una mujer que viste ropa cara, de una elegancia algo ostentosa que, como esa permanente con la que se peina, la hace parecer mayor de lo que es. Sin embargo, en sus momentos de locura dejaba oír expresiones de pueblo, aragonesismos y refranes que revelaban sin duda el origen rural de su familia. Eran frases que a veces hacían referencia al hambre y que, en general, expresaban una visión previsora y algo descarnada sobre la vida. Mi hermana mantenía una sonrisa cuando la oía hablar así, pensando que se trataba de algo que, como todo en el mundo, podía corregirse dedicándole el afecto necesario.

Una tarde en que mi hermana estaba sola llamó a la puerta de Marimar. Se pusieron a ver una serie de televisión. Después de un rato, sin más, la vecina se levantó y empezó a insultarla y a tirarle revistas y todo lo que tenía a mano. Le tiró un reloj de mesa que le abrió una brecha en la frente. La sangre le cegaba a Teresa uno de los ojos, pensó que iba a perder el conocimiento y que moriría en manos de esa psicópata. Teresa consiguió salir de allí por su propio pie y corrió escaleras abajo. El portero avisó a la policía. Mi hermana, después de que le cosiesen la herida, se negó a volver a casa mientras siguiese la vecina en el piso de abajo. Consiguió que la internaran esa misma noche. Ben estuvo a punto de adelantar su viaje a España cuando se enteró de esto. Luego, refiriéndose al comportamiento de mi hermana con Marimar, le escribió un correo para prevenirla en el que decía que por ayudar a los demás uno puede ir hasta las puertas del Infierno, pero no entrar en él. Para entonces a mí Ben, en general, me daba la impresión de ser algo idiota. Ben comenzó también a dirigirme correos electrónicos para asegurarse de que cuidaba suficientemente de mi hermana. Ella había accedido a darle mi dirección. Me llevaba tiempo responderle en inglés sin cometer demasiadas faltas. También me molestaba esa desconfianza suya en mi capacidad de cuidar de mi hermana. Al final dejé de contestarle.

Un par de meses después vino Ben a pasar con mi hermana el Año Nuevo. Marimar todavía seguía entonces internada. Cuando Ben entró en nuestro apartamento se mostró sorprendido de que no hubiese ningún objeto de decoración navideña. Teresa se dio cuenta de que esa falta nuestra de interés hacia la Navidad decepcionaba a Ben. Esa misma tarde bajó a una tienda china de la calle y volvió con espumillones, bolas brillantes, figuritas de Belén y una bolsa de serrín. Estuvieron distribuyendo todo aquello por el salón. Yo me metí en mi cuarto, les oía reír a menudo. Luego comenzaron a hablar en voz baja. Me imaginé que preferirían estar solos en la casa y salí a la calle. Estuve escuchando discos en unos grandes almacenes. Después entré en un cibercentro para pasar el tiempo, miré páginas web hasta que me cansé. Dediqué un rato a un videojuego de carreras de coches. También entré en un chat, estuve viendo los mensajes que mandaban otros, pero no me apeteció escribir ninguno.

Volví a casa no muy tarde, dispuesto a ayudar con la cena, aunque cuando llegué ya estaba todo listo. Me senté a hablar con Ben delante del televisor. Se dirigía a mí siempre en inglés. Abrimos unas cervezas, el alcohol hizo que me soltase un poco más con su idioma. En el momento de empezar a cenar, ya con las servilletas sobre las rodillas, Ben preguntó quién de nosotros bendecía la mesa. Lo estaba diciendo en broma, pero de un modo que daba a entender que en su casa aquello era habitual. Mi hermana estaba a punto de juntar las manos en actitud de orar, creo que si no llego a empezar a cenar por mi cuenta hubiésemos acabado en esa mesa rezando. Mi hermana habló de literatura, de los libros que había leído ese año. Ben me preguntó por mi trabajo, también sobre cuestiones políticas. Yo no había llamado a nadie con quien juntarme después de las uvas, me quedaría en casa viendo alguna película. Cuando acabaron de sonar las doce campanadas nos levantamos los tres a brindar. Mi hermana, que estrenaba un traje esa noche, se inclinó para besarme la mejilla. Luego besó en los labios a Ben. No recuerdo que mi hermana me hubiese besado nunca antes, quizá de niños. Todo aquello era nuevo. El vestido de mi hermana le dejaba los hombros al aire, había tratado de camuflar con maquillaje su herida de la frente. Un rato después, un poco violentos por tener que dejarme solo, se fueron los dos a la casa de una de las amigas de mi hermana. Entonces puse la música a mucho volumen, aproveché que esa noche nadie se iba a quejar.

A la semana siguiente fuimos los tres a Barbastro para celebrar con mis padres la fiesta de Reyes. Sucedió algo parecido al día que Ben entró en nuestro apartamento sin decoración navideña: en mi familia no estamos acostumbrados a hacernos regalos, pero mi hermana pensó que ese año debíamos hacerlo para no defraudar a Ben. Tengo que decir que al principio yo me negué a participar en esa comedia. Teresa, sin embargo, me lo pidió tan seriamente, tan apartada de sus antiguas histerias, que acabé cediendo. Compré a Ben una guía de vinos de la zona. Mi padre me encargó que comprase también los regalos que le correspondía hacer a él. Hasta nuestro hermano pequeño, que vive en Barbastro y no es una persona dada a ceremonias, se presentó a la cena con paquetes envueltos. Juntos con los de los demás formaban una pirámide sobre la mesa camilla de mi madre. Después de brindar les quitamos los envoltorios. Nos reímos con unas cosas y otras, volví a besarme con mi hermana y pensé que, al fin y al cabo, la presencia de su novio no le sentaba mal a nuestra casa. Era algo soso y de ideas quizá un tanto antiguas, pero, vistas las cosas, tampoco estaba claro que nosotros fuésemos mejores.

Estaba previsto que por la mañana hiciésemos una excursión para que Ben visitase Alquézar y algo de la sierra antes de regresar a los Estados Unidos. Pero esa noche de los regalos, quizá porque después de haber cedido en eso con mi hermana me sentía en posición de exigir, hice que saliésemos luego juntos por la zona de bares de Barbastro. Íbamos mis hermanos, Ben, y dos amigos míos, Jaime y Salva. Ben se mostró incómodo desde el principio, el humo le molestaba, le parecía asqueroso que la gente tirase al suelo de la barra las servilletas, colillas y palillos. Salva se dirigía a Ben en castellano, mi hermana a veces le traducía las cosas y otras veces no. Ben seguía con su primera cerveza mientras nosotros íbamos pidiendo rondas nuevas. Ben debió de sentir en algún momento que nos burlábamos de él. Cuando mi hermana creyó que ya había cumplido suficientemente con el compromiso de esa noche, cogió del brazo a su novio y se despidieron del resto.

Cuando me desperté por la mañana era tarde y, francamente, no me sentía capaz de levantarme. Teresa no sabe conducir, y Ben no había llevado nunca antes un coche de marchas, de modo que tuvieron que quedarse en Barbastro. Estuvieron dando vueltas por las calles y soportales, de un lado a otro. A la hora de comer Ben tenía una expresión contrariada, mostraba impaciencia por volver a tiempo a Zaragoza para coger su avión de vuelta. No sé qué es lo que vio a lo largo de esa mañana, la impresión que le causaron mis padres o la ciudad, pero el caso es que desde entonces mi hermana y él dieron por hecho que la boda se celebraría en la finca de Hudson. Así mis padres, se justificaban, podrían ver el lugar en el que iba a vivir su hija.

Mi hermana se fue a vivir a los Estados Unidos coincidiendo con la vuelta a casa de la vecina. Ben se lo pidió así, tal vez el regreso de Marimar les sirviese de excusa para adelantar un encuentro que ambos deseaban. Los padres de Ben buscaron a mi hermana un piso de alquiler para los meses previos a la boda. La pusieron a trabajar en una de sus tiendas de antigüedades y muebles rústicos. Teresa me estuvo enviando *e-mails* en los que no faltaban expresiones mal usadas en castellano, daba a entender que su adaptación a su nueva realidad era tan completa que no podía evitar esos descuidos. Yo le respondía burlándome de ella, pero aquello no parecía hacerle gracia. Sus correos eran tan formales que, como había hecho con Ben, empecé a coger el hábito de no responder.

Marimar ya no estaba sola del todo, unas amigas pasaban mucho tiempo en su piso. Yo me cruzaba con ellas en el portal, me alegré por mi vecina. Había una que era la que más venía, tenía un pelo castaño cardado en dos grandes ondas. Un día me fijé en que llevaba en la mano una especie de misal. Pronto supe, porque me lo dijo Marimar, que pertenecían a la Iglesia de Pentecostés. Eran evangelistas. Esa noche busqué en Internet información sobre ellos, vi algunas imágenes de gente que se desmayaba al ser tocada por una especie de predicador, también cuando les tiraba a distancia su chaqueta, sólo con que les rozase. La nueva medicación que tomaba Marimar hacía que le asomase una espumilla de saliva en la comisura de los labios. Los solía llevar muy pintados, con lo que se formaba un contraste bastante asqueroso. Un asistente de la Seguridad Social le había dado al portero un número de teléfono por si sucedía algo con Marimar. El portero me dio ese teléfono y me dirigió una sonrisa para referirse a la nueva costumbre de Marimar de incluir «aleluyas» en sus frases.

Marimar fue a peor, al parecer no tomaba la medicación. Una de sus nuevas amigas llevaba a veces una guitarra y yo las oía cantar por el patio interior. Otras veces lo que se escuchaban eran gritos y forcejeos. En una de esas ocasiones bajé y llamé al timbre, me abrió la mujer del pelo cardado. Marimar estaba boca abajo en el tresillo, hablaba con la boca aplastada contra los cojines, deliraba. Fue entonces cuando la mujer del pelo cardado me dijo, más o menos, que a las cosas de Dios hay que acercarse con humildad y sin pretender tener la última palabra. Nadie nos podía asegurar, me dijo, que Marimar no estuviese en un trance pentecostal. ¿Pentecostal? ¿Estaba queriendo decir que ese balbuceo baboso de Marimar era una manifestación divina del don de lenguas? ¿Que aquello que sonaba sin sentido eran idiomas del mundo? No indagué más, sólo pregunté si se estaba tomando la medicación. Por el gesto que puso la mujer del pelo cardado supuse que no, sólo por nombrar las medicinas me miró como a un enemigo. De vuelta a mi casa llamé al número que me había dado el portero y unos días después la volvieron a ingresar.

La boda de mi hermana se celebró en septiembre, en mi familia recibimos las invitaciones junto con los billetes de avión. Los habían comprado a la vez para conseguir un precio mejor. Mi hermana salió a recibirnos al aeropuerto. Mi hermano y yo bromeamos con las banderas y la fotografía del presidente de los Estados Unidos que daban la bienvenida a los viajeros tras los puestos de seguridad. Esto enfadó a Teresa, me dijo que, si tan poco me gustaba aquel país, no tenía por qué quedarme después de su boda. El caso es que yo iba a aprovechar el viaje para pasar mis vacaciones en los Estados Unidos. A mi hermana no le avergonzaban nuestros padres, su manera asombrada de mirar los edificios de Manhattan; éramos mi hermano y yo los que la incomodábamos. De repente, cuando ya viajábamos en su coche hacia Hudson, se encaró con nosotros, dijo que la democracia norteamericana tenía muchos más años de historia que la nuestra y que no éramos quiénes para entrar riéndonos en ese país. Hubo entonces una pequeña discusión de la que Teresa se acabó desinteresando. Sencillamente estaba dolida. No parecía alegrarse de vernos allí, a mi hermano y a mí, la víspera de su boda.

Ben presentó sus padres a los míos. Fueron luego todos a ver la parte de la finca en que iba a vivir mi hermana. Mi padre hacía comentarios sobre los árboles de la linde y mi hermana los traducía. Mi madre no pudo evitar llorar y mi hermano pidió permiso para dar una vuelta en uno de los coches de cambio automático que había frente a la entrada. Mi hermana iba cogida de Ben todo el tiempo. Ni mi hermano ni yo habíamos cogido nunca a una chica de la mano delante de nuestros padres. Cuando mi hermana entró a enseñar una a una las habitaciones de la casa yo me quedé en el porche.

Ben se juntó conmigo, me preguntó si seguía viviendo solo en la casa de Zaragoza. Le contesté que sí y cruzamos algunas frases más, sencillas, al nivel de mi inglés. Luego no nos hicimos más preguntas. Después de que mi hermana se fuese de Zaragoza yo había estado saliendo durante varias semanas con una chica, Lina. Nos conocimos una noche y ella vino a mi casa. Ella fumaba porros, creo que debía de tomar también otras drogas. Continuó viniendo los días siguientes. Me pedía que le leyese poemas de los libros de la estantería. No usábamos condón. Hablábamos de cosas y luego me pedía que le leyese algo. Lo cierto es que los dos o tres libros de poesía que había en casa no estaban ahí por afición, sino por haber sido lectura obligatoria en el instituto. Lina era pelirroja, su padre le estaba pagando una carrera en la Facultad. Cuando Lina se drogaba era difícil de soportar, aparte del asco de las toses y lo demás. En cambio tenía muy buen carácter cuando estaba normal.

Dejé de llamar a Lina y unos días después volvimos a encontrarnos por casualidad. La invité a un café y un rato después estábamos paseando cogidos de la mano por la calle. Subimos a mi casa, bebimos un montón de cervezas, ella sacó sus drogas. Tenía la regla, se quedó sentada sobre la cama y dejó que el colchón se empapase con su sangre. A la mañana siguiente, antes de irse, le pregunté si quería llevarse los libros de poemas a su casa. Ella me miró entendiendo que aquello quería decir que no pensaba volver a llamarla y yo me sentí un poco mal.

El césped de la casa de Ben y de mi hermana estaba tan limpio que no me atreví a tirar en él la colilla del cigarro. La sostuve entre mis dedos y pregunté a Ben si tenía un cenicero dentro. No lo había. Entré en la cocina con la colilla pero tenían cortado el flujo del agua, tampoco la pude apagar bajo el grifo. Volví a salir al porche y Ben me alcanzó una baldosa sobrante de obra para que la usase de cenicero. Luego la llevó hasta la parte trasera de la casa. Sus padres, al otro lado del jardín, preguntaron si pasaba algo. Se acercaron, todo el mundo acabó viendo aquella colilla, algo sucio y humeante en el lugar donde iba a vivir mi hermana. Cuando quise fumar más tarde me aparté hasta la carretera.

Las mecedoras del porche estaban fabricadas por una comunidad de cuáqueros de la zona. Mi hermana dijo que esos muebles carecían de adornos de acuerdo con la sencillez de las personas que los construyeron, con su modo de vida. Por eso, además de estar hechas para durar mucho tiempo, no eran unas simples mecedoras. Pensé que quizá mi hermana, sin querer, estaba traduciendo las frases que utilizaba en la tienda para vender esos mismos muebles.

Mis padres y mi hermano tomaron el avión de vuelta dos días después de la ceremonia. Yo me quedé en un hotel barato del norte de Manhattan. Señalé en una guía de viaje todas las cosas que tenía pensado visitar, pero luego lo único que hacía era pasear por las calles, mirar los escaparates y quedarme sentado en las terrazas. En cambio, sí que subí al Empire State Building. La gente señalaba desde arriba el lugar que deberían ocupar las Torres Gemelas. Un hombre se ofrecía a hacer fotos con su cámara Polaroid. Me hice dos, una para mí y otra para enviársela a alguien, aunque al final no llegué a meterla en ningún sobre. Entré en un cine próximo a mi hotel. Era una película de diálogos, no entendí casi nada. La gente se reía muchísimo. Intenté ligar. Me masturbé en un baño, me fijé en que el papel higiénico era un poco más ancho que en mi país.

Llamé a mi hermana unos días después, cuando ya se habían instalado en la nueva casa. Me invitó a visitarla, me indicó el tren que debía tomar en Pen Station. El tren no se aparta de la orilla del río Hudson. Los puentes son bonitos; también hubo alguien que señaló hacia donde se encontraba la cárcel de Sing Sing. Mi hermana estaba trabajando en la tienda de muebles cuando llegué. Guardó mi equipaje tras el mostrador y me presentó a uno de los encargados. Como no tenía nada que hacer, me ofrecí a ayudar a aquel hombre en el embalaje de unos muebles. Después aparecieron dos hombres más por la puerta de la trastienda. Había que meter todo en un furgón grande. Cuando acabamos, uno fue a por un paquete de refrescos y nos quedamos bebiendo apoyados en la pared. Uno de ellos hablaba español. Se hizo la hora de cerrar y mi hermana vino a buscarme. Dijo algo a los demás y me llevó hasta su coche.

Mi hermana estaba pensativa de camino a su casa. Por fin me dijo que, si yo quisiese, cabía la posibilidad de que me quedase a trabajar allí. El negocio estaba expandiéndose, no le iban a faltar oportunidades a alguien dispuesto a sumarse al proyecto. Yo no sabía qué contestar, la verdad es que esas casas de madera frente a las que pasábamos me parecían bonitas, todo parecía muy cuidado. Por otra parte, me asustaba estar en un sitio así, tan aislado, cenando a las siete de la tarde. Le dije que lo pensaría. No volvimos a tratar del asunto hasta la hora de la cena. Ben y mi hermana se sentaron a un lado de la mesa y yo al otro. Ben estaba al corriente de la propuesta de mi hermana. Hablamos de las casas que había visto por el camino, con sus porches de madera pintada. Ben me habló de algunas que podría alquilar por un precio bajo. Me dijeron que mi vida debería cambiar, si aceptaba el trabajo. Yo no entendía bien a qué se estaban refiriendo con eso de que yo tenía que cambiar. Le pedí a mi hermana que hiciese el favor de explicármelo. Ella trató de aliviar la situación y me dijo que pensase sólo sobre el vivir allí, que eso era todo.

Por la mañana aparecieron por la casa de mi hermana los empleados a los que había ayudado en la tienda. Traían cable y rejillas para hacer una instalación en el invernadero. Cuando acabaron se sentaron a fumar y a beber en el porche de las mecedoras. Me junté con ellos. Tiraban las colillas al césped que yo no me había atrevido a ensuciar una semana antes. Tiré la mía también.

Pasé dos días en la casa de mi hermana, les ayudé en algunas cosas, me paseaba en coche por las carreteras de aquellas fincas. De vuelta a Zaragoza vi el perfil de Marimar tras una de las ventanas del patio de luces. Le habían vuelto a dar el alta, estaba ahí otra vez. Me incorporé a mi trabajo y hablé con mis padres por teléfono. Una de esas noches llamó a mi casa Marimar. Yo estaba viendo una película en el deuvedé, la invité a pasar. Nos sentamos frente a la pantalla, le conté la parte de argumento que no había visto. Alargué el brazo para poner a mi lado el cenicero de la mesa, una pieza pesada de vidrio. Calculé que si ella trataba de dañarme yo me podría defender bien con aquel objeto. Ensayé el golpe en mi imaginación. Marimar parecía disfrutar con la película, se volvió hacia mí para darme las gracias.

JESÚS ORTEGA

JESÚS ORTEGA (Melilla, 1968) es licenciado en Filología Hispánica por la Universidad de Granada y Máster en Gestión Cultural por las Universidades de Sevilla y Granada. Desde 1997 coordina las actividades culturales de la Huerta de San Vicente, la Casa-Museo Federico García Lorca. Autor del libro de cuentos *El clavo en la pared* (Cuadernos del Vigía, 2007), ha sido profesor en diversos talleres de escritura. Mantiene un blog dedicado al relato en: http://lacomunidad.elpais.com/jesusortega/posts.

HISTORIAS TRISTES DE FORMA LIGERA

Nunca se me ocurrió pensar que los relatos fuesen *breves,* sino la medida exacta de la narración. Esto es algo que todos los niños saben, aunque luego lo olviden al hacerse mayores, leyendo novelas. Yo también me hice adulto, yo también he sido un lector omnívoro, pero a la hora de escribir ficción no he pensado en otra cosa que en cuentos, sin recelar jamás de su brevedad. Tal vez porque de pequeño me dormía oyéndolos, o porque el primer libro que tuve en las manos fue *El Cascanueces* de Hoffmann, y aquellas iniciales experiencias del placer del relato, comunes a tantos niños, dejaron en mí una especie de obstinada fidelidad, una impronta que por alguna razón nunca se borró.

Lo cierto es que, en activo o en barbecho, siempre me he sentido cuentista. No se me ocurrió que escribir cuentos fuera preparación para empresas mayores, sino un tipo de trabajo específico, aleación de orgullo y humildad, una artesanía centrada en la silenciosa realización de la obra, con sus leyes y tiempos propios, un destino.

Es difícil saber qué es un buen relato, pero a veces —de forma misteriosa— uno lo reconoce cuando se lo encuentra. A los relatos les pasa como a los poemas, que o son muy buenos o no son. Para tratar de averiguar algo sobre su naturaleza he tenido a mi favor el haber sentido una fuerte curiosidad, en la vida y en la literatura. Siempre me han atraído los otros. Por eso he disfrutado tanto de escritores distantes, de tradiciones que he percibido como ajenas. Kafka, Borges, Buzzatti, Arlt, Pere Calders, Fernández Cubas, Clarice Lispector, Dinesen, Cunqueiro, Kawabata, Arreola, Bruno Schulz, qué sé yo. Por la misma razón no he dejado nunca de apreciar los textos-juego, los argumentos ingeniosos, los finales con truco, las pirotecnias verbales e imaginativas, la creación de universos imposibles. Aunque la mejor manera de tratar de saber qué son los relatos consiste en escribirlos. Descubrí entonces que prefería contar historias tristes de forma ligera. Tratar sencillamente de conmover. Hurgar en las heridas compartidas, pues es en las heridas donde cicatrizan las mejores historias. La felicidad no escribe. La narración es una forma de conocimiento. Y vi —pero después— que muchos de mis personajes se enfrentaban a dilemas morales, a decisiones cuyas consecuencias no acababan de entender, a encrucijadas que los iban a marcar. Las historias de mis cuentos tenían lugar en el momento de la herida o algo más tarde, cuando ya no había remedio y todo era sufrir sus consecuencias en forma de miedos, errores, violencias, silencios, perplejidades.

Admiro el famoso mecanismo de relojería, pero no creo que sea imprescindible en un cuento. Hay cuentos digresivos e imperfectos que son maravillosos. También niego, frente a lo que se ha dicho tantas veces, que haya que conocer el final del cuento que se está escribiendo, saber exactamente adónde se va. No es ésa mi experiencia. A menudo he arrancado a partir de una imagen, de la semilla de una historia y nada más. Escribir es ir descubriendo lo que se quiere decir, dijo Max Aub.

Mis relatos no buscan ser originales. La originalidad en la que creo consiste en una versión personal de las tradiciones.

Intento más que nada escribir desde la necesidad, escribir lo que no tengo más remedio que contar. Decía Flannery O'Connor que para que un cuento pueda producir un *shock* en el lector, antes debe habérselo producido al escritor. Intento llevar a cabo esta máxima, y entre cuento y cuento acudo a mis dioses tutelares, a mi familia elegida, una pequeña tropa de influencias que incluye a Chéjov, Mansfield, Aldecoa, Quiñones, Cheever, Carver, Julio Ramón Ribeyro, Mercè Rodoreda, Alice Munro, Antonio Pereira, tantos otros. Estoy en su gozosa compañía ahora mismo. No sé hacia dónde evolucionaré. Lo sabré escribiendo cuentos.

El zurdo

Llegaron en julio y se instalaron provisionalmente, mientras esperaban las llaves del recién comprado piso, en una habitación con tres camas donde hacían la vida familiar. Se alimentaban de las conservas, bocadillos y botes de leche condensada que la madre traía. Daban largos paseos para conocer la ciudad, se hacían fotos en los monumentos. A veces el padre se ponía el uniforme para salir a la calle, y aunque estaba claro que nunca más iba a ser soldado, le gustaba todavía remirarse en el espejo y hacer posturas. Al grito de ¡firmes, ar! daba terribles taconazos con las botas lustradas que hacían retorcerse de risa a los niños.

Como los padres se ausentaban a menudo y no podían llevarlos con ellos, dejaban a Paquito, Senén y Sebas encerrados en la habitación, con montones de folios y lápices de colores para pasar el rato. Tumbados en las camas, Paquito leía una y otra vez el mismo tebeo mientras sus hermanos llenaban los folios de manchas de color. Empezaban serios, concentrados, hasta que una chispa cualquiera encendía la guerra de los revolcones y los almohadillazos. De pronto alguno caía en la cuenta de que los padres tardaban en volver; entonces cesaban las risas y se quedaban los tres muy juntos mirando por la ventana.

La unión entre ellos se rompía cada vez que los padres, al marcharse, dejaban a Senén y Sebas con la mano izquierda atada a la espalda y a Paquito vigilándolos. Sebas, el pequeño, que garabateaba con la mano derecha casi tan hábilmente como con la izquierda, parecía tomarse aquella imposición como un juego. Era Senén el que miraba a su hermano mayor con odio, como si tuviera la culpa. Paquito fingía no hacerle caso, se enfrascaba en la lectura del tebeo y de reojo espiaba los retorcimientos de su hermano intentando desasirse de la cuerda. Por más que los padres hubieran explicado la bondad del procedimiento, había algo en aquellas escenas que lo desasosegaba, y no sabía qué. Senén arreciaba las quejas y los llantos hasta obligarle, por temor a una catástrofe, a ensayar un acercamiento conciliador. Entonces, imitando la entonación mansa y humilde del padre, decía:

—Tienes que aprender a dibujar con la derecha.
—¿Por qué?

Paquito trataba de evitar estas conversaciones. Ya se había dado cuenta de que si caía en la trampa de hablar, su incomodidad aumentaba hasta hacerse casi insoportable. Por más que intentaba encontrar razones, sólo conseguía recordar retazos de frases oídas, y nunca la argumentación completa:

—El día de mañana... por tu propio bien... si no enfermarás.

Senén apretaba furioso las mandíbulas y con toda la fuerza de sus pulmones bramaba:

—¿¡Por qué!?

—¡Por tu propio bien!

Un día los padres tardaron más de lo acostumbrado. Lo supieron porque el hambre mordía y porque el sol hacía tiempo que no entraba en la habitación. Era una de las veces en que a Senén y Sebas los habían dejado atados. Cuando se cansó de protestar, Senén empezó a golpearse metódicamente la cabeza en el colchón, como si le hubiera dado un ataque de locura. Sebas rompió a llorar, Paquito se asustó y también se echó a llorar, y gimiendo entre pucheros y rogándoles que no lloraran, desató a sus hermanos. El pequeño corrió sin rencor a esperar junto a él en la ventana, pero Senén permaneció abrazado a la almohada, esquinado, resentido, silencioso. Abajo en la acera deambulaban hombres y mujeres que siempre parecían ser los padres y que al acercarse cambiaban de estatura y de forma de andar. Se les hizo eterno el constante ir y venir de la alegría a la desilusión, y hubo un momento en que pareció que no iban a regresar nunca.

Amueblar el nuevo piso y comprobar en qué barrio se habían metido les llevó el resto del verano, y para cuando hubo comenzado el curso cada uno de los miembros de la familia andaba ya enredado en íntimas preocupaciones que no compartía con los demás, aunque a Paquito y a sus hermanos les quedó la afición de quedarse juntos y callados dibujando, y él leyendo, asentada en las tardes que pasaron refugiados en el salón mientras los padres trajinaban muebles y electrodomésticos y discutían qué clase de negocio abrir. La madre les decía que estorbaban, que eran demasiado asustadizos y que debían salir a la calle. Pero a ellos el barrio y sus gentes les intimidaban. No hacían amigos o los que hacían ocultaban incomprensibles dobleces; en más de una ocasión se les habían presentado en la plaza grupos de niños que ganaban su confianza con zalamerías para en un descuido robarles el balón, las canicas o los bocadillos y salir corriendo entre insultos y burlas. Los más grandes se les acercaban sin más y les pegaban; los pequeños remedaban a distancia su acento extraño y su forma suave de hablar y les lanzaban gestos amenazadores.

A los padres les costó no menos trabajo que a los hijos aclimatarse a la nueva vida. Habían decidido montar una tienda de comestibles en el otro extremo del barrio, donde les pareció que no habría competencia. Se levantaban de madrugaba, iban al mercado por fruta y verdura, aprovisionaban el almacén, abrían al público, descansaban para almorzar, volvían a abrir, repasaban las existencias, hacían caja, limpiaban, ordenaban, cerraban y regresaban a casa cansados y de malhumor. Agotada la novedad que en las primeras semanas había llenado la tienda de curiosos, las jornadas se sucedían sin que lograsen animar el triste goteo de niños en busca de golosinas y de mujeres que asomaban con desconfianza, husmeaban en el género y se llevaban medio kilo de cualquier cosa. En su primer año de vida la tienda parecía ya un negocio acabado. El padre no sabía tratar a las astutas mujeres; fiaba a quien no debía, se equivocaba en los cambios. Añoraba sus tiempos de soldado, cuando le proveían de todo lo necesario y no se le pedía otra responsabilidad que la de cumplir órdenes. La madre, cada día más decepcionada, se multiplicaba en todos los frentes con ceñuda laboriosidad, revolviéndose a gritos contra la mala suerte y contra el hombre que su marido estaba resultando ser.

Al año siguiente sacaron a Paquito, Senén y Sebas del colegio del barrio, al que habían empezado a acostumbrarse, y los matricularon sin dar explicaciones en otro que disponía de comedor gratuito y adonde se llegaba tras un largo recorrido en autobús. La nueva escuela se encontraba en un extremo de la ciudad muy parecido al suyo, con bloques de pisos, descampados y grupos de hombres malencarados que secreteaban en las aceras. Diciéndose que todo sería por su bien, Paquito aceptó con resignación el cambio y no hizo preguntas. Senén, sin embargo, se negó a hablar con los padres durante meses. De Sebas, siempre contento, no podía saberse lo que pensaba. Paquito suponía que, como él, sus hermanos se sentirían a salvo en las aulas, favorecidos por los maestros, que encomiarían su aplicación y sus buenos modales. Pero el manejo de la lectura y la tabla de multiplicar no servía para sobrevivir en los espacios abiertos, territorios hostiles donde imperaba, como en el barrio, la ley del más fuerte. En los primeros recreos se juntaron los tres como crías de gato, igual que habían hecho en el otro colegio, pero eran blanco fácil de la curiosidad de los niños y Paquito, que no sabía defenderse, poco podía hacer por sus hermanos. Tras unas cuantas escenas penosas comprendieron que cada uno debía tirar por su lado y sobrellevar sin testigos sus respectivas humillaciones.

Lo que más odiaban eran los trayectos en el autobús. Paquito sentía angustiado que debía volver a ser el hermano mayor, pues en el autobús no había escapatoria y no podían, como en el patio, echar cada uno a correr por su lado. Más que la ida temían el viaje de vuelta y, en éste, el momento previo a la liberación, cuando había que atravesar el pasillo hacia la salida. Hasta que lograron ser invisibles o aprendieron a conseguir con tretas los primeros asientos, tuvieron que soportar una rutina de adioses en forma de escupitajos, golpes y patadas que soportaban con dignidad callada y a la que Paquito nunca supo enfrentarse. Ya en la calle se dirigían a la tienda en silencio. Nunca lo comentaban entre sí; tampoco a los padres, que los recibían con una mirada rápida, entre cansada e inexpresiva. Comían un bocadillo y se refugiaban bajo la luz blanca y pálida del almacén, escondido cada uno en su rincón de cajas y cachivaches. Hacían primero los deberes y después leían tebeos o dibujaban. Apenas se aventuraban al exterior.

Una tarde, terminando el curso, a Paquito le robaron la mochila. Fue a la salida del colegio, mientras esperaban la llegada del autobús. Uno de los remolinos de juegos y pendencias que agitaban la espera los había arrollado por un flanco, y cuando el tumulto se alejó se llevó consigo los libros y los cuadernos de todo el año. Paquito se dio cuenta enseguida, pero no dijo nada a Senén ni hizo ningún gesto de alarma. Sabía quiénes eran; llevaba todo el curso fingiendo no oír sus insultos y risitas, en el intento de que se olvidaran de él por aburrimiento y dirigieran su atención a otros. Ahora hizo lo mismo. Se subió al autobús como si tal cosa, ocupó uno de los primeros asientos junto a su hermano y cambió la dirección de la mirada cuando los ladrones pasaron a su lado. Caería en la cuenta una vez apeados del autobús, cuando ya no hubiera nada que hacer.

A mitad de trayecto se acercó Sebas llorando desde la parte de atrás.

—El Cheles y el Lolo y el Richard tienen tu mochila —gimoteó— y les he dicho que me la den, que es tuya, pero no me la quieren dar.

—¿Qué? —susurró, poniendo cara de espanto. Y miró bajo sus piernas a ver si encontraba la mochila—. ¿Tú la has visto? —le preguntó a Senén, quien sonrió irónico mirándole a los ojos.

—La tienen ellos —Sebas le tiraba de la manga.

Paquito no tuvo más remedio que levantarse y girar la cabeza hacia el fondo del autobús. Una mano burlona se agitó y le hizo gestos de llamada. El pasillo era como uno de esos túneles del terror de las atracciones de feria. Avanzó a tientas, con cuidado de no tropezar, asiéndose a los respaldos, la sangre golpeándole las sienes, la garganta seca, las piernas flojas, todos los ojos puestos en él. No supo muy bien cómo llegó al final del pasillo ni cómo encaró la situación. Estuvo forcejeando agarrado a la mochila bajo una lluvia de puñetazos hasta que alguien dijo ¡ya está bien! y le permitieron regresar a su asiento entre la indiferencia general.

Al bajar del autobús los tres hermanos recorrieron como cada tarde el camino hasta la tienda. Comieron un bocadillo y se dispusieron a esperar, cada uno en lo suyo, hasta que los padres cerraran. Paquito se quedó dormido en su atalaya de cajas, paquetes, libros de texto, cuadernos, tebeos y papeles de estraza. Cuando despertó aún no era de noche, y por la persiana a medio cerrar del almacén podían verse los pies de Sebas dando patadas a una pelota. Todavía le duraban las ganas de llorar. Se acercó a la cortina que separaba el almacén de la tienda, tras la que solía espiar los movimientos de los padres atendiendo en el mostrador. No había clientes, y los dos discutían en la penumbra, junto a la caja registradora.

—Odio esta ciudad, odio esta tienda, odio a esta gente, quiero salir de aquí corriendo y no veros más ni a ti ni a éstos, me tenéis harta —decía la madre.

—Fuiste tú, tú te empeñaste en venir aquí, ¿o es que ya no te acuerdas?

Paquito no quería seguir escuchando y con un movimiento brusco, casi de un salto, se retiró de la cortina. Su primer pensamiento fue para Senén. Hablar, jugar con él. Lo encontró de espaldas, recluido en su rincón, rodeado de los monstruos y superhéroes que construía con plastilina y que colocaba delante de él, formando filas marciales y semicírculos protectores sobre las cajas. Esta vez dibujaba; se oían como raspaduras de cerillas los trazos nerviosos rasgando el papel. Paquito iba a decirle algo, pero entonces descubrió que su hermano agarraba el lápiz con la mano izquierda.

Iba a lanzar un grito y traicionarlo cuando la ráfaga de un recuerdo lo paralizó. Quiso retenerla pero la reminiscencia se escabulló como una sombra, dejándole turbado y paralizado, con el rastro de un dolor en el hombro y cosquilleos impacientes en la muñeca. Luego nada más, sólo la imagen de su hermano de espaldas, abstraído, dibujando con la zurda. La escena seguía siéndole familiar y no sabía por qué. Creyendo guardarle el secreto a su hermano, se dio la vuelta y se dirigió sin hacer ruido a su rincón. Se sentó, puso delante un papel. Con decisión, como liberándose de una atadura, cogió el bolígrafo con la mano izquierda y apretando trató de escribir su nombre. Le salió una figura extraña, un borrón ilegible.

JULIÁN RODRÍGUEZ

JULIÁN RODRÍGUEZ (Ceclavín, Cáceres, 1968) es director literario de la editorial Periférica y ha publicado libros en diferentes sellos del Grupo Random House Mondadori: sus novelas *Lo improbable* (Debate, 2001) y *Ninguna necesidad* (Mondadori, 2006), Premio Ojo Crítico de RNE; las novelas cortas *La sombra y la penumbra* (Debate, 2002), todas ellas recogidas en *Lo improbable y otras novelas* (Debolsillo, 2007). Es autor, además, de un ciclo, entre autobiográfico y ensayístico, denominado *Piezas de resistencia,* compuesto por *Unas vacaciones baratas en la miseria de los demás* (Caballo de Troya, 2004) y *Cultivos* (Mondadori, 2008). En el volumen *Antecedentes* (Mondadori, 2010) ha reunido sus dos libros *Mujeres, manzanas* (2000) y *Nevada* (2000); el primero de relatos breves y el segundo de poemas.

LAS FLORES CARNÍVORAS: UNA POÉTICA «ENTERA» SOBRE UN SOLO CUENTO
A PROPÓSITO DE «MUERTE»

Hoy parece sólo un dato anecdótico a pie de página: lo que en esta época llamamos «poder» lo originó hace siglos, mucho antes de las culturas griega y latina, la agricultura; en realidad, el excedente en la producción y su control; y el control del riego.

«*La société est une fleur carnivore.*» Alguien había reproducido de nuevo esa pintada del 68 en una calle del Marais. Más de treinta años después. Precisamente yo iba a cumplir treinta y dos y dormía aquellos días en el futón para invitados de mi primo Christopher, cerca del cementerio de Père Lachaise. En 1969 ó 1970, Alain Resnais y Jorge Semprún trataban de rodar una película titulada *Las flores carnívoras*. Esa pintada, le dije a Christopher mientras caminábamos hacia el cine donde trabajaba su novia, y después de hablarle de aquella película que nunca se rodó, tiene que ver también con nosotros; de otra manera, claro. Luego charlamos sobre el pueblo de Las Hurdes donde nacieron mi madre y la suya, y sobre nuestros abuelos campesinos, muertos ya hacía algunos años.

Poder y sociedad, originales y copias. He pensado mucho en esos pares de palabras, y siempre, inevitablemente, al releer (para revisar, para corregir) algunos de los textos, de los libros, que he pretendido escribir. Al volver a esos textos, cuántas veces me pregunté por su significado.

Como me pregunté muchas otras sobre el modo en que debía narrar la vuelta a casa, aun *momentánea,* de los campesinos y de sus hijos. Porque (éstas eran las preguntas que importaban) ¿qué harían ellos en la ciudad?, ¿de qué vivirían? Es decir, ¿cómo serían sus vidas? En algunas lecturas públicas, siempre hay alguien que me dice: «¿Por qué escribes sobre esos asuntos?» (Acerca de trasterrados, de campesinos que viven al fin en las grandes ciudades, de desclasados, de hijos que no comprenden a sus *anticuados* padres...). Tal vez haya que traducir así la pregunta: «¿Para quién escribes?». Porque todo el mundo sabe que no quedan lectores en los campos de España.

La agricultura que conozco es sólo microagricultura, o agricultura de resistencia. Por decirlo de otro modo: no suele medirse en hectáreas. Los campos de cultivo son microscópicos y ni siquiera aparecen aún en esa herramienta *google* para viajar por la Tierra a vista de satélite (manchas de un verde pixelado). En nada se parecen a los que visita el escritor británico Andrew O'Hagan en *The End of British Farming (El fin de la agricultura británica).*

Pero hablo sólo de una parte de Extremadura, o de una parte de España. La otra sufre las mismas consecuencias de la agricultura británica: cuando la Unión Europea comenzó a subvencionar la española, desarrollándose una superproducción que muchas veces excede la demanda del mercado y que se mantiene gracias a esas subvenciones, en algunas provincias el paisaje mutó (no puedo usar otro verbo). O'Hagan recoge algunos datos en su libro sobre Gran Bretaña: «Desde que se suscribió la producción de alimentos independientemente de la demanda, el 97% de las praderas británicas han desaparecido. Se han perdido lagunas, humedales, fangales, monte bajo, flora y fauna: ya no se ven libélulas, el número de gorriones silvestres se ha reducido en un 89%, el de tordos cantores en un 73% y el de alondras en un 58%».

Ya sé: parece un poema inglés del XIX, la recreación actual de un evocador y, añadiré, sintomático texto de 1884: *The Life of the Fields,* del escritor victoriano Richard Jefferies, con el que abre O'Hagan su libro a modo de cita: «De cuando en cuando, un pinzón, un estornino o un gorrión se acercaban a beber —sedientos, desde el prado o el campo de trigo—, y casi enganchaban sus alas en los matorrales, tan absolutamente asombrados de que hubiera alguien allí».

Antes, he escrito «sufre». Un error. Hay quienes se enriquecen con esa agricultura de superproducción, no cabe duda. Y éstos reclaman más ayudas europeas, más agua, más mano de obra barata, más protección estatal. Pero yo sólo conozco a *microagricultores* (la extensión total que cultivan algunos de ellos no llega a las 5 hectáreas). Que han huido de sus tierras y que luego han vuelto a ellas, o que nunca han podido abandonarlas. Que viven solos, ya viudos, o en pareja. O en los «pisos tutelados» de la administración autonómica: ex campesinos que se pasan los días en los cruces de carretera, en los bancos junto a la carretera principal.

Muerte

Le pareció extraño el título de aquel poema, «Hermosura en la guerra», pero comenzó a leer.

Primavera, verdeces
poderosa y suave
y el espacio se llena
de presencias que abren.

Se detuvo en la primera estrofa. Era primavera en el poema y también en la realidad.

Bajo el pórtico de la iglesia, casi en sombras a pesar de que era media tarde, podía espiar a los que pasaban por la carretera en dirección al río, o camino de los huertos.

Una muchacha barría las cáscaras de cacahuetes que los niños habían arrojado a la puerta del bar. Cada poco, su madre le gritaba desde el interior para que acabara de una vez. En el poema no estaba ninguna de las dos mujeres, pero no dejaba de pensar en ellas mientras leía.

Tiempo viejo, tu mano
con qué fuerza se agita;

vuelve el sol, vuelve todo,
vuelven, sí, golondrinas.

La tarde anterior, antes de anochecer, había paseado hasta el viejo hospital de tuberculosos. Las ventanas habían sido tapiadas, algunas techumbres se habían derrumbado. Recordaba aún las sillas de ruedas pintadas de gris, las monjas casi famélicas al poco de acabar la guerra, los enfermos y sus voces cavernosas, pero no el olor a mimosas entre los eucaliptos.

Los naranjos salvajes estaban llenos de azahar, se dejaban ver ya algunos racimos de uvas en la parra que trepaba hasta el segundo piso. Junto a la puerta principal, alguien había amontonado un centenar de tejas intactas. Todo parecía lleno de paz, y sin embargo, todo parecía también falto de vida.

Los huertos que cercaban la Factoría, donde las monjas sembraron patatas, o remolachas, o nabos, y más tarde tomates y judías, eran ahora un maizal. Una pequeña balsa de agua construida con hormigón servía para el riego durante el verano.

Se había sentado junto a las compuertas y se había dispuesto a leer aquel libro de versos. En la primera estrofa, como hoy, algo la detuvo. No la muchacha del bar, no los niños que venían del baño. Cerró primero los ojos, luego el libro. Después comenzó a andar cuesta abajo, por el camino viejo, el empedrado, en dirección a su casa.

La madre se asomó a la ventana que había a un extremo de la barra del bar y maldijo a su hija. La hija no hizo caso y siguió barriendo pausadamente, como si no le importara. Una vieja DKW se detuvo en medio de la carretera. El muchacho que la conducía dijo algo entre risas y ella dejó de barrer.

A aquella distancia, con el ruido del motor rezongando cada vez más fuerte, no podía entender de qué hablaban, pero lo imaginó. La furgoneta se puso de nuevo en marcha cuando la dueña del bar apareció otra vez en la ventana.

> *Mas ahora no hay besos.*
> *Hoy la muerte no mata,*
> *nos destroza tan sólo,*
> *no termina, desgarra.*

Pensó un momento en el autor del poema. Imaginó también su dolor al escribirlo. Porque ese dolor, se dijo, tenía que ser real.

Como portadilla de los versos, aquel título, «Hermosura en la guerra», y un paréntesis dentro del que se leía «España, mayo, 1938». Cerró el libro de nuevo.

Primero era una punzada en la espalda, luego el cansancio en los hombros. Enchufaba la manta eléctrica y se recostaba en la cama cerrando los ojos. El calor se hacía presente alrededor del cuello, pronto descendía hasta el pecho.

Mustio, se decía. Tengo el pecho mustio.

En la pared de la alcoba colgaban los retratos de sus padres y de sus abuelos. Bajo ellos, como en una pirámide invertida, su propio retrato: una niña de diez años que acaba de quedarse huérfana.

¿Dónde te duele?, recuerda que le preguntó el médico. Ella señaló el vientre.
Él sonrió, miró a la enfermera, una muchacha del pueblo, y a la madre de la niña:
Está mal alimentada.
La madre suspiró, como si pensara: Todos lo estamos. Pero no dijo nada.
El médico le pellizcó las mejillas antes de salir del consultorio. Ella, todavía está vivo el recuerdo, adivinó que moriría pronto, aunque era joven todavía.
¿Y el médico del hospital?, preguntó tiempo después, cuando regresó de Argentina.
Lo fusilaron por «rojo», respondió alguien.
La gente se encogía de hombros cuando no quería responder. La mujer del bar, sin embargo, contestaba a todas sus preguntas.
Decían que su hija se entendía con algunos hombres del pueblo, todos casados, y que a ella no le importaba.

Aumenta la potencia de la manta eléctrica, gira el botón hasta la señal roja. Enciende luego la lamparita que hay sobre la mesilla y lee: *Io non amo né il dolore né il piacere*. Se detiene en esa primera frase. Piensa en otro muerto: su marido. Ya no lo echa de menos, se dice, sorprendida de su propia crueldad.
Si lo quieres, cásate con él, soltó su madre. Y también: ¿Habla nuestro idioma?
Ella se había reído: eso era todo lo que le preocupaba. Y si era cristiano, claro.
Es italiano, madre, no árabe.

La vita è un supporto, non una ragione, la vita è necessaria, ma non è sufficiente: questa è la lezione che ci viene dai morti.
 Él la educó. Ella supo más tarde qué significaba Pigmalión. Oía su voz bajo la manta eléctrica: Tú eres el mármol, yo el escultor.
 Le enseñó también a apreciar el arte, la pintura.
 Mira este cuadro: *Muchacha hilando lana.*
 Ella dirigía sus ojos hacia la imagen que él indicaba.
 Seguramente, Giotto la conoció siendo todavía joven. La pintó años después, quizá enamorado. Vasari cuenta que a Giotto lo descubrió Cimabue: Un niño pintaba una oveja sobre una piedra del campo... Lo llevó con él, y lo convirtió en su amigo y discípulo...
 Sus palabras sí parecen vivas, en cambio. Y su rostro, si cierra los ojos, es joven todavía. Sus gestos, algo adustos, tanto que asustan a muchos. Un hombre demasiado serio, decía su madre. Pero la hacía reír, y le hacía bien el amor... Ahora, el pecho mustio.
 El médico «rojo» tenía una hija. Ya no vive allí, claro. Quién querría vivir en el lugar donde asesinaron a su padre.
 La mujer del bar, que se llama Piedad, casi se ríe al pronunciar esas palabras.
 ¿Usted no tiene hijos?, le preguntó el primer día.
 Ella negó. No dio más explicaciones. No quiso.
 Los versos sobre la guerra se mezclaban con el pasado y con el libro de prosas que había comprado en Roma antes de instalarse en la vieja casa de sus padres. Era un verso, «Mas ahora no hay besos», u otro, «Si morimos no es muerte», pero no la abandonaban del todo. Se descol-

gaban del techo prendidos de las lágrimas de cristal de la lámpara. O parecían líneas bordadas en rojo en las sábanas oscurecidas por el tiempo.

Palabras de la realidad (lejía, cuenta corriente, álbum de fotos) venían a mezclarse con el poema, y todo se volvía confusión, aunque no dolía demasiado. El dolor estaba instalado en sus huesos, ya demasiado viejos. ¿Vas a morirte sola?, se preguntaba cada día al despertar. La casa fría, el fuego muerto en el hogar. Casi sin fuerzas para cargar una brazada de leña, sin fuerzas para subirse al autobús de los lunes y buscar en la ciudad una estufa de barras incandescentes.

Esperaré el verano. El sol me calentará los huesos, se consolaba.

No podía coser. No podía fregar de rodillas los suelos de madera.

Lejía, sosa. Cal que habrá de apagar en un caldero de hierro, dijo para sí.

¿Por qué no contrata a algunas mujeres para que pinten y limpien la casa? Usted no está acostumbrada.

La muchacha era muy amable. Su madre la había enviado con un termo de café hecho en el bar y con un tazón de sopa.

¿Son suyos todos estos libros?

Ella asintió. La muchacha seguía trabajando mientras hablaba. Esparció un poco de ceniza sobre el brasero que había junto a la cama.

No se olvide de sacarlo a la cocina antes de dormir. Podría morir asfixiada... ¿Qué significa *post mortem*?

Luego recordó que con la badila señalaba el título de uno de los libros. La ceniza, sembrándose entre las rendijas del suelo.

«Después de la muerte.»

Callaron las dos. Compartían el silencio como si fueran amigas.

Linguaggio amoroso lo entiendo bien: lenguaje amoroso, ¿verdad?

Las dos comenzaron a reír al mismo tiempo. La muchacha dijo también:

Es fácil el italiano...

¿Cuántos años tienes?

Dieciocho.

¿Te quedarás aquí siempre?

La muchacha se encogió de hombros.

Mi madre no tiene otra ayuda.

¿No te gustaría estudiar?

Quizá.

¿Quizá?

Entonces sonaron las campanas: toques de tránsito.

Alguien ha muerto, dijo la muchacha, interpretando el sonido.

Ella también lo había reconocido. Se estremeció un poco. Tomó la mano de la chica y le puso un billete en la palma. Una propina, dijo.

¿Cuántos años tiene usted?

En la chimenea de la cocina crepitaron unas piñas secas: estallidos parecidos a disparos. Se echó a llorar.

Alzó la manta sobre su cabeza y lloró sin importarle que la muchacha siguiera allí. Al principio, llena de desconsuelo. Hasta que se quedó dormida.

Berta Marsé

BERTA MARSÉ (Barcelona, 1969) ha trabajado en el mundo del cine y ha publicado dos libros de relatos en la editorial Anagrama: *En jaque* (2006), donde se recoge el cuento «La tortuga», con el que obtuvo el Premio Gabriel Aresti, y *Fantasías animadas* (2010).

ESCRIBIR UN CUENTO

Henry James decía, acerca del oficio: «Trabajamos a ciegas; hacemos lo que podemos; damos lo que tenemos. Nuestra duda es nuestra pasión y nuestra pasión es nuestra misión. Todo lo demás no es sino la demencia del arte».

Imágenes, sensaciones, palabras, miradas, gestos marcados a fuego, cualquiera cosa puede captar de pronto tu atención y quedarse clavado en tu memoria, ¿o no?, cualquier cosa, por insignificante y absurda que parezca. Y no es seguro, ni siquiera probable, que en algún momento el recuerdo clavado se desprenda de no se sabe dónde y empiece a girar en tu cabeza en todas sus dimensiones. Pero si finalmente pasa, si de pronto el recuerdo viene en tu busca, y te encuentra, y te ves dándole vueltas al asunto constantemente, es que estás buscando el sentido, la razón, la excusa para contar esa historia. Es el inicio de todo, la parte más misteriosa y atractiva del oficio, por lo menos para mí. Andar por ahí abierto y receptivo, dejándote llevar por las intuiciones, persiguiendo una idea casi inconscientemente hasta acorralarla. Pero, como no hay placer sin dolor, una vez cercada la idea te enfrentas al temido momento en el que toca aislarte para armar el relato. Por razones obvias es la parte real y más pesada de la escritura; como lo ilustra de forma opresiva aquella imagen de Kafka escribiendo encorvado bajo una bombilla, en un sótano oscuro donde, por una pequeña trampilla, una mano introduce algo de comida un par de veces al día. Aunque uno puede y debe hacer por montárselo algo mejor, la imagen da una idea acertada de la soledad y la angustia de escribir, del escollo donde se van a poner a prueba tus fuerzas, tu perseverancia, tu capacidad de resistencia; puede que entonces aproveches cualquier excusa para huir, por eso cuantas menos distracciones te ronden, mejor que mejor. Kafka lo sabía. La fase final, la que limpia, fija y da esplendor, es la más dulce y agradecida del proceso, pero no por ello la menos determinante. Las tres lo son en la misma medida, y puesto que escribir un cuento es un proceso que tiene un principio y un final, todas las fases necesitan y merecen su momento. Supongo que no he dicho nada nuevo, pero es todo cuanto sé acerca de la práctica agobiante, a menudo dolorosa, pero también apasionante y liberadora, de escribir un cuento. Todo lo demás, como decía Henry James, no es sino la demencia del arte.

Gran Noche de Gala

¿Quién dijo victoria?
Resistir lo es todo.

Rainer Maria Rilke

I

Meeec. La máquina ha escupido la tarjeta de abono y Teresa se vuelve hacia el conductor, el monedero clavado en el sobaco, el bolso y la mochila del niño colgando, en una mano el paraguas, en la otra el bocadillo a medio roer.

—Deme un billete.

—Y el chiquillo, ¿va solo o qué? —dice el conductor.

—¡Aún no tiene cuatro años, hombre!

Pero la voz aguda y vibrante del niño se impone de un extremo al otro del autobús:

—Es mentira. Tengo cinco y medio, casi seis.

Teresa lanza hacia el niño una mirada furibunda, pero se topa con media docena de miradas represoras. *Meeeec.*

—No le haga caso —dice, abochornada, ya organizándose para abrir de nuevo el monedero—. A Carlitos le gusta hacerme rabiar, es un bromista... Pero da igual, tenga, cóbrese por favor.

A través del espejo retrovisor, el conductor y Carlitos intercambian sonrisas. El crío, flaco como un palito, tiene un chichón brutal en medio de la frente y va disfrazado de *spiderman.*
—¿Y cuántos años dices que tienes, niño?
—Casi seis —responde con total sinceridad—. Los cumpliré pronto. Me voy a pedir la *plei,* pero no sé si me la traerán porque mis padres se han separado y mi madre dice que ahora no tenemos dinero.

Se levantan algunos murmullos y risitas sofocadas, y también alguna queja de los que siempre llegan tarde y tienen prisa, de los que sienten una indiferencia sorda por la vida de los demás.
—¡Pero qué dices, Carlitos! —salta la madre, y le va a dar en la cabeza con la palma abierta. Esta vez la frena la exuberancia del chichón, así como las miradas reprobatorias de dos viejas.

El bus se pone en marcha y en dos zancadas tambaleantes madre e hijo se sientan frente a las dos viejas, de espaldas al conductor. La madre transpira bajo la ropa y la carga, y el hijo la mira por el rabillo del ojo hacia arriba, arrepentido de haberle hecho pasar otro mal rato chivándose de su mentira delante de todos, pobre mami. El primer apuro ha sido cuando la profesora le ha vuelto a llamar la atención: no está permitido ir disfrazado a la escuela, y no es la primera vez que Carlitos incumple la norma. Ocurre que el hijo se aprovecha e impone su voluntad cuando duerme en casa del padre, ocurre que el padre se siente culpable y cree que cediendo en todo lo compensa, pobre hombre. Del rabillo del ojo hacia abajo, la madre observa al hijo. El chichón a modo de cuerno brillante y fucsia es espectacular, pobrecillo. Según la profesora no ha sido más que un golpe perdido en el recreo, durante el juego del que Carlitos ha participado algo distraído. Pero la madre se sigue torturando: ¿Le han pegado accidental o deliberadamente? ¿Está el pequeño preocupado o deprimido o amenazado? ¿Tiene algún problema de acoso escolar? ¿Pero tiene Carlitos, por el amor de Dios, algún problema?

Lo que tiene Carlitos es a las dos viejas de enfrente con el corazón en un puño, con sus dotes de comediante. Lleva los zapatos puestos del revés.

—Oye —dice Teresa, cambiando de registro mientras le descalza—: ¿quién te ha dado ese golpe? ¿eh? Porque ha sido jugando, estabais jugando y alguno te dio sin querer, ¿es así o no? Te estoy hablando, Carlos.

Con la cara vuelta hacia la ventana, Carlitos se deja cambiar los zapatos sin decir ni pío. No es la calle lo que mira, sino su propia imagen reflejada en el cristal. Calculadamente, se estudia el gesto y sus posibilidades hasta que en un arrebato de inspiración consigue hacer temblar de rabia la barbilla. Las dos viejas ya casi no lo pueden soportar más.

—Tienes que defenderte, cariño —se aventura Teresa—. Pegar no está bien, pero si alguien lo hace, si alguien te pega, tú puedes y debes defenderte. Porque si no lo haces te van a pegar siempre, no dejes que crean que lo vas a permitir sin...

—Disculpe que me entrometa, señora —interrumpe la vieja de brillantes rizos lilas, como peluca de payaso—, pero ése no es un buen consejo para un niño. La violencia llama a la violencia, eso es algo que está demostrado científicamente.

—Sí, sí —dice la otra. Y añade, vocalizando de forma extraña para que el niño no entienda, pero logrando captar poderosamente su atención—: Ojo por ojo, y todos tuertos.

Teresa se ha quedado con la palabra en la boca abierta. En las profundidades de su garganta pugna por salir un rugido de dragona. Pero el instante escapa, *meeeec*, y Teresa traga saliva antes de saltar hacia delante.

—¡Vamos, hijo!

II

Teresa entra en el hospital por la puerta de Urgencias. Carlitos trota alrededor de ella, todavía mordisqueando el bocata. No tienen que buscar demasiado, en seguida encuentran al abuelo sentado en la sala de espera, con una venda ligera en un brazo y una bolsa sobre las rodillas, con ese aire ausente e infantil que se le ha quedado desde que enviudó.

—¿Cómo estás, papá?

—Bien, bien, sólo ha sido un mareo tonto, una caída sin importancia. Siento haberte llamado por tan poca cosa, Tere, pero es que tu hermana nunca atiende el teléfono.

—No importa. Me han dado la tarde libre. Venga que nos vamos... ¿Te han dado ya el informe del alta?

—Pero si no tengo nada malo, parece que se trata sólo de un poco de anemia. ¿Y eso?

Entre el disfraz de hombre araña y el entrecejo hinchado que le deforma la mirada y el perfil, Carlitos parece otro niño.

—Eso es Carlitos, papá.
—¿De qué va disfrazado? ¿Qué le ha pasado en la cara?
—Que te lo cuente él mismo por el camino, a ver si a ti te da más pistas.
—¿Es usted la hija del señor Durán? —pregunta una enfermera, cuando ya los tres enfilan el pasillo hacia la salida—. El doctor quiere hablar un momentito con usted.
Meeeec. A pesar de la alarma interior, Teresa se atusa un poco el pelo y mete barriga. Hay alguna que otra probabilidad de que el doctor sea hombre de buenos modales y magnífica sonrisa; en cualquier caso, hay que aprovechar las pocas ocasiones que tiene de conocer hombres nuevos. Pero, al entrar en el despacho, se topa con una expresión alarmantemente parecida a la de los pasajeros del autobús. A pesar de la decepción, Teresa considera más elegante y misterioso permanecer de pie.
—Siéntese un minuto, señora Durán —dice el doctor sin mirarla, *meeeec*—. Me temo que no le va a gustar lo que le tengo que decir, pero no se alarme que no es nada grave.
Teresa se deja caer en la silla y relaja la musculatura abdominal. La tarde empezó mal y sigue su curso, mejor será no bajar la guardia ni malgastar fuerzas en estupideces, se dice a sí misma mientras el doctor busca las palabras justas, las apropiadas, en los rincones limpios e iluminados de su consulta:
—Verá, según parece su padre estaba paseando por la calle cuando ha sentido un mareo, ha tropezado y se ha caído en la acera. Ha sido junto a la terraza de un bar, donde una pareja muy amable le ha recogido y acompa-

ñado hasta aquí. Nos lo ha contado todo él mismo. También nos ha dicho que es viudo desde hace cuatro años, que vive solo y se medica para una afección cardiaca, y que vendría a recogerle su hija la menor, que trabaja en una agencia de viajes y está separada y con un niño...

—Está bien, está bien... —interrumpe Teresa—. Se ve que el golpe no le ha afectado la memoria...

—No ha llegado a perder el conocimiento y apenas se ha hecho nada, una dislocación en el hombro izquierdo y rasguños de poca importancia en el codo y en la palma de la mano. Pero convendría que haga llegar el informe del alta a su médico de cabecera, porque en su estado general hemos constatado algunas señales de dejadez preocupantes. —Y a partir de aquí el doctor se ciñe a los detalles del informe, que ya señala con el dedo acusatorio—: Mire, su padre debe haberse caído otras veces, tiene contusiones antiguas en diversas partes del cuerpo, viejas heridas mal cerradas, incluso una pequeña llaga en la zona lumbar que precisa tratamiento. En la bolsa lleva la receta con las recomendaciones a seguir, y ante cualquier duda puede llamar a este número y preguntar por mí, ¿bien? Pues eso no es todo. Últimamente parece que el señor Durán se medica sin orden ni control alguno, lo que en parte explicaría que se encuentre algo desorientado y desmotivado, pero no desatendido —*Meeeeeec*—. Señora Durán, su padre presenta algunos síntomas de desnutrición y un principio de anemia, así como falta de higiene...

—Pero qué horror... —interrumpe de nuevo Teresa, que ha cerrado los ojos y se ha tapado la cara con las manos.

—Insisto en que no hay nada realmente grave, nada que sea irreversible. Espero que comprenda que no es mi intención juzgarla ni avergonzarla, sólo pretendo ponerla al corriente del estado de abandono del señor Durán. No es conveniente que viva solo por más tiempo, a riesgo propio y ajeno ¿me comprende? Perdone, pero ¿me está escuchando? —El doctor le ha puesto una mano en el hombro, pero Teresa no siente nada; si acaso una verja pesada cerrándose tras ella—. Le preguntaba si tiene usted hermanos.

—Tengo una hermana —responde con la mano aún sobre los ojos, a modo de visera—. Pero no se puede contar con ella, está como una cabra.

A Teresa se le escapa una risita nerviosa y al instante siguiente se ruboriza. Nada, si embargo, que conmueva al doctor:

—Pues en ese caso deberían contratar a alguien que se ocupe de él, o bien plantearse la opción de una residencia.

De la magnífica sonrisa ni rastro, y los buenos modales han quedado flotando en la superficie. Teresa no puede precisar ni el cómo ni el porqué, pero otra vez se siente indefensa y manipulable, como un personaje de ficción que ignora lo que se trama a su alrededor y no sabe cómo actuar. Cuando por un instante logra verse desde fuera, preocupada, muda y encima fláccida, le parece estar viendo una película de terror en clave realista. Pero de nuevo es ella la que salta de la silla, y la que una vez en el pasillo arrea con la familia y los trastos sin dilación:

—¡Vámonos, padre!

III

Ha empezado a llover, toman un taxi. Pronto se colapsa el tráfico y el vehículo queda encallado en el centro de la ciudad. Lo único que avanza es el taxímetro. Qué caro es el tiempo, se lamenta Teresa, pero qué caro, cada minuto que pasa es más caro que el anterior. El abuelo y el nieto se muestran las magulladuras y un olor a mugre rancia y a desinfectante invade el espacio. Teresa mira por la ventana las nubes de tormenta que se amontonan sobre los edificios, listas para descargar su furia eléctrica. La visión le produce nostalgia, le trae recuerdos de su hermana y ella jugando a disfrazarse en las tardes lluviosas. Sepultado en algún lugar suena el teléfono móvil:

—Hombre, Belén. Sí, llevo llamándote toooda la tarde. ¡Y qué tarde, hija! Primero me llaman del cole, que otra vez el niño disfrazado. Te lo juro, y encima le han pegado en la cara... (Carlitos lanza una mirada furtiva al perfil de su madre, que como puede, con el gesto y con el pelo, se oculta de no sabe exactamente qué.) ¡Yo qué sé quién ha sido, si a mí no me cuenta nada! Luego me llaman del hospital, sí, que papá se ha caído por la calle, bueno, ya te contaré... (El abuelo se aclara la garganta, su tos es como una caverna que devuelve el eco de las palabras del doctor: Deprimido. Desnutrido. Sucio.) Oye, hazme este favor, aún me queda la dichosa reunión del fútbol y no me da tiempo a pasar por el súper, así que acércate a casa y tráenos algo de cena. Y te presto la falda de terciopelo, va. No, a *mi* casa. Papá se va a quedar un tiempo conmigo. Que ya te contaré... Y luego otro tiempo contigo. Lo que oyes. ¡Pues anda que a mí! Como no me ayuden Fabiola y Angelita, lo tengo claro... (En el espejo retrovisor se topa con los ojos del taxista, pequeños y chispeantes ojos, censurando sin disimulo.) Pero mejor lo hablamos luego, ¿vale? ¿Tú dónde estás? ¿Y qué haces en la subasta del Fórum? No, no me interesa saber qué has pagado por un lote de seis papeleras, ¿para qué mierda quieres seis papeleras? Que no quiero decir un precio. ¡Y yo qué sé! Ay, qué pesada... Está bien, ¡diez euros! ¿Veinticinco? Pues que bien. Ahora escucha, Belén, te necesito. Te-ne-ce-si-to. Trae lo que sea, y sal ya, ¿me oyes? Cuelgas y sales zumbando. Chao. ¡Carlitos-acábate-ese-bocadillo-por-Dios-te-lo-pido!

Si hay algo en este mundo que la ponga realmente histérica, además de la lentitud exasperante con la que come el niño, es la afición de su hermana por malgastar el tiempo comprando baratijas de forma compulsiva. Desde que el último novio la dejó en la ruina moral y económica, Belén no levanta cabeza, y anda de mercadillo en mercadillo arrastrando bolsas sin otra obligación ni rumbo aparente. Teresa se pregunta muchas veces por qué, no siendo la estafa lo peor que su hermana ha soportado en su relación, ha tenido que ser ése el golpe que la ha destruido tan íntima y certeramente. Por lo demás, ya no se esfuerza en entenderla sino en contenerse, en tratar de mimarla o de rehuirla con delicadeza, en asumir algunas de sus responsabilidades y, a veces, en rezar a solas para que su hermana mayor, su única hermana, encuentre pronto una salida.

—Perdone que me meta en lo que no me importa, señora —dice el taxista, *meeeeec*, mientras abre dos dedos la ventanilla para ventilar el intenso olor— pero, en

mi modesta opinión, creo que es deber de los hijos ocuparse de los padres llegado el momento, ¡y más aún tratándose de hijas! Yo tengo dos chavalines, ¿sabe usted? Aún son pequeños, pero mi mujer, sin que se note mucho, ya me los alecciona para que a la hora de elegir novia tengan un poco de picardía. Y de paso nosotros algo de suerte porque, según mi parienta, si nos toca la nuera fatal estamos perdidos, claro que si hubiésemos tenido dos hijas otro gallo nos cantaría...
—Pare. Pare aquí.
—Está lloviendo, Tere —dice el viejo.
—Y sólo tenemos un paraguas —dice el niño.
—¡Bajad!

IV

—En nombre del presidente del Club, de la junta directiva, del padrino de honor y de nosotros mismos, responsables de la próxima temporada de la escuela de fútbol, os damos la bienvenida.

Y con los tacaños aplausos de las madres y los padres queda inaugurada la reunión. Preside la sala una enorme pantalla con el emblema del Club, y sobre el escenario los dos responsables y el padrino de honor, un futbolista retirado, se disponen a presentar el plan del año, que incluye dos días de entrenamiento y un partido por semana. Carlos, el padre de Carlitos, ha guardado sitio en la última fila.

—Uno se ha caído en la calle y el otro en el patio... —se apresura a decirle Teresa, al ver la preocupación en su cara—. Es aparatoso pero no es nada.

Carlos le da la mano a su ex suegro, mientras Teresa se arrodilla en el suelo y sin dejar de hablar acomoda los bultos —bolsas, bolsos, carteras, paraguas, abrigos— debajo de las sillas, junto al maletín de Carlos y el casco.

—No preguntes ahora, luego te cuento. ¿Has venido en moto? Pues tenemos tormenta, querido. ¡Carlitos, ven aquí!

Y es que el niño ya se ha encaramado sobre las piernas de su abuelo.

—Déjalo —dice el señor Durán—. Si estoy bien, lo que se me ha jodido es el brazo.

De pronto rugen los altavoces y la sala se estremece.

—Bien, señoras, señores —dice uno de los responsables—, para los que éste es vuestro primer año, y también para los ya lleváis un tiempo con nosotros, y sobre todo para los más veteranos, os hemos preparado este vídeo que conmemora el centenario del Club. Han sido muchas horas visionando cintas y mirando fotografías, muchas horas y muchas discusiones —puntualiza, mientras el compañero asiente tristemente con la cabeza—. Ha sido una larga y penosa selección de imágenes que, de forma breve y justa, creemos, ilustran cien años de un Club de fútbol como el nuestro. Esperamos que os guste.

Se apagan las luces de la sala y la pantalla no se ilumina. Parece que el proyector no funciona, un clásico en las reuniones, motivo de bronca en la oscuridad entre los dos responsables. En la última fila también se susurran reproches:

—Por lo menos podrías haberle puesto el chándal, ¿no? —dice Carlos.

—Y tú podrías haberle impedido ponerse ese disfraz —dice Teresa.

—Lo intenté, pero llegábamos tardísimo y no quería.
—Ah, bueno, si es eso, si el niño no quiere pues nada, oye, no sea que se traumatice...
—¡Ssshhh! —protestan desde otras filas.

Un relámpago ilumina la estancia donde aguardan un centenar de padres cansados y con prisas, y los responsables discuten mientras el honorable padrino se hurga la nariz en la clandestinidad. Pero lo que más impresiona a Carlos es el perfil de su suegro, un perfil espectral, iridiscente, sereno. De pronto arranca el entusiasta himno del Club y la ilusión se rompe.

—Tu padre tiene mal aspecto —susurra Carlos.
—Tú también —replica Teresa.

Pero durante el vídeo se dan una tregua. Niños, chicos, hombres, todos vestidos igual y corriendo hacia un lado y hacia el otro tras un balón. Imágenes reiterativas hasta el agotamiento, cuando de pronto, en un ángulo de la enorme portería, preparado para lanzarse en plancha e impedir el gol, Teresa vislumbra a Carlitos un año atrás, cuando aún no estaba tan flaco ni se le habían caído los dientes delanteros de un balonazo.

—¿De verdad tengo mala cara? —insiste Carlos, en voz baja.
—¡Cállate!
—¡¡Sssssthh!!

El resto del vídeo Teresa lo pasa persiguiendo más imágenes de Carlitos. Lo intuye en una foto de equipo y reconoce sus piernas colgándole del banquillo; pero verle, no le ve más. Se han encendido las luces y se oyen unos cuantos aplausos que los responsables agradecen.

—... y antes de empezar con las recomendaciones y

las preguntas, quisiéramos recordar a todos los presentes, los que os hayáis reconocido en las imágenes y los que empezáis hoy, que vuestros hijos han sido elegidos...

—Uy, elegidos dice... —murmura Teresa, que vuelve a estar a la que salta—. Con lo que cuesta la matrícula, la mensualidad y el material, que no te rebajan ni los calcetines, ya te lo digo yo para qué hemos sido elegidos...

—Ni que lo pagaras tú —murmura Carlos.

—¡Hombre, por favor, que algunos hemos venido a enterarnos! —se queja una madre, que es nueva en el asunto y está tomando notas del discurso de fondo.

—... queda prohibido a las familias bajar al terreno de juego, banquillo y vestuario, así como amonestar durante el partido a los árbitros, a los entrenadores o a los mismos niños. Recuerden que ustedes son los primeros que han de dar a sus hijos ejemplo de compañerismo y espíritu deportivo, y no queremos que se repitan los desagradables episodios del año pasado...

—¿Y por qué no los cuenta? —se pregunta Teresa, en voz alta—. ¿Por qué no cuenta *los desagradables episodios del año pasado,* para que la rubia pueda tomar notas?

—¿Pero qué te pasa hoy?

—¡Se callen ya, coño!

—Qué humos... —prosigue Teresa—. Mírala, subrayando con un rotulador fosforito. No se lo tomará tan en serio cuando vea que para acompañar a su elegido al lavabo hay que ir con katiuscas y un rollo de papel de váter...

—Igual hasta se borra y todo —ironiza Carlos—, sin amargar ni dar el coñazo a los demás.

Meeeeeeec.

—... responsables y entrenadores continuamos trabajando para equilibrar en número y nivel los equipos, con el objetivo de lograr la máxima motivación de nuestros jugadores. Lo que entre otras cosas quiere decir que el listado que ahora les damos es provisional, y los nombres de los equipos, empezando por los benjamines, alevines...

El discurso prosigue mientras un montón de papeles es entregado a los de la primera fila. Teresa ve la ola de papelamen que avanza a través de la sala. Algunos niños ya se han dormido. El padrino del Club, hasta ahora convidado de piedra, tiene una idea desafortunada: saca de la mariconera un paquete de cigarrillos y es inmediatamente reprendido. Entonces la mirada de Teresa se topa con una visión que desata su monstruo interior. Se trata de los restos del bocata bruñido que Carlitos todavía no se ha terminado, que lleva en la mano sudada desde hace ya dos horas, y que ha arrastrado por autobuses, hospitales y taxis:

—¡¡¡Come!!!

Ahora sí, el grito parte de cuajo la reunión futbolera. Silencio absoluto. *Meeeeec.*

—Mejor nos vamos —dice Teresa, incorporándose para emprender la retirada.

—Recuerde, señora Durán, que este sábado es el primer partido de liga y los niños tienen que venir uniformados de casa y llegar el campo media hora antes para organizarnos, o sea a las siete y media de la mañana.

—Joder...

—Tere, por favor.

—Aprovecho para recordar a todas las familias que el chándal del año pasado ya no nos sirve porque hemos cambiado de *sponsor...*

Teresa se va rezongando tras el viejo y el niño, guiándoles hacia la puerta de salida como una gallina a sus polluelos. A la pasada el abuelo tira el resto del bocadillo en la papelera, y Carlitos lo celebra como un gol.

—Señores, seguimos trabajando en el proyecto con la misma ilusión con la que empezamos, queremos continuar creciendo con vuestros comentarios, sugerencias y opiniones. Éste es el momento.

V

Por fin en casa. Se trata de una vivienda unifamiliar en un callejón peatonal, con jardín minúsculo delante y detrás, ventanales junto a la calle, macetas y triciclo en la puerta. Sobre la mesa hay una nota de caligrafía esmerada: «Señora, han cortado el gas y no sé por qué, recuerde que no vengo mañana ni pasado por el tema de los papeles, Fabiola». Es la chica que ayuda a Teresa en las faenas domésticas. Teresa ve a su vecina espiando tras una de las ventanas.

—¿Qué haces ahí, Angelita? Pasa, anda, pasa que cogerás frío.

—Han cortado el gas por una fuga en el barrio —dice Angelita, que lleva una bolsa de plástico en la cabeza para que la humedad no le estropee la permanente—. Buenas, señor Durán, cuánto tiempo sin verle. ¿Y a ti qué te ha pasado en la cara, hijo? —Carlitos se encoge de hombros. Teresa también. Angelita cambia de tema—. Oye, no es por meterme en tus asuntos, que tú sabes que a mí no me gusta eso de meterme en la vida de los demás, pero la chica ha vuelto a traer a su novio y no ha dado palo al agua. Ya sé que la paga tu ex, pero, Tere, si no te ayuda...

—¡Tú tampoco me ayudas, Angelita, así no!

Meeeec. Esta vez es algo simultáneo, Teresa se arrepiente de lo que dice a medida que lo dice. Porque su vecina cotilla siempre está dispuesta para hacerle un favor, a cualquier hora del día o de la noche: cuidarle el niño, regar sus plantas, hacerle una tortilla o simplemente escucharla. Y Teresa valora esa generosidad y ahora busca una disculpa que Angelita, mujer práctica y auténtica, no necesita en realidad:

—Ya sabes que el año pasado me puse el calentador eléctrico, así que déjame al niño que yo me ocupo de bañarlo. Y tú te ocupas de tu señor padre, que por cierto no tiene buen aspecto hoy... —Angelita se lleva al superhéroe a regañadientes—. ¡Y tú cámbiate, mujer, que estás empapada!

Teresa convence a su padre de que conviene darse una ducha fría y rápida antes de curar esa herida. Instantes después, mientras ella está cambiándose de ropa y secándose el cabello húmedo, llaman por teléfono.

—¿Es usted la señora Teresa Durán?

—Sí, ¿qué ocurre ahora?

—Encantada de saludarla, mi nombre es María José Holgado.

—¿María José? ¿Y qué quiere? ¿Qué pasa?

—Señora Durán, está usted de enhorabuena. El motivo de mi llamada es para comunicarle que, como usuaria de nuestra compañía, ha sido usted elegida para disfrutar de nuestra exclusiva oferta de descuentos en las llamadas internacionales, así como...

—Ah, mire, es que no me interesa, ¿eh? Gracias.

—Déjeme decirle que no tiene usted que pagar nada, que simplemente le ha tocado por sorteo y lo único que debe hacer es darse de alta en...
—Es que no me interesa darme de alta en nada, gracias.
—Es un regalo, señora. No intento venderle nada, es un regalo. ¿Recuerda usted lo que es un regalo?
—Que no me interesa, gracias.
Silencio tirante. Se ve que Teresa no recuerda lo que es un regalo, ni le interesa.
—¡Tereeee, que me estoy congelando! —grita el padre.
—¿No le interesa pagar menos, señora Durán?
—No me interesa pagar menos, María José. Gracias por preocuparse tanto por mí.
Cuando Teresa ayuda a su padre a salir de la ducha le impresiona vivamente la decrepitud que se ha adueñado de él sin que ella se haya dado cuenta. Está en los huesos, tiene la piel escamada y las uñas de los pies son oscuras y curvadas hacia dentro. Pero mientras ella le cura meticulosamente la llaga blanquecina, con un nudo en la garganta, él canturrea la mar de relajado.
—¡Tereee! —grita la vecina—. ¡Ven por el niño que no quiere saliir!
Teresa vuelve de la casa contigua con Carlitos tiritando en los brazos, envuelto en una toalla. Le pone el pijama y le peina con cuidado. El chichón palpita, resplandeciente, y deforma su frente a modo de proa de barco. Tal vez debería haber aprovechado la visita al hospital para hacérselo ver por el doctor, pero con las prisas ni siquiera cayó en la cuenta. *Meeeec*. De nuevo se siente torpe, culpable, incompetente.

—¿Te duele, amor mío?

Carlitos niega con la cabeza. Manipula un dinosaurio de plástico con suma concentración. Está tranquilo y hambriento. Es feliz, y aunque Teresa no pueda destacar esa certeza de la crispación del conjunto, la percibe instintivamente.

Entonces llaman a la puerta.

—¡Qué me dices de esta litografía estampada! —Es su hermana, cargada de bolsas—. Di un precio.

—Belén... Es que me da igual. Papá está aquí, hecho un cristo... Y el niño... Pero pasa y lo hablamos luego, cuando se hayan acostado. ¿Traes ahí la cena?

—No, eso son las papeleras. La cena está en la otra bolsa. ¡Pero di un precio, mujer!

—¿Un euro?

—Dos.

—Pues qué bien. Pero es horrenda.

—¡Y qué quieres, por dos euros!

Belén se ríe de su padre, que lleva puesto un pijama de Piolín en diversas poses de tenista. Luego reparte papeleras y, sorprendentemente, Carlitos se entusiasma con la suya y le cuenta a su tía, respondiendo a su gesto y a su interés, que nadie le ha pegado en el colegio, que han organizado un juego ridículo en el patio y le han dado una patada sin querer, que a él nadie se atreve a pegarle porque es el más fuerte y valiente. Teresa, que va y viene de la cocina con los cacharros, suspira de alivio. En su subconsciente ha empezado ya a relajarse. A medida que pasa la tarde quedan menos posibilidades de malas noticias. Están juntos, relativamente sanos, y van a cenar.

VI

Cenan pollo *a l'ast* con ensaladilla rusa, y beben agua del grifo. El chichón de Carlitos ha empezado su proceso de degradado de colores, y los párpados le pesan de cansancio. En los bordes de su plato se acumulan bolas de pollo masticado. En cambio el abuelo chupa y roe los huesos, y arrastra con pan los restos de mayonesa en el plato. No dice que no a nada.

—Papá, ¿un yogur? ¿una pera?
—Venga.
—Queda un trozo de tarta del domingo.
—Venga.

Belén aún esconde otra sorpresa en una de esas bolsas que arrastra en su vagabundear. Se trata de una botella de vino tinto que exhibe con cara de niña traviesa.

—Hoy es Noche de Gala, hermanita.

Pero la moral de Teresa cabe en una cucharita de café, y si alza las cejas es un poco por la fuerza de la costumbre y el compromiso. Belén la mira atenta, esperando un golpe de memoria que no llega.

—Ya no te acuerdas —dice, decepcionada—. ¿Lo ves o no, padre?

—Lo que veo es que podrías haber sacado antes el vino.

—Luego dicen de mí... —continúa Belén—. ¿Pero es posible que no te acuerdes de nuestra Gran Noche de Gala?

—¡Claro que me acuerdo, no seas pesada! —gruñe Teresa, que ahora está pelando una mandarina para el niño—. ¡Y tú escupe eso, te comes el postre y a la cama! Si es que es para matarle...

Con ojos lastimeros bajo el chichón, Carlitos mastica su bola con profundo hastío.
—Déjale ya —intercede el abuelo—, ¿no ves que se cae de sueño?
—No disimules —sigue Belén—. No la recuerdas.
—Vale, Belén, lo que tú digas.
Y es que Teresa no quiere dejar paso al recuerdo, no quiere que el recuerdo de sus noches de gala provoque en ella reacción alguna; si acaso una desolación íntima que cree del todo invisible. *Meeec.* Belén sirve el vino en silencio.
—Pues yo sí que las recuerdo —salta el abuelo, a todo esto—. Eran algo fantástico...
Ha dejado el envase del yogur inmaculado, el rabito de la pera, y se dispone a atacar con ganas el trozo de tarta y el vaso de vino. Pero se toma su tiempo. Todas las miradas están posadas en él. Ha remontado visiblemente. Incluso ha recuperado esa tendencia al cuento y al teatro que las hijas y el nieto han heredado.
—Ah, sí... Cómo olvidar la Gran Noche de Gala, la ceremonia de entrega de premios, donde ningún detalle era pasado por alto, donde la flor y nata de la humanidad se congregaba en vuestra habitación, donde era mundialmente reconocido vuestro talento, belleza y encanto. —Belén suelta una carcajada salvaje y da un codazo al pecho de su hermana, que parece una estatua de piedra. A pesar del cansancio, Carlitos se dispone a la sorpresa—. Ya desde primera hora de la tarde había gran excitación y ajetreo, camas arrastradas, órdenes y broncas, risas y música... Todos, absolutamente todos los muñecos, que eran legión, se vestían y sentaban de forma que pareciera el público, el

selecto, complaciente y perfumado público. Las muñecas habían visitado antes la peluquería, algunas sin mucha fortuna, la verdad. —Carlitos se ríe, medio dormido. Belén y Teresa escuchan atónitas y boquiabiertas los recuerdos de aquellos rituales que creían secretos y exclusivos, y que sin embargo su padre parece conservar con mucho más detalle que ellas mismas—. A ti, Belén, te gustaba recoger tu premio por cuestiones técnicas, qué sé yo, montajes y cosas de ésas, hasta te ponías mis gafas para leer el discurso de agradecimiento, que por supuesto había sido previa y primorosamente redactado. A la Tere en cambio le iban más los temas artísticos y melodramáticos, si hasta soltaba lagrimita en las dedicatorias y posaba para las fotos con un descaro extraordinario... Qué lástima que vuestras cámaras fuesen invisibles, y vuestros *flashes* imaginarios, porque de verdad que aquello era algo fantástico... ¡Fantástico! Muchas veces me he arrepentido de no haber grabado en vídeo alguna de aquellas ceremonias. Pero algo me decía que en el momento en que descubrieseis el objetivo real de una cámara, incluso mi propio ojo observando desde el otro lado de la puerta, la magia desaparecería.

Y con el mismo asombro con el que han escuchado el relato de su padre, Belén y Teresa le ven meterse en la boca el trozo de tarta entero, y masticar con gesto satisfecho. Carlitos se ha quedado dormido sobre los brazos cruzados.

VII

Teresa acuesta a su hijo y a su padre en su propia cama. Ella aún tiene que hablar con su hermana de cosas complicadas. Pero cuando vuelve al salón, Belén, con los brazos cruzados y el ceño fruncido, ya ronca a todo lo largo en el sofá. Ha dejado los zapatos a mano y bien colocados, una costumbre que mantiene desde que era una adolescente rebelde, cuando Teresa la admiraba profundamente y se dejaba llevar por su audacia. Cuando le echa una manta por encima ve que tiene los tobillos hinchados, y es que Belén ha engordado bastante desde que bebe. Luego se queda unos instantes sin saber qué hacer. No tiene agallas para darse una ducha fría, así que se quita el turbante, se amarra el pelo y se lava como las gatas. Luego se arrellana a golpe de cadera en una esquinita del sofá, y enciende la tele con el volumen bajo.

Y ahí está: Gran Noche de Gala en un teatro de Los Angeles. Se retransmite en directo la ceremonia de entrega de los Oscars de Hollywood, una especie de referente en el calendario del año de las hermanas Durán, en lo que a Noches de Gala se refiere, a lo largo de su infancia y buena parte de su adolescencia. Teresa mira la pantalla esperando encontrar la nostalgia del viejo álbum de fotos, tratando de distinguir un destello de aquella chispeante ilusión. Pero no encuentra nada, entre toda la gente guapa y enjoyada, entre todo el *glamour* artificial y regalado, nada que le despierte el menor interés; apenas curiosidad de comprobar cómo cambia la moda en el mundo del lujo, que las mujeres están más flacas y van más escotadas, que hay más negros, más hispanos, incluso un andaluz de pura cepa. Pero está demasiado cansada, en estas últimas vibraciones del día, y los ojos se le cierran solos. En cuanto la mente se le vacía de imágenes, se le llena de ruidos y voces: *Meeeec. Es mentira, tengo cinco y medio. Ojo por ojo, y todos tuertos. Desnutrido, deprimido, sucio. Un lamentable estado de abandono. Meeec. Es deber de los hijos, llegado el momento. ¿Recuerda usted lo que es un regalo? Otra vez ha traído al novio y no ha dado palo al agua... Di un precio. ¿No le interesa pagar menos, señora Durán? Meeeec. Hoy es Noche de Gala, hermanita. Era fantástico... ¡Fantástico!* And the Oscar goes to...

Teresa Durán abre los ojos de par en par, sobresaltada, y se incorpora del sofá como impulsada por un resorte, respondiendo a la llamada inesperada, pero nítida y rotunda, de su nombre y su primer apellido, que con exótico acento ha leído un apuesto actor inglés entrado en años. Luego avanza entre aplausos por el pasillo, haciendo aspavientos: no puede ser cierto, no es posible, debe de ser una alucinación. Por el camino se arranca la goma del pelo y lo sacude. Las luces del baño están encendidas, y la taza meada, pero eso no importa ahora... ¡Está tan emocionada! No puede creerlo... Sin embargo, no es un sueño, porque no está dormida. Agarra el envase dorado de la laca del pelo, la mira con pasión y con orgullo, mordiéndose el labio inferior, negando lentamente con la cabeza. Luego la estruja contra su pecho y va a decir algo; quisiera agradecérselo y dedicárselo a todos aquellos que le tienden una mano, pero la emoción la embarga y cierra los ojos. Luego respira profundamente para contener las lágrimas infantiles que han inundado sus ojos y, con una mano en el corazón, le planta cara al espejo:

—Gracias. De verdad, a todos, gracias.

Fernando Clemot

FERNANDO CLEMOT (Barcelona, 1970) es autor del libro *Estancos del Chiado* (Paralelo Sur, 2009) con el que ha obtenido el Premio Setenil 2009. También cuenta en su haber con la novela *El golfo de sus poetas* (Barataria, 2009) y ha publicado en lengua italiana, junto a Klaus Zilles, el recopilatorio *En la frontera: I migliori racconti della letteratura chicana* (Gran Vía, Milán, 2008).

DE VUELTA AL CALLEJÓN DEL GATO

Hay una pregunta que se ha convertido en lugar común para los que nos hemos dedicado a escribir cuentos: ¿te sientes más cómodo en la narrativa breve o en la novela? Desde hace un tiempo suelo contestar lo mismo, que me resulta indiferente, que no encuentro casi ninguna diferencia entre un género y el otro, los miedos que me producen son los mismos y las satisfacciones también parecidas. Y es cierto, no creo que haya ninguna diferencia esencial para el escritor entre estos géneros, como tampoco creo en las distinciones usuales entre novela histórica, novela corta, novela femenina, novela de terror, policíaca, romántica, de aprendizaje, novelas con barriga y secas hasta los huesos... Hay cien nombres para nombrar lo mismo cuando posiblemente la única división marcada sea la que existe entre la mala y la buena literatura.

Como mencionaba anteriormente mis miedos ante cualquier género son los mismos y quizá sea ésta la característica principal de mi narrativa: el miedo, un pánico aterrador a encontrarme escribiendo. Es así. Me cuesta escribir, no disfruto escribiendo, todo lo contrario, me escarbo y hiero, y quizá sólo encuentro el acicate para seguir haciéndolo cuando corrijo lo ya escrito o leo algo propio que me guste especialmente. Con matices, pero es así: sólo en la tregua de la corrección o en la contemplación de lo ya escrito disfruto, allí encuentro el momento que me atrapa, un germen que durante años me costó definir, mientras me limito a soportar esa extraña dialéctica del sufrimiento que mantengo con lo todavía no escrito.

Una pregunta derivada de la inicial, y flanqueada de dudas y miedos, sería por qué demonios escribo si no encuentro apenas placer en ello. Yo me lo he preguntado muchas veces y sólo he hallado una respuesta compleja y contradictoria, pero creo que, para mi caso, acertada. Sospecho que a través de la literatura encontré una forma inmejorable de ensanchar lo que he vivido. De resumirme, entenderme y ampliarme. Y afirmo que la literatura nos ensancha porque la vida suele ser breve, tediosa, y en muchos casos, necia y aburrida. La vida es un tahúr que te la juega, es una amante zalamera que te suele prometer mucho más de lo que suele ser de forma efectiva. La literatura me ha permitido paliar en parte esta carencia, acceder a vericuetos en los que me pude quedar, a vidas que me hubiera gustado vivir, a existencias a las que me acerqué pero que dejé de lado por miedo o cautela. La literatura te permite trazar derivadas del eje troncal de tu vida. El descubrimiento de este atajo abre una puerta que luego es difícil cerrar, un hábito que no creo que encierre diferencias de peso con cualquier otro tipo de adicción. La literatura me acerca, en definitiva, a lo mío.

Examinar lo que escribimos es reconocerse en un espejo, como Umbral en *Mortal y rosa,* y puede que en ese examen encontremos menos de lo que esperamos, quizá también al homínido que acompañaba a don Francisco, puedes encontrar un rostro horroroso, pero también te puedes reflejar vestido de gala, divertido y aventurero, seductor, ese espejo te conmina también a vivir lo que nunca has vivido. Dos ejemplos podrían ser Verne o Baroja: el primero recorrió el mundo sin apenas salir de Francia y el otro se atrevió a escribir las *Memorias de un hombre de acción* desde su monacato de Itzea.

Literatura, sí. Literatura de raíz. A las bravas y con miedo. Literatura para devolvernos una imagen de la vida menos ramplona y cansina. Larga vida a la literatura que nos hace mudar el rostro, que nos desfigura como máscaras de comedia griega, como los espejos de Max Estrella en el callejón del Gato.

Levante

> *... un herpes es un poco como el remordimiento, permanece dormido dentro de nosotros y un buen día despierta y nos ataca, y después vuelve a adormecerse porque conseguimos dominarlo, pero permanece siempre en nuestro interior no hay nada que hacer contra el remordimiento...*
>
> Antonio Tabucchi, Réquiem

Durante años evité volver a Piedivalle y sólo asumí aquel regreso como algo inevitable, un sarcasmo más del destino, como un tiento más en mi vieja copa de cicuta, el último, quizá el más breve y amargo de todos.

No siempre este peso ha lastrado mi vida, en algunos momentos mi culpa se ha ocultado allí, entre las rocas, cobijada como uno de esos crustáceos de rojo salvaje que aparecen y se esconden, iguales sus cáscaras a mi culpa, cargada de cárdenos y magentas. De ese color era la nota que ha emborronado las páginas grises de mi vida, como el pescador que acecha sólo sentía a veces su presencia, una inquietud, un remover de conciencia, como un suave roce entre oquedades; aquel remordimiento también debía tener un sonido, el que batía en mi cerebro, como las torpes pinzas de esos cangrejos chocando contra las piedras de su guarida.

    Madrugamos el día de la partida a Piedivalle; antes de las siete Paolo ya estaba frente a la casa, orgulloso dentro de su auto formidable y brillante. Me tendió la mano a mí y a Isabella, un beso casto para Betty antes de cargar las maletas atrás. Hacía una mañana de perros en Bolonia pero el parte decía que por Umbría y Toscana aclaraba, ideal para buscar las playas del sur, bromeó Paolo cordial mientras giraba el contacto. Prendí un cigarrillo y centré mi vista en las calles, atravesábamos la ciudad casi a tientas, mi mujer y Betty detrás, las dos calladas, las luces desdoblándose sobre la pátina de humedad del pavés como en un juego de espejos, cruzamos el Viale Carducci y Porta di Santo Stefano casi desiertos. Agradecía dejar la ciudad, aquellos últimos días me había sentido como un reo que espera su ejecución en la celda por lo que supuse que la vista de mi verdugo sólo podía representar un alivio feroz y definitivo a mi condena.

    Pasados los túneles que horadan los Apeninos se aclaró algo el día y lucía ya un sol apagado cuando enfilábamos las llanuras que van a morir a la Maremma. Fue un viaje átono, como el tiempo, apenas si hablamos y antes de las once aparcábamos en la puerta del hotel, frente al paseo marítimo de Piedivalle. Ojeé todos los rincones, había dibujado mi imaginación tantas veces un mismo escenario que me sorprendió verlo tan cambiado, reconocer que habían pasado más de treinta años, donde antes entraban las barcas de los pescadores se había construido un puerto deportivo y la hilera larga de casas que llevaba a Grosseto apenas si asomaba tras un murallón de apartamentos vacíos. Me alegró no reconocer casi el lugar de mi infancia y juventud, sólo impasibles al tiempo la fortaleza de los Malatesta y en el horizonte el tómbolo grueso de Monte Argentario. Zumbaba fuerte el levante dejando el paseo y las terrazas desiertas; empezaba a ensuciarse el verano y aquel inicio de septiembre tan lluvioso parecía haberse llevado también a los últimos turistas tierra adentro.

Subimos a la habitación: un quinto de amplia terraza desde donde se dominaba el caserío pálido de Piedivalle. Hacia el interior las construcciones habían remontado la ladera hasta los pies de las peñas. La hacienda del abuelo debía estar allí, enterrada bajo alguna parcela de las nuevas urbanizaciones. Bajo nuestra terraza seguía amarrada frente al Club Náutico la breve playa de Poniente. La intuí algo más estrecha, la línea de costa había ganado terreno a la arena sin alterar su forma de luna menguante, como años atrás asomaban allí los dos peñascos: Tino y Tinneto, como dos relucientes escualos brotados del oleaje retinto... Dicen que el muerto vuelve a sangrar a la vista de su asesino pero ahora lo contemplaba todo desde el otro lado, iba y venía el oleaje sobre una playa de luto, y en cada resaca sentía como si se volviera a levantar de nuevo el sudario de mis desdichas, comprendí mirando las aguas que al criminal también le debe hervir la sangre frente al lugar del delito.

—¿Qué pasa, Domenico? —las palabras de Isabella destilaban acíbar—. Estás rarísimo. No has abierto la boca en todo el viaje...

Intenté esbozar una sonrisa mientras apoyaba el brazo en el cristal.

—Estoy cansado... Cada vez me incomodan más los viajes, hacer las maletas, los cambios. En estas cosas noto que me estoy haciendo viejo.

—Sabes que teníamos que hacerlo; a Betty le hacía ilusión que compartiéramos unos días con ella y Paolo.

Yo callé y ella también. Calló mientras deglutía mi mentira, sé que la notaba profunda como el que paladea un licor pocas veces probado. Volví la vista a la playa. Una corona de nubes vestía la arena con las envenenadas galas de una playa del norte. Me escocía el recuerdo de una herida nunca cerrada, como una pupila que sale del agua y que se abre al sol, gimiente de luz y salitre.

Mi recuerdo de aquel arenal era otro, eran tiempos de soles rotundos, jornadas brillantes y playas casi desiertas, de veranos en busca de inglesas o francesas adineradas, emborrachándonos sin mesura en la taberna para luego ir a fumar entre las barcas, tratando de engatusar a alguna chica del pueblo aunque éstas solían escapar de nosotros como alma que lleva el diablo. Especialista en estas lides era Gianni, un demonio tres años mayor que yo que había conocido en la Universidad de Bolonia, alto y enjuto, los ojos grandes, el pelo liso y negro, una raya sempiterna le tajaba el cabello a la izquierda como un sablazo de sarraceno. El abuelo Alfio me advirtió sobre él.

—No me gusta ese amigo tuyo, Gianni... Tiene el rostro girado. Me recuerda a alguien y no sé a quién. Es orgulloso y altivo como un Sperelli...

También le había oído decir tras alguna conversación en la comida que aquel muchachuelo era fanático como un capitán Ahab. Le gustaba al viejo Serravalle compararlo todo con sus viejos personajes de novela, yo seguía siendo para él un grumete en busca de aventura como el Dick Sand de *Un capitán de quince años* y Volturno era una roca, una fuerza primigenia como el Crotón de *Quo Vadis,* fiero como un Ned Land, rudo como un Sancho Panza. Pese a que la casa se había despoblado de hijos, nietos y sirvientes, el abuelo Alfio seguía siendo el capitán de su bajel, de la casa solar de los Serravalle y los Guardi en Piedivalle, anclada mar adentro, rodeada de robles y encinas, a más de veinte minutos a pie del puerto, orgullosa y solitaria como su patrón, distante de los pescadores que tantos siglos le habían servido. Sonreí y dejé al abuelo refugiado en su estudio, bajo la enorme panoplia que enmarcaba los retratos de Garibaldi y Mazzini, pensé que aquél era el primer año que no estaba al cobijo de la casa, estudiando interno en Bolonia, y que el viejo desconfiaba de todo aquello que le era desconocido... por ello obvié su comentario.

 Por entonces había escapado también del influjo de mi padre, demasiado ocupado con sus amantes y su consulta de Florencia, para caer en el vórtice del remolino de Gianni. Con él había asistido a las primeras fiestas de universitarios en la Via Irnerio, allí conocí a los dirigentes del Partido en la provincia y también a mi primera amante, Maddalena, una ninfa de pelo encarnado, carnal como una Jean Harlow, de ella se decía que había pasado por las manos de todos los camisas negras de Bolonia. Era en aquellos tiempos la voz de Gianni la que más alto se oía en todas las tertulias, en la universidad y la taberna, siempre cuadrando inmutable como un nivel sus convicciones, duro y cruel como un césar, acumulaba en él todas las seguridades que siempre se me habían negado. Era un fiel siempre templado cuyo extremo apuntaba un rumbo fijo a seguir y en aquellos tiempos en que mi barco iba a la deriva deduje que había topado al fin con el timonel que debía sacarme de todas mis inseguridades.

Nos hicimos inseparables aquel año: yo anhelaba copiar su empuje y dureza e imagino que él veía en mí la felicidad de una vida burguesa que siempre había envidiado. A través de él conocí a Volturno, su mano armada. Fiel como un dogo hubiera matado por cualquiera de nosotros dos o por el que hubiéramos nombrado como de nuestra cuerda. Recuerdo bien su rostro, la mandíbula ancha y levantada como un cepo, el cabello muy corto y ralo. Le gustaba mantenerse en silencio en el café, cuando la conversación se espesaba y retorcía se alejaba a sabiendas de que no eran aquellas las lides para las que estaba destinado. Imagino que fue esa misma obediencia feroz la que le llevó a la muerte, en diciembre del cuarenta, en Sidi Barrani, apenas empezada la guerra, aferrado a su trinchera, disparando mientras el resto de las divisiones de Berti se rendían o huían a la desbandada...

—Vamos a bajar a dar un paseo, papá, ¿queréis venir con nosotros?

El rostro de Betty asomaba sobre el pomo dorado de la puerta, meciendo su sonrisa perfecta, con el mismo brillo cándido que iluminaba a su madre, aquella mirada ajena a todo el horror que había desfilado durante la guerra, ingenua y alegre como una comparsa. Era difícil sonreír así en el año cuarenta y cuatro, eran tiempos de terror y miseria, la universidad cerrada y los soportales cubiertos de trincheras, de Nápoles a Génova hileras de cuerpos insepultos que asomaban en cualquier talud, en los campos en barbecho, resecas sus órbitas como las cosechas, tiempo de venganza y de odio, ley del talión en los ribazos, antes de empezar había que limpiarlo todo, antes del referéndum y la República, con el suelo todavía temblando al paso de los oruga americanos camino del Norte.

—Tu padre no está para paseos, cariño, ha llegado cansado del viaje... Nos reunimos a la hora de la comida, ahora le dejamos que repose un poco, ¿verdad, Domenico?

Y yo sólo asentí. Se apagó la luz y se volvió a cerrar la puerta. Isabella había salido; ella siempre sabía cuándo necesitaba estar así, a oscuras, sólo con mis recuerdos negros, con mi borbotón de sangre manando a chorro sobre el lecho, lenta y dolosamente, como una fuente que mana en silencio, en la noche, salpicando inmundicia sobre el mismo centro de todo este teatro.

II

Aquella primera tarde en Piedivalle discurrió amodorrada y tristona, contagiada del día, tan cenicienta como un cielo que pintaba de plomo y cobre las olas. De tanto en tanto volvíamos la vista hacia el mar y su horizonte, allí donde decenas de nubes se amarraban como una flota que rodeara Monte Argentario. Se complicaba la travesía preparada para el día siguiente. Partimos hacia la cena con paraguas y ropa de abrigo, los edificios de apartamentos del paseo eran como un grueso maquillaje que escondía la cara anciana del pueblo, un rostro arrugado de salitre y vientos, de calles arrugadas casi en sombra, acostadas a la sombra del castillo, aquellas que todavía conservaba clavadas en mi retina, fachadas señaladas con las mismas fechas y nombres, sobre el pavés gastado que pusieron tras una colecta municipal, antes del treinta y cinco.

El Casino, que hacía antes de la Guerra las veces de cine, era ahora el restaurante que Isabella había elegido. Dudé antes de entrar, con precaución, temiendo toparme de bruces con alguno de los fantasmas de los que huía, miré a un lado y a otro, el local estaba casi vacío. Bajo aquellas bóvedas de medio cañón, sobre la gradilla donde ahora posaban seis mesas despejadas, se colocaba la pantalla; allí recordaba haber visto el *Ettore Fieramosca* de Blasetti y *Escipión el Africano* de Carmine Gallone, siempre llegaba todo seis o siete meses después que en Bolonia o Florencia, con las bobinas algo zumbadas de tanto pasar, cortes y rayas en la película, sabiendo ya de antemano en qué escena se suicidaba la Bragiotti y cómo se reflejaba en una toma el naciente de su pecho en una copa.

Se serenó mi espíritu tras aquellos recuerdos. No me inspiraba aquel casino vetusto ninguna amargura, más bien al contrario, encendía mis nostalgias, las de los tiempos buenos, antes de todo... En aquellas mesas solía jugar a las cartas el abuelo Alfio antes de morir la abuela y que decidiese enclaustrarse en la casona del valle, y allí donde sigue todavía la barra se apretaba la escurrida elite de Piedivalle, los hijos de las familias acomodadas que habían salido del pueblo, mi padre siempre al margen, hablando con sus amigos importados de Florencia y Grosseto sobre algún caso curioso o de política, de chistes o sobre la travesía del día siguiente. No, no eran recuerdos envenenados aquéllos, me di entonces cuenta de que éstos se centraban sólo en el último verano, el de la venida de Gianni y Volturno a Piedivalle, no antes, mi remordimiento no envenenaba todos mis recuerdos, la mancha había corrido en una sola dirección, como una copa vertida busca el borde donde ha de caer y no el centro de la mesa. Di un nuevo repaso al local y me sentí más animado, pensé que al fin había ganado una pequeña batalla al dolor.

Cenamos casi en silencio, sólo Paolo animó un poco la velada contando anécdotas de su nuevo destino, en uno de los peores barrios de Bolonia. Reí sin ganas, por él, parecía que tenía ganas de agradar. La conversación se fue apagando hacia los postres como una vela que se encoge en su pabilo. Me acerqué a pagar a la barra, el rostro del propietario me resultaba vagamente familiar, pero bajé los ojos para esquivar su mirada... en ningún lugar de Piedivalle podría estar tranquilo, ni la soledad aparente del antiguo casino podía darme un respiro.

Salimos al paseo cerrándonos los abrigos, pero un relente frío nos aconsejó no seguir hasta el espigón de Poniente, como había propuesto mientras cenábamos. Se avecinaba temporal de levante y así antes de las diez nos encerramos en las habitaciones. Me duché con la radio puesta y al salir me encontré a Isabella ya dormida. La envidiaba; las pastillas no conseguían hacerme efecto por lo que decidí ver la televisión en la salita del apartamento. A eso de las doce escuché la lluvia golpear en la terraza; definitivamente no íbamos a poder hacer la excursión en barco a Porto Ercole, en el extremo sur de Monte Argentario. Pensé que si el profesor Loiano seguía allí quizá podríamos visitar las excavaciones etruscas de Potigliano, sería un pequeño respiro, no había ni veinte kilómetros y cualquier excusa me parecía buena para no pasar el día en Piedivalle. Miré a Isabella, se aferraba con fuerza a la almohada. Hubiera jurado que no dormía del todo, que me observaba reconcomiéndose en silencio. Intenté seguir un insulso debate sobre la ley de pensiones, luego vi una película de Fabio Testi, ya pasada la una.

Estiré las piernas buscando una posición cómoda en la que descansar, ya no intentaba dormir, mis músculos se atoraban bajo el efecto de las pastillas, pero el cerebro seguía vivo y enloquecido por el zumbido del recuerdo, revivía cada día de aquel verano, el año que empezó la Guerra y el último que pasé en Piedivalle... Era un recuerdo afilado, punzaba fuerte porque no habían sido tantos los días que estuvieron Gianni y Volturno allí, algo más de una semana, diez a lo sumo, acudí a recogerlos con Salvatore a la estación de Grosseto. Conducía Sal, que sólo era dos o tres años mayor, pero ya usaba el coche del padre, ejercía de taxista con un viejo Fiat Ardita, de aquí para allá, siempre llevando extranjeros ricos y estrafalarios. Recuerdo que una historia que me contó sobre una joven suiza que llevó a la estación me desveló de lujuria más de una noche...

Esperamos en la estación una hora; llegaron con retraso en el semidirecto de Roma, Gianni delante con pantalones bombachos y camisa blanca; Volturno, silencioso en un segundo plano, cargando las maletas más abultadas. Lo miré con atención, bajo su polo se perfilaban unos bíceps de hierro. No recuerdo la conversación camino de casa, pero debió ser insulsa, puro compromiso, a Gianni no le gustaba hablar en presencia de desconocidos y Volturno no soltó palabra. Debió ser un largo silencio, con la tierra del camino entrando por las ventanillas abiertas, fumamos dos o tres cigarrillos en aquel rato, la carretera de Grosseto no iba por donde va ahora y daba un largo rodeo para evitar los arenales. Recuerdo, eso sí, la advertencia de Sal cuando intenté en vano pagar el viaje.

—¿De qué conoces a esta gente, Nico?

Intuí un pliegue censor en su frente, así que traté de suavizar.

—Son compañeros de curso, de la universidad...

—¿La bestia ésa también estudia? —y con el mentón señaló a Volturno que ya estaba descargando el equipaje.

—No ése, no...

Bajó los párpados un instante antes de clavarme una mirada breve, tan estricta como la que te podría largar un hermano mayor o el padre Vico en la escuela.

—Ten cuidado, Nico, no parecen de los nuestros... Esta gente busca siempre su interés y no repara en lo que se lleva por delante.

—¿Qué quieres decir?

—Todavía no lo sé, sería mejor que me hicieras caso, te quiero bien...

Nos dimos un abrazo al despedirnos y luego lo vi perderse en la llanura, bajando al pueblo entre encinas y olivos, rateando en las cuestas el motor del Ardita, poco imaginaba que no lo vería más, que diez días más tarde iba a estar de vuelta en Bolonia, atormentado y tembloroso, que no volvería el verano siguiente, ni el otro y que sólo sabría de él dos años más tarde, por una carta de mi padre en la que me anunciaba que aparecía su nombre en la lista de caídos en Bengasi. Es curioso que Sal y Volturno casi compartieran trinchera, Bardia y Bengasi, quién sabe si no lucharon hombro con hombro, unidos casi con calzador por un destino que los ligó luego a la misma suerte. Mata más rápido un fusil que la mala conciencia, la que tuve que arrastrar yo todo ese tiempo, quizá por eso me alisté también en cuanto pasaron por la universidad, no quería vivir escondido más tiempo, de espaldas al abuelo, a mi padre, a todo lo que había dejado atrás para siempre. Tal vez sólo quería cauterizar mi herida, cerrar con fuego lo que el fuego había abierto.

Fue al año siguiente; el cuatro de noviembre, treinta y cinco estudiantes de Medicina nos alistamos voluntarios siendo destinados a la Brigada Médica de la 63ª División al mando del General Bergonzoli. Casi agradecí aquel destino infernal, Libia, primera línea de frente... Desembarcamos en Bengasi en diciembre y en menos de una semana ya estábamos en Bardia, el lugar hacia el que los ingleses concentraban todo el grueso de su ofensiva. Defendían la plaza dos divisiones de Camisas Negras y casi cuarenta mil hombres de las divisiones sesenta y dos y sesenta y cuatro... No había buenas perspectivas y se decía que pronto quedaríamos aislados. Se palpaba el terror en cada esquina de aquel villorrio de calles anchas y encaladas, repletas de soldados, regadas día y noche por la metralla de los Hurricane y los sacos terreros despanzurrados. Antes de Nochevieja ya supimos que los ingleses estaban a menos de veinte kilómetros y desde los puestos de vigía al anochecer se veían las luces de sus vehículos avanzar. Al contrario de lo que se contaba en Italia había que estar ciego para no ver que la Guerra se nos iba a dar mal: acostumbrados a doblegar guarniciones mezquinas o a perseguir ejércitos de desarrapados, nuestras fuerzas retrocedían enfrentadas por primera vez a un ejército organizado y moderno, con más de dos siglos de guerras continuadas a sus espaldas. Lo esperábamos; en pocas horas, las tropas de O´Connor y la Sexta División Australiana destrozaron nuestras primeras líneas de defensa y quedamos copados en Bardia el tres de enero del cuarenta y uno.

El fuego empezó de madrugada, a eso de las cuatro, y no cesó ni un instante desde entonces. El segundo día de asedio ya operábamos en las peores condiciones, sin agua apenas para lavarnos y a la luz de unos viejos candiles de aceite que no alumbraban lo que el fuego de los cañones. No había anestesia ni casi medicamentos, azotaba el campamento un aire de provisionalidad y de retirada inmediata que hacía todavía más estúpida aquella sangría que desfilaba por nuestras tiendas. Llegaban heridos sin parar y nos sentíamos más que cirujanos simples enterradores. Ese segundo día cayó la línea exterior de defensa y el fuego de las Matildas inglesas arrasaba ya sin obstáculos nuestras posiciones mal abastecidas, a pocos metros de la tienda, temblaba el suelo como si se fuera a abrir y sobre nuestras cabezas bramaban las tripas de los Hurricane pasando a menos de veinte metros de altura. La rendición era cuestión de días, tal vez horas...

El último día, uno de los polvorines estalló por el fuego de los morteros y llegaron al hospital de campaña más de noventa heridos y moribundos. Siete cirujanos noveles y dos oficiales médicos operábamos en lo que parecía una cadena de montaje infernal, con sangre hasta los hombros, casi sin tiempo para retirar un cuerpo antes de que tuviéramos otro sobre la camilla. A eso de media tarde llegó un cabo primero con la femoral seccionada, era rubio y con la tez muy blanca, se hubiera dicho que era alemán de no ser por la insignia de la División Sesenta y Dos que le colgaba de la solapa. Sus piernas eran una carroña de carne y plomo y brotaba la sangre sin que hubiera forma de atajarla, una y otra vez, como una válvula averiada. Al ver la gravedad de la herida se puso a mi lado el doctor Ferri que intentó hacer un torniquete de urgencia para poder suturar. Fue inútil; miré al doctor y con un gesto claro me negó con la cabeza... Se retiró Ferri y cuando movía al moribundo para limpiar la mesa y colocarlo en una camilla aparte, sentí que me aferraba el cuello con una fuerza descomunal y me acercaba lo que podía a su garganta. En su rostro, entre sangre y barro, se agitaban las postreras furias de la supervivencia.

—¡Usted tiene que oírlo, doctor! ¡He sido una escoria que no merece morir entre tanto valiente!... —intenté zafarme de aquella presa pero me resultó imposible, tras treinta horas de quirófano también fallaban mis fuerzas—. ¡Destrocé mi familia! ¡Arruiné a mi padre y noche a noche he empujado a la fosa a mi madre!... ¡No me puedo ir sin decirlo, sin que al menos alguien me escuche! ¡Alguien que me pueda escupir a la cara!

Yo aguantaba con dificultad la presión que aquel desdichado ejercía sobre mi cuello. Al poco fue bajando la tensión de su brazo... agonizaba, se apagaba el color en sus ojos y labios pero seguía aullando.

—¡No he defendido mi posición ni a mis compañeros! ¡Soy un cobarde! —y sus palabras se tornaban más agudas, como si le faltara el aire—. ¡He dejado a seis de mis hombres heridos allí! ¡Les deben haber pasado por encima las Matildas!...

Durante un instante toda la tienda pareció quedar en silencio.

—¡Haga callar a ese hombre, Serravalle! ¡Ciérrele la boca o yo mismo le descerrajo dos tiros! —era la voz del Ferri, que me gritaba desde otra camilla en la que estaba operando—. ¡Tápele la boca con esparadrapo, con papel, con lo que sea! ¡Es una orden!

Obedecí y llené aquella boca hasta la garganta con la misma gasa ensangrentada con la que habíamos tratado de cerrar sus heridas. No se resistió; parecía más tranquilo al expirar, como si decir aquello le hubiera liberado de una agonía horrorosa. Me hubiera gustado decirle que yo no era la buena persona que imaginaba, que era tan cobarde como él y no podía escupir a la cara de nadie, que no había tenido suerte con el confesor.

Pasó el tiempo. Durante dos años más me ensuciaron las manos los horrores de aquella guerra, oí gritos más salvajes que los de aquel desventurado, presencié muertes más crueles y obscenas pero nunca pude olvidar el rostro de aquel soldado, aquella mortaja ensangrentada que le cerraba la boca. Era la misma gasa que lacraba la mía, amarga y corrosiva como el ajenjo, roída como había estado la suya por la cobardía. No hay día que no recuerde su rostro sereno al expirar: aquel desgraciado había aliviado en parte sus culpas.

Para entonces, en aquel año cuarenta y uno, la raíz de mi desdicha ya había crecido y se amamantaba firme de mí, bebía de todos mis valores, de mis éxitos y de las desdichas que luego vendrían. Todo lo mío, lo bueno y lo malo, no hacía sino engordar aquel engendro que me mordía por dentro. Aquel rastro sucio pasó a ser parte de mí, un gemelo inmundo al que todos mis triunfos no hacían sino ensalzar en lugar de reducirlo.

Repasando luego la génesis de todo aquello vi que se podía haber enmendado, que hubo voces que me advirtieron y que pasé por alto; el abuelo, Sal... Hasta en mi interior bullía un indefinible hálito de infortunio, fueron mis ojos los que vieron enseguida que Gianni, fuera de su encopetado círculo de Bolonia, producía una mezcla de repulsión y miedo en la gente, quizá el mismo que yo percibía y me hacía adorarlo, no debía ser más que eso, temor, miedo al castigo del que se juzga más poderoso. Con sorpresa vi que su personalidad extrema no producía la admiración que yo hubiera imaginado sino revuelo primero y repugnancia más tarde.

Es habitual en los caracteres jóvenes o débiles, y yo entonces las dos formas compartía, entronar al descarado, al salvaje inmoral, puede en esas conciencias escuálidas más la fuerza que la virtud, alumbra más lo prohibido que lo reglado, lo arbitrario o brutal que lo correcto... y así era Gianni, atropellaba todo con su violencia y sólo los fuertes podían soportar aquel empuje animal.

Tras el primer encuentro que hubo con mi grupo de amigos de Piedivalle pude ver que todos rehuían vernos, con Zola, Massimo y el Aretino solo compartimos aquella primera copa de vino en el chiringuito del viejo Materassi. Había que estar ciego para no ver su juego de miradas, Gianni despertaba en ellos desconfianza, tal vez era su gesto altivo y desafiante, nunca miraba a los pescadores a la cara... También el físico de Volturno atemorizaba. No coincidieron más en aquellos días, siempre había una excusa, alguna faena atrasada en las barcas que les impedía pasar más de lo justo con nosotros. Resignado pensé que quizá era yo el que había cambiado, que mi trato antaño sencillo se había cargado de oropeles en Bolonia, rehuía ya los temas que me unían al grupo, la pesca, el futuro, las mujeres, Gianni atajaba de continuo aquellas conversaciones y volvía a los vericuetos que imperaban en Bolonia, las charlas del café Berruet, con predilección por la política y el sexo, Babà y Maddalena preferentemente, las dos chicas que tan bien conocíamos todos. Asocié nuestro aislamiento en la mesa del bar a mi nueva otredad y me sentí entonces más fuerte, un hombre nuevo, más unido que nunca a Gianni y Volturno.

Había poco que hacer en el pueblo: por la mañana pasábamos las horas en la playa o caminando por las quintas de las afueras, ocupadas desde hacía lustros por familias adineradas francesas o alemanas. Recuerdo que en uno de estos paseos bordeamos el seto de una de las villas más elegantes, frente a uno de los riscos que cierran el pueblo por el norte. Era aquél un erial de rocas que sólo interrumpía el camino, algún solitario pino y las tres o cuatro casas cercadas por vallas. Nos detuvimos frente a la entrada más ampulosa. Era mediodía, el sol devolvía en las rocas un reflejo de hoguera. Tras la empalizada de seto y cañizo se filtraba la frescura de un césped cuidado y llegaba la melodía de una radio que debía estar en el jardín.

—¿De quién es esta finca? —me preguntó Gianni mientras buscaba un resquicio más amplio entre las cañas.

—De unos alemanes, los Meyer, dicen que son medio judíos o algo así, que tuvieron que salir corriendo de Alemania. La verdad es que deben tener dinero, en su piscina se podría bañar todo Piedivalle.

Gianni asintió y se aproximó más a la valla, había encontrado un hueco en el cañizo. Permaneció así unos segundos, sin mediar palabra, con un gesto nos animó a que nos acercáramos a él; en aquel tramo el seto estaba ralo y dejaba ver un largo jardín con piscina. Al fondo una casa encalada, de un solo piso, tejado plano; estaban abiertas las puertas y ventanas y por allí se filtraba la música, debía ser una de aquellas grandes orquestas americanas, con sus trombones y contrabajos atropellándose, el solista enfilaba ahora el arrullo de una melosa balada. Busqué la mirada de Gianni y vi que miraba más hacia la izquierda, casi fuera de mi ángulo de visión, había allí una tumbona y sobre ella emergían unas piernas blancas, casi transparentes, cerrando el luto de un bañador negro, estricto, de los que ocultan las formas.

—¿Quién es ella? —preguntó Gianni sin volver la vista de aquel punto.

—Rita Meyer, la hija mayor, debe tener nuestra edad, pero no se relaciona con nadie.

Calló Gianni y continuó fijo con la vista en la chica que permanecía inmóvil, como extasiada por una luz que debía dejar sus párpados en blanco. Vi que Volturno se retiraba y andaba hacia las rocas.

—¿Seguimos? —pregunté.

Gianni tardó en contestarme.

Espera un momento. Ahora iré... me gustaría ver cómo se levanta.

Y quedé allí, a un palmo de él, con los ojos fijos en un rostro que tensaba ahora una mueca extraña. Fui luego hacia donde estaba Volturno y con él me encendí un cigarrillo. Gianni siguió allí unos minutos, acuclillado en la mella del seto, plegado sobre sus piernas largas y flacas, el pelo negro de gomina brillando en la calina como un picotazo de carbón en la línea del seto. Había en su pose un deje felino, de fiera que aguarda a su presa, encorvado e inmóvil, al abrigo de la espesura...

Me despertó primero la tenue luz de la amanecida en el sofá y luego el despertador, ya en la cama. Eran las ocho, una hora más tarde habíamos quedado con los chicos. Al abrir los ojos me encontré de frente con Isabella, una tiara oscura pendía de sus órbitas claras, debía haber dormido tan mal como yo.

—¿No tienes sueño, cariño? No has pegado ojo...

—No debí tumbarme por la tarde, estaba totalmente desvelado.

Torció los labios, como si le amargara en la garganta un trozo de quina.

—No entiendo nada, Domenico, ni un mal comentario, ni una anécdota, ni una casa a la que quieras acercarte para ver a un viejo, o a un compañero de juventud. ¿Qué es lo que pasa?

Dudé antes de contestar y mientras lo hice desvié la mirada. Notaba la mordaza que me tenía cautivo resecándome la garganta.

—Quizás el problema sea ése, Isa, demasiados, demasiados recuerdos...

III

Cabeceaba la nave con fuerza y hasta salpicó la cubierta una de las olas que enseñaban su brazo en la proa. Afirmé de nuevo el timón y di gas a fondo. Brillaba un sol moribundo sobre la costa de la Maremma y las nubes que asomaban por poniente no anunciaban nada bueno para la tarde. Debíamos apurarnos en nuestra visita a la península o aquellos jirones de agua nos atraparían en nuestro camino de vuelta.

—Al norte queda Porto Santo Stefano y frente a nosotros Porto Ercole y hacia allí —y señalé a un borrón confuso, apenas una sombra entre las nubes— está la isla del Giglio, si tuviéramos un día despejado mirando hacia el noroeste, a unas treinta millas, veríamos aparecer la de Montecristo.

—¿Es la misma de la novela, papá?

Sonreí brevemente y afirmé con un gesto de cabeza. Dumas nunca estuvo en Montecristo, como casi nadie, debió ser un nombre rimbombante que encontró en un libro, un guisante aislado en el mapa del Mediterráneo. Enderecé una cuarta, rolaba fuerte de levante moviendo oleaje pero había amanecido lo suficientemente claro para coger el yate. Agradecí salir de allí, del pueblo, de la vista de la playa de Poniente donde pasó todo, al timón me sentía libre, como si cada metro que me alejaba de Piedivalle dejara en el fondo de las aguas un peso, el viento tronaba en mi rostro y con él se perdían mar adentro todos mis tormentos, los sueños de la noche, Gianni y Volturno, Sal y aquella pesadilla de Bardia, todo parecía más lejano, flotaban mis fantasmas como una bandada de aves torvas, sobre las olas rumbo a Giglio o Montecristo, volando hasta estrellarse contra los riscos de Córcega.

Viré suave a estribor hasta enfilar con la proa el caserío rojizo de Porto Ercole. Recordaba claramente cuando el puerto era únicamente un rosario de casas de pescadores rodeando la fortaleza española; ahora debía haber más de doscientos amarres en el puerto deportivo, pocas barcas de pesca y muchas de hombres de negocios del Norte. Busqué el amarre que me indicó el práctico por teléfono, dejamos el espigón a la derecha mientras la ensenada y el puerto ya nos cerraban la vista por babor.

—Monte Argentario fue una isla hasta principios del siglo XVIII en que el canal que la separaba de tierra se fue encenagando. Nacieron entonces las dos lenguas de tierra que rodean la laguna Orbetello, que se quedó aprisionada en mitad del istmo, con su agua salada como un recuerdo del mar que fue —y entonces señalé el torreón de la fortaleza que ya se distinguía con claridad—. El castillo durante siglos sirvió de cárcel, lo levantaron los españoles para controlar las razzias de los corsarios. Allí murió Caravaggio en 1610, también se dice que lo mató la malaria en una taberna...

Amarramos la nave en uno de los espigones que cierran el puerto por poniente. Presagios. Arreciaba un viento cargado de tormenta, chirriaban las cadenas de los barcos de pesca a lo lejos, como el lamento de un animal herido, gemido de madera y arganeo, olor a pescado muerto que precede a las largas tardes de lluvia, con las naves esperando el envite, apagados los colores estridentes del casco y los banderines abrazados a los palos. Presagios negros. Llovería de nuevo, toda la tarde y la noche, volveríamos a Piedivalle y oscurecería de nuevo y habría pasado ya otro día... Advertí que no nos podíamos demorar mucho, que la travesía por la costa occidental de la península hasta Porto Santo Stefano ya podíamos dejarla en el olvido. A lo sumo ver las callejas del pueblo y subir a la línea de los tres fuertes, el Filippo, la Stella y la Rocca.

Ya en tierra caminamos con prisa rumbo a la parte alta y, pese a mis palabras, Isabella y Betty entraron en la primera tienda de recuerdos que encontraron de paso. Quedé en la puerta, negando con la cabeza, junto a un hombre que se sentaba frente a un tenderete de postales, llaveros y caracolas decoradas. Por su disposición también debía regentar la minúscula tienda. Me inquieté, el tipo me miraba fijo y debía tener mi edad, de nuevo puse en fuga la mirada.

—Usted es el doctor Serravalle, ¿no es cierto?

Volví mis ojos a él. Su cara la cuarteaban infinidad de arrugas profundas y oscuras, no se adivinaba en ellas el fondo, debía ser marinero, aquella piel dura de salitre, imaginé que en la profundidad de aquellos pliegues debían esconder recuerdos y vientos, humedades como la de aquel temporal que se avecinaba. Afirmé con la mirada y me tendió la mano.

—No me recuerda, pero yo a usted perfectamente, doctor. Soy Antonio Albenga y usted me salvó la vida... A corazón abierto, hace ya cinco años...

Quedé en silencio, intentando mostrar una sonrisa de afecto. Me aturdían siempre aquellos reconocimientos espontáneos, el no poder recordar el rostro de la persona que tuve frente a mí durante horas, muerto en vida y amortajado, hurgando por encontrar un suspiro de vida en su pecho abierto. Volví la vista hacia mi mujer y mi hija, a ellas les brotaba la sonrisa más espontánea, venían con unos cuantos cachivaches del interior de la tienda.

—He podido conocer a mis dos nietos y envejecer con mi mujer hasta que Dios se la llevó el año pasado...

¡Quién me iba a decir que la sobreviviría! Una vida lo vale todo, doctor, no le podría cobrar una lira aunque se llevara la tienda entera...

Sonreí ahora más franco y apreté agradecido las manos encallecidas de tantas sogas y drizas de aquel Antonio Albenga. De camino al castillo vi brillar un ascua de emoción en los ojos de Isabella. Le devolví la mirada y sonreí, subimos la calle cogidos de la mano. En momentos así se aliviaba el rumor de mi herida, creaba durante un instante un breve jardín de gloria y orgullo, setos cuidados y bellos. Pero eran sólo descansos, divanes en los que poder reposar antes de seguir adelante, nunca pude pasear tranquilo por el vergel de mi dicha, tenía razón Antonio Albenga, una vida lo valía todo y ni siquiera todas aquellas que había salvado escondían el rigor de la que había ensuciado. Bajo los arbustos de mi felicidad inmediata volvía a crecer enseguida la culpa, como una mala hierba, una mancha oleosa que afloraba entre las grietas, con dolor brotaba entre jazmines y azaleas, como una baba de ponzoña que emergía a espasmos, removiéndome las entrañas, haciendo enterrar en brea cualquier parterre florido antes siquiera de que hubiera disfrutado su aroma.

Desde lo alto de la fortaleza el poniente era una cortina añil y morada, de tanto en tanto se alumbraba una nube con un chasquido fluorescente y abajo se abrían largos jirones de agua ensuciando el horizonte. Ni rastro de la isla del Giglio que nos escondía ya la tormenta. Les señalé aquella línea oscura, si no cogíamos el barco antes de una hora no podríamos salir de Porto Ercole. El mal panorama que se veía desde la Rocca pareció despertar la inquietud de los tres y bajando hacia el barco no nos demoramos tanto. Ya en el muelle vi que Antonio Albenga había recogido el tenderete de la calle y cerrado la puerta de su negocio. Sin duda había sido marinero, conocía bien aquel aroma a encierro, cuando el aire se inflama de agua, se espesa el levante como el mercurio y casi tiene tacto y sabor.

En el trayecto de vuelta el mar era ya una tinaja removida. Entró agua dos o tres veces alarmando más de lo necesario a Betty y Paolo. Más acostumbrada a aquello estaba Isabella. Durante años habíamos tenido un pequeño barco en Bordighera, en plena costa ligur, y navegamos a menudo con un tiempo de perros. No percibí peligro; nuestra chalupa tenía buen motor y una figura espigada por lo que sin más sobresaltos arribamos a la bocana del puerto de Piedivalle antes de que estallara la tormenta. Intenté bordear el espigón y la playa de Poniente, lo más alejado que pude, pero no conseguí evitar una ojeada hacia las ruinas mochas de lo que fue el chiringuito del viejo Materassi. Seguían allí aquellas piedras tiznadas de algas, infectadas de humedad y salitre, sólo quedaban atisbos de lo que había sido la puerta y algún mojón aislado en el lado que solía almacenar las cajas de vino y los licores. Ya no era nada, sólo algunas líneas de cantería que azotaba un mar inmisericorde, mucho más cercano que hacía treinta años, entonces la playa de Poniente tenía más arena y se podía llegar paseando a lo largo del espigón sin miedo a mojarse.

Contemplé aquellos restos mientras acababa de maniobrar la barca, noté como si el alma se me hinchara también de salitre, se ennegreciera de dolor y hastío como las ruinas, como aquella tarde, sentía que el recuerdo del que estaba huyendo levantaba de nuevo los muros de aquel despojo, tenía la garganta seca, como si la mordaza que me henchía la boca durante más de treinta años empezara a cortar ya el aliento.

IV

Allí acudíamos cada tarde los tres, hartos de caminar por las villas que rodeaban el pueblo, de fumar con ansia entre las barcas o bajo la sombra rala de algún olivo. El destino de cualquier jornada era acabar en la taberna de Materassi y todo lo que sucedía antes no era más que ganar tiempo hasta aquel momento, pensaba aquellos días que a Gianni y Volturno les agradaba la tasca mas pronto supe la verdad. Recuerdo nuestra vuelta de allí los primeros días, pasada la medianoche en que cerraba, a pie por el camino hasta la casa del abuelo, haciendo eses, orinando en los bancales oscuros como fosas. Desde mi juventud me había gustado aquel rincón de Materassi, casi al borde del espigón, sólo se llegaba a él por una senda estrecha, y la ausencia allí de mi padre y el abuelo me concedía una cierta libertad. A menudo las mesas de la taberna estaban dispuestas sobre la arena de la playa de Poniente, quedaba al llegar la noche casi a oscuras, sólo alumbrada por dos luces, como un barco embarrancado, señalado sólo por los fanales de proa y de popa.

Servía Materassi un vino aguado de Montepulciano y limoncello de elaboración propia, y como el pueblo quedaba un poco retirado era normal que allí se cantara y discutiera hasta bien entrada la noche. Incluso tenía la taberna sus leyendas; de niño oí decir que en una tormenta terrible un barco de pesca atravesó el espigón a menos de diez pasos de la choza, y también el famoso duelo entre Vellone y un marinero de La Spezzia. Se dice que al extranjero se lo llevaron sus compañeros moribundo, con más de seis dedos de acero en la barriga. Si murió aquel hombre no se menciona, quedó la leyenda a medias, y en mi niñez todavía recuerdo al viejo Vellone pasear orgulloso cerca del puerto, con mis ojos buscando en su cinto la navaja asesina.

Cuando conté aquella historia a Gianni y Volturno sólo conseguí sacar de ellos una sonrisa condescendiente que crecía a medida que se miraban, no brotó la mueca de sorpresa que esperaba sino una risotada festiva. Algo molesto le pregunté a Gianni qué es lo que parecía tan gracioso.

—Nada, hombre, no te preocupes... —y miró entonces a Volturno que por una vez reía de forma franca—. Es sólo que eso son historias de pescadores, de paletos...

Miré a los dos sin entender nada.

—Debes haber leído a Verga, tiene una novela de la que parece sacado tu cuento, se llama *Los Malasangre* y pasa en Sicilia, y tu historia es como de otro mundo, Domenico, de un mundo que ya ha pasado a mejor vida, como este lugar —y entonces me miró con mucha decisión—. En este nuevo mundo que se avecina habrá dos obediencias supremas, Domenico: el poder y la máquina, todo el que se oponga a ellas quedará tirado a un lado del camino... como tus pescadores y sus historias de perdedores.

Miré a derecha e izquierda por si alguno de los que había en la taberna de Materassi había oído aquello. Nadie alrededor, una línea de mesas nos separaba de la más cercana ocupada. No respondí nada, pero pasé el resto de la tarde callado, con la mente ardiendo por el alcohol, ajeno a las bromas que prodigaban mis dos compañeros, en aquella distancia pude apreciar cuál era el motivo que los atraía a aquel antro y que hasta aquella tarde me había pasado por alto.

Era Zita, la nieta de Materassi, los ojos de Gianni y Volturno la seguían cuando cargaba las jarras y bandejas, cuando esquivaba las mesas de los lugareños. Entonces percibí que ya no era Zita aquella niña flacucha que cantaba las canciones que oía en la radio, tenía ya catorce o quince años y su piel morena empezaba a trazar las galas de mujer. Había florecido ante nuestros ojos sin que casi nos diéramos cuenta y no había en su figura nada que recordara a la cría que empezó a ayudar a su abuelo cuando su madre murió de viruelas. Me costaba asociar a Zita con una mujer, darle el mismo trato, aunque observé que más de una mirada ya repasaba su cinto al cantearlo entre las mesas, eran ojeadas tímidas e inofensivas que bajaban rápidamente al suelo, Zita era la nieta de Materassi, hija del difunto Gabrielle Materassi, uno de los marineros que murió cuando naufragó la Salernitana, casi a la vista del puerto. Todos parecían recordarlo, menos Gianni y Volturno que repudiaban aquellas historias y seguían bromeando entre ellos.

—¿Os habéis fijado en Zita, verdad? —pregunté—. En la hija de Materassi...

Gianni se volvió sorprendido.

—¿Es la hija del viejo?

—No, la nieta; su padre murió...

—Ésa ya no es la hija de nadie, Domenico, es una mujer por sí misma...

Negué sofocado; Betty insistía, había comenzado a llover y proponía que fuéramos a tomar algo al Club Náutico, tenía una bonita terraza acristalada y desde allí podríamos ver la playa sin miedo a mojarnos.

—No me acabo de encontrar bien... Creo que he cogido frío en la travesía, id donde queráis que yo creo que voy al hotel.

Betty no atendía a razones, se aferró a mi brazo y con una de sus carcajadas de niña tiró de mí hacia la puerta del club. No sabía qué decir, miré a Isabella que venía algo retrasada y creo que me esquivó la mirada.

Bebimos aquella tarde más de lo habitual. Habíamos empezado ya a primera hora, el abuelo había dado el día libre a la asistenta y podíamos eludir la obligación de comer en casa. Por la mañana cargamos en una mochila tres botellas de aguardiente de las que ya habíamos liquidado la mitad antes de llegar donde Materassi. Anochecía, me invadía una extraña sensación de sofoco, intenté levantarme un par de veces para ir a orinar en la arena pero decidí esperar antes de quedar en evidencia.

—¡Abuelo! —gritó Gianni dirigiéndose a la barra—. ¡Venga un momento con nosotros!

Y Materassi dejó al otro viejo con el que estaba hablando y se vino derecho a nuestro sitio. Volturno sacó la botella que quedaba en la bolsa y la puso encima de la mesa.

—¡Ahora le invitamos nosotros! —continuó Gianni con una familiaridad que parecía ajena—. Éste es aguardiente del bueno, de la Secchia de Modena, no el aguarrás ese que nos sirve...

El viejo se sentó sin mediar palabra; traía clavados en sus dedos gruesos de atar y desatar cabos cuatro vasos pequeños. Los puso sobre la mesa y sirvió cuatro copas cumplidas de aguardiente. Zita, en la barra, vaciaba en la pica unas jarras y miraba de lejos. Al viejo le temblaba el pulso al servir. El licor se aposentó en el fondo del vaso, perlas de aguardiente resbalaban por el vidrio, eran insectos translúcidos fluyendo hacia una sima espesa como el alquitrán, negra como ahora mi copa de Pernod, con el mismo fondo de un mar de borrasca.

—Nunca te he visto beber a estas horas, Domenico —se alarmó Isabella—. Si te encuentras un poco resfriado no creo que sea la mejor solución...

—También necesito quitarme el frío...

Y le di el primer tiento a la copa. Habíamos elegido una mesa centrada, casi en mitad de la cristalera del Náutico. No había nadie en aquella sala, nos rodeaba un frío de pecera, tras el servicio de comidas se vaciaba el Náutico hasta la noche y la tarde no invitaba a paseos. Fuera la tempestad golpeaba con toda su furia contra la playa de Poniente. Sobre la línea de edificios nuevos del paseo marítimo, rachas de viento vertían latigazos de lluvia contra las barcas, sobre la playa muerta, oscura y desdichada... No llovía aquella noche, quizá sólo se movía un levante molesto que balanceaba los fanales del chiringuito de Materassi, no había tantas luces como ahora, la silueta del pueblo al final del espigón era sólo un bulto oscuro, como el cuerpo enorme de un vagabundo tumbado en la playa, arropado entre sus mantas. Con el anochecer se fueron los clientes habituales y antes de las once los más recalcitrantes. Sólo quedábamos nosotros, con el viejo cada vez más inmóvil, vaciamos la botella de aguardiente y todavía cayeron otras dos, invita la casa, susurró Materassi con un suspiro de voz. Apenas se hablaba, recuerdo mis brazos pesados clavados en la mesa, hinchados, con fuerzas apenas para sostener el vaso. Fumábamos de forma compulsiva, en una de las veces que levanté la mirada de la mesa creí adivinar un gesto de entendimiento entre Gianni y Volturno.

—¿Y aquella construcción que hay al final del espigón qué era? Parece un depósito del puerto, un tingladillo o algo así...

Tardé en responder a Paolo. De la parte superior del cristal del Náutico nacían pequeñas ondas de agua, debían caer del tejadillo de la terraza y lentamente iban avanzando por el vidrio. A lo lejos los restos de la taberna eran sólo un túmulo de piedras negras cercado por un enjambre de espuma, desordenada la cantería, tiznada de algas y aceite, solitaria tal que si fueran sepulturas abandonadas.

—En tiempos fue una taberna... Se reunían allí los marineros al caer la tarde.

Y todos callamos. El viejo Materassi se había derrumbado sobre sus manos, como si buscara que el nudo de sus dedos gruesos hiciera las veces de almohada, no debía estar incómodo aquella cabeza acostumbrada a dormir entre redes y sogas que apestaban a pescado. Me sacudí la cabeza como si con ello pudiera arrojar el lastre del alcohol. Iba a proponer que nos fuéramos de una vez cuando vi que Volturno se levantaba enérgico y andaba hacia el lado del cuchitril que daba al pueblo, se detuvo, miró y luego giró la vista hacia el que daba a la playa.

—¡Está ahí dentro! ¡En la cocinilla! —susurró lo justo para que lo oyéramos yo y Gianni.

Había algo que se me escapaba; suponía que tramaban un hurto así que hice el gesto de levantarme, pero volví a caer en el asiento. Gianni ya estaba de pie y se acercaba con Volturno a la barra.
—¿Qué hacéis ahora? Es una tontería beber más... —sentencié algo angustiado—. ¡No toquéis nada que no quiero dar explicaciones!
Cuando volví a levantar la vista ya no estaba Volturno, creí oír alguna voz, pero todo se mezclaba en mi cabeza embotada. Me apoyé con languidez en la mesa, como el viejo Materassi, buscando también aquel sueño, una cabezada que me permitiera regresar presentable a casa. Un grito sofocado me hizo despertar...
—¿Qué te pasa, Domenico? —Tenía el rostro de Isabella a menos de un palmo de la cara—. Parece que estés en otro sitio, desde ayer...
Betty y Paolo sonrieron como quitando hierro al asunto, sus manos estaban cogidas, intenté sonreír también, pero la cara de Isabella seguía acusándome de cerca, el mentón alto, como si quisiera penetrar en mis pensamientos.
—¡No te entiendo! ¡Pensé que te alegraría volver aquí, que tendrías ganas de enseñarles el pueblo a tus hijos! ¡Tienes una actitud incomprensible, Domenico!
Hubo un instante de silencio seco, eléctrico, sólo las olas bramando, traté de meditar una respuesta. Los chicos ya no miraban.
—Si hubiera tenido ganas de volver hubiésemos venido antes, ¿no crees?
Fingí una mirada reprobatoria y volví mi vista al frente, al mar que se desbravaba con fuerza contra la playa de

Poniente. La península de Monte Argentario apenas era un penacho de nubes más en un horizonte apagado. Chirrió la silla con un griterío insoportable y seguí la figura de Isabella hacia la puerta del lavabo. Sus manos le cerraban la cara; mi actitud la corroía por dentro.

—Yo te entiendo, papá. —Era la mano de Betty que ahora apresaba la mía—. No siempre los recuerdos son agradables, imagino que al llegar aquí te vienen imágenes de tu padre, del abuelo y su casa... Es como si dentro de muchos años visitara con alguien el piso de la piazza Cavour, supongo que me pondría tan triste como te debes sentir tú...

Asentí con desgana; el abuelo Alfio murió tres o cuatro meses después de aquel verano, creo que no llegó a ver fin de año. Recibí un mensaje escueto por teléfono, mi padre llamó a la pensión desde Roma donde estaba abriendo una consulta, apenas si hubo conversación, él todavía me guardó rencor unos años, pero imagino que el brillo de mi carrera profesional lavó en parte aquella mancha. Jamás hablamos de aquello, ni casi de nuestra vida anterior en Piedivalle, siempre palpé un aura de reprobación en su mirada, imagino que fue el abuelo quien le contó todo, quizá alguien de aquel casino transformado ahora en restaurante y que nunca más pisaría... Las malas noticias en la boca de alguien ajeno alientan pesadillas peores, el que las da dispara de cerca, a quemarropa, finge condescendencia, pero rezuma en él la curiosidad, la morbosa adhesión de un velatorio.

Volvía Isabella en silencio; su rostro parecía más sereno. Le acerqué la mano y la aceptó apresándola entre las suyas.

—Ya está —susurró muy bajito.

Noté sus dedos húmedos todavía del agua, crispados, y la mirada que se fija de nuevo en la cristalera, tarde de carbón, la media luna de la playa la pinta la espuma de las olas, la luz sólo es un reflejo que crepita en ellas. Aquella media luna maldita la recorrí dos días después, casi a escondidas, el pueblo era entonces un fortín enemigo y casi a tientas llegué al espigón donde estaba la taberna. No había nadie; la puerta y el hueco de la barra tapiadas con tablones. Deambulé por la playa como un fantasma buscando al viejo Materassi y finalmente intuí su figura al final del muelle pesquero, la mirada absorta en un punto lejano, hacía un buen día, corría sólo un poco de levante. Le nombré al acercarme y casi se cae al girarse. Estaba borracho hasta las trancas. Intenté acercarme más para darle alguna explicación, pero con un gesto rápido marcó las distancias con una garrota que tenía entre las piernas.

—¿Qué quieres, demonio?

Traté de trabar algunas palabras con rostro circunspecto pero volvió a levantar la vara y me amenazó con brazo firme.

—¡Si no fueras hijo y nieto de quien eres ya hubiese hecho justicia! —Le temblaba al viejo la voz, traté de avanzar hacia él pero me apuntó de nuevo el cayado—. ¡No te acerques o te buscas la ruina, hijo de la grandísima puta!

Estallé en llanto, se quebraba mi voz, pregunté cómo estaba ella, que estaba dispuesto a hacer lo que fuera por enmendar... No me dejó acabar. Se volvió a sentar en una de las rocas y clavó su vista a lo lejos, en las crestas de un mar apenas movido.

—Ella se ha ido esta mañana, la ha llevado Sal a la estación —su voz era ahora más serena—. Tengo una hija en Caserta; vivirá lejos de aquí, de su vergüenza... —Y me miró fijo de nuevo—. Sé que no participaste, Domenico, pero eres tan culpable como esos malnacidos, por no hacer nada... No he ido a la policía, pero será mejor para todos que tus amigos se vayan cuanto antes de aquí... Ahora vete tú, ¡no quiero verte en mi vida! ¡Maldito seas!

Y me escupió casi sin fuerzas. Nadie reparó en mí al atravesar el pueblo. Volvía peor de lo que había salido; agradecí que al llegar a casa ya no estuvieran ni Gianni ni Volturno. Con lentitud me hice yo también la maleta y cogí el camino de Grosseto, no me atreví a llamar a Sal, quizá el ya lo sabía, había llevado a Zita al tren. ¿Por qué, Zita? ¿Por qué, Zita? Me dolía más tu mentira que la ira que pudiera caer sobre mí, la resaca siempre llega al fin a la playa llevándose verdades y mentiras.

Gianni te sacó de la barra del pelo, fue una violencia inútil, apenas te resistías, niña sin fuerzas, intenté acercarme, pero Volturno me derribó y tiró contra el suelo. Allí se acabó toda mi valentía. Recuerdo el azul de la mordaza con que te cerraron la boca, tus ojos en blanco aterrados. Braceabas como un animal moribundo, como uno de esos cangrejos que corren entre las rocas, lentos y resignados cuando los cazas... En un gesto extraño de pudor Volturno te tapó el pecho y tú quedaste entonces casi inerte, con tu carne removiéndose en cada envite.

Nadie me llevó junto a ti y aquella vergüenza nos unió para siempre, tú con tu dolor, yo con mi remordimiento y mis mentiras, juntos Zita, contigo he pasado noches enteras, en blanco, pensando en tu pelo revuelto, los pies sucios de arena se curvaron cuando abriste los ojos y viste que era yo. Estaban tus muñecas apresadas por las mías, hablabas sólo con los ojos con tu boca cargada de tela, como la de aquel desgraciado de Bardia repleta de sangre, como la mía tantos años... De nada sirvió tu mentira, Zita, quizá el dolor abrase así más, amordazado también, sin poder salir, como esos cangrejos apresados entre las piedras, cumpliendo solo mi pena.

Chirriaron al unísono las sillas de Betty e Isabella. Paolo no se levantó, le intuí extrañeza, como si temiera algo de mi gesto. Yo también seguí en mi sitio, las manos de Isabella apresadas entre las mías, tirando para que nos fuéramos, llevamos aquí demasiado tiempo, estás enfermo, Domenico, necesitas ir al hotel.

Acabé de levantarme apoyándome en la mesa y les hice una seña negando.

—No se va nadie. Sentaos un momento; os tengo que contar algo...

Miguel Ángel Muñoz

MIGUEL ÁNGEL MUÑOZ (Almería, 1970) es autor de los libros de relatos *El síndrome Chéjov* (2006) y *Quédate donde estás* (2009), publicados por Páginas de Espuma, y de la novela *El corazón de los caballos* (Alcalá, 2009). Administra el blog *El síndrome Chéjov*, centrado en el mundo del cuento.

MALENTENDIDOS

Hay dos vidas, como mínimo, en el cuentista: la que precede a la publicación de su primer libro de cuentos y el más allá que le sigue. El antes está dominado por el amor a un género libre y sin ataduras, en el que cualquier exploración está permitida. Con el después, una vez su obra está afortunadamente en manos de los demás, el cuentista descubre que el género está cercado por múltiples malentendidos que ahogan esa naturaleza libertina y saltimbanqui que la origina.

El cuento se surte del pozo de la libertad absoluta, y los grandes del pasado son el misal con el que rezar a la hora de la escritura. No hay límites que el cuento no pueda romper, ni técnica que no le sea posible utilizar, y, sin embargo, el cuento sigue asediado por un deseo de compartimentación, de ajustarlo a unos cánones interpretativos más teóricos que literarios. Así, los análisis siempre son referenciales y precipitados. Si alguien escribe un cuento sobre Carver, es carveriano; si sobre Chéjov, chejoviano; si sobre Richard Ford, fordiano. Polígamo, pues, que es la mejor manera de acusarle a uno de soltero. Si, como lector, se reivindican las bellezas y sequedades del relato norteamericano, parece lógico asignar al autor a la escuela, otra vez, carveriana. (En los últimos años, en la percha de las etiquetas se ha añadido a Cheever, algo se ha avanzado.)

Si me parece el cuento un género fascinante, es por su capacidad metamorfoseante. Haciéndose distinto, concediéndose la posibilidad de transformarse de un relato a otro, nos hace distintos. Necesita la mirada educada del lector. En ambos sentidos. Una lectura que haya sido *enseñada* pero también una lectura *cortés, participativa, colaboradora*. Y en ese proceso de clasificaciones precipitadas se pierde algo: el análisis del texto, y lo que acaba por configurar la mirada del que lee son los aditamentos menos necesarios y menos vitales de la narración. Siguiendo con el ejemplo anterior, si se escribe un cuento sobre Carver, se es carveriano, y por tanto hay que escribir como Carver, y como el cuento es el género de la exactitud, no caben las subordinadas en un cuento, y como en el cuento hay numerosas obras maestras que acaban con una sorpresa final, cualquier cuento que no la contenga es un cuento fallido, y como el microrrelato ha de tener tantas líneas o el cuento tantas páginas, toda narración que no sume menos de tantas líneas o de tantas páginas, no es microrrelato o cuento, y así continúa la ronda.

Tengo la convicción de que esta extraña monadología asfixia al cuento y despista a sus posibles lectores, que se refugian en otros géneros sin tantos complejos. Pero también estoy convencido de que el fulgor que prefiero en un cuento es el que nace de sus párrafos, del ritmo de sus frases, sean estas largas o cortas según requieran uno u otro estilo, de la fragancia de los personajes que aparecen en ellos y a los que creemos gracias a un estilo florido y complejo o desnudo, ascético, según se quiera trasmitir una experiencia sensual o espiritual. O todo lo contrario, porque si el cuento es inagotable y libre, la técnica en manos del escritor, también.

Ambulancias

Antes, todos subíamos por carretera de Ronda. Carretera de Ronda arriba, la estrangulada carretera de Granada, entras en el barrio de Torrecárdenas, pasas el campo de fútbol, todo arriba, allí estabas. Hoy la cercanía de la autovía los lleva a elegir la avenida del Mediterráneo. Yo hubiera hecho lo posible por no tomar ese camino, aunque conduzca casi directamente al hospital. Subes la avenida, y Torrecárdenas se ve desde cualquier ángulo. Parece un faro. No desaparece en todo el trayecto. Pero han colocado esas rotondas. Inevitables. Tienes que frenar. En una ambulancia echas de menos en ocasiones una mayor estabilidad. Los segundos en que los coches se apartan. Tú estás girando. Notas la amortiguación. La vida se detiene y tú sigues dando vueltas. El hospital Torrecárdenas allí arriba. No pierdes el rumbo. Aunque todo cruja. Vas hacia el faro. Sigues dominando la rotonda. Cuando sales de ella y enfilas el último tramo hacia el hospital, sientes que has vencido un peligro. Sigues en pie. No has perdido el control. Tal vez no. Quizá todo sea imaginario y no haya habido peligro. Pero en la ambulancia, conduciéndola, quieres sentir el peligro. Que un coche se quede en el centro del camino y no te ceda el paso. Que un peatón despistado cruce sin atender a semáforos y te descubra y te mire con ojos despavoridos. Necesitas saber que todo pende de un hilo. No sólo el que va detrás. Oyes ahí las instrucciones de los médicos y ves las instrucciones de la carretera. Todo está en el aire. Debe ser así. A veces pisas más de lo necesario. Quieres correr. Pero es inútil. Pasará el tiempo. Adquirirás experiencia si te renuevan los contratos. Vivirás la muerte de alguien en tu ambulancia. Alguno no resistirá hasta el hospital, la apetecida marquesina de Urgencias, la delegación de tu responsabilidad en otro. Entonces adviertes que necesitas vivir más, pero que en realidad sientes cada día menos. Tu cuerpo es, por explicarme, una pieza más de la máquina. Un insensible motor a gasóleo.

La Molineta, Araceli, Piedras Redondas, Barrio Alto. Calle Santiago, plaza de Pavía, avenida del Mar. Ten cuidado. Procura no correr demasiado. Las ambulancias son peligrosas. Al principio te regalaban esos consejos. Pero el niño pasó los primeros meses. Y no se mató. Me pagaban bien. Como nunca antes. Es el primer oficio serio que tienes. Cuídalo. Dijo mi padre y volvió a su trabajo. Me pagaron bien. Gané dinero. Corría y corría. Las máximas salidas posibles. Me ofrecí para todas las guardias. Por la noche sonaba el teléfono. Un accidente terrible en las afueras. Faltan conductores. Vestido en dos minutos. Me había dejado la camiseta al acostarme. Echaba unas galletas al bolsillo. Mi madre incorporada en la cama o en la puerta de la habitación. Te hago algo. Me preguntaba.

Qué voy a tomar. En cinco minutos tengo que estar allí. A lo mejor le daba un beso rápido. La orden para que volviera a la cama. Y volvía. Ten cuidado. Por las noches los lugares siempre resultaban fríos. Viejos alarmados por la muerte próxima, accidentes en arcenes oscuros. Aunque fuese verano hacía frío. Resultaba siempre oscuro. Pero me sentía bien. Tenía que ayudar fuera de la ambulancia, por supuesto, pero mi lugar era el volante. Las camillas, el fulgor frío de las luces. El segundo año me alejé de algunas guardias. No las echaba de menos, pero tampoco tenía tanta necesidad de dinero. Si apenas sabía en qué gastarlo. Rondaba a Paula, es verdad. Pero las cosas no salían. Todo era raro. A los amigos les alegraba que invitara tanto a copas. Insistía en que no pagaran. Tenía la suerte de trabajar mientras ellos se perdían en proyectos, en seguir los estudios, en decidir qué hacer. Si hubiese querido, podría haberme ido entonces de casa y vivir por mi cuenta. A esas alturas, quién me recomendaba que no corriera demasiado, que tuviera cuidado con las ambulancias. Son peligrosas. Nadie. Nadie me lo pedía.

Parque de Nicolás Salmerón, Colonia de los Angeles, Ciudad Jardín y Zapillo. Avenida de la Estación. La Cañada. Sólo en unas pocas calles han cambiado el sentido de la circulación. Antes, hace unos años, en determinadas zonas, se acostumbraron a cambiar las señales de dirección prohibida. Ahora en esta entrada de la calle. Ahora en aquella otra. Así fue. Era incómodo. Algunas veces, las dos o tres primeras veces, el cerebro te engañaba y te llevaba por donde ya sabías que no se podía conducir. Giro brusco y vuelta a empezar. Cuando cobré mi primer sueldo, me quedé como un estúpido mirando la nómina. Hasta que el papel se mojó con mi sudor. Pensé. Le di a mi madre cincuenta mil pesetas. Ella no quería cogerlas. Debes ahorrarlo. Para tu futuro. Es muy importante. Cómprate un abrigo. Te guardas lo que sobre para ti, y lo gastas en lo que quieras. Mi padre nos miraba, severo. Anhelaba no tener que intervenir. Yo cerré las manos de mi madre sobre el dinero. Las acaricié. Me sentía feliz. Quiere compensarte por todos los permisos de circulación. Durante dos años ellos me habían pagado el B1, el B2, el C1. Quería empezar con el D para conducir autobuses, pero ya podía llevar algunos camiones. No era necesario. Más adelante. Te basta con esto para desahogarte y ponerte a trabajar. Conduce. Conduce. No es lo que quieres. Me preguntó mi padre. Y ahora me recordaba, el día de mi primer sueldo, es una compensación, le decía él a mi madre, por todos los permisos de circulación. Cógelo, mujer. Ella se resignó y lo cogió con un poco de pena. Creo que mi padre descansó, se relajó, se quitó una carga. Él era acomodador en un cine. Siempre estaba a oscuras. En otro mundo. Apenas salía de casa. No viajaba. Sólo tenía el B1. Yo quería llegar más lejos que él. No eres muy joven para conducir una ambulancia. Eso me preguntaron algunos. Estuve quince años controlándolas, a mis órdenes. Dejé de ser muy joven. No sólo para conducir una ambulancia. El día en que mi madre se compró, con mi dinero, un abrigo negro, se presentó ante mí. Con él puesto. Giró alegre en el comedor. Parecía que bailaba y que el abrigo la seguía, abriéndose en el aire. La danza se detuvo cuando la abracé. Tócalo. Es un paño maravilloso. Lo toqué. Era suave. Me besó. Mi padre, esa noche, me invitó al cine. Pero no recuerdo qué película vimos.

Cabo de Gata, San José, el arrecife de las Sirenas, Calas, Mónsul, el Palmeral del paseo Marítimo, Avenida del cabo de Gata muy rápida, de noche completamente vacía y la playa oculta al contraluz de las farolas, hasta el Cargadero de Mineral, el Cable Inglés, y puedes tirar Rambla arriba hasta carretera de Granada, hasta Torrecárdenas, o lo más lógico, por rápido, cruzar carretera de Ronda. La infinita recta. En el fondo, en una ciudad pequeña como Almería, todo son siete calles estrechas, o cuatro, varias desde que recoges al enfermo en su domicilio hasta que siempre desembocas en una de esas calles principales. Las lógicas para una ambulancia, el modo más rápido de llegar a tu destino. A Paula le encantaba el cabo de Gata. Fuimos novios tres años. La quise. Me pedía que no corriera tanto con el coche por la recta de Pujaire. No es una ambulancia. Lo sabes. Lo sé. Contestaba. Manejaba el coche como si fuera en ella. Paula nadaba a veces en la playa hasta el fin del mar. La perdía de vista y me ponía muy nervioso. Me quedaba en paralelo a la orilla. Pensaba que si le ocurría algo no sabía dónde ir para recogerla. Para salvarla. Ya no vivía con mis padres. Seis años como conductor y ellos se hacían mayores. Alquilé un piso. Paula no quería venirse a vivir conmigo. Teníamos que casarnos antes. Pasábamos días enteros juntos. Pero no las noches. Solitarias, yo escuchaba las sirenas de las ambulancias que cruzaban la avenida. Veía las luces anaranjadas y cuando desaparecían y se llevaban el sonido los nervios volvían.

Visitaba a mis padres. Al despedirnos, ellos se quedaban allí, en la puerta, cogidos de la mano. Vuelve, Paula. Gritaba sin vergüenza cuando se hacía la tarde y quedaba menos gente en la playa. Y ella, a su gusto, cuando lo decidía, volvía de las aguas. El mar la echaba a la arena como un guijarro y Paula se incorporaba. Se levantaba y pisaba la arena y dejaba huellas. Un día salió del agua calzada con sus zapatos de tacón ancho y desapareció de mi vida. Tenía que viajar a otra ciudad y no sabía cuándo podría volver. Las cosas se enredaron. No me traicionó. Luego me alegré. Estaba más tranquilo en casa. Dejé de fijarme en las sirenas de las ambulancias. Cuando vine a darme cuenta, me había dormido. Y ella estaba olvidada.

En un pueblo de Granada, cerrado por la nieve. Unos amigos se acordaron de mí y me invitaron a pasar con ellos la última noche del año. Mis padres, mi madre se lamentó. No tenía hermanos que pudiesen acompañarla esa noche. Voy a cocinarte una receta especial, haré el pavo, pero de otra manera. Vente con nosotros. Vente con nosotros. En una casa de campo y con chimenea para combatir el frío. Irán chicas y podremos vernos de nuevo. Dijeron ellos. Fue la primera vez que conduje por una carretera nevada. Me era extraño no controlar al cien por cien el volante. Se hizo de noche. Los árboles se abrían sobre mi coche, en el que venían unos cuantos amigos. Contigo vamos seguros. Si nos pasa algo la ambulancia no tardará en llegar. Pero yo miraba los árboles sombríos bajo el cielo negro. Recordaba las cosas que pasaban, tan rápidas como los árboles, y que nunca podía mirar al cielo mientras conducía. Mi deber era salvar vidas. Llegar a tiempo, en realidad. Vencer al tiempo y vencer a la muerte. Me dijo esa frase Julián, aquella misma noche. Creo que estaba borracho. Dijo que yo debía ser feliz porque muchas vidas seguían aquí, dijo aquí y recorrió con un gesto de su mano la cúpula del cielo, gracias a mí. No eres feliz. Me preguntó. Yo no sabía qué contestarle. Sí, supongo que sí. Hacía frío en aquella casa. A pesar de la chimenea. Pero si nos alejábamos de la chimenea el cuerpo se helaba. Fue una buena excusa, el frío, para abrazar a Isabel. La hermana de Jorge. Los conocí aquella noche. Pero hacía frío, era lógico que nos abrazáramos. Y besarnos. Notaba mi lengua, la suya, tocándose ambas. Ya no hacía tanto frío. Nos habíamos cubierto con una manta muy gruesa que olía a armario. Pero yo seguía recordando el frío, y los árboles a la intemperie. En todos esos años nunca había pensado en el frío de la gente allí detrás, en la ambulancia. Más de uno debía de sentirse como un perro atropellado al que habían recogido en el arcén de la carretera. Por eso aullaban. Por eso miraban con ojos tan tristes. Sentí un poco de pena por mi trabajo. Tienes que estar orgulloso. Eso lo dijo Isabel. Dos horas antes habíamos brindado por el año nuevo. Traería felicidad. Me dio tiempo a tomarme todas las uvas. Fui rápido. Cuando Isabel habló del orgullo ya no hacía frío. Estábamos en la cama, protegidos por las mantas, con el áspero roce de las sábanas. Hicimos el amor a oscuras. Ahora sí era de verdad la noche. La noche sí, pero no el frío. Qué bonita forma de entrar en el año nuevo. Eso creo que lo dijimos los dos.

Desde Madrid a la República Dominicana. Diez días de viaje de novios. Y cuando regresemos nos vamos a

Galicia. Tengo ganas de ver Galicia. Isabel era feliz. Nos metíamos a nadar, en aquella playa cercada para turistas, y ella no se separaba de la orilla. Me sentía bien, seguro de ayudarla si lo necesitaba. Nos pusimos muy morenos. Disfrutamos aquel viaje sin dejar de mirarnos como tontos. La quería. Aquella playa era diferente a las de Almería, el calor era distinto, pero cerraba los ojos en la hamaca y veía las playas de Almería. Ponía los pies en el suelo imaginando que era la otra arena, no tan fina, la que pisaba. Me quedaba casi dormido en la hamaca, sintiendo que pesaba a causa del calor. Voy a hacer un agujero en la arena y llegaré al centro de la tierra. Sonreía con los ojos cerrados, pero no controlaba las imágenes que veía. Veía los momentos de la boda, y las lágrimas de mi madre, que ya estaba enferma. Mi padre parecía aquel día más generoso, más cercano. Como si hubiera dejado de pensar en nada. No hay que pensar tanto. Veía la casa de dos plantas que Isabel y yo nos habíamos comprado y lo fuerte que pegaba en sus muros el viento que venía de la sierra. Veíamos el mar y todo el golfo de Almería. Veíamos también el hospital Torrecárdenas. Y las luces giratorias de mi ambulancia, como si la ambulancia hubiera ido a la boda. En ese medio sueño las puertas de la ambulancia se abrían y salía de allí gente ensangrentada, gente pálida, enferma, gente con súbitos dolores fuertes que se unía a los invitados. Nos echaban arroz al salir a las puertas de la iglesia. No los temíamos. Eran como mis amigos. Isabel los iba besando aunque algunos de ellos le manchaban de sangre el vestido. También vi en aquella playa, mientras el sol nos acariciaba, la niña que llegó dos años después. Tuvo salud y sonreía mucho. Eso nos hizo felices. Una felicidad tonta, sencilla. Decoramos la casa a nuestro gusto, y cada vez me costaba más irme a trabajar. Cruzar el pequeño jardín donde Isabel había plantado un pino que crecía. Pulsar el interruptor de la sirena. Mirar hacia atrás y ver el dolor, y no perder el control en la carretera, cada vez más larga y cada vez más llena de señales. Cambia de trabajo si no te hace feliz. Pero no se trataba de la felicidad. Teníamos seguridad. Seguía ganando dinero. Pero no era cosa de felicidad. Mi padre decía estás en la flor de la vida. No eres un viejo descarriado y arrugado como yo. Cuando seas viejo como yo sí que no querrás subirte en una ambulancia. Hasta el hospital había cambiado. Tras la reforma, para llegar a Urgencias la entrada era otra. Los compañeros se cansaban, desaparecían. Mi hija aprendió a hablar. Parecía cosa de magia. No me gustó cuando alguien de la familia le enseñó a imitar el sonido de la sirena. No sé quién fue. Le regañé por hacerlo. Le pusimos Rosa. Por mi madre. Mi madre murió un mes después de casarnos. Murió en el hospital. Entró en él por su propio pie. No necesitó ambulancia. Me alegro. Vi en la playa todo aquello, la última imagen de mi madre. No llegó a quejarse. Había aceptado todo. Mi padre se quejó más que ella. Mierda de vida, siempre la misma historia. Mi hija se llama Rosa en recuerdo de mi madre, de su abuela. Nos casamos un mes antes de que ella muriera. Pero no nos casamos como homenaje, porque supiéramos que iba a morir. Las cosas son así, no las sabemos cuando deberíamos saberlas. Alguien tendría que avisarnos a tiempo. Mi hija sólo sabrá de su abuela que su nombre le perteneció a mi madre. Podremos contarle mil historias. Pero al final sólo sabrá que se llama Rosa por la abuela. Y que la abuela se murió al mes de casarnos. Y que cuando ella era todavía pequeña, no sé si llegará a recordarlo, dejé de conducir ambulancias. Al morir mi padre, triste y solo, ya no trabajaba como conductor de ambulancias. Había visto todo eso. Cuando abrí los ojos. En aquella playa de la República Dominicana. Todo eso ya estaba allí y el cuerpo de Isabel me parecía moreno. Tan bonito.

Ahora que pienso en aquel trabajo, sólo recuerdo accidentes de tráfico. Carreteras solitarias, quitamiedos destrozados, cristales rotos. A veces, la mayoría de las veces, llegábamos tranquilamente a casas tranquilas donde nos esperaban en calma viejos que se habían sentido repentinamente enfermos. Pero yo recuerdo ahora, y siempre ha sido así, las carreteras rotas por los coches rotos. Los heridos. Aquella noche de febrero quedaba media hora para que acabara mi turno. Justo a la salida de la autovía hacia el puerto, a la entrada de Almería. El coche parecía casi intacto. Había chocado con la pared derecha del túnel. Una mujer herida. Tuvieron que retirar el coche para poder sacarla. El hombre que conducía, ileso, insistía en ayudar para auxiliarla. Intenté calmarlo. Bajé del coche y le distraje mientras los bomberos hacían palanca sobre la puerta para sacar a la mujer. Estaba inconsciente, la cabeza apoyada sobre el salpicadero con dulzura. Parecía dormir, bañada en la sangre que manaba de su cabeza. Recuerdo todo muy bien. La salida del túnel enmarcaba una preciosa visión nocturna de la Alcazaba iluminada. Era un bello sitio para mirar, y no para ser mirado. Cuando la metieron en la ambulancia, los auxiliares, yo mismo, nos habíamos sentido impresionados por el destrozo de su cabeza astillada en contraste con el resto del cuerpo. Limpio, sin daño. La sangre manchaba apenas su camisa. La sangre se había quedado en el salpicadero. Al moverla sobre la camilla el ritmo natural de la vida renació. El collarín ensangrentado, los ojos cegados, la boca abierta como un lugar de una humedad insoportable. El hombre se empeñó en subir conmigo a la ambulancia y acompañarnos hasta el hospital. Le advertimos. Tenía que contener los nervios. Mala suerte. Qué mala suerte. Repetía esa frase una y otra vez. Cómo ha ocurrido. Lo preguntaba. Yo no sabía la respuesta. Se agarró al asiento, pasaba la mano por el cinturón de seguridad. Miraba detrás y veía a mis compañeros manejando el cuerpo de su mujer. Es su mujer. Le pregunté. Sí. Está esperando un hijo. Tranquilo. Dije tranquilo, tranquilo. Está esperando un hijo. Lo supe la semana pasada. Mala suerte. Se comportó con respeto. No me exigió una mayor velocidad, no ordenó histérico a mis compañeros que la salvaran. Sabía que todo era un asunto de suerte. Su felicidad de una semana antes era puro azar, y esto ahora, y que yo estuviera al volante, y el atasco que la suerte podría cruzarnos en la carretera para impedirnos salvarla. Así era todo. Lo pensé. Pero no se lo dije. Iba muy atento a la carretera. Al llegar al hospital el hombre bajó de la ambulancia con un salto. Yo ayudé a sacar la camilla. Continuaba inconsciente. Detrás de la máscara de oxígeno, cubierta de sangre, no podían reconocerse sus rasgos. Puse mi mano sobre su brazo, mientras entrábamos y corríamos hacia la sala de Urgencias. Su piel tenía un tacto fino. Sería una mujer bella. Me pregunté eso y también me pregunté cuántas caras desconocidas había visto tumbadas en las camillas durante esos años. La camilla se perdió tras un voltear de puertas. Me quedé parado en el pasillo y sentí algo de asco por mi trabajo. Le agradecía que me hubiera permitido saber sobre la realidad más cosas que la mayoría de los trabajos que existen en el mundo. Pero esos trabajos le escondían, le protegían a uno de la verdad cruel que veía cruzar a diario. Aquella mujer ya no era mi responsabilidad. Al salir vi al hombre. Nervioso, vencido. Buscaba un teléfono. Dos enfermeros intentaban convencerlo para que permitiera que los médicos lo reconocieran. Pero todo aquello ya no era mi responsabilidad. Mi turno había acabado. Me volví a casa. Al día siguiente, tuve que cruzar la zona de cuidados intensivos. Dejé un informe donde debía y al volver vi al final del pasillo al hombre del accidente. Se había cambiado de camisa y miraba fijamente la pared de enfrente, vacía. Me moví hacia él. Tal vez pretendía interesarme por el estado de su mujer. Regalarle unas baratas palabras de consuelo. Al poco advertí que una mujer mayor cruzaba delante de mí y se sentaba a su lado. Despeinada, una sensación de urgencia dominaba su aspecto. La habían sacado de la cama violentamente. Su sueño había reventado y ahora estaba allí. Insomne. Al principio no la reconocí. Hacía varios años que no la veía. Cuando llegué a su altura me miró con alarma. Pensaría que era un médico. Que le traía alguna noticia. Mi uniforme le impedía situarme en el tiempo. Me agaché. El hombre me miró. Ella me reconoció. El hombre me había olvidado por completo. Yo era parte de la nube negra que el día antes le había arruinado la vida. Antes de que ella pronunciara mi nombre yo dije el suyo en voz alta, lentamente. María. Hijo. Has visto lo que ha pasado. Sus manos estaban apretadas por las mías. Pero ella no quería escapar. No tenía fuerzas. No me diga que ella. Ella. Luego repitió varias veces, con un tono dolorido, el nombre de su hija. Paula, Paula. Mi Paula a pique de morirse. De pronto fue como si yo me hubiese trasladado a otra ciudad, como si aquel no pudiese ser mi hospital, ni aquella la madre de la que había sido mi novia tres años. Me senté a su lado. Estuvimos abrazados durante un largo rato. Sentí vergüenza. Con los ojos cerrados, vi el rostro de Paula, nadando, respirando rítmicamente en el mar. Su cara mojada, limpia, sin empañar. Sin la pegajosa sangre que la había hecho irreconocible para mí. Me interesé a diario por su estado. Cuando Paula murió, seis días después, ya no trabajaba como conductor.

Entrabas por una pequeña verja de madera casi comida por las hormigas. Cruzabas el jardín donde la hierba había crecido de modo salvaje. Se había llenado de distintos tonos verdes que a lo largo del día, según la posición del sol, podían adquirir matices infinitos. Abrías del todo la puerta entornada y entrabas en la casa. A la izquierda una pequeña cocina. Humilde, triste y rural. Había una chimenea, donde el hollín había ennegrecido la piedra. A la derecha un pequeño salón, con aquel cajón donde mi madre guardaba las tazas blancas que se rompían apenas eran golpeadas. No resistían. Ten cuidado, Rosa, con estas escaleras. Esa barandilla puede estar podrida, y venirse abajo. Agárrate de mi mano. Es lo más seguro. Arriba están los dormitorios. Ése para mis padres. Éste para mí. Todavía está en pie la misma cama. Quizás ya no suene. Sí, ese ruido es el de las maderas que cruzan el suelo. Antes se construía así, sobre todo en los pueblos. Resquebrajadas por el tiempo. Arrasadas por la humedad. Aquí hacía mucho frío. Por eso tu abuela se alegró cuando nos fuimos. Se fueron para que yo pudiera ir a un colegio, lo mismo que tú puedes hacer ahora. Pero entonces era complicado. Asómate a esa ventana, pero no te acerques demasiado. El marco está flojo. Te sujeto. No temas. Detrás de aquella montaña. Sí, donde brilla el sol. Allí detrás está la ciudad, donde vivimos papá, mamá y tú. Allí no hace tanto frío. Esto se quedó solo. Todo este frío se adueñó de la casa. Se quedó con ella. Volvamos abajo. Se hace tarde. Recuerdo el camino de vuelta que todavía no he hecho. Con Rosa otra vez a casa. Para jugar allí con ella, y prepararle una taza de chocolate caliente. Noto la humedad del invierno en Almería. Aunque no está siendo un invierno frío. Tampoco aquí en Tánger. Todas las calles de Almería están aquí. Y allí. No puedo entender el camino que están tomando. Es tan fácil. Carretera de Granada arriba. Prácticamente en línea recta. Luego, cuando me levante, y todo se haya solucionado, llevaré a Rosa a la casa de mis padres, a la vieja. Donde nací. Es un empeño de hombre tonto. Respeta ese semáforo. Aunque vayas en ambulancia, es un semáforo conflictivo. Los de esa calle no suelen respetar el ceda el paso. Atienden sólo al hecho de que ellos salgan por la derecha y eso no lo es todo. Ahora puedes acelerar. El resto del camino. La línea recta que te queda es muy tranquila. Isabel no pensó que fuera una locura, aunque lo fuera. Me animó a ello. Pero no quería que estuviera demasiado tiempo fuera de casa. Cuando se dio cuenta de que ocurriría, lo quisiera ella o no. Lo quisiera yo o no. Era inevitable. Entonces era demasiado tarde. El día que compré el camión lo llevé a casa. Allí, hice sonar el claxon. En la puerta, hice sonar el claxon. Salieron a sus puertas algunos vecinos. Los saludé. Me saludaron. También salieron Isabel y Rosa. Me asomé a la puerta y tiré de los brazos flojos de Rosa y ella se notó en el aire. La puse en el asiento del conductor. Sus brazos no podían dominar el volante. Sí. La llevaría muy lejos. A otros países, a otros lugares. Mientras te haces mayor. Luego no querrás venir conmigo. A lo mejor para entonces no necesito conducir. Todo ya está solucionado. Y me pedía que hiciese sonar el claxon. Y yo lo hacía. Recorrí muchas carreteras de España. Habían desaparecido, en la parte de atrás, los enfermos. Ya no había daño, ni dolor. Sólo mercancías. Verduras, hortalizas casi siempre. He cruzado Europa muchas veces. He memorizado rutas beneficiosas, rápidas. Esta calle, al final. Te encontrarás el último semáforo. Pero apenas es un obstáculo. Todo recto, hacia arriba. Ya entras en el recinto de Torrecárdenas. La señal de prohibición para hacer sonar el claxon está allí para los coches visitantes. Nosotros nunca la respetábamos. Las ambulancias éramos los únicos vehículos que aullábamos. Y esa cuesta interminable para el que iba detrás y tan corta para nosotros. Sólo a la derecha, en el vacío que cortaba la colina y llegaba hasta la playa. El mar entero que se veía a la perfección. Ahora debiera verlo. Ver el mar. Y el sol llegaba hasta el final del mundo. Y se escondía. Colores que adormecían. Todo resultaba perfecto. No parecía que pudiese haber dolor alguno. El sol de Tánger es parecido. Imagino que cuando ha llegado aquí, cuando el sol termina su curva, Almería ya ha quedado lejos. Dos veces a la semana, desde Ceuta a Tánger. Tomaba el barco y otra vez a Almería. Importaba verduras marroquíes. Esta tarde también. El camión venía lleno. Veo desde lejos la mancha en el arcén de la carretera. Parecía un coche que hubiese derrapado. Que hubiese perdido el control. No debo bajar del camión. Algunos tramos de esta carretera son peligrosos. Compañeros míos han sido agredidos últimamente. La tarde es muy lenta, muy pesada. El sol apenas se ve, oscurecido por nubes asfixiantes. Hay un hombre tendido en la carretera. Junto al coche. El coche no presenta signos de accidente. Pero eso no indica nada. A veces los coches no sufren apenas daño y las personas que los conducen mueren. Me tienta la idea de pasar de largo. Olvidar el coche y el cuerpo. Seguir adelante y volver a casa. Pero me detengo. Con ademanes rápidos bajo del camión. Voy a ayudar a sacar la camilla. Pero no hay camilla. Todo es confuso. El cuerpo del hombre tendido en la carretera. Huele a quemado. Quizás el coche vaya a explotar. Todo está tranquilo. Pero antes de tocar su cuerpo. Antes de volver su cara. No llego a ver su cara. No sé de dónde han salido. Puede ser uno. O dos más. Los camioneros no llevamos dinero. Pero eso únicamente lo pienso. Alguien me abre la cabeza. El golpe es como el de una granada madura desprendida del árbol. Abierta para siempre. Cuento cada una de las horas. Desde el día en que me subí por primera vez a una ambulancia. Y cerré la puerta. Cerré la puerta a todo. Me sobresalté la primera vez que accioné la sirena. Pero la primera vez que llevaba detrás a un enfermo, ese día la sirena me tranquilizó, me calmó. Me distrajo. Ahora me distraigo y qué hora será en el otro lado del mundo. Me pregunto. En qué posición estará allí el sol. Se ha hecho de noche cuando me recogen. Alguien me recoge. Me llevan en un coche. Camino del hospital. Supongo. No siento la cabeza. Hay en todo un vacío enorme. Y sin embargo recuerdo cosas. Muchas cosas. Caras y momentos. No puedo lamer la sangre que me corre por la cara. Eso me calmaría. No entiendo el camino que siguen. Torrecárdenas debería estar más arriba. Por qué seguís el camino más largo. Luego nos vamos a arrepentir. Pienso en todos los muertos que he visto. Cuando todavía no lo eran. Cuando quedaba algo de vida en ellos. Parece que conducís con mucha lentitud. No conocéis el camino. Y sin embargo me sorprendo. Ahí debería estar Torrecárdenas. No reconozco la marquesina, que corta el cielo. Tampoco reconozco los techos del hospital. Pero sois profesionales. Disculpad. Pasadme a Urgencias. No tardéis. Sigo mirando al techo. Las manos se han vuelto algo frío y cansado. Pero se cruza en el cuadrado de techo gris y monótono el rostro de Isabel. Me mira. Sin expresión. Sin hacer ningún gesto. Pasa su mano caliente por mi frente. Mira quién ha venido. Me dice. Desaparece y al momento vuelve y la acompaña la cara de mi hija. Me da un beso. Las mejillas de Rosa no se manchan de sangre. Todo es extraño. Aunque debo de tener buen aspecto. Porque al final sonríen. Sonríen y eso me deja muy tranquilo. Cierro los ojos y estoy muy tranquilo. Sonríen porque nada puede llegar a pasarme.

CRISTINA CERRADA

CRISTINA CERRADA (Madrid, 1970) es licenciada en Sociología y coordina cursos en los talleres de escritura creativa Fuentetaja. Ha recibido, entre otros, los Premios NH de Relato 2002 y Lengua de Trapo 2008. Es autora de los libros *Noctámbulos* (2003), *Compañía* (2004), *Alianzas duraderas* (2007) y *La mujer calva* (2008), todos ellos publicados en Lengua de Trapo, así como de *Calor de Hogar, S. A.* (Algaida, 2005) y *Anatomía de Caín* (Baladi, 2010).

POÉTICA DE LA NADA

Un cuento es algo muy breve, muy pequeño, pero que alude a algo muy grande. Siguiendo la huella de una metamorfosis, se convierte en el rastro de un deseo, de un conflicto, de una identidad.

El cuento permanece casi siempre agazapado en los aledaños de la vida, apostado tras una pantalla de cine, una queja, una enemistad, un sentimiento de culpa. A veces ya estaba allí cuando uno pasó y sólo hubo que apropiárselo mediante el derecho de posesión que otorgan las palabras.

Otras veces, sin embargo, el cuento es apenas nada, como ocurre con aquel del dinosaurio que persistía en continuar allí. Cuando queremos darnos cuenta se ha consumido, presa de su incandescencia, como una estrella fugaz, y uno se pregunta si existía ya antes de escribirlo, y si hay forma de acotarlo.

Puede que no. La procedencia de un cuento no es algo que se pueda precisar como el árbol genealógico. Los cuentos surgen, como el humo de los barcos, adoptan formas caprichosas, huidizas, que nadie puede señalar en el cielo por anticipado, y se esfuman.

El efecto Coriolis

Él se echa hacia atrás en su asiento de cuero, y mira a su mujer a los ojos. Pero ella lo mira también; así que él vuelve a bajar la mirada, se incorpora, se acoda sobre la mesa, y empieza a remover el café. Le da vueltas con la cucharilla. No deja de darle vueltas, mientras observa el líquido girar y girar, en la taza caliente.

Un segundo después suelta la cucharilla. Se arrellana otra vez en su asiento, y vuelve a mirar a su esposa.

—Escucha —le dice—. Lo he estado pensando, y yo creo que lo nuestro no tiene futuro.

—¿Futuro?

—Sí. Bueno, mira; lo que creo es que me parece que no hay solución.

—Que no hay solución. Ya. Eso es lo que te parece.

—Verás, cariño; yo creo que no. Creo que no la hay. Sencillamente, lo que yo creo es que no vamos a ningún sitio.

—Que no vamos a ningún sitio. Vaya, no sé qué decir —ella calla un momento, sonríe a la camarera que pasa, y continúa después—. Bueno, puede que tengas razón, no sé si te comprendo bien; pero después de todo, puede que no, que no vayamos a ningún sitio. Pero, ¿tú a dónde quieres ir?

Él se incorpora de nuevo, y vuelve a mirar el café que aún sigue dando vueltas. Entonces toma la cucharilla, y empieza a moverla deprisa, esta vez en sentido contrario. Ahora la mueve con fuerza. La mueve casi con rabia, lo cierto es que sí. El líquido se espesa, y se agita; rebota en la taza caliente. No llega a derramarse, pero él sigue dándole vueltas con la cucharilla, hasta hacerlo parar.

Luego responde.

—Escucha, no hagas lo de siempre, ¿quieres? No seas así. Tú sabes de sobra a qué me refiero.

—¿Que sé a qué te refieres? Vaya, pues no estoy segura. Creo que no lo sé.

—Pues me refiero a eso, cariño. Bueno, a que ya lo hemos intentado. Lo hemos intentado todo. Y no ha servido de nada.

—De nada. Ya.

—Y así, creo que estoy en lo cierto, sólo vamos a hacernos más daño.

—Más daño. No sé. Puede que tengas razón.

—Entonces, ¿no estás de acuerdo conmigo en que deberíamos ponerle fin?

—Ponerle fin...

—Eso he dicho. Así es. Ponerle fin.

La mira. Ella le mira también. De manera que él baja los ojos, se incorpora, se acoda en la mesa, y mira de nuevo la taza. Allí continúa el café. Un momento antes hubiera jurado que ya se había detenido. Pero qué va, nada de eso; aún continúa allí. El café sigue igual que antes, sólo algo más frío, dando vueltas y vueltas dentro de la pequeña taza. Saca despacio la cucharilla, y vuelve a recostarse en su asiento. Es un asiento de cuero; hace ruido, y se le pega a la piel.

Mira otra vez a su esposa, y luego le dice:

—Escucha —le dice—. Es que yo creo, no sé, que lo nuestro... bueno, no tiene futuro.

—No tiene futuro.

—Eso es, cariño. Me parece que habría que pararlo, ¿comprendes?, dejarlo ya; porque no hay solución.

—No hay solución. Ya. Eso es lo que te parece.

—Bueno, puede que la haya, pero, no lo sé. Es que tengo la sensación, de veras que sí, de que estamos siempre en el mismo sitio...

—Ah. En el mismo sitio.

RICARDO MENÉNDEZ SALMÓN

RICARDO MENÉNDEZ SALMÓN (Gijón, Asturias, 1971) es licenciado en Filosofía y director literario de KRK Ediciones. Ha ejercido la crítica cultural en los diarios *ABC, El Comercio* y *La Nueva España,* y en las revistas *Mercurio, Quimera* y *Tiempo*. Es autor de dos libros de relatos: *Los caballos azules* (Trea, 2005) y *Gritar* (Lengua de Trapo, 2007), y de siete novelas: *La filosofía en invierno* (1999), *Panóptico* (2001), *Los arrebatados* (Trea, 2003) y *La noche feroz* (2006), todas ellas en KRK. Con las más recientes, la denominada *Trilogía del mal,* compuesta por *La ofensa* (2007), *Derrumbe* (2008) y *El corrector* (2009), publicadas en Seix Barral, ha obtenido diversos reconocimientos. Su literatura está traducida al catalán, francés, italiano, portugués y neerlandés.

MOVIMIENTOS SOBRE EL ABISMO

Desconfío de las poéticas. Como los marbetes que vertebran (fauvismo, dodecafonismo, noventayochismo) las enciclopedias de los saberes, sospecho que las poéticas se redactan para ser abolidas en el lienzo, el pentagrama o la página. Los artistas admirables poseen una poética sólo para trascenderla, para ir más allá de ella y convertir su propia obra en la única poética posible, aunque, paradójicamente, dicha obra resulte irreductible a elementos formales. (La obra es siempre superior al recipiente teórico que la soporta; el contenido de la obra rebasa siempre el continente que la enuncia). Así que debo aceptar que mi poética, si existe, es la del *work in progress,* una que se hace y deshace constantemente, y que encuentra en su reformulación su razón de ser.

Dicho esto, me atrevo a proponer dos ideas centrales no tanto sobre el hecho de escribir relatos, sino sobre el hecho narrativo en general, pues me confieso incapaz de redactar una justificación distinta para el proceso de urdir novelas que para el proceso de urdir relatos. Estas ideas capitales, negativa la primera, afirmativa la segunda, constituyen un doble movimiento sobre el abismo de la creación.

En mi trabajo como narrador me mueve siempre una evidencia desesperanzada, aunque al tiempo estimulante, que conforma lo que podría denominarse una poética «de la resignación». La escritura es un movimiento aporético, el intento por aproximarse hacia una meta que jamás se alcanza, la aspiración hacia una finalidad constantemente defraudada. La realidad se deja tematizar, pero no se deja esclerotizar; la realidad se deja interrogar, pero sus respuestas son siempre parciales, fallidas, truncadas. La realidad se deja cercar, pero no se deja cazar. La literatura no es una horma con la que podamos calzar el zapato del mundo.

Sin embargo, esta tesis disolvente se enfrenta a una evidencia para mí insoslayable. Si no existiese la literatura, quizá la realidad no fuera distinta, pero careceríamos de la posibilidad de ponerla en discusión, de suspender nuestras creencias acerca de ella, de interrogarla con humildad y, a la vez, con orgullo. La escritura es, en efecto, una magnífica escuela contra los principios de autoridad y los «porque sí» de cada época. Esta poética, que a falta de un nombre mejor me atreveré a denominar «de la sospecha», es la que me impulsa a seguir escribiendo, convencido de que jamás alcanzaré aquello que realmente deseo expresar, pero que sólo la literatura puede ayudarme a ser consciente de esa misma incapacidad que la escritura expresa.

A eso aspira mi narrativa; a eso aspiran mis relatos. A cifrar negro sobre blanco el fracaso irremediable de cualquier arte ante la realidad; y a confiar en que ese gesto, ese fracaso, esa tentación faulkneriana de «decirlo todo», aunque sepamos que es imposible, alcanza para justificar una vida de hombre.

La vida en llamas

Hace algunos años, poco antes de que nos separásemos, una noche del verano más caluroso que yo pueda recordar, mi mujer y yo estábamos sentados en el porche de nuestra casa cuando un hombre envuelto en llamas penetró en el jardín, pasó ante nuestros ojos asombrados moviendo los brazos como si estuviera dirigiendo una orquesta invisible y se arrojó a la pequeña piscina que, en ratos perdidos, yo había ido construyendo para mis hijos con las mismas manos con que ahora escribo estas páginas.

Creo no mentir si aseguro que lo más aterrador de aquella imagen del hombre envuelto en llamas era que transcurriera en completo silencio. En efecto, mucho más atroz que la voracidad del fuego era que aquel desdichado no gritara, que el único sonido que mientras pasó corriendo por nuestro jardín oyéramos fue el que provocó al entrar en contacto con el agua, que ni siquiera cuando la ambulancia vino a llevarse su cuerpo malherido escucháramos una queja de sus labios.

Este extraño suceso tuvo lugar durante la época de la agonía de mi padre, cuando yo me pasaba los días leyendo junto a su cama.

Mi padre tenía cáncer de pulmón y yo había decidido que debía morir en casa, no en el hospital. Supongo que ésa fue una de las razones que hicieron que mi mujer y yo nos separásemos tiempo después, aunque, desde luego, ésa es otra historia.

La enfermedad de mi padre estaba ya muy avanzada, la metástasis había afectado a otros órganos, mas algo dentro de él se resistía a morir. Es cierto que apenas sufría, aunque había un punto de obscenidad en aquella pelea suya contra la muerte, sobre todo cuando yo sabía cuánto anhelaba morir. Pero su cuerpo, obstinado, insobornable, se negaba a dar el sí definitivo, luchaba por conservar un soplo de vida, se aferraba a este lado de las cosas.

A veces, cuando pienso en aquellos días, sospecho que lo que mantenía vivo a mi padre era el libro que yo le leía, que antes de morir necesitaba saber cómo terminaba aquella historia. (El título del libro no importa demasiado. En cualquier caso, puedo asegurar que contenía una de esas historias que merecen ser escuchadas al menos una vez en la vida.)

La habitación donde mi padre agonizaba daba a la parte trasera de nuestra casa. Allí el jardín se transformaba en un camino de terrazo que conducía hasta una puerta de madera que mis hijos habían pintado de color rojo. Nada más traspasar la puerta había un cuidado seto de rododendros y, del otro lado, se levantaba la casa de nuestros vecinos.

Mientras viví en aquella casa (ahora ya no vivo allí, mi mujer se quedó con todo, incluso con la cama en la que murió mi padre), no tuve mucho contacto con ellos. Se trataba de un matrimonio joven. El hombre debía de ser viajante, pues todos los días, muy temprano, salía de casa, montaba en su coche y no regresaba hasta bien avanzada la tarde, nunca antes de las ocho. Había veces en que incluso no volvía a dormir, aunque nunca pasaba fuera de casa más de dos noches seguidas. Por el tiempo en que esta historia sucedió, su mujer estaba embarazada.

Cada tarde, mientras yo leía a la cabecera de mi padre y por la ventana entreabierta a causa del calor entraban el rumor de los juegos de mis hijos y el olor de la reseda que crecía en nuestro jardín, podía contemplar a mi vecina sentada a la mesa de su cocina con un libro abierto ante ella. En ocasiones yo abandonaba la lectura, miraba un instante a mi padre (quien con los ojos cerrados quizá estuviera recreándose en las imágenes que mi voz le sugería, o pensando en los amigos ya idos, o acaso sólo dejando pasar los minutos en una confusa vigilia) y luego observaba a mi vecina ojear las páginas de su libro o acariciarse el vientre.

Al liberarme momentáneamente de mi trabajo de lector para el hombre que me había dado la vida y, con ella, todos mis sinsabores y todas mis alegrías, esa visión me reconfortaba. Mirar a aquella mujer, de la que nunca llegué a saber su nombre, me hacía sentir menos solo, más solidario con la razón última que regía el porqué de aquella existencia que se apagaba ante mis ojos.

Ignoro el motivo por el que decidí acompañar los últimos días de mi padre leyéndole un libro. Mi padre nunca fue un gran aficionado a la lectura, y yo mismo prefiero ver una película o arreglar un mueble viejo antes que leer un libro. Pero durante aquel terrible verano sentí que debía llenar las últimas horas de su vida con algo que estuviera más allá de mi mera presencia física. Y además no deseaba que las últimas voces que mi padre escuchara antes de morir fueran las voces agrias, desabridas, con que mi mujer y yo llenábamos la casa ya por aquel tiempo. Por eso leía con aplicación, paladeando cada palabra, demorándome en las descripciones, enfatizando los diálogos, gestionando cada silencio. (Huelga decir que mi padre era un oyente abnegado, dócil, paciente, que en ningún momento se quejó de que yo me hubiera decantado por aquella historia y no por otra. Hay veces, en la vida de un hombre, sobre todo cuando ésta se acaba, en que ya no le es dado escoger.)

De tanto en cuando mi vecina se levantaba de la mesa, daba unos pasos por la cocina o salía de ella, pero siempre, tarde o temprano, regresaba a su lectura. También había veces en que se acercaba hasta el gran ventanal de la cocina, apoyaba la frente en el cristal y miraba hacia fuera. Entonces yo jugaba a adivinar lo sola que se sentía, cuánto hubiera deseado que su marido no tuviera que abandonar cada mañana la casa y qué penoso le resultaba que él malgastara su juventud en la carretera o empeñado en sucios negocios en lugar de hacerle compañía a ella y a la criatura que albergaba en su vientre.

De modo, pensaba yo en aquellos días, que también para ella el libro que leía era una forma de matar el tiempo, de acercarse al suceso realmente importante que la vida le tenía reservado. En verdad, nacimiento y muerte estaban tan cerca el uno de la otra como dos libros en sus anaqueles, como dos lectores en sus respectivas burbujas de cristal, como dos casas separadas por un seto de rododendros y una puerta pintada de rojo por unos niños.

Por las noches, mientras mi padre luchaba agarrado a su botella de oxígeno, mi mujer roncaba suavemente a mi lado y mis hijos soñaban con juguetes electrónicos, con héroes de dibujos animados o con lo que quiera que sueñan las criaturas sanas y bien alimentadas, yo permanecía despierto pensando en el hombre envuelto en llamas, en mi vecina lectora y en la vida que, ignorante de la suerte que le aguardaba, se consolidaba en su placenta. Durante aquellas noches de absoluta soledad y de profunda aunque al tiempo asumida tristeza ante la inminente muerte de mi padre, tuve ocasión de descubrir algo que nunca antes había resultado del todo evidente para mí. Lo que comprendí de forma diáfana, como si hasta entonces mis ojos hubieran estado ocultos tras unas gafas mal graduadas, es que, si se observa con atención, el mundo es un lugar tan extraño que hemos de corregir nuestra mirada de modo constante para que el terror no nos invada en la mesa del desayuno, durante las reuniones de trabajo o mientras practicamos el sexo una vez por semana.

Ése era el tipo de reflexiones que yo me hacía en aquella cama de la que el amor huía con grandes pero silenciosos pasos.

Los últimos días de la vida de mi padre me acostumbré, como un ladrón, a recorrer a oscuras mi propia casa. Primero me acercaba hasta el dormitorio de mis hijos y los oía moverse en sus literas, como pequeños cachorros ahítos de carne y leche. Después iba hasta la piscina para ver la huella que el hombre envuelto en llamas había dejado en ella, una curiosa mancha cerca del desagüe, semejante a esos dibujos a tiza que los forenses hacen del perfil de los cadáveres, sólo que este perfil parecía trazado con brea indeleble. Pero mi ronda nocturna, indefectiblemente, concluía en la habitación de mi padre. En su duermevela, frágil como la vida de un insecto, le observaba transformarse noche a noche en una máscara, sentía cómo el hueso iba ganando espacio al músculo, cómo la calavera pugnaba por brotar en el centro de su rostro igual que una flor pútrida.

Una de aquellas noches, la última antes de que mi padre muriera, tuve ocasión de ver a mi vecina. Y aquella visión casi me vuelve loco. Porque ella estaba desnuda, completamente desnuda, y era tan bella como una pintura antigua. Su desnudez era tan intensa que, por un momento, deseé despertar a mi mujer, a mis hijos e incluso a mi padre para que la vieran. No sentía deseo alguno por su cuerpo, ni vergüenza por mirarla sin que ella lo supiera, sólo una especie de éxtasis frío, si es que tal paradoja es posible; no hubiera deseado tocarla ni besar su gran y redondo vientre, simplemente hubiera querido que no terminara nunca de beber aquel vaso de agua, que aquella sed que la había llevado a levantarse en mitad de la noche, hermosa como un incendio, jamás se apagara.

Cuando se fue, cuando arrancó tanta belleza de mi mirada, mi padre se despertó. En sus ojos, engastados como pedernales en su carne magra, todavía brillaba una luz diminuta, augural, una chispa de inteligencia. Entonces pronunció la última palabra que recuerdo haberle oído:

—Lee —dijo.

Y yo obedecí. Y leí una página, y otra, y otra más.

El alba primero, y la mañana después, me sorprendieron en la habitación. Una luz cítrica, llena de polen y olor a hierba cortada, nos rodeó, nos conjuró en torno a nuestro libro, nos unió por última vez, un poco mitológicos sin duda, como siempre lo son un padre y un hijo.

Cuando leí la palabra que cerraba el libro, le miré. Él se movió un poco y pareció dormirse. Entonces le besé en la frente, ahuequé su almohada y revisé los niveles de la botella de oxígeno. Al salir de la habitación sentí cuánto sueño tenía por culpa de la noche en vela que había pasado, así que me fui a desayunar y le dije a mi mujer que me volvía a la cama.

Mi mujer insistió para que saliera fuera, a nuestro jardín, y desayunara al aire libre antes de volver a acostarme. De modo que acepté y fue entonces cuando los vi. El coche de los vecinos pasaba a toda velocidad por delante de nuestra casa, pero aun así pude advertir cómo ella, mi pintura antigua, mostraba el rostro contraído por el dolor de las mujeres que están a punto de parir.

Esa noche, después de la cena, casi a la misma hora a la que el hombre envuelto en llamas penetró en nuestro jardín agitando sus brazos, mi padre murió. Poco después, media hora a lo sumo, mientras junto a mi familia esperaba sentado en el porche el coche fúnebre que habría de trasladar su cadáver hasta el tanatorio, escuchamos un violento frenazo delante de la casa. Un minuto más tarde vimos a nuestro vecino. Estaba despeinado y llevaba la ropa muy arrugada, como si regresara de una fiesta o de una pelea. Pero algo en él me decía que era increíblemente feliz.

A veces la felicidad, la exaltación que produce, el sentimiento de fraternidad con todo y hacia todos que nos regala, no se puede esconder. Aquel hombre, desde luego, no podía. Seguramente por eso fue por lo que dio unos pasos hacia el porche y a diez metros de nosotros gritó a pleno pulmón, ignorante de nuestro reciente drama:

—Tengo un hijo. Se llamará Julio.

Luego se giró y se perdió entre las sombras, camino de su casa.

Fue entonces cuando mi mujer, la madre de mis hijos, dijo aquellas diez palabras que nunca olvidaré. Dijo:

—Qué ironía. El bebé se llama igual que tu padre.

Y entonces, mientras yo miraba fijamente a esa mujer a la que ya no amaba, mientras dentro de mí unas puertas se cerraban definitivamente y otras amenazaban con quedar abiertas para siempre, mientras el mundo, una vez más, me mostraba sus absurdos, sus casualidades, sus pequeñas venganzas y recompensas, pensé en cuánto dolor oculto existe en cada vida que nos rodea: la de las mujeres que esperan, la de los hijos que pierden a sus padres, la de los hombres en llamas.

Pilar Adón

Pilar Adón (Madrid, 1971) es escritora y traductora. Ha publicado el libro de relatos *Viajes inocentes* (Páginas de Espuma, 2005), por el que obtuvo el Premio Ojo Crítico, y la novela *Las hijas de Sara* (Alianza, 2007). Del 2006 datan sus poemas recogidos en *Con nubes y animales y fantasmas* (EH Editores). En la actualidad es asesora literaria de la Editorial Impedimenta. Su página web es: www.pilaradon.com.

[Poética]

Tanto los relatos como las novelas surgen, en mi caso, de una necesidad real, palpable, de manifestar un estado de ánimo que puede ser propio o, por el contrario, absolutamente inventado, artificial, que preparo como excusa para desarrollar una historia que me parece atractiva. En el primer supuesto, que es el más habitual, se me plantea una situación a la que tengo que dar una respuesta que, afortunadamente, puedo resolver por medio de la literatura. Cada vez que veo un comportamiento que me llama la atención por lo inusual o por lo fascinante, tiendo a desarrollarlo en un relato.

Por lo general me atraen poco las narraciones «de acción». Soy consciente de que en todo relato tiene que haber, al menos, dos historias: la externa, que mantiene la «intriga», el hilo argumental que lleva de la mano al lector página tras página, y la oculta, aquella que tiene que descubrir el lector a lo largo del relato o, incluso, al final del mismo, y es ésta la que más me interesa no sólo como escritora sino también como lectora. Por otro lado, considero que el lector ha de estar interesado en participar de manera activa en la narración. En mis escritos, más que presentar hechos definitivos y cerrados, prefiero dar pistas. Así, el lector debe dejarse dirigir al principio, confiar en lo que le cuento pero, llegado un punto de la narración, debe saber también que se va a quedar a solas con los personajes, y que la relación que se va a establecer es exclusivamente entre ellos, sin mí.

En cuanto a la estructura de mis libros, el hecho de que decida intercalar poemas entre los relatos resulta de mi propia experiencia como lectora: al terminar una narración que me ha seducido, a menudo tengo la impresión de que me gustaría seguir leyendo. Necesito que el episodio se prolongue más allá del propio texto, más allá de la trama que el autor ha dado por finalizada. Así que lo que me propongo al incluir los poemas entre los relatos es que cada historia, de alguna forma, continúe como idea y, sobre todo, como imagen incluso una vez concluida. El lector puede reconocer en cada poema aspectos clave de la narración previa. Puede ver al personaje central o un fragmento del paisaje predominante o, simplemente, puede mantener vivo el ambiente que se intuía en el relato.

En cualquier caso, lo que considero esencial es que la narración ofrezca nuevas maneras de ver la realidad. Me apasiona bucear en ciertas relaciones en busca de mareas interiores, en busca de verdaderas luchas ocultas. Incidir en lo asombrados que nos quedamos, por ejemplo, cuando los acontecimientos toman de pronto un giro inesperado o las imágenes comunes se nos muestran desordenadas... Subrayar el horror ante lo que el ser humano no puede controlar, lo que se le escapa irremisiblemente de las manos.

La porción de tarta

Existe algo entre las raíces de los árboles y entre las hojas secas que pueblan la superficie de la tierra, entre los arbustos que se desarrollan sanos y poderosos aunque ninguna mano se encargue de regarlos o podarlos o abonar el suelo sobre el que comienzan a crecer. Existe algo incierto, inencontrable, que permanece a la altura de los pies humanos. Algo que debe mantenerse oculto, que no debe manifestarse nunca, porque haría gritar de horror a esas almas confiadas que caminan entre hojas y raíces y arbustos. Lo inmenso, lo incomprensible, en forma de materia blanca que no se deja abarcar ni podar ni racionalizar. Lo más enorme del mundo tan cerca de los que creen realmente controlarlo todo.

Los dos bajaron del coche e iniciaron el ascenso a pie. A veces se sonreían y a veces se hacían algún comentario en voz baja. Una frase rápida, que no precisaba respuesta. Aunque lo normal era que avanzaran en silencio.

Cuando llegaron, ambos entraron en la casa con el firme propósito de ser amables. Verdaderamente amables.

1

—Tengo los pies destrozados —dijo ella—. Destrozados. Y, como si deseara demostrarlo, se dejó caer en el sillón tapizado de verde, los brazos a ambos lados del cuerpo y las piernas estiradas por debajo de la mesa que tenía delante, en el centro de la sala.
—Quizá hayamos caminado demasiado.
—¿Quizá? Sin quizá, querido. Por supuesto que hemos caminado demasiado. Creí que no llegábamos nunca.

Él, sin dejar de sonreír, movió la cabeza a un lado y a otro, buscando con la mirada algo o a alguien que no estaba allí.

—Te dije que no era fácil —dijo descuidadamente, con los ojos aún empeñados en su búsqueda.

—¿Fácil? ¿Quién tuvo la idea de poner una casa en un lugar tan infernal? ¿A quién se le ocurrió que todo el que quisiera llegar hasta aquí tendría que hacerlo a pie?

—A su propietario, cielo. Y para ello pagó una cantidad de dinero desorbitada. Para ver sólo a la gente a la que de verdad quisiera ver.

Así que ellos dos debían considerarse unos verdaderos privilegiados. Porque no todo el mundo podía acercarse a la insólita residencia de su amigo Marcel Navas. De hecho, casi nadie llegaba hasta allí. Era imprescindible disponer de un mapa lo suficientemente detallado como para acceder al camino de tierra que ascendía hasta la casa. Un mapa y una buena capacidad de orientación para no perderse entre árboles, inmensas rocas e imposibles construcciones de arbustos y espinos.

—Espero que no se haya estropeado la fruta que le hemos traído. Con este calor y lo que hemos tenido que andar...

Ella se levantó y caminó de nuevo hasta la silla más cercana a la puerta de entrada, donde había dejado caer sus cosas al entrar. En una bolsa de plástico llevaba un par de naranjas, ciruelas, plátanos, y alguna manzana. Marcel Navas les había dicho que no resultaba nada fácil conseguir alimentos como carne o pescado en el lugar en el que vivía, y que tampoco era muy sencillo conseguir fruta, aunque había llegado a un acuerdo con los propietarios de una de las tiendas de alimentación del pueblo más cercano, y el hijo del dueño, que le subía cada cinco o seis días productos como arroz, conservas o café, a veces le sorprendía también con unas peras o unas cerezas, según la estación. Así que ellos habían decidido llevarle fruta, ya que, con toda certeza, la carne y el pescado se estropearían por el camino.

Conforme las iba sacando, ella fue comprobando el estado de cada una de las piezas de fruta que había en el interior de la bolsa.

—¿No puedes dejar eso para luego, cielo? ¿Dónde estará Marcel?

—¿Y la cocina? ¿Tú sabes dónde está la cocina? Me gustaría poner todo esto en un frutero. En el interior de esta bolsa está tomando un aspecto muy triste.

Habían encontrado la puerta de entrada entreabierta al llegar, así que no necesitaron llamar. Simplemente golpearon la madera levemente y, a continuación, avanzaron hacia el interior de la casa, convencidos de que Marcel estaría al pie de las escaleras, con una amplia sonrisa en la cara y un par de vasos de agua helada en las manos. Pero no. Marcel no estaba, y ella entonces decidió sentarse y quitarse los zapatos, suponiendo que a nadie le molestaría un gesto de confianza tan lógico después de una caminata semejante.

—No, cielo. Es la primera vez que vengo. Como tú. No tengo ni idea de dónde está nada. Ni siquiera sé dónde está Marcel.

Ella dejó de nuevo en el interior de la bolsa la naranja que mantenía entre las manos, y se dirigió a una de las puertas laterales. Caminaba despacio, descalza, sin hacer ruido y con una sonrisa permanente, a la espera de que su anfitrión apareciera en cualquier momento argumentando la excusa de una conversación importantísima al teléfono, un terrible dolor de cabeza o un sueño inoportuno que le había vencido sin remedio. Aquella puerta daba a un pequeño cuarto de baño.

—Aquí hay un baño —dijo en voz alta para que él pudiera escucharla—. Voy a lavarme un poco las manos y la cara. A tu amigo no le importará, ¿verdad?

Pero, ¿es que estaba su amigo en aquella casa para que pudiera importarle lo que ella hiciera? También él comenzó a dar breves pasos en dirección a las puertas que encontró a lo largo del pasillo y, después de oír el sonido del agua cayendo entre los dedos de ella, continuó caminando hacia un dormitorio vacío, con la cama sin abrir, un par de sillas junto a un escritorio, una pequeña mesilla a un lado de la cama y un armario ropero con las puertas cerradas. No, allí no había nadie.

—Voy arriba —dijo él—. Marcel ha podido dejar una nota para nosotros.
—¿Arriba?
—Aquí abajo no veo nada. Quizá su dormitorio esté en la planta de arriba y quizá haya dejado allí alguna carta para nosotros. Alguna aclaración de por qué no está aquí. No sé... Voy a subir.

Abajo no veía nada inusual, dentro de lo muy inusual que resultaba el hecho de que su amigo no estuviera para recibirles a él y a su esposa con cierta hospitalidad como, por otro lado, había afirmado en tantas ocasiones que haría. Aquélla era la primera vez que ellos aceptaban viajar hasta la casa aislada de Marcel, pero, desde luego, no era la primera invitación, casi ruego, que les hacía. Cada llamada de teléfono, cada postal, eran urgentes apelaciones a su amistad y al valor que para una verdadera amistad representaba una visita, una estancia de un fin de semana en un lugar *idílico,* palabra que Marcel solía utilizar para describir aquel terreno incomunicado, e incluso un tanto decadente, en el que había decidido situar su casa y así desvincularse del mundo.

—No te vas a creer lo que he encontrado, querido.

Él se volvió y descubrió que ella llevaba en las manos un gran plato de color azul lleno hasta los bordes de comida.

—¿De dónde...? ¿Qué haces con eso aquí arriba?

Queso sobre pequeñas rebanadas de pan, ensalada, pasta italiana, y algo de carne asada.

—¿Es que no tienes hambre?

—¿Es que tú no podías esperar a que bajara?

—Vamos, cariño, relájate. Está bastante claro que tu amigo Marcel no está en esta casa. Al menos, ha decidido ser un buen anfitrión y nos ha dejado algo de comida. Que, por cierto, aún está caliente.

Ella caminó hacia el interior de una de las habitaciones en la que, como era de esperar, tampoco había nadie, y se sentó sobre la cama con el plato de comida todavía en las manos. Aquél podría ser el dormitorio de Marcel Navas, y allí estaba ella, comiendo. Sentada en su cama sin ningún reparo, como si hubiera perdido por completo la noción de que existen ciertos objetos que tan sólo pertenecen a los demás. Los que no son sus propietarios deben preguntar, pedir permiso, antes de utilizarlos.

—¿Crees que le habrá pasado algo? A Marcel, quiero decir —murmuró David.

Su mujer ya estaba comiendo y le miró de reojo, sin responder. En cierto modo, él sabía que todo aquello, aquella situación, suponía un alivio enorme para ella. Que el anfitrión no estuviera en su casa y que, por lo tanto, hubiera cometido una imprudencia que dejaba al descubierto su indiscutible falta de tacto, haría más fácil su relación con él en cuanto apareciera argumentando alguna excusa larguísima, seguramente. Y convincente, por supuesto. A ella aquella ausencia le resultaba verdaderamente cómoda, porque siempre facilitaba las cosas tener algo que perdonarle a quien se ha empeñado en hacer algo amable, como sucedía en aquella ocasión. Alguien que se había empeñado en ofrecerles un encantador fin de semana en aquel lugar *idílico*.

—Quizá haya bajado al pueblo a comprar algo que necesitaba para nosotros. No pienses cosas raras... Sinceramente, no creo que debas preocuparte. Marcel sabía que tardaría más que nosotros en regresar a su casa, y adivinó que llegaríamos hambrientos por lo que nos preparó esto. Creo que es bastante obvio y creo que deberías comer algo tú también.

Pero él no tenía hambre. Así que salió de la habitación en la que ella seguía comiendo, sentada en una cama que podía ser la de Marcel, y se encaminó hacia un pequeño balcón al que iba a dar el pasillo. Dejó atrás una estrecha escalera de madera que ascendía hacia lo que parecía ser el desván o un par de habitaciones abuhardilladas, y avanzó hacia aquel balcón, desde donde podía contemplar los alrededores de la casa. Ese mismo paisaje, esa misma vegetación que habían ido dejando atrás en su ascenso. Esas rocas enormes lanzadas hacia una pendiente salvaje, pero detenidas por su mismo peso en una posición que evidenciaba un peligro real, un posible echar a rodar en cualquier momento sorprendiendo a su buen amigo Marcel o a cualquiera que pasara por allí en aquel instante. A él mismo, por ejemplo. Árboles de extrañas formas cuyos troncos inclinados hacia la pendiente parecían brazos extendidos en un gesto oferente hacia la tierra a la que parecían querer regresar. Raíces, tronco y ramas a una misma altura, en un deseo feroz por no emerger del lugar del que debían emerger en un inevitable ascenso hacia el cielo. Y las hojas: todas aquellas hojas alfombrando un suelo desconocido. Aquella masa de hojas cuya profundidad provocaba una inquietud basada en miedos turbadores más propios de la infancia. Manos altivas que surgían de la materia para arrastrar con ellas hacia el tormento a cualquier ser incauto, criaturas cuyos miembros descompuestos habitaban la oscuridad de las zonas silenciosas...

—¡David!
Él se giró inmediatamente y vio que allí estaba ella de pie, con el plato aún entre las manos, pero ahora vacío. Ella que sonreía y que caminaba hacia él sin hojas secas a su alrededor ni seres descompuestos ni manos que pensaban por sí mismas.
—Me has asustado —dijo él entrando de nuevo.
—Me temo que he terminado con toda la comida. Tendremos que esperar a que tu amigo regrese con más.
Él entonces la abrazó, después de haber dejado el plato en una silla.
—Pues esperaremos. Creo, además, que no nos queda otra opción.
Ella se dejó abrazar poniendo la cabeza sobre el pecho de su marido. Luego cerró los ojos.
—Ahora mismo tengo un sueño terrible. Voy a tumbarme un rato. No creo que a Marcel le importe, ¿verdad?
Él echó un rápido vistazo alrededor, como si todavía esperara descubrir a Marcel escondido detrás de cualquiera de aquellas puertas de madera. Contempló el espacio circundante como si su amigo fuera a aparecer en cualquier momento y no resultara demasiado oportuno que ellos dos estuvieran allí, en el pasillo, abrazándose.
—Veamos dónde puedes tumbarte —dijo.
En la habitación en la que ella había estado comiendo, naturalmente, no, ya que él había decidido que aquél era sin duda el dormitorio del propietario de esa casa. Así que tendría que averiguar qué habitación era la destinada a ellos. Se desprendió del abrazo adormilado de ella y caminó con decisión hacia las distintas puertas que iba encontrando. Por fin, seleccionó uno de los dormitorios

más grandes y se acercó de nuevo a Anita para acompañarla.

—No comprendo cómo puedo tener tanto sueño... Es absurdo.

—Vamos, cielo. Aquí estarás bien.

Anita se apoyó en el brazo de su marido y se dejó conducir hasta el principio de la cama en la que dormiría durante horas.

—Me gusta que hables, ¿sabes? —murmuró mientras avanzaba junto a David adormecida, casi arrastrando los pies—. Me gusta oír tu voz y me gusta observar tu cara mientras hablas y mueves las manos y caminas a mi lado y me miras para comprobar si te estoy escuchando o si estoy prestándole atención a cualquier otra cosa: un escaparate o el sonido de algún coche. Me gusta que me mires para comprobar si te escucho o no. Me gusta que me mires. Y me gusta que tus ojos inmensamente atentos se fijen en los míos mientras yo decido si respondo o no respondo después de que tú hayas terminado de hablar.

Más tarde, en la cena, Anita juraría no recordar nada de todo aquello. No recordaba a David buscando un buen lugar para que ella pudiera dormir ni recordaba sus breves pasos hacia la cama ni cómo se había quitado los pantalones para descansar mejor. Aquella comida del plato azul la había dejado absolutamente rendida y, a pesar de estar de pie, diría durante la cena, lo cierto era que cuando fue a buscar a David al balcón ya estaba dormida. Dormida por completo.

2

A Anita le gustaba mirarse en aquellos espejos con marcos de decoración floral. Había un espejo especialmente grande y perfectamente trabajado en la planta baja, junto a la puerta que daba a la cocina. Y a Anita le gustaba detenerse delante de él y comenzar a mover las manos delante de su cara, como si deseara imitar los movimientos sinuosos de una mariposa o de una danzarina árabe. Anita tiene el pelo largo y oscuro, hasta la cintura. Los ojos levemente rasgados de una oriental y la piel suave, con una suavidad que se percibe a distancia. No es necesario acercarse demasiado a ella para advertir que su ropa huele a seda.

Sus dedos se mueven por delante de su cara, siguiendo un ritmo que sólo ella escucha, un ritmo lejano y ondulado, un ritmo poderoso y pasional que lleva sus manos hacia arriba, hasta situarse por encima de su cabeza, y hacia abajo, hasta situarse a la altura de sus caderas. Unas manos que bailan y que se reflejan en el clemente espejo que aguarda a que ella deje de jugar buscando una belleza ancestral en él.

3

Para la cena de aquella primera noche, Anita eligió un vestido azul con un ligero pañuelo de seda también de color azul por encima de los hombros y unos zapatos altos, negros y brillantes. David, perfectamente aseado, acercaba con suavidad la jarra de agua a Anita y no dejaba de preguntarse qué podría haberle pasado a su amigo Marcel. Algo espantoso, sin duda. Algo que había provocado su salida inmediata de su propia casa, incluso a pesar de no haber olvidado que ellos dos estaban a punto de llegar. Porque, si algo resultaba evidente en aquella sorprendente situación, era que Marcel no se había olvidado de ellos.

—No te niego que mientras tú estabas durmiendo y yo me dedicaba a dar vueltas por la casa y los alrededores, he llegado a creer que Marcel se había olvidado completamente de su invitación. Se me hacía difícil admitir algo así, después de su insistencia y de las conversaciones que hemos tenido acerca de cuándo y cómo venir hasta aquí, pero, al ver que no aparecía por ningún lado, en algún momento, te lo admito, he llegado a dudar. Claro que esto... Esto muestra claramente que él sabía muy bien que hoy llegábamos.

Y, al decir *esto,* David se estaba refiriendo a la cena que tenían en ese momento sobre la mesa. Verdura, carne, vino y postre. Todo perfectamente cocinado y todo en las cantidades precisas para dos personas adultas. *Esto* había llegado cuando estaba casi anocheciendo.

Cuando ya iba siendo necesario encender algunas de las lámparas de la casa, alguien llamó a la puerta.

En aquel preciso momento, David y Anita estaban en silencio, mirando cada uno de ellos hacia algún lugar indeterminado de la sala en la que habían decidido acomodarse, aquella primera sala a la que se habían dirigido al llegar y en la que Anita se había compadecido de sus pobres pies destrozados por la caminata. Ninguno de los dos sentía la necesidad de hablar y, en el encanto de su acogedor reposo, sin ningún sonido previo, sin ninguna señal de aviso, alguien llamó a la puerta. Tanto David como Anita se pusieron inmediatamente en pie. ¿Llamaría Marcel a la puerta de su propia casa, como si tuviera que pedir disculpas, como si ellos debieran autorizarle la entrada? Y, si no era Marcel, ¿quién iba a aventurarse por una zona como aquélla cuando estaba haciéndose de noche, sabiendo que, quien fuese, a continuación tendría que descender kilómetros hasta llegar a algún lugar civilizado? ¿Debían abrir la puerta? Se miraron largo rato, aún en silencio, y entonces oyeron una voz del exterior que llegaba acompañada de nuevos golpes en la puerta. Una voz que pronunciaba claramente el nombre de Marcel Navas e, inmediatamente después, el nombre de cada uno de ellos.

Cuando abrieron, todo lo que encontraron fue, en el suelo, un cajón de plástico de color verde, cubierto con papel de aluminio. Pero no había nadie. Anita se agachó para retirar con cuidado el papel, y comprobó que en el interior de aquel cajón se acumulaban varios platos y bandejas, aún calientes e igualmente protegidos por un envoltorio plateado, preparados para la cena. David, mientras, se alejó unos pasos y dijo el nombre de Marcel en voz alta. Casi lo gritó, pero no obtuvo ninguna respuesta.

—Me da la impresión de que no va a ser la última vez que ese chico tenga que venir por aquí con más comida —murmuró Anita mientras se llevaba una cucharilla con un pedazo de tarta a los labios—. Llegará, nos dejará la caja en la puerta y se largará sin más. Como ha hecho antes.

David asentía con la cabeza.

—¿Crees que el propio Marcel le habrá dicho que no nos hable? ¿Crees que le habrá pedido que ni se deje ver? —preguntó David.

Anita seguía degustando su porción de tarta, lentamente:

—No. Estoy segura de que ese chico no sabe nada. ¿Por qué iba a decirle Marcel algo a él? No. Lo que yo creo es que tu amigo está jugando con nosotros, pero no quiere excederse en su bromita y, por tanto, nos alimentará durante el fin de semana. Supongo que al final, el domingo, justo antes de que debamos marcharnos, aparecerá sonriente y satisfecho como un niño listo que ha sabido completar un puzzle con más rapidez que su padre.

—Que historia tan absurda, Anita —dijo David dejando su servilleta en la mesa para levantarse—. Marcel nunca haría una bobada semejante. Es un hombre práctico. ¿Qué iba a ganar haciéndonos venir para luego no aparecer? Traernos hasta aquí para, simplemente, dedicarse a alimentarnos. Qué idea tan absurda... Marcel quería vernos para charlar, para compartir su casa. No para desaparecer.

—¿Un hombre práctico? ¿Marcel? ¿Y por eso se encierra aquí?

David volvió a sentarse junto a su esposa.

—Tú no lo entiendes, cielo. Marcel es un artista. No soporta la frivolidad de la vida cotidiana. Simplemente le enferma.

—Ya...

—No me crees. Pues es cierto. Y yo mismo pude comprobarlo. Cada día estaba peor. No hacía nada bien en el trabajo. Por eso, sinceramente, me alegré cuando decidió dejarlo todo y dedicarse a llevar la vida que siempre había deseado.

Ahora era Anita quien se levantaba de la mesa y caminaba hacia unas figuras de barro que representaban dos

faros de color azul grisáceo, y que Marcel había colocado sobre la repisa de la chimenea que presidía aquella sala.
—¿Y tú crees que aquí es feliz?
—Yo creo que él aquí es todo lo feliz que puede llegar a serlo un hombre que ha decidido estar solo para siempre.

Anita pasó los dedos por uno de los faros, levemente, casi sin rozar la superficie.
—¿Cómo sabes que está solo? Aquí no está ni siquiera él. Lo mismo tiene una amiguita a la que ha tenido que ir a ver. Lo mismo su amiguita le necesitaba urgentemente.

David observaba la actividad de su mujer sin moverse de la silla. En una ocasión, ella le había dicho en un restaurante al que habían ido para celebrar el cumpleaños de alguno de los dos, que el amor a veces podía ser muy molesto. Mucho, había insistido ella. La cerradura de la puerta que se abre indicando que se va a dejar de estar sola en casa, que se va a tener que compartir el sofá o, simplemente, dejar de hacer lo que hasta el momento se estaba haciendo porque ha venido la persona con quien se comparte el salón y el sofá y la vida, y que, por lo tanto, tiene derecho a usar parte de ese salón, parte de ese sofá, y también parte de esa otra vida. Anita había dicho aquello con una sonrisa, mientras comían en un restaurante elegante, celebrando el cumpleaños de alguno de los dos, y David había contemplado su sonrisa entre atónito y divertido. Porque no imaginaba que su mujer pudiera tener pensamientos como aquél, porque Anita estaba confundiendo el amor con la convivencia, y porque se atrevía a decírselo con una sonrisa durante una comida de celebración mientras estaban sentados a la mesa de un restaurante, ella tan preciosa como siempre, él tan correcto como siempre.

—Cielo, Marcel no tiene ninguna amiguita. El amor a veces es un estorbo, ¿recuerdas? Y Marcel no quiere obstáculos en su vida.

Ella se giró y miró largamente a su marido como si no entendiera nada de lo que él acababa de decir. Como si utilizara un idioma imposible. ¿Un estorbo? ¿El amor?

—¿Deberíamos compadecerle, entonces?

—¿Compadecer a Marcel? —David se echó a reír—. Por Dios, no. Qué cosas se te ocurren. ¿Compadecerle? ¿Por qué? Es justamente el hombre al que menos me atrevería a compadecer de entre todos los que conozco. Precisamente, Marcel. Precisamente él, que ha hecho lo que deseaba hacer con su vida. Sentimos compasión hacia los demás porque tenemos un miedo infinito a hallarnos en su situación y comprobar que nadie es capaz de sentir compasión por nosotros. Comprobar que nadie está dispuesto a ayudarnos. Pero Marcel... Además, estoy seguro de que él ya ha dejado de tener miedo. Todos esos peligros inexistentes que tanto nos asustan, esos riesgos que nunca llegan a materializarse pero que se mantienen sobre nuestras cabezas como eternas posibilidades. Desgracias potenciales...

Anita escuchaba con atención las palabras de David.

—Entonces deberías decirme qué es lo que tengo que sentir por él. Y ahora mismo, por si apareciera de repente. Agradecimiento por su extraña hospitalidad, quizá. Admiración por su valentía al dejarlo todo y venir a esconderse en este lugar... No sé. Dímelo. ¿Qué es lo que debo sentir hacia tu amigo?

David volvió a mirar su plato vacío y dejó de contemplar los ligeros movimientos de Anita sobre los dos faros de barro.
—Nada —respondió entonces en voz baja—. Nada. ¿Por qué deberías sentir algo hacia Marcel? Qué pregunta tan extravagante, Anita.

4

Bajo las hojas de una parra abundante que impedía el paso de los rayos del sol, Anita había colocado una vieja palangana sobre una silla con la intención de lavarse el pelo.
—¡David! Baja, por Dios.
Él bajó las escaleras y salió al exterior caminando rápidamente.
—Voy. Ya bajo.
—No sé dónde te metes ni sé qué es lo que haces cuando más te necesito, David, por el amor de Dios. ¡Baja de una vez! Esta agua está hirviendo.
—¿Por qué no puedes pedirme ayuda antes de ponerte a hacer estas cosas? Ahora es todo más difícil. Ya te has mojado...
David observó el cuello de Anita y el inicio de su pelo, su piel, sus ropas.
—Está ardiendo. Anda, trae un poco de agua fría. Date prisa. Y luego no vayas a echarme toda el agua fría de golpe, que te conozco. Poco a poco. Despacio. No quiero pillar una pulmonía precisamente aquí.
—Deberías avisarme antes de hacer estas cosas.

—No quería molestarte.

El agua de la palangana seguía expulsando columnas de vapor hacia el cielo, hacia las hojas de parra bajo las cuales Anita había decidido situarse.

—Pero al final siempre terminas molestándome...

Ella se protegía los ojos con una mano y no respondió. Recibió el agua fría que David fue echando lentamente sobre su pelo.

—Puedes estar bien seguro de que hago todo lo posible por evitarlo.

Anita se cubría los ojos ahora con más fuerza para que no entrase jabón en ellos.

Habían decidido quedarse a dormir y a la mañana siguiente, cuando se despertaron a las ocho y se hablaron en susurros sobre qué hacer si Marcel seguía sin aparecer, lo que parecía más que probable, decidieron que se quedarían también a desayunar. Y, aproximadamente una hora más tarde, a eso de las nueve y media, alguien llamó a la puerta. Un cajón semejante al de la noche anterior, lleno de comida, les esperaba de nuevo en el suelo. Esta vez lo suficientemente repleto como para poder pasar allí el día entero.

Desayunaron café con leche, fruta, pan recién hecho acompañado de mantequilla y de una deliciosa mermelada casera que descubrieron en el interior de un pequeño recipiente de cristal.

Después del desayuno, Anita decidió lavarse la cabeza.

—Sabes que en esta casa hay duchas y bañeras, ¿verdad? Sabes que no es necesario que te laves de esta manera, como si fueras una salvaje.

Ella se echó a reír.

—Me apetecía recordar cómo era esto —dijo Anita mientras se enrollaba el pelo en una toalla seca—. Antes todas las mujeres de mi familia nos lavábamos así el pelo y luego lo dejábamos secar al aire. ¿De verdad te parece salvaje? Todas esas mujeres con palanganas y el agua chorreando por su cuerpo y su pelo mojado...

David se acercó a su mujer para quitarle la toalla de la cabeza.

—Entonces estará mejor así —afirmó mientras contemplaba la cascada de pelo que caía sobre los hombros de Anita—. Tu melena al viento para que pueda secarse como es debido. Sin artilugios eléctricos y siguiendo la costumbre de las sabias antepasadas que te han transmitido su ancestral sabiduría.

Ella seguía sonriendo y, ejecutando con las manos un movimiento sinuoso, un giro elegantísimo con el que consiguió retirarse todo el pelo de la cara y de los hombros para dejarlo sobre la espalda formando una onda compacta, fue a sentarse en el suelo, entre las plantas que se repartían en grandes macetas de barro por aquella terraza que quedaba a salvo de los rayos del sol gracias a las generosas hojas de la parra.

—Voy a contarte algo que quizá te parezca incluso más salvaje que este comportamiento familiar que encuentras tan estrafalario. ¿Quieres? ¿Te gustaría saber lo que hago precisamente a estas horas algunos días? —preguntó Anita.

David permaneció de pie con un gesto en el rostro que evidenciaba su curiosidad. Miró a su mujer, sentada entre macetas y flores y piedras, y hundió las manos en los bolsillos del pantalón, dispuesto a escuchar.

—Dime.

—Pues me meto en la cama, me escondo debajo de las sábanas, y me dedico a imaginar cosas. A veces imagino que odio enormemente a alguien. A un hombre que invento, por ejemplo. Un hombre que tiene unas características que son casi siempre las mismas: unos cincuenta años, sombrero y un abrigo de color grisáceo que le llega por debajo de las rodillas. Soy capaz de odiar a ese hombre infinitamente, sin paliativos. A veces le insulto hasta quedarme afónica, ofensas atroces que le digo casi chillando desde una tarima a la que me subo mientras él permanece en el suelo. Me subo y le grito obscenidades. Siento deseos de agredirle físicamente. Deseos de terminar con su vida. Alguna vez he imaginado que descendía de la tarima y corría hacia él con un cuchillo en la mano. Pero la verdad es que jamás llego a clavárselo en ninguna parte del cuerpo porque creo que soy incapaz de herir a nadie, incluso en un sueño que yo misma fabrico. Pero sí es cierto que, mientras voy corriendo hacia él, mi odio es incalculable, horroroso. Un odio que incluso a mí me asusta.

—¿Y nunca imaginas nada más tranquilo?

Anita se echó a reír de nuevo.

Un homme extraordinaire. Une femme aimable.

—Claro que sí. A veces sueño con viajes que hago a países muy lejanos. A Canadá. A Japón —dijo mientras elevaba la cabeza hacia el cielo y dejaba que un viento repentino le rozara los ojos y el pelo.

Iba a llover de un momento a otro. Toda la anterior intensidad de la luz había comenzado a desaparecer y, en su lugar, se había ido acomodando un gris frío y melan-

cólico. Un gris tormentoso que pronto, cuando comenzara a llover, se volvería más sombrío aún.
Anita mantuvo la cabeza elevada hacia el cielo.
Viajar... Y luego dormir. Descansar.
—¿A Canadá? ¿Es ése tu lugar perfecto? Yo, la verdad, todavía no me he decidido por ninguno.
David sonreía y ella deseó que siguiera siempre de pie en el mismo lugar en el que se encontraba en ese instante. Siempre allí, erguido, con las manos plácidamente metidas en los bolsillos del pantalón y escuchando lo que ella tenía que decir de una manera tranquila, agradable. Sin prisas, sin exigencias. Deseó que David caminara siempre a su lado y deseó que cada vez que ella quisiera detenerse, él se detuviera también para, con una mirada interrogante, intentar adivinar qué era lo que sucedía. Porque David era brillante, era sutil, y, sobre todo, porque David no era agresivo ni podría serlo nunca. Jamás sería ese hombre de cincuenta años con sombrero y abrigo al que ella desearía matar y luego escupir e insultar. David no era grotesco ni dañino ni brutal ni ofensivo.
Sentada en el suelo de aquella terraza cubierta, a los pies de su marido, Anita se preguntó de pronto qué sucedería cuando tuvieran que irse de allí y regresar a casa. A su propia casa. ¿Qué ocurriría entonces? ¿Qué haría ella con su confesión de un hombre con sombrero al que quería golpear e insultar y volver a golpear hasta la extenuación? ¿Qué sucedería con la imagen de Marcel, el gran hombre, el gran amigo, que hasta entonces David había mantenido incólume, intachable, en su cabeza?
Anita contemplaba ahora la lenta agitación de la lluvia al golpear la tierra.

—¿Te das cuenta? —preguntó sin dejar de sonreír—. Esta limpieza... Tengo la sensación de que antes yo la tenía. La frescura, quiero decir. La vivacidad. Yo antes creía en todo. —Anita contemplaba cómo llovía y cómo la tierra absorbía el agua poco a poco—. Todo lo que leía era inmediatamente aplicable a mi propia vida, a mi propio destino. El futuro se extendía ante mí lleno de promesas brillantes. Estaba convencida de que podría ser lo que quisiese: embajadora en París, propietaria de una elegante casa con un amplísimo jardín y bonitos animales que sorprendieran a mis huéspedes... El mundo me sonreiría al pasar. Pero lo cierto es que el mundo ahora ni siquiera me saluda con un breve gesto. Lo cierto es que creo que el mundo me ignora.

David permanecía inmóvil.

—No tenía ni idea —murmuró entonces—. Ni la más mínima idea de todo esto.

David dijo que no tenía ni idea, y la sensación de humedad provocada por la lluvia se hizo asfixiante. Fría e insoportablemente asfixiante. Aquella mujer a quien él había protegido, aquella mujer a quien él había intentado mantener alejada de cualquier daño, se había sentado a sus pies y le hablaba con nostalgia de deseos insatisfechos y de expectativas que no se habían cumplido.

—Nunca te había hablado de ello, David. ¿Cómo ibas a saberlo?

Su mujer, sentada a sus pies, sabría cómo disfrutar de largos y deliciosos minutos de baños espumosos muy calientes, de tranquilos paseos entre los árboles de un pulcro jardín, de charlas intrascendentes junto a una mesa para el té que ella sabría cómo servir con un esmero extraordinario, o junto a pilas de libros bajo la luz tenue de alguna lámpara encendida en la progresiva oscuridad del atardecer. Y ahora David lo sabía. Ahora era consciente de aquellos deseos. Su mujer le había hecho partícipe, por fin, de algo único.

—Bueno. Creo que todavía, afortunadamente, no es demasiado tarde para esas cosas. Los dos sabemos lo que queremos, ¿no es cierto?

—¿Los dos?

—Naturalmente. Los dos.

Anita, sentada en el suelo, escuchaba a David.

—No sé... —murmuró.

—¿Qué es lo que no sabes? ¿Es que vas a asustarte ahora? Ahora, ¿vas a desaprovechar la oportunidad? No. No puedes hacerlo. No voy a permitirlo. Todo esto es tan sorprendente... Nuestra llegada aquí. La ausencia de Marcel, la lluvia. Tú ahí sentada, con el pelo empapado, y sin reservas. No podemos dejar que esto se nos escape. Sería algo inaceptable. Tú no me lo perdonarías, y yo a ti tampoco.

David caminó hacia su mujer y se agachó a su lado.

—¿Y si regresa Marcel? —preguntó.

—Entonces, si Marcel vuelve a aparecer por aquí, le daremos las gracias.

—*Merci* —dijo ella en voz baja.

—*Merci. Merci* —murmuró David sin levantarse del suelo, sin moverse, decidido a permanecer allí, sentado junto a Anita, que había empezado a sentir por la lluvia una fascinación hasta entonces desconocida.

5

Ahora a David, a veces, le gusta caminar apoyándose en un lustroso bastón de madera. Le gusta también ponerse la gabardina gris de su amigo Marcel y pasear lentamente, como un caballero, hacia su mujer, Anita, para murmurar muy cerca de ella alguna frase en francés. *L'homme propose et Dieu dispose.* Anita no le presta mucha atención y, entonces, David inclina la cabeza hacia el suelo y sonríe. Son bonitas esas flores rojas y blancas que crecen en una de las jardineras de la terraza. También es bonita la falda larga que se ha puesto esa mañana su mujer, Anita. Una falda de tonos verdosos con figuras circulares y pequeñas rayas horizontales. Son bonitos los pies de su mujer asomando por debajo de la falda y esa tela negra que cubre su pecho. El cuello de su esposa, las manos de su esposa... A David le gusta pasear y a veces lleva con él su cámara fotográfica. Desea charlar también mientras los dos avanzan tranquilamente tomados del brazo o de la mano, como hacen con tanta frecuencia. Ha fotografiado ya los rincones dorados con los amplios muebles de madera. Ha fotografiado la espalda apacible de Anita y las gafas de su amigo Marcel reposando sobre alguna mesa baja. Las manos de su deliciosa Anita, las ventanas de aquella casa, los respaldos de varias sillas, los ojos de un gato cauteloso y algunas de las macetas a las que tanta atención presta ahora su mujer, aquellas macetas que están justamente en el lugar correcto y no en cualquier otro, porque sólo en ese espacio adornan lo suficiente o reciben la luz precisa u ocultan el desperfecto adecuado.

David a veces pasea con su cámara y, desde cierta distancia, idea un plan perfecto para acercarse a Anita y, a continuación, decir algo muy cerca de ella. ¿Tal vez una frase en francés? ¿O en italiano? Algo que consiga que ella sonría de verdad y que se levante del suelo para salir a su lado de la terraza cubierta y comenzar a charlar. David enfoca con cuidado la atenta cara de su mujer y dispara una fotografía. Enfoca a continuación sus manos, a veces unidas, y dispara una nueva fotografía. Imágenes de Anita contemplando el suelo ahora y el horizonte después. Imágenes de Anita escuchándole mientras él cuenta algo que podría ser trascendental o, tal vez, una simple historia de viajes.

ÓSCAR ESQUIVIAS

ÓSCAR ESQUIVIAS (Burgos, 1972) ha obtenido el Premio Setenil con su libro de cuentos *La marca de Creta* (2008). Es autor también de las novelas *Jerjes conquista el mar* (2009), *El suelo bendito* (Algaida, 2000) y de la trilogía compuesta por *Inquietud en el Paraíso* (2005), *La ciudad del Gran Rey* (2006) y *Viene la noche* (2007), todas ellas aparecidas en Ediciones del Viento. Junto con el fotógrafo Asís G. Ayerbe, ha publicado el libro de artículos *La ciudad de plata* (El Pasaje de las Letras, 2008) y en la editorial Los Duelistas los monólogos teatrales *En el secreto Alcázar* (2008) y *Secretos xxs* (2008). Además, es autor de novelas para jóvenes, aparecidas en Edelvives: *Huye de mí, rubio* (2002), *Mi hermano Étienne* (2007) y *Étienne el Traidor* (2008).

[POÉTICA]

Me temo que mi poética es muy laxa y que está lejos de cualquier formulación categórica o decálogo mosaico. Para mí, la literatura es un juego sin reglamento y sin uniformes. Es el territorio de la libertad absoluta y por eso tengo un rechazo instintivo por las declaraciones dogmáticas sobre cómo se ha de escribir o cuál es el camino verdadero del arte. Cada autor se va abriendo el suyo como quiere o puede, y está muy bien que así sea: los narradores no somos un ejército en formación ni deberíamos avanzar como locomotoras sobre raíles, a golpe de silbato; somos más bien exploradores solitarios, cada uno con nuestro machete en la mano para desbrozar la espesura. Yo no me considero cuentista, ni novelista, sino simplemente escritor. Cada idea impone su forma, tono y técnica; hay historias que necesitan una extensión larga y otras surgen como un fogonazo y es en su brevedad donde reside su fuerza poética. A mí, como creador, lo único que me interesa es ponerme al servicio de mis ideas y personajes, y no doy ninguna importancia si para ello tengo que escribir cuentos, epopeyas o fandangos. Estoy convencido de que no existen géneros mayores y menores. Nadie echa de menos las novelas que no escribió Borges o las sinfonías que dejó de componer Chopin. Lo que busco siempre es que la voz de mis narraciones sea la más persuasiva y natural, y que el lector no salga indemne de sus páginas. La abundancia o ausencia de diálogos, el uso de la primera o la tercera persona, la fragmentación o continuidad narrativa, la existencia o no de trama, etcétera, son —para mí— simples cuestiones técnicas cuya pertinencia depende de cada relato y del efecto que quiera conseguir.

Para mí escribir es todo lo contrario a un trabajo penoso o a un sufrimiento. Disfruto mucho y uno de mis mayores placeres es sentirme poseído por una idea arrebatadora (también podemos llamarlo «estar inspirado») que me ilumine la mente y me cosquillee en los dedos, y que esa idea se vaya plasmando en un texto que tenga la seducción, plenitud y perfección de un poema, sin una palabra de más (ni de menos). Hablo de los dedos porque creo que sin ellos yo no sería escritor: no podría dictar mis historias, necesito las manos y el tacto del teclado para que mi pensamiento fluya. Escribir cuentos tiene algo de trabajo de alfarería, de contacto directo con la materia, de elaboración rápida y certera sobre un torno al que hay que saber dar la velocidad y el ritmo exactos: es una labor que requiere mano segura y que siempre mancha. Y a mí, como a los niños, me encanta mancharme. Por eso soy escritor.

Miedo

A veces, sobre todo los domingos, me despierto muy temprano, cuando todavía no ha amanecido. Me suele desvelar el frescor de la mañana. En verano nos acostamos dejando las ventanas abiertas, yo sin otra ropa que el calzoncillo, con una simple sábana por encima que siempre acabo perdiendo. Tengo el sueño inquieto y tardo en dormirme, siempre doy mil vueltas hasta que encuentro una posición cómoda. Natalia, sin embargo, se ovilla en su extremo de la cama y permanece aferrada a la sábana. El caso es que entre mis tumbos insomnes y sus giros metódicos, en los que arrastra todo lo que tengamos encima, yo siempre termino desnudo sobre el colchón y, así, la brisa que precede a las primeras luces me hace despertar con un escalofrío. Pero no me importa. Me gusta sentir el paso del tiempo, la llegada perezosa del amanecer, oír el canto de los pájaros y las voces de un grupo de adolescentes madrugadores que todos los domingos van a jugar al Parco Schuster con un balón y lo hacen botar contra el suelo: retumba tanto en el silencio de la mañana que parece que la tierra está hueca. Esos ruidos y la leve corriente de aire que me despierta son como caricias, un signo de vacación, una victoria de la fiesta sobre la tiranía del despertador que me sobresalta con su timbrazo el resto de la semana. Suelo arrancar entonces la sábana de las manos de Natalia —ella ni se percata—, me cubro para recuperar un poco de calor y espero tranquilo hasta que todos los de la casa se despiertan, lo que no suele suceder hasta unas dos horas después. Son dos horas de felicidad. O, mejor dicho, hasta hace año y medio solían serlo.

Hoy he amanecido cubierto de sudor y siento verdadero frío. Reúno fuerzas para levantarme y cerrar la ventana, aunque sé que así no arreglaré mi destemplanza. Vuelvo a la cama, aliso la sábana bajera y me tiendo. Natalia sigue dormida, de costado, dándome la espalda. Tiene la nuca brillante por el sudor, los tirantes del picardías caídos, su hombro derecho elevado, como una pequeña colina de carne, con el bultito de la vacuna y sus tres lunares, alineados con la misma perfección que si alguien los hubiera trazado con una regla. La beso en cada uno de ellos, encoge un poco el cuello y se frota la mejilla con el hombro, sin despertarse. Me cuesta más que otros domingos arrebatarle un pedazo de sábana, pero finalmente consigo cubrirme. No noto ningún alivio. Al contrario. Tirito, mi fatiga es enorme y siento un dolor (ya familiar) que me late en el pecho y me obliga a enderezar la espalda. En realidad no es propiamente algo que me haga daño, sino una especie de peso sobre las costillas, como si me pisaran con firmeza sin llegar a lastimarme. El cabezal metálico de la cama acentúa la sensación de frío cuando me apoyo en él. Sigo sudando y respiro con dificultad, aunque procuro serenarme y tomar aire por la boca. Sé que esta opresión es pasajera y que depende —o debería depender— de mi voluntad el que se calme.

No es el dolor lo que más me preocupa. Puedo soportarlo; más aún, siento cierto placer cuando aparece y —por ser fiesta, como hoy— puedo quedarme en la cama, dominándolo, casi acariciándolo, como si fuera un cachorro que me muerde y araña, al que le consiento sus rasguños con paciencia porque sé que son inofensivos. A veces, cuando esta opresión aparece, me gustaría detener el tiempo, permanecer así durante todo el día, cobijándola como si fuera algo precioso, buscando la inmovilidad que la convierte en tolerable y —repito— casi grata. Lo que más temo en estas ocasiones es el avance del sol, que la respiración de Natalia deje de acompasarse y, tras un suspiro, despierte; el que en la habitación de al lado Silvia también lo haga y comience a correr por la casa y venga hasta nuestra cama. Si pudiera dilatar el amanecer, estas dos horas de tregua que restan hasta que Natalia y Silvia se levanten, me sentiría feliz, no me importaría el dolor ni el sofoco.

Apoyo la coronilla en la pared, en un hueco entre las barras del cabecero. Miro las estrellas de papel del techo. Las pegué allí unos meses antes de que naciera Silvia. Con la oscuridad muestran un ligero brillo fosforescente que (según yo suponía) aliviaría el miedo de la pequeña si se despertaba en mitad de la noche, aunque lo cierto es que no es una niña asustadiza y nunca las ha prestado atención: cuando ha llorado —y lo ha hecho a menudo— jamás ha sido por temor a la oscuridad. Coloqué las pegatinas imitando la disposición de la Osa Mayor, Orión y otras constelaciones que busqué en la enciclopedia (yo nunca he sabido el nombre de ninguna estrella, pese a que fui *boy scout* de niño y todos los años marchaba de campamento a la montaña, cerca de Bagnaia). Cuando acabé de reproducirlas en el techo recuerdo que me senté en el suelo, bajé la persiana y me quedé un rato a oscuras, viendo el resultado: las estrellas de papel tenían un fulgor verdoso y me imaginé explicándole a mi hijo (yo entonces deseaba un niño y siempre me imaginaba con un chico al lado) el nombre de cada una de ellas y la figura que formaban.

Esa escena todavía no ha tenido lugar en la realidad. Silvia está a punto de cumplir cinco años, desde hace casi dos y medio duerme en su propia habitación, en el cuarto que utilizaba mi padre. Toda la decoración infantil permanece, sin embargo, en nuestro dormitorio: el techo brilla por la noche sobre Natalia y yo, un móvil con pececitos de colores se balancea colgado de la lámpara, las puertas del armario están forradas con pegatinas de flores y de personajes de Disney, las alfombrillas muestran soles y lunas sonrientes... Todo este mundo amable y colorido nos acompaña diariamente a nosotros, los padres, mientras la niña duerme en otra habitación, entre muebles viejos y feos. Yo echo de menos la presencia de Silvia en nuestro cuarto, su olor de bebé, el perfume que tenía su piel y que yo sentía en estas horas de desvelo como un regalo más de la mañana. Ahora la habitación no huele así. En la alcoba hay siempre un tufo a perrera, a animales adultos, a sudor. Bueno, en realidad es mi olor. Natalia se desnuda, se pone su picardías, se unta sus cremas, agarra las sábanas y se duerme. Ella apenas suda, casi nunca hacemos el amor, todo el fato que impregna la habitación es mío y, a veces, cuando soy consciente, se me hace insoportable.

Esta hiperestesia suele coincidir con la opresión en el pecho. Hoy he sentido una punzada inesperada de dolor y, sin poder evitarlo, he tenido una convulsión en las piernas. Así he arreado una patada a Natalia, que se ha despertado sobresaltada y ha encendido la luz. No he tenido necesidad de explicarle nada.

—¿Qué te pasa? ¿Te sientes mal?
—No —he mentido—. Ha sido un calambre, perdóname.
—¿Seguro? Estás pálido.
—Duérmete, es temprano.

Natalia ha mirado el despertador para cerciorarse de la hora, después se ha girado, me ha dado la espalda, se ha arrebujado bien y, sin más, ha vuelto a dormirse. En uno de sus giros me ha desarropado, pero ya no he hecho ningún intento de recuperar la sábana.

Como todos los fines de semana, es Silvia la que nos levanta. Viene a nuestra habitación arrastrando una de sus muñecas y empieza a tirarnos de los brazos hasta que nos ponemos en pie. Así lo ha hecho hoy. Natalia y ella han ido de la mano al servicio y yo las he seguido. La braga de mi mujer estaba un poco caída y dejaba ver el arranque de sus nalgas. Me ha sorprendido el color blanco de su piel y la presencia de unas pecas que no recordaba. Me he quedado en la puerta, apoyado en la jamba, observando cómo Natalia meaba largamente.

—Podías poner la cafetera en vez de estar ahí mirándome —me ha reprochado mientras se limpiaba con una toallita.

—Perdona, me estoy cagando —he respondido.
Natalia se ha quedado callada, un poco sorprendida por mi respuesta. A mí me ha sonado también soez, casi violenta, pero me ha parecido ridículo disculparme. Desde que nació la niña nos hemos acostumbrado a emplear un lenguaje lleno de eufemismos, tan infantil, colorido y falto de aristas como la decoración de nuestra alcoba. Para «cagar» solemos usar una variedad de verbos tan imaginativos que esta palabra me parece de otro idioma, de un lenguaje africano o mongol o hiperbóreo.

—No tardes —me ha dicho al salir. He cerrado la puerta con cuidado, pero sin echar el pestillo. He mentido, lo único que quería era estar solo durante un rato. Sentado en el váter medito sobre mis sentimientos, intento comprender por qué me comporto así, por qué he mentido ya dos veces esta mañana sólo para conseguir un rato más de soledad. No llego a ninguna conclusión y me entretengo mirando mi sexo con indiferencia, inspeccionándolo como si fuera una excrecencia inútil de mi cuerpo que acabara de descubrir. Pronto me llega olor a café, siento a lo lejos el rumor de un programa de dibujos animados en la televisión, las risas de Silvia. Algo sucede en mi cuerpo, un sudor frío me envuelve la espalda y la frente. Me ha venido una arcada y, de repente, me he levantado y he vomitado en el lavabo.

Cuando me recupero, veo que Natalia está a mis espaldas, en la puerta, con gesto de preocupación. No pronuncia palabra (es su forma de reprochar).

Vuelvo a sentarme en el retrete, pongo mis manos sobre mi sexo, ocultándolo con pudor.

—No es nada —le digo—. Ahora me tomo la pastilla.
—Ahora, claro. No debes tomarlas sólo cuando te sientes mal.
—Ya lo sé, no me riñas.
—Estás en tratamiento, Marco.
—Lo sé, cariño.
—Debes poner un poco de tu parte.
—Sí, tienes razón.

Me da la espalda y vuelve a la cocina.

Siempre vamos al Parco Schuster con un balón, pero lo que le gusta realmente a Silvia es jugar con los perros de los vecinos que bajan los domingos a la misma hora que nosotros. Al principio teníamos miedo de que alguno la mordiera y la alejábamos de los animales, pues casi todos son más grandes que ella y muchos tienen aspecto fiero, pero ahora vemos como lo más natural el que los persiga, corra junto a ellos o les arroje piñas o palos para que los recojan y se los devuelvan. Silvia tiene un don con los animales y prefiere su cercanía a la de cualquier otro niño. Por esta razón hemos acabado haciendo amistad (por llamarlo de alguna manera) con todos los dueños de chuchos que viven en los alrededores del parque. Algunos son clientes de la Banca di Roma, donde trabajo, y aprovechan nuestros encuentros dominicales para abrumarme con sus problemas (económicos y de todo tipo), que me detallan en voz baja, como si se confesaran conmigo, incansables, mientras fuman o toman cervezas en la terraza del bar San Paolo. Yo me suelo abandonar a la modorra del sol y digo a todo que sí, o pronuncio ruidos ininteligibles, o les propongo inversiones al buen tuntún y, si me hartan mucho, les confío que yo tengo mis ahorros en el

Monte dei Paschi y les aconsejo abrir una cuenta allí. Me consta que muchos me han hecho caso.

No sé cómo evitar estas conversaciones sin violentarme o resultar maleducado. En realidad, lo que me cansa no es hablar sobre estos u otros asuntos, sino el hecho de que alguien se arrogue una confianza que yo no le he dado y se crea con el derecho de hacerme confidencias o preguntas que a mí me desagradan, o me incomodan, o me aburren (a menudo, las tres cosas a la vez). La gente me agota. De hecho, nunca he tenido muchos amigos porque es rara la persona que no me desagrade, incomode o aburra.

Natalia se ha quedado aparte, cerca de la niña, vigilándola. Generalmente coge un libro o una revista (casi siempre *La Repubblica delle Donne* del sábado, que nunca le da tiempo de acabar en el día) y se sienta a leer bajo un árbol. Cuando he podido desembarazarme del pesado de hoy, me he acercado hasta ella, me he sentado a su lado y, sin decir palabra, la he besado en la boca. Para mi sorpresa, no me ha rechazado y hemos estado un rato como unos enamorados, con las lenguas enlazadas, hasta que me ha apartado, se ha limpiado los labios con la mano y ha buscado con la mirada a Silvia, que seguía entretenida en la hierba, jugando con un par de chuchos.

—Quizá deberíamos comprar un perrito —le he propuesto.

—Ya, ¿y dónde lo metemos?

—Podría dormir en la terraza de la cocina, ¿no?

—¿Y quién se encargaría de él? ¿Tú?

Natalia me ha respondido con fastidio, como si fuera una conversación que hubiéramos mantenido mil veces.

Que yo sepa, nunca se lo había sugerido antes, era una idea que se me acababa de ocurrir.

—Yo lo decía por la niña —he tratado de justificarme.

—¿Por la niña? ¿Tú la has oído alguna vez que quiera un perro?

—No, pero le gustan mucho.

—Si tuviera uno, se cansaría de él al primer día.

Quizá sea verdad. Es una niña rara, Silvia. Al principio los médicos nos decían que podía tener algún problema en su desarrollo: tardó mucho en caminar, en hablar, nos obligaban a asistir periódicamente a la consulta, le hicieron mil pruebas y nos asustamos. Temíamos que fuera autista, que padeciera algún retraso mental. Veíamos cualquier gesto suyo con sospecha: su tranquilidad, sus lloros, su sueño, sus desvelos, su falta de apetito, su hambre, su silencio, el que tuviera menos peso y talla que el resto de los niños de su edad... Luego comenzó a crecer de forma normal. A partir de los tres años y medio, el médico nos reprendía cada vez que llegábamos al ambulatorio preocupados: «La niña está perfectamente, no sean aprensivos».

Más o menos por esas fechas tuve mi primer ataque de ansiedad. Ya no fue Silvia, sino yo, quien empezó a estar bajo tratamiento.

El caso es que es una cría huraña, silenciosa, poco amiga del resto de los niños, a los que sólo se acerca para pegarlos. Como es fuerte, a menudo les hace daño. A los únicos que sabe acariciar y tratar con cariño es a los perros.

—No nos hace falta ningún animal en casa, Silvia se entretiene con todo. Es una niña alegre —ha remachado Natalia.

A mí no me lo parece, aunque me lo he callado. Ya no hemos vuelto a besarnos y nos hemos dedicado a observar a nuestra hija. Cuando Silvia se cansa de los perros, jugamos a la pelota: únicamente acepta que yo se la lance, jamás consiente que sea Natalia la que coja el balón, así que mi mujer se queda bajo el pino, con su revista, de la que de vez en cuando aparta la mirada para consultar el reloj. Después de un rato largo, se pone en pie y nos llama:

—Es hora de ir a la iglesia.

Silvia protesta un poco, pero finalmente me da la mano y nos acercamos a la basílica de San Paolo. Siempre vamos a la misa de las doce. Como de costumbre, la niña se duerme apoyada en mi brazo. Así ha permanecido durante toda la ceremonia. Pese a que ya no es un bebé, todavía me parece sentir ese olor a primera infancia que exhalaba desde su cuna cuando dormía en nuestra habitación y que tanto me gustaba. La he acariciado la cabeza, como si fuera un gato, y he vuelto a meditar sobre mis sentimientos, sobre mi vida, sobre esta tristeza que a veces me atrapa. Hoy ha oficiado la misa un dominico de acento extranjero, seguramente polaco. Era joven, alto, bastante ancho, y cantaba muy bien. Yo he estado muy distraído, con mil pensamientos que se enredaban unos con otros y robaban mi atención. Pese a todo, he sentido el impulso de ir a comulgar; es más, por un momento he pensado que tenía la necesidad de hacerlo, pero después me he contenido: para levantarme debería haber despertado a la pequeña, así que he permanecido en mi banco. Natalia —y ya hace varias semanas que se comporta así— tampoco ha comulgado. Me pregunto qué pasará por su cabeza, por qué estará tan seria últimamente.

En el atrio de la abadía, como siempre, están los miembros del grupo cristiano al que pertenece Natalia. Siempre nos esperan para charlar un rato, me besan y me preguntan por mis cosas, a veces hasta por aspectos muy íntimos (mi uretritis, los problemas laborales que tuve hace unos años, mi enfado con mi padre, los ansiolíticos que tomo, y así), lo que me desconcierta bastante, ya que Natalia parece revelarles todos mis secretos en sus reuniones semanales y a mí, sin embargo, no me informa de la vida de ellos (que tampoco me interesa gran cosa, todo he de decirlo); de hecho, apenas consigo distinguirlos, recordar sus nombres, trabajos o parejas, ya que sólo nos vemos un rato los domingos, en el atrio de San Paolo, después de la misa. Para mí son un bloque, el Grupo, y no puedo individualizarlos, entre otras cosas porque sus miembros cambian con frecuencia, aunque misteriosamente los nuevos siempre se parecen a los que se van: simpáticos (en exceso, diría yo), cariñosos (ídem), un poco más jóvenes que nosotros —ninguno alcanza los treinta años—, sospechosamente alegres, coquetos pero sin estilo, con unos trajes de domingo que parecen prestados. Hoy Natalia estaba muy nerviosa, como con prisa, y al tiempo que los besaba, se despedía:

—Hoy comemos con mi madre —repetía, como si el resto de los domingos no lo hiciéramos. Parecía tan evidente que quería alejarse cuanto antes que uno de ellos —Achille o Ettore, nunca recuerdo su nombre exacto, el más guapo de todos— ha replicado con una desenvoltura un poco forzada:

—Bueno, Natalia, el que hayas abandonado el grupo no quiere decir que vayas también a dejar de hablarnos, ¿no?

Hemos ido en silencio en el coche, camino de Monteverde, donde vive la madre de Natalia. Creo que no hemos hablado hasta llegar al viale di Villa Pamphili.

—¿Entonces has dejado de asistir a las reuniones del grupo?

—Sí.

—¿Por qué?

—¿De dónde quieres que saque el tiempo? Después del trabajo tengo toda la casa para mí. Sin contar con la niña, claro. No puedo seguir dejándosela a mi madre a todas horas.

He simulado que estaba concentrado en conducir, pero mi silencio se debía a la sorpresa. He tardado un rato en reaccionar.

—Entonces deberíamos buscar a alguien que te ayude.

—Que me ayude ¿a qué?

—A lo que necesites. Que se encargue de la casa, de la niña.

—¿Y con qué dinero le pagamos?

—¡Pero si nos sobra el dinero!

—¡Que nos sobra el dinero!

Natalia se ha echado a llorar. La niña la observa y después llora también.

—¿Estás bien, Natalia? ¿Quieres que pare? ¿Qué es lo que te pasa?

Después de la comida, Natalia y su madre se retiran a la cocina. Siempre aprovechan ese momento para hablar a solas, sin testigos. Nos quedamos en el salón Oreste, la niña y yo. En el vídeo han puesto una película de dibujos animados, la misma de todos los domingos, que Silvia ve sin rechistar, sentada en el suelo, riéndose a carcajadas siempre en las mismas escenas. Yo permanezco en la mesa con el último novio de la madre de Natalia. Está en camiseta, fuma en silencio. Es un hombre de pocas palabras, catedrático de latín a punto de jubilarse, muy feo, con unos pelos largos que le salen por la nariz, las orejas y los hombros. A mí me huele un poco a meados, me desagrada que se siente a la mesa en pijama, que lleve la bragueta desabotonada. La madre de Natalia y él sólo pasan juntos los fines de semana, pero la presencia invasora de este hombre se siente en toda la casa como si estuviera instalado allí de continuo: por todas partes hay periódicos viejos (debajo de los cojines, en las esquinas, sobre las mesillas), domina un perenne olor a tabaco en las habitaciones, las colillas se acumulan estrujadas en los tiestos, en el lugar más insospechado aparecen trabajos manuscritos de sus alumnos... A veces me da un poco de miedo la madre de Natalia, siempre tan débil, tan abandonada, tan dependiente de los hombres que va conociendo. De todos, el que menos me gusta es este último, Oreste: me mira siempre con suficiencia, es remiso a dirigirme la palabra y, si lo hace, se lanza a perorar con aire profesoral sobre lo primero que le pasa por la cabeza. Generalmente suelta pestes de Berlusconi con un tono un poco retador, como si yo estuviera a favor del Gobierno y esperara mi réplica. La palabra «revolución» es la que más repite, aunque no se sabe muy bien qué quiere decir con ella (a mí, en sus labios, sólo me evoca guillotinas, fusilamientos y cosas así). Quizá su comunismo resultaría enternecedor si no hubiera en su tono tanta antipatía, tanta rigidez. Sé que a mí me desprecia por ser cristiano y no ahorra ironías contra la fe, la Iglesia y cualquier cosa que huela a religión, pero yo le escucho con verdadera indiferencia, pues me resulta difícil tomar en serio sus disparates. Después de sus peroratas suele volver al mutismo y permanecemos así, mano sobre mano, mirándonos como dos esfinges.

Hoy las mujeres tardaban más de lo corriente en fregar los platos, así que me he levantado de la mesa y me he acercado a la cocina, con la excusa de ayudarlas. No me han dejado entrar, han presionado la puerta para que ni siquiera la abriera.

—Ya estamos acabando, a buenas horas te acuerdas de nosotras —me ha reprochado Natalia, sin abrir.

Yo creo que estaban discutiendo, o llorando, o las dos cosas, porque la relación de Natalia con su madre es muy extraña y está llena de conversaciones en secreto que se resuelven en lágrimas. He vuelto al salón, donde Oreste me ha explicado cómo Bush va a provocar la Tercera Guerra Mundial y lo que habría que hacer para evitarlo. Mientras fingía escucharle (creo que estaba proponiendo su asesinato), me ha dado por pensar que, lo mismo que la personalidad de la madre de Natalia ha acabado modelada por todos los hombres que han pasado por su vida, así ha sucedido con la propia Natalia. Quizá he sido yo quien le ha quitado su alegría, quien la ha convertido en la mujer fría, antipática, malhumorada, que a menudo descubro a mi lado.

Después reconozco que Natalia no es así, que exagero. De repente me viene a la cabeza el recuerdo del beso en el Parco Schuster. Me sorprende sentir un escalofrío, una especie de ternura infinita en mi interior, un sentimiento de amor.

Luego pienso que ese beso se lo he robado, que hacía siglos que no nos besábamos así.

De vuelta a casa, al final de la tarde. He bañado a la niña y la he acostado en su cama. He estado un rato junto a ella, contándole cuentos donde siempre un perro (a veces un lobo, que para mi hija viene a ser un perro salvaje) es el protagonista. Cuando he abandonado su cuarto, he pensado que debería pegar estrellas luminosas en el techo, colocar algún adorno infantil que alivie la severidad de la habitación. Allí dormía mi padre hasta que lo llevamos a la residencia. Intento recordar cuánto tiempo hace que no lo veo (quizá un año, quizá dos). He hecho el propósito de coger el coche y acercarme un día hasta el asilo, dar un paseo con él, telefonearle al menos.

Hace mucho calor y todas las ventanas permanecen abiertas, pero eso no alivia el bochorno. Me encierro en el cuarto de baño, releo un viejo tomo de *Harry Potter*. No sé qué consuelo encuentro en esas historias de huérfanos y magia, tan conocidas ya por mí, pero se me pasan los minutos sin sentir.

Natalia golpea la puerta.

—¿Otra vez cagando? ¿Vuelves a estar malo?

—No. Ahora voy a la cama.

—Acuéstate, anda. Estoy rendida.

Natalia ha dicho «cagando». Ha empleado el verbo zulú.

Encuentro a Natalia ovillada, con la sábana enrollada en su cuerpo, la lámpara apagada. Me acuesto con sigilo, a oscuras, con la única claridad de las farolas de la calle. Seguiría leyendo un rato, la ausencia de dolor me hace sentir cierta euforia. Estoy lleno de fuerza, optimista, encendería todas las luces de casa. De repente pienso que lo que me apetece es pintar, coger los rotuladores de Silvia y dibujar algo. Pienso en los mosaicos de San Paolo cuando el sol incide sobre la fachada. No sé por qué, pero tengo la sensación de que debería pintar eso: el fulgor mágico del frontis de San Paolo, su llama dorada al atardecer. Sin embargo, permanezco acostado, en silencio, procurando no despertar a Natalia. Ella no estaba dormida, porque se ha girado al rato y me ha hablado en susurros.

—Mi madre está mal. Me da pena verla tan infeliz, ¿sabes?, tan infeliz.

Ha repetido «infeliz» con mucha amargura. No sé qué responder. La miro a los ojos. Natalia continúa:

—Ese hombre le está haciendo daño. Ella se merece más.

Me sorprenden estas palabras, pues Natalia nunca se atreve a criticar a estos novios estrafalarios, y si yo alguna vez lo he hecho, se ha violentado mucho y lo ha tomado como un ataque contra su propia madre. Aprovecho su sinceridad para darle mi opinión:

—A mí tampoco me gusta nada Oreste. Creo que debería apartarse de él.

—Eso mismo le he dicho yo.

—¿Y qué te ha contestado?

—Que tengo razón.

—Me alegro, ¡cuánto me alegro! A mí estas comidas del domingo han llegado a hacérseme odiosas. No sabes qué alivio me da saber que no voy a volver a verlo más.

—Espera, espera. Me ha dado la razón, pero ella no va a hacer nada. Todo continuará igual.

—No te entiendo.

—Pues está muy claro. Mi madre no va a romper con él. Es incapaz de tomar una decisión así. Además, ella no sabe estar sola. Prefiere continuar con Oreste a quedarse sin nadie.

Yo no puedo escuchar estas palabras sin indignarme:
—Hace muy mal. Eso es un disparate.
—¿Un disparate?
—Más aún: es pura cobardía. Lo único que va a conseguir tu madre es llenarse de amargura.

Natalia ha replicado al punto:
—No te metas con ella, pobrecita. En el fondo la entiendo.

Durante un buen rato no hemos dicho nada más. Después, Natalia me ha preguntado.
—¿Te has tomado la pastilla?
—Sí, hace un rato.
—Buenas noches, amor.

Natalia se gira, me da la espalda. Miro las estrellas en el techo, su leve fulgor infantil pensado para acompañar el sueño de los niños. La imaginación se me va a las constelaciones que de verdad cuelgan del cielo, a lo que habrá más allá de ellas. Pienso en Dios. Pienso en la palabra «amor» que ha pronunciado Natalia, en su contenido, en lo que significa: trato de asomarme a ella, como si tuviera una ventana que me permitiera ver su interior. No consigo dormirme. La ausencia de todo dolor me extraña, casi lo echo de menos. Ahora me parece insoportable el silencio, la quietud, la respiración de Natalia, su olor suave. Natalia duerme. Doy varias vueltas en la cama sin encontrar reposo, pero no me decido a levantarme. Pasa un rato, quizá una hora o más, me entra una leve somnolencia, el aturdimiento que parece preceder al sueño definitivo. Poco a poco, en la duermevela, siento unos leves pinchacitos y, después, cómo me empieza a faltar el aire. Intuyo la llegada de ese peso que se me aloja a veces entre las costillas, que se irá haciendo sólido. Natalia duerme. El dolor ya está aquí, merodea, comienza a colar sus avanzadillas en mi cuerpo, me somete. Cada vez estoy más intranquilo, con más molestias. Necesito aire. Me desvelo del todo, me incorporo y acabo sentado en el borde de la cama, con palpitaciones. Sé que todo está en mi cabeza, que toda esta angustia no es más que ansiedad que me brota en el pecho, como un manantial. Estoy empapado de sudor. Natalia duerme. Comienzo a tiritar. Tengo miedo.

IGNACIO FERRANDO

IGNACIO FERRANDO (Trubia, Asturias, 1972) es profesor en la Escuela Universitaria de Arquitectura Técnica de Madrid, coordina el Máster de narrativa de la Escuela de Escritores e imparte talleres de Relato y Lectura Crítica. Es autor de los libros de cuentos *Sicilia, invierno* (JdeJ, 2008) y *Ceremonias de interior* (Castalia, 2006). Ha obtenido premios como el Hucha de Oro 2006, el Juan Rulfo 2007, el Kutxa de Relato 2008 y el NH Vargas Llosa 2005, entre otros.

BAJO LA PIEL DEL MUNDO

La literatura dormita bajo la piel del mundo. Si tuviera que explicar qué pretendo con mis relatos —siempre como una declaración de intenciones, en primera persona y de un modo intransferible— diría lo siguiente: imaginemos que el mundo no es mundo, sino que habitamos un escenario inacabable en el que pululan millones de actores que interactúan entre sí, sonríen, son felicísimos, y sólo a veces se muestran rendidos ante la contrariedad. Al final del espectáculo unos terminan rotos, desangrándose en sus bañeras los domingos por la tarde. Otros, como yo, preferimos terminar nuestros días golpeando las tuberías de cobre con una llave inglesa. Tú, usted, cualquiera, pienso, somos uno de ellos. Lo negaremos siempre, pero lo cierto es que interpretamos concienzudamente nuestro papel. Y lo hacemos desde la arrogancia, claro, nos mueven sus mismos razonamientos y nuestro destino corre paralelo a los suyos. Al modo platónico, lo que vemos, lo que percibimos, se convierte en una realidad fingida, en una farsa inagotable de cartón piedra. Nadie nos ha enseñado a observar el mundo de otro modo. Lo rojo es rojo, la piedra piedra, la piel piel, el rincón rincón. Entendemos, juraríamos que esa realidad de A es A es matemática, palpable y sobre todo, irrebatible. Moriríamos bajo el peso de esa verdad, por defenderla de los herejes. Podemos verlo y podemos tocarlo y podemos oírlo, luego existe. Así, de este modo, nuestras afirmaciones quedarían justificadas.

Un rincón es la intersección de tres aristas. Sin embargo, si golpeamos el vértice con la fuerza suficiente se descompone en los tres planos que lo componen. El rincón o la esquina dejan de existir y debajo aparecen las urdimbres que la sostienen. A deja de ser A. O dicho de otro modo, la diferencia entre A y A deja de ser cero y se convierte en un páramo cada día más extenso, siempre devastado, sin reductos habitables.

Para golpear esa arista —cualquier arista— hace falta una cantidad de energía suficiente. Pues bien. Para mí el que escribe sería el encargado de ese aporte, el responsable de desenmascarar a esa legión de impostores, de desmantelar el escenario y darle la vuelta a las vísceras del mundo. Mis textos tratan de responder a preguntas que por carecer de respuestas no son menos legítimas. Ésa es la intención. La de levantar la piel del mundo y ver qué se esconde bajo su corteza de asfalto. Y al final, mostrar a los demás, de un modo digno, mi extrañamiento. Confieso que al día de hoy, mi capacidad para asombrarme ante lo que se esconde bajo la piel del mundo, sigue creciendo. Así que se puede decir que solo entiendo la literatura, más allá de estos teoricismos poco escrupulosos, como una réplica contra este mundo.

Lo demás, la trama, la estructura, el tono, la insolencia implícita, son sólo secundarios, pasajeros, casi siempre cambiantes durante el proceso de búsqueda.

Roger Lévy y sus reflejos

Para David Gallego

Roger Lévy dio un paso a la derecha. Al mismo tiempo, Roger Lévy dio un paso a la izquierda. Ambos se alejaron el uno del otro dos pasos, ratificando la simetría de un reflejo y su oponente. Franz Hunt, que estaba justo en medio y haría de juez del duelo, les observó caminar en sentido contrario y, como solía hacer en los lances con pistola, buscó el refugio de un fresno a su espalda, fuera de la línea de tiro. Los duelistas, con el revólver en alto y el cañón paralelo al pecho, escucharon la cuenta de los pasos en la voz del viejo.

—Uno, dos...

Mientras contaba, Franz Hunt pensó que jamás debería haberse levantado aquella madrugada para asistir a Roger Lévy y al mismísimo diablo en un duelo de honor, aunque fueran vecinos desde hacía años y le debiera muchos, muchos favores. Pero lo cierto, pensó Hunt, es que viéndoles en el claro del bosque no sabría decir cuál de los dos era el verdadero Roger Lévy. Ambos se peinaban hacia atrás, con la raya al lado al estilo Clark Gable y ambos llevaban largas patillas y vestían camisa blanca y pantalón

de lino ceñido a la entrepierna. Pero quizá, tuvo que reconocer el viejo, el joven Roger Lévy de la derecha vestía con mayor pulcritud y arrogancia que el de la izquierda, cuyas botas, ahora que reparaba, no estaban del todo relucientes.
   Era de madrugada y en el bosque, donde comenzaban las coníferas, reptaba una niebla diluida. En el silencio del alba sólo se escuchaba el sonido de sus botas simultáneas rompiendo la escarcha de la mañana y la voz cascada del viejo contando los pasos. Hacía sólo unos segundos, Roger Lévy y su reflejo —o viceversa— habían escuchado las instrucciones del duelo. En el pueblo, no había nadie que supiera más de honor que Franz Hunt. Desde 1874, guardaba en perfecto estado dos viejas Galand del calibre 41 en un estuche de terciopelo negro.
   —Duelo a pistola rayada —había dicho segundos antes, abriendo el estuche—. Contaré diez pasos, darán media vuelta y tendrán dos segundos para apuntar el uno sobre el otro. Atendiendo a sus requerimientos —dijo consultando el cuaderno—, el duelo no será decretorio hasta que alguno de los dos resulte herido de muerte...
   Pero ellos no escuchaban al viejo y su sarta de monsergas y normas inútiles. Ellos sabían que sólo podía quedar uno de los dos y se miraban con la rivalidad de los reflejos que se piensan originales, como sólo puede haber una sombra, un espíritu y un Roger Lévy. Franz Hunt, después de hacerles jurar sobre la Biblia, había sacado una venda de fieltro negro y la había anudado en los ojos de uno de ellos para que eligiera arma. Cogió la de la derecha. Después, cada cual con la suya, se habían situado espalda contra espalda, sintiéndose el uno al otro, justo en la marca que el viejo había trazado con el pie.

—¡Por el honor! —gritó el viejo.

Pero ellos no respondieron. Roger Lévy pensó que eso del honor, al fin y al cabo, era una tontería. Se trataba, como siempre, de demostrar quién era el real y quién sólo un reflejo. Ambos empezaron a caminar con una marcialidad puntillosa, rectilínea, como si Franz Hunt fuera la mismísima reina de Inglaterra.

—Tres...

Desde luego, Roger Lévy y su reflejo sólo estaban de acuerdo en una cosa, en que todo había empezado la tarde del seis de abril de 1917. Esa tarde, Estados Unidos le había declarado la guerra a los alemanes. Por entonces, los dos duelistas todavía eran uno y sus recuerdos, de esa línea hacia atrás, seguían siendo los mismos, un columpio colgado de una acacia centenaria, un sapo llamado Thomas Blue y un padre que se quedó viudo nada más nacer ellos. Frank Lévy odiaba el pueblo y se jactaba, siempre que podía, de ser un patriota. Por eso, la tarde del seis de abril, a la hora del crepúsculo, le llamó aparte y le animó a enrolarse en el ejército:

—Conocerás mundo, hijo, saldrás de este pueblo maldito y harás fortuna —decía sentado en el porche, reclinado hacia atrás—. Eres listo y ellos te necesitan. Yo hubiera dado la vida por una oportunidad como ésta.

Pero Roger Lévy no le hizo mucho caso. Pensaba que dejar atrás a Laurie McKenzie, a la que llevaba cortejando desde hacía dos años, no era buena idea. Ya habían hablado de matrimonio, de hijos, dos chicos y una chica y de un rancho en las afueras, colindante con el del padre. «Doce vacas, para empezar bastará con eso», decían en el invernadero, las manos cogidas y las orquídeas por todas partes. Así que aquella tarde, mientras caminaba hacia la residencia de los McKenzie para pedirle a Laurie que de una vez por todas se casara con él, se quedó pasmado mirando el 13 de Jefferson con Main. La oficina de reclutamiento estaba atestada de jóvenes de su edad que salían abrazados, palmeándose la espalda, con el cuello lleno de guirnaldas y cintas de color. Quizá su padre no estaba tan equivocado con lo de alistarse, pensó. Y debió ser en ese momento. Fue en ese instante cuando ambos se duplicaron por primera vez. En eso, desde luego, los dos estaban de acuerdo.

—Cuatro...

Hoy le costaría reconocer los motivos que le impulsaron a entrar en la oficina y rellenar el impreso. Pero por entonces parecía como si todo Weehawken quisiera ir a combatir a Europa, al frente francés, a una guerra cuyos motivos les resultaban enigmáticos, ajenos. Cuando entró en las oficinas, una voluntaria le puso una cinta sobre el cuello y le besó en la mejilla, como un héroe recién regresado de la batalla. «Necesitamos héroes como tú», le dijo sonrojándose. Aquél fue el último pecho de mujer que sintió en mucho tiempo. Seguro que cuando regresara Laurie estaría igual de orgullosa y sabría comprender su desplante. En eso pensaba cuando el sargento del registro le preguntó su nombre y su edad y él fingió que tenía dieciocho, que los acababa de cumplir. Lo cierto es que eran dieciséis, quizá por eso el sargento le miró de arriba abajo y le recomendó que se dejara bigote.

—Parecerás mayor, muchacho...

Luego Roger Lévy salió de la oficina de reclutamiento. Seguramente, fuera ya le esperaba el otro Roger Lévy, el de la derecha. O quizá nunca se había ido de allí. Está claro que cuando alguien toma una decisión renuncia a algo, a otra vida, a una serie de hechos que dejan de pertenecerle. El problema surge cuando ese algo se toma la libertad de cobrar entidad propia y le da por pasearse por ahí como un duplicado, como un cromo tan idéntico que nadie distinguiría el original de la copia. Roger Lévy o su reflejo debía estar sentado en el parque Jefferson, contra el respaldo de un banco, mirando hacia la oficina de reclutamiento y masticando una espiga y llegando a la conclusión de que lo más importante en su vida no era una guerra lejana que no acababa de comprender, ni la gloria, ni el ejército, ni todo eso de lo que le había hablado su padre aquella mañana, sino la pequeña Laurie McKenzie, que estaría en el invernadero, como cada martes, esperando su visita. Por suerte, ninguno de los dos se cruzó con el otro. Eso hubiera sido fatal y hubiera precipitado el desenlace de ambos. Pero es casi seguro que debieron pasar a pocos metros, ignorándose como desconocidos entre la multitud, mirando al escaparate o a la atractiva muchacha de la oficina de reclutamiento. Lo último que pensó Roger Lévy antes de dirigirse al jardín de los McKenzie es que, al fin y al cabo, ni siquiera tenía la edad reglamentaria para alistarse.

Como siempre, cuando llegó, Laurie ya estaba en el invernadero y le sonrió a través de los cristales, detrás de las orquídeas. Su preferida era una que se llamaba dendrobio o algo así, que tenía las flores rojas y pequeñas y desprendía un olor mefítico, como a putrefacción. Roger Lévy, esa misma tarde, le pidió que se casaran y antes de que pudiera responder, le dijo que buscaría un rancho en las afueras, cerca del padre, «seremos muy, muy felices los tres». Cuando ella dijo que sí, casi con lágrimas en los ojos, cogiéndole las manos, ambos estaban frente a la cristalera del invernadero, ensimismados por la magia de la petición. Por eso no pudieron ver al otro Roger Lévy y a ocho reclutas más camino de la estación, al otro lado de la calle, alborozados y cargados con el macuto, levantado una fina nube de polvo a su paso.

—Cinco...

Laurie y Roger Lévy se casaron a los cuatro meses. Durante la ceremonia y el banquete, el padre permaneció en silencio, lanzando esputos a una escupidera de plata y bebiendo más ron del que su hígado era capaz de soportar. A las dos semanas, compraron una casa en las afueras, recién pintada de blanco y con un pequeño molino de viento al que tuvieron que reparar las aspas. Roger Lévy puso unas cuerdas de tender y Laurie no tardó en llenarlas de calzones de algodón y pantaloncitos de bebé. Tuvieron los tres hijos previstos en los años impares, matemáticamente, cosechando así una felicidad sostenida, adulta, como cualquier matrimonio de Nueva Jersey. Al mismo tiempo, de Europa llegaban largas listas de víctimas y heridos. Solía haber una relación de varias páginas prendida en el porche del almacén de Matt. Dos veces por semana, Roger, su mujer y la pequeña Isabella iban allí a comprar y, mientras rebuscaban entre los estantes de tornillos o las latas de conserva, se sentían observados por las madres, las novias o las hijas de los reclutas, como si participaran de una felicidad arrebatada que no les correspondía. Lo de Matt, el almacenista, era distinto. Matt miraba a Laurie porque desde el colegio había estado colado por ella. Por eso solía regalarle bolas de regaliz a Isabella, sólo por hablar un segundo más con la madre. Pero lo cierto, lo importante, es que la lista de muertos era cada día más y más larga. En la vieja Europa, los submarinos alemanes interceptaban a la marina y los avances por tierra eran mínimos, sobre todo en la parte suroriental donde el otro Roger Lévy, mucho más magullado y ojeroso, solía arrastrarse cuerpo a tierra, bajo las alambradas de espino y entre los sacos terreros, sintiendo la metralla enemiga levantando sordos montoncitos de tierra. Raro era el día en que el batallón no tenía bajas. Los morteros estaban por todas partes y cada cual salvaba el pellejo como podía. Los jueves, Roger Lévy escribía a su padre largas cartas en las que decía añorar la tranquilidad del rancho y a su antigua novia, la pequeña Laurie. Le preguntaba si sabía si ella seguía cultivando orquídeas en su invernadero y si aquella rara especie, cómo se llamaba, habría sobrevivido a la primavera. A veces, en la oscuridad de una guardia, Roger le confesaba a su padre que se sentía extraño, como si le faltara una parte y estuviera malgastando su vida. «Yo no soy ni quiero ser esto», decía casi dándose asco. Las respuestas del padre solían ser breves y por supuesto nunca hacían referencia a pensamientos que pudieran implicar cobardía. Solía terminar con frases de ánimo, diciéndole cosas como que la guerra es para los hombres y que los hombres a veces tienen dudas pero nunca, jamás, tienen miedo. «Estoy muy orgulloso de ti», eso siempre lo decía, casi al final.

    A veces los alemanes bombardeaban sin razón aparente las posiciones. El refugio se estremecía como si fuera a reventar por mil sitios. Sobre las cartas que le mandaba el padre, caía un fino hilo de tierra y las luces titilaban, amenazando con apagarse. Al menos eso fue lo que pasó cuando, tres meses después, leyó que Laurie se iba a casar con un tipo del pueblo. El padre no decía con quién, pero Roger Lévy imaginó que se trataba de Matt, un almacenista del pueblo que estaba enamorado de ella desde niños. Su padre, una vez más, le animó a ser valiente, «ahora más que nunca», escribió. Pero esa noche Roger Lévy no sintió dolor, ni lagrimeó en el hombro de ningún recluta. Fue algo extraño. Se levantó del catre y la emprendió a bayonetazos con el macuto de Lodge. Sentía ira y fuego por dentro. Sólo así se explica su actitud y que se presentara voluntario para la masacre de Passendale. El sargento que anotó su nombre en la lista le dio un golpe en la espalda y le dijo que Europa necesitaba héroes como él. Pero luego, como si cambiara de opinión, bajó la voz:

—Que no te maten, muchacho. Todo acaba pasando. Hasta el dolor más insoportable.

Alguien le colgó un equipo de telegrafista a la espalda y saltó fuera de las trincheras.

—Seis...

Murieron más de sesenta mil soldados, muchos de Weehawken, pero él salió ileso. Al contrario, con otros tres tomó once kilómetros de tierra baldía y cenagosa y un general, venido de Calais para la ocasión, le colgó una medalla al mérito. Fue la primera de muchas y de varios ascensos hasta que en junio de 1919 los alemanes se rindieron y a él le nombraron capitán y le asignaron una pensión vitalicia. Entonces se dedicó a viajar por Europa, mandando, de cuando en cuando, postales a su padre. Por entonces hacía por olvidar a Laurie en cada uno de los segundos de su vida.

Las cosas para el Roger Lévy de Weehawken no fueron tan fáciles. Había comprado una docena de cabezas de ganado y el bocio las había ido mermando hasta no dejar una. Pero lo peor, lo más doloroso, había sido que su padre había muerto sin perdonarle su cobardía, sin dirigirle siquiera la palabra por no querer combatir junto a sus vecinos en Francia. A los cuatro años de terminada la guerra, su padre sufrió un ataque de hemiplejia y falleció a los pocos días, solo en casa, con la mitad del cuerpo paralizado. A veces pasan estas cosas, pasa que hay elementos de la trama que por más que lo intentan no consiguen abstraerse a la duplicidad de los reflejos y terminan así, la mitad aquí y la otra allá. El caso es que le encontró una vecina, la señora Potter. El capitán Lévy, por entonces, disfrutaba de unos días de descanso en un balneario a las afueras de París.

—¿Sí, dígame?

La señora Potter le explicó en una conferencia.

—Por las características de la enfermedad —le dijo— es como si sonriera sólo media parte de él, una comisura hacia arriba y otra hacia abajo, a medias.

Era, le siguió diciendo, como si estuviera medio riéndose medio triste, tenía un ojo abierto y otro cerrado, un ceño fruncido y el otro no. Roger Lévy le agradeció a la señora Potter lo detallado de sus explicaciones, pero le dijo que no necesitaba saber más. Ahora, pensó mientras depositaba el auricular en su sitio, sí que lo he perdido todo en Weehawken.

—Siete...

Europa, sin embargo, renacía de sus cenizas.

Quizá por eso decidió pasar unos años en Baden-Baden, otro en París y casi ocho meses en un hotel frente a la ópera de Milán, asistiendo a los fastuosos estrenos de *Don Giovanni* y *La Traviata*. Y en todas esas ciudades conoció a mujeres que le recordaron a Laurie, bien por sus vestidos adornados o por sus cinturas obscenamente estranguladas. Roger Lévy era un hombre atractivo, para qué desmentirlo, bien posicionado y elegante. Muchas de ellas no tardaron en mostrarse dispuestas al matrimonio. Pero en el último momento, justo cuando se decidía a pedir su mano, recordaba a Laurie y ese algo frágil dentro de él se rompía, como un cristal, obligándole a huir como había hecho por primera vez en 1917. Y siempre sentía lo mismo, como un pellizco en el alma, como si se dividiera en dos y una parte de él quisiera quedarse allí y la otra huir lejos, sin mirar atrás. En 1930, con cuarenta y dos años, Roger Lévy ni siquiera podía intuir que cada vez que renunciaba a una de aquellas mujeres, otro reflejo tomaba posesión de la mujer que abandonaba y cobraba vida propia. También es probable, a la vista de la similitud, que cualquiera de aquellos reflejos fuera el original y que el que acabó en Londres, solo y ahogado en alcohol, fuera un destello, poco más que un relumbrón de aquel otro que había viajado a Venecia y, en ese mismo momento, besaba a su mujer bajo el Puente de los Suspiros.

Aquel Londres de 1930 bullía de clubs nocturnos, revistas y cabarets. El West End era un buen lugar para ser olvidado y olvidar, para recobrar el anonimato de las almas atormentadas que, después del recorrido, llegan a un callejón sin salida. Quizá por eso a Roger Lévy le gustaba pasar las noches en vela en uno de los locales de Red Lion Square, bebiendo *bourbon* con hielo y fumando una cajetilla entera de Pall Mall. Pero cuando se emborrachaba —y eso ocurría con frecuencia—, le daba por hablar de Laurie, de aquel pueblo en mitad del desierto, del nombre de las orquídeas que nunca conseguía recordar, de un sapo con el extravagante nombre de Thomas Blue y de la guerra, sobre todo de la guerra y del maldito macuto de Lodge.

En uno de los últimos números de la noche, actuaba siempre Annette Siddal. Bailaba como una serpiente, ligera de ropa y con una peluca con las puntas hacia dentro. Terminaba su actuación tumbada a lo largo del escenario, boca abajo, levantando una pierna y sonriendo al público. El local rompía entonces en una ovación etílica y exagerada y Roger Lévy aprovechaba para intercambiar con ella alguna que otra mirada.

—Ocho...

Un día partió por la mitad un billete de veinte libras y se lo dio al camarero. Ella vino al rato, agitando su mitad como una banderita de bienvenida. Llevaba un vestido verde hasta los talones y le dijo:

—Ya lo sabe. Vengo por la otra mitad.

Su pelo real era más corto, rebelde y se le ensortijaba en los costados, pero desde el principio le recordó al de Laurie McKenzie cuando en 1917 le sonreía en el invernadero y le señalaba alguno de los tiestos. La primera conversación entre ellos fue un tanto insólita porque él no dijo nada y ella, como si le conociera de toda la vida, no paró de hablarle sobre sus sueños. Dijo que los apuntaba todos en un libro y que tarde o temprano, no sabía cuándo, acabaría realizándolos uno a uno, todos por orden.

—¿Y cuál es su sueño ahora? —preguntó Roger por preguntar.

—En este sitio —dijo mirando alrededor— nunca tengo sueños.

Roger pensó en Laurie antes de añadir:

—Yo tengo uno... pero me temo que a estas alturas ya resulta imposible.

Ella hizo una pausa y cogió una de sus manos.

—Sólo tiene que intentarlo —dijo sonriendo—. Nunca se sabe.

Pero Roger Lévy no se molestó en desmentir la confusión de la chica y desde aquella noche empezó a esperarla a la salida del club. Ambos caminaban por los Docks bajo las farolas del muelle, demorando los pasos, como si temieran llegar a la buhardilla de Annette en Piccadilly. A veces, Roger Lévy, cogiéndola de la cintura, le decía cosas extrañas.

—¿Le gustan a usted las orquídeas? —le preguntó una noche, mirando las arañas del puerto.

—¿Acaso pensaba regalarme alguna? —le respondió ella jugueteando con su camisa.

Ésa fue la noche en que ella le invitó a subir cuando llegaron al portal. Entonces se hizo el silencio. Roger Lévy conocía de sobra esa sensación y la necesidad repentina de huir. Al final, después de mucho pensarlo, improvisó una excusa y salió corriendo, camino de su pequeño apartamento. Se tiró sobre la cama y estuvo un rato bebiendo whisky y entonces, por primera vez, se levantó tambaleándose y decidió que no huiría, que esta vez Annette sería suya, suyas sus piernas, suyo su coqueteo absurdo y desleal, suya aunque tuviera que vivir en una buhardilla infecta, aferrarse a la última opción aunque lo perdiera todo, aunque renunciara a sí mismo y a su honor. Esa vida, pensó levantándose de la cama, *tiene que ser mía*.

Se vistió y aunque eran más de las doce salió de casa. Cuando subió los siete pisos y llegó a la buhardilla, todavía resollando, Annette le abrió en bata, con una copa de vino en la mano y apoyada en el quicio. Sus pechos se esculpían como dos arcos vibrantes bajo la seda de la bata y una de sus piernas sobresalía arqueándose contra el marco. Nada más verle en el felpudo, los ojos de Annette se abrieron como si no diera crédito y estuviera viendo un fantasma. La copa en su mano resbaló haciéndose añicos.
—¿Tú?
Desde luego, pensó Roger Lévy, no le esperaba.
Y antes de que ella pudiera reaccionar, un Roger Lévy engañado y enfurecido, incapaz de razonar, la empujó hacia atrás y entró en el cuarto.
—¿Quién está aquí contigo?
Fue la primera vez que se encontró cara a cara con uno de sus reflejos, durmiendo satisfecho, con el embozo hasta la mitad del cuerpo.
—Nueve...
Franz Hunt se ocultó detrás del fresno y Roger Lévy pensó que él iba a ganar, que él era el único y que el otro, a la fuerza, tenía que ser una ilusión. Por qué dudarlo. Pero su reflejo pensó lo mismo o quizá no era su reflejo y era el original y al fin y al cabo sintió que su dedo resbalaba por la empuñadura de madera y apretaba un poco, apenas un milímetro el gatillo. Y entonces se le ocurrió. ¿Por qué no darse la vuelta y disparar antes de tiempo? Una vez muerto su reflejo, qué podía pasar, quién podía acusarle de matar a una alucinación. Le pagaría unos billetes al viejo para comprar su honor y su silencio y Laurie y él vivirían tranquilos el resto de sus días. Roger Lévy o su

reflejo, a casi diez metros de distancia, pensó lo mismo, que el honor, aunque fuera el de un militar que se había pasado la vida cosechándolo, tampoco tenía tanta importancia. También sintió la necesidad de terminar con la farsa. Pero tampoco lo hizo.

    Aquella noche, Roger Lévy asfixió a Roger Lévy con la almohada bajo la mirada de Annette que gimoteaba en una esquina, sin comprender la duplicidad de un reflejo y su original. Roger Lévy sintió el cuerpo de su adversario contrayéndose entre las piernas, intentando escapar. Pero Roger Lévy apretaba más y más fuerte y Roger Lévy se fue quedando quieto, inalterable, ya cadáver bajo las sábanas. Fue la primera vez que sintió la legítima necesidad de prevalecer sobre su reflejo y sintió el placer de recuperar su originalidad. Y entonces, de alguna manera, también entendió que cada vez que había escapado de Laurie o del recuerdo de Laurie o de aquellas mujeres que se le parecían tanto en Baden-Baden, Milán o París, se había ido duplicando, sembrando el mundo de reflejos como él, que disfrutaban de una vida que le habían arrebatado. Por eso visitó de nuevo todos aquellos lugares, desanduvo el camino y, uno por uno, acabó con la vida de todos ellos, escondido detrás de la cortina en el palco de la ópera, en una de las tinas de barro del balneario, en Les Deux Magots oculto tras los castaños de Saint-Germain-des-Prés. Pero ese sentimiento de unicidad se agudizó la tarde que llegó a Weehawken, tres años después y tuvo la certeza de que Laurie no se había casado con Matt, ni despachaba tornillos en una ferretería, sino que su reflejo de allí se la había arrebatado. Estaba cansado y muy, muy furioso. Sabía que aquel de Weehawken, por fin, sería el último.

Por eso, nada más desembarcar, se dirigió hacia el rancho de su padre y justo entonces, al principio de la empalizada, le vio cortando unos leños, sudado e idéntico a él. Por su parte Roger Lévy, esa mañana, se había levantado incapaz de conciliar el sueño. A veces, cuando no podía dormir y su padre se le aparecía en sueños con una mitad paralizada, cogía su hacha y la emprendía con el primer tronco que encontraba hasta convertirlo en astillas. Supongo que entre un reflejo y su oponente, igual que entre dos mellizos, se establece un lenguaje silencioso, telepático, que prescinde de las palabras.

—Y diez.

Y Roger Lévy y su reflejo se dieron la vuelta. Uno por la derecha y el otro por la izquierda y uno de ellos se quedó agarrotado, pensando en Laurie, en los hijos que tuvieron y en los que no, en el tiempo transcurrido desde 1917 y después de apuntar al pecho de su contrincante, el otro recordó el nombre, por fin, dendrobio, y justo a la vez le vino una imagen femenina entre la bruma del Támesis, el bullicio de la ópera de Milán y una explosión demasiado cerca, muy caliente, granizada de metralla, un sapo saltando de un bote de confitura abierto, el número musical de Annette y el viejo Frank Lévy sonriendo a medias entre el público de Red Lion Square. Apretó el gatillo sin demasiada convicción, sin saber muy bien a dónde apuntaba y sintió el retroceso del arma y una cuerda llena de ropa limpia y blanca que se llenó de un vómito de sangre y Matt se giró sonriendo desde la escalerilla, subido a los estantes de conservas y el macuto de Lodge y las guirnaldas y la pequeña Isabelle, un olor como a pólvora y azufre y Roger Lévy o viceversa, justo enfrente, escuchó la detonación y vio que del arma del otro salía una llamita, un hilo de resplandor, hubo gritos y aplausos cada vez que Annette actuaba, un impacto sordo en la camisa y una copa de vino cayendo a cámara lenta, una mancha escarlata de vidrio roto extendiéndose por la camisa y al final, como una flojera de piernas y todo, absolutamente todo, borrándose como una ilusión.

Las dos pistolas cayeron al suelo. Cuando por fin Franz Hunt salió de detrás del fresno, les vio caer idénticos, con los brazos en alto y la simetría atónita de los reflejos cuando se extingue su original.

JON BILBAO

Jon Bilbao (Ribadesella, 1972) es autor de la novela *El hermano de las moscas* (Salto de Página, 2008) y de las colecciones de cuentos, *3 relatos* (Nobel, 2005) y *Como una historia de terror* (Salto de Página, 2008), con la que obtuvo el Premio Ojo Crítico.

Poética breve

A riesgo de insistir en una obviedad, un cuento ha de ser breve. La brevedad, en este ámbito, es un concepto flexible, que abarca desde microrrelatos de un par de líneas a textos como *Otra vuelta de tuerca,* colindantes con la novela, pero siempre se encuentra presente. Podríamos buscar otras características propias del cuento, sin embargo la brevedad es la única indisociable a este género narrativo. Todo lo que añadamos más allá será ocioso.

Muchos han apuntado la potencia narrativa del cuento, su capacidad de impactar al lector. Sin embargo, la diversidad de formas en que tal potencia puede plasmarse entra en contradicción con los decálogos y reglas magistrales que intentan trazar las coordenadas de «cómo debe escribirse un relato». El teatro se liberó hace mucho de los preceptos marcados por Aristóteles; la poesía hizo lo mismo al dejar atrás la obligación de la métrica y la rima; y en cuanto a la novela, ésta no deja de demostrarnos su capacidad de adaptación a los nuevos tiempos. El cuento debería seguir un camino similar. No importa lo que dijeran Poe, Hemingway ni Chéjov. Atenerse a las recomendaciones de éstos y otros autores no es condición necesaria ni suficiente para obtener un buen resultado. Lo único que el escritor de cuentos debe tener en mente es la brevedad.

La brevedad es la esencia del cuento y al mismo tiempo el gran obstáculo a vencer. Actúa como una camisa de fuerza contra la que hay que forcejear para ganar un poco de holgura y respirar mejor. Cada autor debe buscar su propia forma de conseguirlo, y las reglas o las convenciones de uso no han de servirle necesariamente de ayuda, sino que pueden convertirse en una camisa de fuerza adicional.

Después de nosotros, el diluvio

Dead Body no era el mayor ni el más conocido de los pueblos fantasma de California, y sería difícil precisar cuánto había de ficción y cuánto de realidad en él. De acuerdo con las guías de viaje que recogían su existencia, se trataba de un asentamiento de pioneros del siglo XIX. Sus fundadores habían afrontado la odisea de cruzar los Estados Unidos para, tras un viaje plagado de penalidades, rendirse cuando la costa del Pacífico estaba casi al alcance de su vista. Si eran conscientes o no de este hecho en el momento en que decidieron detenerse en mitad de la pradera, dentro ya del territorio de California, despiezar sus carros y emplear la madera para construir casas, es algo en lo que merecería la pena pensar detenidamente.

Nos perdimos varias veces antes de encontrarlo. Condujimos durante millas por pistas de tierra sin señalizar para ir a topar sólo con granjas aisladas. De las portillas colgaban coronas de flores secas, cráneos de res, crucifijos y anuncios de venta de forraje. Las indicaciones de los propietarios nos permitieron llegar al pueblo.

Las crónicas de la época cuentan que en su momento de apogeo, entre 1870 y 1880, cuando se descubrió oro en los alrededores, la calle principal de Dead Body llegó a tener una milla de largo y albergar sesenta y cinco salones y cuatro estaciones de bomberos. Resultaba difícil de creer. Sólo quedaba un puñado de construcciones, en diversos estados de deterioro, la mayoría decrépitas. Únicamente se podía acceder al interior de tres edificios: una tienda de ultramarinos habilitada como museo y oficina de información, la iglesia metodista y la vieja cantina. Entramos en ésta. Despertaba una triste impresión de decorado fallido. Una barra cubierta de nombres y fechas grabados, y tras ella un espejo y la correspondiente hilera de botellas polvorientas. Escupideras de latón. Un par de mesas, en una de las cuales alguien había abandonado unos envoltorios de McDonald's. Los visitantes apenas se detenían dentro. Todos se hacían fotos ante el cartel que colgaba fuera, junto a la puerta, prohibiendo la entrada a niños, negros, indios, mujeres y perros.

Había sido idea de Stefan visitar el pueblo. Estaba empeñado en ver un auténtico poblado del Oeste e insistió para que fuera la primera parada de nuestro viaje.

Habíamos salido de San Francisco hacía siete horas; Stefan y Erika, María y Messias, Katharina y yo. Durante el trayecto el monovolumen alquilado parecía haber encogido. Tras la decepción de la cantina, los seis nos dispersamos por la calle principal.

Stefan tanteaba la solidez de las casas. Inspeccionaba cada letrero, los bebederos para los caballos, la única letrina preservada... Erika manipulaba su cámara de fotos. Había llevado el aparatoso estuche sobre las rodillas durante todo el trayecto. Escogía los encuadres y apretaba el disparador con el tiento que un francotirador pondría en su trabajo.

Había dos familias visitando el pueblo, aunque no tardaron en subir a sus vehículos e irse, dejándonos solos. En la calma que siguió, la voz de Messias resonó con fuerza sorprendente. Estaba junto al surtidor de gasolina, donde descansaba un viejo camión Dodge. Debía de hacer décadas que no se movía. Había sido despojado del motor. El brasileño quería que nos hiciéramos una foto todos juntos, montados en la parte trasera. Sólo María acudió a su llamada. Los demás preferimos ignorarlo.

Yo atravesé un callejón entre dos casas y salí a la pradera. El pasto me llegaba a las rodillas. El cielo empezaba a oscurecerse por el Este. No muy lejos en esa dirección estaba la línea invisible que separa los estados de California y Nevada.

A Katharina Dead Body le aburrió pronto. Nos esperaba fumando junto al monovolumen. Le envié una seña para que me acompañara. Ella señaló sus tacones altos y meneó la cabeza. Pálida, vestida totalmente de negro y luciendo unas gafas de sol de cristales enormes, que le asomaban por los lados del rostro, estaba por completo fuera de lugar. Intensamente europea.

Me adentré en la pradera hasta que el pueblo no fue más que una hilera de pequeños rectángulos en el horizonte. Así parecía más real. El viento arrastraba olas por el pasto. Un ave de presa permanecía suspendida en el aire, clavada la vista en un punto del suelo. Se lanzó en picado, desapareció entre el pasto y resurgió llevando algo entre las garras.

Al caminar me fijaba en dónde ponía los pies. Nos habían advertido sobre las serpientes de cascabel. Todavía no había visto ninguna. La mera idea parecía absurda: algo propio del cine o las novelas de Karl May. La incredulidad era fruto de la inercia que arrastrábamos, del tiempo que habíamos permanecido bajo un exceso de ficción, mitología y estímulos calculados para agitar a los turistas.

Dos reses pastaban cansinamente. El morro de un ternero, invisible hasta entonces, asomó entre la hierba alta y se enganchó a una ubre de su madre. Me observó de reojo sin dejar de mamar.

En el camino de regreso al pueblo me desvié para visitar un islote que sobresalía en la pradera: los restos de un coche montado sobre ladrillos. Todo él una costra de óxido. Dentro crecía más hierba. Di una vuelta alrededor y le dediqué un puntapié exploratorio. Se desprendieron lascas de herrumbre.

¡Cuidado, señor!

Era el mejicano a cargo de la oficina de información. Me hacía señas para que me apartara del coche. No me conocía, nunca antes habíamos hablado, y aun así se dirigía a mí en español, lo que no dejó de molestarme. Seguro que a los demás les habría hablado en inglés.

Me quedé inmóvil, sin entender su advertencia. Él insistió:

¡Cuidado, señor!, gritó apuntando al decrépito vehículo. ¡Tarántulas!

Retrocedí unos pasos. Tarántulas. En el coche. En el interior del capó, resguardadas del viento, aprovechando el calor acumulado por la chatarra durante el día. Patas. Fina pelambre parda. Veneno. Me alejé sin terminar de creérmelo.

Erika nos había hablado de una amiga suya que estaba organizando una visita al parque nacional de Yosemite. Planeaba pasar allí un fin de semana largo, de viernes a lunes. Buscaba acompañantes para compartir gastos. Ella y Stefan iban a ir. Estaría bien que Katharina y yo los acompañáramos. Acordamos cenar todos juntos para concretar los detalles. Nos reunimos en un restaurante japonés en Berkeley.

Ya conocíamos a María. Ella y Erika habían sido compañeras de piso durante un tiempo y cursaban sendos doctorados en Berkeley. Nos presentó a su novio. Se llamaba Messias. Los dos eran brasileños. Resultó que el verdadero organizador del viaje era él.

Enclenque y de rasgos aniñados, parecía bastante más joven que María. Daba clases de portugués en una academia de San Francisco. Su voz tenía un timbre agudo. Cuando hablaba se apoyaba en una florida gesticulación.

Nos enseñó un plano de carreteras en el que había señalado la ruta prevista, y otro, del parque, con los recorridos turísticos que podíamos realizar. Había recopilado abundante información sobre hoteles y agencias de alquiler de coches. En su opinión, seis personas era el número perfecto. Al parecer había dado por supuesta nuestra conformidad con su plan.

Durante la cena habló sin parar. Gesticulaba con los palillos. Chupaba los granos de arroz adheridos a éstos. Saltaba de un tema a otro. Habló de sus alumnos de la academia. Despotricó contra el sistema de transporte público de San Francisco. Nos resumió un artículo sobre el Ku Klux Klan que acababa de leer. Estaba entusiasmado con el tema, su terminología y jerarquías: Magos, Halcones nocturnos, Grandes titanes del imperio invisible...

María lo escuchaba ensimismada. Los demás tratábamos de mostrarnos educados. A mí, la idea de encerrarme en un coche con aquel tipo me resultaba cada vez menos apetecible. Pero Katharina y yo habíamos hablado a menudo de visitar Yosemite. Y además estaban Erika y Stefan, que sí eran una compañía grata y de fiar.

Por fin, a Messias se le acabó el fuelle y entonces se volvió hacia Erika.

¿En qué consiste eso que haces en Berkeley?

Erika diseñaba herramientas matemáticas para el análisis de redes sociales. Formulaba modelos aplicables a las relaciones comerciales. En su grupo de trabajo había matemáticos, sociólogos y politólogos. Le fascinaba el tema. Llevó a cabo un breve pero encendido resumen de su quehacer diario y los principios fundamentales de la disciplina.

Ya... No está mal, la interrumpió el brasileño. ¿Alguien va a tomar postre? Yo no. Creo que he cenado demasiado.

Todos me observaron mientras me alejaba del coche oxidado. Messias lucía una amplia sonrisa.

El mejicano aseguró que una picadura de tarántula puede hacer pasar un mal trago. Hay personas especialmente sensibles; se les hinchan los miembros y no pueden ponerse la ropa. Todas las temporadas había varios casos en Dead Body.

Formábamos un corrillo junto al monovolumen. El mejicano, poco más que un adolescente, agradeció el cigarrillo que le ofreció Katharina. Llevaba tres años trabajando allí. Cada principio de temporada se reponía el contenido del botiquín, pero cuando llegaba el otoño ya no quedaba nada, y seguía así hasta la siguiente primavera, nos informó. Era un mal lugar para sufrir accidentes. Antes vivía un veterinario a unas millas de distancia; atendía los casos urgentes, pero se había trasladado a Sonora.

Traduje al español las preguntas que Stefan tenía sobre el pueblo. Las respuestas del chico eran vagas. No parecía interesado por el tema. Los últimos habitantes habían abandonado el lugar en la década de los veinte. Para entonces hacía mucho que el oro se había agotado. Los incendios eran cosa frecuente. Por los alrededores no había piedra con que construir las casas. Tampoco había madera, pero ésta era más fácil de transportar.

Mientras el mejicano hablaba, vimos aparecer una figura en la puerta de la oficina de información. En un primer momento no distinguimos si era masculina o femenina. Resultó ser lo segundo. Avanzó hacia nosotros con pasos vacilantes. Katharina me aferró el brazo y Stefan exclamó algo en alemán. Creíamos que no había nadie más en el pueblo. Se acercó a nosotros arrastrando los pies, con los brazos colgando inermes. Estaba escuálida. El cabello, negro y enredado, le llegaba hasta las caderas, y parte de él le cubría la cara. Llevaba unos tejanos demasiado grandes para ella, ajustados a la cintura con una cuerda.

Se detuvo al lado del mejicano, donde se acuclilló. La melena barrió el polvo de la calle. Parecía borracha o drogada. Era india. Trece o catorce años, no más. Su camiseta estaba sembrada de lamparones y agujeros.

¿Quién es?

Mi chica, dijo el mejicano, y le acarició la cabeza como si se tratara de un cachorrillo.

Ella nos miraba con expresión vacía. Inclinaba la cabeza a un lado y luego al otro. Tenía nudos en el pelo y las manos negras. Nos enseñó los dientes como si eso fuera lo que esperábamos que hiciera.
¿Cómo se llama?, preguntó Messias.
Daisy.
¿Sólo eso?
No entiendo.
¿Y el nombre indio? Luna Danzarina, Alce Sonámbulo, o algo así.
No. Sólo Daisy.
Erika alzó la cámara.
¿Puedo haceros una foto?
El mejicano se encogió de hombros.
Lo hacen muchos.

Pasamos esa noche en Bridgeport. Situada al norte de Yosemite y fundada por mineros y ganaderos, la ciudad había tenido un destino más próspero que Dead Body. El hotel era de estilo familiar. Las camas tenían colchas de retales. Desde la ventana se veía la línea imponente de la Sierra del Este y se oía relinchar a los caballos recogidos en un cercado.
La dueña nos recomendó un sitio para cenar. Estaba en la calle principal. Fuimos a pie. Del techo del local colgaban lámparas fabricadas con astas de ciervo. Las camareras eran mejicanas y de inmediato se dirigieron a mí en español. Mi contrariedad fue evidente e hizo reír a Katharina. Stefan me dio una palmada en la espalda. Nos acomodamos al fondo del salón principal. Katharina me cedió el sitio para que pudiera sentarme de espaldas a la pared. El brasileño me

llamó la atención sobre esta costumbre y provocó una conversación que yo hubiera preferido evitar.

Las paredes estaban adornadas con fotografías antiguas. Mineros barbudos y desdentados. Torres de perforación. Familias de diez miembros apiñadas en carromatos. Y entre ellas: banderines de equipos de béisbol y anuncios de cerveza, lo que daba a las fotos una pátina de falsedad. Sentí el impulso de observarlas de cerca en busca de trucajes.

Tres niños escuálidos bañándose en una tina. Un hombre con monóculo posando junto al cadáver de un oso.

La comida era sabrosa y la acompañamos con cerveza. Messias estaba tan animado como siempre. Parloteaba sobre las diferencias entre la cerveza americana y la europea. El verano anterior había pasado una semana de vacaciones en Alemania. Se diría que durante ese tiempo no había hecho más que catar cerveza e investigar sobre su historia y elaboración. Alabó la idiosincrasia de los alemanes. Katharina, Stefan y Erika guardaron silencio.

Tras las horas que llevábamos juntos ya nos habíamos formado una opinión inamovible sobre el brasileño. Cedimos a María la labor de prestarle atención. Stefan y Erika, Katharina y yo, nos refugiamos en sendas conversaciones privadas.

Pasada la hora de la cena aumentó el número de parroquianos. Entraron dos indios paiutes y se pusieron a jugar al billar. No pidieron nada de beber. Nadie les prestó atención.

El brasileño propuso ir a algún sitio donde se pudiera bailar. Una vez más, María fue la única que lo apoyó. Me pidió que preguntara a las camareras. La más joven, con unos tejanos ceñidos que se le incrustaban entre las nalgas, dijo que los sitios buenos de verdad estaban en el lago Tahoe, a varias horas por carretera. Puso gran énfasis en sus palabras. Posaba con una cadera echada a un lado.

Podemos ir. Haremos turnos al volante, dijo Messias.

Stefan y Erika respondieron que ellos se iban a la cama. El brasileño se volvió hacia mí.

¿Qué me dices?

Está lejos. No me apetece tanto.

¡Pero qué pasa! ¿Soy el único que quiere pasarlo bien? A eso hemos venido, ¿no?

Yo quiero bailar, aseguró María, y restregó las nalgas contra la silla.

Katharina fumaba en silencio. Contemplaba a la pareja de brasileños a través de una nube de humo.

María nos caía bien. O lo había hecho hasta el momento en que la vimos en compañía de su pareja. Era una chica agradable. Tenía la nariz un poco ancha. En las conversaciones serias, si había pocas personas presentes, podía alcanzar una sorprendente elocuencia. Erika, con quien durante unos meses había compartido apartamento cuando llegó al *Bay Area*, decía de ella que era disciplinada y trabajadora. En la puerta de su habitación fijaba hojas de papel con consignas escritas. Frases del tipo: «Cuentas con todo lo necesario» y «Míralos a los ojos». Cada mañana se detenía frente a ellas y las leía varias veces en voz alta antes de salir hacia la universidad.

Durante el viaje, ella y Messias no habían dejado de hacerse arrumacos.

Mañana nos espera un día largo. Tenemos muchas cosas que ver, dije.

¡Eso será mañana!
Paso.
El brasileño puso cara de incredulidad.
¿Qué me dices, Kathi? Seguro que a ti sí te apetece.
Ella se limitó a aplastar el cigarrillo en el cenicero y menear la cabeza.
Messias pasó un brazo sobre los hombros de María y la estrujó contra él.
Sólo quedamos nosotros. Vamos, ¿no? Lago Tahoe.
La negativa de todos los demás la había desanimado un poco. Pero ya era tarde para echarse atrás; antes había demostrado demasiado entusiasmo.
Claro. Vamos.
El brasileño pidió a Stefan las llaves del monovolumen. Éste se las entregó con evidente reticencia.
Mañana salimos temprano, intervino Erika. Su tono fue admonitorio.
Te preocupas demasiado, dijo Messias poniéndose en pie. Dejó unos billetes para pagar su cena y la de María.
Los observamos cruzar el local, repleto ahora de gente, y salir a la calle. Permanecimos en silencio. Luego los dos indios dejaron libre la mesa de billar y Stefan propuso que jugáramos. Chicos contra chicas. Pedimos otra ronda de cerveza.
A las pocas jugadas nuestro cansancio se esfumó. La música sonaba más alta que antes. La camarera de los pantalones ajustados pareció sorprendida al ver que seguíamos allí. En mitad de sus viajes a las mesas empezó a detenerse junto a Stefan o junto a mí para preguntarnos de dónde éramos y adónde íbamos. Evitaba las miradas de Katharina y Erika, que de todos modos no parecían moles-

tas. Cuando ellas se inclinaban para jugar, los parroquianos les miraban el culo.

Stefan se meneaba al ritmo de la música. Medía cerca de dos metros y era robusto. Le gustaba llevar las camisas remangadas hasta los codos. Tenía las cejas muy rubias. No costaba imaginarlo coronando, piolet en mano, la cumbre de un pico nevado. Era ingeniero informático y buscaba trabajo en Silicon Valley. Hasta que lo consiguiera, vivía de sus ahorros. Era aficionado a la astronomía.

La risa de Erika era desbocada y casi cualquier ocasión le servía para sacarla a relucir. Nuestras malas jugadas la hacían reír a carcajadas. Los demás clientes se volvían a mirarla. Era rubia. Tenía caderas anchas y brazos fuertes, perfectos para transportar cerveza en locales repletos de humo, tres o cuatro jarras en cada mano, cosa que había hecho en su Munich natal durante varios veranos.

Los dos compartían un apartamento de una habitación en Berkeley. El sitio estaba atestado de libros. A veces, sin aviso previo, un agua turbia brotaba del desagüe de la ducha e inundaba el baño, flotaban cosas en ella, una sopa maloliente.

Cada vez que se topaban con turistas alemanes evitaban hablar para no desvelar su procedencia. Agachaban la cabeza avergonzados cuando los veían hacer fotos sin ton ni son, llamarse unos a otros a gritos o pedir cerveza en cualquier momento y lugar, incluso en los evidentemente inapropiados.

Nos retiramos cerca de la media noche. Calculamos que para entonces los brasileños estarían a mitad de camino de Tahoe.

Las habitaciones del hotel tenían camas gemelas separadas por una mesita con una Biblia. Katharina se dejó caer en la suya. Yo me hice un hueco a su lado. Conversamos a media voz sobre el día que terminaba. Stefan y Erika compartían la habitación contigua. Oímos orinar a alguien. El sonido de líquido contra líquido se prolongó durante tiempo considerable.
¿Quién crees que será?, preguntó Katharina.
Sentíamos gran curiosidad por Stefan y Erika. Nos parecían seres complejos y desarrollados. Respondían a mi idea de personas interesantes: inteligentes y dotadas de intereses poco convencionales. Imaginábamos intrincadas conversaciones entre ambos; matemáticas y astronomía. Teoría de grafos contra leyes de Kepler. Nos interrogábamos sobre cómo podrían desenvolverse en un apartamento tan diminuto como el suyo. Habíamos cruzado la barrera psicológica de imaginarlos en la cama. Katharina alababa las tetas de Erika.
Seguro que sabe sacarles partido cuando está en ello.
Decía que le gustaría tener unas iguales.
Quizá no tan grandes, acotaba.
Nos desnudamos y acurrucamos en la misma cama. La ventana no tenía persiana. Entraba la luz de la luna llena, que formaba un rectángulo azul en el suelo. No se oía nada en la habitación de al lado. Si estaban haciendo algo tomaban precauciones. Nos acariciamos perezosamente, sin verdaderas intenciones de llegar a algo más, sólo como una forma de desearnos buenas noches.
¿Ese imbécil encontrará el camino de vuelta?, preguntó.
Más le vale.

Hasta hoy nunca me había fijado en la boca de María. ¿Qué le pasa? Las encías. Son enormes. Y los dientes, pequeños. Encías grandes y dientes pequeños. Tiene una sonrisa desagradable, como si algo se replegara. Muestra mucha carne. Y tiene un incisivo torcido. Debería arreglárselo.

Seguimos hablando sobre los dos brasileños. Hicimos comentarios xenófobos.

Nos dormimos sin darnos cuenta. Nuestros cuerpos obraron por sí mismos, encajaron y hallaron postura en la estrecha cama.

En sueños, no dejaba de agradecer la suerte de haber encontrado a alguien como Katharina.

El suelo estaba helado. Me vestí teniendo cuidado de no despertarla. Una luz lechosa llenaba la habitación. El exterior estaba tomado por una bruma matutina.

Cogí la llave y salí. La puerta de los brasileños estaba cerrada. Rodeé el hotel. El aparcamiento se encontraba en un solar cercano. Divisé el monovolumen, que parecía estar bien. Al lado dos hombres con sombreros vaqueros metían un caballo en un remolque.

De regreso me topé con Stefan. Iba a comprobar lo mismo que yo. Al otro lado de la calle había un café. Era la hora punta. Las camareras se afanaban con los desayunos. Había una hilera de *pickups* aparcada en frente. Acordamos vernos allí en cuarenta minutos.

Katharina ya estaba en pie. Se examinaba en el espejo como si nunca antes hubiera visto su rostro. El cuarto de baño era amplio, tan grande como la habitación. Había que esperar mucho hasta que el agua salía caliente. Hicimos el amor en la ducha. Ella no concebía pasar por una habitación de hotel sin practicar el sexo. Lo pasábamos bien juntos. Había sorpresas. Aún no sabíamos lo que podíamos esperar uno del otro.

Cuando terminamos cerramos el grifo del agua caliente y nos obligamos a permanecer bajo el chorro helado. Sentí pinchazos en los testículos. A ella se le endurecieron los pezones a cámara lenta.

Los brasileños se hicieron los remolones. Tenían mala cara. Habían llegado al hotel poco antes del amanecer. En el café aseguraron sentir arcadas al ver nuestros desayunos de huevos revueltos, beicon, salchichas y tostadas. Estábamos rodeados de viajantes y peones de rancho. Éstos llevaban guantes con los dedos cortados. No se los quitaban para comer. Usaban un rincón del plato como cenicero.

Queríamos llegar a la central de servicios de Yosemite lo antes posible. Habíamos planeado hacer una ruta a pie y necesitábamos asesoramiento. A partir de las diez el lugar quedaba tomado por los turistas.

María contó a Katharina que se habían pasado la noche conduciendo. De camino a Tahoe se habían perdido y tuvieron que deshacer sesenta millas. Una vez allí no encontraron ningún sitio de su gusto. Había que pagar para entrar en la mayoría de los locales. Casi todos eran casinos. La clientela principal consistía en jubilados. Apenas se quedaron una hora.

Los brasileños se acomodaron en el asiento trasero, dispuestos a seguir durmiendo. Stefan se puso al volante. Giró la llave. Nada. Otra vez. Idéntico resultado. Fallaba la batería.
Messias había dejado las luces encendidas.

Búsqueda de un taller. El encargado mascaba una cerilla. Nos miró como si pidiéramos limosna. Antes tenía que atender una reparación urgente. Lo nuestro también era urgente, dijimos. El coche que tenía que reparar era uno de los de la oficina del *sheriff*. Si queríamos discutirlo podíamos ir a hablar en persona con él, respondió. Esperamos. Compramos una batería nueva. Los brasileños dormían en el monovolumen.
Cuando por fin llegamos a Yosemite ya había pasado el mediodía y había cola en la oficina de información y en todos los restaurantes.

Anochecía a las cinco, así que no nos quedaban muchas horas de luz. Escogimos una ruta corta. Repartimos en dos mochilas lo que íbamos a llevar. Stefan se cargó una a la espalda y yo la otra.
En cuanto dimos los primeros pasos por el sendero que ascendía un cerro, nuestro mal humor desapareció. El paisaje sobrecogía y colocaba las preocupaciones en su justo lugar.
El valle donde se levanta el pueblo de Yosemite se formó hace millones de años por la irrupción de un glaciar en la garganta del río Merced. Las partes más resis-

tentes de la roca lograron soportar la erosión del hielo. El resultado son las inmensas formaciones de granito pulido que jalonan el valle. Abundan los cedros, los pinos amarillos, los sauces y los robles negros de California. Las vistas del valle superaban con creces nuestras expectativas.

Nos cruzamos con otros visitantes, todos de regreso. Los brasileños iban los últimos del grupo. Messias había cogido poca agua para no cargar peso y no tardó en terminarla. Pedía a María de la suya.

La cima consistía en una losa de granito que hacía la función de mirador natural. Entre las grietas se las apañaban para crecer unos pinos retorcidos. Había varios grupos de excursionistas. Todos guardaban un silencio respetuoso.

Nos sentamos junto a un pino. Unos pasos más allá una pared de granito caía a plomo hasta el fondo del valle. Vimos brumas de distintos colores. En otros puntos brillaba el sol. Dependiendo de hacia dónde dirigieras la vista sentías que te encontrabas en días diferentes.

La subida había sido más larga de lo que pensábamos. Yo no me lamentaba por ello. Olor a piedra y resina. El atisbo de un coyote entre los árboles.

Los brasileños se habían sentado apartados de nosotros y discutían en voz baja. Stefan preguntó si había algún problema.

No pasa nada, dijo María.

Luego se levantó y se alejó con su cantimplora.

Comenzaba a hacer frío y en la losa estábamos del todo expuestos. Katharina fumó un cigarrillo. Envolvió la colilla en un pañuelo de papel y se la guardó en el bolsillo. Los demás visitantes ya habían emprendido el regreso. El cielo se encendió por el Oeste. Por la dirección opuesta había hecho aparición un frente de nubes que avanzaba a marcha visible hacia el atardecer, como si tuvieran concertado un encuentro sobre nosotros.

De pronto, un alarido, justo a nuestro lado, nos heló el corazón y nos hizo dar un brinco.

Era Messias. Nos sonreía desde el borde de la losa. Se golpeó el pecho como un gorila. El paisaje devolvía su grito multiplicado.

Menudo eco, ¿verdad? Os veía un poco dormidos. ¿Bajamos ya?

Stefan y yo nos quedamos atrás. Se lamentó de la presencia de Messias. Me mostré de acuerdo. Por delante de nosotros Katharina y Erika caminaban juntas. Adiviné que hablaban de lo mismo.

Messias llevaba a María abrazada por los hombros y le susurraba al oído. Antes de que llegáramos abajo ella reía otra vez.

Nuestro alojamiento para esa noche estaba fuera del parque. Cuando llegamos a la dirección que llevábamos anotada, nos encontramos con una caseta prefabricada embutida entre una gasolinera y una tienda de ultramarinos. Allí una chica con una frente enorme nos indicó el verdadero lugar donde pasaríamos la noche: unas cabañas en el bosque, varias millas más adelante, siguiendo por la carretera y luego por una rodera entre los árboles. La caseta sólo servía de recepción. Nos entregó las llaves de las cabañas y un plano con instrucciones para llegar a ellas. También nos indicó un lugar no lejos de allí donde podíamos cenar.

Por si acaso, compramos algo de comida y bebida en la tienda de ultramarinos. Según la chica, las cabañas estaban bastante aisladas.

Cenamos en un café de carretera. La barra estaba ocupada por camioneros. Una camarera nos hizo pasar a un pequeño salón privado. Una balda repleta de animales disecados recorría las cuatro paredes. Mapaches, comadrejas, búhos... Sus ojos de cristal no se apartaban de la comida.

Hacía rato que evitábamos de manera evidente la conversación de Messias. Él no se dio por enterado.

Sólo leo libros famosos, dijo. Si voy a pasar una semana, o un mes, o lo que sea, ocupado en su lectura quiero luego poder sacarle partido. Es lo justo, ¿no? Me gusta que cuando digo que he leído a tal o cual autor, la gente sepa de quién hablo. Así se dan cuenta de que tienen delante a alguien que ha avanzado más que ellos, que ha concluido una tarea laboriosa. ¿Shakespeare? Infalible. ¿Homero? *La Odisea* no está mal. *La Ilíada* la conoce menos gente. Ayuda que se hayan hecho películas sobre los libros. Me gustan Hemingway y Freud y Julio Verne y la Biblia. Paso de Chéjov.

Un trueno sacudió el edificio. De una nutria disecada se desprendió un hilillo de serrín. En la barra se hizo el silencio por un instante, tras el que volvieron a crecer las conversaciones. El repique de la lluvia llegó poco después.

Las nubes que habíamos visto en Yosemite eran la avanzadilla de una tormenta. El trecho hasta las cabañas resultó más largo de lo que la chica de la recepción nos había dado a entender. Los faros del monovolumen iluminaban una exigua franja de la rodera de tierra, cada vez más embarrada. El vehículo no era el más adecuado para aquel camino. La rodera poseía una acusada pendiente en ascenso. A los lados, las imponentes presencias de los árboles. Varias veces estuvimos a punto de quedarnos atascados, y en un par de ocasiones pensamos que nos habíamos perdido. El mapa era confuso. María propuso que retrocediéramos. En aquel punto la rodera era especialmente estrecha y Stefan, que iba al volante, dijo que seguiríamos un poco más. Conducía echado hacia delante, atento a los baches. Los limpiaparabrisas apenas eran capaces de desalojar la lluvia.

La rodera desembocó por fin en un calvero donde se levantaban seis cabañas dispuestas en círculo. La electricidad provenía de unos paneles solares montados en los tejados. Todas las cabañas estaban a oscuras. Éramos los únicos inquilinos.

Nos distribuimos por parejas. El interior de las cabañas estaba helado. Disponían de una única cama, un sofá y una pequeña cocina, todo ello en un mismo espacio, además del cuarto de baño. Una nota dejada sobre la cama informaba de que la brigada de limpieza de serpientes de cascabel había pasado por allí aquella misma mañana. La calefacción enseguida puso a tono el lugar.

Katharina miraba por la ventana. El paisaje que iluminaban los rayos invitaba a ponerse en guardia. Una tupida vegetación nacía a pocos pasos de las cabañas. El calvero era artificial y el bosque parecía reclamarlo.
¿A qué distancia estamos de la carretera?
Era difícil decirlo. La lluvia y la oscuridad habían vuelto engañosa la distancia, haciéndola parecer mayor.
Varias millas, estimé.
Alguien llamó a la puerta. Eran Stefan y Erika. Se protegían de la lluvia con un chubasquero que sostenían sobre sus cabezas. Traían cervezas y una caja de *muffins*. Nos acomodamos en la cama y el sofá y nos pusimos a charlar.

Katharina estaba considerando la posibilidad de buscar trabajo en San Francisco. Llevaba tres meses en la ciudad, más tiempo del que había planeado quedarse. Antes de eso había pasado por Nueva York, Chicago, Dallas y Las Vegas. Siempre vagando hacia el Oeste. Nos habíamos conocido en el hotel Marriot de San Francisco, en el bar de la planta treinta y nueve. No nos alojábamos en el hotel, pero los dos íbamos allí cada tarde para contemplar la puesta del sol a través de las paredes acristaladas. No pedíamos más que una Coca-Cola, lo que era excusa suficiente para saquear el bufé de aperitivos gratuitos. Las camareras no nos ahorraban miradas de reprobación.

Katharina afirmaba que estábamos destinados a conocernos: dos apóstatas de nuestras vidas anteriores, que se limitaban a matar el tiempo lejos de sus casas.

Yo, a fin de reducir gastos, me había trasladado del hotel donde vivía antes a otro más económico: una de las tradicionales casas de madera de la ciudad, estrecha, de tres pisos, cuyas estancias habían sido redistribuidas para transformarla en hotel. Los inquilinos habituales eran estudiantes extranjeros u hombres de porte sospechoso. Algunos llevaban años viviendo allí. Los pasillos olían a meados de gato. Cada noche había peleas en el callejón contiguo.

Durante las últimas semanas Katharina se había alojado conmigo. El portero se tomaba muy en serio que no hubiese más de una persona por habitación, así que ella tenía que entrar y salir a hurtadillas.

Stefan nos informó de las dificultades con que estaba chocando para encontrar trabajo, a pesar de su currículum y la demanda de programadores y técnicos informáticos en Silicon Valley.

Erika y él habían sido novios en Alemania. Él la había seguido cuando ella se trasladó a Berkeley. Yo admiraba la estabilidad de que daban muestras, la falta de fisuras a pesar del sacrificio de calidad de vida que había representado para ellos —especialmente para él— haber ido a California. Stefan se debatía como un gato para ubicarse y retomar el ritmo de las cosas.

A menudo me sentía en inferioridad moral respecto a él. Era consciente de que Stefan cuestionaba mi ociosidad y falta de objetivos inmediatos, así como la ausencia de un motivo práctico para mi presencia en San Francisco. Aunque ya le había hablado del modo como, casi de un día para otro, había abandonado mi trabajo y me había trasladado temporalmente a Estados Unidos para «aclarar las ideas», en ocasiones lo sorprendía mientras él me observaba de reojo, con una pregunta colgada del borde de la boca: «Sí, pero, en serio, ¿por qué estás aquí?».

Su opinión sobre Katharina no debía de ser diferente.

Erika reclamó nuestra atención: el repique de la lluvia había cesado. Seguimos bebiendo, felices de pronto, como si nos hubieran aliviado de una pesada carga.
Poco después llamaron a la puerta. Messias asomó la cabeza. María iba con él.
Aquí funciona la calefacción, dijo, como si fuera algo de lo que no nos hubiéramos percatado.
Nuestra cabaña está helada, añadió María.
Ella llevaba el pelo revuelto y las botas desatadas. Se esforzaba por sonreír. Su expresión era parte arrepentimiento, parte placer que se desvanece. Messias hacía gestos exagerados de frío. Se sentó en cuclillas frente al radiador.
¿Qué estabais haciendo?, quiso saber.

El agua se desprendía en gotas de las ramas, como un aguacero privado, por y para el bosque. El suelo estaba esponjoso. Corrían regueros de lluvia. Stefan llevaba la linterna.
Habíamos prometido no alejarnos. Erika y Katharina nos dirigieron miradas poco amables cuando Stefan me sugirió que saliéramos a estirar las piernas. La locuacidad del brasileño se desplegaba a medida que iba entrando en calor. María había encontrado té en un armario y puesto agua a calentar.
Caminábamos por la rodera que nos había llevado hasta allí. Ni siquiera contemplamos la posibilidad de meternos entre los árboles. La vegetación se percibía con todos los sentidos. Desde todas direcciones llegaban susurros y crujidos. Doblamos una curva y las cabañas desaparecieron detrás de nosotros.

No soporto a ese tío, dijo Stefan.
   Los intentos por poner en marcha la calefacción de los brasileños habían resultado infructuosos. Era tarde para volver a la caseta de recepción, así que tendrían que dormir en alguna de nuestras cabañas. Todavía no habíamos decidido en cuál.
   Desde que habíamos salido de San Francisco, Messias se había ido haciendo más y más fastidioso. El brasileño se resistía a abandonar su autoasignado papel de organizador y líder, que había empezado a interpretar la noche que nos conocimos en el restaurante japonés. Desde su perspectiva eso implicaba una continua crítica a cada una de nuestras decisiones. El precio pagado por la batería nueva en Bridgeport le pareció desmesurado, dando a entender que nos habían estafado. La ruta a pie en Yosemite no era la mejor que podíamos haber escogido. Pretendió dar instrucciones a Erika sobre el manejo de su cámara de fotos. Ella se la arrebató de las manos y el brasileño se rio como si ella fuera una niña consentida con un desaforado sentimiento de posesión sobre sus juguetes. Messias contaba con consejos para todos. Enderezaría nuestras erráticas vidas con uno solo de sus enclenques dedos.
   Stefan tomó del suelo una rama rota y, aburrido, azotó un arbusto. Algo que se escondía debajo salió huyendo.
   Al igual que él, el brasileño era ingeniero informático. Había buscado colocación por todo el Bay Area durante un año. Según él era imposible si no se contaba con una carta de recomendación o no existía un acuerdo de contratación de personal entre tu anterior empresa y aquella en la que desearas entrar.

No lo quiero en mi cabaña, declaró Stefan.
Yo tampoco lo quería en la mía, pero me callé. No me apetecía discutir. Llegado el caso, lo echaríamos a suertes.

De no ser por la presencia de María, hacia quien sentíamos cierto aprecio, ya habríamos contestado de malas maneras al brasileño. Pero a modo de efecto colateral, la irritación que Messias nos producía empezaba a alcanzarla a ella. María era quien nos había puesto en contacto.

Llegamos a un tramo donde la pendiente era especialmente acusada. Allí la rodera se había transformado en una escorrentía. Patinamos varias veces y si no fuimos a parar al suelo fue sólo por pura suerte. A pesar de todo ninguno manifestó deseos de dar media vuelta.

La única luz era la de la linterna, y una vez fuera del cerco protector del calvero su brillo resultaba exiguo. Stefan la agitó, como si creyera que las pilas se estuvieran agotando.

A medida que amainaba el goteo del agua acumulada en los árboles, nuevos sonidos ganaban terreno. Chillidos de roedores y el susurrar de cuerpos que se arrastraban. Sin duda la brigada de limpieza de serpientes de cascabel no se ocupaba de un terreno tan alejado de las cabañas. Si la linterna se apagaba tendríamos dificultades para regresar. Esta convicción se asentaba a cada paso en algún punto del fondo del tórax.

La impresión de irrealidad, de hallarme sumido en un decorado, que venía experimentando durante los días —y meses— anteriores, se resquebrajó. Me detuve en mitad del camino para contemplar los árboles. Respiré hondo, hinchándome de aroma a barro, madera mojada y materia vegetal en descomposición. Me sentía muy lejos de mi casa, y de cualquier otro sitio donde hubiera estado antes. Estaba en un bosque de California, en una trocha embarrada, en mitad de la noche. El lugar invitaba a la zoolatría. De pronto anhelé la sensación nunca experimentada de sostener un arma de fuego entre las manos.

Unos metros más adelante, Stefan se volvió y me apuntó a la cara con la linterna.

¿Pasa algo?, quiso saber.

No, dije, y seguí adelante.

Llevábamos un rato caminando en silencio cuando volvimos a detenernos, ahora los dos a la vez.

La rama de un árbol bloqueaba el camino, cortándolo de lado a lado. Poseía unas dimensiones notables, casi un árbol en sí misma. No se encontraba allí cuando pasamos antes.

El extremo de la rama estaba carbonizado. Stefan recorrió con la linterna los árboles próximos. El tronco de donde se había desprendido lucía una cicatriz negra. Un rayo debía de haberlo alcanzado y hecho desprenderse la rama.

Teníamos que retirarla. Si no, no podríamos salir de allí a la mañana siguiente.

Sin que mediara palabra, acometimos la labor con la certidumbre que produce encontrarse ante un trabajo que será duro, pero que de modo natural te corresponde desempeñar.

Stefan posó la linterna sobre una roca a un lado del camino, de forma que nos alumbrara. Tiramos del extremo más delgado de la rama para hacerla pivotar sobre el muñón calcinado. Era pesada. Los brotes que salían de ella rastrillaban el barro. Resbalé y caí. El barro se me coló dentro de los pantalones. Poco después Stefan resbaló también. Varias veces nos detuvimos a acumular fuerzas para un nuevo ataque. La rama se oponía a nosotros con cada partícula de madera, con cada hoja, con el nido vacío que llevaba enganchado.

A pesar del esfuerzo estábamos disfrutando, liberábamos la tensión acumulada durante el viaje, aunque éste supuestamente debía de haber sido motivo de relajo. No era necesario pensar, no se requería más que fuerza física. Habíamos venido al mundo para mover aquella rama cortada por un rayo. Debíamos ponerle nombre, darle entidad. En ningún momento pasó por nuestras mentes que no pudiéramos con ella. Nos arañamos las manos. Pasábamos de un asidero a otro, siempre en busca de uno mejor. Se trataba de un contacto íntimo. Una actividad regia. Si desaparecía la rama desaparecíamos nosotros.

Al final quedó apartada lo suficiente para que nuestro vehículo pudiera pasar.

Nos desplomamos sobre ella a recuperar el aliento. Stefan se pasó el dorso de la mano por la frente dejando un rastro de barro. Murmuró algo para sí mismo en alemán. El círculo de luz de la linterna caía sobre nosotros. Dos actores en el centro de un escenario. Una función de campamento.

De pronto Stefan parecía abatido. Más incluso de lo que correspondía al trabajo llevado a cabo. Resollaba.

Le di unas palmadas en la espalda, dejando unas huellas embarradas en su anorak.

Erika está embarazada, dijo.

Guardé silencio, como si sus palabras no hubieran sido más que otro de los sonidos del bosque, causantes de sobresalto pero que pronto se olvidan.

No sé qué voy a hacer, añadió.
¿Qué quiere hacer ella?
Tener el niño.
Hizo una pausa.
Para ella no hay más opciones, aclaró.
Lo habéis hablado.
Muchas veces.
¿Y tú qué piensas?
Arrancó unas hojas de la rama. Se frotó las palmas de las manos una contra otra, con las hojas en medio. Quedaron hechas unos guiñapos verdes. Las dejó caer al barro.
Tengo sed. ¿Queda algo de lo que hemos comprado?
Quedaba cuando salimos.
Ahora no estoy en situación de tener un hijo. Las cosas ya son bastante difíciles.
Se aclaró la garganta y escupió hacia el bosque.
No quiero tenerlo, dijo.
Supongo que Erika es consciente de todo eso.
No me miró a la hora de responderme. Se limitó a asentir.
Era asunto de ellos. Habían hablado. Ya existía un ganador. Y a mí no se me daban bien las palabras de consuelo.
Le dije que siempre podía encontrarse una solución para los problemas.
Él se puso en pie, recogió la linterna y echó a andar camino arriba, de regreso a las cabañas, ahorrándome su expresión de desprecio.

Cuando llegamos, el problema del alojamiento de los brasileños ya estaba resuelto. Messias trasladaba un colchón a la cabaña de Stefan y Erika. María prodigaba sus disculpas. Nadie parecía feliz. Incluso el brasileño había optado por un gesto serio.

Nuestro aspecto los alarmó. Yo apretaba los dientes para no tiritar. Explicamos brevemente lo sucedido. Una vez acabamos, Messias puso en duda el tamaño de la rama y la dificultad de nuestra labor. Por un instante creí que Stefan iba a darle un puñetazo.

Tú cállate. No quiero oírte decir una palabra más, se limitó a escupirle a la cara.

Luego se alejó a zancadas hacia su cabaña, en busca de algo para beber. Erika lo siguió empezando a amonestarlo.

Katharina tiró de mí para que fuera a cambiarme de ropa. Una vez fuera de la vista de los demás me contó que ella y Erika habían echado a suertes lo de los brasileños. Habíamos ganado nosotros.

Messias y María se quedaron entre las dos cabañas sin saber qué hacer. Él aún sostenía el colchón y se esforzaba por que no tocara el suelo mojado. Finalmente se decidieron a llamar a la puerta de la cabaña de Stefan.

Después de lavarme me metí en la cama y Katharina se acurrucó conmigo. Contó que mientras Stefan y yo estuvimos fuera, Messias les había propuesto hablar de sexo. Una charla de chicas en la que él sería como una más. Mientras tanto, María hacía esfuerzos por emborracharse lo antes posible. Entre los dos acabaron toda la bebida que quedaba.

Erika había pedido a Katharina que la acompañara al baño. Allí echaron a suertes dónde dormirían los brasileños.

Mientras hablaba, la mano de Katharina trabajaba bajo las sábanas. Estábamos en un hotel.

Un rato después me levanté para ir al cuarto de baño. Katharina dormía. Al pasar frente a la ventana algo captó mi atención. La cabaña frente a la nuestra era la de Stefan y Erika. Cada una de las cabañas disponía de un pequeño porche alumbrado por un farol y Erika estaba en el suyo. Llevaba un anorak sobre el camisón. Contemplaba el bosque. Una leve brisa le mecía el pelo. Tenía unas piernas blanquísimas y las pantorrillas gruesas. Su expresión era relajada. Parecía inmensamente complacida por encontrarse allí, en aquel momento y lugar. La noche se posaba sobre ella.

Después de la charla mantenida con Stefan, leí en su rostro la seguridad de la decisión tomada. No le importaba tener que abandonar o postergar su labor en Berkeley, ni tampoco lo que Stefan pudiera opinar. Ella sabía lo que había que hacer, y asumía el sacrificio que implicaba.

La noche se tragó todo el calor de la cabaña. Cuando me desperté al amanecer tenía los pies helados. Katharina dormía hecha un ovillo; en algún momento se había levantado y puesto un jersey sobre la ropa de dormir, y unos calcetines. Los acumuladores de calor del sistema de calefacción estaban agotados. Fuera, la luz era gris metalizado.

Me asomé a la ventana y vi que, a pesar de lo temprano de la hora, Stefan ya estaba en pie. Cargaba su equipaje en el monovolumen. Se movía tratando de no hacer ruido. Salí a su encuentro.

Me recibió con la expresión seria y huidiza de quien se arrepiente de haber hecho una confesión.

Nos vamos, dijo con un susurro.

Ya lo veo. ¿No es un poco pronto?

Habla más bajo. ¿Vais a tardar mucho en recoger vuestras cosas?

Vi que dentro del vehículo estaba también el equipaje de Erika.

¿Pasa algo?

Date prisa. Avisa a Katharina.

A la luz del día el bosque presentaba un aspecto por completo diferente. Las copas de los árboles se alzaban hasta una altura muy superior a la que había imaginado, clavándose en unas nubes bajas y turbias que amenazaban más lluvia.

Stefan lucía unas profundas ojeras, como si no hubiera pegado ojo en toda la noche.

Despierta a Katharina, insistió. Y no hagáis ruido.

Lo dijo mirándome con fijeza. Mitad petición, mitad amenaza. No se apreciaba movimiento en su cabaña. Me di cuenta de lo que pasaba: íbamos a dejarlos allí.

¿Erika está de acuerdo?

Lo está, aseguró él.

Katharina se despertó de mal humor. Le pedí que no hiciera ruido, para no alertar a los brasileños.

Me miró con el ceño fruncido. Alzó una ceja. Saltó de la cama.

Tardamos dos minutos en recogerlo todo. Salimos al calvero en el mismo momento en que lo hacía Erika. Caminaba de puntillas.

María acaba de entrar en la ducha y el otro duerme, nos informó.

Entonces, vamos, sentenció Stefan.

Pero no nos habíamos subido al monovolumen cuando Messias apareció en la puerta de la cabaña. O tenía el sueño ligero o sólo había simulado estar dormido. Llevaba un pijama con un estampado de personajes de dibujos animados. En cuanto nos vio, empezó a gritar con su voz estridente y corrió hacia nosotros. Desesperado por que no nos fuéramos, agarró la bolsa de viaje que sostenía Katharina y empezó a tirar de ella. Le di un empujón para que la soltara. Lo hizo y cayó al suelo. Pero se levantó de inmediato y ahora corrió hacia Erika preguntándole en un inglés atropellado por qué hacíamos aquello. Ella le dio la espalda, como si el brasileño fuera algo sucio y no quisiera que la tocara. Pero él la cogió por los hombros para forzarla a volverse. Stefan se abalanzó entonces sobre él, lo apartó de su chica y le hundió un puño en el estómago. El brasileño se dobló sin respiración.

¿Nos vamos ya?, preguntó Erika.

Espera, replicó Stefan.

Nos quedamos mirando al brasileño, a la espera de qué hacía a continuación. Con el primer aliento que recuperó nos dedicó lo que supusimos que era una sarta de insultos en portugués. Se puso en pie y se lanzó directo por Stefan, que lo esquivó sin dificultad y le propinó un empujón que lo devolvió al suelo. El brasileño lloraba de rabia. Respondió lanzándonos puñados de barro.

Agárralo, me ordenó Stefan.

Me arrojé sobre él y lo inmovilicé como pude. Mientras tanto Stefan entró en su cabaña y salió un instante después llevando algo en las manos: los cables de las lámparas que había en las mesillas. Los había arrancado. De los extremos colgaban los enchufes.

Empleando los cables, ató las muñecas y los tobillos del brasileño, que no dejaba de gritar y había empezado a escupirnos. Cuando terminó de atarlo, Stefan le cruzó la cara con una sonora bofetada.
　Ahora no vas a moverte tanto. Ni podrás seguirnos.
　Mientras sucedía esto, Katharina se limpiaba con un pañuelo el barro que la había alcanzado y Erika observaba en silencio a Stefan. Parecía tan serena como la noche anterior, cuando la había visto en el porche de la cabaña. Al principio me sorprendió que no impidiera a Stefan tratar de aquel modo al brasileño, con una dureza a todas luces innecesaria. Luego ya no me sorprendió tanto. Le estaba permitiendo desahogarse; no sólo de la irritación que el brasileño le había producido durante el viaje, sino también de todo lo demás, de cosas mayores y más profundas. El sacrificio del brasileño era parte del sacrificio que ella debía realizar.
　Messias lloraba con la cara contra el barro y suplicaba.
　Ahora sí, nos vamos, dijo Stefan poniéndose en pie.
　Aunque no lo hicimos.
　En la puerta de la cabaña estaba María, con el pelo mojado y cubierta sólo por una toalla. Nos miraba incrédula y horrorizada.
　¿Qué estáis haciendo?
　Nadie respondió. En lugar de eso corrí hacia ella. Pero fue más rápida que yo. Saltó del porche y echó a correr hacia el bosque. En un instante se había perdido entre los árboles.
　Hay que cogerla, dijo Katharina.
　No necesitaba que nadie me lo ordenara. Fui tras ella. María iba descalza, no podía llegar muy lejos. Me metí en

la vegetación como quien se zambulle en una piscina. Las ramas me azotaron por todas partes. Corrí en la dirección tomada por ella. Salté sobre troncos derribados. Tropecé un par de veces, levantándome al instante, sin dejar de correr. No alcanzaba a verla. Al cabo de un rato me detuve para replantear mi estrategia. Ni la vi ni la oí. Quizá se había escondido. El calvero con las cabañas resultaba invisible. Me encontraba rodeado por el bosque. Continué adelante, más despacio, atento a cualquier señal.

¿María?, llamé. Vuelve. No pasa nada.

No hubo respuesta.

Oí un ruido y corrí en su dirección. Una rama me azotó la cara y maldije. Me estaba enfadando de veras.

Ya está bien, María. Sólo era una cosa de tíos. Tú no tienes que preocuparte.

Nada.

Jadeaba. Sudaba por cada uno de los poros. Entre el barro y el sudor, tenía la ropa pegada al cuerpo.

Seguí corriendo, hasta que vi algo que me hizo detenerme. La toalla de María estaba en el suelo, unos metros más adelante. Llegué hasta ella y la cogí.

¿María? No tengas miedo. No tienes que tener miedo. Tengo tu toalla. Voy a dejarla colgada en esta rama. ¿La ves? Puedes venir por ella. Yo no miraré. Luego podemos volver a las cabañas y hablar de todo esto. ¿De acuerdo?

Su respuesta llegó en forma de un golpe en la cabeza. Me llegó desde atrás, alcanzándome sobre la sien. Caí al suelo y me revolví. María sostenía una rama que había arrancado de un árbol o recogido del suelo, y la hacía oscilar como una maza. Resollaba con los dientes apretados y al mismo tiempo lloraba.

La cabeza me daba vueltas. Le pedí que estuviera tranquila, pero apenas oí mis propias palabras, eclipsadas por el zumbido que me atravesaba la cabeza. Alcé las manos en petición de calma. Intenté incorporarme, pero ella avanzó levantando la rama.

Está bien, está bien, dije.

¿Qué coño os pasa a vosotros?, gritó.

Deja eso en el suelo y hablamos. Lo único que tenemos que hacer es hablar.

María lloraba con mayor intensidad. Un hilo de moco le colgaba de la nariz. Ahora subía y bajaba su improvisada maza como si no supiera si dejarla caer o continuar blandiéndola.

¿Qué coño os pasa?, repitió.

Entonces algo la golpeó en la cara. Soltó la rama y se tambaleó intentando librarse del puñado de barro que la había alcanzado entre los ojos.

No había terminado de hacerlo cuando Katharina emergió de entre los árboles y le dio una bofetada que la hizo girar sobre sí misma e ir a parar al suelo.

¿Estás bien?, me preguntó.

Dije que sí mientras me ponía en pie.

María sollozaba hecha un ovillo. Se cubría la cabeza con las manos. Desnuda, manchada de barro, con las piernas recorridas por arañazos, ofrecía una imagen penosa.

Katharina le ordenó que se levantara. No obtuvo respuesta, así que le dio un puntapié en las nalgas. María soltó un grito.

Te he dicho que te levantes, dijo Katharina.

María obedeció por fin. Tapó su desnudez con las manos. Las lágrimas le arrastraban el barro de la cara.

Vamos a las cabañas, dije. ¿No quieres ver a tu chico?

No hizo nada. Estaba paralizada.

¡He dicho que te muevas!, grité.

Aun así no hizo nada.

Katharina avanzó hacia ella dispuesta a asestarle otra bofetada. María alzó las manos en gesto de súplica.

Ya voy, ya voy..., farfulló.

Luego señaló hacia su toalla, abandonada en el suelo. Por favor...

Cógela, concedió Katharina.

Así lo hizo y se cubrió. A continuación echó a caminar hacia las cabañas, sin dejar de llorar en ningún momento y preguntando por qué, por qué, por qué. Nosotros callábamos y la seguíamos de cerca, dispuestos a lanzarnos sobre ella si hacía algún movimiento sospechoso.

Arrancamos los cables de las lámparas de nuestra cabaña. Con ellos atamos a María igual que lo habíamos hecho con Messias. Los dejamos en una de las cabañas.

¿Los amordazamos?, preguntó Katharina.

Mejor no, dije. No les privemos del placer de la conversación.

Messias se había dado cuenta de que con palabras no conseguiría nada y permanecía en silencio, lanzándonos miradas de furia. María seguía llorando y le preguntaba qué estaba pasando, como si él supiera algo que hasta entonces le había ocultado.

Cuando ya estaba a punto de salir de la cabaña, di media vuelta y rebusqué en los armarios hasta que di con un cubo. Lo llené de agua y lo dejé junto a la cama. Cuando tuvieran sed podrían arrastrarse hasta él. También dejé abierta la puerta del cuarto de baño y levantada la tapa del inodoro. Cerré las contraventanas interiores. Comprobé las ligaduras.

¿Vienes ya?, quiso saber Stefan, enfadado por mi tardanza.

Lo último que oí antes de cerrar la puerta con llave fue a María suplicar que no los dejáramos allí.

Nos acomodamos en el monovolumen, cuyo interior parecía ahora enorme. Stefan se puso al volante y Erika a su lado, mirando al frente con expresión indescifrable. Katharina se sentó conmigo. Le acaricié una rodilla y ella me apretó la mano.

Al pasar junto a la rama desprendida por el rayo me fijé en ella. Me pareció igual de grande que la noche anterior, inalterada por la luz del día. Stefan guardaba silencio.

Alguien encendió la radio. Se esperaban precipitaciones que en la sierra tendrían forma de nieve.

Las cabañas no disponían de servicio de habitaciones ni de limpieza. Nos lo habían advertido en la caseta que servía de recepción. Nadie iría por allí hasta el día siguiente, cuando supuestamente nosotros debíamos abandonarlas. Podían aparecer otros clientes, pero parecía poco probable, siendo domingo y estando fuera de temporada. Si aparecían y echaban una mano a los brasileños, mejor para ellos.

Desayunamos en un café de carretera, pero no en el mismo donde habíamos cenado la noche anterior. No queríamos que alguien nos reconociera y echara de menos a los brasileños. Comimos con apetito. Por turnos fuimos al cuarto de baño para cambiarnos la ropa manchada de barro por otra limpia. Una camarera nos preguntó si habíamos tenido algún problema.

Un pinchazo en un mal sitio, dijo Erika.

¿Qué vamos a hacer?, preguntó después de que la camarera se alejara.

Habíamos planeado visitar las secuoyas, dijo Stefan.

En realidad era parte del plan organizado por Messias, pero nadie lo mencionó.

¿Y luego? ¿Vamos a volver por ellos?

Stefan lo pensó y dijo:

Claro. Cuando se hayan calmado. Hablaremos.

¿Crees que serán comprensivos?, pregunté.

Él se encogió de hombros y luego dijo:

No.

Yo tampoco.

Erika y Katharina opinaron lo mismo.

Pero no podemos dejarlos allí, opinó Stefan con la mirada clavada en la superficie de la mesa. Eso no.

Se hizo el silencio. El café estaba casi vacío. El cocinero hojeaba un catálogo de material de acampada. La camarera, junto a la caja registradora, se comprobaba el maquillaje en un espejito. Fuera, el día era gris. Había empezado a caer una lluvia mansa y aburrida.

De nuevo en el parque de Yosemite, todo eran visitantes con ropa de agua, familias enteras. No se fiaban de las predicciones meteorológicas; preguntaban a los empleados del parque, como si ellos dispusieran de información más precisa. Oímos hablar de nieve y osos negros.

Las secuoyas eran columnas fabricadas para sostener algo inimaginable, un techo que se había derrumbado. Las contemplamos desde dentro del vehículo. Corros de personas cogidas de las manos rodeaban la base de los troncos. Se gritaban unas a otras, regocijadas, de lado a lado del árbol. No les importaba mojarse.

Hacía rato que ninguno de nosotros decía nada.

Para entonces ya sabíamos que no íbamos a volver a las cabañas. Regresaríamos a casa.

En realidad siempre lo habíamos sabido. ¿Por qué, si no, habíamos cogido nuestros equipajes?

A ninguno nos apetecía enfrentarnos de nuevo con los brasileños, tanto si se mostraban comprensivos como si no. Especialmente si se mostraban comprensivos. Esto habría resultado demasiado decepcionante.

Sabíamos que en un futuro próximo tendríamos noticias de ellos. Los encargados de las cabañas irían allí al día siguiente, cuando no apareciéramos por la recepción para devolver las llaves, y los liberarían. Luego pasaría lo que tuviera que pasar.

Pero aún quedaba algo que decidir. Consulté el mapa en busca de alguna localidad cercana al parque, en la ruta a San Francisco, lo bastante grande para tener una agencia de alquiler de vehículos.

Dije que Katharina y yo nos quedaríamos allí.

Vosotros podéis quedaros con este trasto, añadí.

¿Por qué?, preguntó Erika.

¿Hace falta que te lo diga?

No respondió. No hacía falta.

Era mejor no permanecer juntos. Si lo hacíamos, hablaríamos de lo que habíamos hecho. No regresaríamos por los brasileños, pero llegaríamos a conclusiones sobre nosotros mismos que no nos apetecía explorar si no era en privado.

Me parece lo más correcto, declaró Stefan.

La despedida se produjo frente a una oficina de Hertz. Todos nos abrazamos. Era una verdadera despedida. No sentíamos necesidad de volver a vernos. Así de simple. Cedíamos al desapego.

Arrojamos las llaves de las cabañas a una papelera.

El utilitario Chevrolet que nos dieron se deslizaba ligero sobre el asfalto. Yo no había contado nada a Katharina sobre la conversación mantenida con Stefan la noche anterior. Y continué sin hacerlo. Para ella no era relevante.

Por supuesto, hablamos sobre lo que había pasado, y sobre en qué momento los brasileños se darían cuenta de que no íbamos a regresar por ellos, si es que alguna vez pensaron que íbamos a volver.

Pero mucho antes de llegar a San Francisco hablábamos ya de otras cosas. Katharina reía. De ella aprendí que ser serio no es lo mismo que ser maduro.

Creo que es hora de volver, dijo.

Volver ¿adónde?

A Europa.

¿Vuelves a Alemania?

Dijo que sí.

¿Vienes?, añadió después de una pausa.

Involuntariamente, aminoré la velocidad y un camión de seis ejes nos adelantó. El coche se estremeció como atacado por un escalofrío.

Claro, dije.

Katharina lanzó una exclamación de alegría que me conmovió. Empezamos a hacer planes de inmediato. Dijo que tenía que ser lo antes posible. ¿El día siguiente? ¿Por qué no? Incluso esa misma noche, si conseguíamos plaza en algún vuelo. Eso sería aún mejor. Nada nos retenía. No nos lastraba responsabilidad alguna. Ella se encargaría de los pasajes, acordamos. Yo discutiría con el encargado del hotel el reintegro del alquiler por lo que quedaba de mes.

Empiezo a aburrirme aquí, dijo Katharina.

Asentí dándole la razón.

Rostros cansados en los coches que nos rodeaban. Gorras de béisbol echadas hacia atrás. Emisoras de radio especializadas en grandes éxitos.

El flujo del tráfico era cada vez más denso. La red de vías se concentraba a medida que nos aproximábamos al *Bay Area*. Ya había anochecido. Las nubes estaban teñidas de un naranja sucio.

Ahora guardábamos silencio, saboreando la decisión tomada. No podíamos dejar de sonreír. San Francisco era un sumidero que nos tragaba, pero del que escaparíamos al cabo de unas horas. Contemplábamos los coches y las leyendas de los carteles indicadores con el tibio afecto que se siente hacia lo que pronto se va a perder de vista.

Patricia Esteban Erlés

Patricia Esteban Erlés (Zaragoza, 1972) es licenciada en Filología Hispánica. Ha colaborado como columnista en el *Heraldo de Aragón*, dirigido clubs de lectura e impartido talleres de cuento y microrrelato en la Escuela de Escritores de Zaragoza. Tiene en su haber tres libros de cuentos: *Manderley en venta* (Tropo, 2008), *Abierto para fantoches* (Diputación Provincial de Zaragoza, 2008) y *Azul ruso* (Páginas de Espuma, 2010).

Receta para una tarta envenenada

Seguramente si escribo cuentos es porque siento la literatura como un veneno que no me apetece degustar a solas. Un cianuro de parejas que guardan secretos, de miedos infantiles que acompañan la edad adulta de mis personajes como una sombra inevitable, de realidades cuyos cimientos se tambalean a cada paso que dan. Me gusta cocinar relatos, pequeñas tartas envenenadas con las que obsequio a mis invitados, del mismo modo que sólo me animo a guisar cuando espero que haya alguien en el otro extremo de la mesa, dispuesto a probar esa ración de pastel que le ofrezco.

Cualquier otra actividad es más gratificante, menos dolorosa que comer sentada a la cabecera de una mesa vacía, destruyendo el plato que una misma ha construido con paciencia de orfebre, mimando los tiempos, seleccionando cada ingrediente, retirando en el último momento aquel que menos le convencía, sustituyéndolo por otro, como si fuera una ficha negra de casino y una corazonada en su interior aconsejara apostar por el rojo. No, yo no pondría la mantelería buena, los cubiertos de alpaca, no me vestiría para cenar ni abriría esa botella de vino, a no ser que alguien me acompañe. Es un esfuerzo baldío, un banquete de fantasmas. Por eso mismo no le escribo a la nada, prefiero reservar mis fuerzas para cuando alguien se decide a llamar a mi puerta, con la sonrisa confiada del que se ha librado de lavar sus propios platos solitarios esa noche.

Alguien que llega, bendito sea, para devorar y llevarse en el fondo de su estómago cada migaja de esa diminuta dosis letal de obsesión que siempre supone para mí construir una historia.

Línea 40

Gonzalo lanza una maldición mientras se levanta. Apaga un cigarro casi entero con el pie y antes de subir al autobús mira la papelera verde que hay junto a la marquesina.

A punto está de arrojar en su interior la bolsa con el anagrama del hospital, pero algo le detiene. Con ella suspendida en el aire y apuntando directamente a la boca abierta de la papelera recuerda de pronto la tez curtida por el frío del vagabundo que pernocta en esa misma parada. Hace tiempo que viene, los celadores le sacan a veces los restos de la cena envueltos en papel de plata y por ellos sabe que se llama Venancio. Puede ver su cara como si lo tuviera delante, ve a Venancio sentado de rodillas, desplegando su lecho de cartones en el suelo antes de dar un trago a su caja de vino con devoción de condenado y de hurgar en la papelera, esperando que con las prisas alguien haya olvidado el último cigarro dentro de una cajetilla. Sabe que muy probablemente será ese hombre quien encuentre la bolsa de plástico, entre periódicos gratuitos y revistas de propaganda inmobiliaria, si se decide al fin a soltarla y la deja caer en el fondo del cubo metálico forrado con sacos de basura. Será él quien, tras un breve instante de duda, extraiga de su interior un sobre rectangular de cartulina verde claro, llevado por la poderosa tentación que supone tener acceso a una desgracia aún mayor que la propia. Entonces, ese hombre de camisa harapienta, que quizás una vez hizo la comunión y trabajó como oficinista, y hasta tuvo una mujer y una familia, desplegará con gesto de arcángel la placa fotográfica que dormita dentro del sobre y mirará al trasluz el naipe de su mala suerte, tratando de descifrar el enigmático búho negro que aparece en la radiografía.

La sola idea de que un tipo mugroso encuentre consuelo en las sombras blancas y redondeadas que invaden la zona inferior de su pulmón izquierdo le resulta a Gonzalo todavía más insoportable que cargar con esa fotografía de su muerte en crecimiento. Si al menos así pudiera trasplantarle su infortunio, si al mirar la radiografía ese tumor en estado de gracia pasara a pertenecerle a él de por vida, Gonzalo le regalaría encantado su destino, incluso intercambiaría con él su futuro, que a simple vista parece más miserable, pero también mucho más largo. Estos vagabundos no se mueren nunca, piensa finalmente, y decide cargar con el peso leve de la bolsa mientras se impulsa hacia delante para subir los tres peldaños del autobús y busca con la mirada un asiento libre.

Hace mucho que no coge el 40. Desde que no tiene coche acostumbra a hacer el trayecto andando, casi podría asegurar que la última vez que subió a un autobús fue en el viaje de ida al hospital, la mañana en que le comunicaron que había sacado plaza fija en el Miguel Servet. Recuerda que se pasó la jornada entera canturreando

Satisfaction y que se cambió de ropa a toda velocidad al terminar su turno, cerca de las cuatro de la tarde. No se entretuvo en comer, y ni el llanto del bebé de dos años, recién ingresado con un mapa de quemaduras severas arrasando más del setenta por ciento de su cuerpo, ni la lluvia torrencial que caía fuera cuando salió a la calle, lo disuadieron de ser feliz al más puro estilo masculino. Se marchó zumbando del clínico y echó a andar sin paraguas, porque había decidido celebrar su recién inaugurada estabilidad económica comprándose un coche nuevo en el primer concesionario que le saliera al paso.

Sonríe amargamente al caer en la cuenta de que justo en uno de aquellos días de vino y rosas, muy poco después de la asignación de la plaza y la compra del auto, coincidió con Berta en el ascensor y respiró por primera vez el perfume afrutado que desprendía su piel, cuando ambos se inclinaron hacia delante para pulsar el botón del mismo piso. Así que un par de semanas más tarde no sólo era un médico joven de urgencias y el propietario de un flamante Audi azul marino, sino también el afortunado que se dejaba comer a besos por la enfermera más guapa del hospital mientras ambos se dirigían a una cala nudista de Gerona, dispuestos a pasar su primer fin de semana juntos.

Camina por el pasillo atestado del autobús y llega a la conclusión de que hay épocas en la vida de los hombres en que uno se limita a pisar alegremente baldosas iluminadas, como si jugara a una rayuela de la buena fortuna que alguien ha ido trazando en su camino. Una adolescente con gafas de pasta y el pelo lleno de horquillas de colores, que hasta entonces permanecía sentada a unos pocos centímetros de él, se levanta como impulsada por el soniquete electrónico que se escapa de su MP3, y Gonzalo ocupa su plaza sin más preámbulos, fingiendo que no se da cuenta del gesto de disgusto de la anciana con abrigo de astracán a la que se ha adelantado vilmente. *Si me dice algo, como se le ocurra decirme algo, le cuento mi historial clínico y que por difícil que le resulte de creer voy a palmarla antes que ella,* piensa. Pero la abuela sólo le fulmina con una mirada azulosa debida, probablemente, a las cataratas y se aleja en dirección a la puerta, despotricando sobre los modales de las nuevas generaciones. Gonzalo ya no le presta atención, está cómodamente sentado junto a una mujer joven de pelo rojizo, recordando cómo en aquellos días todas las piezas encajaban milimétricamente, cómo todas las casillas tenían premio, y pensando que alguien debería haberle avisado entonces de que tenía que aprovechar cada momento antes de que la racha terminara. *Antes,* se dice, *de que un estúpido octogenario cruzara en rojo por donde no debía e hiciera que me estrellara contra una farola al intentar esquivarlo. Antes de que me llamaran del seguro para notificarme que no se hacían cargo de la reparación de un siniestro tan total y de que Berta susurrara al otro lado del teléfono que teníamos que hablar de algo importante. De que me enterase de que llevaba dos meses largos poniéndome los cuernos con un teleoperador alcohólico del 061, que no es tan buen chico como yo pero que le escribía unos poemas preciosos en los posavasos del bareto que frecuentaban mientras yo estaba de guardia. Y antes de que en el reconocimiento médico anual me detectaran un jodido crecimiento anormal de células pulmonares y el especialista profe-*

tizara que con suerte me quedan seis meses de vida. Hay que joderse.

Se inclina para dejar la bolsa de la radiografía apoyada en el asiento de delante y sólo entonces repara en que ha olvidado cambiarse de zapatos y ha salido del hospital con los zuecos anatómicos que Berta le regaló por San Valentín. Son de color naranja y se siente bastante ridículo cuando imagina que va a plantarse en la consulta de un afamado oncólogo con ellos puestos. Recuerda el argumento esgrimido por su ex novia, siempre al tanto de las nuevas tendencias, mientras él sacaba de la caja aquel par de mandarinas del número 45 con un gesto extrañado: al parecer, los zuecos de colores y los gorritos de cirujano estampados son el no va más en moda clínica. Cae en la cuenta de que ya no tiene sentido llevarlos puestos, sobre todo desde que se tropezó al teleoperador poeta por el pasillo y vio que iba calzado con unos zuecos iguales, algo más pequeños y de un doloroso azul eléctrico. Sí, es triste reconocerlo, pero también cambiaría su vida por la de ese tipo despreciable que muchas veces llega medio borracho al hospital, que duerme con su Berta por la noche y recibe sus absurdos regalos. Él también le regalaría encantado el mapa de los pocos kilómetros que le quedan por rodar a sus zuecos naranjas. Y está pensando que lo primero que hará al llegar a casa será tirarlos a la basura, cuando nota una suave palmada en su brazo izquierdo y escucha la voz de la chica pelirroja, dirigiéndose a él.

—¿Gonzalo?, ¿Gonzalo Salinas?, no me lo puedo creer, ¿eres tú?

Gonzalo se vuelve y la mira, pero al principio no acierta a reconocerla. Piensa, eso sí, en el asombroso parecido que la mujer guarda con Julia Roberts, y en lo muy ensimismado que ha debido de permanecer en sus pensamientos para no percatarse antes de ello. Mira su cabello rojo, ligeramente ondulado, suelto alrededor del rostro en una abundante cascada de puntas húmedas. Contempla anonadado el arco solar de las cejas, sus ojos almendrados, la tez casi transparente y la nariz, ligeramente retocada en el quirófano. Llega hasta la boca, que es el centro exacto de esa cara perfectamente clónica, y es entonces, a partir de su sonrisa enigmática, apenas insinuada en el perfil de los labios esculpidos con pulso certero cuando empieza a desenterrar otro rostro del pasado.

—Joder, ¿Marta? Pero chica, si pareces una estrella de Hollywood, estás genial... guapísima, en serio.

La inolvidable Marta Serrano. La única mujer de la Historia agraciada tres años consecutivos con el título miss Instituto José Manuel Blecua, en realidad los tres únicos cursos que permaneció en el centro, antes de dejar colgados el BUP y su corona de hembra adolescente cañón para marcharse a Madrid a estudiar Arte Dramático, según le dijo alguien tiempo después. Marta, que gracias al bendito orden alfabético había compartido pupitre con él en primero y que ahora, casi veinte años después, volvía a ocupar el asiento de al lado, como para animarle el breve trayecto que lo separaba de la consulta del doctor Cerezuela y su segunda opinión de reputado especialista en tumores incurables.

Gonzalo es consciente de que no puede apartar los ojos de ella. Ciertamente, en sus rasgos cincelados apenas queda nada del rostro de hermoso cervatillo que tenía a los 15 años, y en parte es una pena. Pero mirarla y pensar en un corazón siguen siendo, como entonces, dos gestos naturales del mismo movimiento. Tal vez por eso, piensa Gonzalo, resultaba y resulta tan fácil empalmarse y enamorarse a la vez, desearla con toda la suciedad y la inocencia del mundo.

—En serio, estás fantástica, Marta, y dime, ¿qué tal tu vida?, ¿qué tal lo de ser actriz?, ¿para cuándo el Goya?

Marta sonríe y estira un poco el cuello de la gabardina negra que lleva puesta. Gonzalo repara entonces en su turbadora clavícula y el voluminoso contorno del pecho que se adivina bajo la delgada tela. *Se ha operado las tetas también, y me parece que no lleva nada debajo del abrigo, joder, joder, qué morbo,* piensa mientras ella le cuenta que la cosa está bastante parada, pero que afortunadamente le van saliendo trabajos aquí y allá, algún bolo como azafata y modelo de publicidad. Gonzalo mira con disimulo sus magníficas piernas, enfundadas en medias de rejilla y botas de cuero negro. Marta le habla de algunos anuncios de televisión que ha hecho y a él no le suenan, pero la verdad es que tampoco le presta demasiada atención, porque recuerda de pronto que en los años del instituto soñaba a menudo que ambos se quedaban encerrados, desnudos, en una especie de habitación lavadora que evacuaba litros de nata en lugar de agua. Toneladas de nata blanca y espesa que los cubría enteros mientras Marta y él se besaban, despidiéndose de la vida con toda la desesperación y la pasión de que eran capaces. Por aquel entonces ella hablaba poco, pero siempre que lo hacía dudaba y ponía los labios como si estuviera a punto de apagar un enorme pastel de cumpleaños. Y cuando se le caía un boli al suelo se arrodillaba con una gracia infinita, trazando en el aire un conmovedor movimiento de renuncia al equilibrio, como si se abandonara por entero a todo aquel que quisiera mirarla. La doble hilera de pestañas, el cuello avainillado, las sinuosas caderas y hasta las rodillas entrechocando al inclinarse, todo parecía caer desde muy alto a la vez ante los ojos maravillados de profesores y alumnos.

    Él contesta rápidamente a sus preguntas. Le dice que es médico y que sigue soltero, sin hijos, que apenas ve a nadie de aquel entonces. Ella le escucha interesada y parece bastante contenta de habérselo encontrado tanto tiempo después, medita Gonzalo cuando el autobús dobla la rotonda de la plaza Aragón. Comprueba que no lleva anillo de casada y que tal vez sería una buena idea invitarla al cine, llevarla a cenar, encarar una nueva tanda de escalones felices. Ella está llena de vida, a pesar de que por exigencias del guión haya debido renunciar a su propia belleza y copiar la de una actriz comercial para abrirse camino, a pesar de que seguramente no ha cumplido ni la mitad de sus expectativas. Es muy probable que algunos de sus sueños se hayan ido quedando desparramados en una mesa de operaciones, pero aún es joven y hermosa. Desea cerca su rostro, tomarla del pelo con fiereza y besarla, poseerla del todo, mejor aún, cambiarse por ella, convertirse en ser así de vivo, en una mujer que late y es capaz de provocar ese efecto en un futuro muerto como él. Le pilla desprevenido cuando Marta le avisa de que se baja en la siguiente parada, en la de plaza Paraíso. Duda si pedirle el teléfono mientras ella le da dos besos en las mejillas antes de levantarse. Siente el aliento cálido de su respiración y aspira el aroma suave y ligeramente especiado de su pelo, parece que Marta está a punto de decir algo, pero no lo dice. Gonzalo cierra los ojos, buscando en su mente una manera ingeniosa de pedirle una cita, pero Marta se aleja ya, se vuelve hacia atrás pero ni siquiera alcanza a verla, llevada por la marea de gente que baja en la plaza, oculta por ese rebaño de desconocidos feos y anónimos. Y decide odiar sobre todo, con toda intensidad, al tipo moreno de mediana estatura que intercepta su campo de visión y le impide conservar en la retina una última imagen de ella, odia la forma en que levanta la bolsa blanca por encima de su cabeza, como si contuviera el corazón de su amada y debiera mantenerlo a salvo de empujones y sobacos malolientes. Odia mucho a ese tipo parecido a él, tanto que casi se asusta. Después el autobús arranca de nuevo y sin tanta gente es como si se hubiera convertido en el fantasma enfermizo de sí mismo. Gonzalo queda pensativo, se pone en pie y se prepara para bajar a la siguiente parada, ligeramente triste, pero aliviado también por no haber forzado una relación complicada. *No es plan decirle a tu amor de juventud, sal conmigo dos o tres veces, prometo morirme luego*, reflexiona rumbo a la consulta del doctor Cerezuela, sin reparar en las miradas indiscretas de algunos de los transeúntes con los que se cruza en el camino. Algo desorientado se detiene delante de un coqueto bloque modernista, una casa no demasiado alta, de fachada crema y color chocolate que parece haber sido construida con praliné de café. Comprende de pronto que se ha equivocado de camino. Ésta no es la calle, y tampoco el vetusto edificio de granito gris donde ya el padre y el abuelo del doctor Cerezuela tenían sus despachos. Sin embargo se deja llevar, pone su mano sobre la manilla dorada del portal de ese edificio años veinte, el número 9 de la calle Isaac Peral, que se abre como si lo estuviera esperando desde siempre. Entra en el chirriante ascensor de hierro forjado y pulsa instintivamente el botón del tercer piso, que hace primero porque hay entresuelo y principal. En el rellano le sorprende un silencio manso, de vivienda desocupada o clandestina. Enciende el interruptor de la luz, y la bombilla titila como el ojo de un carnicero nazi, para mostrarle las dos únicas puertas que ocupan esa planta. Sólo después de llamar al timbre de la que queda a la derecha se da cuenta de que no trae consigo la radiografía. Escucha pasos que se acercan al otro lado, el inconfundible sonido de un par de tacones femeninos llegando a la altura de la puerta. Sabe que una mujer le vigila a través de la mirilla y se siente cada vez más nervioso. No comprende qué le ha llevado hasta allí y por hacer algo decide mirarse los zapatos, mientras la espía comienza a descorrer cerrojos y quita la doble vuelta a una llave. Pero al final de sus piernas no encuentra los detestables zuecos naranjas, sino un par de botas italianas de mujer, unas medias negras de red, el faldón de una gabardina. Un presentimiento le lleva a estirar su solapa y asomarse con recelo al interior. Descubre en su cuerpo dos pechos ajenos y de tamaño considerable, escalando un mínimo sujetador negro con bordados en rojo. Una pareja de ancianos salen justo entonces de la puerta de enfrente y pasan a su lado sin mediar palabra, camino del ascensor. Gira la cabeza a la izquierda y lee en la placa de latón que cuelga en la pared *Stars. Una compañía de cine*. De pronto lo comprende todo. Porque la puerta se abre como si dentro soplara una corriente de aire helado y al otro lado del umbral aparece la doble exacta de Angelina Jolie, vestida apenas con un salto de cama de raso blanco, recriminándole con acento cubano que siempre llega la última y diciéndole que debe apresurarse, porque el cliente lleva esperándolas casi una hora en la habitación...

JUAN JACINTO MUÑOZ RENGEL

JUAN JACINTO MUÑOZ RENGEL (Málaga, 1974) cursó el doctorado en Filosofía y ha ejercido la docencia tanto en España como en el Reino Unido. En 1998 fundó la revista de teoría literaria *Estigma,* y ha colaborado en diarios y revistas como *El País, Anthropos* y *Clarín*. Es autor de los libros de relatos *88 Mill Lane* (Alhulia, 2006) y *De mecánica y alquimia* (Salto de Página, 2009), y ha coordinado y prologado las antologías de narrativa breve *Ficción Sur* (Traspiés, 2008) y *Perturbaciones* (Salto de Página, 2009). Como cuentista ha recibido diversos premios, ha sido transcrito al braille, y traducido al inglés y al ruso. En la actualidad, dirige el programa *Literatura en Breve* (RNE 5), conduce la sección de narrativa breve de *El Ojo Crítico* (RNE 1) y es profesor de relato en la escuela Fuentetaja de Madrid.

CUÁNTAS NOVELAS CABEN EN UN CUENTO

El cuento. Qué más puedo decir yo del cuento. Se ha dicho tanto ya sobre el cuento. El cuento es esa fracción cuántica de la realidad que, como reza el principio de incertidumbre de Heisenberg, mientras mayores son nuestros esfuerzos por atraparla, cuanto más tratamos de extenuar sus definiciones, más se nos acaba escurriendo entre los dedos.

El cuento —el cuento literario moderno, se entiende— es un género joven, y no obstante a estas alturas sobradamente acreditado, versado e interrogado. De hecho, quizá ya sea hora de concederle la emancipación. Quizá sea hora de concederle al cuento que simplemente sea, que esté ahí, sin más, como lo está la novela sin necesidad de ser justificada.

Porque, qué más se puede decir hoy del cuento. Yo apenas sé nada del cuento, desde luego. Y tengo la sensación de que mientras más cuentos lea y más cuentos escriba, más lejos me sentiré de poder alguna vez conquistarlo.

Porque la búsqueda es imposible. He visto cuentistas sucumbir ante las grandes preguntas. He visto autores incapaces de volver a escribir una línea, rotos por el peso de la perplejidad. He conocido escritores que, de tanto cuestionarse hacia dónde iban, qué dibujo final trazarían sus cuentos completos, qué sentido tenía continuar soportando la carga del don que les había sido dado, se terminaron volviendo locos, se rociaron con gasolina, se envolvieron en llamas a sí mismos y a sus obras inéditas. Ése es trabajo para los críticos. El cuentista, como reza el experimento del gato de Schrödinger —qué gran título para un relato—, que se empeñe en abrir una y otra vez la caja del cuento, para preguntarse por el camino a seguir, por los elementos distintivos, por la innovación en sí misma, acabará sin duda matando al gato.

Las leyes cuánticas son complejas. Pero, en los últimos tiempos, los astrónomos están logrando algunos avances en sus estudios sobre esa otra realidad algo menos complicada que es el cosmos. Parece ser que la estructura del universo —o de los universos, porque en este modelo, como en un juego de muñecas rusas, cada universo sería un insignificante corpúsculo dentro de otro sistema de universos— es fractal. Quizá ahí esté la explicación. Puede que en su calidad de mínimo texto literario esté la clave de su naturaleza escurridiza. Ahí, en la intensidad, en la condensación de su materia narrativa. Porque, vistas así las cosas, quizá las preguntas formuladas deberían ser otras. Otras como por ejemplo: cuántas novelas caben en un cuento.

He ahí la sombra de la sospecha. Lo que es seguro es que el cuento es esa materia narrativa ultracondensada, en cuyas elipsis caben océanos, planetas y galaxias. Es ese lugar habitado por todos los personajes, los tonos y los narradores posibles. Un prisma de cristal que puede ser mirado desde todos los ángulos, un juego de espejos transido por las secantes de todos los géneros y por la metaficción. Esa singularidad de densidad casi infinita que, como una supernova, puede llegar a colapsarse y dar lugar al microrrelato.

Y luego están los cuentistas. Qué puedo decir de los cuentistas, esos tipos. Qué se puede decir de unos individuos que andan con sus libros de relatos bajo el brazo, y que quién sabe qué cuentos sueltos tienen por ahí publicados. Qué ideas, qué disparates les rondan la cabeza. Por no hablar de los borradores y los originales que puedan esconder en los cajones, de las plagas infecciosas que pueden tenernos reservadas, ocultas en los laberintos y en las galerías que la carcoma horada en sus escritorios. Quién podría atreverse a declarar cómo es ese o aquel otro cuentista (ése es moderno, aquél es neorretrorrealista, éste de aquí es post-postmoderno). Quién podría estar seguro de haberse leído todos los cuentos publicados por uno de estos tipos. Yo mismo apenas me atrevería a decir casi nada de mis cuentos. Podría decir, sí, que hasta ahora mis textos más planeados han nacido con voluntad de libro de relatos, que han buscado su sentido en formar parte de un todo más amplio. Que tienen voluntad fractal. ¿Pero de verdad esto ha sido así siempre? ¿Será así siempre? Quién lo sabe. Ahora mismo —quién lo iba a decir, que después de tantas preguntas íbamos a llegar sólo a este punto— van a leer uno de mis cuentos despojado del contexto que le daba pleno sentido. Hasta aquí hemos llegado: sólo un cuento. Qué pocas certezas.

Pero, no se alarmen, es un cuento corto. De tres o cuatro novelas de extensión, a lo sumo.

El sueño del monstruo

Esta mañana he estado en las librerías de Paternoster Row. Es apabullante la cantidad de libros que se publican estos días. Cuando uno entra en los pequeños establecimientos de compra y venta de libros, y ve tantos nuevos títulos en los estantes, a la vez que puede oír los talleres de los impresores sin dejar de funcionar en los locales traseros de toda la calle, se pregunta si tiene algún sentido publicar algo más. Añadir otra obra superflua a la ya vastísima suma de las obras publicadas. Si no está ya todo dicho, desde Homero, desde Sófocles y Esquilo, desde Dante Alighieri y François Rabelais. La visión, a un tiempo, de tantas cubiertas impresas acomodadas sobre las estanterías, tiene un efecto abrumador en el corazón de un joven escritor en ciernes, devastador, diría yo. En Jones & Sons he adquirido por doce chelines los *Poemas, principalmente líricos* de Tennyson, y me he apresurado a salir de allí, dejando atrás la callejuela de libreros y editores, y el fragor de las imprentas manchando de negro el blanco de los pliegos, a pesar de saber que ese sonido me perseguiría hasta lograr darme alcance, de nuevo, en mi propia casa. A la altura de la catedral de Saint Paul comenzó a caer una fina llovizna, y protegí el poemario bajo mi abrigo, sosteniéndolo con mi mano contra el pecho, escondiendo también en mi interior la secreta esperanza de que aquél fuese un mal libro. Alfred Tennyson es más joven que yo, y con éste es ya su segundo libro publicado.

    Vivo en un pequeño apartamento, que alquilo por diez libras mensuales, en una casa de una sola planta. El bajo del edificio lo ocupa, como no podía ser de otra manera, una imprenta. Este mediodía no me he sentido con fuerzas para quedarme allí, oyendo el estrépito de las prensas de la Print Corporation, produciendo más y más libros. Así que me he venido a comer a la fonda de Manor House, aunque no es que pueda permitírmelo, y ahora, rebuscando en mis bolsillos, he podido comprobar que todos mis ahorros ascienden a una libra, seis chelines, y trece peniques, y todavía no he pagado el alquiler de este mes. Ha vuelto a salir el sol, y parece que se mantendrá despejado al menos por un rato, así que me siento fuera, en la calle, y comparto la mesa alargada con otros cinco comensales a los que no conozco. La señora Sawyers deja caer sobre el tablero los platos del menú del día. En la Manor House cocinan siete platos distintos, uno para cada día de la semana. Hace horas que siento la mordida del hambre royendo mi estómago, así que, cuando veo el filete de bacalao y el puré de patata caliente humeando delante de mi cara, arremeto contra ellos con avidez. Desmenuzo la comida con los cubiertos, y me la meto en la boca ayudándome con pedazos de la rebanada de pan. Pero no me sabe a nada. Desde esta mañana tengo un extraño gusto metálico en la boca, en el fondo y en los laterales de la lengua, y quizá sea ésa la causa. Doy un par de buenos tragos a la pinta de cerveza, pero no consigo eliminarlo, el regusto sigue ahí. Lo cierto es que tampoco habría podido saborear demasiado la comida en cualquier caso, porque en este momento acaba de pasar por la calzada de la calle un moderno automóvil a vapor, el modelo de Gurney. Y todos los comensales nos hemos levantado a silbar y a gritar emocionados. Es el primero que veo, así que me paso el resto del almuerzo soñando. Aquí está, ya viene el sueño: estamos en medio de una amplia avenida, transitada por hileras de coches a vapor, no hay caballos a la vista, y suponemos que están en los campos, paciendo en paz y libertad. Las calles se ven limpias, y nadie tiene que mirar al suelo para esquivar las enormes boñigas de los animales. El aire no sólo es cristalino, sino que el vapor de los motores de los automóviles lo renueva y purifica, e incluso desprende un olor a eucalipto que es beneficioso para la salud de los hombres. Por supuesto, tampoco salen oscuras humaredas de las cocinas de las gentes, porque los fogones de carbón han sido sustituidos por máquinas maravillosas, que no sabemos cómo son o cómo funcionan, pero sólo porque no me ha dado tiempo a imaginarlo.

La señora Sawyers me ha sacado de mi ensoñación dándome una palmada en la espalda, borrando de un golpe todos los bocetos de los aparatos domésticos del futuro que comenzaban a fraguarse. Había pagado por adelantado, a pesar de que me conocen y de que visito el local con cierta frecuencia. Así que me levanto de la mesa, vacía ya, y dejo atrás la Manor House. Camino en dirección a mi casa, y mientras paseo me doy cuenta de que hoy he soñado ese futuro límpido, y prodigioso, y feliz, porque el coche a vapor de Gurney me ha puesto de buen humor. Otros días más negros, en cambio, sueño con automóviles de motores de combustión a base de compuestos de azufre, y con el aire y el cielo enrarecidos, y con perversos inventos mecánicos que toman el control de las vidas humanas. Pero siempre sueño cosas de uno u otro tipo, eso sí. Porque a estas alturas es ya evidente que soy un soñador incurable, tan evidente como que estoy abocado a ser un triste escritor sin éxito. Ése parece ser mi destino: convertirme en un malogrado escritor inédito que ha equivocado su época.

Mi puerta y la puerta de la Print Corporation comparten el mismo rellano de entrada, están la una junto a la otra hasta el punto de que entre ellas sólo media un listón de madera. Así que mi ánimo empieza a decaer de nuevo cuando, al meter la llave en la cerradura, ya noto las vibraciones de las planchas de plomo cayendo sobre los pliegos de papel. Y las sacudidas me acompañan también mientras subo mis escaleras, tan sólo separadas de los talleres por una delgada pared. Arriba, por suerte, están mis autómatas esperándome. Mi autómata más fiel, el que tiene forma humana, me abre solícito la puerta. Me ayuda a quitarme el abrigo. Incluso me pregunta por el libro de Tennyson, con cierto tono sarcástico al referirse al poeta, que sabe que en el fondo no deja de agradarme. Charlo un rato con él, y le cuento cómo me ha ido el día, cómo están las cosas en el distrito de los editores y libreros, cuántos y cuántos libros se publican, y cómo eso me hace sentir. Tengo que alzar la voz, porque el ruido de la imprenta asciende hasta mi piso y se cuela entre las tablazones del suelo. Mi androide, que está diseñado para servirme y hacerme bien, me dice que no debo preocuparme por nada, salvo por escribir. Me dice que yo nunca he dejado de escribir, y que ese trabajo ya está hecho al fin y al cabo, y que sólo necesito esperar a que un buen editor confíe en mí. Yo apoyo una mano cálida sobre su carcasa de latón, para agradecerle su empeño, y luego pasamos a mi pequeño dormitorio, donde tengo el escritorio y mis libros. He de terminar de escribir una carta, así que me siento en la mesa, mientras los pequeños autómatas de mi escritorio barajan y clasifican los documentos, me humedecen la pluma en el tintero, me sirven agua de una jarra, y me releen lo que llevo redactado de la carta hasta el momento. Tras unos minutos de lectura, llaman a la puerta. Bajo las escaleras, y mis autómatas me siguen haciendo algarabía de la inesperada visita, el androide caminando detrás, los artefactos más pequeños rodando, deslizándose o saltando a mi alrededor. Cuando abro la puerta, resulta ser un mensajero, que trae un paquete para mí. El muchacho me da las buenas tardes, se asegura de mi identidad, y me deja en el descansillo de la escalera con un paquete entre las manos, abatido, y absolutamente solo.

Más tarde, sin ánimos para continuar la carta, ni para sostener con mi imaginación ninguna quimera que pueda darme aliento, decido bajar a tomar el aire a la calle. Ha caído la noche, y a la luna le falta sólo una jornada más para dibujar un círculo perfecto en el cielo sin nubes. Me quedo mirando la rotunda blancura del astro, con sus cráteres, sus montañas y sus mares secos. Y pienso que sí que hay antecedentes de escritores como yo después de todo, y que hace ya dos siglos el astrónomo alemán Johannes Kepler publicó su novela *Somnium,* por encargo del propio emperador de Bohemia, Rodolfo II. En *Somnium,* el joven protagonista, un islandés llamado Duracotus, es mágicamente transportado a la luna. Allí conoce toda su fauna de monstruos y seres insólitos, que crecen muy deprisa, y tienen una vida muy corta. Que viven en la negrura de la cara oculta, y apenas se asoman unos instantes a la luz cuando atardece. Y que esconden el agua necesaria para vivir en el fondo de las cuevas lunares, para que no se vaporice con las altas temperaturas del planeta. Sigo soñando despierto un rato todavía, lleno mis pulmones y suspiro. Hace mucho tiempo que no me encuentro tan mal. Niego con la cabeza, como para despejarme una duda. Y me dirijo a casa de mi amigo el boticario, seguro de que atenderá mis demandas.

Acaba de empezar a llover otra vez, apenas es una lluvia liviana. Me he calado el sombrero y alzado el cuello del abrigo. Vengo de visitar las librerías del centro, y la silueta de la cúpula de la catedral de Saint Paul todavía se recorta detrás de mí contra un cielo gris y turbio. No sé por qué voy a las librerías. Todo lo que se publica estos días es lo mismo, reediciones de los poemas de Byron, de los poemas de Shelley, y de los poemas de John Keats; las baladas de William Wordsworth y de Samuel Coleridge; y los libros líricos de los imitadores de William Wordsworth y de los imitadores de Samuel Coleridge. En ocasiones, cuando veo tantas pilas de volúmenes de distintos autores, a veces desconocidos o poetas muy menores, y me pregunto por qué no el mío, por qué no yo, me gusta pensar que ésa es la razón por la que soy un escritor incomprendido. La razón por la que ningún editor acaba de creer en mí. Tanto lirismo y tanta sensibilidad romántica les tiene embelesados, les ha absorbido la mente hasta el extremo de que no son capaces de ver nada más. No ven más allá de sus narices. Son incapaces de distinguir una sola línea de la literatura que está por escribir. En otras ocasiones, otros días más negros, pienso que quizás eso sea lo mejor, y que acaso todo lo que he escrito merezca desaparecer en una pira ardiente, sin que un solo fragmento de mi prosa desatinada salga jamás a la luz. Cuando cruzo el puente de Blackfriars, y me faltan pocas manzanas para llegar a casa, decido no comer otro día de pie en mi desprovista cocina. Ha salido el sol, y redirijo mis pasos hacia la Manor House, donde la señora Sawyers me ofrece un plato caliente de bacalao con puré de patata, y conozco a un anciano muy agradable que me ofrece un poco de tabaco.

Esta tarde, en mi casa no ha dejado de retumbar el bullicio de la Print Corporation, trabajando a toda máquina bajo los temblores de mi suelo. Empeñados en invadir de libros toda la ciudad. Imagino que los impresores han dejado montadas las planchas para una gran tirada de ejemplares, y el chasquido de la prensa no para de tronar en mi habitación. Así que no puedo evitar distraerme, y pienso que si tirara al aire todos los tipos de una plancha, y se ordenaran al azar al caer al suelo, el texto resultante tendría más probabilidades de ser publicado que uno de mis relatos. Me imagino soñando que dispusiéramos de un tiempo infinito, y de una cantidad limitada, pero suficiente y bien equilibrada, de tipos de metal. Si lanzáramos al aire las piezas metálicas, una y otra vez, durante todo ese tiempo inagotable, las composiciones más diversas, más asombrosas, y más bellas, acabarían por tomar forma en las planchas de nuestra imprenta. Y podríamos imprimir los libros más extraordinarios. E incluso imagino un lugar, también infinito, donde pudiéramos albergar todos esos libros imposibles, una inmensa biblioteca que contuviera todo lo que puede ser escrito. Pienso que algún día debería poner sobre el papel todo esto, escribir un relato con todas estas ideas, pero la concepción de fondo, la de que el azar pueda lograr historias mejores que las mías por puro arbitrio, a pesar de que yo invierta todo el esfuerzo de mi mente y de mi imaginación, me acaba por desmoralizar, y desecho el proyecto sin ni siquiera haberlo esbozado.

Tengo una carta a medias por concluir. Así que me siento en el escritorio, fantaseando una vez más sobre lo fácil que me sería todo si dispusiera de unos aparatos inteligentes que me prepararan los instrumentos de escritura, que borraran del papel mis errores, que me leyeran en voz alta, e incluso que me sugirieran posibilidades de cómo escribir esto o aquello. Mi carta va dirigida a Mary Wollstonecraft Godwin, la viuda de Shelley. La señora Wollstonecraft Godwin ha escrito una obra singular, una *rara avis* entre nuestras letras, *Frankenstein o el moderno Prometeo*. Yo no he logrado hacerme con un ejemplar de la novela hasta hace poco, hasta que ha sido publicada su tercera edición por Colburn & Bentley, en la colección Standard Novels. Antes había oído hablar de ella, pero era casi imposible hacerse con uno de los ejemplares editados hace diez años. Tengo que reconocer que la oscura historia me ha cautivado desde el principio, me ha fascinado. Y también me ha sorprendido gratamente comprobar que se puede publicar algo así en estos tiempos. No voy a ocultar, no obstante, que mi sensación al encontrarme con la obra ha sido en todo momento agridulce. No en vano Mary Wollstonecraft se me ha adelantado en mi idea de escribir una historia de ficción a partir de una criatura creada por el hombre. Mi criatura, mi monstruo, se fundaba en unos principios distintos a los del galvanismo, eso sí, pero con todo el motivo literario era muy similar. Por mi parte, yo había rastreado en la literatura talmúdica y en la tradición judía para recabar los datos que dan origen a mi monstruo: un gólem, una criatura de barro a la que se infunde vida, mediante el procedimiento alquímico, en las catacumbas de las sinagogas en lugar de en un castillo. Ahora, escribo una carta dirigida a la señora Wollstonecraft Godwin en la que le comento qué me ha parecido la novela, y cuáles son para mí algunos de sus errores. Después de haber descubierto que la sombra del monstruo que él mismo creó está detrás del asesinato de su pequeño hermano, Víctor Frankenstein, uno de los dos protagonistas de la novela, decide marcharse una temporada a las montañas para reponer el estado de su alma y recuperar su salud. Allí, cerca de la cima del Montblanc, la criatura le sale al encuentro. El monstruo de Frankenstein, con su recién adquirida capacidad para hablar, le cuenta al científico todos los hechos que nosotros los lectores conocemos, y le promete no volver a interponerse en su vida a cambio de que concluya su obra y cree una compañera para él. Víctor accede a la petición, e instala un nuevo laboratorio en una isla de Escocia, donde comienza a trabajar en los experimentos. No obstante, en un giro inesperado, el médico decide no darle al monstruo lo que habían acordado, porque tiene la visión de que entre las dos criaturas de ambos sexos darían a luz una nueva estirpe de monstruos asesinos, y no está dispuesto a traer tanto mal al mundo. A partir de aquí, la trama de la novela continúa con nuevas amenazas del monstruo y una persecución hasta los confines del Ártico. En mi carta, después de los pertinentes saludos y de manifestarle la admiración que le profeso, le apunto a la señora Wollstonecraft algún que otro pasaje que provoca mi confusión. Le explico que es cuanto menos extraño que el médico se vea obligado a seleccionar las manos de un muerto, los pies de otro, la cabeza de uno más, y así hasta ensamblar todo un cuerpo por piezas. Le pregunto si no era más lógico escoger un cadáver completo, al que le fallara tan sólo, por ejemplo, el corazón, sustituir este órgano, y, una vez cosido, aplicar sobre este cuerpo sus conocimientos del galvanismo y el milagro de la electricidad para insuflarle la vida. Pero aún salvando este aspecto, le digo a la escritora, lo que todavía me parece más perturbador es que a un doctor de la ciencia médica con los conocimientos de Víctor Frankenstein, capaz de soldar y articular los órganos más complejos, no se le ocurriera que, para que los monstruos no se reprodujesen, bastaba con sesgarle a la nueva hembra las dos trompas de Falopio. Y más o menos en este punto se encuentra mi carta. Pero me veo un poco apurado, porque hallo cierta dificultad en hacer que todo esto no suene grosero, ni parezca algún tipo de recriminación. Y de todas formas, en este momento no puedo avanzar mucho más, porque, por una curiosa coincidencia, me encuentro escribiendo una carta y un mensajero acaba de llamar a mi puerta.

Estoy en la calle, en la oscuridad, avanzando conforme a las verjas oxidadas que separan a los peatones de los semisótanos de las casas. Paseo arrastrando mis viejos zapatos, dando de tanto en tanto un puntapié a algún guijarro suelto del adoquinado. El alumbrado de gas de mi distrito sólo alcanza la avenida principal, así que hasta aquí no llega su luz amarillenta, pero tampoco su zumbido ni el desagradable humo que desprende. Esta noche casi hay luna llena, y el perfil de las cosas parece investido por un aura argéntea, mercúrica, por el efecto de las sombras y de la pátina de rocío sobre las superficies de los objetos. Miro la luna y la intensa blancura del astro me llena de brillos los ojos. Pienso que mi obra, mi novela sobre un viaje a la luna, sería mejor que la de Kepler. El astrónomo hace que su protagonista llegue al planeta gracias a los poderes mágicos de su madre, que invoca a unos demonios durante el transcurso de un eclipse lunar. No hay que olvidar que la propia verdadera madre de Kepler fue en su tiempo acusada de bruja. En cambio, yo haría que mis personajes viajaran transportados en una gran nave acorazada, capaz de surcar los cielos gracias a la acción de cinco globos aerostáticos, impulsados por aire caliente y por la fuerza de veinte palas metálicas, apostadas a cada uno de los lados de la nave, a modo de remos. Y cuando estuviéramos sobre el suelo bañado de plata de la luna, tras una primera exploración, los selenitas que allí encontraríamos no serían seres simples y torpes, sino que conformarían toda una civilización, más avanzada que la nuestra. Una civilización que nos observa desde hace siglos en secreto y conoce nuestros movimientos, y guarda la esperanza de que seamos capaces de salvarnos nosotros mismos, sin que ellos tengan que llegar a intervenir en nuestra historia. Y la sociedad de la luna sería rica en inventos portentosos, y todos vivirían en paz y armonía en megalópolis perfectas. Y uno de los momentos culminantes de mi novela tendría lugar cuando, en medio de una discusión sobre la capacidad destructiva del ser humano, los viajeros espaciales tuvieran que explicarles a estos seres en qué consiste el pecado de la ambición, y ninguno de los selenitas fuese capaz de comprenderlo. Pero luego, de improviso, vuelvo a la tierra, pongo de nuevo los pies en el suelo, y me doy cuenta de que llevo una hora soñando con mundos que no existen, y que nunca van a existir. Fijo otra vez la mirada en la oscura realidad de las cosas cotidianas, y acelero el paso en la calle solitaria.

 Esta mañana he estado dando una vuelta por las librerías de Paternoster Row. He hojeado libros y cuadernos en los establecimientos de Baldwin & Company, Longman & Company, Sherwood & Company, en el del señor John Robinson, y en el de Jones & Sons. Ahora, después de una larga caminata, estoy sentado en una mesa en la calle bajo la fachada de la Manor House, y un rayo de sol me roza tímidamente la nuca. Aprovecho el momento de confort, mientras sirven el menú del día, para sacar del bolsillo del abrigo el libro de Alfred Tennyson que he comprado, y leer unos cuantos poemas. A los pocos minutos, la señora Sawyers pone delante de mí un plato con una tajada de bacalao y puré de patata. Al menos está caliente. Empiezo a comer, pero, justo en este momento, pasa por la calle un automóvil a vapor del modelo de Gurney. Todos los presentes lo celebramos con alborozo durante los pocos instantes que permanece ante nuestros ojos, pues cruza la avenida a toda velocidad. Y luego, entre risas y comentarios ociosos sobre los tiempos modernos, el amable anciano que tengo delante de mí me ofrece un poco de tabaco.

Más tarde, en mi casa, sentado en mi escritorio, trato de terminar la carta que me ocupa desde hace varios días. Me sirvo un vaso de agua de una jarra, y mirando la carta pienso una vez más en el libro de Mary Wollstonecraft, y en su criatura compuesta de trozos de cadáveres. Esto me lleva a fantasear otra vez sobre mi propia criatura, mucho menos desagradable y mezquina, a pesar de estar hecha de barro. Cuenta la leyenda que el primer gólem fue creado por el rabí de Praga, Yehudá Loew, durante el reinado en Bohemia del emperador Rodolfo II, allá por el siglo XVI, quizá más o menos cuando Kepler estaba escribiendo en la misma ciudad su única obra de ficción. Parece ser que el rabí Loew creó al gólem para que defendiera el gueto de Praga de los ataques antisemitas, y de paso para que se hiciera cargo de las tareas de mantenimiento de su sinagoga sin tener que remunerar un salario. Reunió para crearlo un buen montón de arcilla de la orilla del río Moldava, con sus propias manos la modeló dándole forma semihumana, y llevó a cabo los rituales de la Cábala y de la alquimia necesarios para dotar de vida a la mole de barro. Recitó los conjuros en hebreo, y escribió en la frente del gólem

La Palabra. Esta criatura, como la de Víctor Frankenstein, también se acabó rebelando contra su creador, y de igual manera el viejo rabino se vio obligado a quitarle la vida que él mismo le había dado. Dicen que los restos del gólem de Praga descansan todavía ocultos en un ataúd del desván de la sinagoga, y que puede ser devuelto a la vida en cuanto sea de nuevo necesario. La fábula es arrebatadora, y a pesar de ello nunca ha sido hasta ahora puesta sobre el papel en la forma de una novela. A mí, sin embargo, no me cuesta nada imaginarla: estamos en el barrio judío de una ciudad moderna y populosa, los elementos de la tradición semita han cambiado de una manera ambigua, como en un futuro soñado, fundiéndose con los de otras culturas de los más diversos rincones del orbe. Los rabinos se dedican a la producción de gólems como una actividad comercial, y nosotros nos dirigimos al establecimiento de uno de ellos, porque nuestro protagonista quiere que le fabriquen uno por encargo... Pero ahí está de nuevo ese singular narrador en primera persona del plural, y el extraño tono revoloteando sobre la acción de la historia, entrando y saliendo de la trama. Es todo demasiado moderno para lo que gusta hoy. Y me pregunto si tiene algún sentido escribir una historia así, con semejante criatura y en semejantes escenarios soñados. Y si algún editor podría arriesgarse a publicarla. Así que desecho la idea, y vuelvo a la carta dirigida a la señora Wollstonecraft Godwin. Me sirvo otro vaso de agua, y me lo bebo de un trago, porque llevo todo el día con un extraño sabor metálico en la boca, del que no logro desprenderme. Apenas llevo unos minutos releyendo, cuando llaman a la puerta. Bajo a abrir, y es un mensajero que trae un paquete para mí. Por un momento tengo la sensación de haber vivido antes esta misma situación, de llevar tiempo viviéndola. Pero no logro discriminar cuánto hay de sugestión o no en todo esto, porque en cualquier caso, al ver un paquete tan grande y la rúbrica de Colburn & Bentley estampada en la envoltura, tampoco me habría sido demasiado difícil anticipar qué era lo que venía allí dentro. El joven mensajero se ha marchado, y en el descansillo de la escalera desembalo el paquete. En efecto, como había adivinado, se trata de mi manuscrito *La tarántula bávara,* que según parece no está en la línea editorial del único sello de Londres que creía capaz de publicarlo.

Cuando ha caído la noche, he salido a hacer un pedido que sabía que mi amigo boticario, que me debía un favor importante desde hacía meses, no podría rehusar. Como el cielo estaba despejado, y casi había luna llena, me he permitido soñar una vez más con viajes espaciales y habitantes de otros planetas. He deambulado por las calles, y por eso me he demorado en regresar más de lo que tenía previsto. He estado pensando sobre mis primeras inquietudes literarias, cuando todavía era un adolescente arrebatado, y sobre las últimas. Yo sólo quería escribir algo que tuviera el poder de inflamar a los demás, que pudiera encender el alma de los lectores, escribir un libro que estuviera plagado de instrumentos incendiarios. Ahora, tras el paseo, ya estoy de vuelta en casa, y he conseguido lo que había ido a buscar. Dejo el frasco de cristal sobre el escritorio, y le explico a mi autómata más fiel las instrucciones que me ha dado mi amigo sobre cómo tomar su contenido. Cuando le hablo de los síntomas que, según me ha dicho, puedo llegar a sentir en el proceso, el amago de vómito que debo evitar, el dolor abdominal, el intenso sabor metálico en la boca, mi androide se muestra preocupado. Y se queda mirando el frasco de cristal sobre la mesa. Yo poso sobre su cubierta de latón una mano de afecto, y puedo notar cómo el frío del metal me asciende por el brazo. Puedo percibir con claridad la dureza de su tacto, sus perfiladas aristas, su rotunda existencia. Una existencia al menos mucho más contundente que la mía, cuya insignificante irrealidad viene atormentándome desde hace ya tiempo.

ANDRÉS NEUMAN

ANDRÉS NEUMAN (Buenos Aires, 1977) pasó su infancia en la capital argentina. Hijo de una familia de músicos emigrantes, terminó de criarse en Granada, en cuya universidad fue profesor de Literatura Hispanoamericana. Entre sus obras destacan los libros de cuentos *El último minuto* y *Alumbramiento* (Páginas de Espuma); las novelas *El viajero del siglo* (Alfaguara), *Bariloche* y *Una vez Argentina*, ambas en Anagrama; la colección de aforismos *El equilibrista* y el volumen *Década* (Acantilado), que reúne sus libros de poesía publicados hasta hoy. Fue coordinador de *Pequeñas resistencias,* antología en cuatro volúmenes del cuento actual escrito en español en todo el mundo (Páginas de Espuma). También cabe destacar su prólogo a los *Cuentos de amor de locura y de muerte,* de Horacio Quiroga (Menoscuarto). Ha recibido, entre otros, el Premio Hiperión de Poesía y el Premio Alfaguara de Novela, y ha sido finalista del Premio Herralde. Su página web es www.andresneuman.com.

TERCER DODECÁLOGO DE UN CUENTISTA[1]

I. Mucho más necesario que noquear al lector es despertarlo.
II. El cuento no tiene esencia, apenas limitaciones.
III. Hay dos tipos de cuentos: los que ya saben la historia y los que la van buscando.

---

[1] ¿En qué consisten los dodecálogos de un cuentista? No son recetas para escribir cuentos en serie. Son pequeñas conclusiones en marcha. No son una

IV. La incomparable libertad de un libro de cuentos radica en su capacidad para empezar de cero en cada pieza. Exigirle unidad sería ponerle un candado al laboratorio.
V. La quietud como arte de inminencia: todo lo que está quieto en un relato continúa moviéndose.
VI. La voz decide el acontecimiento, más que viceversa.
VII. Al cuento lo persigue su estructura. Por eso, cada cierto tiempo, conviene dinamitarla amorosamente.
VIII. Una narración perfectamente redonda atrapa al lector, no lo deja salir. En realidad tampoco le permite entrar.
IX. Todo cuento es oral en primer o segundo grado.
X. Mientras el cuentista perpetra simetrías, sus personajes lo perdonan con sus imperfecciones.
XI. Tentación paradójica del final abierto: clausurarlo en su apertura, consumar su interrupción en un momento demasiado brillante.
XII. Toda historia bien terminada empieza de otra manera.

---

poética fija, unitaria. Son aproximaciones diversas, siempre provisionales. No son consejos dirigidos a nadie. Son observaciones particulares. Jamás han pretendido convertirse en reglas. Desean ser una forma lúdica de abordar el ensayo. No aspiran a dar lecciones. Sólo a reflexionar entreteniendo.
Los dos dodecálogos previos pueden consultarse en el libro *Alumbramiento*. –A. N.

El pulso

Lo peor ya ha pasado. Ahora estoy tranquilo. Lisandro acaba de traerme una taza de té con leche y me ha preguntado si me encuentro bien. Yo he asentido mientras la mano caliente y larga del líquido me recorría el pecho y se asentaba en el estómago. Empiezo a tener sueño. Lisandro se demora exquisitamente en hacer cada cosa, me cuida con su único brazo mejor de lo que nadie podría hacerlo. Le estoy muy agradecido. Sólo nos queda esperar a que me recupere para que todo vuelva a ser como solía: a nosotros nos tocaba poner el insomnio, y la noche y el vino ponían las luces.

Vista desde ahora, aquella madrugada nos advirtió de la desgracia con todas las señales posibles, pero estábamos demasiado seguros de nosotros mismos como para detenernos en esos detalles. No se puede negar que la luna giraba como un disco frenético, o que el aire frío de la Plaza Nueva era más hostil de lo acostumbrado, demasiado cortante para ser agosto. Lisandro caminaba escondiendo el mentón entre las solapas de su gabán, dejando que el humo del cigarrillo se confundiera con el vaho de su respiración como lo haría un gas benigno con otro letal. Yo llevaba puesta mi bufanda gris, y respiraba un olor a lana transpirada. Incluso sin tanto alcohol en la conciencia, habría resultado difícil ver algún mensaje en las sombras que ocultaban los bustos de las cariátides y les daban el aspecto de figuras degolladas. Pasamos junto a la Chancillería y, como siempre, enfilamos la Carrera del Darro. Pese a su pobre cauce, el río sonaba con un raro vigor entre el barro y las piedras. Nosotros, sin embargo, apenas le prestamos atención a estos augurios. Con la premura del frío y la sed, dábamos rápidas zancadas y mirábamos el empedrado. No había casi nadie, aparte de algún alemán o inglés borracho, una pareja a punto de pelearse, una o dos motos, los mendigos de costumbre. Le pregunté a Lisandro si tenía hambre. Él me contestó que no, aunque podíamos pedir un bocata en algún sitio si yo tenía ganas, y me repitió que él no tenía ningún apetito. Yo comprendí y le dije que si no tenía dinero no se preocupara, que yo no consentiría que se quedase sin cenar. Entonces Lisandro me preguntó si quería fumarme su último cigarrillo.

Cenamos tres raciones de embutido y quesos curados. Nos bebimos dos copas de Lagunilla, cuatro Riojas, dos Palos Cortaos y algunos Riberas del Duero. Lisandro pidió un café solo de postre, pero yo prefería un helado. ¿Con este tiempo?, preguntó él con bastante sentido común. Yo le respondí pretenciosamente que el sabor de un helado sólo se disfrutaba de verdad en las noches de escarcha. Pagamos la cuenta y salimos. Recuerdo que el camarero de la bodega no dejó de observarnos fijamente mientras secaba vasos en la barra. ¿Adónde vamos?, preguntó Lisandro frotándose las palmas y exhalando un vapor blanco. Adonde nos sirvan un helado, dije yo, y eché a andar en dirección al café Fútbol. A esta hora el café Fútbol va a estar cerrado, predijo él. Yo no le contesté. Lisandro me siguió quejándose entre dientes. ¿No te quedan cigarrillos?, le pregunté con malicia. Después seguimos andando en silencio.

Pude haber hecho algo más de lo que hice cuando esos dos tipos nos detuvieron al comienzo de la calle Pavaneras. Estábamos muy borrachos, le explica Lisandro a todo el mundo. Pero eso vale para él, no para mí. Recuerdo perfectamente, con ordenada nitidez, sus caras y sus ropas y sus voces. Lisandro, en cambio, hoy apenas retiene el color de cabello del hombre que lo apuñaló. Los vi llegar desde la esquina opuesta y comprobé cómo cambiaban de acera y empezaban a acercarse a nosotros. Lisandro no vio nada, o lo poco que vio fue un malentendido: me preguntó, cuando ya era casi evidente que se detendrían delante de nosotros, si pensaba que podrían darnos un cigarrillo. Estúpidamente, en el momento en que nos interceptaban, pensé en mi helado. También en la corta estatura de los dos tipos, en gritarles que se fueran a la mierda, en defendernos a patadas. Pensé en cientos de cosas, salvo en darles el par de billetes que guardaba en un bolsillo del vaquero. Lisandro se tomó el asunto a broma. Resultaba patético verlo reírse y forcejear con el tipo calvo de cuero negro, y verme mientras a mí mismo sin mover un músculo, limitándome a murmurar tímidas frases disuasorias hasta contemplar, aterrorizado, cómo surcaba la noche y rasgaba el aire la navaja automática del asaltante rubio.

Operaron a Lisandro aquella misma noche. Lo más humillante para mí había sido tener que cambiar uno de los billetes en un bar, para poder pagarle al taxista que nos llevó hasta el hospital. Allí el médico de guardia lo examinó y me dijo que era conveniente llamar a la policía para denunciar el intento de homicidio. Lisandro, sangrando a borbotones entre las vendas que le oprimían el hombro izquierdo, se puso a gritar como una bestia moribunda mientras lo conducían al quirófano con una hemorragia arterial. Los cirujanos estuvieron toda la madrugada intentando neutralizar la infección de su herida penetrante.

Durante cuarenta y ocho horas se hizo todo lo posible por salvarle el brazo. La infección bacteriana que había contraído aconsejaba la amputación, si quería reducirse a cero el riesgo de muerte. La madre de Lisandro me lloró, me berreó, me insultó, me pegó, me abrazó, me agradeció y a continuación se desmayó en mitad de la sala de espera de Cirugía, justo un momento antes de que la camilla de Lisandro pasara empujada quirófano adentro por tercera vez. La siguiente ocasión que vi a mi amigo, postrado en una cama de la cuarta planta, era un manco intentando sonreír.

Mientras Lisandro se recuperaba y la denuncia a la policía seguía su curso, mi estado empeoraba progresivamente. Padecía ansiedad, ataques de inapetencia alternados con impulsos devoradores, me dolía continuamente la cabeza y, sobre todo, no podía dormir más de dos horas seguidas sin despertarme con palpitaciones. Soñaba con el brazo: Lisandro y yo íbamos por la calle y de repente él exclamaba: ¡Eh, tú, a que no te atreves a quitarte un brazo!, y entonces empezaba a morderse a dentelladas el antebrazo hasta arrancárselo de cuajo. Curiosamente, en mis sueños no brotaba ni una gota de sangre. El corte era limpio, como si se hubiera tratado de un muñeco desmontable. Sólo que la boca de Lisandro, eufórico al hablarme, estaba roja. En ese momento me despertaba de un salto y corría a la cocina a torturarme en silencio, con la luz apagada. Pensaba no sólo en mi mezquindad al decirles a aquellos tipos que no llevábamos dinero, no sólo en mi cobardía al abstenerme de intervenir en la pelea, sino sobre todo en mi terrible buena suerte. ¿Por qué habían apuñalado primero a Lisandro, en vez de comenzar conmigo? ¿Y por qué Lisandro, sangrante como estaba, a punto de desvanecerse, aún había intentado defenderme cuando el asaltante rubio amagó con abalanzarse sobre mí?

Veía el brazo amputado de Lisandro por todas partes: en la calle, escondido entre los pasajeros de un autobús, sobre las camillas vacías que recorrían los pasillos del hospital. Me abochornaba verme desnudo en el espejo antes de ducharme, con las extremidades intactas. Con ligeras variantes, seguí soñando que Lisandro se quitaba alegremente el brazo frente a mí. A veces era él mismo quien lo arrojaba lejos. Otras veces le pedía a alguien un cigarrillo a cambio de su brazo y dejaba que se lo llevaran. Y algunas veces, las más horribles, me lo entregaba ceremoniosamente como si se tratase de una ofrenda, con su único brazo sano. En el mundo de la vigilia, mientras tanto, Lisandro mejoraba y estaba a punto de recibir el alta. Aquellas noches soñé que un asaltante rubio con delantal le entregaba a Lisandro el brazo que le faltaba, y él se lo colocaba con naturalidad y venía a buscarme.

Después de dos semanas de reposo absoluto en su casa, Lisandro empezó a caminar solo sin sentir náuseas ni mareos. Una semana más tarde ya salía a la calle por su cuenta y hasta le traía el pan a su madre. Volvía con su jersey anudado por la manga izquierda, agitando la bolsa con su único brazo, y se sentaba en el sillón a descansar. Yo me quedaba a comer con ellos casi a diario, y algunos días pasaba la noche allí. No sabes lo cansado que es caminar impulsándose con un solo brazo, me decía Lisandro. Tampoco dejaba de agradecerme una y otra vez el tiempo que pasaba cuidándolo y haciéndole compañía. Pero yo me daba cuenta de que Lisandro estaba demasiado efusivo, teniendo en cuenta su circunstancia. Después de varios días empecé a sospechar que él me odiaba en secreto por lo de aquella noche. Yo seguía soñando, aunque los argumentos cambiaban: ahora Lisandro me perseguía a lo largo de la Gran Vía para quitarme un brazo. Por muy rápido que yo corriera, él me alcanzaba sin esfuerzo.

Poco a poco fui espaciando mis visitas a casa de Lisandro, y procuraba planear nuestras conversaciones. Necesitaba estudiar sus movimientos. Creo que él advirtió mis intenciones, porque cada vez me hablaba menos y se dedicaba a escucharme clavándome la mirada. Entonces supe que estaba en lo cierto, y cuando al fin Lisandro volvió a salir por las noches, inicié un prudente período de reclusión en mi apartamento. Lisandro me llamaba a veces por teléfono y me proponía ir a tomar unos vinos a la calle Elvira, pero yo casi siempre inventaba una excusa para rechazar su invitación sin parecer excesivamente sospechoso.

Una tarde vino a verme a casa sin avisar. Me llevé un susto mayúsculo. Mientras le abría la puerta, calculaba mentalmente cuántos pasos necesitaría para dirigirme a la cocina, abrir el primer cajón y extraer un cuchillo con el que defenderme. No fue necesario hacerlo, porque Lisandro entró, se sentó en mi butaca y cerró los ojos para tararear mejor la canción de Miles Davis que yo tenía puesta. Se quedó todo el rato allí sentado, sin siquiera explicar para qué había venido. Pero aquella visita me sirvió de advertencia. La vez siguiente que viniera a buscarme, ambos sabíamos qué sucedería. Fue llegados a ese punto, al despedirme de Lisandro dándole una palmadita sobre su hombro bueno, cuando decidí no perder más tiempo.

Hace ya más de un mes de esto último, y las cosas han vuelto a la normalidad. Si tuviera que hacer un balance, aunque la denuncia a aquellos delincuentes no haya dado de momento ningún fruto, incluso diría que nuestra amistad se ha fortalecido. Lisandro viene todas las mañanas a casa. Entra con su copia de la llave, golpea la puerta de mi cuarto, la abre y sube las persianas. Por lo general me encuentra con los ojos abiertos. Me da los buenos días y va a la cocina a preparar el desayuno. Exprime con lentitud tres o cuatro naranjas, prepara café para ambos, entra en mi habitación, deja dos tazas vacías, vuelve a la cocina, se lleva la jarra de café, la trae a mi habitación, llena las tazas. En dos o tres viajes, tenemos listo un desayuno completo. Él fuma durante la mañana. Yo prefiero esperar a después del almuerzo, que también prepara Lisandro o que a veces encarga por teléfono. Lisandro lleva un par de semanas cuidándome, y para ser sincero debo decir que nunca nadie se había preocupado tanto por mí. En cierta forma todo vuelve a estar como antes: él me ha perdonado, lo noto en su mirada. Gracias a sus atenciones me siento más tranquilo y me recupero con rapidez. Sé que pronto podré empezar a salir solo a la calle e ir olvidando, poco a poco, mi propia mueca en el espejo mientras me perforaba el brazo izquierdo.

MIGUEL SERRANO LARRAZ

MIGUEL SERRANO LARRAZ (Zaragoza, 1977) comenzó la carrera de Ciencias Físicas, que abandonó para dedicarse a la literatura. En la actualidad trabaja como traductor. Ha publicado dos libros de poesía: *Me aburro* (Harakiri, 2006) y *La sección rítmica* (Aqua, 2007); una novela: *Un breve adelanto de las memorias de Manuel Troyano* (Eclipsados, 2008) y un volumen de relatos: *Órbita* (Candaya 2009).

[POÉTICA]

1. Creo en Bajtín y en Propp, mártires eslavos de la isotopía y el Arquetipo.
2. Intuyo que la metáfora es la peor de las elecciones posibles. Como ese oscuro amigo al que no quieres invitar a tu fiesta, pero que aparece siempre con una botella de champán.
3. Sé que el ingenio es el peor de los defectos de un cuentista, el más difícil de superar.
4. Creo en Cheever, en Chéjov, en Borges y en Felisberto Hernández, aunque procuro olvidarlo cuando escribo.
5. Creo en el plagio, una de las formas más sutiles de la humildad.
6. Me repele el dogmatismo, el narrador condescendiente. Odio los decálogos.
7. Sé que la vergüenza y la venganza, primas sonoras, generan relatos inmensos, inmunes a cualquier análisis, invulnerables.
8. Creo en las estructuras, siempre que sean improvisación de andamios y no laborioso levantamiento de muros.

9. Intuyo que la incomodidad es la máxima aspiración de un narrador.
10. Volviendo a Propp, lo imagino a veces contándole un cuento a un niño: «α A10 ↑ G2 M-N W0 ↓ Q». Una y otra vez, noche tras noche. Resulta, pese a todo, en medio de la oscuridad, un pensamiento consolador.

Shaman's Blues

Para Javier Benito

*Do you often stop and whisper
In Saturday's shore
The whole world's a savior*

JIM MORRISON

Y entonces apareció la Espléndida Vegetariana, que parecía cualquier cosa menos luminosa, cualquier cosa menos vitaminada, cualquier cosa menos sípida. Yo quisiera contar su historia. Se trata, sin duda, de una historia reveladora, de una historia necesaria. Una historia que quiere decir algo, que tiene que querer decir algo. Pero antes de que la Espléndida Vegetariana irrumpiera en escena, el papel de gran folladora correspondía a la Rubia Deslumbrante, y tal vez habría que decir un par de cosas sobre la Rubia Deslumbrante, y sobre su pulsera en el tobillo derecho. La pulsera se agarraba a ella, a la Rubia Deslumbrante, y la contenía, del mismo modo que existen collares que contienen o disuaden a algunos perros peligrosos o a algunos criminales recalcitrantes, del mismo modo que un envase contiene un líquido e impide su dispersión. Collares de pinchos. Perros asesinos. Tetra-bricks. El tobillo de la Rubia Deslumbrante. Pero para contar la historia de la Espléndida Vegetariana (a la que después, en los años posteriores, al recordar aquella historia, llamaríamos siempre «la Vege», para abreviar) y su relación con la Rubia Deslumbrante (y con su tobillo), habría que mencionar primero a Iggy. Iggy fue el que lo provocó todo. Pero Iggy, sin embargo, aunque lo provocó todo, no fue el primero. Antes llegaron a nosotros, como relámpagos en la penumbra encerrada, como ondas resonando en la cavidad perfecta del azar, otros personajes, otros invitados a la Inexistente Fiesta Veneciana. Estaba Bowie, que trabajaba en una tienda de alquiler de discos. Estaba el Letrista, el Dignísimo Letrista con sus versos imposibles. Estaba la Pelirroja Obnuvilada. Estaban el Saxofonista Impenitente, la Luz de las Tinieblas, las Economistas Intrépidas, el Hombre Adimensional, y también estaba Brácula, y la Virgen de las Nieves (la Patrona de los Copilotos Silenciosos). Estaba, por supuesto, Rimbó, estaba la Vendible (también conocida como «la que se le ve el Bigote»), estaban los Pendientes Rigurosos, las Adolescentes Fosforescentes. Estaba la Novia de Indalencio con sus Enormes Computadores No-Programables. Y antes de todo eso había un espacio, un lugar, la esquina del Shaman, pero antes que la esquina del Shaman estaba el Shaman, y la puerta del Shaman, y las banquetas del Shaman, y la música del Shaman, y las calles oblicuas o peatonales del centro de Zaragoza, que nos atraían como focos reflectantes en medio de la niebla. Antes de eso sólo estábamos nosotros. Antes de eso no había nada. El Shaman era un bar sin ventanas. Aquí una pista, un antecedente. El Shaman era eso, un bar del Casco Viejo de Zaragoza.

Ahora ya puedo empezar a contar esta historia. Estábamos nosotros, y teníamos dieciocho años. ¿Éramos infalibles? Posiblemente. Recuerdo mi primera calada a un cigarrillo, recuerdo mi primer trago a un litro de cerveza, recuerdo mi primer whisky, mi primera borrachera, mi primera novia, mi primera raya de *speed*. Todas las drogas tienen un nombre. Al menos un nombre. Debemos nombrarlas para reconocerlas, y si no nos perderemos. Nuestro cuerpo se perderá. Nuestros líquidos se dispersarán. Dejaremos de ser. Pero la mayoría de las drogas, en realidad, se conocen por muchos nombres. Todos tenemos algo que ocultar. La memoria es como un perro en una piscina, tratando de subir por la escalerilla. ¿Sabe el perro lo que es una escalerilla? ¿Conoce el perro la palabra «escalerilla»? Podemos dudarlo. Podemos permitirnos dudarlo. Y sin embargo lo intenta. Intenta subir. Se agarra a lo que puede, con las patas, con los dientes. El caso es que es posible mantenerse a flote, pero requiere un esfuerzo, o al menos una voluntad, quiero decir que a veces es necesario conectarse y desconectarse periódicamente, entrar y salir, lavarse la cara antes de continuar. En todo caso, se hace imprescindible una voluntad de flotar. Sin voluntad de flotar, bueno, sin voluntad no hay manera. Pero aun en el caso de poseer una voluntad firme, una voluntad de hierro, una voluntad a prueba de torpedos, se necesita algo más, un poco de ritmo. Un ritmo semanal. El lunes, por ejemplo, entras, y el viernes sales. El lunes siguiente vuelves a entrar, el viernes vuelves a salir, y así. Así funciona la sociedad, y así funciona la experiencia, y así funciona la realidad, o lo que llamamos realidad, y así funcionan los oscuros designios de la simetría, que nos acorrala contra las aristas de la geometría descriptiva. No sé si me entienden. Se trata de una cuestión de periodos, de mareas, de movimientos pendulares. Como nadar a braza: primero bajo el agua, después sobre el agua, bajo el agua, sobre el agua, bajo el agua, sobre el agua, respirar, soltar, manos, pies, sístole, diástole. Rítmico. Coordinado. Avanzar rítmicamente. Si rompes el ritmo, estás perdido. Te hundirás sin remedio (o llegarás el último a la meta).

Así que estaban los lunes, y el lunes se comporta como una barca en un lago. El lunes se convierte, así, en un día concéntrico. Teníamos dieciocho años, vivíamos los tres juntos, trabajábamos. Y *por eso* el lunes, concéntrico, se comportaba como una barca en el medio de un lago. Cuando digo «los tres» me refiero al Temible Hombre del Sur, al Señor Rojo Junior, a mí. El martes, sin embargo, tiene, o tenía, la forma alargada de una canoa, mientras que el miércoles se desplazaba ante nosotros a la velocidad de un transatlántico, macizo, incuestionable y severo. Claro, que algunos miércoles pueden ser portaaviones, y más vale no confundirlos con esos otros miércoles que se desplazan a la velocidad de un transatlántico. Sería un error mortal, imperdonable. El transatlántico lleva turistas, mientras que el portaaviones transporta cazas bombarderos, casi siempre norteamericanos, con un cuchillo en los dientes. La diferencia no es nada sutil. Se trata de una diferencia de peso. El jueves, sin embargo, siempre se parece a la Reina de África, con toda la ginebra derramada por la borda por una solterona beata y flacucha. El viernes y el sábado se sumergen, o se sumergían, como submarinos, de eso no cabe duda. Como submarinos alemanes en la Segunda Guerra Mundial. ¿Y el domingo? ¿Qué pasa con el domingo? ¿El domingo flota o no flota? Queridos amigos, os diré algo: el domingo es un petrolero a la deriva.

Así que nos sumergíamos. Teníamos dieciocho años y nos sumergíamos. Toda la semana sobre el agua, caminando sobre el agua como Jesucristo, atendiendo a los horarios, ganando dinero para pagar las distintas tarifas de la vida en superficie. El fin de semana, sin embargo, debajo del agua, jugando con las algas y haciéndoles cosquillas en los pies a los tiburones. Tocando el fondo, el auténtico fondo (no hay que confundir el fondo aparente con el verdadero fondo). Con el pelo desordenado. Con los ojos rojos por el cloro o por las visiones del mundo marino o por el humo del tabaco subacuático. Con los ojos rojísimos, pero todavía abiertos. Mareados, sin oxígeno, flotando, abandonados a nuestra suerte. Cagando billetes, los billetes acumulados en nuestros estómagos durante el resto de la semana. Billetes duros y redondos para pagar el *bourbon* y el hachís. Billetes untados en mierda. Billetes llenos de caras y de firmas y de números y de bandas magnéticas.

Pero basta ya de metáforas, basta ya de símiles. Volvamos a la realidad. Hagamos un poco de historia. Ahora teníamos quince años. Estábamos los tres en la misma clase del instituto. 2.º C. El lunes clase, el martes clase, y todo eso, pero sin matices, todavía. Sin distinciones. El lunes igual que el martes, pero el martes igual que el jueves, sin remedio. La pizarra, el laboratorio, el chándal. Pequeñas diferencias. El fin de semana salíamos por ahí. Íbamos a la zona de la calle de San Miguel. A la calle del Heroísmo, más en concreto. Los fines de semana. El viernes, el sábado. No, el domingo no. El domingo mis padres me llevaban a Bujaraloz a ver a mis abuelos. Eso fue antes de los dieciocho años, claro. Mucho antes del Shaman. Mucho antes de la historia que trato de contar. Esto fue a los quince años, a nuestros quince años, cuando no había facturas que pagar, cuando no había tanta diferencia entre nadar y hundirse. Pero trataré de retomar el hilo, de no disolverme demasiado. Pedíamos un litro de cerveza y nos ponían un plato con cacahuetes, o pipas, en la calle del Heroísmo. Quiero decir: esquivábamos al hombre de la puerta, que pedía los carnés de identidad y verificaba las fechas, entrábamos en el bar, pedíamos un litro de cerveza. Nos sentábamos. Lo mirábamos todo. Un viernes, por ejemplo, o un sábado cualquiera de invierno. Nos emborrachábamos a las siete de la tarde, hasta las nueve, y a las nueve nos deteníamos porque había que volver a casa. Nos deteníamos nosotros y se detenía el mundo. Impulso, carrerilla, cacahuetes, exámenes de geografía. Salíamos del bar, sin necesidad de esquivar a nadie. ¿Cuál es la capital de Nigeria? Dejábamos de beber y empezábamos a fumar, para diluir los efectos del alcohol antes del regreso. A veces llamábamos por teléfono desde una cabina. Hacía frío. Discutíamos. ¿Cuál es el mejor grupo de rock de la historia? ¿The Doors? ¿Led Zeppelin? ¿The Rolling Stones? No sabíamos nada. Nos movíamos dentro de la pecera, todavía, sentados en un banco. Después nos lavábamos las manos, para que los dedos no olieran a nicotina. Nuestro movimiento se aproximaba a la espiral, pero nosotros no éramos conscientes, no estaba a nuestro alcance saber que nuestro movimiento era un movimiento en espiral. Quisiéramos haber hecho más, pero teníamos obligaciones, límites, fronteras. No se nos permitía salir a faenar. A nuestro alrededor, junto a nosotros, habitaban un buzo de plástico, una galera de plástico, un falso tesoro hundido. Ésos eran nuestros compañeros de inmovilidad. Teníamos las redes, pero no contábamos con los permisos necesarios para sacar los barcos a mar abierto. Se nos consideraba inmaduros. Alevines. Meros grumetes en medio de grandes tempestades, en un mundo de cetáceos voraces y sin escrúpulos. La ballena es un mamífero, como tú, pero no por eso te va a perdonar la vida. Caminábamos por el muelle, oteando el horizonte, y nos preguntábamos qué habría allá lejos, al otro lado. Nos deteníamos en la puerta de algo, pero ese algo no tenía nombre. ¿Éramos ingenuos? Seguro. ¿Éramos visionarios? Y quién sabe. Ante nosotros se extendía o se levantaba una puerta entreabierta, y sin embargo cerrada. Así se manifestaba nuestra adolescencia: una puerta llena de candados y de grietas, de mirillas y de cerraduras. Una puerta permeable, pero inaccesible. Una puerta transparente como un ojo de buey, o retorcida como un periscopio. Nos asomábamos y veíamos algo, pero sin perspectiva. Desde el ojo de buey de nuestra puerta-pecera mirábamos el mar, pero sin mojarnos los pies. Desde el periscopio observábamos la existencia sin tocarla. Hormonas y muerte, granos y masturbación. Pero todo esto no tiene nada que ver, en realidad. Sólo estoy construyendo metáforas, pálido reflejo de la realidad. Yo quiero llegar a otra cosa, a la historia de la Rubia Deslumbrante y la Espléndida Vegetariana. Pero antes, la adolescencia nos preparó, y es necesario que sea dicho, hace falta saberlo. Teníamos quince años. Hablábamos, nos enamorábamos, tragábamos agua. Esperábamos.

Pero ya basta de antecedentes. Cambio de escenario. Mucho después, tres años después, había cambiado todo. Así de rápido. *Tan* rápido. Habíamos hecho el amor, habíamos follado, y ya no éramos inocentes. Ya habíamos llegado. Habíamos derribado la puerta a hachazos, y el otro lado nos llenó de decepción. Los cuerpos lo contaminan todo, nada se resiste al poder destructor de los cuerpos desnudos, o semidesnudos. Nos habían traicionado, nos habían mentido, nos habían decepcionado. Les habíamos perdido el respeto a los signos. Pero teníamos una cierta educación, cómo decirlo, unas ciertas referencias. Habíamos mirado, y habíamos visto. De repente el sexo, las drogas, otra cosa. No es sólo eso, desde luego. Es mucho más. ¿La responsabilidad? ¿Éramos todavía perfectos? Tal vez. Hay un momento en que *comprendes*, y ya no hay marcha atrás. Gibraltar, el túnel de la adolescencia, y de pronto pasamos del Mediterráneo al Atlántico, al Atlántico inmenso e inmisericorde que es la vida adulta. Ya no teníamos que colarnos en los bares aprovechando que no miraba el portero. Ya nadie nos pedía el carné de identidad en los estancos. ¿Es eso una mejora? ¿Constituye eso una evolución? Facilidades/Dificultades. Se acabó el instituto. Adiós, matemáticas. Adiós, timbres. Adiós, cigarrillo en el recreo. Adiós, profesores, adiós. Nos veremos en el infierno laboral, y tendremos tu mismo rostro. Así que nos desplazamos. Pasamos a otro lugar. Fue nuestra transición. Una transición líquida, eso está claro. A los quince años habíamos vivido en una isla griega (llena de adolescentes desnudos), pero a los dieciocho aparecimos de pronto, de la noche a la mañana, en medio del Atlántico, y en medio del Atlántico había una cuesta, y al fondo una plaza con un olivo. En el Atlántico había un supermercado, un gimnasio, una papelería. En la isla griega había sido suficiente con comer, pero en el Atlántico teníamos la necesidad de salir en busca de comida. Ya nada nos retenía en tierra. Podíamos soltar amarras. Hicimos aproximaciones, iniciamos las búsquedas. Lo primero que hicimos fue abandonar nuestras casas, dejar a nuestros padres, independizarnos, dejar de estudiar, buscar un trabajo. ¿Acaso los descubridores no tenían familia? ¿Nadie se acuerda de la madre de los descubridores? ¿Acaso las madres de los descubridores no sufrieron, no lloraron, lo mismo que las nuestras? Pero llega un momento en que la situación se hace insostenible. Los ruidos atraviesan las paredes. Los relojes queman. Y media, menos veinticinco, menos cuarto. Debíamos alejarnos de allí a toda prisa, antes de que nos revisaran los cajones y encontrasen algo imposible de explicar. Huimos cantando, sin mirar atrás. Huimos silbando, como si aquello no fuera con nosotros. ¿Éramos valientes? Tal vez, o tal vez se trataba de simple inconsciencia. El caso es que soltamos amarras. El Atlántico es enorme, o al menos parece enorme, y las *escalas* se transforman, y cambian por completo las perspectivas. Exploramos como locos cada rincón, esperando nuestro lugar. Recorrimos toda la ciudad de arriba abajo. Las plazas. Los barrios. Los hospitales. El cementerio. Las grandes superficies. Las gasolineras. Las piscinas cubiertas. Los parques. ¿Existirá un lugar para nosotros?, nos preguntábamos. ¿Existirá la felicidad en este mundo? ¿Seguiremos con las mismas dudas? ¿O tendremos, por el contrario, dudas diferentes? Primero buscamos un piso y nos instalamos. Algo después descubrimos el Shaman. Las banquetas del Shaman. La música del Shaman. Las esquinas del Shaman. El Shaman se convirtió en un escondite, en un refugio antiaéreo. Ya no podían engañarnos, porque ya no éramos inocentes. Habíamos leído libros, habíamos visto muchas películas, conocíamos los nombres de los periódicos y de las calles y de los países, escuchábamos la radio. Estábamos informados, y ya no nos iban a engañar. No nos lo podíamos permitir. Ya no vivíamos con nuestros padres, sino en la calle Hernán Cortés de Zaragoza. La calle Hernán Cortés y el océano Atlántico. La calle Hernán Cortés se balanceaba como el océano Atlántico, o al menos desembocaba en las aguas del océano Atlántico. La calle Hernán Cortés se propagaba y serpenteaba como el río Amazonas, y nosotros éramos intrépidos conspiradores indígenas tratando de recobrar la independencia, el paraíso perdido. Pagábamos un alquiler, la luz, había vecinos. Teníamos un tocadiscos, pero no había ascensor. ¿Se comprende? Había cambiado todo, y por eso no podíamos permitirnos que nadie nos tomara el pelo. No entre semana, al menos. Pero el viernes era otra cosa, el sábado era algo completamente distinto. Había otra luz, otras prioridades. El domingo, sin embargo, era un petrolero, eso debe quedar claro. A los dieciocho años lo mismo que a los quince. Ya lo he dicho antes, pero lo repito. El domingo era un petrolero, intacto algunas veces, pero otras veces era un petrolero abierto por la mitad, desangrándose. Un triste petrolero en medio del océano, lleno de marineros borrachos. Marineros turcos y noruegos, todos hermanos en la desgracia. Es en este contexto acuático que la resaca y la resaca coincidían, se convertían en la misma cosa. Un tercer piso sin ascensor, que con el principal pasaba a ser un cuarto piso. Allí vivíamos nosotros, aislados, en medio de las corrientes.

Abandonamos nuestras casas, buscamos un piso, nos mudamos, encontramos nuestro lugar. Nuestro refugio, un refugio vacío y oscuro y sin ventanas. Entonces empezaron a aparecer los fantasmas del Shaman. Los invitados a nuestras fiestas inexistentes. ¿O debería decir más bien los náufragos del Shaman? ¿Los destartalados palacios del Shaman, tal vez? Rimbó, por ejemplo. Rimbó tenía una libreta en la que escribía versos. Versos que ninguno de nosotros llegó a leer nunca. ¿Serían buenos versos, versos importantes, versos llenos de verdad y de dolor? ¿Serían versos que hablaran de la soledad infinita, de la dificultad de encontrar el amor, del miedo a morir y ser olvidado? Lo dudo. No se llamaba Rimbó, por supuesto que no. Pero le tomábamos el pelo. Le decíamos, ¿tú has leído a Rimbó?, y él decía, o preguntaba, ¿Rimbaud?, y uno de nosotros (Rojo Junior, tal vez, o puede que fuera yo) hacía un gesto pendular con el dedo índice y exclamaba, ¡no, hombre, no, Rimbaud no! ¡Rimbaud no! ¡Rimbó, Rimbó, con acento en la «o»! Los submarinos se transforman en góndolas, los gondoleros buscan víctimas que degollar a la luz de la luna. Rimbó nos mira sin comprender, agarrado a su libreta de cuadros y anillas. La sangre se derrama en los canales, y el crimen no se descubrirá. Tal vez el turista merecía morir. El Shaman era un bar, pero también era Venecia en el gran Carnaval. Las máscaras no quitan el frío, nos decíamos. La seda no abriga. Las gafas no engañan la sed. Las góndolas no saben qué cosa es la piedad.

Digo que decidimos irnos a vivir los tres a la calle Hernán Cortés. Mi madre lloró. El padre del Señor Rojo

Junior nos ayudó a llevar nuestras cosas en una furgoneta un domingo por la mañana. Sillas, mesas, armarios. Una lavadora, un frigorífico. Yo vi una araña en una esquina. Pagábamos un alquiler de cuarenta y cinco mil pesetas al mes. Yo trabajaba en una tapicería, como aprendiz. El Señor Rojo Junior hacía de comercial para una empresa de instalación de sistemas eléctricos. La tapicería fue el primer sitio en el que yo trabajé. El Temible Hombre del Sur era el único de los tres que todavía estudiaba, aunque cuatro días a la semana iba en autobús hasta un polígono industrial de las afueras a trabajar en una fábrica de chapas. ¿Cómo se llamaba aquel polígono industrial? ¿Puede ser Miralbueno? ¿En la carretera de Logroño? No lo recuerdo. El Temible Hombre del Sur, en la fábrica, vestía un mono azul (nosotros no estuvimos nunca allí, aunque nos enseñó fotos). Yo, en el taller, me ponía camisetas blancas y vaqueros viejos. Rojo Junior visitaba casas, hacía «aproximaciones a posibles clientes» (el lenguaje del capital, qué miedo), así que se compró (se tuvo que comprar) primero un traje, después otro traje, después un traje verde (aunque los trajes los seguía pagando su madre, en realidad). Pero, ¿y lo demás? ¿Es que lo demás no importa? ¿Acaso el traje es lo único que debe tenerse en cuenta? ¿Quién pagaba el resto de las facturas? ¿Quién subvencionaba el coste de nuestra permanente desazón? ¿Quién subía y bajaba las escaleras? ¿Quién ingresaba el dinero para el alquiler? ¿Quién lloraba cada noche contra la almohada? El viernes por la tarde nos quitábamos el mono azul, la camiseta blanca, el traje verde, y nos encalábamos como palacios para el Gran Carnaval Veneciano. Nos vestíamos de palacios y nos comportábamos como palacios, como palacios plácidos y opalescentes, como palacios en ruinas, como palacios llenos de habitaciones vacías. A nuestro alrededor evolucionaba un baile de máscaras. Nos olvidábamos de los talleres, y de la palabra *taller*. Aquí una escalera, aquí una puerta, aquí una plaza que se inunda. Así que los viernes comprábamos unas cervezas o unas botellas de vino y cenábamos en casa, en nuestro piso sin ascensor de la calle Hernán Cortés, y nos emborrachábamos. Prohibido pronunciar la palabra *trabajo*. No somos jóvenes trabajadores. La palabra *alquiler* tiene pinchos. Bebíamos cerveza, o bebíamos vino, rara vez las dos cosas. Oscilábamos de un lado a otro del piso, nos redistribuíamos, como si el pasillo fuera la pasarela de un barco pirata, o como si el sofá fuera el palo mayor de un velero. El salón se llamaba babor. Mi habitación se llamaba estribor. Nosotros, donde quiera que estuviésemos, éramos el mascarón de proa. Al abordaje, compañeros, no hay empresas de instalación de sistemas eléctricos, no hay fábricas de chapas, ni polígonos industriales, ni monos azules, ni sillones que tapizar. Sólo hay acueductos, sólo hay acequias por todas partes, no queda nada más en nuestras manos que los restos de un diluvio húmedo y alcohólico. Inundación será la de mi llanto, dijo Noé, y plantó una viña. Pasaremos el fin de semana debajo del agua, sumergidos, indetectables.

Terminábamos de cenar y de beber y salíamos de allí, abandonábamos el barco y nos hacíamos a la mar. Bajábamos las escaleras como quien desciende hacia el infierno en busca de provisiones para alimentar la locura. En veinte minutos habíamos llegado al Shaman, a la puerta del Shaman. Todo vuelve a empezar. Nada termina nunca.

Nos colocábamos siempre los tres en el mismo rincón, en la misma esquina. Cogíamos tres banquetas y pedíamos tres bourbons con Coca-Cola y nos sentábamos a esperar, como cuando a los quince años habíamos esperado que se nos pasara la borrachera antes de volver a casa. Saludábamos al camarero. ¿Qué esperábamos? Esperábamos a que llegaran los invitados a nuestra fiesta de disfraces. Claro que ellos no lo sabían, no sabían que había una fiesta, ni sabían que estaban disfrazados, no sabían que los esperábamos, pero sin embargo nosotros los esperábamos allí, y siempre acababan por llegar. Fuera se oía el murmullo de la gente caminando, o gritando. Un murmullo estremecedor. El sonido de la desesperación. Las cataratas de gente triste cayendo hacia el vacío fulgurante del alcohol. En una ciudad como Zaragoza, debe de haber varios miles de jóvenes que salen cada viernes y cada sábado a emborracharse, sin sospechar que en una de tantas puertas hay una fiesta esperándolos, una fiesta submarina. Sin sospechar que podrían salvarse sin más que elegir la puerta en la que pone «Shaman». Si eligen otra puerta, se ahogarán. Si eligen nuestra puerta, sin embargo, los arrastraremos, quieran o no, a las bodegas cargueras de la salvación. Los arrastraremos a la felicidad, a la epifanía, los obligaremos a mirarle la cara a la lucidez. Los haremos moverse, bailar, comprometerse con la Inexistente Fiesta Veneciana.

 Un día conocimos a Rimbó. Rimbó fue el primero de los invitados. Su disfraz no distinguía matices. Rimbó estaba cosido a su disfraz. Otro día nos enfrentamos a la Luz de las Tinieblas, que llevaba un vestido azul. Nos la jugamos, y me tocó a mí. La acorralé contra una de las paredes y le susurré algo al oído, pero ella no tenía miedo. La acompañé al autobús, y ya no apareció nunca más. Otro día conocimos al Letrista. El Letrista decía que era él el que escribía las canciones de cierto grupo de pop. El grupo de pop se llamaba El Niño Gusano. Nos recitaba las letras de las canciones como si fueran epitafios. «Los lobos / nunca conseguirán / que sus aullidos / puedan alunizar.» Cosas así, tremendas. Fingía, pero también nosotros fingíamos. Simulaba. Mentía. ¿Es tu pasión perfecta?, le preguntamos, y no nos respondió. Inténtalo otra vez.

Así hasta que apareció Iggy. Lo llamamos Iggy por Iggy Pop. Llevaba media melena, moreno, cuerpo fibroso como el de un pescador de pulpos. ¿Por qué llegó a nosotros? ¿Por qué se nos acercó? ¿Acaso intuyó algo, una vibración? La Rubia Deslumbrante caminaba detrás de él y se quedaba en la sombra. Nos observaba como se observa a un peligro inminente. El primer día, el segundo día, siempre. La Rubia no habla. La Rubia no se inmuta. La perfección lo ilumina todo, y no queda espacio para imaginar recovecos de furia o de miedo. Estábamos en nuestras banquetas y los dos entraban por la puerta, cogidos de la mano. Iggy y la Rubia. Iggy nos buscaba con la mirada y ella trataba sin éxito de distraerlo o de desviarlo. La Rubia le decía algo a Iggy y señalaba hacia la calle, pero Iggy no hacía caso, hasta que por fin nos veía y venía hacia nosotros. Entonces ella se soltaba de su mano y se quedaba un par de pasos por detrás y nos juzgaba. Pero no hacíamos caso, porque Iggy tenía cosas que contar. Iggy había estado en Colombia, en Nigeria, en un concierto de The Cure en Londres en 1985. Iggy pronunciaba el nombre de los bares que ya no existen, los bares de los años 80, y hablaba también de drogas y de muertos por sobredosis. Nos contaba la historia de su amigo Fernando, agonizando en los servicios de la facultad de Ciencias Económicas y Empresariales. Nos hablaba de una antigua novia que ahora vive en Buenos Aires. Después se iba. Se terminaban las horas y las canciones y la Rubia Deslumbrante conseguía alejarlo de nosotros, se lo llevaba, un faro que huye de la costa en un día de tormenta.

Y entonces, ahora sí, por fin, apareció la Espléndida Vegetariana. Un sábado cualquiera. Estaba sola, en la barra, discutiendo con el camarero. El camarero se reía, y la risa nos atrajo. Gesticulaban, los dos, pero sólo él reía. Qué sería de una fiesta sin bandejas, sin retrasos, sin renuncias. Qué sería de una fiesta sin una vecina histérica que golpea la pared. Qué sería de una fiesta sin mí. Nos acercamos a escuchar. Nos arrastramos hacia ellos, hacia el sonido, hacia la conversación, hacia los gestos. De pronto lo comprendimos todo. La Espléndida Vegetariana quería tomar algo que no tuviera «ni gas, ni alcohol, ni naranja ni limón». Eso dijo, eso decía, y redoblamos la risa del camarero. Tuvimos que intervenir, nuestra intervención se hacía imprescindible. Nos presentamos. Ella nos miró de frente, la Espléndida Vegetariana. En el fondo de sus ojos verdes ardía una pradera. El mundo no está hecho para ti, le dijimos. No debe renunciarse a los banquetes del espíritu. La carne debe ser consolada. Las lágrimas no son sólo agua, nuestros corazones se alegran de encontrarte. ¿Pero quién coño sois vosotros, trío de pirados? Eso fue lo que salió de su boca. Veneno. Festejamos sus palabras. Por fin una hermana, un palacio reconocido desde la distancia por otro palacio. Rememos juntos, le dijimos. Internémonos en la espesura. Compartamos las cada día más escasas reservas de oxígeno. Cometamos los mismos errores, para que nadie pueda reprocharnos nada, ni siquiera desidia. La convencimos de que nos dejara entrar. Nos contó que no comía carne, que nunca salía de casa. En la ventana de su salón tenía una maceta con perejil. La Espléndida Vegetariana. Para cuando llegaron Iggy y la Rubia Deslumbrante, ya nos habíamos extendido, o expandido. Cuatro, cuatro personas. Natación sincronizada, conciencia colectiva. ¿Parecíamos felices? Seguramente. Se formaron los grupos. Iggy tenía los ojos muy rojos. La Rubia llevaba falda y tacones. Nosotros tres nos hicimos a un lado, establecimos un círculo que sólo permitía la entrada a dos personas. Primero entró Iggy, el príncipe de los círculos, y hubo una pausa, y la pausa aullaba. El círculo espera su segundo habitante. El círculo exige ser completado. Entonces la Espléndida Vegetariana dio un paso al frente, un solo paso, y se introdujo allí con él. Establecieron sus límites. Hablaban y se reían señalándonos. Nosotros no podíamos entender lo que estaban diciendo. La Rubia los miraba desde el otro lado, como quien observa la evolución de un tiburón en un acuario. Entonces se rompió el hechizo, Iggy se movió hacia nosotros y el círculo cambió su situación. La Rubia y la Vegetariana quedaron fuera del círculo, retándose. Iggy arrastraba el centro del círculo al moverse. Iggy configuraba el círculo a su antojo. Nos habló. No te entendemos, dijo el Temible Hombre del Sur, habla más alto. Iggy subió la voz. Nos confesó que no sabía qué hacer. ¿A quién me follo esta noche?, nos preguntó. No te oímos, dijo el Temible Hombre del Sur. ¿A quién me follo esta noche?, repitió Iggy, sin mirarnos a la cara a ninguno de los tres. Tienes cuerpo de escalador, le dije, siempre vistes de negro. Voy al gimnasio, pero ésa no es la cuestión. Nos preguntó otra vez, con las manos en la cara. ¿Qué puedo hacer? La Rubia es una fiera en la cama, pero llevo ya tres meses follando con ella cada noche. No sé qué hacer. Tres meses son muchos meses. Me aburre. El círculo se volvió denso, insoportable. ¿Acaso sufría? ¿Acaso un hombre así puede sufrir? Entonces habló Rojo Junior. ¿Por qué no cambias?, le dijo. Dices que llevas tres meses con la Rubia, y a la Vegetariana no te la has follado nunca. ¿No te apetece cambiar? ¿No te apetece follar con una mujer distinta? Todo sucedió en un minuto. El círculo se disolvió en el aire. La realidad recuperó su apariencia normal. Iggy sonrió, salió de los restos del círculo, de la basura radiactiva de su círculo, le dijo algo a la Rubia, tan sólo una o dos frases, gesticulando con las manos como cuando se le explica algo a un niño, después se acercó a la Espléndida Vegetariana y también le dijo algo, algo más breve, cuatro o cinco palabras, tal vez menos, tal vez fueron sólo dos palabras, tal vez fue una única palabra, la cogió del brazo y salieron juntos del Shaman, sin mirar atrás. La Rubia Deslumbrante se quedó sola a tres pasos de nosotros, mirándonos, y de pronto se tiró al suelo. No se cayó, sino que se tiró, y empezó a llorar. La cabeza, su cabeza que lloraba, era lo más alejado de nosotros, el llanto rítmico pero descontrolado, un llanto a borbotones, histérico. Di dos pasos y me agaché junto a ella y le dije que no valía la pena. ¿No ves que no vale la pena?, le dije. Es un desgraciado, un hijo de puta, no merece que llores por él. Entonces me lanzó un puñetazo, un puñetazo que me impactó en el pómulo derecho, yo retrocedí a duras penas, luchando por no caerme, y mientras retrocedía, mientras la sangre empezaba a brotarme del pómulo, fue cuando vi la pulsera en el tobillo, una pulsera en su tobillo derecho, y supe que su pulsera y mi sangre eran la misma cosa. Me estabilicé, me puse la mano sobre la cara. Supe que algo se había quebrado, que mi juventud desaparecía con ese golpe, con esa herida, y supe también que éramos culpables y patéticos, que nada podría salvarnos ya, que nos habíamos equivocado porque habíamos causado dolor y el dolor se había extendido por la realidad hasta dar con nosotros, con mi mejilla. Ella se levantó, recuperó el bolso que había dejado sobre la barra y echó a correr hacia la calle, y ya no volvimos a ver a ninguno de ellos nunca más.

IRENE JIMÉNEZ

IRENE JIMÉNEZ (Murcia, 1977) es autora de tres libros de cuentos: *La hora de la siesta* (Arguval, 2001), *El placer de la Y* (El Cobre, 2003) y *Lugares comunes* (Páginas de Espuma, 2007).

[POÉTICA]

Soy autora de tres libros de relatos, pero sobre todo soy una lectora enamorada del cuento, una de las que leen la prensa en busca de reseñas de libros de cuentos, de las que luego componen listas de la compra con estas reseñas y de las que cuando pasan un fin de semana fuera de casa llevan en la maleta el libro de cuentos que están leyendo, el libro de cuentos que será necesario tener a mano al acabar el primero y el libro de cuentos que supliría al segundo si éste resultara decepcionante.

Este idilio se debe a varias razones. En primer lugar, a mí me interesa especialmente un tipo de literatura en el cual los personajes puedan parecerse a los lectores. Me gusta leer sobre protagonistas que aprenden o que sienten las mismas cosas que alguna vez he aprendido o sentido yo, o sobre las que podrán venir. En este aspecto, la novela trata de darle forma a una amalgama de hechos, los de nuestra existencia, que son naturalmente informes. La novela exige una especie de continuidad, de progresión, que pocas veces encontramos en nuestra vida real, que es mucho más errática y desordenada, y en la cual las cosas importantes parecen suceder siempre antes o después del momento en que tendrían que haber ocurrido. Hay una artificiosidad, un falseamiento en la novela que el cuento en cambio puede permitirse escatimar. Al representar, a menudo, momentos muy concretos de la vida de los protagonistas, el relato breve no necesita preparar al lector para llegar hasta ellos. La intensidad del cuento no precisa causas ni coartadas; no hay que recorrer camino alguno para alcanzarla. No debe precederse ni sucederse de escenas de menor brillo para resplandecer entre ellas. Sencillamente aparece, de pronto, ante nosotros, y quince o veinte páginas después se retira.

Esa sobriedad del cuento, su condición de miniatura, es una ventaja a mi entender. Por supuesto que es fabuloso leer obras monumentales como *El Quijote* o *Anna Karenina,* pero algunos dicen que lo bueno, si breve, es dos veces bueno, y lo que yo pienso es que lo malo, si breve, es por lo menos cinco veces mejor que si fuera largo.

Las anteriores virtudes que he señalado las disfruto como lectora. Como escritora me sucede que el proceso que llevo a cabo para componer un relato comienza casi siempre con una breve anotación en un cuaderno. Esa anotación se corresponde con algo que de repente se ha visto o se ha escuchado, con algo que se soñó. Al cabo de un tiempo, a veces mucho, las frases o imágenes encuentran su marco, sus circunstancias, y se convierten en cuentos. Pero esas frases no sirven para construir novelas. Es una cuestión de método: creo que para empezar una novela el autor ha de pensar «trabajaré sobre el castigo que sigue a un adulterio», o «voy a escribir sobre la forma en la que una guerra devasta a un pueblo, o sobre la lealtad». Sin embargo, al menos en mi libreta de cuentista, hay otro tipo de notas, más modestas. Algunas son «Era tan pobre que no tenía secretos», o «Celia ha observado que, mientras come, ensucia muchas más servilletas que sus compañeros de mesa». Otras rezan «Rebeca es una de esas personas que no dice ojos, sino mirada; no dice ayer, sino en el pasado», o «Los tatuajes no quitan el frío».

De todas maneras, esta relación de excusas en defensa del relato valdría de poco sin el talento de tantos de los escritores que lo han cultivado: en realidad, son los autores que nos acercaron a una dama con perrito o los que sobrevolaron la isla a mediodía, junto a todos los que aprendieron a escribir leyéndolos a ellos, los que justifican que el relato breve siga siendo hoy una ocupación en la que merece la pena emplear una parte tan generosa de nuestro tiempo.

En la calle

—Hacer muchas cosas ayuda a las personas a sentirse mejor —escuchó que decía Gracia mientras colocaba unos tenedores modernistas a la izquierda de los platos—. Llevar a cabo cosas diferentes, resolver pequeñas situaciones, sentirse activo.

No estaba muy claro que estas palabras se dirigieran a él, y de hecho su mujer ni siquiera lo miró, pero tampoco parecía del todo oportuno regalar una doctrina tan abocetada a Pedro hijo, el más pequeño, que jugaba sobre la moqueta con varias réplicas de coches antiguos. En el mejor de los casos, Gracia hablaría para sí misma. Pedro padre la miró: las zapatillas de cuero rojo asomando por debajo del pijama ancho de rayas rojas y blancas. La bata a juego, anudada con fuerza a la cintura. Todos los anillos ocupando su sitio en los dedos. El pelo, rubio oscuro, perfectamente recogido en un moño.

—Cucharitas de postre —volvió a oírla decir—. Servilletas.

Pedro hijo continuaba jugando afanosamente, ajeno a sus murmuraciones. Había cumplido seis años el jueves anterior. Su padre lo vio levantar la cabeza instantes antes de darse cuenta de que el teléfono de la mesilla había empezado a sonar a medio metro de él.

Por lo general Pedro padre no atendía las llamadas porque no le gustaba hablar por teléfono. El aparato del salón pasaba horas desconectado de la clavija para evitarle molestias, y era su mujer la que conversaba con la familia y con la mayoría de los conocidos utilizando el móvil. Él y su hijo cruzaron sus miradas durante un par de segundos, y después Gracia y él también se miraron el tiempo suficiente para que Pedro se hiciese cargo de que dejarla llegar hasta el aparato supondría un absurdo, e incluso algo aún más peligroso: el reconocimiento de una situación anómala. La asunción de que únicamente Gracia encarnaba el liderazgo, la cordura.

—¿Dígame?

Su mujer se quedó mirándolo con un puñado de servilletas de hilo entre las manos.

—Felicidades, Mariana. ¿Cómo estáis?, ¿con las botas puestas? —Pedro relajó la postura en el sofá, sosegado por lo sencillo que iba a resultar conversar con su cuñada—. Nosotros tenemos elegida la música y la mitad de los invitados tienen salvamanteles y cubiertos, ya sabes cómo es tu hermana. Por lo menos aún no nos ha obligado a colocarnos la chaqueta.

Pedro cruzó las piernas por debajo de los faldones de la mesa.

—¿Cómo, que estáis en la ciudad? Ah, acabáis de llegar. Tenía entendido que pasabais allí varios días. Sí, claro, he visto en la televisión que llovió mucho. Una pena, los precios por las nubes y apenas te has puesto los esquís. Esta mañana seguía lloviendo. Lo habéis decidido a última hora.

Seguramente Gracia no daba crédito a lo que oía, porque Pedro la vio fruncir el ceño y abrir los brazos en señal de interrogación.

—Ya lo sabes, Mariana. Estaremos todos aquí. Tu madre, tu hermano Andrés y su hija. No, mi madre pasará esta noche con mi hermano y con su mujer. Comeremos juntos en Año Nuevo o en Reyes.

Marcos, el hijo mayor, entró al salón en ese momento. Venía reclamando algo en voz muy alta y Gracia, con el dedo índice sobre los labios, lo obligó a callar de inmediato.

—No quiero oír una palabra —susurró con ira—. Papá está hablando.

—Por supuesto que te esperamos. No hay ningún problema, qué tontería. ¡Pero si habéis cenado con nosotros muchos años! Si falta merluza yo mismo te haré un bocadillo. Por favor, Mariana, no digas nada; nos vemos en unas horas. ¿Necesitas decirle algo a tu hermana? Entonces adiós, querida. Feliz Nochebuena.

Cuando colgó el teléfono Gracia tenía una expresión desafiante.

—En fin —le dijo Pedro mientras deshacía los enredos del cable del teléfono—. Ya me has escuchado. Pensaban pasar dos o tres días más en la nieve, que no es lo mismo que pasarlos en el apartahotel. La radio decía que iba a seguir lloviendo. Salieron de allí a las doce de la mañana.

—¿Y no se les ha ocurrido llamarme antes?

—Decidieron venirse a las doce menos cuarto. Estaban fastidiados porque Joaquín pidió unos días de vacaciones que no han podido aprovechar. No pensaron en la cena hasta el último momento.

—Y ahora por fin han pensado en la cena —le oyó decir a una Gracia sumamente contrariada—. Pero nadie ha pensado en mí. Mi hermana siempre hace lo mismo.

—Si te parece, iré a comprar algún aperitivo y un par de botellas —dijo Pedro mientras se levantaba, dando por zanjado el asunto—. Aunque creo que a Mariana y a su chico les bastará con las botellas.

Gracia, que estaba buscando su reloj bajo la manga de la bata, le devolvió una mirada acerada.

—No es preciso que salgas a estas horas. Creo que hay cena más que suficiente para todos.

—No me importa salir. Salgo poco.

—¿Puedo ir contigo, papá? —preguntó Marcos entonces.

—De ninguna manera —replicó de súbito su madre, mientras descorría las cortinas—. Mira las calles. Está casi anocheciendo, hace mucho frío. Agarrarías un constipado. Contagiarías a Pedrito. Os pasaríais enfermos todas las vacaciones, hasta el día de vuelta al colegio.

—Pero yo quiero ir a la tienda...

—Pues no irás —le respondió Gracia, dando a entender que no había posibilidad alguna de prolongar la negociación—. Alguien tiene que ayudarme a completar la mesa, ¿no?

Su hijo quiso decir algo. Abrió la boca, pero no se oyó nada. Gracia empezó a distribuir las servilletas que tenía en la mano.

—Vamos, cariño —insistió al cabo de unos segundos, con su atención centrada de nuevo en el brillo perfecto de las copas que había estado limpiando por la mañana—. Recoge los coches de tu hermano y guárdalos en vuestro cuarto. No podemos olvidarnos de llamar a Alejandro y a su mamá para desearles unas felices fiestas. Tendrás que acercarme otras dos sillas.

Mientras se ataba los cordones de los zapatos sentado en el borde de la cama, Pedro pensó que debía de haber, por lo menos, dos categorías excluyentes de mujeres: unas, como Gracia, pasaban puliendo el parqué las horas anteriores a la celebración de una Nochebuena. Otras, como Mariana, si cabe adecentarían al día siguiente los cojines del sofá, después de que los invitados se hubieran marchado dejándolo todo inevitablemente gorrino. Él había llegado a la conclusión, en todo caso, de que las cenas inolvidables que Gracia organizaba en casa, así como la geometría diaria que aplicaba al cuidado del piso o de los niños, no eran fruto de su generosidad para con todos ellos, a pesar de que todos ellos podían beneficiarse de ésta, y por supuesto lo hacían. No. Gracia emprendía las cosas que, en definitiva, tenía que emprender para sentirse íntimamente satisfecha. Que los demás disfrutasen era deseable, era interesante; pero mucho menos deseable o interesante que su propia tranquilidad. Tener que completar una vajilla con una fuente extraña, por ejemplo, debía de ser extremadamente violento para una persona que presumía de recordar con detalle todas las dentaduras de sus conocidos y que tendía la ropa utilizando pinzas de los colores de cada prenda.

Antes de abrir la puerta de la calle vio a sus hijos en el pasillo, enredados en una cinta de espumillón rojo. Se quedó mirándolos el tiempo suficiente como para que

Gracia, que seguía trajinando de un lado a otro del salón, se asomara a vigilar o a reprenderlos y pudiera encontrarse con él. Pero su mujer no era aficionada a abundar en lo que la desagradaba: si Pedro había decidido pasear solo, en contra de lo que ella creía oportuno, no saldría a despedirlo, aunque tampoco se enojaría mucho. Geógrafa excedente de un instituto de investigación desde que sus hermanos vendieron un gran solar heredado a un promotor de campos de golf, Gracia había solicitado la reincorporación a media jornada de trabajo precisamente cuando el doctor se encontraba más preocupado por su marido. Después de tantos años trabajando en una sucursal bancaria, Pedro había entendido que su matrimonio, como quizá el de muchos otros que no se ponían a prueba, se había sostenido por la misma fe que sostiene al dinero. De igual forma que un banco no estaría preparado para asumir que todos los ahorradores solicitaran al mismo tiempo su capital, Gracia no estaba preparada para que se le exigiera, por sorpresa, todo aquello que debería estar dispuesta a dar de sí misma como esposa en una circunstancia extrema. Los bancos no se consideraban deshonestos por haberse levantado sobre esa convención, y Gracia tampoco.

La soledad del aparcamiento sosegaba a Pedro.

Cuando bajaba con los niños tenía que encender todas las luces y subir rápidamente a la ranchera, pero ahora se dirigió hasta su plaza con pasos cortos, orientándose con la escasa luz del piloto de los interruptores y con el recuerdo. Una vez que se halló en el interior del coche tampoco se aceleró; recostado sobre el asiento pensó con satisfacción que se encontraba en unas condiciones mucho mejores que las de todos aquellos enfermos que empeoran ante la avalancha de celebraciones y encuentros que conlleva la Navidad. No sólo no le importaría pasar la velada departiendo con su suegra sobre libros que no había leído, sino que la repentina adición de sus cuñados, recién llegados de la nieve, le producía un especial alborozo. Sería amable con todos, bebería agua mientras ellos se servían champán, y la familia entera pensaría que Pedro estaba francamente recuperado. Antes, sólo faltaba una cosa.

A estas horas la mayoría de sus vecinos ya tenía el coche aparcado, y Pedro imaginó las chimeneas de sus salones crepitando hasta alcanzar temperaturas excesivas, los hijos que peleaban por el mando a distancia del televisor, la perplejidad de sus padres viendo a las esposas frotar la plata con toda su fuerza. Elegidos los vinos de la cena, y hasta el momento de desenfundar la cámara digital, ¿cuál era la función de sus congéneres en casa? Parecía que reducir al mínimo las molestias ocasionadas por su presencia. Estar allí sin que nada los delatara. Convertirse en secundarios: en el mejor de los casos marcar el número de las personas a las que hay que felicitar, trasladar un carrito con licores. En definitiva, y dependiendo de sus capacidades, uno no tiene más que sumarse de algún modo a la comparsa. Sólo hay algo que específicamente no se corresponde con la Nochebuena: la osadía de arrancar el automóvil, maniobrar y dejar atrás la barrera.

Pedro avanzó rápidamente por entre calles y avenidas. Vivían en un piso muy amplio en la parte más alejada hacia el este de la ciudad que aún se consideraba centro, y no empleó más de seis o siete minutos en aguardar el verde de los semáforos y llegar a la glorieta de Rubén Darío. Unos metros antes, mientras cruzaba el puente de Juan Bravo, había empezado a reducir la marcha, calculando hacia qué extremo de la plaza debería dirigirse para estacionar. No tuvo dificultad en encontrar un hueco, porque empezaba a ser demasiado tarde para que alguien, salvo imprevistos, saliera a la calle a comprar, pero todavía era demasiado pronto para que los familiares que cenan con uno empiecen a aparcar en los alrededores de su casa. Todos saben que la anfitriona ha trabajado durante todo el día como una fiera, pero es conveniente otorgarle el tiempo necesario para que reciba a sus invitados como si acabara de despertar.

Hasta que hubo parado el motor, Pedro no levantó la vista. A pesar de haber distinguido sus solitarias siluetas desde el puente, se había prometido no supervisar otra cosa que el tráfico hasta que pudiera entregarles por completo su atención: era como si no quisiera malgastar su gozo, dejándolo incompleto. Tampoco quería ser descubierto por ellas ni molestar, así que se refugió en el extremo de la plaza opuesto al que ocupaban ellas, confiando en que lo ocultasen las ramas iluminadas de un altísimo abeto central lleno de bombillas doradas y rojas. Alargó un poco el cuello.

Ataviadas con su sórdido uniforme de gala, cuatro o cinco prostitutas conversaban separadas por escasos metros. Sólo una de ellas, una negra corpulenta, tenía la cabeza metida en un coche aparcado en doble fila, uno de esos deportivos cuyo conductor es penalizado por la correduría de seguros con las primas más altas. Las demás dejaban pasar el tiempo, apoyadas sobre la pared de un edificio o sobre la base de un semáforo. La que más le gustaba a Pedro descansaba sobre el capó de otro coche, con los brazos cruzados: si fuera una escultura, pensó él, serviría para representar el tedio. ¿Cuál sería su nombre? Sandra o Marilyn, o quizás alguno acabado en y. Hace semanas que Pedro empezó a frecuentar la plaza y enseguida se fijó en ella, pero no porque sea la más hermosa. Siempre lleva suelta la melena castaña, así que ni siquiera le ha sido fácil distinguir con precisión el color de sus lentillas claras o la forma fallida de su nariz, incluso cuando ha pasado a su lado. El tiempo que Pedro emplea recordándola en su dormitorio se remite tan sólo a unos cuantos gestos: a menos de un metro de distancia su timidez apenas le ha permitido comprobar que todavía no ha debido de cumplir los treinta años, la edad que tenía Gracia cuando se casaron.

Pedro tampoco ha escuchado su voz. Al contrario que sus compañeras, ella no se agacha para que los conductores de los coches le vean el escote, y ni siquiera les habla. Pasa las noches dando breves pasos de un lado a otro de la calzada en equilibrio sobre unas imposibles plataformas, y a veces sonríe ante las exclamaciones de las otras. Pero él sabe que este silencio, frente a la mercadería del resto, no es desdén: ahora mismo ha terminado de repasarse la pintura de labios frente a un espejito que sacó del bolso, y a él lo enternece pensar que una prostituta conserve un resto de coquetería. ¿Se arreglará para sus clientes, o lo hará por ella misma? El termómetro del coche indica que en el exterior hay seis grados, pero no se ha abrochado la cazadora.

Pocos automóviles sorteaban ya esa altura de la calle, y al parecer casi todos lo hacían de camino a otro lugar, con las ventanillas subidas: hay que ser valiente, o estar muy solo, para detenerse en esas faldas recortadas, en las toreras de pluma rosa, en el cargante rimmel de sus ojos. Tenía que resultarles detestable, se le ocurrió a Pedro, seguir con la mirada a padres de familia indiferentes que las abordaban sin reparo cualquier otra jornada del calendario. Pero es que un tipo listo sabe racionar la frescura y las perversiones. Un día como hoy, una puta sólo trabaja para los locos.

Pedro no está loco. Los dos médicos que lo han tratado le repiten que un elevado porcentaje de la población occidental padece su mismo abatimiento, su apatía. Las temporadas en las que parece imposible desenredarse de las sábanas por la mañana. La desgana por la bicicleta, por la comida, por el periódico. El espanto de recordar su despacho por la noche. Y después la euforia, la necesidad de hablar ininterrumpidamente, ese movimiento de las manos.

—Todos somos carne de trastorno.

Pero Pedro es inofensivo: a él, lo único que le gusta es mirar. Mirarlas a ellas, o a los mendigos que viven en paz, arrastrando su libertad por las calles, o a los jóvenes bulliciosos del campus universitario en plenos exámenes. Mirar lo que no tiene.

Por detrás del árbol vio que la negra terminaba haciéndole un corte de mangas al conductor del deportivo mientras éste se alejaba. Pedro frunció el ceño y sintió ira por esos hombres que visitan a las prostitutas como si fueran un espectáculo, y que a menudo lo hacen en grupo. Él en cambio siempre las ha mirado con afecto, como en general a todos aquellos seres que llenan la noche: los hombres que buscan hombres en los bares, los artistas histriónicos, las bailarinas. Aunque ha dejado que pasaran casi veinte años anudándose la corbata para ir a trabajar, Pedro ha sentido siempre un aprecio íntimo por quienes han elegido el descaro o la frivolidad: su hipótesis es que han entendido antes que los demás que el mundo es una cloaca y que ninguna forma de severidad humana podrá vencer nunca ahí dentro. ¿Es más decente ser uno de esos hombres que nunca abre la puerta que conduce a otros cuartos? Él cree que no. Para Pedro, el verdadero desmantelamiento de la especie es el que se produce día tras día en su sucursal bancaria, en los jardines, en cualquier esquina: gentes abandonando sus primeros deseos, empeñadas en desear todas lo mismo.

Junto al coche pasó una anciana paseando un caniche vestido con un traje de cuadros. Pedro la vio de reojo y enseguida supo que aquella mujer habría clamado contra todos los alcaldes que no fueron capaces de despejar su calle. Ella también lo escrutó a él sin pudor, tomándose el tiempo necesario para descubrir si pertenecía a su mundo o a ese otro infecto que les acechaba. Él cerró los ojos, esquivándola, y se puso a pensar en los fibrosos muslos de la negra, casi tallados bajo la espesura de sus medias.

Las figuras de la calle le producían bienestar, pero en ningún caso deseo. Pedro llevaba aproximadamente doce meses medicándose con litio; a consecuencia del mismo, durante los últimos diez no había conseguido excitarse ni una sola vez. También le sudaban las manos y en ocasiones se mareaba, pero en todo eso pensaba menos, al contrario que su mujer.

—¿Pedro, te das cuenta?

Gracia, permanentemente alerta, enunciaba a veces antes que él cualquier novedad física, cualquier tic recién descubierto. Tomaba notas, discutía con el doctor más que su marido. Sin embargo, había renunciado no sólo al escaso sexo de antes, sino a cualquier conversación sobre el asunto que no tuviera el tono de esas otras conversaciones en torno a los profesores de los niños o a la manera en que la asistenta planchaba las camisas más difíciles. ¿De veras podía no importarle este vacío? Pedro nunca concibió que fuera por generosidad, así que desde el principio la clemencia de su mujer le pareció más bien demoledora. Sus conocidos, sin embargo, la admiraban. Gracia era tan gentil. En medio de los momentos más duros, su casa siempre olía a flores frescas.

Un golpe seco lo hizo abrir los ojos. Lo primero que vio fueron unos nudillos anchos golpeando la ventanilla más próxima a él; lo siguiente, un gran anillo con una piedra azul en el dedo corazón. La anciana había desaparecido, y el hombre que estaba detrás del cristal se llevó la sortija a la boca y la besó con unos labios grandes, pintados de un color oscuro. Pedro vio que aquellos labios comenzaban a hablarle.

—No irás a pasar solo la Nochebuena, mi amor.

Estaba casi seguro de que no quería pasar la noche con un travestido, pero no tuvo tiempo de decidir cómo explicárselo antes de que el recién llegado, muy sonriente, hiciera un ademán por abrir la puerta del coche. Era joven y muy alto.

—Mona tiene muchas cosas que regalarte.

Pedro se oyó a sí mismo susurrar que no sería posible mientras veía la mella que tenía el otro en uno de los colmillos. Aún negaba con la cabeza cuando arrancó suavemente la ranchera, porque por nada del mundo hubiera querido lastimarlo. Por el retrovisor vio que el travestido se quedaba haciendo pucheros, y que después se daba la vuelta con despecho. En cuanto vio a Mona contoneando su falda de cuero sin curvas en dirección a otro vehículo, Pedro aceleró e hizo tres cuartos de rotonda, con tanta prisa como cualquier conductor honorable que trata de evitarse aguardar el cambio de color del semáforo frente a una acera como aquélla. El corazón le palpitaba con fuerza. A su paso Sandra, o Marilyn, ni siquiera levantó la vista.

Si seguía corriendo, pensó Pedro, quizás encontrase abierto alguno de esos centros comerciales que, en las grandes ciudades, permiten a los hombres disponer de una coartada casi a cualquier hora. Después regresaría a casa, en donde Pedrito y Marcos iban a recibir esa noche parte de sus regalos. Un telescopio, un estuche de acuarelas como el que él mismo tuvo una vez.

—¡Muchas gracias, papá!

¿Qué es, según Pedro, la paternidad? Acaso no más que esforzarse por crear en los pequeños un recuerdo confortable que les sirva de asidero más tarde, cuando las embestidas del mundo, su falta de ternura, les duelan. Al final tratará de sentarse cerca de Mariana en la mesa; ella beberá demasiado, reirán. Todos pensarán que el menú de Gracia es aún mejor que el del último año. Por fortuna, su casa es tan civilizada que el televisor permanecerá apagado toda la noche. Como mucho, su suegra se empeñará en que canten todos juntos un villancico, y en ese momento sus sombras, puestas en pie, se perfilarán en la pared, a la luz de las velas.

Elvira Navarro

Elvira Navarro (Huelva, 1978) es licenciada en Filosofía. En el 2004 ganó el Certamen de Jóvenes Creadores del Ayuntamiento de Madrid y, entre el 2005 y el 2008, disfrutó de una beca de creación en la Residencia de Estudiantes. Ha publicado un libro de cuentos: *La ciudad en invierno* (Caballo de Troya, 2007), y una novela: *La ciudad feliz* (Mondadori, 2009), con la que obtuvo el Premio Jaén.

Poética políticamente correcta, aunque no sólo

La literatura no da respuestas, le basta con formular las preguntas adecuadas. La literatura no explica, tan sólo muestra. No importa el qué, sino el cómo. Viva lo concreto, muera lo abstracto. La escritura no representa: crea, acontece. Has de elegir bien el punto de vista. El lector no es tonto. Lo escribí porque no pude evitarlo. El cuento es un género menor. El cuento no es un género menor. Cuando llegue la inspiración que te encuentre trabajando. La inspiración es una categoría antigua. La ciencia revela que el sujeto ya no es más que un conjunto de procesos (Zadie Smith cooptada por la neuroestética, según James Wood). Eso lo cambia todo. Eso siempre se ha sabido y no cambia nada. Hay que tener cuidado con el ego. «Creo que la ficción que no reconoce la incertidumbre del narrador mismo es una forma de impostura que encuentro muy, muy difícil de asumir» (Sebald). ¿Pero no habíamos quedado en que el lector no es tonto, en que está al tanto de que la ficción es ficción y de que el narrador débil es también una impostura? Te sorprendería lo tonto que es aún el lector. El arte que no pone de manifiesto sus propios mecanismos no puede ser considerado hoy como arte. No necesito que me lo estén recordando cada tres líneas. Lo dijo Carver. Lo dijo Chéjov. Lo dijo Poe. Lo dijo David Foster Wallace. Lo hizo Amy Hempel. Lo hizo Agota Kristof mejor que nadie. Qué aburrimiento. Asociaciones insólitas: por eso seguimos leyendo a Homero. Leo porque sí hay respuestas en la literatura. Leo para conocer, para recorrer el límite. Lees para reconocerte, para celebrar tu identidad. Somos como niños: no queremos una palabra de más ni de menos. Debemos ir a por las palabras de más y de menos. A menor extensión, mayor intensidad. Los cuentos no me saben a nada. En las novelas, en cambio, me instalo. Siento su peso. ¿Cómo pretende nadie que se le aguante durante 100, 200, 300 páginas? Es una descortesía. Hay un dominio de la narración pura, del ritmo, del acontecer, tan artístico como el estilismo por el que abogaba Nabokov. Duras decía que si ya sabes lo que va a pasar por el camino, para qué emprenderlo.

Expiación

El agua deja sobre la burbuja de corcho gotas muy pequeñas, de forma ovalada, que apenas resisten el vaivén imperceptible con el que la niña procura mantenerse a flote.

Está el deseo de que las gotas brillantes de sol no acaben resbalando sobre la superficie del corcho, pero es tremendamente difícil permanecer inmóvil, en primer lugar porque la burbuja se hunde un poco, y luego, una vez descartado este método, porque cualquier movimiento resulta excesivo para las gotas, que se deshacen a ambos lados dejando una estela de motitas demasiado imperceptibles para ser dignas de contemplarse.

Un estrecho cartel a la entrada del recinto advierte de que la piscina es para uso exclusivo de los habitantes de los chalets. Más allá, a la sombra de unos eucaliptos, dos mujeres están sentadas en unas hamacas. Una de ellas tiene la cabeza cubierta con una redecilla, y mira con angustia la quietud de la niña, imaginando tal vez que el asunto estriba en descubrir las fantásticas formas sugeridas por el trazado del agua en la burbuja. En todo caso toma por concentración lo que sólo es una desesperada tentativa de suprimir el movimiento, y se siente francamente alarmada; no es posible, musita, estarse quieta sin coger frío, y además la niña no sabe nadar bien, y con la burbuja desabrochada puede ahogarse. ¿Cómo obligarla a que se abroche la burbuja? A lo largo de los días, la mujer ha tomado franca aprensión a interrumpir los juegos de la niña, y cualquier decisión al respecto se presenta como una tarea humillante. La niña acostumbra a huir de ella, y se esconde por todos sitios obligándola a dar innumerables vueltas. Ella está gorda, hace calor y desde hace diez años envejece sin remedio.

Ahora la niña, que se sabe observada desde hace largo rato, con ese instinto del momento oportuno ha dado la vuelta a la piscina hasta colocarse en un pequeño recodo donde no es vista, y sin hacer ya caso ni a la burbuja ni a las gotas espera el paso renqueante de la tía, la cual, como siempre que se ve envuelta en tales dilemas, ha consultado con Estrella.

—La niña sabe nadar, Adela —obtiene por toda respuesta.

Adela no le hace caso. Se pone en pie y se acerca allí donde la piscina describe una caprichosa curva, que es donde la niña la espera a pesar de no levantar ni una sola vez la mirada hacia ella. Con cuidado de no resbalar va metiéndose poco a poco en el agua por la escalerilla, y comienza a nadar alrededor de la sobrina con cautela, alejándose de cuando en cuando para no levantar sospechas, y con el deseo no sólo de vigilarla, sino también de recibir alguna invitación para participar del juego. La niña, agarrando con fuerza la burbuja, ya se aleja hacia la otra punta, y la tía la sigue durante un rato, siempre como a hurtadillas y sin abandonar la esperanza de la invitación, hasta que finalmente, resentida, acaba por aguantarse con su baño solitario y con vigilar desde la distancia.

Se acerca la hora más espantosa del día: la del regreso a casa. Subir la empinada carretera, sentir la frialdad de las paredes en la tela mojada y en los dedos de los pies, y unas manos que arrancan el bañador, secan con una toalla áspera y la visten con una camiseta y unos pantalones cortos hasta la noche. Las imágenes se suceden en su cabeza con rapidez, produciendo primero una leve desazón, y luego un goce consciente de sí, al que la niña se abandona, como muerta; el brazo dejado caer por encima de la burbuja para evitar cualquier esfuerzo, en un placer comparable tan sólo al del inicio de la mañana, cuando sus miembros vuelven a tomar contacto con el agua. El detenimiento del mediodía confiere al pequeño cuerpo un carácter irreal. La tía observa largo tiempo, ya fuera del agua, atontada por el sol; cuerpo flotante a punto de hacerla estallar, y se dice: se hace la muerta a propósito, ¡a propósito! Detiene este pensamiento y a continuación se echa la culpa: la loca soy yo. Vuelve a detenerse, confundida, hasta que finalmente se acerca a la niña y, sobre ella, grita. La niña reacciona con rapidez sacando la lengua a la tía, un poco insegura, basculando entre la mirada acusadora y perturbada, el pudor de haber sido sorprendida en semejante comunión con el agua y el nuevo placer de la huida, concentrado en los brazos y las piernas, que se agitan velozmente imitando los movimientos de una rana.

—¡Croac, croac! —exclama, desafiante.

El ritual es el mismo todos los días de la semana. Adela se acerca; cuerpo gordo en convulsión como consecuencia del pavor producido por el contacto con el cuerpo infantil que rechaza, que obliga a mandar desde el borde de la piscina. La niña no se mueve; de repente está sorda, o chapotea con todas sus fuerzas. El miedo no es advertido por la tía, que se queda siempre perpleja ante el espectáculo de la desobediencia, llevado hasta el límite terca e inconscientemente. Adela vocifera, y su voz, de tono demasiado bajo, se quiebra bajo la potencia del grito, nunca alcanzado del todo, nunca con la autoridad necesaria para ser acatado. Es exactamente la debilidad de la mujer lo que hace que la niña se asuste, y lo que a la vez provoca el rechazo, más cuanto que no existe nada que la haga comprender esa situación odiosa: la de la tía al borde de sí misma a causa de una asquerosa pequeñuela mimada. Ese poder es todavía demasiado grande e insufrible. Demasiado grande sin palabras.

Estrella hace por fin su triunfal aparición, que consiste en colocarse al lado de Adela y mirar a la niña con cara de no hagas sufrir a tu tía, anda. La diligencia que la niña pone en obedecerla entra en el juego de la desobediencia, y cuanto más perfecta es la puesta en escena, cuanto más rápida la salida del agua y más devota es la mirada que dirige a Estrella, más le tiembla el labio a la tía, horrorizada por la farsa. La niña mira por un solo instante a la mujer, justo antes de que ésta emprenda el camino hacia el chalet sin esperarlas, buscando tal vez un ojalá te ahogues, pero no encuentra más que la misma expresión dolorida y reseca. La victoria adquiere entonces tintes amargos. Todo sin palabras, ahora ella es sucia, aunque por la carretera empinada enseguida se olvida; mira las villas y se entretiene deseando todas aquellas disposiciones espaciales, de leves y abismales diferencias.

La zona residencial la conforman unos veinte chalets estilo años setenta, modestos, que ascienden por la ladera de la montaña y que tienen todos un gran jardín reseco, lleno de jara y otros arbustos. En el chalet de Adela, sólo los arriates que rodean la casa están primorosamente cuidados, repletos de jazmines, geranios, pensamientos y begonias por la parte delantera, y por la trasera de árboles frutales y de una increíble mimosa rebosante de flores amarillas que despide una fragancia muy densa, y que constituye el olor por antonomasia del lugar. En la parte de monte, a la que se accede bajando unas escaleras muy empinadas, hay una mesa enorme y redonda de piedra, con cuatro bancos también enormes. Al fondo se apila leña, y todo está limpio de matorral. Es aburrido jugar allí, y la niña sólo baja cuando quiere mirar el monte a través de la alambrada, pues más allá del chalet de la tía nada se interpone entre ella y la montaña. Es el último chalet y el más alto.

La imagen más fascinante es la de la carretera, apenas una raya en la calima borrosa, surcada por el reflejo del sol en los coches, que avanzan a gran velocidad. Su sonido se vuelve nítido durante la noche, y mientras el sol gobierna es sólo un suave zumbido, a pesar de que ninguna estridencia preside las jornadas. La niña a veces permanece muy atenta al paso de los automóviles. Cuando alguno se acerca, espera con una impaciencia absoluta, pues desde el momento en que el sonido es escuchado hasta que el coche aparece el tiempo de espera se hace desmesurado, y la vista, obstinada hacia el punto más lejano del horizonte, es cien veces engañada por la nebulosa de calor. Finalmente la máquina se acerca, centelleante, y pasa. La sensación que deja se acrecienta hasta desaparecer de nuevo en la lejanía, y todo se torna más quieto que antes. Una especie de misterio parece entonces emanar de la tierra, que se extiende formando un terreno de pequeñas y áridas colinas de color rojizo.

La carretera, la montaña, la luz, el aroma de los jazmines y de los arriates recién regados, el placentero transcurrir de las horas e incluso el bochorno. Todo eso forma parte del encanto de las cosas mudas, cuya existencia es frágil en comparación con la del mundo real, tan sólido e incomprensible: Adela, Estrella, vecinos que vienen a visitarla y a hacerle preguntas del tipo: «¿Y qué quieres ser de mayor?», o por ejemplo, ahora, permanecer en la cocina mientras Estrella le desenreda el pelo y la tía prepara la comida, envueltas en un ambiente tan afilado como un cuchillo, fruto de su desobediencia en la piscina, y que hace que ninguna de las mujeres se diga nada; tan sólo ese lento desenredar, ras ras, cortar en rodajas el pollo trufado, toc toc toc; sonido espaciado y el silencio pesando dentro y fuera de él, sobre todo dentro y fuera de él, como si los movimientos de la tía fueran una caja de resonancia. La niña cierra los ojos, agotada de tanta piscina y sensación de catástrofe y reproches y silencio, y desde la momentánea oscuridad dice:

—Yo me peino.

—Pues vete fuera para que se te seque. Y no te muevas.

La niña sale disparada hacia el exterior. Una vez allí, se sienta en las escaleras que conducen a la entrada de la villa, desde donde puede oír las voces enfadadísimas de la cocina, aunque sin distinguir las palabras. Acercarse a la puerta para escuchar le da demasiado miedo, y cuando considera que su pelo está desenredado, en lugar de aguzar el oído y exponerse a saber *algo* sobre ella, comienza a emitir pequeños sonidos con la garganta. Al alzar la cabeza se encuentra con el rostro de la tía encajado entre las rejas de la ventana, de un color cetrino, vigilándola. Su expresión es ya archiconocida por la chiquilla, y por ende la que más detesta, y es espantosa de ver ahora por la sencilla razón de que todavía es demasiado pronto para semejante explosión —que por otro lado ocurre todas las noches: su poder maligno es declarado por la tía a la madre bajo la invariable fórmula de: «Ya no soporto a la niña, Inés»—. Demasiado pronto, por lo que el día ya está echado a perder. En efecto, en lugar de lamentarse, de los labios de la vieja mujer brotan unas palabras crueles, lapidarias:

—Eres mala y me vas a matar. Pero fíjate en lo que te digo: no te vas a ir de aquí como llegaste.

Por un momento, sólo se ve una cabeza sin cuello, una cabeza profundamente amarga, fantasmal y amenazante. La niña se queda muy seria con los ojos cerrados, como si no hubiese escuchado nada, y deseando que la cabeza desaparezca. Cuando los abra, la tía tiene que haberse ido. Sin embargo, durante largos minutos, Adela permanece ahí. La niña, abominándola más que nunca, y presa de una enorme violencia interior, decide no darle ese placer supremo de ser consciente de su presencia, y cierra los ojos de manera definitiva, al igual que cuando la obligan a quedarse en el salón durante la sobremesa por temor a los golpes de calor, aunque entonces lo que ocurre tiene un matiz distinto; es algo como pegajoso y que nada tiene que ver consigo misma, sino con el exterior. Miradas a hurtadillas, el sonido del reloj, las cortinas echadas y la áspera respiración de las mujeres adormecidas en el sofá; calma chicha en la que la pequeña permanece quieta, muy quieta, con los ojos cerrados como ahora y atenta a las virutas de muchos colores, hasta que a veces Estrella se despierta y viéndola en trance le pregunta:

—¿De qué tienes miedo, Clarita?

La niña suele mirarla con ojos tristes. Algo parecido al desamparo llega, y se sabe infinitamente pequeña ante la tía, por cuyo amor siente verdadero asco.

Como siempre que cae en semejante estado aprensivo, la niña piensa hasta encontrar algo —explicación, fantasía o, sencillamente, qué hacer— que la restituya, porque ahora, y a pesar de su rebeldía orgánica y justa, ya *eso otro* la está haciendo vacilar; esa suerte de remordimiento ante sí misma, paralizante. Es una sensación terriblemente angustiosa pues, si no da rápido con una solución, entonces el curso de los acontecimientos se inmovilizará con ella, y nada de lo que suceda a partir de ese momento podrá tocarla. Ya no podrá jugar normal, ni mirar normal, ni hacer nada normal, hasta que no deje de sentir *eso* en las sienes y en el centro del estómago. Adela es imaginada en tonos realmente siniestros, que permiten a la niña entregarse a su papel de víctima, apretando mucho los dientes y mascullando: es una idiota, es una idiota, y como esta certeza no funciona, y la mitad de su cabeza está ya aceptando lo que su intuición rechaza —su responsabilidad real, seria y asquerosamente adulta—, poco a poco se desliza hacia la bondad, más por sí misma que por un deseo honesto de complacer, para quitarse la sensación pegajosa y volver a caer en el agujero de la rebeldía justa, como si fuera el péndulo de un reloj. Así pasa un buen rato, sentada en las escaleras y sin decidir nada porque todo es demasiado complicado, hasta que finalmente y como quien no quiere la cosa termina por ser razonable —y esa palabra sí que la entiende, porque los mayores se la repiten sin cesar, y sería parecida a obedecer queriendo—, y con mucha ecuanimidad piensa, o más bien siente, que la tía tiene su parte de razón, por ejemplo cuando la mesa está tan primorosamente puesta y ella nunca es reñida y todo se dispone para su propio placer. Y que eso es tan horrible como lo primero —saberse odiosa—, porque la culpa llega, y entonces digamos que sólo el desequilibrio de la mujer la salva de ser completamente mala.

Redimida e ignorante, pues Adela ha desaparecido al fin del marco de la ventana y sus pensamientos han puesto un poco de orden en sus emociones, la niña se pone en pie, y con pasos trémulos se dirige hacia la parte trasera de la casa, a pesar de la prohibición de abandonar la terraza. Para darse fuerza a sí misma tiene que seguir desobedeciendo, y además es tan bueno saberse sola, fuera del alcance de las viejas mujeres. Se detiene junto a la mimosa amarilla y dice:

—¡Mimosa, mimosa!

Luego añade en un susurro:

—No podemos hablar alto, porque esas tontas podrían darse cuenta.

Se queda en silencio, contemplando extasiada el árbol, de un amarillo excéntrico, alucinante. Son las tres menos cuarto de la tarde y no hay ningún movimiento en los chalets colindantes, ni en la carretera. También los ruidos de la casa en la cocina han cesado, y sólo se escucha el batir de alas de las chicharras, y el propio detenimiento del aire, de una calidad envolvente, como si se posara sobre las cosas y las hiciera refulgir. Los frutales, la chumbera, los granitos de arena, el borde de los arriates, el vuelo de un insecto. Todo adquiere un matiz desconocido, y la sensación es la de poder estar en cualquier lugar, a través de la callada presencia de las cosas, tan extraña. La niña toma conciencia de su vibrante estado, haciéndolo desaparecer y volviendo a fijar la mirada en el árbol, aunque sin más resultados que el de ser invadida por el calor y por la visión borrosa. Los chorros amarillos se difuminan, y entonces el juego consiste en hacer difuminados con todo, hasta que acaban doliéndole los ojos. Luego se sienta, y como que a pesar de la momentánea claridad no es posible deshacerse del lado oscuro, y por ello y sin querer se pone a pensar, a pensar y a imaginar y a recordar; «Me produces dolor», le había dicho Adela una noche, dolor, dolor, dolor, y con toda su alma rechaza esta palabra, negra y seca como una tarde de bochorno encerrada en la casa.

—Tu tía y yo hemos estado hablando sobre ti, Clara —dice Estrella mientras se sienta a la mesa. La niña atiende procurando mostrarse grave.

—Eres inteligente y te estarás dando cuenta de que las cosas no pueden seguir como hasta ahora. Tu comportamiento es absolutamente ingrato, y tu tía es muy sensible y no puede permitirse semejante estado de nervios.

La niña asiente. Ya sabe lo que Estrella va a decir a continuación, que sus padres y el colegio cerrado y vaya disgusto. Y, en efecto, Estrella dice:

—Y aunque va ser un problema para ella tenerte que llevar a tu casa, más aún lo va a ser para tus padres y para ti, Clara, porque tu colegio continúa cerrado y ellos no tienen donde dejarte.

La niña sigue muy seria, aunque no puede evitar echar miraditas al pollo, repartido en los platos con minuciosidad, con la ensaladita a la derecha, las judías a la izquierda; una presentación de restaurante, y el hambre que le viene casi como un sufrimiento. Por un rato deja de atender, y se concentra en los gestos de ambas mujeres para no mirar el pollo y delatar así su indiferencia, hasta que el tono de voz sube, y de nuevo escucha:

—Entonces, ¿sabes por qué tienes que portarte bien?

La pregunta, tan incontestable como las que le hace la tía, está dirigida a ella, y por un momento eso le sorprende. Normalmente soporta la cháchara sin que nadie pida su intervención. Como es imposible zafarse, termina diciendo:

—Porque sí.

—Eso no es una explicación —dice Estrella, que se queda de nuevo callada, esperando una respuesta más satisfactoria. El silencio se hace muy pesado, y la mujer, exasperada, retoma su discurso:

—En primer lugar, debes obedecer porque no eres más que una niña y todas las niñas obedecen hasta que se hacen mayores. ¿Eso lo entiendes?

La niña responde:

—Sí.

—Además —prosigue—, con más motivo aún tienes que obedecer si la persona que te manda es de tu familia, y más todavía —y aquí la voz se altera, y vuelve a subir hasta convertirse en un rugido— ¡si tú estás a cargo de esa persona, que ahora mismo es tu tía! ¿Entiendes?

El sí de la niña sale muy bajito, y casi es comido por la siguiente pregunta:
—¿Y sabes por qué?
La niña niega.
—¡Pues yo te lo voy a decir! ¡A las personas mayores se las respeta, y cuando además son de tu familia, se las quiere! ¿Me oyes? ¿Quieres tú a tu tía?
La niña asiente.
—Entonces, ¿vas a portarte bien?
—Sí —responde sin ganas la niña.
—Dilo entonces. Necesitamos que lo digas alto y claro.
—Voy a portarme bien y a querer mucho a la tía.
—Dame un beso —dice la tía, gorda bajo su vestido, extendiendo unos brazos como tentáculos y reprimiendo un mar de lágrimas—. A partir de este momento eres una niña buena. Acércate y dame un besito, anda, y otro a Estrella.
La niña se levanta y le roza apenas la cara, y lo mismo hace con Estrella. Las dos mujeres, satisfechas, se lanzan al pollo, que devoran en escasos minutos. También la niña traga todo lo rápido que puede, deseando por favor que la comida acabe cuanto antes. Luego pide permiso para pasar la sobremesa jugando en la terraza y Adela, atontada con tanta reconciliación, aunque igualmente temerosa, la deja salir. La niña entra en sus dominios como una exhalación, y corre rápida a comprobar que la carretera sigue ahí, y que el árbol sigue ahí, y que la montaña continúa quieta y misteriosa a través de la alambrada, y después de este recorrido ha de apoyarse en un arriate, porque el cuerpo se le dobla en un calambre, y termina por vomitar,

y luego por llorar de rabia porque Adela y Estrella la han visto desde la ventana, y su tía ha dicho bien alto:

—Igualita a mí cuando me metían miedo. La niña es tan sensible como yo.

Lara Moreno

Lara Moreno (Sevilla, 1978) tiene publicadas dos colecciones de relatos: *Casi todas las tijeras* (Quórum, 2004) y *Cuatro veces fuego* (Tropo, 2008), y un libro de poemas: *La herida costumbre* (Puerta del Mar, 2008). Con Igriega Movimiento Cultural, ha sido editora del libro de microrrelatos *Los vicios solitarios* (2003) y de la antología *Aquí y ahora. Voces de poesía* (2008). Vive en Madrid y trabaja como editora y correctora para editoriales literarias. www.nairobi1976.blogspot.com.

La jaula

Me siento frente a la pantalla. No sé en qué proporción veo primero el blanco de la página y luego veo algo, una escena, una imagen, una palabra, y entonces empiezo a escribir. A veces es primero una cosa y a veces otra. Tampoco sé en qué proporción primero tengo necesidad de escribir y luego me siento, o directamente me siento porque necesito tener la necesidad de escribir. Nunca me ha resultado algo traumático, algo desquiciante, tortuoso. Recuerdo la primera vez que creé un personaje, fue un reto, pensé que no lo conseguiría. El personaje nació, y también el espacio, y el movimiento. A partir de ahí todo empezó a correr (me refiero a la forma creativa). Incluso a galopar, podría decir, porque escribir cuentos para mí es algo poderosamente libre, torrencial, como la música, como una azada blandiendo la tierra sin encontrar obstáculos. Aunque el obstáculo llegue.

Si quisiera explicarlo mal, diría que no tengo paciencia con ellos. Pero no es eso, lo explicaré bien: les doy pocas oportunidades. Es como un flechazo, como cuando abres una jaula para que salga el pájaro y se escape. Si no sale, lo abandono. Tiene que fluir, una palabra debe agarrarse a otra y todas las frases han de estar agazapadas en tu cerebro esperando impacientes a que les toque el turno. Así es como lo hago. Es distinto de la novela, que es un puzzle, un almanaque. O la poesía, que es un pensamiento. El cuento es diferente, es más parecido a la libertad: una escena sigue siendo una escena aunque esté borrosa porque el cristal por donde la miras hoy sea traslúcido o esté empañado de vaho. O todo lo contrario: la absoluta nitidez de lo que representa duele a los ojos. Los personajes son espectros, sensaciones, casualidades, símbolos. Recuerdos. Puros inventos que valen por sí mismos en ese instante, y en ese instante, aunque sólo se les vea un trazo de piel, son auténticos y lo son todo; luego desaparecen.

El trabajo de corrección siempre es posterior, en todos los géneros, pero en el proceso de creación del cuento pocas veces me levanto de la silla hasta que no está acabado. No sabría decir si es porque me atrapa o porque siento que si lo suelto lo dejaré solo, se esfumará.

En el cuento me entretengo en la palabra, porque soy libre. Y porque en él, las dimensiones de lo pequeño cobran el valor de una vida entera. Un párpado moviéndose, una despedida, el derrumbe de un edificio. Es el desarrollo de un sentimiento. Es algo más que ficción.

Cuando he acabado, cuando el final me coge por sorpresa, me levanto de la silla y atravieso el pasillo como si hubiera nadado un lago entero sin cansarme: tengo las mejillas rojas y el corazón en forma; generalmente estoy poseída por una gran sonrisa.

Lo que más he escrito en mi vida son cuentos, pero soy una lectora empedernida de novelas, y últimamente le doy horas a la poesía. Nabokov, Faulkner, Marsé, sí, Cortázar, Onetti, Pauls, Lispector, Woolf, Bowles, Toews, Pablo Gutiérrez, Stanišić, Bolaño, Kristof, Ajmátova, Cummings, Strand... ¿Tiene fin? Lo que necesito es más tiempo para seguir leyendo.

Recuerdos para Olga

Alcanzo a recordar cuándo empezó todo, pero ya no siento la nitidez de estar convencido de que hacíamos algo útil. Sé que fueron tardes de reuniones improvisadas, donde el grupo aburrido que estábamos llegando a ser quiso luchar contra algo, quiso poner en pie la cantidad de silogismos que habíamos aprendido con el paso de los años. La idea, como siempre, no había sido mía, pero fui yo quien la desarrolló, quien la llenó de normas y filosofías y certidumbres, quien acabó convenciendo, incluso, al dueño original, aquel amigo nuestro, ya vencido por los años, que seguía teniendo ilusiones de futuro a pesar de la calvicie y los ardores de estómago crónicos. También recuerdo el estudio del terreno. Ésa fue una de las partes más interesantes del proyecto. Mapas, líneas marcadas en las carreteras, cruces y chinchetas clavadas: la búsqueda de los tres puntos cardinales que se alejaban de cualquier núcleo urbano, los sitios clave por donde pasarían los caminantes, por donde tarde o temprano debía pasar todo el mundo; todos, al menos los que guardaban alguna esperanza. No escribimos ningún manifiesto, no nos proclamamos como asociación ni nada parecido, no éramos un grupo rebelde o político. Éramos tan pocos. Pero estuvimos muchas horas planteando el problema, la solución, los fines, la terrible certeza de que todo podía estar en nuestras manos. Recuperamos la ilusión: teníamos algo que hacer. Durante siglos ha ocurrido esto o algo como esto, pero nosotros queríamos, ilusamente, marcar una diferencia: no pretendíamos cambiar nada, sólo avisar de lo que ya sabíamos, sin dar ningún tipo de explicación; ya que habíamos llegado a la conclusión de que había que convivir con el horror porque no podía perderse más tiempo, sólo queríamos advertir, anunciar. Ya ves. La anunciación. Qué cosa antigua.

 El caso es que nos convertimos en un minúsculo ejército organizado y sedentario. Yo, que siempre fui quien más hablaba, quien hacía suyas las ideas escritas por otros, quien se tomó, quizá, más en serio la batalla, pude elegir mi campo de actuación. Y elegí el prado. El resto de vigilantes, acomodados en los vértices del aquel sitio donde iban a parar los esperanzados, con sus botas de andadura o sus bicicletas potentes o sus caballos (los menos), se repartieron los puntos de espera de una forma menos entusiasta. Parecía que les daba lo mismo esperar al fondo del lago, justo donde los árboles se abrían en un recorrido serpenteante, y donde siempre acababan acribillándote los mosquitos, que esperar en aquel otro sitio estratégico, a la orilla del río, donde a veces navegaban pescadores atolondrados, con sus barcas a remo, y donde el sendero era más sinuoso, con lo que los que pasaban por allí solían ser buscadores más atrevidos, más constantes y tenaces, más difíciles de convencer de su inutilidad.

 Yo elegí el prado. Sé por qué lo hice. Apenas había nada alrededor, y el camino se alejaba del borde de la valla con una voluntad decrépita, finalista. Era el camino más fácil, más utilizado; era, por así decirlo, donde se agolpaba nuestra filosofía con más ímpetu, donde lo que nos rodeaba (la hierba que crecía a lo largo desordenadamente, el camino de tierra venciéndose en oscuridad, ancho y plano, transcurrido, esa valla inútil en medio de la explanada, como la confirmación de la necedad humana) certificaba la absoluta certeza de nuestro descubrimiento.

No siempre fui fiel a nuestra empresa. Supongo que en algún momento también dejé de creérmela, como todo lo que he creído en esta vida. Pero al principio, antes de que comenzaran las bajas y las distracciones, de que el tedio nos desesperara y volviéramos a ser entes desperdigados que rumian movimientos y no ideas, te prometo que me tomaba mi tiempo antes de salir de casa, que me miraba al espejo durante minutos largos, satisfechos, preparándome para las horas que iban a seguir, silenciosas y decisivas, convenciéndome sin mucho esfuerzo de que los buscadores me necesitaban como a un profeta anónimo; me acomodaba en el dolor que sentirían, algunos incluso espanto, pero sabía que era necesario mi cometido, me lo había creído, Olga, igual que tú, ya no quería que perdieran más tiempo.

Recuerdo que vigilábamos el camino, que nos turnábamos. A veces, sin embargo, preferíamos ir juntos. Ninguno decía nada en estos casos, sencillamente aparecíamos a la misma hora, independientemente del turno, y nos saludábamos con un pequeño gesto de los labios. Luego nos sentábamos al final de la valla, mirando hacia la carretera de arena. Durante horas no pasaba nadie. Tus manos iban poniéndose más nerviosas cada vez, te entraba un tic precioso cuando caía la tarde y no habías tenido que defenderte de nadie, no habías tenido que decir hola, avisar de que el camino no llevaba a ninguna parte. Tus dedos, entonces, se enroscaban en las palmas de tus manos como pajaritos enfermos. Me encantaba verte, observar cómo deshacías la trenza de tus rizos, cómo volvías a armarla. A mí, sin embargo, me daba cierta satisfacción verlos llegar, esperar el momento tenso del saludo. Sentía, cuando me tocaba hablar, que la posterior frustración que padecerían, el desasosiego brutal que yo podría ver en sus pupilas durante al menos treinta segundos, se me quedaría pegado en la garganta, justo a la altura de la campanilla, y podría saborearlo tranquilamente, olvidando la intensidad del momento vivido, desatendiendo a tus preguntas incluso, disfrutando de la terrible sorpresa ajena. Otras veces, también, imaginaba que alguna de nuestras tardes de guardia se parecía demasiado a las salas de espera del ambulatorio, a esas mañanas torpes que uno pasa esperando los resultados de unos análisis, mirando el reloj de forma desquiciada, sintiendo la línea abrupta del abismo, el miedo. Así me parecían nuestras tardes, algunas. Era como si estuviéramos encerrados en medio del prado, allí pegados al final de la valla, con los pies jugueteando con el óxido de la verja, algún cigarrillo de vez en cuando, el termo que siempre llevabas lleno de té verde con hierbabuena. Y las tres o cuatro veces que decidimos tocarnos allí, estando de guardia en el camino de arena, las recuerdo como un delirio que me llena de arrepentimiento. No quise tocarte nunca así, y sin embargo lo hice. Pero no teníamos otra opción, quizá, y yo, además, no sabía que luego iba a cultivar esas imágenes como un alimento, casi como un espejismo. No sabía que iba a necesitar esa piel fría por la caída de la noche, esa respiración que me abrumaba, que me llenaba de dudas, no intuía que era algo más que el tacto lo que me estaba permitido, destinado casi, y pensé que me bastaría con recorrerte el cuerpo como un borracho loco, con apretar los dientes cuando sintiera temblar tus rodillas, la vena de tu frente latiendo, diciendo.

Recuerdo el día que salí del silencio como de una cárcel, cuando ya no pude soportar el frío en los nudillos y la silla partiendo en dos mi espalda. Nadie había pasado en toda la tarde, y tú tan callada, tan inusualmente prudente. Yo entonces no imaginaba que rezabas esas oraciones falsas durante tus silencios. Y sólo vi tu cuerpo a mi lado, el bulto de lo que empezaba a ser tu sombra acompañándome en esa tarea imbécil de vigilar la nada, de vigilar que no se escurra ni una porción de tiempo, que no se escape ni un segundo de parálisis. Sentí miedo de que todo fuera en vano. De que tú vivieras en vano, de que fuéramos sólo dos masas de carne incrustadas en dos sillas de playa a la orilla de un camino. De que no sirviésemos para nada, y encima fuéramos tan independientes del adversario: tuve una alucinación sobre el amor, y no pude entender cómo podíamos respirar sin tocarnos, cómo podíamos no sentir un dolor espeluznante al tener nuestro cuerpo entero tapado con ropa y no con la piel del otro, todo el cuerpo en suspensión, acariciado de aire, de atmósfera inocua, sin huesos ni palabras ni vello púbico; no sólo me preguntaba cómo dos personas que se aman pueden soportar tenerse en pie, tragar saliva, tener pensamientos, sin estar encajados en el cuerpo del amante, sino cómo dos personas que están físicamente cerca, sentados en dos sillas en medio de un pobre campo, dos personas cualesquiera, pueden existir sin amarse el uno al otro.

Yo no quería amarte, Olga. Yo te toqué, me abalancé a tu cuello perdiendo el equilibrio, mordí tus cabellos húmedos, rompí el silencio de aquella tarde sepulcral con tus gemidos asfixiados, lentos, sólo por eliminar la indiferencia de tu cuerpo junto al mío, de cualquier cuerpo junto al mío, de los cuerpos de todas las personas de todos los países, quise abolir la indiferencia, quise no caer, no morirme en aquel pensamiento inútil y vírico, resistir.

Tú aceptabas la revelación del momento como una obligación consensuada previamente, y no conmigo, sino contigo misma. No eras dócil, eras fiel a tu soledad. La alimentabas de cosas, de volúmenes perfectos, a la menor oportunidad, pero nunca provocabas los encuentros, nunca dejabas entrever tu ansiedad por ser mordida, adorada, apaleada. Y yo qué torpe. Que no quise verlo. Que quise creer que le venías a la noche como un guante, que eras una estúpida oscuridad rubia, que te daba miedo la sangre derramada.

Recuerdo bien que esa tarde que perdí el equilibrio encima de tu cuerpo, tras muchas horas sin caminantes, llegó alguien. Nosotros habíamos apagado la luz con nuestras piernas moviéndose. Tu cuerpo se puso rígido por un momento, y yo sentí los pasos, pero tenías la boca abierta y derrotada, y me clavaste las uñas en las nalgas para que me moviera despacio, para que te follara sin ruido y sin prisas y sin tripas, y yo lo hice, me dejé llevar por tu vientre, que me atrapó y me masticó el sexo, y dejamos pasar al visitante, quizá nos estuvo observando a tientas, dos bultos en el suelo, entre la hierba, sin apenas moverse, pero clavados el uno en el otro, devorados, y el visitante pasó, y tú me eximiste de tus obligaciones y de las mías con un orgasmo lleno de tierra ensalivada, y te vi morir, con tanta noche alrededor, y tampoco ahí quise amarte, pero no pude evitarlo. El viajero pasó la frontera. A los pocos minutos, ya nosotros despegándonos, tú avergonzada pero distinta y lejana, yo radiante, escuchamos los gritos. Nunca unos gritos me habían dolido tanto. Pude ver su garganta estirada, sus cuerdas vocales desgarrándose por nuestra culpa. Quedaron los chillidos en el aire, poblando la oscuridad de palabras y de angustia, el hombre mirando con espanto el fondo del camino. Aquí no hay nada, decía, una y otra vez, aquí no hay nada. Claro que no. No hay nada. Teníamos que haberle avisado, Olga, y no lo hicimos.

DANIEL GASCÓN

DANIEL GASCÓN (Zaragoza, 1981) estudió Filología Inglesa y Filología Hispánica en la Universidad de Zaragoza. Ha publicado en Xordica dos libros de relatos: *La edad del pavo* (2001) y *El fumador pasivo* (2005). Es coguionista de la película de Jonás Trueba *Todas las canciones hablan de mí*. Ha traducido a autores como William Faulkner, Junot Díaz, Christopher Hitchens y Sherman Alexie. Mantiene un blog: danielgascon.blogia.com.

ESCARAMUZAS

Yo, de niño, escribía novelas. Novelas larguísimas e inacabadas, llenas de personajes y peripecias. Mi padre, supongo que cansado de leer tantas páginas, me sugirió que escribiera cuentos. Desde entonces, siempre llevo algún relato en la cabeza.

El cuento me ha proporcionado muchos de mis momentos más felices como lector, y como escritor tiene ventajas. Por ejemplo, los terminas. Antes de escribir un cuento, sé lo que va a pasar: qué escenas tiene, en qué orden, el significado. Y no tengo que perder el tiempo con personajes o tramas que no me gustan. Los cuentos pueden tener más acción que una novela, como algunas historias de Alice Munro; son un medio estupendo para el humor y la experimentación y el retrato; puedes crear un mundo en unas páginas, narrar el paso del tiempo y abordar cualquier género: algunos de mis cuentos preferidos son casi poesía, como «Polvo de nieve», de Tobias Wolff.

Creo, como Hemingway, que el núcleo de los cuentos es como un iceberg (aunque tampoco quiero ver demasiado el hielo, o excesivamente deprisa: ésa es mi objeción contra los finales sorpresa, que todos hacemos de vez en cuando pero tienen algo de truco de mago malo), y, como Piglia, que el relato siempre cuenta dos historias, y que en la historia secreta se cifra lo esencial. Como Joyce, creo que el cuento contiene una revelación: a veces sólo la conoce el lector, a veces también el personaje, pero, en el mejor de los casos, el lector la siente como propia. Y también, como parece pensar Bashevis Singer, que es una historia concisa y bien contada, en una cafetería de Polonia o Zaragoza.

Los cuentos tienen algo de escaramuza. Sabes que no es tu última palabra sobre el asunto. Quizá por eso me gustan mucho las series sobre los mismos personajes, como el Basil de Scott Fitzgerald o los hombres casados de Birmajer. Y a lo mejor también por eso un amigo me dijo que yo escribía cuentos por timidez. Pero me parece que, a pesar de todo, no es así: cuando uno escribe un relato, como decía Vila-Matas sobre Chéjov, que quizá sea el mejor cuentista de todos los tiempos, espera conseguir la imagen que resuma toda una vida.

El abuelo

A Leoncio Gascón

1

Por la tarde trajeron la cama articulada. Un poco antes, yo había sacado la cama de matrimonio de la habitación, y habíamos acostado a mi abuelo en una de noventa. La cama articulada era un poco más grande que una cama normal. Tenía un mando a distancia para cambiar la posición de la cabecera y los pies. La conectamos al enchufe que había bajo la mesilla.

Rosa, la asistente social que venía tres veces a la semana, y yo echamos a mi abuelo en la cama nueva. Le llevé un periódico y me quedé un rato con él. La cama era lo único nuevo de la habitación. Aunque mis abuelos habían comprado muebles para el comedor a mediados de los noventa, tenían una cocina de vitrocerámica, y habían mandado construir un baño para minusválidos, su cuarto conservaba el aspecto de siempre: con un armario de color marrón oscuro que subía hasta el techo, una mesilla a cada lado de la cama, y un crucifijo que daba un poco de miedo pero, también, bastante morbo.

Cuando yo era crío mi abuelo utilizaba un bastón para caminar. Luego empezó a usar muletas (primero una y después dos). Últimamente pasaba casi todo el tiempo sentado: recorría el pasillo un par de veces al día apoyado en un andador. Mi madre quería comprarle una silla de ruedas, pero a mi abuela no le gustaba la idea. Creía que era peor, el paso definitivo de impedido, como ella decía, a inválido.

En las últimas semanas, lo habían visto el médico de cabecera, un cirujano, dos internistas y un urólogo. Mi madre, que es médico, había consultado más manuales que cuando preparaba la oposición. Y nadie sabía qué tenía exactamente. Al principio pensaban que se trataba de un lumbago, pero duraba demasiado y no respondía al tratamiento. Lo habían ingresado en observación en el Hospital San Jorge. El dolor persistía, pero no era fácil localizarlo. A primeros de semana lo habían mandado a casa con una silla de ruedas y un parche de morfina, aunque tendría que volver más adelante para continuar con las pruebas.

Desde que había vuelto del hospital, mi abuelo estaba todo el día en la cama, atontado por los medicamentos y con una sonda uretral, y por la noche no podía dormir. Lo levantábamos un rato para comer o para ir al baño, pero sabíamos que si se recuperaba iría en silla de ruedas y tendría que llevar sonda y pañal el resto de su vida. Mi abuela llamaba braga al pañal.

Lo bueno que tenían los achaques (la úlcera del año anterior, la hinchazón de la pierna en marzo del 2000) era que con ellos mi abuelo recobraba un poco de vitalidad. Creía que debía mostrar entereza. Hablaba más, bromeaba con los médicos, y decía «Pero qué guapa está mi mujer» cuando veía a mi abuela preocupada.

Ahora parecía que se había cansado de vivir y hablaba con un hilo de voz.

—Abuelo, si te pones las gafas igual puedes ver algo.
—Es igual. A mí qué más me da.

Cogí el periódico. Él soltó un juramento.

—¿Qué pasa?
—Nada, chico. Que no valgo para nada —mi abuelo levantó las sábanas. Estaba demasiado gordo como para que el pañal le sirviera de algo. La sonda le salía de la polla. Bajó las sábanas y se rascó el hombro—. Y esto. Y no sé cuántas cosas.

—Desde luego, es la hostia. Te pasas la vida sin fumar un cigarro y ahora te ponen un parche de morfina.

2

—¿Quieres que venga por la mañana? —dijo Rosa, que había dejado de llamar de usted a mi abuela hacía un par de semanas. Estaba tomando un café en la cocina.

—No, no te preocupes —contestó mi abuela—. Ya me ayudará el chico. Y mañana Pilar nos acompañará al hospital cuando acabe la guardia.

Mi abuela estaba hecha polvo: llevaba varias noches sin dormir. Pero, por otro lado, las enfermedades eran grandes acontecimientos familiares, como las bodas, las navidades o los nacimientos. Mi abuela mezclaba la resignación cristiana y la capacidad organizativa. Como en un país en guerra, todo el mundo —casi siempre las mujeres, pero esta noche me había tocado a mí— se movilizaba al servicio de la causa común.

—Puede que esté exagerando el dolor —dijo Rosa, que en sus ratos libres estudiaba Psicología en la UNED—. No tiene ganas de hacer cosas. No quiere levantarse, prefiere que se lo den todo hecho. Quejarse es lo más cómodo.

Mi abuela fue a la habitación. Tenía que curar al abuelo: la sonda le había hecho una herida y los médicos temían que se produjera una infección.

—A tu abuelo —dijo Rosa— se lo habéis puesto todo demasiado fácil. Y, claro, ahora tiene miedo y está asustado, pero ve que así le hacen más caso.

Como algunos médicos, Rosa creía que mi abuelo no tenía nada. A eso ayudaba que él no supiera explicar su dolor: a veces estaba en la espalda y a veces en la ingle. En su última visita al hospital le habían hecho un test psicológico, y sólo había acertado una respuesta, cuando el médico le preguntó quién gobernaba en España y él contestó «Cualquiera sabe»: las elecciones se habían celebrado el día anterior. Según el neurólogo, mi abuelo presentaba un grado avanzado de deterioro cognitivo, que era un problema común entre la gente que había sufrido una embolia. Algunos médicos creían que se lo inventaba todo. Decían que podía ser un problema psicológico, como si eso le quitara importancia. Yo no sabía cuál era la causa, pero la fiebre, la pérdida de la fuerza en las piernas y del control de esfínteres existían de todas maneras.

—La cultura occidental no sabe asumir la muerte. Le damos demasiada importancia. Hay que desdramatizarla un poco.

Me puse otro café con leche. Rosa, además de estudiar Psicología, creía en la vida eterna.

3

La casa de mis abuelos era un entresuelo. Viví con ellos un par de años: de noche oía a la gente que volvía de las zonas de marcha, escuchaba coches, declaraciones de amor y peleas de novios. Parecía que las chicas con tacones estuvieran paseando por la casa.

En aquella época, yo era adolescente y mi abuelo llevaba varios años jubilado. Ya no era el mismo que había conocido de niño, un hombre enérgico y hábil, que no había estudiado, pero conocía la historia de Aragón —su episodio favorito era el de la Campana de Huesca—, y que me enseñaba en las enciclopedias las capitales de los países, sus habitantes y sus religiones. Me explicaba cómo era la ciudad cuando llegó del pueblo para vender carbón, y cómo consiguió reunir dinero para comprar dos pisos a base de vender la chatarra de la base americana. Los viernes por la tarde mi madre y yo pasábamos a recogerlo en su oficina, al otro lado del Ebro, y su secretaria decía que se quería casar conmigo. Los fines de semana me construía figuras de plastilina y me ayudaba a llevar a cabo experimentos científicos: hicimos un cohete y quemamos las cortinas del comedor. Mi abuelo decía que había comprado la biblioteca para que hiciese juego con la estantería. Pero tenía demasiados libros, y tampoco quedaban tan bien con el color de la madera.

Después de su jubilación, mi abuelo empezó a hablar menos. Cuando comenzaba una historia era muy difícil seguirla. No pronunciaba ninguna frase completa, y todo lo que decía estaba lleno de sobreentendidos. Muchas veces no terminaba. Decía: «Nada, chico, no me acuerdo». También me daba pena que se pusiera a llorar por cualquier cosa. Era el hombre que más había admirado en mi infancia y ahora yo tenía quince años y él lloraba viendo *Corazón, corazón*.

Pero entonces todavía conservaba algunos vicios. Buscaba las ofertas de los supermercados en el periódico y miraba a las chicas semidesnudas de la última página. Creo que, más que la sobreprotección, lo que había sido malo para mi abuelo era que ya no fuese capaz de cortar jamón y que Arzalluz, el político que más odiaba, hubiera dejado de salir en el telediario.

Cuando era niño íbamos juntos a comprar jamones. Dábamos una vuelta y él se tomaba una cerveza y yo le decía: «Hasta ahora me acompañabas tú, pero en cuanto cumpla seis años seré yo el que te acompañe».

Ahora tenía 22 y oía la voz de mi abuelo desde su habitación.

—¡Maricón, cabrón, hijoputa!

—¿Qué pasa? —preguntó mi abuela, que era famosa por tener el sueño más ligero del mundo: yo había llegado a su casa borracho centenares de veces, y siempre se había enterado.

—Que me duele.

—¿Qué?

—No lo sé. Todo. La ingle. ¡Mariconazo!

—¿Y hace falta que digas esas palabrotas?

—¿Por qué no me moriré?
—Eso sí que es bonito. Así ya lo solucionas todo.
—Lo único que quiero es morirme.
—Pues tranquilo, que todos nos tenemos que morir.
—Seré hijoputa, maricón, cabrón.
—Hay que ver, Ramón —dijo mi abuela—. Con lo buen cristiano que has sido.

En casa de mis abuelos siempre había gente: antes de que yo naciera, chicos del pueblo que estudiaban en Zaragoza; después, amigos de mis tíos, familiares de visita o parientes viejos. A mi abuela se le habían muerto en casa su padre, su suegro y un tío del pueblo; mi madre y yo la llamábamos la solución final.

En la cama en la que yo estaba acostado, habían muerto dos tíos de mi abuela y el padre de mi abuelo, que se había vuelto loco de viejo. Lo que más le gustaba era ver las corridas de toros, aunque sólo disfrutaba de verdad cuando cogían a un torero. Era tuerto, con un ojo azul y otro vacío, y sólo tenía una pierna. Pasaba las noches gritando, en medio de pesadillas en las que aparecían Franco y el diablo, y a la mañana siguiente le decía a mi abuela: «Esta noche he jugado al siete y medio con el diablo y le he ganado la hermosura».

En aquella época comíamos en casa de mis abuelos todos los fines de semana. Un domingo por la tarde estábamos viendo las diapositivas del viaje de novios de mi tía cuando empezamos a notar el olor a mierda. El padre de mi abuelo se había cagado encima. Mi abuelo le echó una bronca tremenda, aunque mi bisabuelo no se había dado cuenta de nada. Creo que, cada vez que se insultaba y nos pedía que lo echásemos al río, mi abuelo pensaba que se había convertido en un viejo como los que había cuidado su mujer toda su vida.

Normalmente yo le decía que me encantaría tirarlo al Ebro, pero era ilegal verter residuos y los dos nos reíamos. Aquella noche, mientras lo oía gritar en la habitación de al lado, no se me ocurría nada.

4

Duchamos a mi abuelo por la mañana, en el baño que unos amigos de mi madre habían construido para él: lo sentábamos en una silla y mi abuela lo enjabonaba. Después yo lo levantaba y él cogía la agarradera de la pared como un alpinista en un precipicio. Con una mano mi abuela le lavaba la espalda, el culo y las piernas, y con la otra sostenía la sonda para que no cayese al suelo de golpe. Lo pusimos en la silla de ruedas y lo afeité. Casi siempre que me afeito me corto, pero aquel día conseguí no hacer ningún estropicio.

Mi madre nos llamó desde un atasco a la entrada de Zaragoza. Tenía una nueva hipótesis: un nervio estropeado en la columna vertebral. Mi abuelo se dejaba caer en el sillón y en la cama. Y nosotros lo llevábamos de un lado para otro sin tener ni idea. Podía ser que alguno de esos movimientos forzados le hubiera dañado la columna. Luego siguió hablando, pero no la entendía tan bien.

Montamos a mi abuelo en el coche y fuimos al hospital. Aparqué como pude, entramos en consultas internas. Mi abuelo temblaba —tenía un poco de fiebre: viajar en coche no le sentaba nada bien— y a mí los hospitales me parecen un lugar siniestro. Mi abuela, que algunas tardes iba al Clínico para ver a la gente del pueblo, se sentía más cómoda que nosotros.

Un celador nos ayudó a poner a mi abuelo en la silla de ruedas. A la entrada había que explicar para qué íbamos. Nos atendió una ATS un poco mona.

—Tenemos cita con la doctora Royo —dijo mi abuela, y le tendió unos papeles. Ella los miró como si no se los creyera. Mi abuela no sabía utilizar las palabras técnicas—. Mi hija vendrá enseguida. Es médico.

Mi abuelo empezó a temblar y a quejarse.

—¿Qué le pasa? —preguntó la enfermera.

—¿Qué te duele?

—No lo sé —respondió mi abuelo.

Mi madre llegó en ese momento y salvó a mi abuela de morir de la vergüenza. Llevaba las llaves del coche en la mano. Dijo hola y explicó lo que habían dicho los médicos. Mi abuela respiró aliviada y la enfermera escuchó atentamente. Mi abuelo se seguía quejando.

5

El verano anterior mis abuelos estaban en el pueblo. Mi abuela me llamó y me pidió que fuese a su casa a buscar unas cosas. En la calle hacía mucho calor, pero el piso estaba fresco. Pasé allí un rato, mirando las estanterías y las mesas que habían hecho mi tío David y mi abuelo, y recordando cómo estaban distribuidas las habitaciones cuando yo era pequeño. Encontré en el armario la cuna que mi abuelo construyó cuando nací, y que habíamos usado todos sus nietos.

Mi abuelo había perdido peso en la familia. En parte, porque había dejado de interesarle, y eso me parecía muy bien. Sólo había ejercido de abuelo conmigo: mis hermanos nunca lo habían visto de otro modo que sentado en un sillón, con la expresión ausente. Ahora no sabía lo que cobraba al mes ni las pastillas que debía tomarse. Sus hijos hacían bromas sobre su pereza y su única neurona superviviente, y su mujer se había convertido en su enfermera.

Me acordé de que una vez mi madre me contó que siempre había visto a mi bisabuelo, el padre de mi abuela, como una especie de John Wayne.

—Uno de esos tíos rectos, de principios. Un hombre de ley.

Ahora sé que mi madre estaba siendo políticamente correcta, pero entonces no me interesaba nada mi bisabuelo, que se paseaba por la casa con una bata de rayas y decía «Te voy a dar una guantada que no te vas a olvidar de ella aunque vivas ciento veinte años», así que le pregunté cómo veía a su padre.

—No sé —dijo—. Creo que es como el gracioso de las películas que parece que no se entera de nada, pero al que al final todo le sale bien.

Encontré lo que mi abuela me había pedido y me entretuve mirando fotos viejas. Había visto algunas antes y otras me parecían horribles: instantáneas de bautizos, comuniones y bodas familiares. Pero me llamó la atención una en la que aparecía mi abuelo solo. Debía tener veintiocho o veintinueve años: se había casado hacía poco.

Me sorprendió que mi abuelo hubiera sido un hombre guapo. Ahora no tenía, desde luego, esos rizos, y la piel le colgaba en las mandíbulas y debajo de los ojos. Pero el cambio más grande, respecto a los demás y respecto a sí mismo, estaba en su mirada. En las fotos de mi abuela casi esperaba ver un arcángel colándose por la ventana. Y el resto de la familia tenía miedo a la cámara; la expresión de mi madre y sus hermanos era sencillamente estúpida. La mirada de mi abuelo estaba llena de intensidad, de determinación. Parecía que fuese él quien fotografiaba a la cámara.

6

La ATS nos dio un papel y mis abuelos, mi madre y yo esperamos en otra sala, cerca de la ventana. Una enfermera llamaba a los pacientes y nosotros mirábamos a la gente que paseaba en la avenida. Mi madre dijo que ya me podía ir. Me di la vuelta en la puerta de la sala de espera. Mi abuelo había dejado de temblar y mi abuela le acariciaba la espalda.

En la calle ya no soplaba el viento. Estaba llegando la primavera.

Matías Candeira

Matías Candeira (Madrid, 1984) es escritor y guionista, licenciado en Comunicación Audiovisual por la Universidad Complutense. Ha publicado *La soledad de los ventrílocuos* (Tropo, 2009) y obtenido, entre otros, el Premio de Cuentos Ignacio Aldecoa. Imparte talleres de escritura creativa y relato breve en la Escuela de Escritores de Madrid.

Escalar el radiador del sótano

Al escribir esta poética he pensado mucho en *El increíble hombre menguante,* una novela estupenda que a menudo me recuerda que esa manera de mirar que adquiere Scott, después del escape radiactivo, es muy similar al proceso de escritura de un relato. Todas las cosas pequeñas —una nevera en la oscuridad, una astilla, acaso una mota de polvo en movimiento— pueden adquirir la categoría de montañas colosales. Fíjense en Scott, que tarda tres días en llegar a lo alto de un radiador, y casi se muere.

Detesto esos cuentos que están cerrados y redondeados como perlas submarinas. Supongo que esta postura mía atenta contra lo que sea que disponga el decálogo de turno. La esfericidad —que viene de ese monstruo polvoriento llamado *canon*— es una opción respetable (bueno, más bien no), pero una impostura si aceptamos que el lenguaje es una forma *otra* de construcción de la realidad y que, ni mucho menos, puede contarlo todo, fijarse en todo y apropiarse de todos los significados. Por eso, el buen relato, y por extensión, cualquier texto literario vivo, es algo que jamás se comprende en su totalidad.

Posee sus propias zonas fantasmáticas. Diría que hasta está orgulloso de ellas, porque siempre generarán preguntas y, en fin último, una descompensación, vacío y muchas dudas.

Tal y como yo lo veo, a día de hoy el relato no debería ser un territorio específicamente *narrativo,* sino esa pieza, ese texto insustituible (Andrés Neuman lo emparenta con el diamante) donde permitimos que al lenguaje se sumen tantas atmósferas de presión que la estructura esté a punto de quebrarse, o aún mejor, lo haga con entera libertad. Por eso me gusta que la intensidad del cuento sea semántica además de narrativa, y aunque no esté de más casar las dos, soy tan soberano que, si me dan a elegir, prefiero quedarme con la primera. En sus más logrados ejemplos, el buen cuento siempre se recuerda porque ha reducido su grasa hasta asemejarse a un hueso en pico, nítidamente maravilloso, delirante y elusivo. Mancha. Molesta. Eleva una porción de realidad distinta —y mítica, y fascinante, y rota— a la altura de los ojos. Apenas necesita avanzar más allá de ella. Y sin negar que hay que ser riguroso y dominar la técnica, lo siento mucho: admito la digresión, las palabras de más y la abolición de la economía si la mirada está en el lugar que debe.

Es sencillo. Es una verdad diminuta como el cuerpo de Scott.

La maravilla de hallar *la escritura* de un cuento, de aprender a decirlo, es un placer muy difícil de explicar.

Y el relato perfecto es, quizás, el que ha encontrado su perfecta manera de mirar un fragmento de vida, y por extensión, algo que sólo puede ser contado así (esa esquina milagrosa, ese volver el rostro contra la totalidad y encontrar una fuga que implosiona) porque el lenguaje se ha puesto en valor. Miren, al fin y al cabo no deja de ser una forma de protesta contra las formas narrativas dominantes, el mercado, la educación sentimental de largo alcance (de *más*), y cómo no, esas buenas costumbres lectoras que predican los honrados padres de familia.

La soledad de los ventrílocuos

En una habitación desconocida, situada en algún lugar del universo, dos hombres solitarios están a punto de conversar. Esteban —vestido de explorador colonial— se encuentra sentado en un sillón de orejas, con un machete en su regazo, mirando la puerta preso de ese temblor innominado que dan los domingos (aunque, con franqueza, puede que no sea domingo). Esta noche anda pensando en los grandes felinos de la Tierra. Cabezas de león en vitrinas. Una lucha a muerte, sin descansos de por medio, con un guepardo. «Caramba, tengo ganas de domesticar una pantera real», barrunta ahora mismo. En esas cosas ocupa su tiempo. El otro hombre, un fantasma, sabe que se llama Andrés (lo pone en un pequeño cartel colgado en su pecho), va vestido de minero y lleva sobre los hombros el esqueleto de un canario.

En este instante, ahí, al fondo del cuarto, Andrés aúlla como un loco y da vueltas en torno a una gran maqueta de un paisaje minero, con sus túneles oscuros, sus viejas vagonetas oxidadas y ese aire tan auténtico de pueblo alemán con leyenda. Esteban, entretanto, se ha incorporado, y mientras se palpa esas cuerdas de marioneta que le crecen en los hombros (siempre, desde que puede recordar, han estado ahí), empieza a caminar por la habitación.

—Padre —dice Esteban, pensativo—. ¿Usted sabe cómo llegamos aquí?

—Pues no —contesta el otro, y pone en marcha las vagonetas—. ¿Cómo voy a saberlo? Simplemente aparecimos. ¿Tú sabes por qué empezaste a llamarme padre?

—No sabría decirle. Porque no conozco a nadie más en el mundo, supongo, y usted estaba primero. O para matar las horas.

—¿Y sabes por qué te llamas Esteban?

—Porque lo pone en el cartel de mi pecho.

—¿Entonces por qué me haces tantas preguntas?

—No lo sé; las hago, padre, es así. ¿Se acuerda usted de Mastropiero?

—Claro que me acuerdo.

—¿Sabe que hoy hace exactamente un año que la mano se lo llevó?

—No, la verdad es que no lo recordaba.

En esta habitación (fijémosla ahora en nuestra mente), un espacio que se diría confortable y con ese mismo calorcillo que ofrecen los cuartos con perro, mecedora y enciclopedia británica, Esteban coloca una vela junto a una esquina por el recuerdo de su compañero. Efectivamente, hace ya un año que esa mano desconocida que puntualmente les provee de juegos de mesa, jabón de sosa y almanaques (esto último si se han portado bien) abrió un hueco en el techo, cogió a Mastropiero de sus cuerdas de marioneta y se lo llevó volando, mientras agitaba los brazos confusamente, hacia eso que parece el firmamento. ¿Quién no sospecharía? ¿De dónde viene esa mano, con su anillo de boda brillante, que les arrebató a su amigo? Esteban se lo pregunta a menudo, sobre todo desde que recibió una carta lacrada de Mastropiero (la mano una mañana la dejó ahí, en el mismo lugar donde ha puesto la vela, ese recodo con polvo, lleno de nostalgia, que cualquiera miraría diciendo *fiuuu*). Mastropiero afirmaba que estaba bien. «Estoy bien», escribía en la carta. «Ayer poseí a la condesa en el granero, y la semana que viene, tras el postre —pastas y bollos—, me batiré en duelo con su marido. Es un hombre encantador. Comemos juntos lechuga algunas veces. Probablemente me sumerjan en brea. Soy feliz, por fin me han encontrado un sitio».

Ahora Esteban regresa a su sillón, muy despacio, y se derrumba con desgana. ¿No es lo que haría cualquiera en esta situación? Cualquiera, está clarísimo, se resignaría al hecho fácilmente y hasta con la alegría de no tener que pensar más (sí, hace un año que se marchó, recuérdalo, hombre, llora y desahógate); después, entornando los ojos, con toda probabilidad se encomendaría a alguna actividad sin riesgo, para matar el rato —ajustarse las botas antiserpientes, estudiar su colección de pájaros tropicales— y así todo seguiría su curso. Sin embargo, Esteban vuelve a acariciar sus cuerdas de marioneta como si no encontrara una sola razón para tranquilizarse. Las mira una y otra vez. Se toca con ahínco la zona de los hombros donde crecen. Andrés, a su vez, va colocando más mineros en las vagonetas y éstas se dividen por los corredores oscuros, como líneas de agua. No le presta demasiada atención.

—Padre —dice Esteban—. Hay algo que me parece raro en este asunto.

—¿Ya estás otra vez?

—Sí.

—Bueno. Prosigue, anda.

—Mire, usted sabe que Mastropiero siempre tuvo aspecto de joven vigoroso. Acuérdese: sus músculos bien torneados, esa cabellera dorada y resplandeciente. Cómo decirle, yo recuerdo perfectamente esas tardes en que Mastropiero se paseaba por esta habitación con el torso desnudo.

—Hijo, me preocupas.

—Hágame caso: podría describirle con precisión, si me apura, el modo que tenía de apartarse el sudor del rostro. Así, elegantemente, como si no importara que llevara toda la tarde cargando con sus fardos de trigo. Había algo tremendamente erótico en ese gesto, créame padre. Nunca me gustó.

—¿Adónde quieres llegar?

—Bien, ahora escuche: una noche, la mano nos arrebata a Mastropiero. Meses más tarde recibimos una carta. Una carta donde se nos cuenta que ha poseído con inusitada lujuria a una condesa. ¡En un granero! ¡Bajo el tórrido sol de agosto! Padre, ¿no ve usted en eso una siniestra casualidad?

—Sinceramente, hijo, yo lo que veo es que me estás dando la noche.

—No me lo tome a mal, pero me parece que Mastropiero nunca escribió esa carta. Yo diría... —Esteban hace una pausa—. Yo diría incluso que hay algo en nosotros mismos que no encaja como es debido.

—Si sigues así tendré que dejar de levitar —dice Andrés, mientras la cabeza le da un giro de trescientos sesenta grados—. Harás que me salga una úlcera. ¿Tú ves que yo me haga tantas preguntas?

—Pero padre...

—No, no me las hago. Aúllo alborozado junto a mi maqueta. Le he pedido a la mano una cadena por navidad, para arrastrarla y quedarme a gusto. ¿Y soy infeliz? Al contrario. Disfruto de cosas tan sencillas como ésa, y no ando cuestionándolo todo.

—A eso mismo me refiero, padre —prosigue Esteban, y mira su traje de explorador una y otra vez, con desconfianza—: Usted es un fantasma y aúlla junto a su paisaje minero. Yo voy vestido de explorador, ¡tengo un machete! ¿Y sabe qué? A veces me desvelo en mitad de la noche, salgo de mi cama y, no sabría decirle por qué motivo, tengo la imperiosa necesidad de buscar rastro de leones por esta habitación. Es... mire, es como si todo estuviera preparado para que hagamos estas cosas.

—A ver, hijo, lo que tienes que hacer es aullar un rato —sugiere Andrés; se desencaja la cabeza y observa su interior—. Aullando, hijo mío, te aclaras enseguida. Confía en mí. Se te pasará. Las preguntas no llevan a ningún sitio. Ya sabes lo que dicen: un hombre empieza a hacerse preguntas, y a la mañana siguiente lo están enterrando. Es ley de vida.

Por un instante, la derrota se pinta en los ojos de Esteban de tal modo, que vuelve a encogerse en el sillón. Es ese mismo instante en el que está a punto de rendirse a la pereza, ponerse a limpiar su machete, buscar ávidamente por la habitación esos leones hambrientos que en sus sueños aparecen recostados en la sabana. Y ahora, justo ahora, es esa misma incertidumbre la que le hace levantarse del sillón y comprobar algo muy simple: intenta quitarse su sombrero de explorador. No puede. Parece pegado de algún modo. Prueba a desabotonarse los botones de la gruesa camisa. Es imposible. Empieza a darse cuenta de que nunca antes había intentado desvestirse (Dios mío, ni siquiera lo había necesitado); y siente que el miedo —ese miedo que dan las selvas bañadas por la luna, a través de un cristal infranqueable, y el sonido de las bestias a tu espalda— comienza a recorrerle por entero. Se imagina la insoportable sensación (la viscosidad) que sentiría si la mano le apresara y le llevara con ella, pronto, muy pronto. ¡Quizá hasta escribiría cartas por él!

Entonces, durante un momento, Esteban duda.

Coge el machete.

Vuelve a dudar.

Y de un tajo, sus cuerdas de marioneta se deshacen en el aire como si nunca hubieran existido.

En esta habitación, quizá suspendida en el tiempo y en el espacio, pero acogedora como siempre, Esteban (ese hombre al que no hay que perder de vista) se queda inmóvil, en un silencio largo y poblado de niebla, mientras allá al fondo, en las vísceras del paisaje minero, las vagonetas producen un extraño rumor. Pero todo pasa. Ahora le parece saber qué es lo que tiene que hacer a continuación, y por eso, ceremoniosamente, recoge la carta de su amigo, y su machete, y una pastilla de jabón de sosa (nunca se sabe cuándo va a hacer falta). Andrés se ha quedado mirándole con fijeza. Las vagonetas corren sin control por las vías enmarañadas.

—Así que has decidido seguir con las preguntas, ¿eh?

—No me lo tenga en cuenta —dice Esteban, sonriéndole—. Ya sabe lo que dicen: un hombre toma por su padre al primero que pasa, le coge cariño, pero al día siguiente debe hacer el equipaje. Es ley de vida.

De pronto, Andrés detiene la maquinaria de la maqueta. Las vagonetas chirrían perezosamente. Todo queda en silencio.

—Hijo...

—¿Sí, padre? Dígame.

—¿Te importaría mucho si te doy unos azotes?

—Claro que no. ¿Y a usted le importaría aullar un poquito para mí? Ya sabe, para acordarme por el camino.

—Estaría encantado.

Así Esteban (ese hombre ya dispuesto, con aire de buscador de civilizaciones) se tumba sobre los apoyaderos del sillón y Andrés, tembloroso, comienza a azotarle con furia, aullando, lleno de cariño, con esa mueca inanimada, casi triste, que tienen los espectros al mirar fotos viejas en los desvanes. Es un momento que nunca querrían que acabara. Después, todo pasa en un pestañeo. Esteban carga con sus cosas, se ajusta el sombrero, mira por última vez el hueco donde aquella noche lejana vieron a la mano y se planta ante la puerta de la habitación.

—Hijo... —escucha en la penumbra, ya como una voz lejana.

—¿Sí, padre?

—Estoy orgulloso de ti.

Entonces Esteban abre la puerta.

Desenfunda el machete.

Decide que no mirará atrás.

Y se lanza a esa oscuridad desconocida donde quizá (y lo desea con todo su ser) haya leones agazapados esperándole.

Índice

7 Relatos para un nuevo siglo
   GEMMA PELLICER
   Y FERNANDO VALLS

24 Procedencia de los textos

SIGLO XXI
LOS NUEVOS NOMBRES
DEL CUENTO ESPAÑOL
ACTUAL

29 CARLOS CASTÁN
   El pozo

39 ÁNGEL ZAPATA
   Mientras dicen adiós

51 JAVIER SÁEZ DE IBARRA
   Una ventana
   en Via Speranzella

69 ÁNGEL OLGOSO
   Gabinete de maravillas

83 HIPÓLITO G. NAVARRO
   ¿El tren para Irún,
   por favor?

97 BERTA VIAS MAHOU
   El demonio vive
   en Lisboa

107 CRISTINA GRANDE
    Arañas e insectos

113 MANUEL MOYANO
    Hojas amarillas

123 ESTHER GARCÍA LLOVET
    Cañón

147 PABLO ANDRÉS ESCAPA
    Cielo distante

181	Pepe Cervera Como un hombre que sobrevuela el mar	365	Ricardo Menéndez Salmón La vida en llamas
197	Ernesto Calabuig Una nueva manera de mirar	375	Pilar Adón La porción de tarta
207	Juan Carlos Márquez Carniceros, prostitutas (otra vez) y tenientes	401	Óscar Esquivias Miedo
		421	Ignacio Ferrando Roger Lévy y sus reflejos
221	Víctor García Antón Un tigre de Bengala	439	Jon Bilbao Despues de nosotros, el diluvio
231	Ismael Grasa Mecedoras		
247	Jesús Ortega El zurdo	483	Patricia Esteban Erlés Línea 40
261	Julián Rodríguez Muerte	497	Juan Jacinto Muñoz Rengel El sueño del monstruo
273	Berta Marsé Gran Noche de Gala		
299	Fernando Clemot Levante	517	Andrés Neuman El pulso
339	Miguel Ángel Muñoz Ambulancias	527	Miguel Serrano Larraz Shaman's Blues
359	Cristina Cerrada El efecto Coriolis	549	Irene Jiménez En la calle

567 ELVIRA NAVARRO
     Expiación

583 LARA MORENO
     Recuerdos para Olga

593 DANIEL GASCÓN
     El abuelo

607 MATÍAS CANDEIRA
     La soledad de los ventrílocuos